KB083508

억눌린 말들의 연대

지은이

정한나 鄭한나, Chong, Hanna

연세대학교 국어국문학과를 졸업하고 같은 대학 국문과 대학원에서 박사학위를 받았다. 성균관대학교 비교문화연구소 박사 후 연구원을 거쳐 현재는 연세대학교 국학연구원 학술연구교수로 있다. 민족, 인종, 언어의 경계를 넘어 형성되는 저항적 담론과 발화양식에 관심을 가지고 있다. 주요 논문으로는 「어떤 '아시아주의'의 상상과 저항의 수사학－잡지 『아세아공론』을 중심으로」, 「살아 있는 '불령선인'의 일본어 말하기－『靑年朝鮮』, 『黑濤』, 『太い鮮人』, 『現社會』를 중심으로」, 「에스닉 미디어는 동포의 재난을 어떻게 보도하는가－관동대지진 이후 한인학살에 대한 『신한민보』의 보도를 중심으로」 등이 있다.

억눌린 말들의 연대

초판발행 2024년 8월 30일

지은이 정한나

펴낸이 박성모
펴낸곳 소명출판
출판등록 제1998-000017호
주소 서울시 서초구 사임당로14길 15 서광빌딩 2층
전화 02-585-7840
팩스 02-585-7848
이메일 somyungbooks@daum.net
홈페이지 www.somyong.co.kr

ISBN 979-11-5905-951-3 93800
정가 35,000원

연세
근대한국학총서
151 / L-123

정한나 지음

억눌린 말들의 연대

재일본 조선인 잡지의 기독교,
사회주의, 트랜스내셔널

Solidarity of Suppressed Languages : Transnationality, Christianity, and Socialism in Korean Magazines in Japan

일러두기

1. 인용문의 표기와 띄어쓰기, 문장부호는 한글 맞춤법 규정에 따랐다.

2. 오탈자가 분명해 보이나 원문 그대로 실을 필요가 있을 때에는 sic를 병기하였다.

3. 가급적 자료를 그대로 인용하되, 의미를 분명히 하기 위해 저자가 추가한 부분은 [ ]로 표시하였다.

4. 판독이 불가능한 글자는 ■로 표시하였다.

5. 별도의 표시가 없는 강조는 인용자의 것이다.

6. 각주는 각 장 별로 구분하여 부여하였다.

　막연하게나마 문학을 좀 더 공부하고 싶다는 마음이 조금씩 커져가던 무렵, '역사적 유물론자는 결을 거슬러 역사를 솔질하는 것을 자신의 과제로 삼는다'는 벤야민의 잠언 같은 한 마디를 만났다. 고백하자면 당시의 나는 '역사'나 '유물론'보다는 '솔질'이라는 단어에 매료되었다. 가지런히 누운 결을 부러 일으켜 세우는 그 순간, 솔과 결이 맞부딪히면서 만드는 그 덜컹거림이 마치 손끝에 닿는 듯 생생했다.

　정제된 문학 텍스트가 아니라 잡지를, 그것도 안정적으로 구획된 한반도 내부가 아니라 그 바깥에서 만들어진 잡지를 연구 대상으로 삼은 것도 그런 이유가 아니었을까, 뒤늦게 생각한다. 이 책은 1920년을 전후로 하여 도쿄東京에서 발간된 조선인 잡지에 주목한다. 『기독청년』과 그 후신인 『현대』, 『아세아공론』과 그 후신인 『대동공론』은 연구대상으로서 어딘가 부족해 보이는 것이 사실이다. 먼저, 이들 잡지는 발행 기간이 무척 짧다. 미발굴본을 포함해도 『기독청년』이 약 2년, 『현대』가 1년, 『아세아공론』이 1년 9개월이니, 단명한 잡지들임에 틀림없다. 한국문학이라는 관점에서 연구대상을 검토하면 문제는 더 심각해진다. 종교성을 소거하기 어려운 『기독청년』과 『현대』가 국'문학'의 대상으로서 적합한가. 일본어 위주로 편집된 『아세아공론』은 '국'문학의 대상으로서 적합한가.

　그럼에도 불구하고 『기독청년』과 『현대』, 『아세아공론』이 만들어내는 덜컹거림은 좀처럼 외면하기 어려웠다. 나는 이들 잡지가 분출하고 있는 불안정성, 혹은 불완전성에 마음이 끌렸다. 이 세 잡지는 비주류의 언어로 불발의 시도와 미완의 저항을 써내려 간다. 왜소하고 무기력해 보이는 이 잡지들은 어떻게 의미화될 수 있을까. '不, 未, 非'의 존재들을 한국(문)학의 맥락 속에 위치시킬 길은 없을까. 만약 이들 잡지가 전통적인 분과 학문과 네이션의 경계 위에 있고, 그런 이유로 그간 외면되었다면, 이것을 연구함으로써 학제적이고 트랜스내셔널한 연구를 실천할 수 있지 않을까.

이를 위해 공간, 언어, 연대라는 키워드로 이들 잡지와 그 주변을 탐색하고자 했다. 1920년대 도쿄는 나의 상상보다 역동적이고 급진적이고 혼종적인 곳이었다. 도쿄의 조선인 청년들은 현해탄 너머의 고국을 애틋하게 그리워하면서도 신랄하게 비판했고, 문명국 일본과 대도시 도쿄를 선망하면서도 늘 거리를 두었다. 중국인, 대만인, 인도인 청년들이 각기 다른 이유로 모여들었던 도쿄는 의외의 만남과 접촉을 성사시키는 매력적인 플랫폼이기도 했다. 이들은 이방인이라는 처지에 공감하고, 피식민 청년이라는 정체성을 공유했다. 마침 민권과 자유에 대한 담론이 전례 없이 활발했던 시기였기에 전형적인 제국주의에서 한 걸음 물러나 있던 일본인들과의 교류 가능성도 열려 있었다.

조선인의 담론공간으로서 도쿄가 지닌 명과 암은 퍽 자명했다. 발화에 있어서 내지는 식민지 조선과 명백히 다른 법역法域에 있었다. 주지하듯 도쿄에서의 검열은 식민지 조선에 비하면 유연한 편이었다. 제국주의 타도라는 내의에 공감하고 뜻을 같이할 사람의 수효도, 범주도 도쿄 쪽이 훨씬 앞섰다. 하지만 그림자도 그만큼 선연했다. 무엇보다 조선인 발간 매체는 법제화되지 않은 제재에 상시적으로 노출되었다. 당연하게도 이들 매체는 도쿄 내의 또 다른 법역, 예외공간으로 쉽게 밀려났다. 일견 제국의 권력과는 무관해 보이는, 지극히 현실적인 문제들도 상존했다. 발간 주체들은 조선어 활자를 구비한 인쇄소를 섭외하기 위해 백방으로 수소문했을 것이고, 조금이라도 경비를 줄이기 위해서라면 자존심을 내려놓는 흥정도 마다할 수 없었으리라.

이러한 걸림돌에도 불구하고 이들은 피식민 조선인의 정체성을 극복하거나, 조선인의 정체성을 떠안은 채 제국 일본을 비판할 경로를 기어코 마련해낸다. 하나님의 자녀, 기독청년, 자유와 평등, 인류, 이 모든 이상이 일거에 실현된 천국. 그 누구도 반기를 들기 어려운 보편가치를 담지한 어휘들이 이들 잡지 지면에 빈출하는 이유는 바로 여기에 있다. 이 단어들은 조선인 청년을 세계 청년으로 위치시키고, 보편의 원리를 등진 제국의 폭압적 통치를 고발하기에 적합했다. 조선인 청년들은 이러한 가치를 공유하는 일본인, 중국인, 대만인들과 긴밀히 교류했다. 이들은 너나 할 것 없이 자유와 평등, 평화의 아시아에 대한 자신의 사유를 피력했다.

그러나 외연이 확장될수록 연대의 구심력이 약화되리라는 것을, 우리는 모두 어렵지 않게 예상할 수 있다. 각기 다른 좌표에서 펼쳐지는 피식민인들의 연대론은 자주 충돌하고 경합했다. 어떤 어휘는 공허하기 그지없어서 무기력하게 제국주의 담론에 박탈되었고, 어떤 피식민지가 더 나은 형편인지를 따져 묻는 을과 을의 투쟁이 전개되기도 했다. 이처럼 반제국주의를 바탕으로 하는 연대 담론은 한편으로 제국 일본의 지위를 더 공고하게 하는 기이한 함수관계를 만들어냈다.

이러한 현상을 추적하기 위해 공간이론과 검열 연구의 업적, 사상사적 관점에 기댔다. 몇몇 번역 텍스트의 원전을 밝히고, 번역 텍스트에 삼투된 번역자와 독자의 욕망을 그려보는 데에는 번역론의 방법론과 판본 연구가 병행되었다. 같은 일본어라 할지라도 일본인의 일본어, 피식민자의 일본어, 영어를 경유한 일본어가 각기 다른 결을 가지고 있으며,

이를 간과해서는 안 된다는 생각도 했다. 동일해 보이는 기표의 심연과 경로를 상상하는 데에는 정신분석학적 관점에 의존했다.

이 책이 주목했던 잡지의 생산 주체들이 그러했듯 나 역시 내심 '국'문학, 또는 국'문학'의 경계를 극복하고 싶다는 욕심이 있었으나, 이것은 내 공부의 부족함을 자각하는 계기로서 의미가 있었던 것 같다. 국문학의 영역 안에서 읽고 써온 나는 역사학적 관점에서 사료를 다루는 데에도 미숙했고, 일본 사상사 안에서 복수의 피식민자의 발화가 갖는 의미를 정치하게 논구하지도 못했다. '국문학'의 사고 지평을 극복하겠다는 목표는 자못 소재주의적 발상에서 비롯된 것은 아니었던가 자문하기도 한다. 과연 어느 정도 공부가 쌓여야 이런 아쉬움이 조금이나마 걷힐 것인가.

이렇듯 나는 내가 오랫동안 붙잡고 있었던 텍스트와 나의 공부에서 숱한 실패를 발견한다. 그런데 이 실패는 그저 무의미한 것일까. 잭 헬버스탬은 때로는 성공보다도 실패가 더 나은 선택이 된다고 말하며, 삶의 한 방식으로서 실패를 사유하고 실천할 것을 제안한다. 이 위로 같은 제안을 붙들고 나도 지금껏 마주친 실패들을 외면하지 않으리라 다짐한다. 이 실패들을 응시하고 끌어안으며 이를 어떻게 기록할 수 있을지 고민할 것이다.

짧은 몇 마디 말로는 감히 감사의 마음을 다 표현할 수 없는 분들의 얼굴을 떠올려 본다. 김영민 선생님께서는 석사, 박사과정 내내 함께해 주시며 제자의 더딘 성장을 응원해주셨다. 글이 막힐 때는 선생님의 조언을 떠올리며 자료로 돌아가곤 했다. 이경훈 선생님께서는 언제나 뜻밖의 자료와 아이디어를 연결해 주시며 나의 시선이 닿지 않던 곳에 불을 밝혀 주셨다. 김현주 선생님의 예리한 분석과 적확한 조언이 있었기에 쉽게 길을 잃고 무뎌지는 논의는 겨우 갈피를 잡을 수 있었다. 학위논문

근처에도 가지 못했던 성긴 아이디어를 인내심 있게 들어주시며 용기를 북돋아 주신 김성연 선생님, 예심 후 색색의 포스트잇과 빼곡한 메모로 가득 찬 심사용 인쇄 제본을 건네주신 신지영 선생님께도 감사드린다. 햇병아리 석사 시절부터 지금까지 문학연구의 무한한 가능성과 즐거움을 열어 보여주신 박진영 선생님께도 감사의 마음을 전하고 싶다.

교토대 미즈노 나오키水野直樹 선생님께서는 『아세아공론』 복각본에 포함되어 있지 않은 『대동공론』 2호를 흔쾌히 내어주셨다. 관동대지진 이후의 풍경을 담고 있는 이 자료 덕분에 이 책의 논의는 다소나마 풍성해질 수 있었고, 개인적으로는 또 다른 학문적 관심사를 발견하게 되었다. 또한, 나의 공부는 연세대학교 국문과에서 만났던 모든 인연에 빚지고 있음을 고백한다. 나는 매번 동료들을 보며 감탄하고 겸손해졌다. 이들이 없었다면 한 치도 자랄 수 없었다고 단언한다. 학위논문을 쓰는 내내 정돈되지 않은 생각에 귀 기울여 주며 힘을 주었던 박재익 군, 무려 다이쇼시대의 일본어라는 벽 앞에서 좌절할 때마다 싫은 기색 없이 도움을 주셨던 다지마 데쓰오田島哲夫 선생님과 가게모토 쓰요시影本剛 선생님께 특별히 감사드린다. 단행본 준비 세미나에 내 자리를 마련해 놓고 기꺼이 의견을 나누어준 이용범, 장수희, 최은혜 선생님께 고마움을 표한다. 나보다 꼼꼼히 교정 파일을 검토하며 수정할 곳을 찾아 준 김미연 선생님께도 깊이 감사드린다. 공부는 결코 혼자 할 수 없다는 당연한 사실을 너무 늦게 절감한 것 같다. 이제부터라도 든든한 동료들과 어깨를 겯고 한 걸음씩 나아가려 한다.

부족한 글이 꼴을 갖추는 데 힘을 실어 주신 분들을 빼놓을 수 없다. 총서 출간을 지원해 주신 연세대학교 미래캠퍼스 근대한국학연구소, 늦어지는 원고 작업을 재촉하기보다는 격려해주신 노혜경 선생님께 감사드린다. 연세대학교 국학연구원의 도움으로 안정적으로 작업에 전념할 수 있었다. 날로 어려워지는 시기에도 소신과 철학을 저버리지 않는 소명출판과 크고 작은 요청에 다정하게 답해 주신 전온유 편집자님께도 감사의 인사를 드린다.

공부라는 것이 벼슬이 아니건만, 그 어떤 벼슬보다 높이 쳐 준 가족들에게 고마운 마음을 전한다. 남편 유대건은 학위논문을 쓰는 동안 더 이상 바랄 수 없을 정도로 큰 힘이 되어주었다. 딸 이담은 엄마의 무심함과 무관하게 무럭무럭 자라나며 무한한 감동을 선사했다. 눈에 먼저 띄는 모자람은 덮어두고 좋은 점만 발견해주시는 시부모님께 감사드린다. 마지막으로, 평생에 걸쳐 모든 것을 내주셨고, 지금도 내어주고 계신 나의 부모님. 두 분의 묵묵한 지원 없이는 나는 단 하나의 문장도 완성하지 못했을 것이다. 이 부족한 감사의 말이 두 분의 노고에 작은 보답이 되기를 조심스럽게 바라본다.

2024년 8월
위당관에서

1

제 1 장

비캬모 어 의

집결과 경로

1. 1910~1920년대 재일본 조선인 잡지의 의미

1910~1920년대의 일본, 이른바 '다이쇼 데모크라시'의 시공간은 '밖으로는 제국주의, 안으로는 입헌주의'라는 유착상태로 설명되곤 한다. 국가의 존재와 그 주도성이 불문에 부쳐졌던 메이지기가 막을 내리고, 자유주의와 민권사상을 바탕으로 하는 민본주의 담론이 전에 없이 활발하게 전개되었다. 그러나 대외적으로는 인근의 아시아 국가를 향한 침략주의의 야욕이 노골적으로 드러났으며, 식민통치의 정당성은 의심 없이 수용되었다. 이와 같은 양면성은 세계사적 분위기를 반영한 결과이기도 했다. 레닌Vladimir Lenin과 월슨Woodrow Wilson이 주창한 민족자결의 원칙은 여러 피식민인들에게 극적인 희망으로 비춰졌지만 기실 이것은 피식민인을 대상으로 한 위계화와 배제를 야기했다. 당장 식민지 조선이 민족자결주의에서 논외의 존재가 되었음은 주지의 사실이다.

이상의 조건을 고려하여 이 책은 『기독청년』, 『현대』, 『아세아공론』에 주목한다. 이들 잡지는 1920년대 도쿄가 지닌 시공간적 인자因子는 물론 그 이면의 모순까지 고스란히 내비치고 있다. 이러한 사실에 착목하여 이 책은 이들 잡지에 나타난 수평적 동아시아 연대의 상상과 실천이 어떻게 가동되고 있는지, 그리고 이러한 시도가 어떠한 난관에 봉착했는지를 검토하고자 한다. 나아가 연대론에 동원되었던 담론자원을 추적하고 이러한 언설의 궁극적 지향점이었던 반제국주의를 주창하기 위해 구사된 발화전략을 규명할 것이다.

이를 위해 이 책은 『기독청년』과 『현대』, 『아세아공론』이 지닌 혼종성과 경계성에 주목한다. 식민지기의 재일본 조선인 매체는 곧 제국의 영토에서 피식민 주체에 의해 생산된 것으로, 제국주의의 산물이되 탈

식민의 지향을 강하게 드러낸다. 그러므로 재일본 조선인 잡지는 태생적으로 혼종적인 측면이 있다. 단적으로 말해 일본 영토 내에서 하나의 잡지를 낸다고 할 때, 조선인 필자와 조선어 글쓰기라는 방침을 완고하게 고수한다고 하더라도 일본과 일본인의 존재를 배제하는 것은 불가능하다. 최소한 일본인 경영의 인쇄소와 교섭해야 잡지라는 물질적 실체를 완성할 수 있으며, 완성된 잡지는 일본의 교통 및 판매망을 거쳐 비로소 유통될 수 있기 때문이다. 일례로, "언문정음諺文正音",[1] 즉 조선어 글쓰기를 원칙으로 삼았던 조선유학생학우회의 기관지 『학지광』조차 오랜 기간 동안 요코하마에 위치한 복음인쇄합자회사福音印刷合資會社, 이후 복음인쇄소에서 인쇄되었다.[2] 그렇다면 혼종성은 재일본 조선인 매체, 나아가 한반도 바깥에서 출판되는 모든 잡지에서 발견되는 공통적 특성이라고도 볼 수 있을 것이다. 그럼에도 불구하고 『기독청년』과 『현대』, 『아세아공론』의 혼종성에 방점을 찍는 이유는 무엇인가. 그 이유는 이들 잡지의 혼종성은 무의식의 차원에서 개입하는 불가피한 요소들이 아니라, 도리어 의식적이고 전략적으로 동원되는 특질에 가까우며, 따라서 보다 적극적으로 분석될 여지가 충분하다는 데에 있다. 『기독청년』과 『현대』, 『아세아공론』의 생산주체는 일본인, 중국인 등 다른 민족과의 교류를 기피하지 않았으며, 이러한 교류의 흔적은 잡지의 지면에서 다층적으로 드러난다. 요컨대 『기독청년』과 『현대』, 『아세아공론』의 혼종성은 이들

---

1 「투고주의」, 『학지광』 12, 1917.4.16.

2 복음인쇄소는 당시 도쿄 인근에서 한글 활자를 구비하고 있었던 거의 유일한 인쇄소로서 일본 영토 내에서 생산되는 조선어 성서, 『학지광』, 『여자계』, 『창조』 등의 인쇄를 도맡다시피 했다. 이 때문에 복음인쇄소의 설립자인 무라오카 헤이키치(村岡平吉)는 "한국 출판문화의 개척자"로 평가받는다. 박종암, 「광복전 한국과 일본간 디자인 관련 분야의 교류에 관한 연구─주요 활동 기관 및 인물을 중심으로」, 『디자인학연구』 22, 한국디자인학회, 1997, 170쪽.

잡지가 펼쳐 보인 담론의 근본적 속성이며, 동시기 여타 잡지와 차별화되는 결절점인 것이다.

『기독청년』과 『현대』, 『아세아공론』의 발간주체와 메시지가 지닌 경계성 또한 특별히 눈여겨 볼 대목이다. 식민지 조선 안에서 비평적 글쓰기의 기회를 박탈당한 조선인 지식인들은 일본을 근거지로 하여 비판의 글쓰기를 수행했고, 이들의 담론적 실천은 조선의 매체들과 상호작용하면서 조선의 담론에도 영향을 미쳤다.[3] 잡지 발간을 주도한 지식인들이 접하고 있던 유학생, 외국인 노동자라는 신분은 결코 일본 사회의 내부로 포섭되지 않는 타자였다. 이렇듯 『기독청년』과 『현대』, 『아세아공론』의 발간주체는 이방인으로 존재하면서도 발간지發刊地인 도쿄에 단단히 발붙인 채, 조선, 나아가 세계를 향해 자신들의 메시지를 발신했다.

혼종성과 경계성을 강조하는 이러한 관점은 초국적 연대의 사적史的 맥락을 재구축하는 데에도 기여할 수 있다. 익히 알려져 있듯 1920년대는 코민테른 체제의 확립과 함께 사회주의에 기반한 국제적 연대가 주류를 이룬 시기이다. 초국적 연대를 조망한 선행 연구가 사회주의 단체의 활동에 착목했던 것도 이 때문이다. 그러나 사회주의의 흐름에만 주목하면 그 바깥에서 시도되었던 다양한 초국적 연대의 움직임과 흐름을 놓치기 쉽다. 1900년대 초부터 이미 발아한 동아시아 청년들의 연대를 사회주의라는 렌즈만으로 논구하기에는 역부족이다. 사회주의에 기반한 초국적 연대라는 프레임에서 눈을 돌릴 때 YMCA에 기반한 청년연대도 재발견된다.

---

3   김영민, 『1910년대 일본 유학생 잡지 연구』, 소명출판, 2019, 35쪽: 김현주, 『사회의 발견―식민지기 사회에 대한 이론과 상상 그리고 실천(1910~1925)』, 소명출판, 2013, 307~308쪽.

이러한 맥락에서 이 책은 사회주의 담론이 헤게모니를 점하기 이전, 동아시아 청년들의 초국적 연대가 실천적, 담론적 차원에서 전개되는 양상을 점검하는 데 그 초점을 맞춘다. 『기독청년』과 『현대』, 『아세아공론』는 공히 기독교의 교리, 어휘 등에 기대어 자유와 평등에 기초한 인류애를 역설하고 이를 바탕으로 제국주의 비판 논리를 구축한다. 이 세 잡지가 공유하는 이와 같은 논의는 민족주의나 사회주의의 흐름에서 다소 비껴난 지점에 위치한다. 1910~1920년대의 종교, 구체적으로는 기독교가 이데올로기에 미달된 개인적 신념에 머무는 것이 아니라 복수의 이데올로기와 길항하고 습합하는 방식으로 식민지 지식인들의 사상적 풍경과 담론을 조형했음에 주목할 필요가 있는 것이다.

식민지기 도일渡日 유학생에 관해서는 역사학과 문학 쪽의 연구성과가 풍성하다. 역사학계의 선행 연구는 주로 도일 유학생의 활동과 사상, 민족운동의 조직과 양상을 다각적으로 조망했다.[4] 한편, 문학연구는 유학생의 문필활동을 깊이 있게 독해함으로써 이들이 보여주는 문학관의 영향 관계를 탐색하고 이것이 근대문학의 형성 과정에 어떻게 개입하고 있는지를 궁구하는 데 주력했다.[5] 이 과정에서 유학생의 공론장인

---

4   김인덕, 「학우회의 조직과 활동」, 『국사관논총』 66, 국사편찬위원회, 1995; 박찬승, 「식민지시기 도일유학과 유학생의 민족운동」, 『아시아의 근대화와 대학의 역할』, 한림대 아시아문화연구소, 2000; 「1910년대 도일 유학과 유학 생활」, 『역사와 담론』 34, 호서사학회, 2003; 「1920년대 도일 유학생의 사상적 동향」, 『한국근현대사연구』 30, 한국근현대사학회, 2004; 김명구, 「1910년대 도일 유학생의 사회사상」, 『사학연구』 64, 한국사학회, 2001 등.

5   구인모, 「『학지광』 문학론의 미학주의」, 동국대 석사논문, 1999; 김재영, 「이광수 초기 문학론의 구조와 와세다 미사학(美辭學)」, 『한국문학연구』 35, 동국대 한국문학연구소, 2008; 양문규, 「1910년대 유학생 잡지와 한국 근대소설의 형성-『학지광』의 담론을 중심으로」, 『현대문학의 연구』 34, 한국문학연구학회, 2008; 심원섭, 『일본 유학생 문인들의 대정(大正) 소화(昭和) 체험』, 소명출판, 2009; 하타노 세츠코, 최주한 역,

잡지 연구가 활발히 진행되었다. 유학생 사회를 대표하는 『학지광』은 물론, 『여자계』, 『삼광』, 『대중시보』 등 소규모 잡지에 대한 독해 작업이 진행되었으며,[6] 도쿄 외의 지역에서 발간된 잡지에 대해서도 깊이 있는 분석이 전개되었다.[7] 디지털 인문학의 방법론으로 조선인 유학생 잡지의 담론을 분석하고 유학생 단체의 네트워크를 분석하는 연구도 수행된 바 있다.[8] 이 책을 관류하는 『기독청년』과 『현대』, 『아세아공론』에 대한 관심은 이러한 선행 연구의 흐름에 닿아 있음을 밝히며, 각 매체에 관한 선

『일본 유학생 작가 연구』, 소명출판, 2011; 안남일, 「재일본 한국 유학생 잡지 〈창간사, 발간사〉 연구」, 『한국학연구』 64, 고려대 세종캠퍼스 한국학연구소, 2018; 김영민, 『1910년대 일본 유학생 잡지 연구』, 소명출판, 2019; 리둥메이(李冬梅), 『이광수와 저우쭤런의 근대문학론―민족, 문학, 진화』, 소명출판, 2020 등.

6 이경훈, 「청년과 민족―『학지광』을 중심으로」, 『대동문화연구』 44, 성균관대 대동문화연구원, 2003; 「『학지광』의 매체적 특성과 일본의 영향(1)―『학지광』의 주변」, 『대동문화연구』 48, 성균관대 대동문화연구원, 2004; 신지연, 「『학지광』에 나타난 심미적 문장의 형성 과정」, 『민족문화연구』 40, 고려대 민족문화연구원, 2004; 이한결, 『학지광 연구』, 연세대 석사논문, 2013; 소영현, 「젠더 정체성의 정치학과 '근대 / 여성' 담론의 기원―『여자계』지를 중심으로」, 『여성문학연구』 16, 한국여성문학학회, 2006; 이혜진, 「『여자계』 연구」, 연세대 석사논문, 2008; 서은경, 『근대 초기 잡지의 발간과 근대적 문학관의 형성』, 소명출판, 2017; 이종호, 「『장미촌』의 사상적 맥락과 정치적 함의―『대중시보』와 겹쳐 읽기」, 『비교어문연구』 51, 비교어문학회, 2019; 이종호, 「'청춘(靑春)'이 끝난 자리, 계몽과 개조의 사이에서―잡지 『삼광』을 중심으로」, 『현대문학의 연구』 66, 한국문학연구학회, 2018 등.

7 정종현, 「경도(京都)의 조선유학생 잡지 연구―『학우(學友)』, 『학조(學潮)』, 『경도제국대학조선인 유학생동창회보(京都帝國大學朝鮮人 留學生同窓會報)』를 중심으로」, 『민족문화연구』 59, 고려대민족문화연구원, 2013.

8 전성규・김병준, 「디지털 인문학 방법론을 통한 『서북학회월보』와 『태극학보』의 담론적 상관관계 연구」, 『개념과 소통』 23, 한림대한림과학원, 2019; 전성규・허예슬・이여진・최장락, 「근대 계몽기 지식인 단체 네트워크 분석―학회보 및 협회보(1906~1910)를 중심으로」, 『상허학보』 65, 상허학회, 2022; 전성규, 「근대 지식인 단체 네트워크(2)―『동인학보』, 『태극학보』, 『공수학보』, 『낙동친목회학보』, 『대한학회월보』, 『대한흥학보』, 『학계보』, 『학지광』 등 재일조선인유학생 단체 회보(1906~1919)를 중심으로」, 『한국근대문학연구』 23-2, 한국근대문학회, 2022.

행 연구를 일별하도록 하겠다.

『기독청년』과 『현대』의 기초 서지는 기독교계 정기간행물을 정리한 윤춘병의 연구에서 간략하게 언급된 바 있다.[9] 『기독청년』의 담론과 재동경기독청년회의 활동에 대한 본격적 연구는 2000년대 이후에 시작되었다. 이철호는 재동경기독교청년회를 민족 독립운동과 다양한 문화 담론적 실천들이 혼용되어 있었던 "근대 청년 문화의 유력한 기원 중 하나"로 평가한다. 또한 단체의 이러한 특징을 반영하듯 기관지 『기독청년』에는 민족주의, 사회주의, 아나키즘 등 여러 사상이 혼재하고 있으며, 개인의 자아 함양과 실천의 가능성이 다양한 문화 담론으로 표출되었다고 분석한다.[10] 김민섭은 유학생 사회에서 기독교가 개혁을 위한 사상적 도구로 부상하는 궤적 속에서 『기독청년』이 등장했음을 규명하고, 『기독청년』에서 전개된 개혁 담론이 '기독청년'이라는 청년 이상향을 형성했다고 본다.[11] 한편, 정미량은 『기독청년』의 후신인 『현대』를 1920년대 조선인 유학생의 문화운동이라는 맥락에서 조망했다.[12] 『현대』를 대상으로 한 보다 본격적인 분석은 김민섭, 서은경, 김선아에 의해 진행되었다. 이들 연구를 통해 『현대』는 '사회' 담론을 진전시킨 종합사상지로 평가되었으며,[13] 『기독청년』에서 『현대』로의 변모과정을 분석함으로써 두

---

9   윤춘병, 『한국기독교 신문·잡지 백년사』, 대한기독교출판사, 1984.

10 이철호, 「1910년대 후반 도쿄 유학생의 문화인식과 실천−『기독청년』을 중심으로」, 『한국문학연구』 35, 동국대 한국문학연구소, 2008.

11 김민섭, 「『기독청년』 연구」, 연세대 석사논문, 2010; 「1910년대 후반 기독교 담론의 형성과 『기독청년』의 탄생−동경기독교청년회를 중심으로」, 『한국기독교와 역사』 38, 한국기독교역사연구소, 2013.

12 정미량, 『1920년대 재일조선유학생의 문화운동』, 지식산업사, 2012.

13 김민섭, 「1920년대 초 동경 유학생의 "사회", 사회주의 담론 수용 연구−동경조선기독교청년회 기관지 『현대』를 중심으로」, 『한민족문화연구』 47, 한민족문화학회, 2014; 서은경, 「1920년대 유학생 잡지 『현대』 연구」, 『우리어문연구』 54, 우리어문학회, 2016.

잡지의 연속성과 단절성이 검토되었다.[14] 이상의 연구는 재동경기독청년회가 주최했던 다양한 활동과 재동경YMCA의 기관지 『기독청년』 및 『현대』의 담론지형을 분석함으로써 조선인 유학생들의 사상지형에 대한 이해를 심화했다.

『기독청년』과 『현대』에 관한 연구성과는 문학 연구 쪽에서 기독교를 향한 관심이 증대된 경향성과도 무관하지 않다. 최근 현대문학에서 제출된 다수의 연구는 기독교와 개별 작가, 혹은 텍스트 사이의 상관 및 영향관계를 입증하는 기초적인 수준을 넘어 기독교가 근대문학에 개입하는 다양한 국면을 포착해낸다. 이철호는 여러 문학 텍스트와 매체를 통해 1920년대 생명 담론이 기독교적 영혼 개념과 교호하는 양상을 살피고, 근대문학의 중핵을 이루는 근대적 자아 형성에 기독교적 세계관이 영향을 미치고 있음을 규명했다.[15] 정주아는 이광수, 김동인, 주요한, 전영택 등 한국 근대문학의 성립에 기여한 주요 문인들이 서북 지역 출신이라는 점에 착안하여 서북 지역을 중심으로 확산된 기독교의 영향력을 분석하고, '서북 로컬리티'라는 키워드로 근대문학을 재독한 바 있다.[16] 김성연은 기독교 출판의 네트워크, 산업 등, 텍스트를 둘러싼 다종의 요소를 치밀하게 추적함으로써 근대문학 텍스트의 번역·출판, 독자의 발견에 기독교의 기여가 적지 않았음을 밝히고, 근대 초기부터 식민지기에 이르기까지 기독교기 서사의 생산과 재생산의 에이전트로 기능했음을 증명했다.[17] 강동호는 한국 근대문학에 나타나는 여러 이념형의

---

14 김선아, 「동경조선기독교청년회의 『기독청년』 발간과 『현대』로의 개편」, 『역사연구』, 역사학연구소, 2018; 김영민, 『1910년대 일본 유학생 잡지 연구』, 소명출판, 2019.

15 이철호, 『영혼의 계보－20세기 한국문학사와 생명 담론』, 창비, 2013.

16 정주아, 『서북문학과 로컬리티－이상주의와 공동체의 언어』, 소명출판, 2013.

근원을 세속화라는 관점에서 고찰하면서 기독교적 세계관이 근대적 상상력과 감각, 근대문학의 이념형의 수립에 결정적인 동력이 되었음을 논증했다.[18] 기독교가 '문명화'의 주요 메커니즘으로 기능하면서 개인의 망탈리테에 지대한 영향을 미쳤을 뿐 아니라, 각종 기구나 제도를 구축하고 실천적 운동과 담론을 생성하는 문화정치의 발원지이자 실연 장소였다는 점이 논구되기도 하였다.[19]

다음으로『아세아공론』은 일본에서 20세기 일본의 아시아 관계 중요 연구자료20世紀日本のアジア関係重要研究資料 시리즈 중 하나로 출간되면서 접근성이 크게 높아졌다.[20]『아세아공론』1~9호와 그 후신인『대동공론』1호를 3권으로 엮은 이 영인본 출간을 계기로 관련 연구는 눈에 띄게 활발해졌다. 영인본에는 공동 편자인 고토 겐이지後藤乾一, 지쉬펑紀旭峰, 라경수羅京洙의 해제가 실려 있다.『아세아공론』의 자료적 가치와 특징, 주필인 유태경의 행적, 지식의 교류 등에 주목한 이 글들은『아세아공론』의 전체적 지형을 파악하는 데 큰 도움이 된다.[21] 이후『아세아공론』에 게재된 조선 관련 논설을 집중 분석한 논문이 발표되었고,[22] 다이쇼기

17 김성연,『서사의 요철─기독교와 과학이라는 근대의 지식 : 담론』, 소명출판, 2017.

18 강동호,「한국 근대문학과 세속화」, 연세대 박사논문, 2016.

19 김예림·김성연 편,『한국의 근대성과 기독교의 문화정치』, 혜안, 2016.

20 後藤乾一 外 編·解題,『亜細亜公論·大東公論』(復刻版) 第1~3卷, 龍溪書舍, 2008. 영인본과 공개 당시『아세아공론』과『대동공론』의 총목차와 색인을 묶은 별도의 단행본도 함께 출간되었다. 後藤乾一·紀旭峰·羅京洙 共編,『亜細亜公論·大東公論 解題 總目次篇』, 龍溪書舍, 2008. 이 책 역시 이 영인본을 대상으로 삼았다.

21 後藤乾一,「日本近現代史研究と『亜細亜公論』─「アジアの中の日本」を考える素材として」; 羅京洙,「朝鮮知識人柳泰慶と『亜細亜公論』─移動·交流·思想」; 紀旭峰,「「半植民地中国」·「植民地台湾」知識人でから見たアジア」, 龍溪書舍, 2008.

22 裵姶美,「雑誌『亜細亜公論』と朝鮮」,『コリア研究』4, 立命館大学コリア研究センター, 2013.

도쿄의 대만 유학생에 대한 연구에서 『아세아공론』이 언급되기도 했다.[23] 한편, 『아세아공론』은 동북아역사재단이 주최한 학술대회를 통해 한국 학계에 소개된 후,[24] 관련 연구가 하나둘 제출되고 있다. 먼저 『아세아공론』은 동아시아 지역의 피식민지인 연대와 텍스트의 연쇄를 탐색하는 과정에서 언급된 바 있으나,[25] 발간주체와 발간언어의 혼종성에 의미를 부여했을 뿐 텍스트에 대한 상세한 분석까지는 이루어지지 않았다. 『아세아공론』에 대한 보다 구체적인 연구로는 권정희와 온우준의 연구를 들 수 있다. 권정희는 『아세아공론』에 수록된 황석우의 글을 독해함으로써 그의 문필활동에서 공백으로 남아 있던 1922년을 복원했으며,[26] 온우준은 『아세아공론』 필자들의 내정론 및 외교론, 식민지 인식 등을 분석하였다.[27] 그러나 현재 『아세아공론』에 관한 한국학계의 연구

---

23 後藤乾一, アジア太平洋討究早稲田大学アジア太平洋研究センター出版・編集委員会 編, 『大正デモクラシーと雑誌『亜細亜公論』-その史的意味と時代背景』, 2009.

24 동북아역사재단 편, 『동아시아의 지식교류와 역사기억』, 동북아역사재단, 2009; 紀旭峰, 「雑誌『亜細亜公論』にみる大正期東アジア知識人の連携-在京台湾人と朝鮮人青年の交流を中心に」, 『아시아문화연구』 17, 가천대 아시아문화연구소, 2009. 덧붙이면 『동아시아의 지식교류와 역사 기억』에서 『아세아공론』이 비중 있게 다루어지는 부분은 '제2부 아시아주의의 연쇄'인데, 여기에 포함된 지쉬펑과 라경수의 논문은 영인본의 해제와 대동소이하다.

25 황동연, 『새로운 과거 만들기-권역 시각과 동부아시아 역사 재구성』, 혜안, 2013, 202쪽; 정병호, 『동아시아의 일본어잡지 유통과 식민지문학』, 역락, 2014. 다만 황동연은 이 책에서 『아세아공론』에 대해 "1917년 창간된" 잡지라고 서술하고 있는데 이는 오류이다. 『아세아공론』의 창간은 1922년 5월이다. 『아세아공론』과 『대동공론』의 서지사항과 수록 기사 제목은 부록 참고.

26 권정희, 「『아세아공론』 소재 황석우의 글쓰기」, 『한국문화연구』 26, 이화여대 한국문화연구원, 2014. 1910년대 황석우의 생애와 문학활동에 대해서는 이종호, 「1910년대 황석우의 일본 유학과 문학 활동-새롭게 발굴한 일본 동인지 『リズム』[리듬]을 중심으로」, 『민족문학사연구』 81, 민족문학사연구소, 2023 참고.

27 온우준, 「다이쇼기 다국인 잡지 『아세아공론』의 일본인 필자의 구성과 정론」, 서울대 석사논문, 2021.

는 특정 인물이나 주제 등에 국한되어 진행된바, 『아세아공론』을 하나의 매체로 바라보는 관점은 부족한 것이 사실이다. 『아세아공론』 소재 문학 텍스트에 대한 논의가 전무하다는 점 또한 문제적이다. 『아세아공론』이 평론과 문예를 두 축으로 하는, 당대의 전형적인 종합지의 짜임새를 보이는 잡지였다는 사실을 감안할 때,[28] 문학 텍스트를 간과한 선행 연구의 한계는 명백하다 하겠다.

『기독청년』과 『현대』, 『아세아공론』의 담론 분석의 주춧돌 역할을 하는 역사적, 사상사적 연구도 빼놓을 수 없다. 재동경YMCA의 태동기였던 1900년대부터 약 한 세기에 가까운 1990년대까지의 역사를 정리한 유동식의 연구는 재동경YMCA의 조직적, 인적 변화, 위기 등을 면밀히 추적한다.[29] 1910~1920년대 일본 내 동아시아 청년들의 운동과 실천에 천착한 연구로는 마쓰오 다카요시松尾尊兌와 오노 야스테루小野容照, 지쉬핑紀旭峰의 저작을 들 수 있다. 마쓰오 다카요시는 다이쇼를 상징하는 인물인 요시노 사쿠조와 조선인 청년들의 교류를 세밀하게 추적함으로써 이들의 교류가 요시노 사쿠조의 반제국주의적 사상에 긍정적으로 작용했음을 규명했다.[30] 오노 야스테루는 3·1운동을 동아시아라는 관점에서 조망하면서 이 사건을 전후로 하여 조선인 청년들의 분주한 활동과 이합집산을 정치하게 논했으며 그 과정에서 일본, 중국과의 연대가 이루어졌음을 밝혔다.[31] 마지막으로 지쉬핑은 여러 사료와 매체를 바

---

28   後藤乾一, 「日本近現代史研究と『亜細亜公論』-「アジアの中の日本」を考える素材として」, 29쪽.

29   유동식, 『소금 유동식 전집 제6권─교회사 II 재일본한국기독교청년회사』, 한들출판사, 2009.

30   松尾尊兌, 『民本主義と帝國主義』, みすず書房, 1998.

31   小野容照, 『朝鮮独立運動と東アジア─1910~1925』, 思文閣出版, 2013.

탕으로 다이쇼기 대만인의 일본 유학의 전모를 밝히면서 대만 청년들과 일본인 지식인, 중국인 청년들, 조선인 청년들 간에 적극적인 교류가 오갔던 장면들을 포착해 낸다.[32]

이 책은 이상의 연구성과를 바탕으로 하되, 『기독청년』과 『현대』, 『아세아공론』을 도쿄라는 공간에서 기독교, 사회주의, 아시아에 대한 상상이 화학적으로 상호작용하면서 형성된 담론의 총체로 재맥락화 하고자 한다. 이를 위해 이 책은 크게 다음과 같은 시각을 견지한다. 첫째, 『기독청년』, 『현대』, 『아세아공론』을 발간지인 도쿄의 장소성에 근거하여 재독할 것이다. 이들 세 잡지는 공히 조선인에 의해 도쿄에서 발행되었다. 전술한 것처럼, 매체의 발간지는 매체 발간의 주체, 생산과정, 유통경로 등에 영향을 미치는 중요한 요소이다. 식민지의 지식인 청년이 발간주체가 되어 제국의 수도인 도쿄에서 조선어, 혹은 다국어로 매체를 발간하는 행위는 다각적으로 분석될 필요가 있다. 특히 이 시기의 도쿄가 동아시아 반제 연대의 거점이 되었다는 점을 상기할 때,[33] 이 잡지들의 지면 안팎에서 일어나던 다양한 활동을 도쿄라는 공간과 장소성에 근거하여 재구할 필요가 요청되는 것이다.

도쿄라는 공간과 표상에 관한 논의로는 우미영,[34] 허병식,[35] 권은[36]

---

32 紀旭峰, 『大正期臺灣人の「日本留学」研究』, 龍溪書舍, 2012.

33 황동연, 『새로운 과거 만들기-권역시각과 동부아시아 역사 재구성』, 혜안, 2013, 제 5~6장 참고.

34 우미영, 「동도(東度)의 욕망과 동경(東京)이라는 장소(Topos)」, 『한국학』 30(4), 한국학중앙연구원, 2007; 「조선 유학생과 1930~31년, 동경(東京)의 수치-박태원의 「반년간」을 중심으로」, 『한국문학이론과 비평』 21(4), 한국문학이론과비평학회, 2017.

35 허병식, 「장소로서의 동경(東京)-1930년대 식민지 조선 작가의 동경 표상」, 『한국문학연구』 38, 동국대 한국문학연구소, 2010.

36 권은, 「제국-식민지의 역학과 박태원의 '동경(東京) 텍스트'」, 『서강인문논총』 41, 서강대 인문과학연구소, 2014; 「한국 근대소설에 나타난 동경(東京)의 공간적 특성과

의 연구를 들 수 있다. 이 연구들은 도쿄를 통해 문학 텍스트에 접근하는 흥미로운 시각을 제시하고 있으나, 도쿄라는 도시가 또 하나의 주체로서 식민지 청년들과 어떠한 영향을 주고받는지에 대한 언급은 미미하다. 또한 이상의 연구들은 조선 유학생들의 도쿄 체험에 집중하고 있기 때문에 1920년 전후의 도쿄가 아시아 청년들의 연대 공간으로 기능했다는 사실은 주요한 분석 대상으로 다루어지지 않는다.

둘째, 기독교가 초국적 연대와 상상의 담론자원이자 활동의 통로로 기능했다고 본다. 선행 연구를 통해 확인할 수 있는 것처럼 기독교는 근대적 자아와 내면의 형성에 적지 않은 영향을 미쳤고 그 영향은 문학 텍스트에 중층적으로 반영되었다. 나아가 기독교가 형성한 자아는 세계관에 결부되어 국가, 사회, 민족을 바라보는 관점에 개입했다. 이에 이 연구는 여러 자료를 통해 기독교와 결합, 분기되는 다종다양한 담론의 양상과 그 의미를 분석하고, 그 과정 속에서 기독교의 행방을 추적할 것이다. 이 시기 기독교가 의식의 차원에 머무는 데 그치지 않았다는 점 역시 특기할 필요가 있다. 특히 기독교 청년조직인 YMCA가 세계적 보편종교라는 특징을 바탕으로 초국적 인적 네트워크와 연대를 실현하는 실천의 토대로 기능했음을 논구할 것이다.

셋째, 수평적이고 복선적複線的인 초국적 연대에 주목한다. 기실 기왕의 연구에서 조선인 유학생들과 일본 지식인들의 교류는 주요한 주제 중 하나였다. 이러한 맥락에서 조선인 유학생에게 여러 지원을 아끼

재현 양상 연구―동경의 동부지역과 재동경(在東京) 조선인 노동자를 중심으로」, 『우리어문연구』 57, 우리어문학회, 2017; 「한국 근대소설에 나타난 동경의 공간적 특성과 재현 양상 연구(2)―동경의 서부지역과 동경 유학생을 중심으로」, 『구보학보』 23, 구보학회, 2019.

지 않았던 요시노 사쿠조吉野作造나, 조선인과 일본인의 교류의 장이 되었던 신인회新人會와 여명회黎明會가 중요하게 언급되곤 했다. 그러나 이러한 양상의 교류에 착목한 기존의 연구는 다음과 같은 관점에서 재고될 필요가 있다. 첫째, 요시노 사쿠조나 여명회를 중심으로 전개된 초국적 교류에서는 일본 지식인과 조선인 유학생 사이의 위계를 소거하기 어렵다. 명망 있는 장년의 학자와 피식민 청년의 교류에 대한 기술은 후자에 대한 전자의 온정적 태도가 초점화되는 경향이 있었다. 이를테면 요시노 사쿠조는 조선인 학생들에게 학업과 생계 등 여러 방면에서 '도움을 주는' 인물로 서술되는 것이다. 둘째, 일본-조선이라는 단선적인 교류로는 피식민 청년들 간의 만남과 연대의 가능성이 위축된다는 문제점이 있다. 여러 한계에도 불구하고 신인회와 여명회가 반제국주의적인 성향을 띠었으며 조선에 동정적인 태도를 취했던 것은 부인하기 어렵다. 이들은 대만을 향해서도 유사한 입장을 취했다. 그러나 일본-조선, 일본-대만의 교류에만 주목한다면 연대의 확장성을 기대하기 어렵다. 이에 본고는 아시아 청년들의 자발적인 연대의 시도와 실천에 초점을 맞추고자 한다.

2. 담론공간으로서의 도쿄에 접근하기 위하여

본격적인 논의에 앞서 이 책의 주목하는 『기독청년』, 『현대』, 『아세아공론』에 관한 기본적 사실과 그 특징을 개괄하도록 하겠다.

먼저 재동경기독교청년회이하 재동경YMCA의 기관지로 발간되었던 『기독청년』과 『현대』의 서지를 보자. 『기독청년』은 1917년 11월부터 1919년 12월까지 총 16호가 발행되었으며,[37] 『기독청년』의 후신인 『현대』는

1920년 1월부터 1921년 2월까지 총 9호가 발행되었다. 현재 『기독청년』 창간호는 실물을 확인할 수 없기 때문에 『기독청년』이 스스로 천명한 창간 목적은 알 수 없다. 그러나 "기독교청년회", 즉 YMCA를 "복음주의하에서 종파 이외에 존립한 청년단"이라 설명하면서 "덕육, 지육, 체육을 발달케 하여 사회의 복음을 증진케" 하며, "청년들에게 심령상 안녕을 주고 도덕적 각성을 일으키어 고결한 생활을 하도록 노력"[38]하는 데 단체의 목적이 있다고 밝히는 대목로 미루어 『기독청년』 역시 이러한 지향을 표명했을 것이라 추측할 수 있다. 『현대』는 "인도주의Humanism 아래서 세계를 표준으로 삼고 노력"할 것을 다짐하면서 인습적, 배타적, 보수적인 생활을 타파하고 "현대적인 생활"을 건설하는 데 "『현대』의 탄생된 뜻"이 있다고 밝힌다.[39] 『기독청년』과 『현대』는 매체적 특성상 담론과 실천이라는 양면적 독해를 요구한다. 먼저, 『기독청년』과 『현대』는 조선의 기독교에 사회적, 민족적 역할을 부과하는 논리가 어떻게 조직되었는지, 그리고 이러한 논의가 이후 사회주의와 어떻게 접합되었는지를 재구하는 데 있어서 중요한 참조점이 된다. 동시에 이 잡지들이 범세계적으로 구성된 YMCA 조직의 기관지였다는 사실도 간과해서는 안 된다. 실제로 『기독청년』과 『현대』는 재동경YMCA가 주최한 다양한 행사나 세계 각지에 흩어진 YMCA의 소식을 소상히 전달하는 창구 역할도 수행했다. 따라서 『기독청년』과 『현대』를 깊이 있게 독해하기 위해서는 지면뿐 아니라 재동경YMCA의 활동까지 시야에 넣을 필요가 있다. 이

---

37 『기독청년』의 상세한 서지는 김민섭, 「『기독청년』 연구」, 연세대 석사논문, 2010, 19~24쪽 참고.

38 정노식, 「기독교청년회의 기원과 및 사업」, 『기독청년』 6, 1918. 4.

39 「머리말」, 『현대』 1, 1920. 1.

렇게 재동경YMCA의 실천으로 연구의 범위를 확장할 때 YMCA를 기반으로 하는 초국적 연대의 양상은 보다 분명히 포착될 수 있다.

『아세아공론』은 조선인 청년 유태경^{柳泰慶}에 의해 1922년 5월에 창간된 잡지이다. 매달 안정적으로 발간되어 1923년 1월까지 총 9호가 발행되었으며 1923년 7월 『대동공론』으로 개제^{改題}하여 발행을 이어간다. 『아세아공론』은 창간호의 「사고^{社告}」에서 매체의 정체성과 지향을 다음과 같이 천명한다.

> 「사고」
> ④ 본지는 아시아 각국인의 여론기관이므로 제군은 기탄없는 의견의 발표를 부탁합니다.
> (…중략…)
> ⑦ 본지는 중국, 일본, 조선 3국의 문체로 하여 아시아 각국 명사 숙녀의 의견을 발표함과 동시에 동경에서 유학하는 각국 유학생의 사정과 소식을 게재하며 또한 일반 정경, 외교, 교육 종교, 사회, 노동, 여자계, 문예, 기타 각종 게재를 하오니 최고의 효과와 재미로 지금까지의 잡지계에서 유례를 볼 수 없는 기록물입니다.[40]

『아세아공론』이라는 제호를 통해 드러나듯, 이 잡지는 아시아의 연대를 표방하고 "아시아 각국인의 여론기관"이 될 것임을 언명했다. 중국어, 일본어, 조선어 3개 국어를 혼용하는 과감한 편집 정책은 아시아인의 자유로운 의견교환을 실현하기 위한 첫걸음으로 상정되었다.

---

40 「사고」, 『아세아공론』 창간호, 1922.5. 별도의 언급이 없는 한 이하 『아세아공론』을 포함한 일본어 자료의 인용은 모두 저자의 번역이다.

아시아 연대에 대한 지향은 『아세아공론』의 필진 구성을 통해서도 드러난다. 당시 재경조선인·대만인 경영의 매체가 일부 일본인 필자를 제외하면 '같은 민족'의 원고로 채워졌던 데 반해, 『아세아공론』은 일본인은 물론 조선인, 대만인, 중국인, 인도인의 참여까지 이끌어냄으로써 다채로운 담론장을 창출했다. 눈여겨 볼 만한 필자를 일별해 보면, 일본 측에서는 소일본주의, 나아가 식민지방기론을 주장했던 미우라 데쓰타로三浦鐵太郎와 이시바시 단잔石橋湛山, 조선인 유학생들과도 활발히 교류했던 기독교 사회주의자 아베 이소安部磯雄, 사회주의 이론가 오야마 이쿠오大山郁夫 등을 들 수 있다. 그밖에 대만인 유학생 잡지인 『대만청년』의 주간을 맡았던 차이베이훠蔡培火, 중국 국민당 간부이자 쑨원孫文의 측근으로 알려져 있는 다이지타오戴季陶 등, 대만인, 중국인 필자의 활약도 꾸준했다. 일본으로 망명한 인도의 무장독립운동가 보스 라스비하리Rash Behari Bose도 적지 않은 글을 남겼다. 조선인으로는 황석우, 김희명金熙明,[41] 김금호金琴湖 등이 눈에 띈다.

이상의 세 잡지는 공히 기독교를 반제국주의적 담론자원으로 활용한다는 점에서 눈길을 끈다. 『기독청년』과 『현대』는 기독교라는 보편종교를 근거로 자유와 평등의 가치를 역설함으로써 궁극적으로는 일본의 제국주의적 폭력을 비판하고 있으며, 『아세아공론』은 인류애를 강조하며 일본의 침략주의를 규탄한다. 그러나 이는 이 잡지들이 종교적인 글

---

41 김희명은 『아세아공론』과 『대동공론』에 사회주의적 색채가 감지되는 사회평론과 자작시를 발표했으며, 일본 프로문학의 주요 지면이었던 『문예전선(文藝戰線)』, 『문예투쟁(文藝鬪爭)』, 『전위(前衛)』, 『전진(進め)』 등에도 이름을 올렸다. 1925년에는 『조선문단』에 시를 발표하며 조선어 창작을 시작했다. 김희명의 생애와 문학 활동에 대해서는 박경수, 「일제하 재일문학인 김희명(金熙明)의 반제국주의 문학운동 연구－그의 시와 문학평론을 중심으로」, 『일본어문학』 37, 일본어문학회, 2007; 이수경, 「재일 디아스포라 작가 김희명(金熙明)」, 『재외한인연구』 45, 재외한인학회, 2018 참고.

만을 고집했다는 의미는 아니다. 참고로, 『기독청년』과 『아세아공론』의
투고 안내를 보자.[42]

(가)『기독청년』 투고 안내

一. 투고의 범위는 언론, 종교, 학술, 문예, 전기 급 기타정치시사의 평론은 불수不受

一. 용지는 십행 이십자의 원고용지

一. 사자寫字는 해정서楷正書 언문정음諺文正音[43]

(나)『아세아공론』 투고 안내

『아세아공론』은 인류의 향상에 이바지하기 위해서라면 전지全誌의 해방도 아
끼지 않는다. (…중략…) 투고규정으로 제한 등은 절대 하지 않으므로, 본지
를 자유 그 자체로 생각해도 무방하다. 논문, 창작, 인물평, 연구, 시평, 등, [투
고문의 장르를] 길게 써내려 가는 것이 속박이 되기도 할 터이니 [그저] 독자의
자유에 맡긴다. 중국문, 조선문, 영문 기타 어떤 국문으로 하여도 환영한다.[44]

위의 인용을 통해 확인되듯이, 세 잡지 중 종교적 색채를 특히 표면
화했던 『기독청년』조차 기독교 외의 여러 분야에도 개방적인 태도를 취
했으며, 『기독청년』, 『현대』, 『아세아공론』으로 이행하는 시간적 흐름 속
에서 종교성이 점차 탈색되고 있다는 점 또한 부인할 수 없다. 그러나 기
독교를 담론자원으로서 활용하여 반제국주의 논리를 구축하는 양상은

---

42 『현대』는 길이와 문체에 관한 언급만 있을 뿐, 투고문의 성격에 대한 별도의 안내는 제
시하지 않았다.
43 「투고주의」, 『기독청년』 6, 1918.4.
44 「투고환영」, 『아세아공론』 창간호, 1922.5.

세 잡지에서 공통적으로 드러나며, 이 세 잡지를 당대의 다른 잡지들과 구별짓는 지점이기도 하다.

덧붙여 이 책에서 쓰이는 '재일본 조선인 잡지'라는 용어에 관해서도 첨언할 필요가 있다. 선행 연구를 통해 확인할 수 있는 것처럼 그간 1910~1920년대 재일본 조선인 잡지에 관한 연구는 '유학생 잡지'에 집중된 경향이 짙다. 본 연구가 주목하는 『기독청년』과 『현대』 역시 유학생 잡지의 맥락에서 조명되면서 그 위상이 논구되었다. 그러나 '유학생 잡지'라는 용어에는 고정적인 내포가 상당하다. '유학생 잡지'로 분류되는 대부분의 잡지는 필자와 독자가 모두 유학생으로 구성된 조선어 잡지이다. 그렇다면 '유학생 잡지'는 발간주체와 독자, 언어 등, 잡지의 주요한 특질을 고정하는 용어인 셈이다. 그러나 『아세아공론』은 언어나 필진, 독자 등 여러 면에서 '유학생 잡지' 분류군에 포함되기 어렵다. 비록 『아세아공론』을 이끈 유태경이 와세다대학에 적을 둔 유학생 신분이었다고 해도 『아세아공론』을 '유학생 잡지'의 맥락 내에 위치시키기에는 난점이 적지 않다. 따라서 매체의 발간 주체에 초점을 두고 '재일본 조선인 잡지'라는 용어를 사용하고자 한다. 이러한 용어는 연구의 연속성을 고려할 때 특히 유리한 측면이 있다. 재일본 조선인 잡지라는 용어는 유학생이라는 신분이 아니라 민족성에 초점을 맞춘 용어이다. 따라서 일본 내 조선인 사회의 구성원이 다변화하는 1920년대 이후까지 매체 연구를 지속하기 위해서는 재일본 조선인 잡지라는 용어의 강점이 분명하다 할 것이다. 또한, 해방 이후 여러 사정으로 일본에 남았던 코리안 디아스포라를 통상 '재일 조선인'으로 지칭한다는 사실도 필히 고려해야 할 사항이다. 이에 이 책은 '재일본 조선인'이라는 단어를 사용함으로써 재일 조선인과의 혼동을 피하고자 하였다.

매체연구는 실증적 탐구와 담론적 분석이라는 두 축으로 지탱된다. 이에 본 연구는 첫째, 잡지 발간에 관여한 다양한 요인들을 복합적으로 고려하는 실증적 독해를 바탕으로 담론 분석을 수행할 것이다. 여기서 말하는 잡지 발간에 관여하는 요인에는 잡지의 주간主幹이나 필진과 같은 메시지 발신자, 나아가 담론에 영향을 미친 지적, 사상적 배경, 발행 공간, 잡지의 발간과 유통에 개입하는 법률 등을 포함한다. 이는 이들 잡지가 텍스트 외부의 상황과 긴밀히 연동되어 있음을 고려한 것이다. 예컨대, 『기독청년』과 『현대』를 독해함에 있어서는 재동경YMCA의 다양한 문화적 활동과 행사, 그로 인해 촉발되는 인적 교류를 폭넓게 살필 필요가 있다고 보는 것이다. 텍스트 자체는 물론, 텍스트를 둘러싼 주변적인 요인까지 시야에 넣을 때 언어화되지 못한 담론의 이면은 비로소 어렴풋하게 그 형상을 드러낼 것이다.

둘째, 이 연구는 매체 발간의 근거지가 된 도쿄가 공간적으로 중요한 의미를 지니고 있었음을 전제로 한다. 공간연구의 선구자라 할 수 있는 이 푸 투안Yi-Fu Tuan에 따르면 특정 장소는 수동적인 배경이 아니라 인간 주체와 역동적으로 상호작용하는 또 하나의 주체로 기능한다.[45] 에드워드 렐프Edward Relph는 인간의 실존이 이루어지는 '생활세계'를 '장소'라는 공간적 범주로 탐색하는 현상학적 장소론을 고안한 바 있다. 인간의 실존적 토대인 장소가 인간이 세계를 바라보고 세계와 관계맺는 방식에 관여한다고 본 것이다.[46] 이러한 시각은 잡지 발간 행위에도 적용될 수 있다. 잡지 발간지는 필자와 대상 독자, 유통 등 다양한 요인을 고려하여 선택되지만, 가용 필진의 범위, 현지의 사상 등, 발간지가 지닌 고유한

---

45 이-푸 투안, 구동회·심승희 역, 『공간과 장소』, 대윤, 2007, 19쪽.
46 에드워드 렐프, 김덕현 외역, 『장소와 장소상실』, 논형, 2005.

상황이 잡지의 담론에도 영향을 미친다. 즉, 『기독청년』과 『현대』, 『아세아공론』을 둘러싼 여러 요인들 중에는 도쿄라는 장소가 있다는 것을 간과해서는 안 된다.

그러나 이 책은 하나의 도시나 장소를 균질적인 공간으로 상정하지 않는다. 하나의 장소는 여러 개의 공간을 동시에 포함할 수 있으며, 복수의 공간이 배치된 양상은 복잡한 권력관계를 엿볼 수 있는 창이 되기도 한다.[47] 제국의 수도로서 여러 민족을 흡인하던 도쿄는 민족적으로나 담론적으로 혼종적인 공간이었다. 푸코의 용어를 빌어 말하자면 도쿄는 곳곳에서 헤테로토피아^{Heterotopia}의 열림과 닫힘이 반복되는 공간이었다. 헤테로토피아는 전복과 경계적인 속성을 지니는 일종의 반反공간이자 사회적 대항의 공간으로서, 푸코는 이 헤테로토피아라는 개념을 물리적 공간뿐 아니라 담론적 차원에도 적용한 바 있다.[48] 20세기 초 일본은 근대화를 선취한 아시아의 제국이자 '선진국'으로서 이웃 국가들의 청년들을 유인했다. 그런 점에서 제국의 수도인 도쿄는 제국주의적 담론과 반제국주의적 담론이 강하게 충돌하는 공간이었다. 본 연구가 주목하는 다양한 공간과 단체, 매체 등이 지닌 혼종적이고 저항적 특성은 헤테로토피아라는 관점을 통해 독해될 수 있을 것이다.

셋째, 1910년대부터 1920년대 중반까지, 기독교가 지닌 담론자원으로서의 잠재력이 발현되고 또 쇠퇴하는 과정을 면밀히 추적한다. 담론자원은 공공성을 향한 실질적인 접근을 근본적으로 결정하는 요소로서, 구사하는 어휘에 크게 좌우된다.[49] 예컨대 자유와 평등, 인류애 등의

---

47 외르크 되링·크리스탄 틸만 편, 이기숙 역, 『공간적 전회』, 심산, 2015, 93쪽.
48 미셸 푸코, 이상길 역, 『헤테로토피아』, 문학과지성사, 2016, 11~27쪽; 이광래 역, 『말과 사물』, 민음사, 1994.

어휘가 부상하고 그 의미가 충전되는 과정에는 기독교의 교리가 빈번히 개입했으며, 보편적 가치를 지향하는 이러한 어휘는 일본 제국주의의 대항 담론에 비근하게 호출되었다. 이 과정에서 기독교의 위상은 종교적 절대성에서 사회윤리적 가치로 이동하게 된다. 이와 관련하여 세속화에 관한 도미니크 라카프라Dominick LaCapra의 논의를 참고할 수 있다. 그는 세속화를 종교적인 것에서 세속적인 것으로 이동하는 단선적인 과정이나 둘 간의 급진적이고도 전면적인 단절로 보지 않는다. 오히려 세속화의 문제는 어떤 시점이나 다양한 양상을 보이는 시간의 흐름 속에서 종교적인 것과 세속적인 것 사이에서 일어나는 복잡한 상호전치displace-ment라 할 수 있다.[50] 이 책은 이러한 관점을 『기독청년』, 『현대』, 『아세아공론』에 적용하여 종교적인 것과 세속적인 것이 끊임없이 상호작용 하는 과정에서 기독교의 교리 중 자유와 평등, 인류애 등의 가치가 특별히 부각되고, 이러한 가치가 사회윤리적 가치로서 번역되면서 사회주의와 접합하는 추이를 살필 것이다.

넷째, 텍스트 내부와 외부의 조건을 동시에 고려하기 위해 리터러시literacy 개념을 활용할 것이다. 리터러시는 단순히 읽고 쓰는 능력만을 의미하지 않는다. 리터러시란 자신이 속한 언어와 문화의 코드를 해석하는 능력을 포괄하는 개념이며, 그렇기 때문에 사회, 문화적 맥락, "글쓰기 공간writing space"에 의해 끊임없이 갱신되는 유동적인 개념이다.[51]

---

49 사이토 준이치, 윤대석 외역, 『민주적 공공성』, 이음, 2009, 33~34쪽.

50 도미니크 라카프라, 육영수 역, 『치유의 역사학으로』, 푸른역사, 2008, 284쪽. 이에 관한 자세한 논의는 Dominick LaCapra, *Representing the Holocaust : history, theory, trauma*, Cornell University Press, 1994의 '6. The Return of the Historically Repressed' 참고.

51 Jenny Cook-Gumperz, *The Social Construction of Literacy*, Cambridge University Press; 2nd edition, 2006; Jay David Bolter, *Writing space : The computer, hypertext and the history of writing*, Hillsdale, N.J. : Lawrence Erlbaum Associates, 1991.

이 책이 주목하는 식민지기에는 검열이 리터러시의 기본 조건으로 전제되어 있었다. 당시의 필자는 검열의 기준을 의식하거나 내면화 한 채로 글쓰기에 임했다. 따라서 복자, 공백 같은 검열의 가시적 흔적이 지면에 드러나지 않는다 해도, 비가시적 요인으로서 검열이 글쓰기 행위에 개입하고 있음을 유념할 필요가 있다. 검열의 압력은 독자들의 읽기 행위에도 영향을 미쳤다. 독자들은 검열제도와 주체를 가시화하는 여백이나 뭉개진 자국을 왕왕 마주했다. 그러나 이들은 독해와 의미 파악을 저해하는 이러한 장해물을 무의미한 기호로 남겨두지 않고, 오히려 적합한 의미를 부여하려는 노력을 기울이면서 독서행위를 지속하게 된다. 요컨대 검열을 의식하거나, 검열에 저항하는 쓰기 및 읽기 행위가 필자와 독자 양측에서 역동적으로 이루어졌고, 이것이 독특한 리터러시 환경을 조성했던 것이다. 이 책은 검열을 전제로 채 진행되는 글쓰기 행위와 독서행위를 '반反검열 리터러시'라 칭하고, 이것이 어떻게 드러나는지를 살펴볼 것이다. 이 과정에서 메시지 전달의 프로세스에 관한 스튜어트 홀Stuart Hall의 시각을 차용한다. 홀은 발신자의 메시지가 코드화를 거쳐 발화되고 수신자는 그 코드를 해독하는 방식으로 메시지가 전달되며, 또한 담론의 구성과정에서 각각의 상이한 요소가 통합, 연결되는 절합articulation이 일어난다고 본다.[52] 이 책은 이러한 관점을 수용하여 검열이라는 리터러시 환경 속에서 필자의 코드화와 독자의 코드 해독 과정이 상호적으로 일어나는 과정과 민족, 반제국, 인류애 등의 가치가 절합되는 양상을 살필 것이다.

이 책의 구성은 다음과 같다.

---

52 스튜어트 홀, 임영호 편역, 『문화, 이데올로기, 정체성—스튜어트 홀 선집』, 컬처룩, 2015, 417~436쪽.

제2장은 이어질 논의에 대한 예비적 고찰로서, 『기독청년』, 『현대』, 『아세아공론』의 발간지인 도쿄의 의미를 탐구한다. 20세기 초 도쿄는 다양한 힘으로 아시아 각국의 청년들을 유인했다. 도쿄는 식민지 본국으로서 고등교육을 희구하는 피식민 청년들의 유학지가 되었고, 서구의 제국에 대항하는 또 다른 제국의 수도로서 정치적 망명지로 기능하기도 했다. 이러한 인적 이동으로 인해 도쿄는 피식민인들의 민족적 자각과 민족을 초월한 연대의 장소가 되었다. 조선인 청년들은 도쿄의 표피뿐 아니라 제도, 습속, 생활양식 등을 심층적으로 관찰하면서 도쿄의 선진성을 실감하는 한편, 도쿄 '너머'의 공간이 있음을 인식하면서 도쿄에 비판적인 거리를 유지한다. 이들은 또한 고향과 가족에서 분리되어 개인의 시선을 확보함으로써 조선을 타자화한다. 이에 이방인이자 경계인인 조선인 청년들의 내면을 도쿄라는 공간과 연결지어 조망할 것이다.

2절은 아시아 청년들의 집결지가 된 도쿄에서 일어난 초국적 연대의 실천을 통시적으로 점검한다. 1910~1920년대 초 도쿄에서 일어난 초국적 연대는 신아동맹당, YMCA 네트워크 연대, 코스모구락부의 흐름으로 이어진다. 이 단속적斷續的 흐름을 일별하면서 반제국주의적 운동과 연대의 원리가 점차 사회주의로 정착되어 가는 궤적을 추적할 것이다. 신아동맹당은 민족적, 이념적 혼종성을 특징으로 하는 반제 결사체이다. 이 책에서는 신아동맹당이 재동경YMCA와 인적 구성원을 공유하고 있었다는 점을 보임으로써 두 단체가 모종의 연속성을 띠고 있음을 확인할 것이다. 다음으로 재동경YMCA의 활동과 실천은 재동경YMCA 청년 회관이라는 물리적 공간을 중심으로 탐색된다. 재동경YMCA 청년 회관은 세계적 조직체인 YMCA의 공간으로서 일종의 치외법권적 성격을 지녔다. 이로 인해 청년 회관은 보편적 세계종교의 공간인 동시에 민족적 정체성을 확인할 수 있는 정치적 공간으로 기능했다. 1920년대 초반에 등장한 코스모구락부는 피식민 청년뿐 아니라 일본인 사회주의자들이 대거 참여하면서 사회주의가 초국적 연대의 논리로 자리잡았음을 단적으로 보여준다.

3절에서는 담론공간으로서 도쿄가 지닌 특징을 검토하고, 이를 바탕으로 『기독청년』, 『현대』, 『아세아공론』의 좌표를 가늠한다. 당시 도쿄에는 각국에서 모여든 아시아 청년들이 제각기 발간한 잡지로 다종다양한 민족주의 담론이 비등했다. 제국의 수도는 식민지 모국에 비해 일본 내지의 검열이 느슨하다는 점을 전략적으로 이용하고자 했던 불온한 잡지들의 집결지가 되었다. 이러한 시공간적 특징 속에서 『기독청년』, 『현대』, 『아세아공론』이 각각 어떠한 의미를 지니고 있었는지를 알아볼 것이다.

제3장에서는 잡지 발간이 처한 환경과 그 환경 속에서 각각의 매체가 구사한 발화전략을 탐구한다. 1절은 『기독청년』, 『현대』, 『아세아공론』이 공유했던 검열의 조건을 탐색한다. '내지內地' 일본은 식민지 조선에 비해 완화된 검열기준이 통용되었지만 조선인 발간매체는 발간주체의 특수성으로 인해 엄격한 취체의 대상이 되었다. 관련 법규와 잡지를 실증적으로 독해하여 각각의 잡지에 어떤 법률이 적용되었는지를 재구하고, 이것이 발화와 담론을 어떻게 제한하고 있는지, 각각의 매체가 검열에 어떻게 응전하고 있었는지를 논구할 것이다.

2절과 3절에서는 검열의 압박 속에서 실천된 글쓰기 전략의 사례를 구체적으로 살핀다. 2절은 다양한 비유나 생략, '말할 수 없다'는 말하기가 검열을 피하기 위한 우회통로, 혹은 검열의 부당함을 역설하는 발화 전략이었음을 논한다. 3절에서는 『아세아공론』에 꾸준히 게재되는 짤막한 형식의 시사평론을 대상으로 정치적 저항의 수사가 발현되는 양상을 점검할 것이다.『기독청년』과『현대』,『아세아공론』이 보여준 여러 수사적 전략은 궁극적으로 '말할 수 없는 것'과 '말할 수 있는 것' 사이를 오가며 발화의 최대치를 가늠하기 위해 동원되었음을 확인한다.

4절에서는 일본 내에서 비일본어 글쓰기의 수행과 유통이 지니는 의미를 고찰하고『기독청년』과『아세아공론』의 언어운용 양상에 주목한다. 비일본어 매체를 발간하는 것은 그 자체로 일본어와 제국에 균열을 가하는 행위가 되었다. 비일본어 매체 발간은 제국의 검열 시스템에 부담을 가하고, 부하를 거는 효과가 있었기 때문이다. 또한 비일본어 매체가 감당해야 했던 검열상의 이례적인 엄격함은 제국의 비균질성과 통치의 미비함을 노출시켰다.『아세아공론』은 다국어 편집을 통해 필자의 발화 가능성을 비약적으로 증대시키고 어떤 언어의 화자이든 '말할 수 있는 주체'로 표상하고자 했다. 현실적 장벽으로 인해 이 구상은 이내 좌절되지만 크레올어화된 일본어와 비일본어 게재물은 언캐니^{uncanny}한 존재로 기능하며 제국의 균열을 웅변한다.

제4장에서는 기독교가 담론자원으로서 활용되는 양상을 점검한다. 1절에서는『기독청년』과『현대』의 게재글 뿐만 아니라 재동경YMCA에 관여했던 인물들이 남긴 여러 기록을 폭넓게 살핌으로써 기독교에 대한 이들의 인식이 어떻게 변화했는지를 살피고, 그 배후에 일본의 자유주의 신학의 영향이 있었음을 밝힌다.

2절에서는 기독교가 절대적 종교에서 벗어나 사회 윤리적 가치로서 습합되어 가는 양상을 추적한다.『기독청년』과『현대』의 필진들은 자유주의 신학관을 수용함으로써 기독교를 사회·정치적으로 전유할 가능성을 발견한다. 조선인 유학생들은 기독교의 지적·사회적 측면을 강조하는 일본의 기독교인들과 교류하며 보수화된 조선의 기독교를 타자화하는 한편, 실천적이고 현실적인 기독교의 가치를 강조한다. 이 과정에서 기독교 교리와 사회윤리를 절합하는 가치로서 덕德이 재발견되는 양상을 검토할 것이다.

3절에서는 『기독청년』과 『현대』에 연재되었던 「조지 윌리엄스전」의 저본을 확정하는 데서 시작하여, 이 연재물의 서사와 캐릭터를 분석하여 윌리엄스가 새 시대의 주체인 '기독청년'의 구체적 형상으로 제시되었음을 규명한다. 또한 원텍스트와의 대조를 통해 번역자와 독자의 욕망을 재구하고, 「조지 윌리엄스전」에 제시된 YMCA 정신과 기도는 일본을 매개하지 않고 서구, 혹은 보편과 접속할 수 있는 길로 의미화되었음을 확인할 것이다.

4절에서는 변희용을 하나의 사례로 독해함으로써 초국적 연대의 담론자원이 기독교에서 사회주의로 옮겨가는 궤적을 더듬어 볼 것이다. 『현대』의 필자로 활약하던 1920년대 초반의 그는 개혁주의 혹은 페이비언 사회주의에 가까운 입장을 보였는데, 이러한 논리에서는 미국의 사회복음운동의 영향력이 감지된다. 흥미로운 사실은 사회복음운동의 핵심인물인 리처드 일리Richard T. Ely가 메이지 사회주의자들의 주요 참조항이 되었다는 점이다. 기독교와 사회주의는 바로 이 지점에서 교차한다. 리처드 일리, 고토쿠 슈스이幸德秋水, 아베 이소로 이어지는 사상적 계보 속에서 변희용은 기독교와 사회주의의 공존을 모색하며 보수적인 기독교와 자본주의의 폐단을 동시에 극복할 실마리를 얻고자 했다. 그러나 그는 기독교라는 담론자원으로는 민족해방이라는 근본적 문제를 정면으로 취급할 수 없음을 인지하고 이후 사회주의로 기울게 된다.

제5장에서는 초국적 연대의 지향과 균열의 지점을 밝힌다. 1절에서

는『기독청년』이 YMCA 연대를 통해 '세계청년'으로서의 정체성을 강조하고 '천국'이라는 기독교적 상징을 동원함으로써 자유와 평등이라는 정치적 요구에 이르는 과정을 분석한다.『현대』에서는 자유의 확대라는 역사에 대한 믿음을 바탕으로 미래를 낙관하는 태도가 표면화된다. 그러나 이와 같은 낙관성의 이면에는 제1차 세계대전 이후 재편된 국제질서에 대한 회의적인 시각이 자리잡고 있었다. 이러한 시각을 기반으로『현대』의 표면을 장식하고 있는 낙관적 언설이 깊은 불안과 회의의 외피였음을 밝힐 것이다.

2절에서는『아세아공론』이 구축한 아시아 연대의 상상을 독해한다.『아세아공론』이 강조하는 완전히 수평적인 세계 연대의 상상은 '인류'라는 단어로 집약된다. '민족'이 배타성을, '인종'이 차별성을 환기하면서 분열의 어휘로 작동한다면, 최상위 범주의 집단으로서 애초에 반목과 차별이 불가능한 '인류'는 긍정적 가치로 충전된다. 그러나『아세아공론』이 '인류'를 평등의 표어로써 힘주어 강조했음에도 다양한 필자들은 아시아 내부에 존재하는 동포, 민족, 젠더, 인종 등의 다층적 경계를 곳곳에 노출시킨다. 이러한 난맥상 속에서 아시아 연대의 지향은 구체적인 방향을 찾지 못했고 추진력을 잃었다.

3절은『아세아공론』에 게재된 노세 이와키치能勢岩吉의 문학 텍스트를 녹해한다. 그는『아세아공론』이 발간되는 동안 매호 평균 1편 이상의 글을 실은 주요 필자이다. 이는 그가 반제국주의와 피압박 민족의 연대라는『아세아공론』의 지향에 동조하고 있었음을 방증한다. 그러나 그의 글에서는『아세아공론』이 내건 기치와 상충되는 제국주의의 문법이 발견되기도 한다. 이처럼 혼종적이고 분열적인 내면은 문예물에서 특히 잘 드러난다. 일본인 남성의 식민지 여행기로 읽힐 수 있는 그의 글은 아시아 연대라는 『아세아공론』의 지향이 생각보다 쉽게 좌초될 것임을 징후적으로 암시한다.

4절에는 『아세아공론』의 담론 속에서 조선이 점하는 좌표를 규명한다. 다수의 일본인 필자들은 대체로 인도주의적 관점에서 조선 문제를 논한다. 그러나 이들은 자유와 평등, 평화라는 자신의 표면적 주장과 일본의 조선 통치라는 현실의 문제를 조화시키지 못했다. 다음으로는 비일본인 필자들의 논의를 점검한다. 대만인 차이베이휘와 인도인 라스 비하리 보스는 복수의 제국을 설정하고 피식민 연대의 구상을 제출했지만 그 과정에서 일정한 한계를 보였다. 한편, 조선인 필자들은 한일병합과 3·1운동에 관한 일본 내 주류 담론을 공박하고, 여러 자료를 통해 식민통치의 가시적 성과로 거론되는 경제적 성장의 허명을 비판한다. 이는 곧 『아세아공론』이 방식으로 끊임없이 일본 내지에 외지를 끌어오고, 일본 내부의 바깥을 환기하는 방식이었다.

제 2 장

민족 자결 의
전 후 와　　제 도^{帝都}

도쿄라는 시공간

1. 초국적 연대의 토포스topos로서의 도쿄

1) 도쿄, 피식민 청년들의 로두스

일본이 근대적 국민국가로 거듭난 19세기 후반, 가장 극적인 변화를 보인 도시는 단연 도쿄였다. 이 무렵의 도쿄는 에도江戶 지역을 대표하는 지방 도시의 이미지를 벗고 '국가의 도시'라는 특권과 상징성을 지닌 장소로 탈바꿈했다. 긴자銀座 벽돌가 계획1872, 히비야日比谷 관청집중계획1887, 마루노우치丸の内 오피스빌딩가 계획1890이 순차적으로 진행되면서 도쿄는 서구적 근대도시의 경관을 신속하게 갖추어 나갔다.[1] 이와 함께 도시 기반사업과 도시 내 지역 분화 또한 동반되었다. 이로써 도쿄는 명실상부한 아시아의 대도시로 부상했다.[2]

'동양의 런던'으로 불렸던 도쿄는 단순히 휘황찬란한 도시이기만 한 것은 아니었다. 일본보다 근대화에 뒤처졌던 한국, 대만, 중국의 청년들에게 도쿄는 문명을 가시화하는 공간으로 의미화되었다. 특히 고등교육의 기회라는 면에서 보자면, 현실적으로 이들에게 도쿄보다 나은 선택지는 없었다고 해도 과언이 아니었다.

먼저 한국의 경우를 보자. 한국인조선인의 일본 유학은 1876년 한일수호조약을 계기로 본격화된다.[3] 공식적인 기록에 등장하는 한말 최초의 일본 유학생은 1881년 신사유람단의 일원으로 일본 정식 학교에 입학하여 수학했던 유길준, 윤치호 등이다. 이후 주로 개화파 인사들에 의

---

1   이토 다케시, 「근대 도쿄의 도시공간」, 서울시립대 서울학연구소 편, 『서울, 베이징, 상하이, 도쿄의 대도시로의 성장과정 비교연구』 1, 서울시립대 서울학연구소, 2006, 191~195쪽.
2   나리타 류이치, 서민교 역, 『근대 도시공간의 문화경험』, 뿌리와이파리, 2011.
3   차배근, 『개화기 일본 유학생들의 언론출판활동연구』 1, 서울대 출판부, 2000, 5~7쪽.

〈그림 1〉마루노우치 전경(1911), 『東京風景』, 小川―真出版部, 1911.

해 주도된 유학생 파견은 갑신정변의 실패로 약 10년간 중단되었지만 1894년부터 재개되어 1895년에는 백 명이 넘는 대규모의 관비유학생이 파견된다.[4] 정치적 상황에 따라 다소간의 부침을 보이기는 하지만 전반적으로 도일 유학생의 수는 1910년까지 증가하다가 1910년 한일병합을 전후로 하여 감소세로 돌아선다.[5] 그러나 이러한 정치적 상황 변화에도 불구하고 조선의 열악한 교육 여건은 청년들이 도일을 결정하는 불가피한 이유가 되었다. 1911년 조선교육령이 공포됨으로써 식민지 조선에서 고등교육을 기대하기란 거의 불가능해졌다. 조선인 학교의 학제에 따르면 초등교육기관인 보통학교와 중등교육기관인 고등보통학교의

---

4 김영모, 『한말 지배층 연구』, 한국문화연구소, 1972, 166쪽.

5 『학지광』의 「일본유학생사(日本留學生史)」는 1897년부터 1915년까지 유학생 수의 증감을 나타낸 통계를 아래와 같이 제시하고 있다. 한일병합이 있었던 1910년을 기점으로 유학생 수가 크게 감소하는 현상에 대해 이 글의 필자는 "대세의 변(變)"을 반영한 "오인의 자연지세(自然之勢)"라 분석한다. 「일본유학생사」, 『학지광』 6, 1915.7, 12~13쪽.

〈표 1〉 1897~1915년 기존 · 신도(新渡) 재일 유학생 통계표

연도	1897	1898	1899	1900	1902	1903	1904	1905
기존	150	161	152	141	140	148	102	197
신도	160	2	6	7	12	37	158	252
연도	1906	1907	1908	1909	1910	1911	1912	1913
기존	430	554	702	739	595	449	502	430
신도	153	181	103	147	5	93	58	107

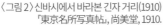

〈그림 2〉 신바시에서 바라본 긴자 거리(1910)　　　〈그림 3〉 경시청(1911), 『東京風景』, 小川一真出版部, 1911.
　　　　『東京名所写真帖』, 尚美堂, 1910.

수업연한은 각각 4년이었고, 고등보통학교 이상의 고등교육은 제도적
으로 마련되지 않았다. 이러한 상황 속에서 대학 진학을 희망하는 고등
보통학교 졸업자들에게 유학 외의 다른 선택지는 주어지지 않았다.[6] 그
중에서도 도쿄는 단연 가장 많은 이들이 선택했던 유학지였다.[7] 서구적
근대성을 체험하면서도 지리적으로 멀지 않다는 점, 서구 대학보다 입
학이 쉽다는 점, 경제적 부담이 덜하다는 점 등은 조선의 유학생들을 유
인하는 요소가 되었다.[8]

　　1895년부터 일본의 통치를 받았던 대만의 상황 역시 조선과 크게
다르지 않았다. 대만은 1905년을 기점으로 과거제도가 폐지되면서 관
료 선발 방식이 변화했고, 그 결과 과거시험 응시를 위해 설치되었던 구

6　박찬승, 「1910년대 도일유학과 유학생활」, 『역사와 담론』 34, 호서사학회, 2003, 115~
　　118쪽. 그러나 고등보통학교를 졸업한 조선인들이 일본 유학을 결정한다 해도 즉시
　　일본 대학에 진학할 수 있는 것은 아니었다. 일본 학제의 수업연한은 총 12년(심상소
　　학교 3년, 고등소학교 3년, 심상중학교 3년, 고등중학교 3년)이었기 때문에 조선에서
　　총 8년(보통학교 4년, 고등보통학교 4년)의 교육과정을 마친 이들은 예비학교에 다니
　　면서 부족한 학력을 보충해야 했다.
7　조던 샌드, 박삼헌 외역, 『제국 일본의 생활공간』, 소명출판, 2017, 26쪽.
8　김영민, 『1910년대 일본 유학생 잡지 연구』, 소명출판, 2019, 25쪽.

식 교육기관인 서방書房에서의 교육도 쇠퇴했다. 그러나 이를 대체할 근대적 교육은 정착되지 않은 상태였다. 대만인을 위한 보통교육기관인 중등학교는 불충분했으며 중등 이상의 학교는 설치되지 않았다. 따라서 소학-중학-고등학교-대학으로 이어지는 연속적 교육이 불가능했다.[9] 이러한 대만 국내의 현실은 일본으로의 유학을 촉진하는 하나의 요인이 되었다. 한 통계에 따르면 1906년 36명으로 집계된 대만인 유학생은 1926년에는 886명으로 증가한다.[10] 20년 만에 스무 배 이상의 증가세를 보여주는 이러한 수치는 대만의 일본 유학열이 조선의 그것과 크게 다르지 않았음을 의미한다.

중국은 1896년 13명의 유학생을 일본에 파견하면서 일본 유학의 서막을 열었다. 시기적으로 중국인의 일본 유학은 한국보다 십 년 이상 늦게 시작되는데, 이러한 시차에는 동아시아 문화 속에서 오랫동안 문명국의 역할을 맡았던 중국의 자의식이 영향을 미쳤다고 하겠다. 그러나 청일전쟁 패배 이후 일본의 근대적 제도를 적극 수용하자는 의견이 힘을 얻으며 일본 유학생 수는 가파르게 치솟았다. 일본 유학이 시작된 지 3년 만인 1899년에 200명을 돌파하여 1902년에는 400~500명, 1903년에는 1,000명, 1906년에는 10,000명에 육박하게 된다.[11] 급증하는 중국인 유학생들을 대상으로 하는 속성 교육기관도 대거 등장했다. 이에 따른 부작용이 빈발하자 일본 문부성은 1905년 「청국인의 공·사립학교 입학에 관한 규정淸國人ヲ入學セシムル公私立學校ニ關スル規程」을 실시하여 중국인 유학생과 이들을 대상으로 하는 부실 교육기관을 특별 관리하는 노력을

---

9   紀旭峰, 『大正期臺湾人の「日本留学」研究』, 龍溪書舍, 2012, 34~50쪽.
10   위의 책, 77쪽.
11   阿部洋, 『中國の近代教育と明治日本』, 龍溪書舍, 2002, 70~71쪽.

보이기도 했다. 실제로 이 정책으로 인해 중국 유학생 수는 감소세로 돌아섰지만, 이러한 변화를 감안하더라도 1937년 중일전쟁이 발발하기까지 일본은 중국인들의 인기 유학지로서 확고부동한 우위를 지켰다.[12]

지금까지 19세기 말~20세기 초 한국, 대만, 중국의 일본 유학 상황을 간략히 살펴보았다. 정리하면, 동아시아 청년들에게 도쿄는 유학지로서 상당한 장점을 지니고 있었다. 다방면에서 근대화 과업을 진전시킨 일본은 이들이 부정할 수 없는 전범이었다. 지리적으로 가깝기 때문에 시간적, 경제적 비용이 절감되고, 같은 한자문화권이라 언어적 어려움을 최소화할 수 있었다는 점 또한 유인 요소로 작용했다. 자국의 열악한 교육제도 역시 일본 유학을 가속화하는 하나의 요인이었다. 그런데 한편으로 이 시기 일본은 인근 국가를 향한 야욕을 노골적으로 드러내고 있었다. 조선과 일본은 일본의 식민지가 되었고, 중국은 청일전쟁 이후 동아시아에서의 패권을 상실하고 일본의 침략적 요구에 휘둘렸다. 조선과 대만은 물론이거니와, 중국의 청년들에게도 일본은 확실히 양면적인 존재였다.

그러나 서구 열강의 통치하에 있는 식민지인들에게 일본은 다른 의미로 다가왔다. 주지하듯 일본은 식민지 쟁탈전이 마무리될 시점에 부상한 후발 제국이었다. 이에 일본은 서구 제국에 대항하는 정치적 저항의 통로로써 고려되기도 했다. 예컨대 영국의 치하에 있었던 인도의 민족주의자 중에는 아시아 여러 민족이 연대함으로써 서구 열강에 대항

---

12 김보림, 「청말 중국인의 일본 유학 연구」, 『전북사학』 51, 전북사학회, 2017, 275쪽. 참고로, 「청국인의 공·사립학교 입학에 관한 규정」이 청조 정부의 요청으로 발포되었다는 사실을 감안한다면, 중국인 유학생의 신분과 자격을 강력하게 관리함으로써 유학생의 정치 활동을 제한하는 데 이 규정이 활용되었다고 볼 수도 있다. 위의 글, 285쪽.

할 것을 주장하는 아시아주의에 크게 공감하는 이들이 있었다. 이들은 신흥 제국 일본을 새로운 희망으로 인식했다.[13] 인도의 독립운동가 보스 라스비하리Rash Behari Bose, 1886~1945 는 그 대표적 인물 중 하나이다. 영국 총독 하딩Charles Hardinge, 1858~1944 에게 폭탄을 던지고 일본으로 망명한 그는 도쿄 신주쿠新宿 에 정착하여 인도의 독립운동을 물심양면으로 지원하는 동시에 도야마 미쓰루頭山滿, 1855~1944 , 쑨원孫文, 1866~1925 등 아시아 연대라는 지향을 공유하는 동아시아의 지식인들과 긴밀히 교류했다. 보스에게 동아시아 연대와 인도의 독립은 분리불가능한 연동체였던 것이다.

이처럼 20세기 초반 일본이 아시아인들에게 "진보의 메카"[14]로 인식되는 가운데 제국의 수도 도쿄는 다양한 요인으로 광범한 아시아 지역의 청년들을 유인했다. 한국, 대만, 중국 등 일본과 가까운 동아시아 청년들은 주로 근대적 교육을 위해 도쿄로 이주했다. 이들은 일본의 침략을 직간접적으로 겪었다는 점에서 일본에 대한 양가감정을 품고 있었다. 한편, 서구 제국의 통치를 받는 서아시아의 청년들은 서구에 대한 저항의 한 경로로 일본행을 택했다. 비록 이들의 수효는 동아시아 청년들에 비해 적었으나 복수로 존재하는 제국'들'이 형성하는 관계와 '사이'를 사유할 때 중요한 시사점이 된다는 점에서 주목할 만하다.[15]

2) 조선인 청년들의 도쿄

지금부터는 조선인 유학생들이 도쿄와 어떠한 관계를 형성했는지

---

13   Selçuk Esenbel, "Japan's global claim to Asia and the world of Islam : Transnational Nationalism and World Power, 1900~1945", *The American historical review* 109-4, 2004.

14   브루스 커밍스, 김동노 역, 『브루스 커밍스의 한국 현대사』, 창비, 2001.

15   水谷智, 「間-帝国史 trans-imperial history論」, 日本植民地研究会 編, 『日本植民地研究の論點』, 岩波書店, 2018, 218~227쪽.

살펴고자 한다. 공간은 인간에게 단순히 주어지는 불변의 조건이나 상속된 자연환경이 아니라, 주체와 함께 역동적으로 상호작용하는 또 하나의 주체로 기능할 수 있다. 다시 말해, 장소는 인간 생활의 수동적 배경으로 그저 존재한다기보다는 하나의 주체로서 인간의 활동과 세계관에 적극적으로 개입한다는 것이다. 장소는 인간의 실존적 생활세계를 탐색하는 경로가 될 뿐 아니라, 동시에 생활세계를 구성하는 하나의 요소로서 인간과 세계가 관계 맺는 방식에도 관여한다.[16] 그런 점에서 조선인 유학생들에게 도쿄는 그저 압도적 풍경이나 고정적인 대상이 아니었다. 도쿄는 유학생들의 주체형성에 영향을 미치고 유학생들은 도쿄 안에서 획득된 새로운 시선으로 도쿄를 재평가한다.

　나아가 장소와 인간의 관계를 사유하는 데 있어서 유학생이라는 신분은 특별한 의미를 지닌다. 유학생은 일시적이나마 거주자의 신분으로 도쿄에서 정주 생활을 하지만, 익숙하지 않은 언어와 습속을 일상적으로 마주치면서 스스로가 이방인임을 끊임없이 자각해야 했다. 그런 점에서 유학생들은 경계적이고 중층적인 정체성을 담지할 수밖에 없었다. 에드워드 렐프가 지적하듯 특정 장소에서 인간 주체가 내부인인지, 또는 외부인인지에 따라 인간 주체와 장소의 관계는 상이하게 형성되고 그에 따라 장소의 정체성도 달라진다.[17] 이러한 통찰은 도쿄라는 장소에서 내부자이기도, 외부자이기도 한 유학생들이 도쿄와 맺었을 중층적 관계성을 시사한다.

　도쿄는 유학생들의 생활과 인식, 감각에 충격을 가하는 실체였다. 유학생들의 글 곳곳에서 도쿄가 주는 충격의 경험은 생생하게 드러난

16　외르크 되링 외, 이기숙 역, 『공간적 전회』, 심산, 2015, 354쪽; 심승희, 「에드워드 렐프의 현상학적 장소론」, 국토연구원 편, 『현대 공간이론의 사상가들』, 한울, 2005, 40쪽.

다. 현상윤이 도쿄 유학을 시작한 지 채 1년이 지나지 않은 시점에 남긴 글을 보자. 그는 도쿄에서 생활하면서 "참말 이상한 것도 많이 있고 놀랄 만한 일도 많이" 경험했으며 그 결과 "생활의 취미도 자연히" 유학 이전과 달라졌다고 고백한다. 그의 설명에 따르면, 도쿄는 "이백만" 인구가 모인 "대도회", "인구의 많이 사는 것으로 말해도 세계의 넷째로 가는 곳이오, 시가의 번화한 것과 교통의 편리한 것도 동양에 있어서는 대對 없는 곳"이다. 현상윤은 도쿄의 여러 모습 중에서도 야경에 감탄한다.

> 찬란도 하다 만도중滿都中에 반작이는 전기등 가스등은 곳곳마다 불야성을 지어 있고 눈아프게 전후좌우로 지나가는 전차 자동차 모퉁이 모퉁이 어기여 달아난다.
> 걸음을 옮겨 일정一町 이정二町 나아가니 석제목제 이삼층 높은 집과 우둑우둑 솟아 있는 연통이며 번듯이 깔린 아스팔트의 페이브멘트라든가 눈부시게 걸어놓은 일루미네이션이 모두 다 사오십년 닮은 문명이나마 어지간하게 사람의 눈을 놀라게 하더라[18]

여기서 도쿄는 "전기등"과 "가스등"으로 어둠을 몰아내면서 찬란한 "불야성"을 연출한다. 이러한 서술은 자연의 법칙을 거스르고 압도하는 기술문명의 힘을 시각적으로 포착해낸다. 도쿄를 묘사하기 위해 "아스팔트", "페이브멘트", "일루미네이션"과 같은 외래어가 동원되고 있다는 점 또한 눈길을 끈다. 이국적 풍경의 도쿄 곳곳을 능숙하게 누비고 감상하는 유학생 현상윤의 모습은 흡사 손색 없는 도쿄인으로 보인다.

17　에드워드 렐프, 김덕현 외역, 『장소와 장소상실』, 논형, 116쪽.
18　현상윤, 「동경 유학생 생활」, 『청춘』 2, 1914.11.

나아가 유학생들의 시선은 제도, 생활과 같은 비가시적인 부분에도 가닿는다. 다음 글은 이광수가 2차 유학 시절에 쓴 「동경잡신」의 일부이다. 그는 무엇보다 근대적 교육제도에 감복한다.

아아 일본국 융성의 근본이 오직 여기에 있다 하겠다. 방방곡곡이 진진포포津津浦浦에 소학교 없는 곳이 어디며, 가가호호에 빈부귀천을 물론하고 건장하고 활발한 홍안미용紅顔美容의 남녀학생 없는 데가 어디뇨. 대학이 십백十百이요, 중학이 천천千千이요, 소학이 만만萬萬이라. 오천만 남녀 국민이 많게는 곧 이십여년, 적어도 칠팔년의 열렬한 훈도와 교육을 받으니 학자가 만만萬萬이요, 교육자가 만만万万이요, 호국간성護國干城이 만만萬萬이요, 소위 전부야인田夫野人도 우부우부愚夫愚婦가 아니라 지부지부知夫知婦니[19]

이광수는 점층과 반복의 수사를 거듭 활용하며 제국의 교육 시스템에 찬탄을 아끼지 않는다.[20] 이와 같은 수사와 감탄을 가능케 한 것은 소학교-중학교-대학교로 이어지는 완비된 학교교육 시스템이었다. 안정적인 일본의 교육은 조선의 교육 현실과 여러 면에서 대조적이었다. 전근대적 교육은 이미 힘을 잃은 상황이었으나 이를 대체할 근대적 교육기관은 지극히 부족한 상태였다. 그럼에도 불구하고 조선총독부는 고등교육기관의 설치를 미루며 우민화 정책을 펼쳤다. 앞서 언급한 것처럼 이러한 현실은 조선인 청년들의 도쿄 유학을 더욱 부추기는 요인이 되었다. 따라서 도쿄가 근대적 교육이 연속적으로 이루어질 수 있는 장소

---

19   이광수, 「동경잡신」, 『매일신보』, 1916.9.27.
20   서승희, 「도쿄라는 거울-이광수의 『동경잡신(東京雜信)』(1916)에 나타난 도쿄 표상과 자기 인식」, 『이화어문논집』 38, 이화어문학회, 2016, 162쪽.

라는 사실은 이광수에게 무척이나 중요했다. 이는 교육을 목표로 거주 기반을 포기하지 않아도 된다는 의미이며, 그런 점에서 안정적인 세계관을 보장하는 장소로 의미화되기 때문이다.

한편, 『학지광』에 실린 다음 글은 도쿄인의 생활습관에 주목한다.

> 학교에 처음 입학하여 어느 날 학교에 가는 길에 한 노차부老車夫가 청년 신사를 태우고 이마에 흘린 땀을 이리 씻고 저리 씻고 달려오더니 그 신사는 어느 대가大家로 들어가고 그 노차부는 문전에 그대로 앉아서 준비하였던 신문을 펴들고 열심히 구주전보와 기타 사회상 천차만별한 기사를 자미있게 보는 모양 나의 가는 발을 멈추고 한번 보게 하는도다. 여余의 머리에 화살같이 쏘인 감상 전기같이 반도사회가 눈앞에 보이는도다. 아 — 제군이여 우리나라에 신문을 보는 사람이 몇 명이며 또 볼만한 안목을 가진 사람은 몇 명인가. 혹 안목을 가진 사람은 보기 싫어 아니 보고 안목을 가지지 못한 사람은 몰라서 보지 못하니 식견상 어느 범위 내에서는 타방他邦의 차부 사회에 불급不及한다 하여도 과언이 아니로다.[21]

이 글의 필자는 어느 늙은 차부가 자투리 시간을 이용하여 신문을 본다는 사실에 크게 놀란다. 그는 이 장면에서 일개 차부에게까지 미친 계몽의 손길을 읽어낸다. 주지하듯 신문을 읽는 행위는 문해력을 증명하는 행위이다. 동시에 차부가 "준비하였던 신문"을 가지고 있었다는 점은 그의 경제력을 입증한다. 그것은 종람소에 비치된 공유물이 아니라 개인적으로 소지한 '사유물'인 것이다. 그는 이 장면을 보며 즉각 "반도

---

21   박승수(朴昇洙), 「東渡之感想」, 『학지광』 13 부록, 1917.7, 14쪽.

사회"를 떠올린다. 조선에서는 신문의 독자, 신문을 볼 만한 안목을 지닌 사람이 매우 드물다. 그나마 안목을 갖춘 사람들은 식민권력의 통제하에 생산된 신문을 거부한다. 결과적으로 "안목을 가진 사람"이나 "안목을 가지지 못한 사람"이나 신문의 독자가 되지 못한다. 이 글에서 늙은 노동자까지도 "구주전보와 기타 사회상 천차만별한 기사를 자미있게" 보는 도쿄의 상황과 신문의 독자를 찾아보기 힘든 조선 사회는 뚜렷하게 대비된다. 이처럼 여러 유학생 필자들은 일본을 조선과 대조하면서 선진화된 도쿄의 모습을 부각시키고 있다.

그러나 도쿄를 대하는 유학생들의 감정에는 양가적인 구석이 있었다. 이러한 감정은 1920년을 전후하여 문면에 뚜렷하게 드러나기 시작한다. 십 년 가량 이어진 무단통치, 그로 인해 일어난 3·1운동 등 조선 내의 사정에 더해 제1차 세계대전 이후의 시대정신이 이러한 변화에 직간접적으로 영향을 미쳤을 것이다. 그러나 이 양가감정은 근본적으로 도쿄가 지닌 양면성과 맞닿아 있다고 보아야 할 것이다. 널리 알려진 것처럼 일본은 오랫동안 서구 근대문물의 경유지로서 기능했다. 도쿄 역시 다르지 않았다. 달리 말하면 도쿄는 근대문물의 경유지일 뿐 근원지는 아니었다. 그런 점에서 도쿄는 근본적으로 구미에 미달하는 불완전한 목적지였던 것이다. 예컨대, "전인류의 향상발전을" 꾀하기 위해서는 "모든 사상의 기원지되는 구미에 가서 신사상을 세조하는 사람들과 소회를 풀고 장단의 양처兩處를 냉정한 제도로 비교연구"[22]해야 한다는 서술을 통해 알 수 있는 것처럼, 유학생들은 "신사상"의 "기원지"가 "구미"라는 인식을 공유하고 있었다. 그러나 이러한 주장을 펼친 박승철 자신

---

22 추봉(秋峯), 「식자(識者)의 연구를 요하는 실제 문제(6)」, 『현대』 3, 1920.3, 14~20쪽.

도 도쿄 와세다대학의 유학생이었다. 전술한바, 현실의 제반 여건을 고려했을 때 구미는 너무도 요원한 목적지였던 것이다. "모든 학문에 연수淵藪되는 구미에 수학하기는 너무 용이한 일이 아님을 아는 이들은 우리나라에서 주린 바 된 학문욕을 동양에 선진되고 우리나라에서 최근最近한 일본에 와서 보충하려 함이 일반의 의향"[23]이라는 대목은 이러한 사정을 단적으로 보여준다. 이 서술은 서구와 일본 간에 명백한 위계관계를 전제하고 있다. 그들은 선진한 도쿄의 모습에 감탄하면서도, 도쿄 '너머'의 장소가 존재한다는 상상을 멈추지 않았다.

구미-일본-조선이라는 위계 속에서 일본, 그리고 일본인의 절대적 우월성은 의심의 대상이 된다. 이러한 시각을 내재한 유학생들은 도쿄의 불완전함과 일본인들의 이중성에 민감하게 반응한다.

나는 처음에 목욕탕에 가보았나이다. 조선의 있는 것보다는 그 구조와 설비가 완전한 것은 인정치 아니할 수 없으나 입탕한 목객들의 방약무인한 행동에는 참으로 아연하였나이다. 그이들도 그렇게 남을 하등시하고 비방하고 조소할 만큼 하게 공중에 대한 도덕이 발달되었다는 소호小毫도 설명할 수 없음을 발견하였나이다. (…중략…)

어느 날 친구를 따라 극장에 갔었습니다. (…중략…) 사면에 장내에서 흡연을 사절한다는 주의가 붙어 있으나, 이러한 주의도 공문空文에 불과하더이다. 위생적 관념이 강한 사람들이라 이만큼 한 일은 반드시 지키리라고 조단臆斷을 하였더니, 권련의 연기가 천정을 향해, 줄기줄기 올라가는 것이 그네들 중에도 공중을 모른 이가 만한 것 같습데다.[24]

---

23 성해(星海), 「처음 본 동경관을 농촌 친지에게」, 『현대』 5, 1920. 5.
24 위의 글.

위 인용문은 조선 유학생의 인식 속에서 일본이 탈신비화되는 과정을 잘 보여준다. 이 글의 필자는 일본에 도착하여 도카이선東海道線 열차에서 바라본 놀라운 풍경을 회상한다. 울창한 산림과 잘 정돈된 가옥과 농지를 바라보며 이 조선 청년은 감탄을 금치 못한다. 그러나 이어서 필자는 자신이 근거리에서 관찰하고 체험한 일본과 일본인의 실상을 폭로한다. 필자는 목욕탕과 극장으로 상징되는 일상공간에서 "방약무인한 행동"으로 공중도덕을 무시하는 일본인들을 쉽게 발견해 낸다. 일본인들은 "우리 조선사람들이 공중이란 것도 모르고 아조 공덕심이 없다고 항상 비방하고 흉을 보지"만 기실 그들 역시 타인을 비방하고 조소할 만큼의 공덕심은 없다는 것이다.

요컨대 이들은 도쿄의 휘황찬란한 도시 경관뿐 아니라 이를 떠받치고 있는 근대적 제도의 위력, 근대를 체화한 도쿄인들의 생활습관에 긍정적 평가를 내렸다. 동시에 이들은 주의 깊은 관찰자의 시선으로 일본인의 부정적인 면모를 포착했고 그런 부분에 대해서는 비판적인 언술도 서슴지 않았다. 이는 장기적이고 세밀한 관찰에 의해 발견되는 것들이었다. 유학생들은 도쿄의 생활인이자 이방인이라는 경계적 위치에서 이와 같은 관찰을 수행했다.

도쿄의 이방인이었던 유학생들은 고국인 조선으로부터도 일정한 거리를 유지하는 모습을 보였다. 새삼스럽지 않은 사실이지만 이들은 고향으로부터 멀리 떠나온 상태였다. 고향과 도쿄의 물리적 거리는 비유적 의미의 거리두기는 물론, 조선 사회를 향한 비판적 시선에도 기여했다. 눈앞에 펼쳐진 일본이라는 생생한 비교항 또한 조선을 향한 타자화를 가속화시켰다.

그런데 이들이 구사하는 비판의 문법이 바로 도쿄에서 정교화되었다는 사실에 주목할 필요가 있다. 도시 속의 개인은 소규모 집단에 의해 부과되던 한계와 규율을 초월하여 행동의 자유를 얻으며 개성과 특수성을 획득한다.[25] 유학생들은 가족, 지역사회 등 유교 질서가 지배적인 기왕의 내집단에서 벗어나 대도시 도쿄에서 개인으로 생활하며 극적인 자유를 감각했다. 이러한 감각은 자신들이 최신의 사조를 열정적으로 흡수하고 있다는 자부심과 연동되어 있었다.

조선 기독교 신자가 그 자제를 동경으로 유학 보낼 시에 제일 공축恐縮하는 바는 "동경으로 유학가면 신앙이 타락한다"고, 일개의 전제외다. 그러므로 동경은 신앙생활상에 한 위험지역으로 정하였소, 이것은 다만 그 부형뿐 아니라, 전 기독교사회가 역시 인정하는 바이외다, (…중략…) [그러나] 여러 가지 사상이 충돌하다가 호상 융합하는 곳에 신문명이 생기지요. 만약 무수한 개인의 의견만, 서로 두각만 상쟁하여, 그 정할 곳을 알지 못하면, 이 세상에는 신문명이 업고, 항상 전쟁의 수라장에 불과할 것이외다. (…중략…) 우리가 보기에는 결코 타락이라고는 못하겠고, 무리하게 명사를 붙이자 치면, 개방이라고 생각합니다.[26]

이 글에서 눈길을 끄는 것은 부형세대와 유학생 사이에 그어진 선명한 공간적 분할선이다. "동경에 가면 신앙이 타락한다"고 믿는 부형세대는 조선에, 이러한 변화를 "타락"이 아니라 "개방"이라 주장하는 유학생은 도쿄에 위치지어진다. 따라서 유학생의 자의식은 여러 사상이 충

25   서우석, 「게오르그 짐멜의 공간이론과 도시문화론」, 『현대 공간이론의 사상가들』, 한울아카데미, 2005, 454쪽.
26   이일(李一), 「조선청년 등의 신앙상 이동은 개방? 타락?」, 『기독청년』 5, 1918.3.

돌하고 융합하여 종국에는 "신문명"을 탄생시키는 도쿄와 불가분의 관계에 놓인다.

부형세대에 대한 신랄한 비판은 도쿄를 장으로 하여 이루어지는 주체 형성의 과정이자 결과로 볼 수 있다. 뒤에서 살펴보겠지만 『기독청년』에서 '기독청년'의 분신이자 이상적 모델로 제시되었던 조지 윌리엄스는 "성시城市에 적당한 사람이오, 농촌에 적당한 사람이 아니였소"[27]라고 묘사되는데, 이는 인물의 성향 설명을 넘어서는 의미를 갖는다.[28] 도시에 적합한 인물이라는 것은 부형세대 및 전근대와의 결별, 새로운 주체로서의 재탄생을 의미했다.

마지막으로 도쿄 내에서도 유학생들의 집결지였던 간다神田 지역의 의미를 간단히 짚어보도록 하겠다. 도쿄 북동부에 위치한 간다는 오늘날에도 고서점과 여러 대학이 밀집한 지역으로 유명하다. 이러한 간다의 지역색은 1900년대 초반부터 쭉 이어져왔다. 식민지기 도쿄 체류 경험이 있는 조선인이라면 간다를 곧 '서적의 거리'로 인식했다. "신간서적 동서양 것을 막론하고 늘어놓다 못하여 선반이 부족하면 땅바닥과 길거리"[29]까지 쌓여있는 곳이 곧 간다였다.

최신의 문화와 지식이 응축된 간다 지역에는 자연히 학생들이 모였다. 지식열에는 국경과 민족이 없었기에 이 지역은 "유학생 거리"이기도 했다.[30] 유학생들의 생활반경은 간다 지역을 중심으로 형성되었다고 해도 과언이 아니다. 이곳은 메이지대학明治大學, 와세다대학早稻田大學, 니혼

---

27 해온제(解慍齋), 「조지 윌리엄스전(1)−그의 출생지」, 『기독청년』 7, 1918.5.
28 『기독청년』에 연재된 「조지 윌리엄스전」에 대해서는 이 책의 제4장 3절 「기독청년의 형상과 주체형성−「조지 윌리엄스전」을 중심으로」에서 자세히 다룬다.
29 최재서, 「무장야통신(3)」, 『조선일보』, 1937.7.6.
30 사노 마사토, 「李箱의 東京 체험 고찰」, 『한국현대문학연구』 7, 한국현대문학연구, 1999.

대학日本大學 등이 인근에 있어 학생들의 왕래가 잦았다. 다음 장에서 살펴볼 조선인의 재동경YMCA 회관과 중국인의 중화유일청년 회관 역시 간다 지역에 자리잡고 있었다. 간다에서 조금만 더 범위를 더 넓히면, 북쪽으로 인접한 고이시카와구小石川區에는 대만인 유학생 기숙사가 위치해 있었으며,[31] 동쪽으로 맞닿아 있는 혼고구本鄕區에는 청년층의 지지를 받던 에비나 단조海老名彈正 목사와 요시노 사쿠조가 이끌던 혼고교회本鄕敎會가 자리잡고 있었다. 이처럼 간다 지역은 여러 국적의 유학생들에게 강력한 구심력을 발휘했다. 이방인의 비중이 높은 지역에서 이방인이라는 예외성은 특수한 결함으로 지목되지 않는다. 바로 그런 이유로 간다는 유학생들에게 가장 익숙하고 편안한 장소일 수 있었다.

2. 반제국주의 초국적 연대의 궤적

20세기 초 제국의 심장 도쿄는 피식민인들의 민족적 자각과 민족을 초월한 연대의 가능성으로 충만한 장소였다. 이들에게 도쿄는 거주지 그 이상을 의미했다. 도쿄는 당시 구상되었던 다양한 반제국주의 담론과 실천이 집결되는 장이었고, 이 담론과 실천을 지탱하는 네트워크의 지역적 교점node 역할을 했다.[32] 이번 장에서는 도쿄를 거점으로 하여 전개된 초국적 연대의 맥락을 살피고 그 특징을 점검하려 한다. 구체적으로는 YMCA 네트워크를 중심에 두고, 1910년대 중반에 등장한 신아동맹당과 1920년대 초반에 결성된 코스모구락부에 초점을 맞춘다. 이

---

31 紀旭峰, 앞의 책, 134쪽.
32 황동연, 『새로운 과거 만들기』, 혜안, 2013, 178쪽.

는 YMCA 네트워크에 대한 이해를 구축함으로써 재동경YMCA의 기관지인 『기독청년』과 『현대』의 독해를 심화하고, 반제국주의를 지향한 초국적 청년연대의 현실적 실천과 『아세아공론』의 지면에 구현된 담론적 실천을 겹쳐 보기 위함이다.

1) 신아동맹당 피식민 청년들의 결집과 '새로운 아시아'의 구상

신아동맹당新亞同盟黨은 1915년 가을, 일본의 제국주의적 아시아침략을 규탄할 목적으로 결성된 초국적 비밀결사체이다. 신아동맹당의 일원이었던 김철수金鐵洙는 조선인 유학생 하상연河相衍과 최익준崔益俊이 김철수를 찾아와 중국인 학생들과 함께 반제국주의운동을 펼쳐보자는 제의를 했고, 이를 계기로 신아동맹당이 창설되었다고 회고한다.[33] 하상연은 외국어학교 중국어과에 재학 중이었기 때문에 중국인 학생들과 교분이 있었고, 최익준은 김철수와 와세다대학전문부 동급생이었다. 그 결과 조선인, 중국인, 대만인 유학생을 구성원으로 하는 신아동맹당이 결성되었다. 유학생들의 학적學的 네트워크가 초국적 반제국주의운동에 기반이 되었음을 확인할 수 있는 대목이다.

신아동맹당의 탄생과 활동에 관해서는 상반된 의견이 제출되고 있으나,[34] 이 조직이 일본의 침략적 제국주의를 저지하기 위해 출현하였다

---

33 한국정신문화연구원 현대사연구소 편,『遲耘 金綴洙』, 한국정신문화연구원 현대사연구소, 1999.

34 신아동맹당의 결성 주체와 활동에 대한 선행 연구의 의견은 분분하다. 최선웅은 김철수, 장덕수 등 열지동맹(裂指同盟) 구성원들의 주도에 의해 신아동맹당이 조직되었다고 본다. 최선웅,「1910년대 재일유학생단체 신아동맹당의 반일운동과 근대적 구상」,『역사와 현실』60, 한국역사연구회, 2006. 378~389쪽. 반면, 오노 야스테루는 신아동맹당이 다수의 조선인으로 구성되어 있기는 했지만 실질적 활동은 중국인들에 의해 주도되었다고 주장한다. 小野容照,『朝鮮独立運動と東アジア, 1910~1925』, 思文

는 데에는 이견이 없다. 신아동맹당의 출현을 추동한 것은 일본의 침략적 제국주의였다. 1895년 대만, 1910년 조선을 식민지화한 일본은 제1차 세계대전 참전을 계기로 중국에서의 영향력을 점차 강화해 나갔다. 중국 영토 내 독일의 조차지였던 자오저우만膠州灣을 점령한 데 이어 산둥성山東省의 독일 이권을 몰수하였고, 만주 지역의 철도 및 광산 경영권 보장 등을 공식화한 21개조 요구를 제출하기에 이른 것이다. 이에 중국인들의 대일감정은 크게 악화되었다. 이처럼 동아시아 국가를 향한 일본의 침략은 조선, 대만, 중국 유학생 연대의 계기가 되었다.

신아동맹당은 애초에 비밀결사로 구상되었기 때문에 그 활동상은 소상히 알려져 있지 않다. 이들은 새로운 당원을 모집할 때에도 일본 제국주의 타도라는 본래의 목적을 감추고 조심스럽게 접촉하여 까다로운 입회 절차를 거치게 하는 등 활동에 신중을 기했다. 부족한 자료에 근거하여 재구한 신아동맹당의 활동은 집회 연설, 각종 단체조직, 모금 및 반일 서적배포 등으로 정리할 수 있다. 이후 신아동맹당이라는 조직의 존폐에 관해서는 상이한 분석이 있으나,[35] 도쿄에서의 활동은 1917년 무

閣出版, 2013, 110쪽; 그런가 하면, 이미 중국에서 전개되고 있었던 한중 합작 민족기획의 연속선상에서 신아동맹당을 조망하는 연구도 제출된 바 있다. 김경남, 「11910년대 재일 한·중 유학생의 비밀결사활동과 '민족혁명'기획 — 신아동맹당을 중심으로」, 『지역과 역사』 45, 부경역사연구소, 2019; 조덕천, 「1920년대 중한호조사의 결성과 한중연대」, 단국대 박사논문, 2021.

35 1917년 이후 신아동맹당의 행보에 관한 선행 연구의 판단은 크게 ① 해체, ② 발전적 해소, ③ 이전 및 개편으로 나뉜다. 먼저, 1917년 일부 당원들의 귀국으로 활동 인원이 감소하고 신아동맹당의 존재가 당국에 발각되면서 운동의 전도가 불투명해지자 단체의 존폐에 대한 당원들의 이견이 겹쳐지면서 신아동맹당은 해산되었다는 분석이 있다(최선웅, 앞의 글, 382~383쪽; 小野容照, 앞의 책, 120~121쪽). 그러나 신아동맹당의 당원들이 이후에도 반제운동을 지속했다는 점을 근거로 이 단체가 발전적으로 해소되었다고 보는 시각도 있다. 이현주, 『한국 사회주의 세력의 형성 — 1919~1923』, 일조각, 2003. 그런가 하면, 최근의 연구는 신아동맹당이 당초의 계획에 따라 도쿄에서

렵 마무리되었던 것으로 보인다.

신아동맹당의 인적 구성원을 면밀히 들여다보면 이 조직의 위상과 전후 맥락을 보다 분명히 알 수 있다. 신아동맹당에 관한 자료를 종합하여 신원을 파악할 수 있는 당원은 조선인 20명, 중국인 10명, 대만인 2명이다. 관헌의 자료에 따르면 인도인까지 포함되어 있다고 하나 구체적인 신원을 확인할 수는 없다. 다만 이러한 역사적 흔적은 신아동맹당이 국적이나 민족에 구애받지 않는 연대를 지향하고 있음을 보여주는 대목이라 하겠다.

그런데 신아동맹당의 조선인 당원 중에는 장덕수, 김도연, 최팔용 등, 눈에 익은 이름들이 발견된다. 이들은 모두 조선인 유학생들이라면 의무적으로 가입해야 했던 조선유학생학우회에서 중추적인 역할을 하던 인물들이다. 즉, 학우회의 핵심 구성원이 신아동맹당에도 가담했던 것이다. 실제로 신아동맹당 당원으로 밝혀진 조선인 12명 중 8명이 조선유학생학우회에서 임원으로 활동했음을 확인할 수 있다.[36]

2) YMCA 네트워크 피식민 청년, 기독청년, 세계청년으로의 연쇄

여기서 눈여겨볼 점은 신아동맹당이 학우회 외에 재동경YMCA와도 유의미한 교집합 영역을 형성하고 있었다는 사실이다. 재동경YMCA란 조선기독교청년회 동경지부로서, 도쿄에서 유학하는 조선인 청년으

의 활동을 정리하고 중국 상하이로 본부를 이전한 후, 조직을 개편했다고 본다. 조덕천, 앞의 글, 34~37쪽.

36 김승, 「2018년 4월의 독립운동가 윤현진 선생 약전」, 국가보훈부 독립운동가 자료실, 7쪽.
37 박찬승, 『한국근대정치사상사연구』, 역사비평사, 1992, 118~119쪽.
38 小野容照, 앞의 책, 115쪽. 참고로 신아동맹당 당원 중 羅豁을 비롯한 몇몇 중국인은 코스모구락부에도 가담했다.

제2장 | 민족자결의 전후와 제도   61

〈표 2〉 1910년대 후반 조선유학생학우회 주요 간부[37]

임기	회장	총무	평의회의장	편집부장
제4기 (1915.2~1915.10)	백남훈(白南薰)	박이규(朴珥圭)	김리준(金利埈)	장덕수(張德秀)*
제5기 (1915.10~1916.2)	신익희(申翼熙)	윤현진(尹顯振)*		
제8기 (1917.2~1917.10)	노익근(盧翼根)	차남진(車南鎭)		
제9기 (1917.10~1918.2)	김명식(金明植)*	김철수(金喆壽)*	양원모(梁源模)*	최팔용(崔八鏞)*
제10기 (1918.2~10)	김태영(金泰英)	김도연(金度演)*	노익근(盧翼根)	최팔용(崔八鏞)*
제11기 (1918.10~1919.2)	노익근(盧翼根)	백남규(白南奎)*		

*은 신아동맹당원

〈표 3〉 신아동맹당 참가자[38]

	이름		
조선	김도연(金度演)※	김명식(金明植)	김성려(金成麗)※
	김양수(金良洙)	김영섭(金永燮)※	김철수(金鐵洙)
	백남규(白南圭)	신익희(申翼熙)	양종숙(梁鐘叔)
	윤현진(尹顯振)	이중국(李重國)	이찬호(李燦鎬)
	장덕수(張德秀)※	전영택(田榮澤)※	정노식(鄭魯湜)※
	최익준(崔益俊)	최팔용(崔八鏞)	하상연(河相衍)
	홍두표(洪斗杓)	홍진의(洪震義)	
대만	차이궈쩐(蔡國禎(蔡國珍))		펑화룽(彭華榮)
중국	덩지에민(鄧潔民)	뤄휘(羅豁)	셰푸아(謝扶雅)
	야오지엔난(姚薦楠)	왕시티엔(王希天)	위보지(余撥之)
	이샹(易相)	전치요우(陣其尤)	차이베이룬(蔡北侖)
	황지에민(黃介民)		

※은 재동경YMCA 회원

로 구성된 기독교 청년단체였다.

　　YMCA는 범세계적인 기독교 청년 조직이지만 이 시기 동아시아의 YMCA는 종교단체 그 이상의 의미를 지녔다. 뒤에서 자세히 살펴보겠지만 YMCA 네트워크를 통한 물적 기반은 YMCA 구성원들의 초국적 연대에 긴요하게 활용되었다. 사상사적으로 보았을 때 1920년대의 국적과 민족을 넘어선 연대는 대부분 사회주의에 의해 견인되었던 것이 사실이다. 초국적 연대를 조망한 거개의 선행 연구가 사회주의 단체의 활동에 집중했던 것도 이 때문이다. 그러나 이러한 관점으로는 사회주의의 사적 흐름 바깥에서 시도되었던 다양한 연대의 상을 간과하기 쉽다. 사회주의에 기반한 초국적 연대라는 프레임에서 눈을 돌릴 때 재발견되는 것이 YMCA 네트워크이다. 이제 그 구체적인 면면을 살펴보도록 하겠다.

먼저 신아동맹당과 재동경YCMA에 모두 참여했던 인물들을 일별해보기로 하자. 신아동맹당의 중심인물 중 하나로 알려진 장덕수는 사비를 털어 형편이 어려운 학생들의 입회비를 대납해 줄 정도로 재동경 YMCA의 성장에 정성을 쏟았다고 전해진다.[39] 그런가 하면 김도연은 유학 생활 중 기독교에 입교한 후 재동경YMCA의 이사와 회장으로 피선되어 활동한 경력이 있다.[40] 그밖에 전영택과 정노식은 재동경YMCA의 기관지 『기독청년』의 주요 필자로 활약했다. 전영택과 함께 아오야마 학원에서 신학을 공부한 김영섭도 재동경YMCA의 일원으로 활동했으며, 김성려 역시 기독교청년회 주최의 행사에 참여했다는 기록이 확인된다.[41] 이밖에 사료로 확인되지는 않으나 신익희 역시 재동경YMCA에서 활동했을 가능성이 매우 높다.[42]

---

39 최승만, 『나의 회고록』, 인하대 출판부, 1985.
40 김도연, 『나의 인생백서』, 강우출판사, 1965, 66쪽.
41 「추계육상운동 스케치」, 『기독청년』 11, 1918.10, 12쪽.
42 신익희는 『기독청년』이 창간된 1917년 이전에 학업을 마치고 귀국했으므로 『기독청년』의 필자가 되기 어려웠고, 1919년 이전의 재동경YMCA 간부 명단은 사료를 통해 확인되지 않는다는 곤란함이 있다. 그럼에도 불구하고 조선인 유학생 사회에서 리더 역할을 하던 신익희가 기독교인으로서 재동경YMCA에 가담했으리라는 추측이 그다

이 대목에서 신아동맹당 결성 당시 김철수와 중국인 당원들의 회합 장소가 중화기독교청년 회관, 즉 중국 유학생들의 YMCA 건물이었다는 점도 상기할 필요가 있다. 잠시 후 살펴볼 코스모구락부는 동경제대 YMCA와 긴밀히 연계되어 있었다.[43] YMCA 회원들이 반제국주의적 초국적 연대에 가담했을 뿐 아니라 YMCA 회관 또한 이러한 모임의 회합의 장소로 활용되고 있었던 것이다. 달리 말하면 YMCA 회관은 초국적 연대의 물리적 공간을 제공해주었다고 할 수 있다. 이는 YMCA 네트워크와 기독교청년 회관이라는 공간 자체에 내장된 정치적 잠재력을 시사한다.

잘 알려진 것처럼 YMCA는 기독교 신앙을 기반으로 한 세계적 청년단체이다. 이러한 YMCA의 조직적 특성으로 인해 도쿄에 위치한 유학생들의 YMCA 회관은 일종의 예외구역, 혹은 치외법권 같은 성격을 지닐 수 있었다. 적어도 원론적 수준에서는 종교는 현실의 정치와 분리된 채로 존재했고, YMCA에 얽혀 있는 외국인 선교사들이 YMCA 네트워크를 통해 국제사회와 직접 접속될 수 있다는 특수성 때문에 YMCA 회관을 대상으로 한 정치적 탄압을 노골화하기 어려웠던 것이다.

재동경YMCA에 대해 논하기에 앞서 세계 YMCA와 한국YMCA의 역사를 간략히 살펴보도록 하겠다. YMCA^{Young Men's Christian Association}의 시초는 1844년 런던으로 거슬러 올라간다. 산업혁명 이후 영국의 주요 도시는 공업화가 진행되며 대규모의 노동력을 필요로 했다. 이에 노동력을 갖춘 농촌 청년들의 도시 이주가 급속도로 이루어졌다. 이 과정에서

___

지 무리한 것은 아닐 것이다.
43 　松尾尊兌, 「コスモ俱樂部小史」, 『大正デモクラシー期の政治と社会』, みすず書房, 2014.

런던은 청년 노동자가 밀집하는 대도시로 부상했지만, 대도시로서의 인프라를 갖추고 있지 못했기 때문에 여러 방면에서 문제점을 노정했다. 청년 노동자들은 격무에 시달렸을 뿐 아니라, 극히 열악한 주거 환경을 벗어날 수 없었다. 최소한의 생활을 유지하는 데 급급한 노동자들에게 정신과 내면을 돌아볼 여유는 없었다. 그 결과 드물게 주어지는 휴식이나 여가시간은 음주나 도박 등 퇴폐적 활동으로 채워졌다. 이에 1844년 조지 윌리엄스George Williams, 1821~1905를 비롯한 열한 명의 청년노동자들은 이러한 현실을 기독교적 신앙으로 개선하자는 데 뜻을 모으고 기도모임을 시작한다.[44] 이 기도모임은 YMCA의 기원이 되었고 이후 YMCA운동은 유럽, 북미 등지로 급속히 확산된다. 1855년 파리에서 제1회 YMCA 세계대회가 개최된 후, YMCA는 작게는 각 지부 및 국가 단위의 연맹체, 크게는 대륙 단위의 연맹체를 아우르는 초국적인 조직 체계의 틀을 갖추었다. 요컨대 YMCA의 출현과 확장은 산업혁명 이후의 사회적 변동과 긴밀히 맞물려 있었다.

한국의 YMCA은 상류층 기독교 청년들에 의해 주도되었다는 특징이 있다. 독립협회 혁파령1898으로 인해 독립협회의 산하기관이었던 협성회의 활동이 막히자 배재학당 내부에서는 학숙청년회學塾靑年會, 1899가 조직되었다. 학숙청년회는 협성회의 연속체인 동시에 YMCA 정신에 입각한 한국 최초의 청년 결사체로 기록된다. 학숙청년회 지도자들과 협성회 출신의 유지들은 학숙청년회를 도시 YMCA로 창립하려 노력했고, 내한 선교사 언더우드H. G. Underwood와 아펜젤러H. G. Appenzeller는 북미 YMCA 국제위원회에 학숙청년회의 운동을 알리는 한편 회관 건축

---

44   Sherwood Eddy, *A century with youth : a history of the Y.M.C.A. from 1844 to 1944*, New York : Association Press, 1944, p.5.

비용의 원조를 건의했다. 그러나 북미YMCA 국제위원회는 국제위원회 정책상 훈련받은 유자격 간사가 없는 곳에 회관 건축 원조를 할 수 없다는 입장을 표했다. 이후 학숙청년회의 지도자급 인사들은 유자격 간사의 파송을 요구했고, 선교사들은 한국 내 기독교 청년운동의 진정성과 YMCA 창설의 필요성을 담은 청원서를 북미YMCA 국제위원회에 전달하였다. 북미YMCA 국제위원회 역시 한국 내 YMCA 설립을 긍정적으로 평가하면서 한국 내 YMCA의 창립에 차츰 가속이 붙었다. 1902년 초 질레트[P. L. Gillett]가 조선 파견 간사로 부임하면서 비로소 YMCA의 정식 지부인 황성기독교청년회[皇城基督敎靑年會]가 탄생한다.[45]

이들이 4년이라는 시간을 견디며 YMCA 발족을 위해 애썼던 이유는 무엇일까. 단지 기독교 신앙을 받아들이고자 했던 것이라면 교회에 출석하는 방법도 있었다. 내한 선교사들의 포교가 시작된 1880년대 중반 이래로 기독교의 교세는 급속히 확산되어 교회를 찾기는 어렵지 않았다. 그럼에도 불구하고 이들이 YMCA라는 별도의 단체를 설립하고자 애썼던 데에는 계층적 문제가 작용했던 것으로 보인다. 갑오개혁으로 신분제는 철폐되었지만 생활과 의식의 차원에서 신분제는 그리 쉽게 소멸되지 않았다. 잘 알려진 것처럼, 독립협회가 주도했던 만민공동회가 획기적이었던 이유 중 하나는 한 공간에 여러 계층의 인물들이 모인다는 데 있었다. 역으로 말하면 만민공동회가 예외적인 시공간으로 여겨질 만큼 신분제의 힘은 강력했던 것이다. 교회도 다르지 않았다. 물론 원칙적으로 교회는 신분의 차별이 완전히 무화된 공간이어야 했다. 그러나 끈질긴 신분제의 잔재는 기독교 신앙을 향유하는 양태에도 영향을

---

45 전택부, 『한국 기독교청년회 운동사』, 범우사, 1994; 유동식, 『소금 유동식 전집 제6권 —교회사 Ⅱ 재일본한국기독교청년회사』, 한들출판사, 2009, 39~47쪽.

미쳤다. 양반들 중에는 상민들과 동석하는 것을 꺼리는 이들이 적지 않았고, 그 결과 '양반교회'와 '상민교회'로 교회가 분화되는 모습이 연출되기도 했다. '상민 기독교인'과 스스로를 구별짓기 하고자 했던 일부 지식인 청년들에게 YMCA는 기독교 신앙과 구별짓기의 욕망이라는 두 마리 토끼를 모두 잡을 수 있는 길로 다가왔다. 한국 YMCA의 시작은 이와 같이 지적인 경향이 짙은 상류 청년층에 뿌리를 두고 있었다.[46]

요컨대 황성기독교청년회의 탄생에는 당시 새롭게 부상한 지식인 청년 주체의 자발적 요구, 내한 선교사들의 포교 활동, 그리고 세계 YMCA의 아시아 선교 정책이 복합적으로 작용했다고 볼 수 있다. 이처럼 황성기독교청년회는 그 태동 단계에서부터 국내외의 다양한 주체와 욕구가 개입하고 있었고, 그 결과 네이션의 경계를 넘어서는 속성을 보였다. 황성기독교청년회의 인적 구성은 이를 단적으로 보여준다. 이사진은 한국인, 미국인, 캐나다인, 일본인 등으로 구성되었으며, 창립총회에 참석한 회원들 역시 다국적이었다. 조직적인 측면에서 보자면 창설 당시 황성기독교청년회는 세계 YMCA 산하 지부인 동시에 중국·한국·홍콩기독교청년회연합 YMCA연합에 소속되어 있었다.[47] 그런 점에서 황성기독교청년회가 창설되기까지의 시간은 구한말 청년들이 세계 청년으로 기입되기 위해 감내해야했던 시간으로 해석할 수도 있다.

재동경YMCA의 탄생과 활동은 좀 더 복잡한 역학관계 속에서 진행되었다. 재동경YMCA는 조직적인 면에서 황성기독청년회의 연장체로

---

46 그러나 을사조약 이후 YMCA는 '상민교회'로 불리던 상동교회와 연합하면서 상류층 인사들의 집단이라는 성격이 점차 약화된다. 노치준, 「일제하 한국YMCA의 기독교 사회주의 사상 연구」, 김흥수 외, 『일제하 한국기독교와 사회주의』, 한국기독교역사연구소, 1992, 67~68쪽.

47 전택부, 앞의 책, 85쪽.

시작되었지만,[48] 실제로는 일본YMCA 소속의 기독교청년회 및 유일중화기독교청년회留日中華基督敎靑年會, 이하 중화YMCA와의 관련성이 컸다. 특히 재동경YMCA는 창립 논의 단계에서부터 중화YMCA와 불가분의 관계에 놓여 있었다. 중국 및 일본YMCA는 중국인 유학생들이 급증하자 이들을 위한 YMCA를 조직하고자 했는데, 이 과정에서 조선인 유학생에 관한 논의가 동반되면서 재동경YMCA가 탄생한 것이다.[49]

1906년 정식으로 발족한 재동경YMCA가 첫 둥지를 튼 곳은 일본YMCA 산하 도쿄YMCA 회관 2층에 위치한 사무실 한 칸이었다.[50] 이것이 열악한 재정 때문이었음은 어렵지 않게 짐작할 수 있지만, 이 사실이 내포하는 의미는 그리 단순하지 않다. 이는 YMCA라는 공유점이 없었다면 불가능했을 일이기 때문이다. 당시 이곳에는 재동경YMCA뿐 아니라 중화YMCA 사무실도 자리하고 있었다. 점유 면적의 차이는 있었을지언정 한 건물을 일본,[51] 중국,[52] 한국YMCA가 공유했던 것이다. 오래

---

48 한일병합이라는 역사적 사건은 한국 YMCA 역사에도 큰 충격을 가했다. 1913년, '황성기독교청년회'라는 명칭은 '조선중앙기독교청년회'로 변경되었고, 조선중앙기독교청년회는 일본YMCA 동맹에 가입하게 된다. 유동식, 앞의 책, 132~133쪽.

49 위의 책, 61~64쪽; 奈良常五郎, 『日本YMCA史』, 東京, 1959, 146쪽.

50 재일대한기독교동경교회 편, 『동경교회 72년사』, 혜선문화사, 1980, 102쪽.

51 현주소 기준 간다 미토시로 7번지(千代田区 神田 美土代町7)에 위치해 있었다. 회관의 설계는 로쿠메이칸(鹿鳴館), 니콜라이당 등 메이지기의 주요 서양식 건물의 건축을 담당했던 영국인 건축가 조시아 콘도르(Josiah Conder)가 맡았다. 붉은 벽돌을 주재료로 삼은 석조 건물로, 대강당의 수용인원은 1,000명에 달했다. 대강당은 다양한 강연과 행사장으로 활용되었기 때문에 도쿄 YMCA 회관은 자연스럽게 청년들이 집결하고 교류하는 장이 되었다. 수차례의 개축을 거쳐 2003년까지 이 자리를 지키던 도쿄 YMCA 회관은 2003년 스미토모(住友) 부동산에 매각되었다. 현재 도쿄 YMCA 회관은 고토구(江東区) 도요(東陽)로 이전했다.

52 당시 주소로 간다구 기타진보초 10번지(神田區 北神保町 一〇番地)에 위치했던 중화YMCA 회관은 총 4층 건물로 건립되었다.(〈그림 6〉) 1층과 2층에는 강의실, 사무실, 도서관, 샤워실이 배치되었으며, 3층과 4층은 모두 기숙사로 사용되었다. 이 건물

지 않아 재동경YMCA와
중화YMCA 모두 각기 별
도의 공간을 마련해 도쿄
YMCA 회관에서 독립했
으나 이후에도 이들의 교
류는 지속되었다. 새로 마
련된 재동경YMCA과 중
화 YMCA의 공간도 간다

〈그림 4〉 도쿄YMCA 회관(1894년 건립)

지역에 자리했다. 재동경YMCA 회관과 중화YMCA 회관은 그야말로 지
척에 있었고, 가장 멀리 떨어져 있는 재동경YMCA와 도쿄YMCA 회관
의 거리도 불과 1.5km, 도보로 20분 남짓이면 닿을 수 있었다.〈그림 5〉참고
일본·중국·조선YMCA는 공히 간다 지역에 터를 잡고 필요에 따라 다
른 YMCA 회관의 강당을 대여하는 등 친밀한 관계를 유지했다.

　재동경YMCA에 관련된 여러 기록은 YMCA라는 네트워크를 통해
동아시아 삼국의 청년들이 연대하는 흥미로운 장면을 보여준다. 다음은
당시 재동경YMCA에서 활발히 활동하던 백남훈의 회고록 중 일부이다.

당시 우리 [재동경기독교] 청년회와 꼭 같은 의미의 중국 기독교청년회가 도

은 간토대지진으로 완전히 붕괴되었고 원래 회관이 있던 자리에 전보다 약간 작은 규
모의 새 건물이 1924년 완공되었다. 欒殿武, 「大正時代における中国人留学生の生活
誌－下宿屋生活を中心に」, 『Global Communication』 3, 武蔵野大学グローバル教育
研究センター, 2014, 11쪽; 渡辺祐子, 「もうひとつの中国人留学生史－中国人日本
留学史における中華留日基督教青年会の位置」, 『明治学院大学教養教育センター紀
要』 5(1), 明治学院大学教養研究センター, 2011, 19쪽; 高田幸男, 「中華留日基督教
青年会について－同会『会務報告』を中心に」, 『明大アジア史論集第』 23, 明治大学東
洋史談話会, 2019, 315쪽.

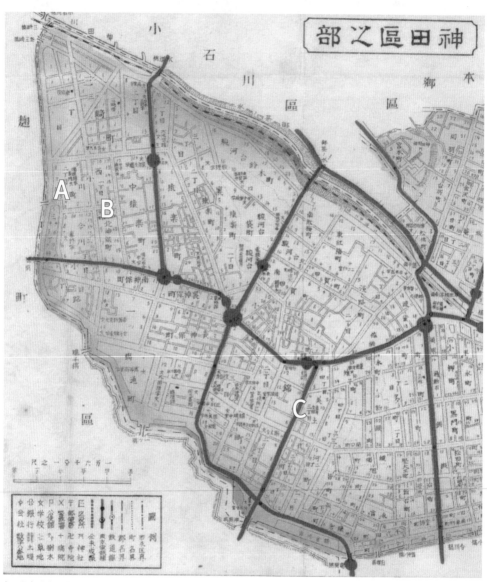

〈그림 5〉간다구 지도 일부와 각국 YMCA 회관 위치. A : 조선 재동경YMCA, B : 중국 중화YMCA, C : 일본 도쿄YMCA

쿄에 있었는데, 그 이듬해 중국 안후이성安徽省 일대에 대기근이 있었던바, 중국청년회에서 기부금을 모집하기 위해 간단한 음악회를 가지게 되었는데 지난해 우리 성탄축하회에 중국청년회 간사 마보위안馬伯援 씨가 참석해서 흥미를 느꼈음인지 그들의 음악회에서 〈탕자 회개극〉의 연출을 재삼 요청하므로, 청년회 간의 우의도 있고, 또 그들의 불행에 동정하는 의미에서 모든 것을 불구하고 가서 출연을 했다.[53]

성탄축하회는 재동경YMCA의 여러 행사 중에서도 특별히 성대하게 치러지는 행사였다. 이 행사는 분명 재동경YMCA의 내부 행사에 속했으나 조선인 유학생들에게만 허락된 폐쇄적인 자리는 아니었다. 재동경YMCA가 주최하는 성탄축하회에는 중국인 유학생들도 참석하여 행사를 즐겼고, 중화YMCA에서 유사한 형태의 행사를 개최할 때에는 재동경YMCA의 인물이 초빙되어 연극 연출을 맡았다.[54] 백남훈이 중화YMCA의 요청을 수락한 이유는 무엇보다 "청년회 간의 우의"였던바, 이 글을 통해 YMCA를 기반으로 한 유학생들의 초국적 교류를 엿볼 수 있다. 이어 백남훈은 다음과 같이 적고 있다.

간다구神田區 미토시로초美土代町에 있는 일본 기독교청년회 강당인데, 서양 사람들과 중국 학생으로 내성황이었다. 조선 학생의 연극이라 해서 인사人事로

---

53 백남훈, 『나의 일생』, 신현실사, 1973, 120쪽.
54 재동경YMCA의 성탄 기념행사에 참석한 마보위안(馬伯援, 1884~1939)는 신해혁명 이후 난징임시정부에서 쑨원 임시총통의 비서관과 내무부 경리국장으로 일한 바 있으며, 1920년 중반에는 중화YMCA의 총간사 역할을 맡았다(https://web.archive.org/web/20160422015955/http://blog.goo.ne.jp/1971913/e/4c87fcd41fb194bd7fe-26b33a0ddfa1f(접속일 : 2023.7.7)).

였는지, 또는 우스워서였는지 하여간 박수 갈채를 받았고, 탕자로 출연한 나는 서양 사람들 사이에 '탕자'로 널리 알려졌던 것이다.[55]

백남훈의 회고는 YMCA를 매개로 공간과 인물이 환류하는 여러 장면을 스케치해 내고 있다. 이 인용문에서 눈길을 끄는 사실은 이 행사가 다름 아닌 "일본 기독교청년회 강당"에서 열렸다는 점이다. 주소로 미루어 볼 때 "일본 기독교청년회 강당"은 일본YMCA 산하 도쿄YMCA 회관을 지칭한 것으로 보인다. 당시 도쿄에서 활동하던 조선, 중국, 일본 기독교청년회가 강당이나 사무실 등 공간을 공유했던 흔적은 어렵지 않게 발견된다. 관련된 다른 기록으로 미루어 보건대, 애초에 '탕자 회개극'이 상연되었던 재동경YMCA의 성탄축하회 역시 중국YMCA 회관에서 열렸을 가능성이 크다.[56] 중화YMCA 주최의 행사가 일본YMCA 건물에서 열렸으며, 재동경YMCA 회원인 백남훈은 이 행사에서 연극연출과 주인공 연기라는 중역을 맡았던 것이다. 이 연극이 상연되는 순간의 도쿄YMCA 회관은 YMCA에 기반한 청년의 연대가 현현되었던 공간이었다. 이 연극은 한중일YMCA의 협업의 결과물이자 네이션을 넘어선 청년의 연합의 실천이었던 것이다.

국경을 초월한 청년 연대는 YMCA의 지향점이었다. 재동경YMCA에게 이것은 수사라기보다 실천에 가까웠다. 그러나 재동경YMCA의 활동이 민족적 특징을 소거하는 방향으로 진행되었던 것은 아니다. 이들의

---

55 백남훈, 『나의 일생』, 신현실사, 1973, 120쪽.

56 "교회와 YMCA의 합동행사로 크리스마스가 되면 여러 가지 순서를 만들게 된다. 우리 회관은 좁아서 늘 중국 YMCA 큰 강당을 빌어서 쓰게 되는데 약 1,000여 명의 남녀가 모이곤 했다." 최승만, 『나의 회고록』, 인하대 출판부, 1985, 105쪽.

활동은 트랜스내셔널transna-
tional한 네트워크를 바탕으
로 하되, 내셔널리티nationality
를 포기하지 않는 방향으로
전개되었다는 점에서 이는
"뿌리 있는 세계시민주의roo-
ted cosmopolitanism"의 한 사례
라 할 수 있다.[57]

이와 관련하여 재동경
YMCA 단독 회관의 의미
를 곱씹어볼 필요가 있다.
이 공간은 트랜스내셔널리
티와 내셔널리티라는 두 개
의 기둥에 의해 지탱되었다
고 해도 과언이 아니기 때

〈그림 6〉중화YMCA 회관(1912~1913년경 건립)

문이다. 주지하듯 조선인 유학생 공동체에서 지대한 영향력을 지닌 단
체는 단연 학우회였다. 그러나 학우회의 전용 공간은 확보되어 있지 않
았기 때문에 학우회에서 주최하는 다수의 행사는 재동경YMCA 회관에
서 열렸다. 물론 학우회와 재동경YMCA는 내부분의 인적 구성원을 공
유하고 있었으므로 이 두 단체가 하나의 공간을 공유했다는 사실 그 자

---

57   콰메 앤터니 애피아(Kwame Anthony Appiah)는 한 개인의 문화적, 지역적 특성을 포
     기하지 않으면서도 세계시민주의를 지향할 수 있다고 말하며, 이 특수성과 보편성에
     대한 변증법적 개념인 "뿌리 내린 세계시민주의(rooted cosmopolitanism)"을 주장한
     다. 이에 관한 자세한 논의는 Kwame Anthony Appiah, *The Ethics of Identity*, Princeton
     University Press, 2005, pp.213~272 참고.

〈그림7〉재동경YMCA 단독 건물(1914년 건립)

체는 그리 놀랍지 않다. 문제는 학우회에게는 허락되지 않았던 단독 회관이라는 물적 조건이 어떻게 재동경 YMCA에게는 허락되었는가 하는 것이다.

전술한 것처럼 재동경 YMCA는 도쿄YMCA 회관의 사무실 한 칸에서 활동을 시작했지만 이로부터 약 1년 후인 1907년 8월 간다구 니시오가와초에 위치한 가옥 한 채를 임대하면서 처음으로 전용공간을 마련한다. 더부살이 신세는 면했으나 이 역시 가옥을 임대한 것이다 보니 활동에 어려움이 적지 않았다. 이러한 불안정한 생활은 1914년 9월 단독 회관의 건축과 함께 청산된다.[58] 단독 회관의 당시 주소는 도쿄시 간다구 니시오가와마치 2정목 5번지東京市 神田區 西小川町 二丁目 五番地였다.[59] 총건평 74평, 2층 규모의 목조 양옥 건물로, 1층에는 사무실, 응접실, 식당이 배치되었고, 2층은 기숙사로 쓰였다.[60]

이 단독 회관의 건축 및 비용 마련 과정에 대해서는 특기할 필요가

---

58 이 회관은 간토대지진으로 소실되고, 1929년 우라사루가쿠초 9번지(猿楽町 九番地)에 신회관을 준공한다.

59 이는 『기독청년』과 『현대』의 판권지에 기재된 '발행소(發行所)' 주소이다. 단, 조선중앙기독교청년회에서 발간했던 『중앙청년회보』는 재동경YMCA 회관 신축 소식을 전하는 기사에서 '西小川町'를 '小川町'로 잘못 표기하고 있다. 『중앙청년회보』 6호(1915.2.5) 참고. 현주소는 도쿄도 치요다구 니시간다초 3정목 5-2(東京都 千代田区 西神田町 3丁目 5-2)이다. 국외독립운동사적지 도쿄 2·8독립선언지(조선기독교청년 회관 터) 페이지 참고(http://oversea.i815.or.kr/search/?mode=V&tab=4&consonant=%E3%84%B7&p=5&m_no=JP00021).

60 백남훈, 앞의 책; 최승만, 앞의 책.

있다. 건축비용으로는 총 3만 원이 소요되었는데, 이 중 대부분은 북미 YMCA 국제위원회의 지원으로 충당되었다.[61] 재동경YMCA, 나아가 조선 유학생의 다양한 활동을 가능케 했던 이 공간 역시 YMCA의 네트워크와 자본력을 바탕으로 실현되었던 것이다.

이후 이 공간은 유학생들의 살롱 역할을 톡톡히 수행했다. 이곳에서는 사경회査經會나 예배 등 종교 활동은 물론이거니와, 유학생 환영회 및 환송회, 송년회 등 친목 도모를 위한 행사들이 절기에 따라 개최되었다. 이처럼 재동경YMCA 회관은 조선 유학생들의 친목의 장이자 사상적 교류의 공간으로 기능했다. 환언하면 YMCA 회관은 종교적 공간인 동시에 민족적 정체성을 확인할 수 있는 공간이었고, 따라서 정치적 공간으로 전화할 가능성이 상존해 있었다.

물론 토착 YMCA의 자본력이 취약했던 동아시아에서 회관을 건축할 때 해외 YMCA의 자본이 유입되는 것은 일반적인 현상이었다. 한일병합 이전 지어진 한국의 황성기독교청년회 회관, 아시아 최초의 YMCA 회관인 일본의 오사카YMCA 회관 건립에도 해외의 원조가 있었다.[62] 그럼에도 불구하고 재동경YMCA 회관 건립은 여타 YMCA 회관과는 다른 위상을 지닌다. 재동경YMCA 회관은 제국의 수도에서 유학하는 식민지 청년들을 위한 공간이었다. 조선인 학생들은 이곳에서 펼쳐진 강연회, 웅변대회 등의 행사를 통해 정치적 의견을 공유하고 운동

---

61 유학생들의 기부금이 약 2,000원, 스코틀랜드YMCA의 기부금이 1,000원이었다(유동식, 앞의 책, 142쪽). 모금액 중 가장 큰 비중을 차지했던 북미YMCA 국제위원회의 기부금은 미국의 몇몇 독지가들의 기부로 조성되었다고 전해진다. 여기에는 당시 북미YMCA 국제위원회 간부로 있었던 모트(John R. Mott)와 조선중앙YMCA 총무로 있던 브로크만(Frank M. Brockman)이 관여했다. "The Association Home for Korean Students in Tokyo:, 『중앙청년회보』 6, 1915. 2.

62 奈良常五郎, 『日本YMCA史』, 日本YMCA同盟, 1959, 15~16쪽.

을 도모한 것이다. 일견 탈정치화된 것처럼 보이는 '성탄축하회'와 같은 친목 행사 또한 집결의 계기가 되었다는 점에서 정치적 운동으로 전화될 가능성을 담지하고 있었다.

회합의 빈도와 그 회합의 성격이 정치적으로 변화할 가능성은 대개 정비례한다. 폭압적 권력이 집회의 자유를 제한하는 이유도 이 때문이다. 실제로 재동경YMCA 회관에서는 재동경YMCA 및 학우회 주도의 여러 행사가 기획, 실시되는 가운데 독립의 필요성을 강변하는 웅변대회가 수차례 개최되었다.[63] 2·8독립선언은 그 정치적 잠재력이 폭발한 사건이라 할 수 있다. 2·8독립선언서가 다름 아닌 재동경YMCA 회관에서 낭독되었다는 사실은 종종 간과되곤 하지만, 이것은 결코 돌발적이거나 우연한 사건이 아니었다. 2·8독립선언은 그 맹아 단계에서부터 재동경 YMCA 회관과 불가분의 관계를 맺고 있었던 것이다.

1918년 11월, 독립운동에 관한 학생들의 중론을 모으고 구체적 방안을 모색하기 위해 웅변대회가 열렸다. 학우회의 주최로 열린 이 웅변대회가 뜨거운 열기 가운데 막을 내리자 학생들은 그 기세를 몰아 독립운동의 대표를 선출했다. 이 모든 일이 진행된 곳은 물론 재동경YMCA 회관이었다. 이후 2·8독립선언 당일에 낭독되었던 선언서는 청년 회관에 비치된 등사기로 인쇄되었다.[64] 이러한 사실은 재동경YMCA 회관이라는 물적 조건이 2·8독립선언에 직간접적으로 개입하고 있었던 정황을 드러낸다.

2·8독립선언을 전후로 하여 청년 회관이 지닌 저항적 성격은 마침

---

63 이철호, 「1910년대 후반 도쿄 유학생의 문화인식과 실천—『기독청년』을 중심으로」, 『한국문학연구』, 동국대 한국문학연구소, 2008 참고.
64 백남훈, 앞의 책.

내 표면화된다. 당국의 자료는 청년 회관을 "일종의 배일사상자 양성기관" 같다고 적고 있으며,[65] 일부 언론은 "조선독립운동의 소굴"로 표현했다. 이처럼 청년 회관은 조선 독립의 상상력이 깃든 '불온한' 공간으로 운위된다.[66]

이처럼 일본 사회에서 청년 회관은 백안시되었지만 동시에 조선 유학생들에게는 강력한 애착의 대상으로 자리매김했다. 간토대지진으로 전소된 회관 앞에서 최승만은 다음과 같이 말한다. "동경에 있던 우리 사람의 유일한 회관, 유학생들의 오직 하나인 위안처, 교회와 청년회의 집회장소, 특히 독립선언서를 낭독하던 역사 깊은 곳이 아니었던가."[67] 이와 같은 서술은 청년 회관이 조선인 유학생들에게 어떠한 의미였는지를 단적으로 보여준다. "유일한", "오직 하나인"과 같은 표현은 청년 회관을 향한 조선인 유학생들의 진진한 감정을 여과 없이 드러낸다.

2·8독립선언은 YMCA 네트워크가 지닌 정치적 잠재력 또한 발현시켰다. 독립선언서 낭독 직후 60여 명이 현장에서 체포되고 최팔용崔八鏞, 1891~1922, 서춘徐椿, 1894~1944을 포함해 8명이 기소되는 등 조선인 유학생 사회는 큰 타격을 입었다. 당국의 감시 또한 강화되었다. 이러한 위기상황 속에서 재동경YMCA는 YMCA의 네트워크를 타개책 삼아 전도를 모색했다. 2·8독립선언 이후의 수습을 맡았던 최승만과 백남훈은 YMCA 네트워크를 다각적으로 활용했다. 백남훈의 경우, 일본 측 YMCA의 인맥을 통해 변호사 선임이라는 큰 숙제를 해결한다. 당시 재동경YMCA의 총무였던 백남훈은 기소된 학생들을 위해 변호사를 선임

---

65 「朝鮮人槪況」(문서철명 : 『朝鮮人에 대한 施政關係雜件 一般의 部 2』).
66 최승만, 앞의 책, 87쪽.
67 위의 책, 116쪽.

하려 했지만 국체를 흔든 사상범을 변호하겠다는 변호사를 쉬이 찾을 수는 없었다. 변호사 선임에 고심하던 그는 "평소에 잘 알던" 동경제대 YMCA 간사 후지타 이쓰오藤田逸男를 찾아가 두 명의 변호사를 소개받는다.[68] 다행히 이들은 선선히 변호를 수락했고, 이에 힘을 얻은 백남훈은 105인 사건을 변호했던 하나이 다쿠조花井卓藏와 우사와 후사아키鵜澤聽明를 변호사로 선임하는 데 성공한다.[69]

백남훈과 후지타의 만남은 무엇을 의미하는가. 백남훈은 "우리의 일을 놓고 인식도 이해도 부족한 사람에게는 의뢰할" 수 없다는 판단하에 후지타에게 도움을 청했다고 기술한다.[70] 그렇다면 백남훈이 판단하기에 후지타는 유학생들의 독립운동에 최소한의 "인식"과 "이해"를 갖춘 사람이었던 셈이다. 당시 와세다에 재학 중이었던 백남훈이 어떠한 경로로 동경제대에 재학 중이던 후지타와 가까워지게 되었는지는 분명하지 않다.[70] 그러나 이 두 사람 모두가 YMCA의 임원이었다는 사실은 두

---

68   백남훈의 회고록에는 藤田進男로 표기되어 있으나, 이것은 藤田逸男의 오기이다. 후지타 이쓰오(藤田逸男, 1886~1956)는 동경제국대학 철학과에서 종교철학을 전공했다. 일본 자유주의 신학의 거두였던 에비나 단조가 목사로 시무했던 혼고교회(本郷教會)에 출석하며 사회운동에 참여하게 되었으며, 이를 통해 요시노 사쿠조와 긴밀히 교류했다. 이후 그는 여성과 어린이의 보호 및 보건 등을 목적으로 한 찬육회(贊育会) 설립(1918)에 참여했으며, 소비협동조합운동을 전개했다. 近代日本社会運動史人物大事典編集委員会 編, 『近代日本社會運動史人物大事典』 4, 日外アソシエーツ, 1997.

69   이에 더해 이른바 '대역사건'으로 기소된 박열을 변호한 인물로 잘 알려진 후세 다쓰지(布施辰治)가 자청하여 변호를 맡았다. 백남훈은 후세 다쓰지의 "사회주의 색채" 때문에 선임을 "다소 망설였"으나 "우리를 위해서 그렇듯 자진해 나서준 호의를 생각해서 감사히 수락했"다고 적고 있다. 백남훈, 앞의 책, 129쪽.

70   백남훈이 가장 먼저 도움을 청한 이는 재동경YMCA에서 이사직을 맡고 있었던 니토베 이나조(新渡戶稻造, 1862~1933)였다. 그러나 니토베는 백남훈의 부탁을 거절했다. 백남훈은 그에 대해 "우리의 일을 놓고 인식도 이해도 부족한 사람"이라고 평한다. 백남훈, 앞의 책, 128쪽. 백남훈의 이러한 평가는 니토베 이나조가 일본 식민정책의 이론적 토대를 제공한 식민주의자였다는 사실과 무관하지 않을 것이다.

사람의 관계에 긍정적으로 작용했을 가능성이 크다.

한편, 최승만은 중화YMCA 네트워크를 전략적으로 활용하고자 했다. 2·8독립선언 낭독 이후 위축된 운동의 동력을 중화YMCA를 통해 메우려 했던 것이다. "우리 청년회와 꼭같은 의미"[71]의 단체로 여겨졌던 중화YMCA는 재동경YMCA와 각별한 공조관계에 있었다.

동경에 있는 중국YMCA와 연락하는 일은 미모의 안승한安承漢 군에게 맡겼다. 남에게 호감을 주는 친구이므로 중국YMCA 간사 일을 보는 장칭젠張淸鑑 씨에게 소개하였다. 특히 중국 명사들이 많이 미국에 가는 일이 있으므로 이들을 접촉해서 우리 독립운동의 상황과 열망하는 바를 알리며 미국이나 기타 여러 나라에 선전해 달라는 부탁을 하게 되었다. 그래서 당시 중국의 王兆銘sic 같은 거물급도 만나게 해주어 많은 얘기도 한 일이 있었다. 본국에서도 도처에서 독립만세 사건으로 투옥, 부상, 학살이 쉬일 사이 없이 일어난다는 신문보도를 일일이 오려서 재미동포에게와 상해 임시정부에 보내는 일에 몹시 바빴다.[73]

일본고등공업학교에 다니던 안승한은 최승만과 청년회 활동은 물론 기숙사 생활까지 함께 하며 친분을 쌓은 인물이다. 최승만은 사교적인 성품의 인승한이 '중국YMCA'와의 교류에 적임자라고 판단하고 이 임무를 맡긴다. 그 결과 중화YMCA는 조선인 유학생들의 독립운동을

71　요시노 사쿠조가 연결고리 역할을 했을 것으로 추정되지만, 이를 뒷받침하는 기록은 확인하지 못했다.
72　백남훈, 앞의 책.
73　최승만, 『나의 회고록』, 86~87쪽.

해외에 알리는 전령 역할을 했고, 쑨원의 최측근 정치인 왕자오밍汪兆銘, 즉 왕징웨이汪精衛와 같은 "거물급" 인사와의 만남을 주선하는 통로가 되었다. 이처럼 재동경YMCA는 탄탄한 국제적 입지를 점하고 있었던 중화YMCA측의 인맥을 적절히 활용하며 운동의 범위를 넓히고자 했다.

3) 코스모구락부 사회주의의 대두와 연대의 원리 재편

지금까지 YMCA라는 종교단체가 정치적으로 전유되는 양상을 확인했다. 재동경YMCA 회관 및 네트워크가 현실 운동의 측면에서 전유되고 있다면 이들의 사상적 구심점은 기독교적 인류애와 이에 기반한 자유주의에서 찾을 수 있다.

여기서 다시 신아동맹당의 사상적 경향을 조망할 필요가 있다. 선행 연구는 신아동맹당의 사상적 성격에 대해 적지 않은 시각차를 보인다. 신아동맹당을 한국 공산주의운동의 연원이라 보는 관점이 있는가 하면,[74] 이들이 사회주의적 혁명세력과는 거리를 두고 있었다고 보기도 한다.[75] 김철수의 사례를 통해 확인되듯이 신아동맹당 결성 당시 이미 '사회주의자'로서의 이념적 정체성을 분명히 했던 인물들도 있었으나 전부가 그렇지는 않았던 것은 분명해 보인다.[76] 이를 근거로 신아동맹당의 이념적 지향성이 다양했음을 강조하는 연구도 발견된다.[77] 이를 종합하면 신아동맹당 구성원들의 사상적 지향은 복합적이었다고 볼 수 있

---

74 이현주, 『한국 사회주의 세력의 형성-1919~1923』, 일조각, 2003.
75 최선웅, 「1910년대 재일유학생단체 신아동맹당의 반일운동과 근대적 구상」, 『역사와 현실』 60, 2006, 399쪽.
76 한국정신문화연구원 현대사연구소 편, 『지운 김철수』, 한국정신문화연구원 현대사연구소, 1999.
77 박종린, 「1910년대 재일유학생의 사회주의사상 수용과 '김철수 그룹'」, 『사림』 30, 수선사학회, 2008, 157~158쪽.

다. 그중에서도 여기서는 그간 상대적으로 소략하게 논의되었던 신아동맹당의 신자유주의적 색채에 주목하려 한다.[78]

1910년대 자유주의 부르주아 우파 계열의 사상은 "사회진화론 및 생물학적 생존과 본능적 욕구를 추구하는 경향"과 "인격적 자유주의 및 신자유주의 사회관을 피력하는 경향"으로 양분할 수 있는데,[79] 후자의 특징은 신아동맹당 당원들의 사상에서 감지된다.[80] 당시 일본에서는 동양경제신보의 주도하에 반제국주의적 자유주의 담론이 확산되고 있었다.[81] 도쿄를 거점으로 하고 있었던 신아동맹당이 이러한 사조에 공명했을 가능성은 매우 크다. 신자유주의가 강조하는 개인적 자유와 윤리라는 가치는 자유와 평등이라는 키워드로 기독교를 내면화했던 재동경YMCA의 관심사와도 상통하는 대목이 많다. 즉 비사회주의 노선에 서서 일본의 제국주의를 비판한다는 점에서 신아동맹당과 재동경YMCA의 사상적 거리는 인접해 있었다고 할 수 있다. 앞질러 말하자면 사회주의에 전면적으로 찬동하지는 않지만 반제국주의적 논조를 취하는 태도는 『아세아공론』에서도 이어진다.

그러나 1920년대 중반부터는 사회주의가 초국적 연대를 가동하는 가장 강력한 사상적 기반으로 부상한다. 1920년 11월에 결성되어 1923

---

78   여기서의 신자유주의는 적극적 사유개념과 복지 문제를 상조하며 영국에서 발흥한 'New Liberalism'을 지칭하는 것으로, 미국을 중심으로 전개되는 최근의 신자유주의 논의와는 무관하다. 식민지기 신자유주의의 수용과 전개에 관해서는 장규식, 『일제하 한국 기독교 민족주의 연구』, 혜안, 2001.
79   김명구, 「한말 일제강점기 민족운동론과 민족주의 사상」, 부산대 박사논문, 2002.
80   최선웅, 「1910년대 재일유학생단체 신아동맹당의 반일운동과 근대적 구상」, 『역사와 현실』60, 2006, 390~399쪽.
81   동양경제신보의 논조에 관해서는 마쓰오 다카요시, 오석철 역, 『다이쇼 데모크라시』, 소명출판, 2011, 77~88쪽 참고.

년경에 자연소멸한 것으로 추정되는 코스모구락부コスモ倶樂部는 이러한 변화의 예고이자 증좌라 할 수 있다. 코스모구락부의 창설 과정, 구성원, 활동 등 다방면에서 이 단체의 사회주의적 색채는 현저하게 드러난다.[82]

선명한 사회주의적 색채 외에 일본인들이 대거 참여했다는 점 또한 코스모구락부가 신아동맹당과 차별되는 지점이었다. 조선, 중국, 대만 뿐 아니라 일본의 지식인들도 초국적 반제운동에 가담하게 된 것이다. 코스모구락부에는 사카이 도시히코界利彦, 오스기 사카에大杉榮, 요시노 사쿠조吉野作造, 오야마 이쿠오大山郁夫, 이와사 사쿠타로岩佐作太郎 와 같이 널리 알려진 인물들도 적지 않게 참여했다. 일본인이 조직의 핵심 인물로 부상함으로써 도쿄를 근거지로 한 동아시아 연대는 새 지평을 맞이한다. 신아동맹당의 특징으로 꼽히는 이념적 다양성, 바꿔 말해 이념적 느슨함이 피식민 연대라는 전선을 구축함으로써 보완되었다면, 코스모구락부에서 이러한 전략은 불가능했다. 초국적 연대를 상상하는 청년들은 이제 기독교라는 보편종교나 소박한 신자유주의 정신보다 확고한 이론으로 중무장한 사회주의를 담론자원으로 활용하기 시작한다.[83]

코스모구락부에서 무엇보다 특징적인 것은 이 단체의 초국적 지향이다. 코스모구락부는 단체명에서 드러나는 것처럼 코스모폴리타니즘

---

82   김진웅, 「1920년대 초 재일본 조선인 유학생의 사회주의 활동과 코스모구락부」, 『한일민족문제연구』 37, 한일민족문제학회, 2019.

83   이념적으로 보았을 때 코스모구락부에는 볼셰비스트와 아나키스트가 혼재하고 있었다. 이러한 사상적 미분화 상태는 아나-볼 논쟁이 격화되기 이전 일본 사회주의 단체의 한 풍경이기도 하다. 그러나 볼셰비즘과 아나키즘의 제휴는 코스모구락부가 단명한 원인으로 지적되기도 한다. 아나-볼의 분열과 함께 민족적 분열도 가속화되었고, 그 가운데 코스모구락부의 세력도 자연히 약화되었다는 것이다. 이러한 변화는 코스모폴리타니즘의 퇴조와 프롤레타리아 인터내셔널리즘의 대두를 의미한다. 松尾尊兒, 「コスモ倶樂部小史」, 『大正デモクラシー期の政治と社會』, みすず書房, 2014, 437~438쪽.

cosmopolitanism을 표방하며 국가 초월의 의지를 드러내고 있다. 다소 길지만 코스모구락부 선언서 중 일부을 옮겨둔다.

이 지상에서 국가와 국가가 대립하고 서로 칼을 갈고 있는 불합리를 점점 많은 사람들이 자각하게 되었다. 인류의 역사가 끊임없이 전쟁의 연속을 이야기하고 있는데 이것은 영원히 저주받은 인류의 운명일까. 인류는 무의미하게 맹목적으로 존재한다는 것을 더이상 긍정하지 않는다. 전쟁의 근원을 간파할 수 있게 되었다.

인류는 지금까지 무자각 중에 잠자면서 얼마나 어리석고, 또 비참한 희생을 바쳐왔는가. 소수의 야심가들에게 얼마나 이용당했는가.

국가의 어느 곳에서 전쟁은 끊이지 않겠는가. 국가의 의지에 떠밀려 국민은 어쩔 수 없이 복종하고 있다. 그러나 우리는 국가를 초월할 수 없을까. 국가의 본질을 점점 파악하기 시작한 지금, 우리는 과거처럼 국가적 편견에 휘말려 있던 어리석음을 깨달았다.

인종적 증오는 도저히 제거할 수 없는 감정이라는 듯이 주장하는 사람이 적지 않다. 과연 그것은 사실일까. 그러나 우리는 그 말을 믿을 수 없다. 우리 구락부가 성립한 것 그 자체가 이미 그것을 반증하는 것이 아니겠는가.[84]

84　松尾尊兌,「コスモ俱樂部小史」,『大正デモクラシー期の政治と社会』, みすず書房, 2014, 429~430쪽. 덧붙이자면 당국은 이 선언서가 일본어, 프랑스어, 러시아어, 중국어, 조선어, 이상 5개 국어로 작성, 발표되었다고 기록하고 있지만 관련 자료를 면밀히 조사한 마쓰오 다카요시는 선언서 작성은 일본어만으로 이루어졌던 것으로 본다. 다만 '규약'은 일본어, 중국어, 에스페란토, 조선어, 영어의 다개국어로 작성되었다. 한글로 작성된 규약은 아래와 같다(위의 글, 445~446쪽).
① 본 회는 코스모구락부(Cosmo-Club)라 칭하고, 본부를 일본 도쿄에 두며, 필요에 응하야 각지에 지부를 둠, ② 본 회는 인류로 하여금 국민적 증오, 인종적 편견을 제거하고, 본연 호조(互助)의 생활로 전진시킴을 목적으로 함, ③ 본 회의 목적에 찬성하는 자로 회원 2명의 소개가 있으면 누구든 회원이 될 수 있음, ④ 본 회의 목적을 달하기

당국은 코스모구락부 창립기인 1922년 1월 현재의 회원을 60명 정도로 파악했다. 이 시기 코스모구락부에는 일본사회주의동맹 회원들과 그들과 친분이 있었던 조선인, 중국인, 대만인, 러시아인들이 가담했다. 코스모구락부의 조선인 회원으로는 김약수金若水, 1892~?, 백관수白寬洙, 1889~?, 변희용卞熙鎔, 1894~1966, 조봉암曺奉岩, 1898~1959, 정태신鄭泰信, 1892~1923, 황석우黃錫禹, 1895~1960 등이 있었다.[85]

또한 당국은 이 단체의 요주 인물로 사카이 도시히코堺利彦, 미야자키 류스케宮崎龍介, 권희국權熙國을 지목했는데, 이들에 대해서는 상론할 필요가 있다. 사카히 도시히코는 잘 알려져 있다시피 일본을 대표하는 사회주의자로서 조선의 사회주의 수용에도 큰 역할을 했다. 사카이 도시히코는 피억압계급의 해방을 지지한다는 입장에서 코스모구락부에 가담했던 것으로 보인다. 보다 눈길을 끄는 것은 미야자키 류스케와 권희국이다. 이들은 뒤에서 살펴볼 『아세아공론』과 그 후신인 『대동공론』에서 큰 역할을 한다. 미야자키 류스케는 중국의 혁명을 이끌었던 쑨원孫文, 황싱黃興을 적극 지원했던 미야자키 도텐宮崎滔天의 아들로서, 어린 시절부터 초국적 연대와 운동의 감각을 익혔다. 성인이 된 후 그는 5·4운동 이후 중국의 군벌타도를 위한 연대운동을 목적으로 상하이로 파견되기도 했으며,[85] 『아세아공론』에 5편의 글을 게재한 주요필자로도 활약

위하여 다음의 사업을 거행함. 친목회(매월 1회), 연구회(不定), 강연회(매년 2회 이상), ⑤ 본 회는 다음의 임원을 둠. 간사 수명, ⑥ 간사는 각 지방별로 선거함, ⑦ 간사의 임기는 6개월로 정함(단 중임도 무방), ⑧ 본 회의 회비는 친목회, 연구회의 출석자로부터 징수함, ⑨ 이 규칙은 회원 다수의 의견에 의하야 자유로 변경할 수 있음. 일본 동경 혼고구 오이와케초(追分町) 제대(帝大) 기독교청년회 내(가(假) 사무소) 코스모구락부.

85 김진웅, 「1920년대 초 재일본 조선인 유학생의 사회주의 활동과 코스모구락부」, 『한일민족문제연구』 37, 한일민족문제학회, 2019, 200~201쪽.

하였다. 한편, 와세다대 학생이었던 권희국은 사카이 도시히코와 미야자키 류스케의 친분으로 코스모구락부에 가담한 것으로 보인다. 특이한 사실은 그가 충북 제천에서 출생[1898]했으나 이후 중국으로 귀화한, "조선인과 중국인 두 얼굴을 가진" 인물이었다는 점이다.[87] 권희국은 『아세아공론』이 『대동공론』으로 게재 이후 편집인으로 활동했다.[88]

코스모구락부의 활동에서도 YMCA 네트워크의 존재는 마치 그림자처럼 감지된다. 코스모구락부의 가假사무소는 도쿄제대YMCA 회관 내에 설치되었고, 코스모구락구가 주최하는 거개의 행사는 일본YMCA 회관, 중화YMCA 회관 등에서 개최되었다. 적어도 반제국주의와 인류애를 지향한다는 점에서 YMCA와 코스모구락부는 친연성을 가지고 있었고, 이것이 실제적 교류로까지 이어진 것으로 보인다.

지금까지 신아동맹당과 YMCA 네트워크를 기반으로 펼쳐진 재동경 YMCA의 활동, 코스모구락부에 대해 살펴보았다. 이밖에도 일본인이 주도한 신인회新人會와 여명회黎明會에서도 민족간의 교류는 간헐적으로 이루어졌다. 그러나 신인회와 여명회에서의 교류는 시혜자로서의 일본과 수혜자로서의 조선의 관계가 강고하다. 반면 신아동맹당과 재동경 YMCA, 코스모구락부의 활동은 일방적인 시혜-수혜의 관계를 넘어 복합적이고 역동적인 초국적 연대가 펼쳐지는 모습을 잘 보여주고 있다.

---

86 와다 하루키 외, 한철호 외역, 『동아시아 근현대통사』, 책과함께, 2017, 152쪽.
87 한국사데이터베이스 한국근현대인물자료(http://db.history.go.kr/id/im_101_10238 접속일 : 2023.7.7); 松尾尊兌, 「コスモ俱樂部小史」, 418~419쪽; 김진웅, 「1920년대 초 재일본 조선인 유학생의 사회주의 활동과 코스모구락부」, 『한일민족문제연구』 37, 한일민족문제학회, 2019, 171쪽.
88 『대동공론』에는 '權无爲'라는 이명으로 등장한다.

3. 1910~1920년 재일본 조선인 매체의 지각변동

재동경 조선인의 간행물은 1913년sic 학우회 기관지로서 『기독청년』을 발행
하면서 시작된다. 본지는 매호 거의 불온한 기사가 게재되기 때문에 발매 반
포 금지의 처분을 받았을 때마다 당국은 주의 계고를 가하였었는데 1922년 4
월 유태경柳泰慶이 『아세아공론』을 창간하게 되자 점차 족발簇發한 경향을 보이
며 그 내용이 대개는 정치 시사를 논하고 노동운동, 혹은 주의 사상 선전에 이
용하려는 경향이 있다. (…중략…) 진재간토대지진-인용자의 타격으로 일제히 휴간
하고 이래 재간再刊에 뜻을 두어 왔으나 대부분은 자연 폐간으로 보이며 4월
말 현재 다음과 같이 겨우 부활할 수 있었던 『대동공론大東公論』 및 최근에 창간
한 상애회相愛會 기관지 『일선문제日鮮問題』 동경 조선노동동맹회 기관지 『노동
동맹勞働同盟』 등 3종뿐.[89]

　　일본 내무성 특별고등경찰은 1922년 현재 도쿄에서 발간되는 조
선인 매체를 위와 같이 정리한다. 이 자료는 먼저 "학우회 기관지 『기독
청년』"에 주목한다. 최대 유학생 단체였던 학우회를 우선적으로 거론하
는 것은 무척 자연스러워 보인다. 그러나 "학우회 기관지 『기독청년』"라
는 기술은 오류이다. 잘 알려져 있듯이 1914년 창간된 "학우회 기관지"
는 『기독청년』이 아니라 『학지광』이다. 그런데 당국의 이러한 착각에는
그럴 만한 사정이 있었다. 무엇보다 대부분의 인적 자원을 공유했던 학

89　「내무성정보국 특별고등경찰자료-간행물(1922년)」, 『독립운동사자료집 별집 3-재
　　일본한국인민족운동자료집』. 위의 인용문은 국가보훈처 공훈전자사료관에서 제공되
　　는 내무성정보국 특별고등경찰 자료의 한국어 번역본이다. 단, 문맥과 문법을 고려하
　　여 일부 수정을 가했다.

우회와 재동경YMCA는 이명동체異名同體로 비춰질 만큼 친연성을 보였다.[90] 마침 이 문건이 작성되던 시점에 『학지광』이 휴지기를 맞이했던 사실 또한 이러한 착각을 야기하는 하나의 원인으로 작용했을 것이다.

기실 이 사소해 보이는 오류는 재동경 조선인 간행물을 향한 통치권력의 무의식을 노출한다. 거의 매호 불온한 기사를 게재하여 당국의 심기를 불편하게 했던 것은 『학지광』이다. 그러나 위의 문건에서 이러한 특징은 무화된다. 조선인 매체란 그 저항성의 농담과는 무관하게 당국에게는 온당치 못한 존재였다. 즉, "불온한 언사"를 은근히 사용하며 당국의 심기를 불편하게 했던 『기독청년』이나, 종교적 색채를 벗어나 과격한 배일 기사를 게재하다가 발매반포금지 처분을 받은 『현대』나,[91] 당국이 보기에는 『학지광』과 동류를 이루는 '불온한' 잡지였던 것이다.

이 자료에서 눈길을 끄는 또 다른 대목은 『기독청년』혹은 『학지광』에 이어 『아세아공론』이라는 잡지가 등장한다는 사실이다. 『학지광』이 "매호 거의 불온한 기사"를 발행했다면 『아세아공론』은 노골적으로 "정치 시사를 논하고 노동운동 혹은 주의 사상 선전"에 힘쓴 잡지로 서술된다. 여타 잡지들이 간토대지진 이후 재간을 꿈꾸었으나 끝내 실패했던 반면, 『아세아공론』은 『대동공론』으로 제호를 바꾸어 재간에 성공했다는 점도 당국이 예의주시했던 원인이었다.

이어 이 자료는 『학지광』을 비롯한 조선인 주재의 잡지 총 13종을 간략히 정리하고, 그 중 『대동공론』, 『일선문제』, 『노동동맹』 이상 세 종류의 잡지에 대해서는 사용언어, 기사종류, 발행 횟수 및 인쇄 부수 등

---

90   김영민, 『1910년대 일본 유학생 잡지 연구』, 73쪽.

91   「大正9年 6月 30日 朝鮮人槪況 第3」, 朴慶植 編, 『在日朝鮮人關係資料集成』 1, 三一書房, 1975, 97쪽.

항목을 분류하여 상세하게 기술한다.[92] 그러나 재동경YMCA의 기관지인 『젊은이』는 소략한 언급에 그친다. 전술했듯 재동경YMCA를 향한 당국의 경계는 꽤 강고했다. 그럼에도 불구하고 재동경YMCA 기관지인 『젊은이』를 비중있게 다루지 않은 것으로 미루어 볼 때, 재동경YMCA 와 『젊은이』의 정치적 저항성은 경계할 만한 수준이 아니었던 것으로 짐작된다. 『젊은이』가 미발굴 상태이기 때문에 이는 추측에 불과하다.[93] 그러나 적어도 당국의 주의가 『기독청년』에서 『아세아공론』이라는 잡지로 옮겨갔음은 분명하다 하겠다.

더불어 『기독청년』과 『현대』, 『아세아공론』이 기독교를 일종의 사상적 기반으로 공유하고 있는 잡지라는 점도 특기할 만하다. 『기독청년』 과 『현대』는 재동경YMCA의 기관지이므로 기독교와의 연관성이 쉽게 드러나지만 일반 종합잡지인 『아세아공론』은 기독교적 경향성을 전면화하지 않았다. 그러나 『아세아공론』의 표지에 담긴 이미지나 필진 구성은 『아세아공론』에서 기독교가 연대의 "계기"로서 작용하고 있음을 방증한다.[93] 『아세아공론』이 운용하는 주요 어휘와 기독교인 필자들의 글을 면밀히 검토하면 사회윤리적 실천으로서 기독교가 작용하고 있다는

---

92 『대동공론』 외에 당국이 특기한 잡지는 『노동동맹』과 『일선문제』이다. 동경조선노동 동맹의 기관지인 『노동동맹』에 대해서는 "제2호부터 한글을 사용한다고 하나 아마도 창간호 뿐만에 그치고 속간이 어려울 것"이라고 평하고 있다. 이후 간행물에 관한 당국의 자료에서 『노동동맹』이 더 이상 등장하지 않는 것으로 보아 당국의 예측은 틀리지 않았던 것으로 보인다. 『일선문제』는 조선인 노동자의 사상을 통제, 관리할 목적으로 1920년에 설립된 친일단체 상애회(相愛會)의 기관지이다.

93 『젊은이』의 실물은 현재 미발굴 상태이다. 최승만의 회고와 『신한민보』의 기사, 윤춘병의 저서를 통해 그 존재가 언급되는 정도이다.

94 라경수는 『아세아공론』에 비둘기와 예수 얼굴을 형상화한 그림이 곳곳에 등장한다는 점에 주목한다(라경수, 「유태경과 『아세아공론』」, 동북아역사재단 편, 『동아시아의 지식교류와 역사기억』, 동북아역사재단, 2009, 192쪽). 또한, 지쉬펑(紀旭峰)은 다이쇼

사실도 확인할 수 있다.[95]

　다만 기독교를 대하는 태도에 있어서 이 세 종류의 잡지는 확연한 차이를 보인다. 『기독청년』이 기독교청년회라는 특정 단체의 기관지라는 정체성을 강조하며 기독교를 알리고 조선 기독교의 방향을 제시하고자 했다면, 『현대』는 기독교를 근본정신으로 하되 당대의 사조와 국제정세를 읽고 그 속에서 조선이 나아가야 할 바를 모색했다는 점에서 종합사상지에 가깝다.[96] 두 잡지를 나란히 놓고 볼 때 감지되는 기독교를 대하는 온도차는 이러한 차이에서 기인한다. 한편, 『아세아공론』은 분량과 내용 등 모든 면에서 동시대의 일본어 종합잡지와 견주어도 손색이 없을 정도이다. 달리 말해 『아세아공론』은 『기독청년』이나 『현대』와는 비교할 수 없을 정도의 상업성과 확장성을 담지하고 있었고, 또 종교적 색채를 표면화하지 않았음을 의미한다. 기독교 외부에 속한 이들을 독자의 영역에서 배제하기보다는 기독교라는 색채를 약화시키고 독자의 외연을 넓히는 데 집중한 것이다.

　이상의 이해를 바탕으로 『기독청년』과 『현대』, 『아세아공론』과 『대동공론』에 좀 더 가까이 접근해보자.

1) 『기독청년』과 『현대』의 매체적 성격

　조선 유학생계에서 가장 유력한 매체는 학우회의 기관지 『학지광』

기 재동경 대만 유학생이 일본인과 교류하는 데 기독교가 중요한 계기가 되었음을 규명한 바 있다(紀旭峰, 앞의 책, 271~301쪽). 보편종교로서의 기독교가 초국적 교류의 계기로 작용하는 장면은 조선 유학생들의 활동에서도 포착된다. 이에 대한 자세한 논의는 이 책의 2장 2절 「반제국주의 초국적 연대의 궤적」 참고.

95　이에 대해서는 이 책의 4장 2절 「기독교 담론의 사회적 전환」에서 다룬다.

96　서은경, 「1920년대 유학생잡지 『현대』 연구―『기독청년』에서 『현대』로 재발간되는 과정과 매체 성격의 변모를 중심으로」, 『우리어문연구』 54, 우리어문학회, 2016, 132쪽.

이었다. 1910년대 중후반의 『학지광』은 기독교에 적지 않은 관심을 표했다. 기독교를 주제로 한 글들이 현저히 증가하자 '투고주의'에 '종교'라는 항목을 신설할 정도였다.[97] 기독교 담론의 양적 증가에 동반하여 기독교를 대하는 태도도 다변화된다. 1917년 이전의 글들이 대부분 기독교에 대해 우호적인 태도를 견지했다면, 1917년 이후로는 기독교에 대해 비판적인 글이 출현했고 그 양도 점차 증가했다. 현실과 유리된 폐쇄적인 삶의 방식이나 숙명론적이고 수동적인 태도는 특히 비판의 대상이 되었다.[98]

　유학생 사회에서 기독교 담론이 증대됨에 따라 기독교 담론을 수용할 수 있는 별도의 매체가 필요하다는 의견이 제기되었다. 종합잡지인 『학지광』만으로는 증대된 기독교 담론을 온전히 수용할 수 없었던 것이다. 이에 1917년 11월 재동경기독교청년회의 기관지 『기독청년』이 창간된다. 이후 『기독청년』은 『학지광』에서 가열화되고 있었던 기독교 담론을 상당 부분 흡수한다. 그 결과 『기독청년』 창간 이후 『학지광』 내의 기독교 담론은 축소되고 비평을 통한 재생산도 중단된다. 이로써 『기독청년』은 『학지광』을 대신해 1910년대 후반 기독교 담론의 장으로 부상한다.[99]

　『기독청년』은 1917년 11월부터 1919년 12월까지 총 16호가 발행되었다.[100] 당시 재동경기독교청년회의 간사 직책을 맡고 있었던 백남훈

97　"투고의 범위—언론, 학술, 문예, 종교, 전기 급(及) 기타(단 시사정담(時事政談)은 불수(不受))"「투고주의」, 『학지광』 12, 1917.4 참고로, 『학지광』 10호(1916년 9월)의 「투고주의」는 다음과 같다. "원고재료—언론, 문예, 진담(珍談), 기타(단 시사정담(時事政談)은 不受)"로 되어 있다.

98　강도현, 「『학지광』 논설에 나타난 기독교 인식의 변화과정」, 『한국기독교역사연구소 소식』 75, 한국기독교역사연구소, 2006, 3~9쪽.

99　김민섭, 「1910년대 후반 기독교 담론의 형성과 '기독청년'의 탄생」, 『한국기독교와 역사』 38, 한국기독교역사연구소, 2013, 179~184쪽.

이 편집 및 발행인을 맡았고 매호 700부 가량이 발행되었다.[101]『기독청년』은 재동경기독교청년회의 기관지라는 사실을 매체적 정체성으로 내세웠다.『기독청년』은 재동경기독교청년회의 활동을 소상히 전달하는 창구로 기능할 뿐 아니라, 기독교와 YMCA에 관한 논의에 많은 지면을 할애했다.[102]

『기독청년』의 또 다른 특징은 아나키즘과 민족주의, 사회주의 등 다양한 사상과 문예비평 등의 문화 담론이 혼재한다는 점이다.[103] 이러한 사실은 다양한 이데올로기와 절합될 수 있는 기독교의 범용성과 개방성을 시사한다. 즉, 당대의 기독교는 협소하게 설정된 종교의 영역을 벗어나면서 사회 개조의 한 방안으로 호출되고 있었던 것이다.

1920년의 시작과 함께『기독청년』은『현대』로 탈바꿈한다.『기독청년』에서『현대』로의 변화는 인적, 양적, 질적 변화를 동반했다.『기독청년』의 편집을 책임졌던 백남훈이 물러나고『학지광』의 편집위원으로 활동하며 풍부한 매체 경험을 쌓은 최승만이 일선에 나섰으며,『기독청년』의 양적인 빈약함을 극복하기 위해 "70, 80페이지의 잡지"로 기획되었다.[104] 실제『현대』는 50페이지 내외로 출판되어 당초의 계획에는 미치지 못했지만, 20페이지 미만에 불과했던『기독청년』에 비하면 괄목할 만한 양적 성장을 보여주었다 하겠다. 다음으로 제호의 변경이다. 기독

---

100 현재 실물을 확인할 수 있는 것은 일부가 유실된 상태인 5호부터 13호까지이다. 14호와 15호는『창조』의 광고를 통해 목차를 확인할 수 있다. 16호는 발행이 추정된다.

101 「大正9年 6月 30日 朝鮮人槪況 第3」, 앞의 책, 97쪽.

102 김민섭, 앞의 글, 195쪽. 덧붙여,『현대』기사를 보기 쉬운 한글 파일로 입력하여 공유해 주신 김민섭 선생님께 감사드린다.

103 이철호, 「1910년대 후반 도쿄 유학생의 문화인식과 실천 −『基督靑年』을 중심으로」,『한국문학연구』, 동국대 한국문학연구소, 2008, 337~348쪽.

104 최승만,『나의 회고록』, 108쪽.

교적 색채가 충만했던『기독청년』이라는 제호를 버리고 잡지의 제호를
『현대』로 변경한 것이다. 이는 주독자층인 유학생들의 기호가 반영된 결
정이었다.[105] 이와 같은 전면적 변화가 감행되면서『현대』게재물에 일
대 지각변동이 일었다. 기독교 관련 논의는 축소되는 한편, 일반 논설의
비중이 대폭 증가한다.[106] 일반 논설의 증가는 배일적 기사의 증가로 이
어져『현대』는 발매반포금지 처분을 받기도 했다. 이렇듯『현대』는 종교
의 외피 안에서 자유와 평등을 강조함으로써 단 한 차례의 발금 처분도
받지 않았던『기독청년』과 선명한 대비를 이룬다.

2)『아세아공론』의 안과 밖

(1)『아세아공론』주필, 유태경

『아세아공론』은 1922년 5월에 창간하여 1923년 1월까지 총 9호가
발행되었으며 1923년 7월『대동공론』으로 개제하여 발행을 이어간다.
잡지의 제호를 통해 알 수 있는 것처럼 아시아의 연대를 표방한 이 잡지
는 아시아의 여론기관이 될 것을 언명하며 중국어, 일본어, 조선어 3개
국어로 창간호를 꾸리고 있다.[107] 본격적인 논의에 앞서『아세아공론』을

---

105 "잡지 이름도 그때 젊은 사람들의 심리를 참작하여『현대』라는 이름으로 정했다." 위
　　의 책, 108쪽.

106 김선아는『현대』의 기사를 내용에 따라 '사회 논설, 문예, 종교, 학술' 등으로 분류하고
　　그 비율을 수치화했는데, 그 결과를 보면 사회 논설 44%, 문예 26%인데 비해, 종교는
　　15%에 불과하다. 그 외 학술이 4%, 기타 항목이 11%를 점하고 있다. 김선아,「동경조
　　선기독교청년회의『기독청년』발간과『현대』로의 개편」,『역사연구』34, 역사학연구
　　소, 2018, 172쪽.

107 "④ 본지는 아시아 각국인의 여론기관이므로 제군은 기탄없이 의견의 발표를 부탁합
　　니다. (…중략…) ⑦ 본지는 중국 일본 조선 3국의 문체로 하여 아시아 각국 명사 숙녀
　　의 의견을 발표함과 동시에 동경에서 유학하는 각국 유학생의 사정과 소식을 게재하
　　며 또한 일반 정경, 외교, 교육종교, 사회, 노동, 여자계, 문예, 기타 각종 게재를 하오니

주도한 인물인 유태경의 생애, 『아세아공론』의 지향과 매체적 특징을 일별해보도록 하겠다.

『아세아공론』의 주필 유태경은 1902년 평안북도 영변에서 출생했다. 그의 생애에 대해서는 라경수의 선행 연구가 큰 도움이 된다.[108] 그럼에도 불구하고 그의 이름은 여전히 낯설 뿐 아니라, 그의 행적 또한 호기심을 불러일으키기에 충분하다. 여기서는 선행 연구를 참고하되 새롭게 밝혀진 전기적 사실을 추가하여 그의 삶을 추적해보도록 하겠다. 단, 시간적 흐름에 따르기보다는 지적 배경, 전기적 사실 등으로 나누어 그의 삶을 재구성하는 방식을 취할 것이다. 그의 생활반경은 동아시아 전반, 나중에는 미주까지 확장된다. 특히 『아세아공론』이 창간되던 1920년 전후에는 거의 2년 간격으로 거주지를 옮기고 있으며 그에 따라 많은 것들이 변화한다. 따라서 시간적 순서를 따르기보다는 학업, 직업 등을 영역별로 살펴보는 것이 그의 삶을 더 선명하고 입체적으로 파악할 수 있을 것으로 판단된다.[109]

먼저 그의 교육 경험을 보자. 그는 어린 나이에 한문학을 배우고, 1906년부터 2년간 경성의 보성학교에서 공부했다.[110] 이후에는 도쿄로

최고의 효과와 재미로 지금까지의 잡지계에서 유례를 볼 수 없는 기록물입니다." 「사고」, 『아세아공론』 창간호, 1922.5. 이하 『아세아공론』과 일본어 자료의 인용은 모두 필자의 번역이다.

108 羅京洙, 「朝鮮知識人柳泰慶と『亜細亜公論』−移動·交流·思想」, 『亜細亜公論』; 라경수, 「유태경과 아세아공론」, 동북아역사재단 편, 『동아시아의 지식교류와 역사기억』, 동북아역사재단, 2009.

109 이하 유태경의 전기적 사실은 라경수의 선행 연구를 바탕으로 한국역사정보통합시스템, 대한민국 신문 아카이브, 국가보훈처 공훈전자사료관, 한국사데이터베이스, 독립기념관 한국독립운동정보시스템, 네이버 뉴스 라이브러리의 동아일보와 조선일보, 『도산안창호전집』 등을 참고하였다.

건너가 세이소쿠영어학교正則英語學校에서 2년간 공부하여 1910년에 와세다대 정치경제과 학생이 되었다. 이어서 중국의 칭다오대학靑島大學과 베이징대학北京大學을 경유하여 1920년 다시 도쿄로 돌아온다. 1923년에는 미국 유학길에 올라 정치학, 경제학, 역사학 관련 지식을 쌓았다.[111] 콜롬비아대학 Columbia University을 거쳐 펜실베니이아주에 위치한 서스퀘나대학 Susquehanna University에서 사회과학 전공으로 학사학위를 받고, 이후 버지니아주에 있는 베다니대학 Bethany College에 '특별학생' 신분으로 소속되었다.[112] 1930년 1월에 조선으로 귀국한 이후의 공식적인 학업 기록은 발견되지 않는다.

유태경은 이렇듯 뜨거운 지식열을 품은 인물이었으나 생활에 무감각한 성격은 아니었던 것으로 보인다. 그는 실로 다양한 직업을 경험했다. 그가 직접 기록한 첫 번째 직업은 일본인이 경영하는 신문사의 '기자'이다. 그가 봉천奉天에 거주하던 시기[1916~1918]의 일이었다. 유태경이 예민한 현실감각을 소유한 인물이었다는 점은 그가 직접 주재한 『아세아공론』을 통해서도 엿볼 수 있다. 『아세아공론』은 경영난을 타개하기 위해 다채로운 광고를 게재했는데, 이 역시 사업가로서 그의 수완을 짐작할 수 있는 지점이다. 만주에서 생활하던 때[1918~1920]에는 '회사원'이나

---

110 홍사단 단우 이력서는 유태경이 직접 자필로 작성한 것인데, '학업'란의 경력을 보면 '修學'과 '修業'을 혼용하고 있다. 예컨대, 보성학교, 정칙영어학교, 와세다대 정치경제과는 '수업'으로, 소학교와 북경대학교는 '수학'으로 적고 있는 것이다. '수업'과 '수학'의 차이가 무엇인지는 분명하지 않다. 본문에서는 이러한 사정을 감안하여 '수업'과 '수학'이라는 표현을 지양했다.

111 유태경은 「華府軍縮의 結果－春洋丸에서 柳泰慶」라는 글을 『개벽』에 기고한 바 있다. 이 글에는 그가 아세아공론사 사장직에서 물러난 이후 미국으로 향하던 중 하와이에서 이승만을 비롯한 교민 사회의 인사들과 만나 시간을 보냈다는 내용이 담겨 있다. 「自由通情」, 『개벽』 41, 1923.11.

112 많은 나이 탓에 정식 학생으로 등록할 수 없었다고 한다. 라경수, 앞의 글, 180쪽.

<그림 8> 흥사단 입단 시 유태경이 작성한 이력서

'자영 무역상'으로 일하며 생활인의 면모를 보였다. 미국 유학을 마치고 귀국한 이후인 1930년대에는 중화민국 동성구 행정장관의 외교자문으로 활동하는 한편, 고향인 평안북도 등지에서 서원書院을 경영하거나 임업, 광업에 종사했다.[113] 해방 이후에는 경상남도의 울산군수와 사천군수에 취임했다가,[114] 한국전쟁 당시 납북되었다고 전해진다.[115]

유태경의 흥사단 활동은 지금껏 언급된 바 없는 이력이다. 그러나 이 사실은 그의 정치적 지향을 엿볼 수 있는 대목인 만큼 자세히 살펴볼 필요가 있다. 그는 1923년 콜롬비아대학 재학 당시 정인과鄭仁果의 권유로 흥사단에 가입한다. 흥사단의 기관지 『동광』에서도 유태경의 활동상은 어렵지 않게 발견된다. 1932년에는 베이징北京으로 망명한 후 1938년부터는 중경重慶에서 임시정부 활동에 참여한다.

---

113 "平北 碧潼郡 大平面 平外洞 소재 林野 1,455町86이 宣川郡 宣川邑 柳泰慶에게 造林用으로 貸付 許可되다."『朝鮮總督府官報』, 1933.8.17; 「광업권 설정」, 『조선중앙일보』1936.8.6.

종횡무진인 그의 삶을 관통하는 무언가가 있다면 그것은 언론활동일 것이다. 일찍이 그는 봉천의 일본인 신문사에서 기자로 언론계에 입문했고, 이후 아시아의 언론기관을 세우겠다는 꿈을 품고 다국어 잡지 『아세아공론』을 창간했다. 1930년대에는 동우회 기관지 『동광』의 재간을 준비하며 이사로 활동했다. 이때 유태경과 함께 이사의 직에 오른 인물로는 백낙준, 김윤경이 있었고, 이광수가 주필을, 주요한이 주간을 맡았다.[116]

후술하겠지만 『아세아공론』의 언어운용은 매우 특이한데, 이는 유태경의 사상이 반영된 결과라 할 수 있다. 유태경은 민족어로서 조선어

---

114 「유태경 씨 임명-십팔 일부 울산군수」, 『부산일보』, 1946.11.19; 「인사동정」, 『부산신문』. 1948.6.8.

115 덧붙이자면 라경수의 논문은 아내 김태은의 진술에 기대 유태경의 생애 일부를 재구하고 있다. 그런데 유태경이 가장 왕성하게 활동했던 일본, 미국 생활시기에 혼인 관계에 있었던 이는 김태은이 아니라 전등지(全登志)이다. 유태경은 『아세아공론』의 창간을 3개월 앞둔 1922년 2월 자신보다 3살 어린 전등지와 결혼한다. 당국의 압박을 피해 1923년 미국으로 건너갈 때도 전등지와 함께였다. 부인 전등지는 김마리아가 발족한 근화회(槿花會)에서 임원으로 활동하는 등 미국 유학생 사회에서 적극성을 보였다. 그러나 유태경과 전등지의 결혼생활은 오래 지속되지 않았다. 1929년, 형 유선경의 사망 소식을 접한 유태경은 귀국을 결심하지만 전등지는 "죽기 전에는 조선으로 나가지 않겠다"는 입장을 고수하며 그대로 미국에 남았다. 『신한민보』나 미주 흥사단 활동 기록으로 미루어 보건대, 전등지는 유태경의 귀국 후에도 교민 사회의 여러 활동에 활발히 참여했던 것을 알 수 있다(단, 전등지라는 본인의 이름이 아니라 '유태경 부인'으로 지칭되고 있다). 이에 유태경은 신의주 지방법원에 전등지를 상대로 이혼소송을 제출하고 1935년에 전등지와 법적으로 이혼이 완료된다(「고국 오기 싫다는 아내 걸어 이혼소」, 『조선중앙일보』 1935.11.12). 이때는 이미 전등지와 연락조차 닿지 않는 상황이었으므로, 실제 혼인 관계는 유태경의 귀국과 함께 종결되었다고 보아야 할 것이다. 전등지의 생애에 관해서는 정한나, 「'무명'과 '무자격'에 접근하기 위하여-기록되지 않은 피식민 여성(들)의 이름(들)에 관한 시론」, 『동방학지』 191, 연세대 국학연구원, 2020 참고.

116 「동우회(同友會) 회무근황(會務近況) 통지의 건」, 1930.11.6, 독립기념관 한국독립운동정보시스템 참고(자료번호:1-H00747-000).

를 고집하기보다는 외국어 매체발간의 파급력과 확장성을 중시했던 것으로 보인다. 일본어를 주로 하되 중국어와 조선어를 포함하여 편집한 『아세아공론』은 이런 그의 생각을 잘 보여준다. 유태경의 매체관을 엿볼 수 있는 사례는 또 있다. 1930년 재미 조선인 유학생들은 영문잡지 발간을 계획한 바 있는데, 잡지 발간을 위한 후원금 기부자 명단에서 유태경의 이름이 발견되는 것이다.[117] 이 무렵 유태경은 약 7년간의 미국 생활을 정리하고 있었다. 귀국이라는 생활의 큰 변화를 목전에 두고도 영문잡지 창간을 위한 후원금을 전달했다는 사실은 그가 외국어 매체 발간의 중요성에 크게 공감했다는 근거로 볼 수 있을 것이다.

여기서 근본적인 질문을 한번 던져보자. 유태경은 무엇을 위해 언어와 국경을 넘나들며 매체를 생산해냈을까. 가장 쉽게 떠올릴 수 있는 답은 조선의 독립일 것이다. 실제로 일본의 특고경찰은 유태경을 '민족운동계' 요시찰 을z호로 분류하면서, 그가 '인종적 차별 철폐를 주장하고 항상 총독정치를 비난, 공격'한다고 서술한다.[118] 친일정치낭인으로 알려진 박춘금朴春琴, 1891~?으로부터 불의의 폭행을 당했던 일도 유태경의 민족주의적 성향을 방증하는 사례에 포함될 수 있을지도 모르겠다.[119] 그의 두 번째 아내 김태은 또한 유태경이 투철한 민족정신의 소유자였음을 역설한다. 대한민국 임시정부의 신익희가 발급한 신분증 등을 근거로 그가 독립운동에 두신했다고 주장하는 섯이다.[120] 하지만 친일분자의 미움을 샀다는 사실이나 문서상의 기록을 근거로 그를 투철한 민족주의자

117   「학생총회에서 영문잡지 기본금 모집」, 『신한민보』, 1930.2.27.
118   荻野富士夫 編, 『特高警察関係資料集成. 第32卷 〈水平運動・在日朝鮮人運動〉〈国家主義運動〉』, 不二出版, 2004.
119   「亜細亜公論社長 京城日報を名誉毀損で訴う」, 『読売新聞』, 1922.12.27.
120   라경수, 「유태경과 『아세아공론』」.

로 보아도 좋을까. 과연 문제는 그리 간단치 않아 보인다. 유태경과 같은 시기 도쿄에서 활동했던 박열朴烈, 1902~1974은 유태경에 대해 "일본의 권력자에게는 선인을 선도한다"고 말하고 "선인을 향해서는 선인을 위해 일한다고" 말하는 "박쥐"[121]라 혹평했으며, 미국의 유학생들도 유태경이 "왜놈의 정탐"[122]이 아닌지 의심했다. 그의 정체는 무엇이었을까.

그러나 태부족한 기록에 기대 그의 정체를 밝히는 것은 불가능할 뿐 아니라, 이 글의 관심사도 아니다. 그럼에도 불구하고 역사 속에 기록되지 않아도 그만일 유태경이라는 인물의 삶을 꼼꼼히 추적하는 것은 적지 않은 의미를 지닌다. 피식민인으로서 취할 수 있었던 저항, 또는 타협의 스펙트럼과 영역은 기존의 기술보다 광범하고 복합적이며, 때로는 간단히 설명될 수 없을 만큼 모순적이기도 하다는 것을 또렷하게 보여주기 때문이다.

(2) 『아세아공론』의 창간

동경에 거주하는 유태경 씨는 인류주의를 표방하여 동문 동종족의 아시아 제휴를 기본으로 하여 세계인류가 악수해야 한다는 의견으로 먼저 이를 이끄는 일본이 각성해야 한다는 경종을 울릴 목적으로 이번에 잡지 아세아공론을 내게 되었다. 이것은 일본에서 조선인이 내는 최초의 잡지로 일본, 조선, 지나 삼국어로 편집되어, 영리를 피하고 실로 아시아 문제를 해결하겠다는 열망을 피력하고 있다. 씨는 "일본의 정책이 실로 정복주의에서 벗어나 화친주의가 되지 않는다면 아시아를 구할 수 없다"고 말하고 있다.[123]

---

121 「쓰레기장」, 『후토이센진』 1, 1922.11.
122 뉴욕 허무생, 「뉴욕에 왜 사냥개 천지」, 『신한민보』, 1929.1.31.
123 「日本で出す朝鮮人最初の新聞」, 『東京朝日新聞』, 1922.5.11.

『도쿄아사히신문』은 『아세아공론』의 창간에 즈음하여 위와 같은 기사를 실었다. 이 기사는 『아세아공론』이 "일본에서 조선인이 내는 최초의 잡지"라는 점을 강조하고 있다. 그러나 익히 알고 있듯이 이것은 사실이 아니다. 일본에서 조선인이 잡지를 발간한 역사는 이보다 20년 이상을 거슬러 올라간 『친목회회보』 1896.2~1898.4부터 시작되었다. 물론 이러한 오해가 발생한 사정도 이

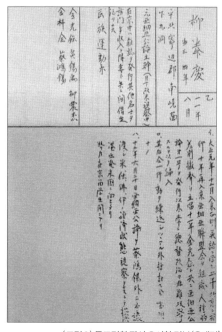

〈그림 9〉특고경찰 작성 요시찰 명부 '유태경'

해가 가지 않는 바는 아니다. 『친목회회보』 이후 등장한 조선인 발간 잡지가 거의 조선어로 생산되었기 때문이다. 그렇다면 이 대목을 조선인이 '일본어로' 발행한 최초의 잡지라 읽으면 어떨까. 그러나 이렇게 바꿔 읽는다 해도 이 서술은 오류이다. 정태신鄭泰信 혹은 정우영(鄭又影)의 『청년조선』1922.2이 『아세아공론』보다 3개월 앞서 발간된 바 있기 때문이다.[124]

하지만 이 오보는 역으로 『아세아공론』의 의미를 강조하는 측면이 있다. 조선인이 발간한 최초의 일본어 매체가 『청년조선』이라는 것은 분명한 사실이다. 그러나 필진의 사회적 명성이나 분량의 측면에서 『아세아공론』은 『청년조선』과 비교불가능한 우위를 점하고 있었다. 신문 형태의 8면으로 발행된 『청년조선』에서 유명 필자의 글을 찾기는 쉽지 않

---

124 後藤乾一, 앞의 글, 151쪽.

다. 강력한 사회주의적 색채 때문에 대중성과 확장성도 약했다. 결국 『청년조선』은 창간호가 곧 종간호가 된 다수의 잡지 중 하나에 그치고 만다. 반면, 『아세아공론』에는 당대의 담론을 선도하던 정계, 학계, 언론계의 오피니언 리더들이 대거 참여했으며, 구성과 분량 등 모든 면에서 종합잡지로서의 면모를 부족함 없이 갖추고 있었다. 즉, 이 오보는 『아세아공론』이 일본 사회 내에서 확고한 의미와 존재감을 과시하고 있었다는 점을 방증하는 셈이다.

난산으로 세상 빛을 보기는 했어도 신문 광고도 없이 발매된 창간호가 완판되었을 뿐 아니라 창간호 구입을 원한다는 독자들의 요청이 회사로 쇄도했다고 하니,[125] 『아세아공론』의 첫걸음은 성공적이었던 것으로 보인다. 물론 이 역시 문면 그대로 받아들이기 조심스러운 측면이 있다. 이 시기 잡지의 영향력을 강조하기 위해 발행부수를 부풀리는 일이 없지 않았으니 말이다. 일례로 요시노 사쿠조가 관여했던 신인회의 기관지 『데모크라시ㅋ𝒟モクラシイ』의 사례를 보자. 『데모크라시』 2호는 편집후기를 통해 "초판 5,000부가 전부 매진"되었다고 기록하고 있지만[126] 『데모크라시』의 실제 판매부수는 500부를 넘지 않았다.[127] 실제보다 열

---

125 "첫호부터 난산이었다. (…중략…) 그러나 창간호로서는 비교적 발행부수를 많이 했음에도 불구하고, 금세 점두(店頭)에 진열된 것이 다 팔렸을 뿐 아니라, "창간호를"…라며 신청이 쇄도해 거의 답신이 어려운 지경. (…중략…) 신문광고조차 이용하지 않았는데 이렇게까지 팔린 것은 완전히 예상하지 못했다."「편집여언」, 『아세아공론』 2, 1922.6.

126 「編集便り」, 『デモクラシイ』 2, 1919.4(雨宮史樹, 「「大正デモクラシー」期における知識人の社会的視野―新人会と宮崎龍介の東アジア観を中心として」, 『駿台史学』 162, 2018.2, 217~242쪽에서 재인용).

127 『데모크라시』가 매진되었다는 편집후기가 과장이었다는 것은 당시 이 잡지의 편집 실무를 전담하다시피 했던 미야자키 류스케가 직접 언급했다고 한다. Henry DeWitt Smith, *Japan's First Student Radicals*, Cambridge, Mass. : Harvard University Press, 1972, p.67.

배나 부풀려 판매부수를 과장했던 것이다.[128] 『아세아공론』도 이러한 관행을 따랐을 가능성을 배제할 수 없다. 그러나 이러한 정황을 감안하더라도 『아세아공론』의 가치를 평가절하하기는 어렵다. 동시기에 발간되던 조선인 잡지 중 발행부수로 보나 발행기간으로 보나 단연 독보적인 우위를 점하고 있었던 것이 바로 『아세아공론』이기 때문이다. 당시 특고경찰 자료 등을 종합하면 『아세아공론』의 발행부수는 2000~3000부 정도인데, 이는 조선인 경영의 다른 잡지들을 월등히 앞서는 수치이다.[129]

지금까지 『아세아공론』의 핵심인물인 유태경과 『아세아공론』의 특징에 대해 알아보았다. 이러한 사실을 두루 살펴도 여전히 몇 가지 질문은 남는다. 『아세아공론』은 분명 조선과의 관련성이 큰 매체인데, 여기에서 우리에게 익숙한 조선인의 이름을 발견하기 힘든 이유는 무엇일까. 바꿔 말해, 『학지광』, 『기독청년』, 『현대』와 『아세아공론』의 필진이 공유되지 않았던 이유는 무엇일까.

---

128 雨宮史樹는 이러한 과장의 이면에 신인회의 지향과 불안이 복합적으로 얽혀 있다고 분석한다. 잡지 판매 부수를 과장하는 발언에서 매체를 통한 대중운동을 중시하면서도 그만큼 견고한 지지기반을 확보하지 못하고 있다는 초조감이 엿보인다는 것이다. 雨宮史樹, 앞의 글, 223~224쪽.

129 1922년 기준, 『아세아공론』과 함께 조사대상이 되었던 잡지의 발행부수는 다음과 같다. 紀旭峰, 『大正期臺湾人の「日本留学」研究』, 龍溪書舍, 2012, 334쪽.

〈표4〉조선인 발간 간행물 발행부수(1922년 1~11월)

	1월	2월	3월	4월	5월	6월	7월	8월	9월	10월	11월
『학지광』							20				
『청년조선』											
『아세아공론』					2,000	2,000	3,000	2,000	2,500	2,500	2,500
『대중시보』		1,000	1,000	1,000		1,000	2,000				
『전진(前進)』			1,000		1,000		1,000				
『적련(赤蓮)』				100							
『형설(螢雪)』					300						
『흑도(黑濤)』						3,000	2,000				

그 첫 번째 이유로 언어적 장벽을 들 수 있을 것이다. 『아세아공론』은 다국어 잡지로 출범했지만 현실적인 여건 때문에 주로 일본어와 중국어로 편집되었다. 조선인 유학생들이라면 일본어로 글을 투고해야 했을 텐데 여기에 부담을 느꼈을 가능성이 있다. 탁월한 어학능력을 갖춘 이라도 외국어 글쓰기의 부담감은 무겁게 느끼기 마련이다. 또 다른 이유로는 유학생 사회 내에서 기고 잡지를 선별하는 일종의 묵계가 있었을 가능성도 상정해볼 수 있다. 좀 더 직설적으로 말하면 일본어 매체를 꺼리는 분위기가 유학생 사회에 형성되어 있었을지도 모른다는 것이다. 일례로, 김우영은 동경제대 법학부 변론단체인 녹회綠會에서 연설을 하고 일본어 잡지에 글을 썼다는 이유로 유학생 사회에서 구설수에 오르내렸던 경험을 이야기하고 있다.[130] 그는 자신이 일본의 조선 지배를 비판하고 독립을 주장했음에도 불구하고 그 내용은 전혀 살피지 않고 오직 일본어로 발화했다는 이유만으로 비난받았다는 것에 억울함을 토로한다.[131] 이러한 서술에 기대어 볼 때, 일본어 잡지에 기고하는 행위 자체

---

130 이 일본어 잡지는 일본을 중심에 두는 침략적 아시아주의를 배격하고 식민지 방기론을 주창한 자유주의 잡지 『第三帝國』로, 김우영은 제5호(1914년 2월)에 「조선청년의 고통」이라는 제목의 글을 게재했다. 松尾尊兌, 『民本主義と帝國主義』, みすず書房, 1998, 169쪽.

131 "나는 이런 쥐새끼(총독부의 스파이 – 인용자) 같은 놈들께서 가끔 해를 입었다. 물론 나뿐만 아니지만 이런 분자들이 이간을 꾸며 "김우영과 장덕수는 일본인에게 대하여 일본말로 연설을 하니 친일파이며 또 그들은 일본놈 잡지에다 글을 썼으니 자치파이다" 이런 따위의 상식에서 벗어난 주장이 가끔 사람들 새에 떠돌며 이야기꺼리가 되었었다. 일본사람께 배우려 온 학생이 일본사람에게 올바른 교섭 더욱이나 일본 사람에게 대하여 말로써 조선의 독립을 주장하는 것이 어찌 친일파가 되며 자치파가 되는 것인지 예사 상식으로서는 도무지 걷잡지 못할 노릇이었다." 김우영, 『회고』, 신생공론사, 1954, 67쪽. 이 대목에서 김우영은 자못 감정적인 어조를 보인다. 김우영의 회고록을 읽어가다 보면 독립운동에 관한 서술에서 다른 대목과 약간 다른 필치를 보인다는 느낌을 지우기 어렵다. 이와 관련하여 이 회고록이 반민족행위자로 수감되었다가 출

가 어느 정도의 각오를 필요로 하는 일이었을 것으로 짐작된다.

그러나 조선인 필진의 빈약함이 곧 조선인 독자의 과소함을 증명하는 근거가 될 수 있을지는 의문이다. 조선인 필자의 글이 드물다고 해서 조선인들이 『아세아공론』을 읽지 않았다고 단정하기는 어렵다는 것이다. 조선인들은 『아세아공론』의 지면에 얼굴을 드러내지 않는 독자로 존재했다. 『대동공론』 2호는 이들의 얼굴을 얼핏 엿볼 수 있는 틈이다. 원래 『대동공론』 2호의 발간일은 1923년 9월 1일, 간토대지진 발발 당일이었다. 완성된 잡지가 각지의 서점으로 향하던 중 간토대지진을 만난 것이다. 그 결과 2호는 독자들의 손에 쥐어지기 직전에 사라지고 만다. 이 때문에 『대동공론』 2호는 1923년 9월이 아니라 1924년 2월에 재발행된다. 여기에는 「사죄의 말씀」이라는 제목으로 다음과 같은 내용의 글이 실려 있다.

9월 2일 이래 우리 고국 동포는 모두 참학慘虐을 당했다. (…중략…) 그러한 상황이 한창일 때 우리 회사의 주간 및 사원 일동은 온갖 어려움을 무릅쓰고 생명을 하늘에 맡긴 채 조속히 동포를 위문하고 고국 부형에게 소식을 전했다. 그런데 9월 14일 저녁 나라시노習志野 수용소 방문을 위해 그 지역으로 출발하려고 할 때, 모모某某 간첩 때문에 일동은 요쓰야四谷 경찰서 지하실에 20일간 불법 감금을 당했다. (…중략…) 이러한 시정 때문에 동포 제군으로부터 받은 주소 씨명 및 서한 중 이미 발송 또는 통신한 것도 많지만, 다음 분들은 부득이하게 즉시 통신 또는 전신을 발신하지 못했다. 방면 후에는 시기가 늦어서 제군이 귀국한 이후일 것이라고 생각했기 때문에 그대로 방치해두었습니다.

옥한 후, 자신의 무고함을 밝힐 목적으로 쓰인 측면이 있다는 점을 고려해야 할 것이다.

우리는 우리의 충정으로, 뜻을 다하지 못한 점을 무척 유감으로 여기는 바입니다. 이에 삼가 사죄의 말씀을 올립니다. 모쪼록 용서를…[132]

위의 글을 바탕으로 간토대지진 직후 대동공론사의 모습을 그려보자. 대지진 이후의 혼란 속에서 대동공론사로 조선인들의 편지가 답지한다. 수심에 빠져 있을 조선의 가족들에게 자신의 안부를 전해달라는 부탁을 담은 편지였다. 이에 잡지의 동인들은 최선을 다해 조선으로 편지를 발송한다. 그러던 중 갑작스럽게 20일간 불법감금을 당했고 그 때문에 편지 발송을 완수하지 못한다. 『대동공론』은 간토대지진이 발생한 후 5개월 가량이 지난 시점에서 당시의 상황을 낱낱이 설명한다. 그리고 미처 부탁을 들어주지 못한 한 사람 한 사람의 이름을 일일이 거론한다. 그렇게 '전남 장화표張化杓 씨. 경남 최첨필崔添弼 씨. 함남 최순화崔淳化 씨'를 비롯한 50명 남짓의 이름이 출신 지역과 함께 호명된다. 이 "사죄의 말씀"에 명기된 이름들은 잡지의 지면에 반영되지 않았던 조선인 독자들의 존재를 드러낸다.

동시에 절체절명의 위기에 처한 조선인 독자들이 대동공론사에 도움을 청했다는 점 또한 주목할 필요가 있다. 이러한 요청은 잡지사에 대한 신뢰가 없이는 불가능하다. 이 신뢰가 민족적 동질감에서 기인한 것인지, 혹은 『학지광』을 비롯한 여타 유학생 잡지사에 비해 대동공론사가 경제적으로든 인적으로든 더 탄탄한 조직체를 갖추고 있었기 때문인지, 그것까지는 확인할 수 없다. 이 무렵 『학지광』을 포함한 조선인 유학생 잡지가 공백상태에 있었으므로 다른 대안이 없었던 것인지도 모른다.

---

132 「사죄의 말씀」, 『대동공론』 2, 1924.2.

그 어떤 가능성을 가정하더라도 이 지면은 조선인 유학생들이 대동공론사, 그리고 그 전신인 아세아공론사에 품고 있었던 감정을 엿볼 수 있는 대목이라 하겠다. 이러한 장면은 유학생을 위해 현실적인 도움을 주려고 했던 아세아공론사의 당초의 지향이 실현된 사례로 볼 수도 있다.[133]

『아세아공론』은 각 도시에 판매처를 설치하고 해외발송 및 해외 지사 설립에 힘쓰는 등 유통에도 신경을 썼다. 조선에서는 경성의 회동서관滙東書館과 광익서관廣益書館, 평양의 광명서관光明書館을 판매처로 삼았다.[134] 이중 광익서관과 광명서관은 『학지광』의 판매처이기도 했다.[135] 1922년 말에는 만선총지사를 설립해 조선 및 만주 지역에서의 판로를 확장하고자 했다.[136] 경성부 서대문 외 아현리에 위치한 만선총지사는 남북만주 및 조선 전 지역을 관할하며 잡지 청구 및 영업에 관한 모든 업무를 담당했다. 조선과 만주 지역에 분포했던 독자수는 알 수 없으나 『아세아공론』의 광고란과 독자 참여란을 통해서 그 실체를 확인할 수는 있다. 또한 『동아일보』와 『조선일보』의 신간 소식이나 광고를 통해 『아세아공론』의 발간소식이 꾸준히 확인되는데, 이 점 역시 조선반도 내의 독자를 포기하지 않았음을 방증한다.

---

133 "〈본사의 사업〉 본사는 진지한 노력 하에 아래의 사업을 시행하고자 한다. (…중략…) ② 유학생의 걱정을 위무할 목적으로 운동회, 음악회, 강연회, 연설회, 전람회, 활동사진회 등을 개최한다. (…중략…) ④ 각 국기 사정의 차이 등으로 형사상의 문제에 저촉된 경우 또는 질병, 천재 등으로 곤궁한 경우에는 상담 상대가 될 것" 『아세아공론』 창간호, 1922.5. 창간호의 이 포부는 약 1년이 지나 일정 부분 실현된다. 『대동공론』 창간호는 고학생의 직업상담 업무를 담당하는 '고학생 직업소개부'와 유학생들의 생활과 적응을 돕는 '안내부'가 설치되었다는 소식을 전하고 있다.

134 『아세아공론』은 일본과 조선의 주요 도시에 지정판매소(大賣捌所)를 설치했다. 『아세아공론』 2호부터 『대동공론』 2호에 소개된 판매소를 정리하면 〈표 5〉와 같다.

135 裵姶美, 앞의 글, 98쪽.

136 「사고」, 『아세아공론』 9, 1923.1.

『아세아공론』은 외견상 안정적인 발간을 유지하는 듯 보였지만 고충도 적지 않았다. '영리'보다는 '아시아 문제의 해결'에 주력하겠다고 천명했으나 경영은 현실적 문제였다. 이에 돌파구로 모색된 것이 광고였다. 조선은행, 조선식산은행, 동양척식주식회사 등 식민지 경영에 관여하는 유력 기업의 광고도 마다않고 게재해 경영난을 타개하고자 한 것이다.[137] 하지만 경비의 어려움은 쉽게 해결되지 않았다. 호가 거듭될수록 『아세아공론』의 필진과 지면이 왜소화하는 것, 『대동공론』으로 게재한 후 잡지 발간의 정시성이 흔들린 것은 이러한 사정과 닿아 있다.

마지막으로 『대동공론』으로의 게재가 어떠한 변화를 동반했는지 짧게 짚어보도록 하자. 첫째, 『대동공론』은 조선인을 '우리'로 표명하며 식민당국을 향한 비판의 수위를 올린다. '아시아인', '인류'를 '우리'로 묶었던 『아세아공론』과 비교했을 때 민족에 기반한 전선을 명확히 했다고 평할 수 있다. 둘째, 사회주의적 색채가 현저해진다. 노동 문제와 식민지 조선의 경제 상황을 다룬 글이 증가했으며, 1923년 6월의 제1차 공산당 사건에 대한 특집 기획이 편성되기도 했다. 이와 관련하여 코스모구락

---

137 後藤乾一, 앞의 글, 169쪽.

〈표5〉 『아세아공론』, 『대동공론』 판매처

지역		판매처	『아세아공론』								『대동공론』	
			2	3	4	5	6	7	8	9	1	2
일본	도쿄	上田屋 北隆館 至誠堂 東海堂 東京堂	○	○	○	○	○	○	○	○	○	○
	교토	大盛社		○	○	○	○	○	○	○	○	○
조선	경성	회동서관(滙東書館) 광익서관(廣益書館)			○	○	○	○	○	○	○	○
	평양	광명서관(光明書館)		○	○	○	○	○	○	○	○	○
		기독서원(基督書院)									○	○

부에서 활발히 활동한 권희국이 『대동공론』의 편집인을 맡았다는 점도 무시할 수 없는 변화이다. 마지막으로 지면의 감소이다. 지면광고가 대폭 축소되면서 잡지 전체 지면이 줄어든 것이다. 유태경이 미국 유학을 떠나 잡지 발간에 더이상 관여하지 않음으로써 일어난 변화로 보인다. 이 사실을 통해 유태경의 사업가적 수완을 재확인할 수 있다. 동시에 광고의 감소가 『대동공론』의 경영난 악화로 이어졌으리라는 짐작도 가능하다.

지금까지 『기독청년』과 『현대』, 『아세아공론』과 『대동공론』의 발간 사항과 매체적 특질, 잡지에 관여했던 주요 인물 등을 살펴보았다. 이상의 이해를 바탕으로 다음 장에서는 이들 잡지에서 두드러지는 발화전략에 집중해 것이다.

제 3 장

발 화 전 략 의　모 색 과
반反검 열　리 터 러 시

리터러시^{literacy}는 사회적 구성체로서 이데올로기적 맥락에 결부된 의사소통 실천의 집합체이며, 사회, 문화적 맥락, "글쓰기 공간^{writing space}"에 의해 끊임없이 갱신되는 유동적인 개념으로 설명된다.[1]

제3장에서는 『기독청년』과 『현대』, 『아세아공론』을 리터러시라는 관점에서 독해한다. 이때 전제가 되는 것은 이 세 잡지의 발화가 검열의 압력을 기본값으로 설정한 채 이루어졌다는 사실이다. 제국은 피식민주체의 발화를 통제하기 위해 광범하고도 정교한 통치의 테크놀로지를 고안했으나 그렇다고 발화의 의지와 욕구가 사라지지는 않았다. 도리어 검열의 조건 속에서 발화자는 검열을 우회하는 다양한 발화전략을 구사하게 된다. 검열을 기본값으로 내재한 리터러시에 독자들이 어떻게 반응, 개입하는가 하는 문제 역시 중요하다. 여백, 뭉개진 글자, 복자^{伏字} 등 검열주체의 개입으로 발생한 독해 불가능한 흔적은 또 다른 기호로 기능하며 독자의 적극적 독해를 유도한다. 즉, 메시지의 발신자뿐 아니라 수용자 역시 검열의 힘을 의식하며 독서에 임하게 된다는 것이다. 요컨대, 검열 주체의 검열 테크닉과 피검열주체의 발화전략이 공진화함에 따라,[2] 독자들의 독서 또한 검열의 기본값 위에서 진화한다. 본 장에서는 검열주체를 의식한 채 이루어지는 글쓰기 행위와 녹서행위를 '반反검열적 리터러시'라 칭하고, 『기독청년』과 『현대』, 『아세아공론』에서 반검열

---

1   Jenny Cook-Gumperz, "The social construction of literacy", edited by Jenny Cook-Gumperz, *The Social Construction of Literacy*, New York : Cambridge University Press, 2nd edition, 2006, p.1; Jay David Bolter, *Writing space : The computer, hypertext and the history of writing*, Hillsdale, N.J.: Lawrence Erlbaum Associates, 1991, p.2.
2   한만수, 『허용된 불온-식민지시기 검열과 한국문학』, 소명출판, 2015, 5쪽.

적 리터러시가 어떻게 발현되고 있는지, 그러한 노력은 텍스트에 어떠한 흔적을 남기는지 추적할 것이다.

1. 내지의 검열과 조선인 잡지

1) 일본의 신문지법과 잡지법

일본의 검열제도는 메이지기에 그 원형을 정초하여 1949년까지 지속되었다. 이 기간 동안 일본, 조선과 대만 등 제국 일본이 통치하는 지역 내에서 생산되는 모든 문서는 검열의 대상이 되었다. 이른바 '내지'와 '외지' 사이에 엄존했던 검열기준의 차이 또한 중요하게 다루어야 하는 문제임에 틀림없지만, 이 글에서는 내지의 검열제도에 초점을 맞추고자 한다.[3] 그 이유는 첫째, 외지의 검열은 내지 법령을 근간으로 삼되 그 세부를 수정하여 실시되었으므로 검열제도의 전체상을 파악하기 위해서는 일본 본국의 검열제도에 집중할 필요가 있기 때문이며, 둘째, 이 글에서 다루는 『기독청년』과 『현대』, 『아세아공론』이 모두 내지의 검열제도를 거쳐 발행되었기 때문이다.

검열 업무는 출판법과 신문지법, 두 법령에 근거하여 내무성의 소관 하에 진행되었다. 일본의 신문지법과 출판법은 신문지와 출판 행위를 법적으로 다음과 같이 정의하고, 보도의 범위까지 규제하고 있다.

---

[3]   제국기 일본 국내의 검열 연구사 및 검열자료의 현황에 대해서는 이민주, 「일제 본국에서의 검열－1940년 이전까지를 중심으로」, 『제국과 검열』, 소명출판, 2020 중 제4장 참고.

신문지법1909.5.6. 법률 제41호[4]

제1조 신문지라 칭하는 것은 일정한 제호를 사용하고 시기를 정하거나 또는 6개월 이내의 기간에 시기를 정하지 않고 발행하는 저작물 및 정기 이외에 이 저작물과 동일한 제호를 사용하여 임시로 발행하는 저작물을 말한다.

(…중략…)

제12조 시사에 관한 사항을 게재하는 신문지는 관할 지방관청에 보증으로서 아래의 금액을 납부하지 않으면 발행할 수 없다.

　① 도쿄시, 오사카시 및 그 시외 3리 이내의 지역에서는 2,000엔

　② 인구 7만 이상의 시 또는 구 및 그 시 또는 구외 1리 이내의 지역에서는 1,000엔

　③ 기타 지방에서는 500엔

출판법1893.4.14. 법률 제15호[5]

제1조 무릇 기계, 화학, 그 외의 방법을 물론하고 문서 도화를 인쇄하여 이를 발매하거나 또는 반포하는 것을 출판이라 하고 (…중략…)

제2조 신문지 또는 정기적으로 발행하는 잡지를 제외하고 문서·도화의 출판은 모두 이 법률에 의해야 한다. 단, 오직 학술, 기예, 통계, 광고류만을 기재하는 잡지는 이 법률에 의해 출판할 수 있다.

대상에 대한 설명이 명확한 신문지법을 먼저 살펴보자. 신문지법은

4　『관보』 제7756호, 1909.5.6(김창록, 「일제강점기 언론·출판법제」, 『한국문학연구』 30, 동국대 한국문학연구소, 2006, 270쪽에서 재인용).

5　『관보』 제2934호, 1893.4.14(김창록, 위의 글, 276쪽에서 재인용).

제호의 일관성과 발간의 정시성이 있는 저작물을 신문지로 규정한다. 한편, 출판이란 인쇄, 등사, 필사 등, 다양한 방식으로 문서를 생산하고 유통하는 행위이고, 이러한 행위에 의해 생산된 것을 출판물로 칭한다. 이 기준에 따라 범박하게 저작물을 분류하면 신문과 잡지는 신문지법의 적용을 받고, 그 외의 저작물, 예컨대 단행본 등은 출판법의 대상이 된다. 그러나 실제로는 제호의 일관성과 발간의 정시성을 갖춘 잡지 중에서도 출판법의 규제를 받는 것들이 있었다. "학술, 기예, 통계, 광고"만을 다루는 것으로 인정받은 "전문잡지", 바꿔 말해 정치적인 내용을 다루지 않는 잡지에 한해 출판법이 적용되었던 것이다. 한편, 신문지법의 규제를 받는 신문지나 잡지라고 해서 모두 정치, 시사적인 기사를 게재할 수 있는 것은 아니었다. 신문지법에 의해 '신문지'로 분류된 매체 중에서도 소정의 보증금을 납부한 신문과 잡지만이 시사, 정치에 관한 내용을 언급할 수 있었다. 신문지법과 출판법에서 발견되는 이러한 예외와 제한은 일본이 "시사"에 관한 언론의 동향에 얼마나 촉각을 곤두세우고 있었는지를 여실히 보여준다.[6]

그렇다면 출판법 및 신문지법의 매체에 부과되었던 검열 절차는 어떠했는가. 먼저 출판법의 대상이 되는 잡지가 발간되기까지의 과정을 그려보면 다음과 같다. 잡지사는 발행일 3일 전까지 내무성 경보국 도

---

6   신문지법과 출판법을 대조하면 신문지법은 정치 및 시사 담론의 제한과 통제에 주안을 두고 제정, 정비되었다는 사실이 명확히 드러난다. 신문지법의 전신이 되는 각종 신문지 관련 조항은 출판관련 법규(출판조례 등)가 생성된 후에 만들어지면서 제재의 대상을 특정했고, 제정 초기부터 게재 금지사항을 명기하면서 통제에 초점을 맞추었다. 또한, 비교적 이른 시기에 허가제에서 신고제로 전환되었던 출판관련법과 달리 신문지 관련조항은 일본의 헌법이 제정되는 시점까지 허가제를 고수했으며, 신고제로의 전환 이후에도 내무대신의 발매반포금지권 등을 통해 검열의 기반을 공고히 했다. 이민주, 『제국과 검열』, 소명출판, 2020, 290~291쪽.

서과에 완성된 인쇄본 2부를 제출한다. 법률에 의거한 검열은 여기서부터 시작된다. 검열 기준은 크게 보아 안녕질서 문란과 풍속괴란으로 나뉘었다. 안녕질서의 문란은 국가체제나 치안을 저해하는 위험 사상을, 풍속괴란은 미풍양속을 해치는 비속한 표현을 의미했다. 위반의 정도가 심한 출판물에 대해서는 발매반포금지 처분이 내려졌다. 흔히 '발금'으로 불리는 발매반포금지처분을 받게 되면 해당 출판물의 유통은 전면 금지된다. 유상 판매는 물론이거니와 무상 배포 역시 불가능했다. 만약 출판물이 이미 시중에 유통된 상태라면 전국의 경찰관들이 직접 거리로 수거를 나서기도 했다. 행정처분인 발금처분으로 마무리되는 것이 보통이지만 사안이 심각하다고 판단되는 경우에는 사법처분으로 이어지는 경우도 있었다. 이 경우에는 저작자, 편집자, 발행자, 인쇄자 등이 기소되고, 재판의 결과에 따라 벌금형이나 금고형에 처해지기도 했다. 다만 사법적 제제는 법률이 정한 사법 절차를 동반해야 했으므로 처분이 확정되기까지 짧지 않은 시간이 걸렸다. 이에 일본에서는 즉각적 통제가 가능한 행정적 방법을 위주로 하는 언론통제방식이 성립되었다.[7]

신문지법의 검열 절차도 출판법과 대동소이하지만 납본 시점과 납본처에서 차이를 보였다. 발행일 3일 전까지 납본을 마쳐야 하는 출판법 매체와 달리, 신문지법의 관리대상이 되는 인쇄물은 발행 즉시 납본하도록 되어 있었다. 발행주기가 짧은 신문지의 특성싱 사전납본이 불가능했기 때문이다. 그러나 신문지법 매체는 사전 납본에서 자유로운 대신 여러 기관에 납본하도록 강제되었다. 곧, 내무성은 물론 관할지방청, 지방재판소 검사국, 구區재판소 검사국에도 각 1부씩 납본해야 했다. 신

7　Richard H. Mitchell, *Thought Control in Prewar Japan*, Cornell University Press, 1976, p.24.

	신문지법		출판법	
적용 대상	신문, 잡지		단행본, 전문잡지, 문서, 도화(圖畵) 등	
납본 시점	발행과 동시		발행일 3일 전까지	
납본처 및 부수	내무성 2부, 관할지방관청, 지방재판소 검사국, 구 재판소 검사국 각 1부		내무성 2부	
보증금	일부 필요		불필요	
주요 범죄 및 처벌	신고 의무 위반	100엔 이하 벌금 또는 과료(科金)	신고 의무 위반	50엔 이하의 벌금
	차압 집행 방해	6월 이하의 금고 또는 300엔 이하의 벌금	차압 집행 방해	규정 없음
	안녕질서 문란	발행인, 편집인 6월 이하의 금고 또는 200엔 이하의 벌금	풍속괴란	저작자, 발행자 11일~ 6월의 경금고 또는 10~100엔의 벌금
	풍속괴란	발행인, 편집인 6월 이하의 금고 또는 200엔 이하의 벌금		저작자, 발행자 11일~ 6월의 경금고 또는 10~100엔의 벌금
	황실존엄 모독	발행인, 편집인, 인쇄인 2년 이하의 금고 또는 300엔 이하의 벌금	조헌문란	저작자, 발행자, 인쇄자 2개월~2년의 경금고 또는 20~200엔의 벌금
	조헌문란	발행인, 편집인, 인쇄인 2년 이하의 금고 또는 300엔 이하의 벌금		저작자, 발행자, 인쇄자 2개월~2년의 경금고 또는 20~200엔의 벌금

문은 일일 단위로 생산되며, 게다가 지방판까지 발행되므로 이 막대한 분량의 텍스트를 검열하는 데 관할지방청과 특고경찰이 동원되었던 것이다. 이들은 최종 결정권을 가진 내무성 도서과와 긴밀히 연락하면서 발금처분을 결정, 집행했다.

신문지법 역시 행정처분과 사법처분이 분리 집행되었다. 특기할 만한 차이점은 사법처분의 일종으로 '발행금지처분'이 가해질 수 있다는 점이었다. 이는 신문지법에 저촉된 해당 일자의 신문뿐 아니라 이후의 발행을 금지하는 것으로 사실상 폐간명령이나 다름없었다. 정치적이고 시사적인 안건을 다루는 신문류의 매체에 당국이 더 민감하게 반응했음을 엿볼 수 있는 대목이다. 발행금지처분이 실제로 적용되는 경우는 드물었지만 출판관계자들은 이 조항의 존재만으로도 적지 않은 부담을 느꼈다.[8]

물론 이 검열 기준이 제국 일본의 영토에 일률적으로 적용된 것은 아니었다. '내선일체', '일시동인'이 공허한 슬로건에 불과했던 것처럼 검열에서도 내지와 외지의 차이는 뚜렷했다. 식민지 조선에서 만들어지는 문서는 일본 본국보다 강도 높은 검열 기준이 적용되었고 처벌의 수위도 높았다. 식민지 간의 차이도 있었다. 예컨대, 조선의 검열기준은 대만의 그것보다 더 엄격했다. 이는 일본에 대한 도전이 심각했던 조선의 특수한 상황이 반영된 결과였다.[9]

이와 같은 검열의 낙차는 일면 제국의 정교한 통치술을 시사한다. 그러나 다른 한편으로 그것은 곧 제국의 비균질성을 폭로하는 사례인 동시에, 제국주의에 저항하는 목소리들이 비집고 나와 제 존재를 표출할 수 있는 구멍과 틈이기도 했다. 실제로 상대적으로 느슨한 검열이 실시되었던 일본 내지에서는 발금처분을 받은 출판물이 내용의 손상 없이 유통되는 사례가 왕왕 있었다. 따라서 불온 출판물이 비밀리에 유통되고 열독될 가능성이 가장 큰 곳은 다름 아닌 내지였다. 조선의 사회주의자들은 이러한 법역의 낙차를 의도적으로 이용하여 일본을 사회주의 매체의 발행지로 삼기도 했다.[10]

그렇다고 해서 내지에서 언론의 자유가 전적으로 보장되었던 것은

8   辻田真佐憲, 『空気の検閲－大日本帝国の表現規制』, 光文社, 2018, 23~26쪽.
9   정근식, 「식민지검열과 '검열표준'－일본 및 대만과의 비교를 통하여」, 정근식 외편, 『검열의 제국』, 푸른역사, 2016, 89~115쪽.

아니다. 이곳에서는 가시적이고 강압적인 법적 규제보다 비가시적이고 자발적인 자기 규제가 널리 적용되었다. 검열 당국은 신문사나 출판사의 자주적 규제를 강제했으며, 간행 주체는 정부의 의향을 내면화하고 자기검열의 주체로 변모해갔다.[11]

이른바 '내지'라는 단일한 공간 안에서도 발행주체, 매체의 성격에 따라 검열의 강도는 달라졌다. 모든 인쇄물이 일률적인 검열 절차를 밟았던 것도 아니며, 동일한 검열 기준이 적용되었던 것도 아니다. 조선인 발행의 잡지라면 당국의 감시는 더욱 심해졌다. 내지를 출판 거점으로 삼았다고 해도 조선인 발간 잡지는 여러 면에서 제약을 받고 있었던 것이다.

2) 검열의 그물망과 『기독청년』, 『현대』, 『아세아공론』의 발화 임계

이러한 검열제도와 출판환경에 대한 이해는 『기독청년』, 『현대』, 『아세아공론』을 독해하는 데 요긴한 배경지식이 된다. 이상의 조건을 기본값으로 전제할 때 『기독청년』, 『현대』, 『아세아공론』의 문면은 물론 행간까지 읽을 수 있기 때문이다.

출판법과 신문지법을 종합적으로 고려하면 『기독청년』과 『현대』는 출판법을, 『아세아공론』과 『대동공론』은 신문지법의 적용을 받았을 것으로 추정된다. 『기독청년』과 『현대』의 후신인 『젊은이』가 출판법 매체로 분류되었던 반면, 『대동공론』이 신문지법 잡지로 관리되었던 사실은 이러한 추정의 직접적 근거가 된다.[12]

---

10 한기형, 『식민지 문역―검열, 이중출판시장, 피식민자의 문장』, 성균관대 출판부, 2019, 38~39쪽.

11 紅野謙介, 「明治期文学者とメディア規制の攻防」, 鈴木登美 外 編, 『檢閱·メディア·文學―江戸から江戸から戦後まで』, 新曜社, 2012.

12 朝鮮總督府 警務局 東京出張員, 「大正13年 5月 在京朝鮮人狀況」, 朴慶植 編, 『在日

이와 함께 각 매체가 시사를 다루는 방식 또한 이러한 짐작을 뒷받침한다. 전술한 것처럼 "오직 학술, 기예, 통계, 광고류만을 기재하는 잡지",[13] 즉 비정치적인 잡지는 출판법의 적용을 받을 수 있었다. 이러한 사실을 감안할 때 『기독청년』에 실린 다음의 '투고주의'의 의미는 새롭게 다가온다.

투고의 범위는 언론, 종교, 학술, 문예, 전기傳記 및 기타

(정치시사의 평론은 불요不要)[14]

『기독청년』의 편집진이 밝힌 투고의 범위는 '언론, 종교, 학술, 문예, 전기 및 기타'로 꽤 광범위하다. 그런데 괄호 안의 "정치시사의 평론은 불요"라는 부언이 눈길을 끈다. 『기독청년』의 편집진은 괄호 안의 이 문구를 포함시킴으로써 『기독청년』이 출판법의 대상임을 언명하고자 한 것이다.

"정치시사" 문제를 다루지 않는다는 발언은 여러 방향으로 발신되는 메시지로 비춰진다. 이때 이 메시지는 독자와 미래의 투고자, 검열 당국을 향해 발신된다. 일차적으로는 독자들에게 매체의 성격을 안내하는 역할을, 이차적으로는 잠재적 투고자에게 투고문의 방향 설정을 해주는 역할을 하는 것이다. 마지막으로 이 메시지가 검열 당국을 향할 때에는 『기독청년』이 신문지법으로 취체될 만한 "정치시사" 문제를 포함

朝鮮人關係資料集成』1, 三一書房, 1975.

13   "출판법 제2조 신문지 또는 정기적으로 발행하는 잡지를 제외하고 문서 도화의 출판은 모두 이 법률에 의해야 한다. 단, 오직 학술, 기예, 통계, 광고류만을 기재하는 잡지는 이 법률에 의해 출판할 수 있다." 김창록, 앞의 글, 276쪽에서 재인용.

14   「투고주의」, 『기독청년』6, 1918.4.

하지 않는다는 점, 따라서 『기독청년』의 탈정치성을 완곡하게 표명하는 역할을 한다. 제2장에서 확인한 것처럼 1920년경은 재동경YMCA의 잠재적 정치성이 점차 강화되는 시기였던 만큼, 재동경YMCA의 기관지인 『기독청년』이 당국의 시선을 무시할 수는 없었다. 따라서 괄호 안의 부연 설명은 당국의 압박을 강하게 의식한 결과로 볼 수 있다.[15] 정치적 저널리즘의 양식으로서 인식되었던 '논설'과 '평론'이라는 단어를 의도적으로 기피하고 '언론'이라는 중립적 용어를 택한 것도 동일한 맥락에서 해석될 수 있다.[16] "정치시사"는 "언론", 혹은 "기타"와 얼마든지 교집합의 영역을 생성시킬 수 있고, 실제로 『기독청년』에서는 종교나 학술을 경유한 정치적 언설도 전개되었다. 그럼에도 불구하고 "시사"를 거부한다는 선언은 『기독청년』에 가해진 검열의 압박을 암시한다. 그런 점에서 정치시사의 평론을 필요로 하지 않는다는 첨언은 그 무엇보다 강력하고 중요한 메시지라 하겠다.

『현대』는 투고에 관한 별도의 안내를 기재하지는 않았지만 『기독청년』의 후신으로서 출판법의 적용을 받았으리라 추정된다. 여기서 『현대』가 『기독청년』과 비교했을 때 종교적 색채를 약화하고 사회에 대한 관심을 전면화했다는 사실은 상기할 필요가 있다. 이와 관련하여 경무국 보안과는 『기독청년』과 『현대』에 대해 다음과 같이 기술한다.

본지『기독청년』−인용자는 재동경조선기독교청년회의 기관지로서 다이쇼 6년

---

15 시사 및 정치 관련 기사를 다루지 않는다는 편집방침은 『학지광』에서도 발견된다. "단, 시사정담(時事政談)은 불수(不受)" 「투고주의」, 『학지광』 10, 1916.9 및 「투고주의」, 『학지광』 12, 1917.4 참조.
16 김현주, 『사회의 발견−식민지기 사회에 대한 이론과 상상 그리고 실천(1910~1925)』, 소명출판, 2013, 309쪽.

1917 추계총회의 결의를 통해 동회의 간사인 백남훈^{白南薰} 편집발행인으로서 동년 11월 17일 창간호를 발행했다. (…중략…) 아직 발매반포금지 처분을 받은 일은 없으나 근래 다소 논의에 불온한 언사를 사용하는 일이 있음.

본지는 다이쇼 9년¹⁹²⁰ 1월 26일 『현대』로 개칭하고 종교적 색채를 벗어나 교격^{矯激}한 배일 기사를 게재하기에 이르러 결국 1920년 4월 23일 발행의 제4호는 치안을 해친다는 이유로 발매반포금지처분에 부쳐짐.[17]

검열주체가 『기독청년』과 『현대』를 바라보는 시선의 차이는 뚜렷하게 감지된다. 『기독청년』이 다소 "불온한 언사"를 사용했음에도 불구하고 법적 제제를 받지 않았다면, "종교적 색채를 벗어나" 노골적인 "배일 기사"를 실었던 『현대』는 발금처분을 피할 수 없었던 것이다. 발금 처분을 받았던 4호에 직후에 발행된 『현대』 5호에서는 흥미로운 대목이 발견된다.

이에 논문은 당국의 주의에 인해 다시 개조를 하였는데 개조라도 잘 되지 못한 개조임으로 처음에 마음 먹었던 본지^{本志}가 어디로 가고 희미하여진 듯 하오매 매우 불만족하고 자미가 적지만 하는 수가 없소![18]

위의 글은 와세다대 학생 최원순^{崔元淳}이 쓴 「개조의 근거」의 말미이다. 이 글은 제1차 세계대전으로 서구 문명의 불합리성과 정치, 경제적 불평등함이 폭로되었다고 분석한 후, 자유와 평등을 요체로 하는 민주주의에 근거하여 세계를 개조해야 한다고 주장한다. 이 글의 논리적 정

---

17 「大正9年 6月 30日 朝鮮人槪況 第3」, 앞의 책, 97쪽.
18 최원순, 「개조의 근거」, 『현대』 5, 1920.5.

합성이나 주장의 창의성보다 눈길을 끄는 것은 글의 말미에 추가된 이 부분이다. 이 대목은 이 글이 사전검열을 거친 후 수정되었음을 선명하게 드러낸다. 필자인 최원순은 "당국의 주의"로 인해 자신의 원래 의도와는 무관하게 글이 완성되었다는 사실에 "매우 불만족"스러운 감정을 토로한다. 마지막에 쓰인 느낌표 역시 필자가 감정을 토로하는 표지로 볼 수 있다. 당대의 텍스트 속에서 문장부호는 위화감을 야기하는 기호 중 하나였고, 그런 점에서 문장부호의 활용은 당대의 필자와 독자 모두에게 일종의 도전으로 다가왔다.[19] 더구나 비평적 글쓰기에서 격앙된 감정을 드러낼 목적으로 문장부호가 사용되는 경우는 극히 드물었다. 그렇다면 이 글의 마무리를 장식하는 감정적 어조와 문장부호는 공고한 제국의 검열 속에서 시사에 대해 언급할 수 없는『현대』의 필자가 취할 수 있는 가장 강경한 태도였을지 모른다.

한편,『아세아공론』은 투고의 범위와 제한을 꼼꼼하게 기제했던『기독청년』의 반대편에 선 잡지이다.『아세아공론』창간호는 게재글과 투고에 관해 다음과 같이 언급한다.

사고

본지는 중국, 일본, 조선 3국의 문체로 하여 아시아 각국 명사 숙녀의 의견을 발표함과 동시에 도쿄에서 유학하는 각국 유학생의 사정과 소식을 게재하고 또한 일반 정경, 외교, 교육종교, 사회, 노동, 여자계, 문예, 기타 각종 게재를 하오니 최고의 효과와 재미로 지금까지의 잡지계에서 유례를 볼 수 없는 기록물입니다.[20]

19　牧義之,『伏字の文化史―検閲·文学·出版』, 森話社, 2014, 58쪽.
20　「사고」,『아세아공론』창간호, 1922.5.

투고환영

투고규정으로 제한 등은 절대 하지 않으므로, 본지를 자유 그 자체로 생각해도 무방하다.

논문, 창작, 인물평, 연구, 시평時評 등 [투고문의 종류를] 길게 나열하는 것 자체가 곧 속박이 되기도 하므로 여러분의 자유에 맡기겠다. 중국문, 조선문, 영문 기타 어떤 국문으로 하여도 환영한다.[21]

『아세아공론』은 투고문에 어떠한 제한도 두지 않는다는 것을 누차 강조한다. 각종 문예물은 물론, 정치 및 경제, 외교, 사회 등 민감한 문제에 관한 글도 얼마든지 환영한다는 것이다. 실제로 『아세아공론』은 『기독청년』이나 『현대』와는 비교할 수 없는 민감한 이슈들로 채워졌다. 이를 통해 『아세아공론』이 보증금 소정의 보증금을 납부하고 "시사에 관한 사항을 게재"할 수 있는 자격을 얻은 신문지법 잡지였음을 알 수 있다.

신문지법 매체가 누릴 수 있는 가장 큰 이점은 발행과 동시에 납본하면 된다는 것이었다. 납본 시점을 최대한 늦춤으로써 노릴 수 있는 효과는 분명했다. 원칙적으로 사전납본이나 사전검열이 의무화되지 않았기 때문에 발화의 임계를 최대치로 끌어올릴 수 있었던 것이다. 그러나 다음의 인용문은 『아세아공론』에 법률이 정한 것 이상의 검열 절차가 강제되었음을 보여준다.

(가) 마침내 제4호를 발행하기에 이르렀다. 제1, 2호는 거듭 근고謹告한 것처럼 위난危難을 만났고, 제3호는 또한 당국으로부터 주의를 받는 등, 어쨌

---

21   「투고환영」, 『아세아공론』 창간호, 1922.5.

든 운도 없는 일만 많았기에, 이번호는 미리 본문 전부 당국의 검열을 받기로 했다.[22]

(나) 본지『대동공론』−인용자는 인쇄에 부치기 전 교정쇄를 내무성에 검열을 제출한바 중요한 부분을 거의 삭제 당했기 때문에 무척이나 볼썽사나운 것을 독자의 눈앞에 내놓게 되었다. 우리는 우리들이 쓰는 바, 주장하는 바가 반드시 공평하고 옳다고 믿는 것은 아니다. 그러나 과연 당국자 자신의 감식안이 우월한가 하는 것도 일반 독자와 함께 깊이 생각해야 하는 커다란 문제 중 하나라고 생각한다.[23]

(가)는『아세아공론』4호의 편집후기 중 일부이다. 1호와 2호가 '위난을 만났다'는 것은, 1호가 조선에서, 2호가 조선과 일본 양쪽에서 발금처분을 당했던 사실을 의미한다. 당국으로부터 두 차례 연속 높은 수준의 징계를 받은『아세아공론』은 이후 다른 기준을 적용받는다. 4호부터는 "미리 본문 전부 당국의 검열을 받기로 했다"는 것이다.『대동공론』의 창간호에 실린 (나)도 동일한 사정을 전한다. (가)와 (나)는 신문지법의 적용을 받는『아세아공론』과『대동공론』이 법적 강제성이 없는 교정쇄 검열을 받았음을 증언한다.[24]

교정쇄 검열의 실시는 매체의 발화 수위는 물론 발간의 정시성에도

---

22 「편집후기」,『아세아공론』4, 1922.8.

23 「告」,『대동공론』1, 1923.7.

24 교정쇄 검열은 출판규칙에 의해 강제되지도 않았거니와 법적 근거조차 없었지만 검열주체와 피검열주체 양측 모두에게 유의미한 타협점이었다. 즉, 경제적 손실을 최소화하려는 잡지사의 필요와 통치의 효율성을 기하려는 당국의 필요가 만나는 절충점으로서 그 효용성을 인정받았었던 것이다. 교정쇄 검열에 대해서는 한만수,『허용된 불온』, 소명출판, 2015 중 2부 3장「절충으로서의 교정쇄검열 제도」참고.

영향을 미쳤다. 일찌감치 잡지 제작을 마쳤음에도 불구하고 도서과장의 부재로 인해 검열이 늦어지고, 그 결과 잡지가 예정일보다 늦게 발행되는 일도 발생했다.[25] 이러한 사실은 내지의 법망이 내포한 균열과 비체계성을 보여주는 사례라 할 수 있다.

『기독청년』, 『현대』, 『아세아공론』에 가해진 검열의 압박은 상수값으로 존재했다. 그러나 이 잡지들은 이러한 기본조건 속에서 나름의 글쓰기 전략을 구사한다. 검열을 의식한 필자들의 글 속에서 독특한 코드가 발견되는 것이다. 이는 하나의 검열 공간을 공유하고 있었던 독자와의 암묵적인 규약을 전제로 하고 있었다. 환언하면 검열이 상존하는 환경 속에서 필자의 코드화와 독자의 해독 작업이 리터러시로 기능했다 하겠다. 다음 장에서는 이에 대해 구체적으로 알아보도록 하겠다.

2. 발화의 주체 되기와 그 전략

이 시기의 검열은 텍스트의 문면에 드러나지 않지만 텍스트에 상시적으로 영향을 미치는 강력한 힘이었으며, 텍스트의 이면에서 텍스트를 구성하는 하나의 요소가 되었다. 검열의 외부를 상상하기 어려웠던 탓에 글쓰기는 검열의 내부에서 나름의 대응전략을 구사하며 수행된다. 고노 겐스케는 이러한 현상을 "검열의 내적인 새겨넣기와 그에 대한 저항"이라는 말로 표현한다.[26] '할 수 있는 말'과 '할 수 없는 말' 사이의 경

---

25 "8월호는 일찍 교정을 마쳤는데, 도서과장이 여행을 가셨기 때문에 검열에 일주일간이나 시간을 허비했고, 그래서 지금처럼 늦어졌다." 「편집후기」, 『아세아공론』 4, 1922.8.
26 紅野謙介, 「江戶から明治・大正・昭和前期にかけての出版文化と檢閱」, 鈴木登美 外

계 위에서 '할 수 있는 말'의 임계를 끊임없이 가늠하는 작업이 곧 반검열 리터러시의 요체였던 것이다.

더구나 『기독청년』, 『현대』, 『아세아공론』은 조선인 경영 잡지라는 특수성 때문에 더욱 엄중한 감시를 받아야 했다. 검열주체의 압박이 높아지면 발화주체의 글쓰기 또한 전략적으로 수행될 수밖에 없었다. 검열에 대응하는 글쓰기 전략은 필연적으로 자기검열의 과정을 동반한다. 피식민자가 제국의 시선을 학습하고 내면화하는 과정인 자기검열은 통치술의 일부이자 목적임에 틀림없다. 그러나 자기검열은 다른 한편으로 검열주체 '되기'의 체험, 즉 일종의 미메시스를 통해 검열주체에 대응하는 방식을 고안하는 과정이기도 하다.[27] 애초에 검열주체와 피검열주체 사이에는 치열하게 갈등하는 권력과 규범이 작동하고 있으므로 자기검열의 매커니즘은 피검열주체의 내면에 온전히 안착되기 어렵다.[28] 검열 대상이 자신을 검열주체의 자리에 상상적으로 위치시키는 궁극적인 목적은 '할 수 있는 말'의 임계를 찾기 위함이기 때문이다.

1) 반검열의 완곡어법

발화의 자유가 보장되지 않는 상황 속에서 발화의 욕구는 우회의 통로를 찾기 마련이었다. 비유와 상징, 은어, 반어 등은 그 우회통로로 가장 비근하게 선택되곤 했다. 민족성을 자극하고 식민통치를 비판할 때, 화자는 우회통로를 정교하게 활용했고 청자 역시 그 우회적 의미를

編, 『検閲・メディア・文学』, 64쪽.

27 이혜령, 「지배와 언어 ― 식민지 검열의 케이스」, 『반교어문연구』 44, 반교어문학회, 2016, 268쪽.

28 조항제, 「언론 통제와 자기 검열」, 『언론정보연구』 54(3), 서울대 언론정보연구소, 2017, 65쪽.

정확히 파악했다. 예컨대, 1920년 여름에 열린 재일 유학생들의 본국 순회강연회는 연사들이 "반어, 은어들을 구사하면서 암암리에 독립사상을 고취"하자 강연회장을 빼곡히 메운 청중들은 뜨거운 반응을 보였다고 스케치 된다.[29] 특정 집단 내에서만 통용되어 집단 구성원만 의미를 파악할 수 있는 은어나 본래의 의도와 반대로 표현하는 반어는 발화가 부자유한 상황 속에서 일어나는 코드화 과정이라 할 수 있다. 청자들이 이 은어와 반어에 반응할 때 화자의 코드는 비로소 해독된다. 코드화는 비단 은어나 반어에 국한되지 않는다. 비유와 상징 역시 '불온한' 메시지를 전달하는 데 적극 활용되곤 했다.[30] 스튜어트 홀은 화자와 청자의 대칭성이 클 때 코드화-코드해독 과정의 왜곡 없이 수행된다고 설명한다.[31] 그런데 역으로 코드화-코드해독 과정이 화자와 청자의 관계에 영향을 미칠 수도 있다. 즉, 코드화-코드해독의 원활한 수행이 화자와 청자 간의 대치성과 결속력을 강화하기도 하는 것이다.

이 코드화-코드해독이라는 문제틀은 『기독청년』과 『현대』, 『아세아공론』의 독해에 유용한 관점을 제공한다. 먼저 『기독청년』을 보자. 『기독청년』의 코드화 과정에서는 종교적 비유가 두드러진다. 『기독청년』 5호에 게재된 필자 미상의 글이 그 대표적인 예이다.[32] 확인 가능한 부분

---

29 早稻田大學우리同窓會 編, 『韓國留學生運動史 – 早稻田大學우리同窓會七十年史』, 早稻田大學우리同窓會, 1976, 74쪽. 이와 관련하여 이른바 문화성치가 시작된 1920년대를 '강연회의 시대'로 칭한 선행 연구의 시각은 큰 참고가 된다. 강연회는 검열 권력에 맞선 피식민주체들이 학술과 정치에 대한 해석 투쟁을 전개하면서 정치시사 문제에 대한 자신의 논리를 피력하는 미디어로 기능했다. 송민호, 「일제강점기 미디어로서의 강연회의 형성과 불온한 지식의 탄생」, 『한국학연구』 32, 인하대 한국학연구소, 2014 참고.

30 손성준, 「번역문학의 재생과 반(反)검열의 앤솔로지 – 『태서명작단편집』(1924) 연구」, 『현대문학의 연구』 66, 한국문학연구학회, 2018, 191~194쪽.

31 스튜어트 홀, 「기호화와 기호 해독」, 임영호 편역, 『문화, 이데올로기, 정체성』, 422쪽.

에 한하여 논한다면 이 글은 조선 기독교의 무지함을 비판하는 데 집중하고 있다. 교역자들은 신학적 연구와 과학에 무관심하고 지적 호기심이 왕성한 청년들을 배척하며 서양 선교사에게 종속된 상태에서 벗어나지 못한다는 것이다. 이어서 필자는 "주主의 일을 하는 데는 다른 지식을 알 필요가 절대적으로 없고 다만 성경만 잘 보면 될 수 있다"는 교역자들의 주장이 한낱 "자위"에 불과한 것은 아닌지 묻는다. 무지하지만 우직한 신앙을 품었던 베드로와 요한의 존재를 부각시키면서, 당대 최고의 지식을 자랑하던 바울은 외면하는 교역자들의 편향성도 꼬집는다. 마지막으로 필자는 다음과 같은 당부로 글을 마무리한다.

> 일언一言을 정呈하노니 우리 기독교는 마땅히 부흥이 되어야 하겠으며 대혁명을 가加치 아니할 수 없겠으니 그리하려면 먼저 일꾼 되는 사역자를 요要합니다. 제군아! 루터의 사업을 단행할 자도 제군이요 모세의 한 일을 효칙效則할 자도 제군이 아니뇨. 제군아, 제군아, 반도청년아, 기독청년아![33]

이 글의 필자는 "기독청년"이 "루터의 사업"과 "모세의 한 일"을 담당해야 한다고 말한다. 그런데 독자들에게 루터와 모세가 되기를 요청하는 이 서술은 다소 갑작스러운 감이 있다. 글의 흐름을 보면, 이전까지 필자는 베드로와 요한, 바울을 차례로 거론한다. 베드로와 요한이 정규 교육 경험 없이 예수의 제자가 되었던 인물들이라면, 바울은 당시 최고의 교육을 거친 후 기독교 전파에 힘쓴 인물이라는 점에서 전자와 후자

---

32 『기독청년』 5호는 앞부분이 낙장으로 소실되어 있어 이 글의 필자, 제목 등을 확인할 수 없다.
33 『기독청년』 5호.

는 대조를 이룬다. 이렇듯 베드로와 요한에서 사도 바울로 이행하는 서술은 그 내적 논리를 갖추고 있지만 루터와 모세가 호출된 이유는 불분명하다. 조선 기독교의 의존성과 무지함을 문제 삼는 글의 주제와도 연결성이 떨어지는 것처럼 보인다.

이 돌연한 서술을 이해하기 위해서는 루터와 모세가 지닌 상징성에 집중할 필요가 있다. 루터는 가톨릭의 부패를 비판하며 종교개혁을 단행한 인물이다. 따라서 "루터의 사업"을 단행할 책임자로 '기독청년'을 호출하는 이 대목은 『기독청년』의 독자를 조선 기독교를 개혁하고 갱신할 주체로서 소환하는 것이라 볼 수 있다. 더욱 눈길을 끄는 것은 "모세의 한 일"이라는 대목이다. 구약성서에 기록된 모세의 행적 중 가장 대표적인 것은 이집트에서 노예 생활을 하던 이스라엘 백성들을 구출해낸 것이다. 이 출애굽 서사에서 온갖 고난을 이겨내고 이스라엘 민족을 '약속의 땅'인 가나안까지 이끈 모세는 유대 민족의 지도자로 형상화된다. 이러한 사실에 근거한다면 이 글의 필자는 『기독청년』의 독자들에게 민족의 지도자가 되기를 당부하고 있는 것으로 해석할 수 있다. 성경적인 지식을 좀 더 갖춘 독자라면 이보다 더 풍부한 독해를 할 가능성도 배제할 수 없다. 모세는 이스라엘 민족임에도 불구하고 이집트 왕가에서 유복한 유년 시절을 보낸 인물이다. 즉, 모세는 이스라엘 민족을 핍박하는 이집트 왕족의 보호와 후원을 받으며 성상했고, 성인이 된 후에는 안락함이 보장되는 이집트 생활을 등지고 이스라엘 민족의 해방에 투신한다. 이처럼 역설적이고 극적인 요소로 가득한 모세의 생애는 제국의 수도에서 공부를 하며 조선의 전도前途에 대해 고민하는 『기독청년』의 독자와도 겹쳐진다.

한편, 일본의 식민통치를 비판하기 위해 전혀 다른 역사적 상황을 거론하는 우회전략도 활용되었다. 『아세아공론』의 최웅봉崔雄峰은 「동아의 새벽」이라는 글에서 유사 이래 약육강식의 횡포와 전쟁을 통한 정복이 지속되었으나, 그와 같은 무력의 만행은 인류사회에서 절대로 용인될 수 없으며 한 민족이 다른 민족을 압제하고 복종시킬 수 없다고 말한다. "구주대전란", 즉 제1차 세계대전은 이를 증명하는 사건이다.

> 중부 유럽 지방의 약소민족까지 소생을 기도하는 오늘날 어찌하여 오직 인도와 이집트만 영구히 영국의 압력하에 묵종하며 살아갈 수 있을까? 어찌 歡過 sic. 환영(歡迎)의 오기할 도리가 있을까? 두 종류 이상의 다른 세포는 동일한 몸 안에 영원히 결성혼화結成混和할 수 없을 것이다. 국가라는 명목하에 타 민족을 포합하고 그 이익만을 꾀하는 목하의 대국을 보건대 거의 자기의 혈관 속에 타인의 혈액을 흡입시켜 생활을 돕는 것과 다르지 않다. 그것은 위험천만하고 무익한 뇌노惱勞가 아니겠는가. 국가의 생명은 개인과 달라 무궁무진한 최고 도덕의 구정적究政的 법인法人이니, 정의 인도의 기초 위에 서지 않으면 어떻게 이것을 영구적 진취적 발전으로 이끌 수 있겠는가.[34]

두 종류 이상의 다른 세포는 결코 하나로 융합될 수 없다는 필자의 주장은 식민지 조선을 향한 일본의 일시동인 정책을 연상시킨다. 하지만 실제로 이 글이 비판하는 대상은 인도와 이집트를 압박하는 영국이다. 그런데 과연 그뿐일까? 이 서술이 내심 일본을 염두에 두고 쓰였을 가능성은 없는 것일까? 이에 답하기 위해서는 이 필자의 전기적 사실이나 다른 글을 참고할 필요가 있겠으나 필자인 최웅봉에 대해서는 거의

34　최웅봉, 「동아의 새벽」, 『아세아공론』 4, 1922.8.

알려진 바가 없다.[35] 따라서 부족하나마 「동아의 새벽」과 이 글이 실린 『아세아공론』에 집중해 독해해 보도록 하자.

필자는 윌슨의 민족자결주의를 평가절하하는 일부 세력도 있다는 것을 인정하면서도 어느 민족이든 다른 민족의 무력을 두려워하며 영원히 압복壓服당하기만 할 수는 없다고 말하면서 제국주의의 민족적, 인종적 차별과 압박을 비판한다. 이와 같은 주장이 일본의 제국주의만을 예외로 설정하고 비판의 대상에서 제외시켰으리라 보기는 어렵다. 도리어 애초부터 일본의 제국주의를 염두에 두고 글을 썼을 가능성도 없지 않다. 그러나 필자는 영국을 비판대상으로 표면화하는 대신, 일본이라는 비판대상은 이면화한다.

그러나 이 글의 제목이 「동아의 새벽」이라는 사실, 그리고 이 글의 필자가 조선인이라는 점은 이면화된 비판대상인 일본의 존재를 끊임없이 지목하고 상기시킨다. 제목이 명시하는 '동아'라는 지역성과 필자의 민족성은 글에서 제기된 여러 문제를 필자와 독자가 함께 서 있는 '지금, 여기'인 아시아에서 사유하도록 유도한다. 즉, 이 글은 영국이 이집트와 인도, 중국에서 갖가지 차별적인 만행을 저지른다는 점을 서술함으로써 그런 행위가 이곳 '동아'에서도 일본에 의해 자행되고 있음을 고발한다. '조선 최웅봉朝鮮 崔雄峰'과 같이 필자의 이름 앞에 명기된 '조선'이라는 두 글자 또한 이러한 독해의 길잡이 역할을 한다. 『아세아공론』에는 일본인, 조선인, 중국인이 모두 필자로 참여했던 만큼, 이름만으로는 그 민족

---

35 최웅봉(崔雄峰)이라는 인물이나 그의 문필활동에 대한 자료는 극히 빈약한다. 제1차 세계대전 이후 닥친 경제적 불황을 분석하고 향후의 전망을 서술한 기고문 한 편이 확인되는 정도이다. 동경 최웅봉(東京 崔雄峯), 「경제계의 전도(前途)」, 『매일신보』, 1921.7.26.

성을 확인할 수 없는 경우가 종종 있다. 조선인과 중국인은 특히 구분이 어려워 '민국民國', '조선朝鮮' 등의 부기가 추가되기도 했다. 이러한 방식으로 필자인 최웅봉은 자신이 '조선' 출신임을 명시한다. '조선인' 필자의 제국주의 비판은, 표면적으로 영국을 대상으로 삼더라도 그 이면에서 일본이 소환되는 효과를 발휘한다.

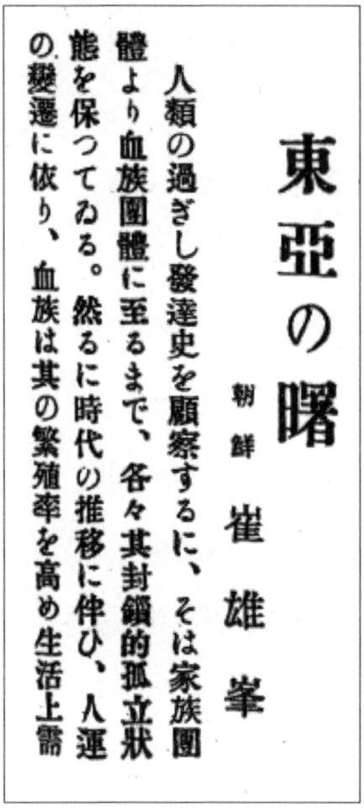
東亞の曙

朝鮮 崔雄峯

人類の過ぎし發達史を顧察するに、それは家族團體より血族團體に至るまで、各々其封鎖的孤立狀態を保つてゐる。然るに時代の推移に伴ひ、人運の變遷に依り、血族は其の繁殖率を高め生活上需

〈그림 10〉「동아의 새벽」 시작면

김금호金琴湖의 「사상압박의 러시아의 금석을 보며 그 효화를 생각함」을 보자. 이 글은 그는 러시아의 역사를 일별하면서 사상압박의 무용성과 해악을 주장한다. 그의 설명에 따르면 러시아의 사상검열은 예카테리나 여제시대에 시작된다. 이처럼 필자는 계몽군주로 평가받는 예카테리나 2세의 통치가 동반했던 암흑면을 지적한다. 이어서 그는 이후 니콜라이 1세 제위 기간의 검열을 평가한다. 예카테리나 여제 시절보다 검열제도는 느슨해졌지만 그 교묘함과 교활함의 정도는 심해졌다는 것이 그의 진단이다. 그러나 러시아혁명을 기점으로 상황은 다시 한번 일변한다. 과격한 출판물은 자유롭게 출판되지만 보수적인 것은 위험한 것으로 여겨져 발행과 출판이 금지되는 "묘한 시대"가 되었다는 것이다. 그는 니콜라이 1세가 보여준 검열의 테크놀로지를 상론한 후, 돌연 일본의 검열제도를 언급한다.

> 러시아에서 검열제도의 엄준함은 니콜라이 1세 때에 극에 달했다고 보아도 좋다. (…중략…) 1828년 니콜라이 1세가 낸 검열법에 의하면, 정부의 시

정방침에 관한 일체의 비평을 인쇄하는 것을 허용하지 않았다. 즉 관헌이 어떠한 폭정을 행해도, 인민의 인권을 유린해도, 러시아 시민은 그저 무언無言으로 일관할 뿐, 절대적으로 맹종해야 한다는 것이다. 이 불합리한 법률은 실제 문자 그대로 실행되었다.

이렇게 전제정부는 인민의 신앙 즉 양심을 농락했다. 종교 방면에서도 마찬가지였다. 문예, 철학 및 사회과의 분야에서 태도는 미루어 알 것이다. 정부는 자신의 존재에 유해한 학문을 위협하고, 진리를 근절하는 것이 목적이었던 것이다. 북유럽의 많은 민족의 문화발달을 방해한 것은 막심하다.

그후에 문부성의 검열국이 증설되었다. 우리나라의 문부성의 검열국이라고 하면 헌병검열이나 최고비밀검열 등에서도 매우 온화하고 또 머리도 무척 좋은 자들만 있지만, 러시아는 거의 저능한 사람들이 모여 있어 말도 되지 않는 것이었다.[36]

김금호는 니콜라이 1세의 폭압적이고 비합리적인 검열제도가 사회 및 사상 전반에 악영향을 미쳤다고 설명한다. 필자의 이러한 분석은 니콜라이 1세의 강도 높은 검열 정책이 표현의 자유와 지적 탐색을 제한하고 자유주의의 후퇴를 야기했다는 평가와 궤를 같이한다.[37] 여기서 눈여겨 볼 것은 이 글이 취하고 있는 전개 방식이다. 예카테리나 2세에서 니콜라이 1세로 이어지는 서술을 통해 알 수 있는바, 검열의 역사를 개관하고 이를 근거로 사상압박의 무용성을 주장하는 이 글은 러시아의 역

---

36   김금호(金琴湖), 「사상압박의 러시아의 금석(今昔)을 보며 그 효화(効禍)를 생각함」, 『아세아공론』 5, 1922.9.

37   Victor Leontovitsch, translated by Parmen Leontovitsch, *The History of Liberalism in Russia*, Pittsburgh, Pa. : University of Pittsburgh Press, 2012, p.79.

사를 따라 전개되고 있다. 그런데 당대 일본의 "문부성 검열국"이 언급되면서 이 흐름은 단번에 깨진다. 물론, 이 대목이 온화하고 지적인 "우리나라 문부성의 검열국"과 니콜라이 1세 시절의 저능한 검열국을 대비하기 위해 삽입되었다고 볼 여지도 있다. 그렇다면 강조된 부분을 문면 그대로 받아들여도 좋은 것일까.

이 대목에 필자의 '진심'이 얼마나 담긴 것인지는 알 수 없다. 이 글의 필자인 김금호에 대해서는 알려진 바가 거의 없기 때문에 다른 단서를 실마리 삼아 추정하기도 어렵다. 현재로서는 『아세아공론』 외에 다른 지면에 기고한 흔적도 발견되지 않는다. 따라서 『아세아공론』에 실린 동일 필자의 다른 글을 유일한 참고로 삼아야 할 것이다.

인용된 「사상압박의 러시아의 금석을 보며 그 효화를 생각함」에서도 잘 드러나 있지만 김금호는 특히 언론과 사상의 자유에 지대한 관심을 보인 필자였다. 그는 『아세아공론』에 모두 6편의 글을 싣고 있는데, 이 중 3편이 언론과 사상의 자유에 대한 글이다. 그는 사상압박이 사회진화의 원칙에 반하는 것이며,[38] 조선인 관련 사건을 제대로 보도하지 않는 일본 신문에 대해 "권세의 주구走狗"이며 "매수된 노예"라고 비판한다.[39] 이를 감안할 때, "그들러시아 관리-인용자은 인간 이하의 저능한 모임이었다. 말과 사슴을 구분하지 못하는 짐승과 같은 백치였다"[40]라는 비판은 비단 니콜라이 1세 시절의 검열제도만이 아니라 일본의 검열제도까지 겨냥하고 있다고 볼 수 있다. 결국 '우리나라의 검열국에는 온화하고 머리 좋은 사람들만 모여 있다'는 서술은 비아냥거림과 냉소의 극치인

---

38   김금호, 「사회진화의 원칙인 사상언론의 압박에 대하여」, 『아세아공론』 6, 1922.10.
39   김금호, 「매수된 신문을 매장하라」, 『아세아공론』 9, 1923.1.
40   김금호, 「사상압박의 러시아의 금석을 보며 그 효화(効禍)를 생각함」.

셈이다. 덧붙이자면 "일본인은 언제나 옛날의 신화나 또는 고대의 동원론同源論을 가지고 이러한 의문을 해결하려고 하지만, 그것이 물론 객관성이 결핍된 아전인수의 단정임은 말할 것도 없다"[41]고 일갈하는 그의 다른 글과 이 대목을 겹쳐 읽는다면 "우리나라의 검열국"이라는 표현조차 진심과는 무관한 반어적 표현으로 읽힌다.

2) '말할 수 없음'의 선언

특정 사안에 대해 '언급하지 않겠다'는 말이나 침묵 그 자체도 메시지로 기능한다는 사실은 전혀 새삼스럽지 않다. 특히, 자유롭게 발언할 수 없는 상황에서 '말할 수 없다'거나 '말하지 않겠다'는 말, 말이 멈추는 지점, 그리고 무언의 상태는 역설적으로 상당한 의미를 내포한다. 수용자의 측면에서 보아도 이 의미는 적지 않다. 명시적으로 언표되지 않은 대목에 이르면 독자들은 스스로 글의 의미를 재구성하려 노력한다. 바로 이 순간 독자들의 적극성은 그 어느 때보다 강하게 가동되는 것이다. 그런 점에서 함축된 말은 명시적인 말보다 강한 논증적 효력을 발휘하기도 한다.[42]

『현대』 창간호에 실린 김준연의 「현대의 사명」은 함축된 말의 논증적 기능을 잘 보여준다. 이 글에서 김준연은 국제사회에서는 군국주의가 횡행하고 국내는 빈부의 격차가 심화되어 국내외 모두 "무정부 상태"에 빠졌다고 한탄한다. 그 결과 "불가피할 19세기 문명의 결산총회"인 "세계대전"이 발발했다는 것이다. 이 글의 결론부는 다음과 같다.

---

41   김금호, 「조선인의 본성을 돌아보며 융화의 가부를 생각함」, 『아세아공론』 8, 1922.12.
42   루스 아모시, 정인봉 외역, 『담화 속의 논증』, 동문선, 2003, 214쪽.

(가) 연맹총회의 중요한 사명은 재미^{在米}의 국제간의 무정부 상태를 개조함에 있고 노동총회의 중요한 사명은 재미의 국내 경제생활의 무정부 상태를 개선함에 있다. 현금세계열국의 정치가들은 이 두 가지의 기관으로써 현대의 사명을 다하게 하려고 한다. 과연 이 두 가지 기관은 현대의 사명을 다 할 수 있을까?

나는 아직도 현대의 사명이 무엇이라고 명언은 아니하였다. 허나 현명한 독자 제군은 상술한 것만 보시더라도 이것을 추측할 바 있을 줄 안다. 또 해결방법 여하에 대하야는 타일 적당한 기회를 얻어 상론하고자 하노라.[43]

이 글은 『현대』 창간호의 머리말 바로 다음에 배치될 만큼 『현대』로서는 고심하여 게재한 글이었다. 「현대의 사명」이라는 제목이 짐작케 하는 것처럼, 이 글은 새롭게 기치를 올린 『현대』의 의의와 방향을 설득력 있게 논증해야 할 책임을 지고 있었다. 그러나 이 글은 이상할 정도로 갑작스럽게 마무리된다. 무엇보다 문제적인 것은 필자가 이 글의 핵심 논지인 '현대의 사명'이 무엇인지 끝내 "명언은 아니"한다는 사실이다. 김준연은 '현대의 사명'을 "명언"하는 대신, '현명한 독자제군의 추측'에 맡긴다. 그의 말은 가장 중요한 대목에서 멈춘다.

그러나 필자의 말이 멈춘 자리에서 독자의 해독이 시작된다. 말하고자 하지만 말하지 못한다는 필자의 억눌린 욕망과, "명언"되지 않은 『현대』의 사명이 무엇인지 해독하고자 하는 독자의 욕망은 바로 이 지점에서 만난다. 더구나 필자는 '독자 제군의 추측'을 적극 요청하고 있는 터이다. 이 '추측', 바꿔 말해 독자의 해독 욕망을 강하게 추동하는 대목

---

43   김준연, 「현대의 사명」, 『현대』 창간호, 1920.1.

이 있다면 곧 이 부분일 것이다.

> (나) 이러한 때에 세계대전은 발발하였다. 이 세계대전은 불가피할 19세기 문
> 명의 결산총회이었다. 세계대전은 4년 유반의 장구한 시일 동안에 전 세
> 계를 들어서 불안의 심연을 만들었다. 2716만 인의 피와 2721억 원의 금
> 액피해는 어찌 경輕하다 하리오. 이와 같은 귀중한 값을 내고 인류는 무
> 엇을 엇었는지? 전쟁 계속 중에 러시아혁명은 일어났다. 프랑스혁명은
> 자유, 평등, 우애를 표어로 하였다. 러시아혁명의 표어는 빵, 토지, 평화
> 이 세 가지다.[44]

　　글 전체에서 보면 (나)는 앞서 인용된 (가)의 바로 앞에 위치한다.
즉 추측의 근거가 될 (가)의 "상술한 것"에 해당하는 부분이 바로 (나)인
셈이다. 정리하면 이 글 「현대의 사명」은 프랑스혁명과 러시아혁명의 역
사적 의의를 설명한 후, 이어서 '현대의 사명'이 무엇인지 독자의 추측
을 구하고 있는 것이다. 프랑스혁명은 "자유, 평등, 우애"를, 러시아혁명
은 "빵, 토지, 평화"를 "표어"로 삼았다. 양대 혁명이 내세운 "표어"는 각
각 개인의 정치적 해방과 사회경제적 해방을 의미한다. 그렇다면 "독자
제군"은 무엇을 외쳐야 하는가? 프랑스혁명과 러시아혁명의 역사적 성
과는 무엇이었는가? 현재 우리는 프랑스혁명과 러시아혁명이 "표어"로
삼은 것이 현실화된 혁명 이후를 살고 있는가? 아니라면 우리는 어떻게
해야 하는가? 세계대전 이후 이루어진 미국 중심의 국제 질서 재편은 희
망의 징조라 볼 수 있는가? 필자인 김준연이 끝내 언어화하지 못한 것은

44　위의 글.

이와 같은 질문들이며 이 질문들은 독자들로 하여금 '현대의 사명'을 사유하도록 한다.

한편, 『아세아공론』 6~8호의 「독자와 기자」란은 "할 수 있는 말"과 "할 수 없는 말"의 경계를 명확히 보여준다.

(가) 질문 : 10월호에 조선 학생의 통계표가 나왔는데 크게 참고가 되었습니다. 어려운 주문일지도 모르겠습니만, 지나, 대만 등도 게재하여 주십시오. 가마쿠라 일 교원

답변 : 물론 내겠습니다. 12월호에는 지나 1월호에는 대만을 낼 것입니다.[45]

(나) 질문 : 니가타의 조선인 학살사건은 동양의 자칭 문명국이라며 으스대는 우리 일본으로서는 실로 큰 문제입니다. 부디 귀사에서 철저히 혼내 주십시오. 치바 분개생

답변 : 실로 동감입니다. 그러나 아직 진상이 확실하지 않으니 자세히 조사한 후에 발표하겠습니다.[46]

(가)에서 언급된 중국, 대만 학생 관련 통계는 '할 수 있는 말'로 분류된다. 가마쿠라鎌倉의 교원이라 밝힌 한 독자는 『아세아공론』에 게재된 조선 학생 통계표가 크게 참고가 되었다고 말하면서 중국과 대만 학생에 관한 통계도 게재해 줄 것을 요청한다. 이에 『아세아공론』은 '물론 내겠다'고 선뜻 답하고 12월에는 중국 학생 통계, 1월에는 대만 학생 통계를 게재하겠다는 구체적인 계획까지 밝힌다. 대만 유학생 통계표는

---

45 「독자와 기자」, 『아세아공론』 7, 1922.11.
46 「독자와 기자」, 『아세아공론』 6, 1922.10.

게재되지 않았지만 중국인 유학생 통계표는 약속대로 12월에 게재되었다. 학교명과 숫자의 나열에 불과한, 어떤 판단이나 가치가 완벽하게 삭제된 통계표는 어렵지 않게 '말할 수 있는' 대상이었다.

그런가 하면 다소 조심스럽게 발화 요청에 응하는 경우도 있다. 예컨대, 니가타新潟에서 일어난 조선인 노동자 학살사건을 다루어 달라는 독자의 요청에 대해서는 "자세히 조사한 후에 발표"하겠다는 답변을 내놓는다. 실제로 『아세아공론』 6호와 7호는 니가타현 조선인 학살사건을 특집기획의 형식으로 비중 있게 다룬다. 특히, 6호는 장장 12쪽에 달하는 지면을 이 특집기사에 할애했다. 하지만 말하고자 하는 발화자의 욕망만큼이나 이 발화를 억압하고자 하는 검열주체의 욕망도 컸다. 6호의 특집기사 중 적지 않은 부분이 삭제되었으며, 이어지는 7호에서는 이 특집기사 분량이 고작 1쪽으로 축소되었다는 사실은 검열주체가 이 특집기사에 얼마나 민감하게 반응했는지를 잘 보여준다. 그런 점에서 조선인 노동자 학살사건에 관한 이 기사는 발화의 임계치에 서 있다 할 수 있다.

한편, 아래의 요청에 대해 『아세아공론』은 '할 수 없다'고 말한다.

질문 : 수천 선생의 기발한 단상短詳을 무척 좋아하는데, 계속해주면 어떨지.고이시카와 애독자

답변 : 쓰고 싶은 것은 무척 많지만 기발하게 하면 언론의 자유가 없는 우리로서는 위의 눈치가 보여 문제입니다. 그러나 어쨌든 기발보다도 재미있는 것을 쓰지요.수천

질문 : 조선총독부의 소위 문화정치의 암흑면을 유감없이 공격해 주시지 않겠습니까.에도 지사

답변 : 숨김없이 공격할 자유가 없음을 슬퍼합니다.[47]

'수천선생의 기발한 단상'은 시사와 정치적 문제를 냉소적으로 평하는 「평론일속」과 같은 글을 가리킨다.[48] 그러므로 독자의 이러한 요청은 시사평을 강화해달라는 것으로 해석할 수 있는데, 여기에 대해 『아세아공론』은 자신들은 "언론의 자유"가 없고 눈치를 보아야 하므로 쓰고 싶은 것을 모두 쓸 수 없다고 답한다. 또한, 문화정치로 전환한 식민통치의 "암흑면"을 유감없이 공격해 달라는 독자의 요구에 『아세아공론』은 "공격할 자유가 없"다고 답한다. 정치적이고 저항적인 발언을 강화해 달라는 독자의 요청에 대해 『아세아공론』은 '할 수 없다'고 답하는 것이다.

이때 '할 수 없다'는 대답은 중층적으로 분석될 필요가 있다. 『아세아공론』은 독자의 질문을 취사선택하여 「독자와 기자」란을 구성한 주체이다. 환언하면 『아세아공론』은 이러한 질문을 지면에 올림으로써 특정한 주제에 대해 '말할 수 없다'는 것을 알린다. '말할 수 없다'는 답변은 『아세아공론』의 발언권을 박탈하는 주체를 강력하게 환기시킨다. 『아세아공론』의 입을 막는 주체는 곧 『아세아공론』의 메시지를 삭제하는 주체이기도 하다. 독자들은 '할 수 없다'는 대답과 삭제 지시로 발생한 공백을 나란히 보면서 검열이라는 제도와 권력을 실감하게 된다. 이처럼 검열주체는 '말할 수 없다'는 서술에서, 또 활자가 뭉개지고 삭제된 흔적 속에서 현현한다.

"말할 수 없다"고 말하는 것은 그 자체로 검열의 권력을 실체화하고 그 권력에 저항하는 행위였다. 그런 점에서 이 '할 수 없음'의 표명은 검열주체를 향한 비판이기도 했다. 주요한은 동아일보 기자시절을 회고하

---

47 「독자와 기자」, 『아세아공론』 6, 1922.10.
48 이러한 종류의 글과 그 의미에 대해서는 3장 3절 「단형시평의 담론전략과 수사법」에서 다룬다.

며 총독부가 특정 사건에 대해 게재 금지 명령을 내리면 "독자들에게 그런 사건이 있었다는 것을 알려주"기 위해 신문 1면에 특호활자로 "모모사건 게재금지"라고 실었노라고 술회한다. "모모사건 게재금지"라는 1면 기사 역시 "말할 수 없다"고 말함으로써 입을 막는 세력을 가시화하려는 전략이다. 이에 총독부는 "본사건 게재금지라는 기사도 게재금지"라는 명령을 추가로 내린다. 총독부의 추가조치가 가해지면 신문사는 사건내용을 자세히 수집해두었다가 게재금지가 해제되는 즉시 "관련기사를 신문 전면에 대대적으로 싣는 것"을 "상례"로 하여 대응했다.[49] 이처럼 검열의 테크놀로지가 정교해지면 발화자는 보다 섬세한 발화전략을 개발하고, 검열의 빈틈을 찾아 발화의 최대치에 육박하고자 한다. 욕망은 자리를 옮기고 변형될지언정 쉽사리 소멸되지 않는다. 피식민인이 품었던 발화의 욕망 또한 그러했다.

3. 단형시평의 담론전략과 수사법

1) 『아세아공론』 소재 단형시평의 특징

문제제기론이라는 독특한 방법론으로 철학사를 재독한 신수사학의 대표학지 미셸 메이에르는 다양한 수사[50]를 문세세기의 정노에 따라 세 가지 유형으로 분류하고 각각의 특징과 예를 정리한 바 있다. 이 분류법

---

49 유봉영 외, 『언론비화 50편―원로기자들의 직필수기』, 한국신문연구소, 1978, 105~120쪽.
50 여기서 수사는 단순한 웅변술이 아니라 담론의 언구나 설득기술, 그리고 조직기술까지도 포괄하는 개념이다. 미셸 메이에르, 전성기 역, 『수사 문제』, 고려대 출판부, 2012, 14쪽.

에 따르면, 명확한 해결기준이 없는 의심스러운 문제, 예를 들면 정치적 논쟁과 같은 것들은 문제성을 최대화하는 방식으로 이루어진다. 그 문제를 해결할 수단이나 모범답안에 대한 화자와 청중의 공통인식이 부재하고, 미리 결정되어 있거나 선험적으로 받아들인 해결의 기준이 없는 상황에서는 이성적인 논증에서부터 감정적 호소에 이르기까지, 다양한 수사가 총동원된다. 이때 발화자의 사회적 역할, 달리 말해 지위는 특히 중요해진다. 공통의 기준이 없기 때문에 발화자의 주장을 신뢰할 수 있는가, 발화자가 그 분야의 전문가인가 하는 문제가 중시되는 것이다. 청중의 역할도 가볍지 않다. 즉, 청자가 발화자의 주장에 설득되느냐 설득되지 않느냐가 매우 중요한 문제로 부상한다. 반면, 이미 해결된 문제는 가장 약한 문제제기성을 띤다. 의례적으로 행해지는 추모사나 일상 대화가 그러하다. 이런 경우에는 화자의 권위와 제도상의 위치보다는 그 상황에 기대되는 발화가 우선시되곤 한다. 이를테면, "누가" 추모사를 읽느냐보다는 고인에 대한 애도를 적절하게 표현하는 것이 중시되는 것이다. 청자들의 반응도 그 상황에 걸맞게, 즉 장례식이라는 상황에 어긋나지 않도록 슬픔을 표현하는 것으로 고정된다. 마지막으로, 이 양극단의 중간 위치를 점하는 것이 법이다. 법률은 제기된 문제에 대한 답의 출처가 되며, 논쟁도 제도화되어 있다. 이때의 문제들은 추도사보다는 문제제기적이지만 공통의 합의점인 법제도가 있다는 점에서 정치적 평의만큼 강한 문제제기성을 보이지는 않는다.[51]

이상의 분류에 따르면 『아세아공론』에 게재된 글들은 대부분 최대의 문제제기성을 나타내는 글의 범주에 속한다. 주로 식민정책 비판, 세

---

51   위의 책, 35~36쪽.

태비평 등 정치적 사안들을 문제 삼고 있기 때문이다. 지금부터 살펴볼 단신 형식의 게재물 역시 예외가 아니다. 『아세아공론』은 거의 매호 「평론일속」, 「편견만화」, 「주마등」, 「현미경」과 같은 명칭의 게재란을 두고 짧은 게재물 여러 개를 묶어 함께 싣고 있다. 이 절에서는 이런 글들을 단형시평短形時評이라 칭하고, 이를 살펴볼 것이다.[52]

단형시평은 다음과 같은 유사성을 보인다. 첫째, 단형시평은 정치, 시사적 이슈를 주로 다룬다. 둘째, 단형시평을 구성하는 각각의 글의 길이는 『아세아공론』에 게재된 여타 평론에 비해 현저히 짧다. 셋째, 냉소적이고 풍자적 필치가 두드러진다. 『아세아공론』에서 발견되는 단형시평을 정리하면 〈표 7〉과 같다.

잡지의 전반부에 배치된 당대 일본 지식인들의 무게감 있는 평론과 비교해 볼 때, 중후반부에 배치된 단형시평은 단편적인 소회 수준을 벗어나지 못하는 것으로 보인다. 길이가 짧다 보니 깊이 있는 논의를 담아내기에는 역부족이고, 잡지 편집상의 배치나 장르적 기준에서도 보아도 이 글들의 중요성은 좀처럼 감지되지 않는다. 평론과 문예작품 사이에 끼어 있는 듯 자리 잡은 이 글들은 짜임새를 잘 갖춘 평론으로도, 근대적 문예물의 범주로도 분류되기 어렵다.

---

52 '단형시평'이라는 용어는 근대계몽기의 짧은 서사물인 '단형서사'를 차용한 것이다. 김영민은 근대소설의 발생 과정을 논구하는 과정에서 근대계몽기의 신문, 잡지 등에 게재된 짧은 글들에 주목한 바 있다. 이와 같은 글들은 『근대계몽기 단형 서사문학 자료전집』 상·하(김영민 외, 소명출판, 2003)에서 확인할 수 있다. 이러한 서사물들은 연구자들의 관점에 따라 '서사적 논설', '토론체 단형소설', '개화기 단형 서사체', '개화기 단편 서사물' 등의 다양한 용어로 지칭된다. 그중에서도 '단형서사'는 짧은 길이라는 형식적 특징과 서사물이라는 내용적 특징을 아우르는 직관적 용어로서 두루 수용될 수 있는 것으로 보인다. 이러한 점에 착안하여 이 책은 『아세아공론』에 게재된 짧은 시사평론을 '단형시평'이라는 용어로 지칭할 것이다. 단형시평의 구체적인 면면은 본문에서 다룬다.

<표 7> 시사단평 게재 현황 및 제목

	게재란명	필자	포함 게재물 제목
1	평론일속 (評論一束)	수천 (壽泉)	·「친일을 꾸짖기보다도 조선은 어떠한가?」 ·「현대 기독교 신자의 유령」 ·「재만(在滿) 일본인 경영의 전당포는 민국인(民國人)의 사형장인가」 ·「조선의 귀족과 부호의 반성을 구한다」 ·「또 참정권 운동인가」 ·「조선의 참정권 운동자들이여」 ·「도쿄여자고등사범학교 교수의 교육 차별」 ·「경성 매일신보의 비열 행동」 ·「보통선거 최후의 결전을 보며」 ·「가소로운 민국의 재판」
2	평론일속	수천	·「소위 친일파와 배일파」 ·「세상의 경박한 구서(狗鼠) 무리에게」 ·「우리는 언제까지 불령선인인가」 ·「돌팔이 의사의 종기 치료」 ·「일선융합의 직업행상」 ·「아시아협력과 나」 ·「민국인의 공공연한 불법승차」 ·「소위 투란연맹이란 무엇인가」 ·「동경조선유학생의 춘계육상운동회를 보고」
3	주마등 (走馬燈)	미상	·「유학생과 일본어」 ·「작은 냄비(小鍋) 공산당」 ·「고려충신 정포은의 시 홍무정사봉사일본작(洪武丁巳奉使日本作)」 ·「조선미술전람회 입선작 수」
4	편견만화 (偏見漫語)	조선 KK생	·「비밀을 타파하라」
		미상	·「인력거 폐지론」
	없음	미상	·「영웅의 본색 - 장줘린(張作霖)의 아름다운 반면(半面)」 ·「몽상가의 쑨원(遜文)」 ·「우페이푸(吳佩孚)의 사람이 되니」 ·「진문(珍聞) 하나」
	없음	미상	·「지나의 음약(淫藥) 정치」 ·「지나 국법의 파괴자」
5	주마등	미상	·「리위안홍(黎元洪)의 평민주의」 ·「지나의 최고 돈벌이 사업」 ·「배우와 영혼의 무대」
5	민선사정 (民鮮事情)	특파기자 (特派記者)	·「장줘린과 동삼성(東三省)의 정국」 ·「조선과 소득세 문제」 ·「개성에 유년감 옥 생기다」 ·「경성의 순사」 ·「천도교의 상세(狀勢)」 ·「총독부 인사이동 문제」

	게재란명	필자	포함 게재물 제목
6	현미경 (顯微鏡)	미상	·「소위 사회봉사의 일본인과 민국 유학생의 비애」 ·「세리(稅吏) 겸 경관과 여행 방해의 경관」
7	현미경	미상	·「동광회(同光會)는 무엇을 하는가?」
	조선사정 (朝鮮事情)	미상	·「조선인의 대명사인 '요보'의 의의와 일본인의 근성」 ·「조선의 현재 인구」 ·「재일본 감옥 조선인 소식」
	편견만화	미상	·「민국 만유 후 귀국한 후쿠다 도쿠조(福田德三)의 전언」*
8	주마등	미상	·「차별철폐 창도자의 당착」 ·「동배(同輩)를 둘러보며」
	조선근사 (朝鮮近事)	미상	·「동광회의 단정치 못함」 ·「스즈키 시즈카(鈴木穆) 씨에게 바란다」 ·「지방장관 경질의 여파」 ·「대단한 찬응(餐應)」
대1	주마등	내언생 (內言生)	·「낙서의 사회상」 ·「장헌식의 긴 광고」 ·「부호들의 도박설」 ·「지방민의 대공황」 ·「조선 통치책의 근본 의의」 ·미상(전문삭제)
대2	대동풍운 (大東風雲)	내언생 (內言生)	·「총리대신의 훈시」 ·「권력자들의 간책」 ·「압박정치의 반동」 ·「계급투쟁의 선전(宣戰)」 ·「일선융화의 상품」 ·「오직 일본인을 위한 교육」

*『아세아공론』 7호의 「편견만화」는 별도의 제목이 없기 때문에 첫 문장의 내용을 반영하여 제목을 정했다.

그러나 그 어느 곳에도 속하지 않는, 그래서 간과되기 쉬운 단형시평은 그 자체로 분석될 필요가 있다. 먼저 이 글들이 대부분 『아세아공론』의 사장인 유태경이나 사내 인사들에 의해 쓰였다는 점을 유념해야 한다. 창간호와 2호에 실린 「평론일속」에는 유태경의 필명인 '수천壽泉'이 명기되었다. '내언생內言生'이나 '특파기자'로 표기된 경우에는 필자를 특정할 수 없으나 내부 필자에 의해 집필되었음은 추정할 수 있다. 그런 점에서 단형시평은 『아세아공론』의 내면을 가장 투명하게 드러내는 창이라 할 수 있다. 『아세아공론』이라는 낯선 잡지의 속내를 파악하려면 바로 이 지면에 집중할 필요가 있는 것이다.

단형시평의 존재방식을 잡지의 판매전략이나 검열과 연관지어 생각해 볼 여지도 있다. 저명한 필자의 글을 잡지의 첫머리에 놓는 편집 관행은 오늘날까지도 유효하다. 필자의 명성이 잡지의 판매량에 유의미한 영향을 미치기 때문이다. 거의 매호 유명인사들의 글을 선보였던 『아세아공론』으로서는 단형시평을 굳이 앞쪽에 배치할 이유가 없었다. 단형시평의 저항성 역시 고려대상이다. 뒤에서 살펴보겠지만, 단형시평은 당국을 자극하는 도발적인 발언을 서슴지 않았다. 단형시평의 필자는 이 메시지를 온전히 발신하기 위해 다채로운 수사를 전략적으로 활용한다. 이는 피검열주체가 검열을 의식하여 백방으로 궁리하며 저항적 글쓰기를 수행한 증좌이다. 물론 이러한 전략에도 불구하고 단형시평의 글들이 삭제를 완전히 피하지는 못했다. 그러나 삭제의 흔적은 독자들에게 잡지의 반골적인 매력을 발산하는 요소로 인식되기도 했다. 『아세아공론』은 출판시장의 이런 생리를 십분 의식하고 있었다.[53] 이때 무엇보다 중요한 것은 '모든 역학을 고려한 적정선'이었다. 그 선을 지키지 못하면 삭제 명령으로 글 자체가 소멸될 수 있었고, 독자들로부터 외면을 당할 수도 있었다. 그런 점에서 단형시평은 줄타기와 같은 긴장감을 유지해야 했다. 이러한 사실들을 염두에 두고 단형시평의 수사적 전략을 검토해보도록 하겠다.

2) 해체되는 제국의 성취와 표상정치

먼저 살펴볼 글은 「재만일본인이 경영하는 전당포는 중국인의 사형

---

53 "동시에 약간 빨간 것을 끌어들여 당국에 삭제를 당한다. 호기심으로 그러한 것을 읽는 자가 많은 현대이다." 「주마등」, 『아세아공론』 8, 1922.12.

집행장인가」이다. 만주 지방에서 전당포를 경영하는 일본인들이 실제로는 모르핀 등 중독성이 강한 마약류 약물의 판매로 수익을 올리는 행태를 고발하는 내용이다. 이 글은 단형시평 치고는 긴 편에 속하므로 글의 구성방식을 면밀히 분석할 여지가 있다. 이 글은 중화민국 각지에서 일본인이 경영하는 전당포는 "인간의 야만성[獸性]"이 적나라하게 폭로되는 곳이라는 평가로부터 시작된다. 글은 다음과 같이 이어진다.

> 그들은 우연히 일본인으로 태어났기 때문에 (⋯중략⋯) 커다란 간판을 배경으로 주먹을 흔드는 무뢰한 무리이다. 물론 빈주먹의 무리空拳黨도 [전당포는] 쉽게 경영할 수 있고 돈을 많이 버는데, 그 영업정책이란 실로 간단명료하지만 군국주의자나 공명할 법한 교묘한 살인업이다. (⋯중략⋯) 사람을 죽이고 죄가 되지 않는 것은 군인뿐인 줄 알았는데 저들은 사람을 죽이고 그에 더해 [살인을] 상업이라는 미명으로 장식하고 있으니 참을 수 없다. (⋯중략⋯)
>
> 내가 일찍이 남북 지나 각지를 여행하는 중, 전당포 경영자 중 한 사람이 말하기를, "참모 본부나 정부의 정책은 정말이지 실패다. 실로 골계 천만이 아닌가. 저 다대한 물질과 인명과 가축을 헛되이 희생하며 침략하는 촌스러움의 극치다. 우리가 행하는 기묘한 침략은 그런 것이 아니다. 이 기묘한 살인제를 사용하여 돈을 빼앗는, 인도주의에 걸맞은 것이다. 한편으로 시시한 인간은 자연스럽게 사형시키고, 다른 한편으로는 다대한 이익을 모아서 국가에 대한 공헌을!! (⋯중략⋯) 이 국가적 대사업자인 우리를 존중하지 않을 것인가."[54]

이 글에 나타난 필자의 정체성을 먼저 짚어보자. 이 글의 필자는 『아세아공론』의 주필이자 이 잡지사의 사장인 유태경이다. 그러나 이 글에서 유태경은 자신을 "일찍이 남북 지나 각지를 여행"한 경험이 있는 사람으로 소개한다. 이러한 서술은 이 글의 내용이 자신의 직접적인 체험에 근거한 것임을 보이며 신뢰성을 높이는 한편, 이 사건에 대한 발화자로서 자신의 권위를 드러내고 있다. 이는 앞서 언급한 것처럼 청자의 설득을 목적으로 하는 정치적 언설에서 중요한 요소 중 하나이다.

이어서 이 글은 일본인들이 "대국인"이라 불리는 것은 단지 "우연"일 뿐이라 말하며 이들의 실체를 폭로한다. 그렇다면 실제로 이들은 어떤 사람들인가. 필자의 평가에 따르면 이들은 일본이라는 국적을 자랑으로 삼는 "무뢰한 무리"이며 "빈주먹의 무리"이다. 필자는 "대국인"을 "무리"로 치환하면서 이들의 지닌 국적의 의미를 박탈한다.

필자는 여기서 한 걸음 나아가 이들을 "짐승 같은 사람들"이라고 칭하기에 이른다. 이들이 "군국주의자나 공명할 듯한 살인업"에 종사하고 있기 때문이다. 이 문장은 일본 국외인 만주에서 전당포를 경영하는 "무뢰한 무리"와 일본 국내에서 팽창적 아시아주의를 신봉하며 군비 확장을 주장하는 군국주의자들을 동시에 겨냥한다. 다음 문장도 이와 비슷한 인식을 공유한다. 군인과 전당포 경영인들을 비교하며 "사람을 죽이고 그에 더해 상업이라는 미명으로 장식을" 한다는 점을 들어 전당포 경영인을 비판하는 듯 보이지만 군인이 '사람을 죽인다'는 지극히 당연한 사실을 상기시킴으로써 군인 또한 비판의 도마 위에 올리고 있는 것이다.

비판의 대상이 되는 집단은 또 있다. "의회 근처의 한가로운 사람들"로 표현된 정치가들이 그들이다. 이들은 "인간성의 약점을 이용당한" 사람들의 "한"을 외면함으로써 결국 전당포 사업을 방조하는 인물들이다. 이는 사실 근거 없는 비난이 아니다. 러일전쟁의 승리로 만주지역

---

54 「평론일속―재만일본인이 경영하는 전당포는 중국인의 사형집행장인가」, 『아세아공론』 창간호, 1922.5.

의 행정권을 획득한 일본은 1915년 자선단체인 대련굉제선당大連宏濟善堂에 전매업무를 위임했고, 이 글이 발표되었을 즈음인 1924년에는 아편령을 제정하여 아편의 점진적인 금지정책을 도입하였다. 이러한 결정은 결국 아편사업에서 국가의 주도권을 확보하기 위함이었다.[55] 아편전매제는 성공적으로 안착했고 일본에 막대한 수익을 안겨주었다.[56] 이처럼 일본은 이 지역의 아편 문제에 있어서 통제권을 쥔 당사자였으나 표면적으로는 아편을 금지하는 태도를 취하고 다른 한편으로는 아편의 유통을 묵인하는 모순적 태도를 취하고 있었다. 자신들의 사업을 "국가에 대한 공헌"이라고 주장하며 "존중"을 바랐던 전당포 주인들의 말이 터무니없는 논리는 아니었던 셈이다. 과연 이것은 실로 무력을 앞세운 촌스러운 침략과는 질적으로 다른, "인도주의에 걸맞은" "기묘한 침략"이라 할 만한 것이었다.

이 대목에서 또 하나 눈길을 끄는 것은 "살인업"이라는 조어이다. "살인업"이라는 단어는 '살인'에 '직업'이라는 노동행위를 결합하고 있다. '살인'과 '직업'의 결합은 살인이라는 야만적이고 반인륜적인 행위가 '문명국'에서 버젓이 용인되고 있으며, 나아가 "일본의 충국애국"으로 포장되고 있다고 꼬집는다. 이렇게 '살인업'에 종사하는 전당포 경영가들

---

55 江口圭一, 『日中アヘン戦争』, 岩波書店, 1988, 31쪽. 한편, 일본 정부가 중국에서의 마약, 아편 사업에 깊숙이 개입되어 있었던 사실은 청다오 지역의 사례를 통해 명징하게 드러난다. 제1차 세계대전 이후 산둥반도 지역을 손에 넣은 일본은 청도에 청도군정서를 설치하여 아편전매제를 실시하고 유여산(劉黎山)이라는 특정 상인에게 사업을 위탁운영케 한다. 유여산은 '대일본아편국'이라는 상호로 아편 소매업에 임했다. 유여산과 군정서 사이의 계약에는 이 사업을 통해 얻어지는 이익을 군정서 7할, 유여산 3할로 분할한다는 내용이 포함되었고, 제품 운반에는 일본군 병사호위열차가 동원되기도 했다. 같은 책, 35쪽.
56 구라하시 마사나오, 박강 역, 『아편제국 일본』, 지식산업사, 1999, 142~154쪽.

은 일본의 애국주의와 연결된다. 이러한 서술은 일본의 침략주의, 군국주의와 상통하는 대목이다. '안으로는 입헌주의, 밖으로는 제국주의'를 외치며 제국주의 경쟁에 뒤처지지 않기 위해서라면 무력도 얼마든지 용인될 수 있다고 여겼던 다이쇼시대의 이중성을 드러낸다. 결국 만주지방의 전당포 경영자, 일본 국내의 군국주의자와 정치가들이 거대한 공모관계에 있는 집단임을 이 글은 간파하고 있다.

위의 글이 만주 지역의 전당포에 종사하는 특정한 범주의 일본인을 비판하고 있다면, 일상생활에서 만나는 보통의 일본인을 문제 삼은 글도 있다. 다음의 글들을 보자.

세계 어느 나라든 서로 반드시 별명을 붙여서 부르지만, 일본인처럼 악한 감정으로 사람을 낙심시키며 악의적으로 말하는 자는 드물다. 일본인은 조선인을 부를 때 "요보"라는 말을 쓴다. (…중략…) 저들은 왜곡된 근성으로 경멸적 의미를 더해 (…중략…) ['요보'를] 조선인의 대명사로 사용하고 있다. 실로 저들의 근성이 미워하는 마음을 표명하고 있다. 이것은 단순히 조선인 평이 아니라 중화민국인에 대해서도 마찬가지로 볼 수 있는 바이다. (…중략…) 지나인, 조선인을 경멸하고 있는 것은 일본이 메이지유신 이래 급진적으로 개화하고, 일청日淸, 일로日露의 요행적 승전에 의한 것임은 물론이다. 그러나 동양 유일의 문명국이라고 해도 같은 동아의 인민에 대해 이러한 태도로 나온다면 일본 이외의 동아민족으로부터 반감, 원한을 산다는 것을 일본인은 잊어서는 안 될 것이다.[57]

일본인은 조선인과 중국인을 각각 '요보', '챵'이라는 경멸적인 호칭으로 부른다. 일본인들이 이런 멸칭을 스스럼없이 입에 올리는 것은 청일전쟁과 러일전쟁에서 "요행"의 승리를 거두었기 때문이라고 이 글은 판단한다. 이 짧은 글에 두 번이나 등장하는 "요행"이라는 단어는 일본의 승전기록이 국가의 능력과는 무관하다는 필자의 생각을 은연중에 드러낸다. 또한 전승의 결과로 일본 국민들이 누리고 있는 모든 것이 정당하지도, 적합하지도 않다는 인식을 드러낸다. "작은 섬나라 근성"을 지닌 일본인들은 승전국민으로서 고작 조선인과 중국인에 대한 멸시를 일삼을 뿐이다. 이 "작은 섬나라 근성"의 대척에 있는 것이 "대륙적 근성"이다. 후자가 전자보다 우월한 것으로 설정되었음은 말할 필요도 없다. 일본이 "요행적 승전"의 결과로 조선인과 중국인을 경멸적인 어투로 부르고 있지만, 기실 더 우월한 것은 대륙적 근성을 품은 조선인과 중국인이라는 것을 암시한다 하겠다.[58]

　'조선인'의 일본어 발음인 '조센징' 그 자체에 부정적 함의가 있는 것은 아니다. '요보'의 기원이 된, 조선인들이 빈번히 사용했던 '여보'라는 단어도 마찬가지다. 그러나 제국과 식민지 사이의 기울어진 권력관계는 여기에 비하와 멸시의 감정을 투영한다. 조선인이 제국의 언어로 지칭될 때, 환언하면 조선인이 스스로 '조선인'이라 표명하는 것이 아니라 일본인들에 의해 '조센징'이라 불릴 때, 이들은 제국인의 타자인 식민지인의 자리에 고정되고 이들의 민족성은 열등한 위치로 전락하고 만다.

57　「조선사정 — 조선인의 대명사인 "요보"의 의의와 일본인의 근성」, 『아세아공론』 7, 19 22.11.

58　그러나 이러한 민족차별적 발언은 『아세아공론』의 기본 지향과 어긋난다. 인류애와 평등을 강조하는 다른 글들과는 결을 달리 하는 것이다. 이 차이는 어떻게 해석해야 좋을까. 먼저 이는 일본인이 행한 민족적 차별과 멸시를 일본인에게 돌려주기 위해 수행된 의도적 발화로 읽을 수 있다. "요행적 승전"에 취한 일본인들의 열등감을 자극함으로써 경멸당하는 것의 의미를 맛보게 하는 것이다. 물론, 유태경에게 잠재된 자민족 중심주의적 사고가 이 대목에서 현시되었다고 독해할 가능성도 없지 않다.

오차노미즈御茶の水여자고등사범학교로 말하자면, 일본의 여자 중 최고학부이다. 그 최고학부에 이와 같은 일이 있다는 것은 실로 이상한 일이다.

(…중략…)

원래 교육에는 국경이 없고, 민족적 차별 등이 있을 리가 없는데, 이 학교의 모 교수는 항상 조선 및 중국여자 유학생에게 무슨무슨 군君이라고 부른다고 한다. 일본여자에게는 '상さん', 유학생에게는 군君이다. 사소한 일 같으나 그것이 간단한 문제가 아니라는 점은 모든 인간 생활의 역사가 보여주고 있으므로 굳이 수다스럽게 설명할 필요는 없겠지만, 모 교수군, 편견과 외고집이 아니라 충심으로 반성하는 것이 어떠한가?[59]

이 글은 일본 최고의 여자학교인 "오차노미즈여자고등사범학교"에서 일어나는 일을 전한다. 이 학교의 교사가 일본인 여학생들은 "상さん", 중국인과 조선인 유학생들은 "君"으로 구별해 부른다는 것이다. 필자는 이것이 사소한 문제인 듯 보여도 실은 결코 사소하지 않다는 점을 "역사"가 증언하고 있다고 말한다. 이것이 일반 평론이었다면 이러한 차별적 호칭의 역사와 그 의미를 서술하는 방향으로 글이 전개되었을 것으로 예측된다. 그러나 이 글은 이러한 전개 방식 대신 다른 쪽의 정보를 제공한다. 이것이 "일본의 여자 중 최고학부"인 "오차노미즈여자고등사범학교"에서 일어난 사건임을 명시하고, 모 교사의 발언을 그대로 인용하고 있는 것이다. 구체성을 특징으로 하는 이러한 글쓰기는 실제로 일어난 사실이나 허구적인 사실을 예로 든 후 이를 바탕으로 글을 전개하는 예증법에 속한다. 예증법은 논리적 정합성이 미약하기는 하지만 깊

---

59 「평론일속―도쿄여자고등사범학교 교수의 교육차별」, 『아세아공론』 창간호, 1922.5.

은 인상을 남기기 때문에 정치적 글쓰기에 적합한 수사법으로 평가된
다.[60] 요컨대 이 글은 교사가 호칭의 접미사를 차별적으로 사용함으로써
교육현장에서 차별과 배제가 지속되는 현실에 문제를 제기한다. 교사의
반성을 구하는 이 글의 마무리는 교사를 '군'으로 칭하고 있는데, 이는
조선인과 중국인 학생들의 이름에 붙이던 '군'이라는 호칭을 이 교사에
게 돌려준 것이다.

「현대 기독교 신자의 유령」[61]은 유태경과 일본인 목사와의 대화를
옮긴다. 일본인 목사는 병합 이전의 조선은 불행했지만 병합 이후에 "모
든 것이 향상발달"했다고 단언한다. 그럼에도 불구하고 불령의 무리들
이 판을 치고 있으므로 이들을 일망타진하고 일시동인의 열매를 거두어
야 한다고 주장한다. 이에 대해 들은 유태경은 기독교 신자임에도 불구
하고 이렇게 무람없이 폭언을 뱉는 목사는 무자본으로 아멘을 파는 한
심한 사이비 신자라고 신랄하게 비판한다. 기독교 신자로서 응당 갖추
어야 할 "인류애"를 결여하고 있다는 것이 그 이유이다.

일본인 목사에 대한 반감은 조선 기독교계를 식민지화하고자 했던
일본 기독교계의 움직임과 무관하지 않다. 이 글은 '총독부의 개'라 칭
해지는 일본 조합교회가 현재 최악의 상태에 있다며 비판의 수위를 높
인다.[62] 그렇다면 일본조합교회는 무엇이며, 총독부와 어떠한 관계를 맺
고 있었던 것일까. 일본의 주류 개신교단인 일본 조합교회는 1911년부
터 '정서적 동화'라는 명분을 내걸고 조선전도에 나섰다. 정치적 병합만

---

60 올리비에 르불, 박인철 역, 『수사학』, 한길사, 1999, 33쪽.
61 「평론일속―현대기독교신자의 유령」, 『아세아공론』 창간호, 1922.5.
62 원문은 "總督府の尤だと稱されている組合敎會"이지만 여기서 "尤"은 "犬"의 오식이
    거나 의도적 치환일 가능성이 크다. 검열에 저촉될 만한 부분에 의도적으로 오자를 넣
    는 것은 당시에 활용되던 반검열적 발화전략 중 하나였다. 牧義之, 『伏字の文化史』,

으로는 진정한 동화가 이루어질 수 없으므로 정서적인 감화를 일으키고 일본 국민으로서의 긍지를 심어주는 정신적 지도를 위해서는 기독교가 나서야 한다는 논리였다. 총독부와 일본 내 정재계의 든든한 후원을 배경으로 일본 조합교회의 조선전도는 큰 성과를 거두었다.[63] 즉, 이 글은 일본 조합교회가 총독부와 결탁관계에 있음을 적확히 지적하고, 기독교적 신앙과 사상에 근거하여 일본 제국주의와 동숙하는 기독교 신앙을 비판하고 있는 것이다.

조선인을 위험한 존재로 이미지화하는 표상정치에 제동을 거는 것 또한 단형시평의 주된 역할이었다. 나카지마 요시미치中島義道는 타인에 대한 부정적인 감정을 불쾌, 혐오, 경멸, 공포로 세분하여 정밀하게 탐색하는데, 그중에서도 차별감정의 근저에 자리잡고 있는 감정으로 공포를 꼽는다. 그는 과거 '천민'에 대한 공포심에는 경외심과 두려움이 공존하고 있었으나 메이지기 이후 근대 일본사회에서 피차별자를 단순한 두려움의 대상으로 표상화하는 경향이 강화되었다고 분석한다.[64] 이 공포를 조장하는 데 적지 않은 기여를 한 것이 신문이다. 민족이라는 상상의 공동체가 형성되는 과정에서 신문이 결정적인 역할을 했다는 앤더슨의 통찰을 상기해보자. 그렇다면 신문이라는 매체가 민족의 경계를 구획하고 그 내부를 결속하는 과정은 그 경계 바깥의 존재들을 가시화하고 타자화하는 과정과 연동된다고 할 수 있다. 다음의 글을 보자.

---

63 도히 아키오, 김수진 역, 『일본 기독교사』, 기독교문사, 1991, 287~292쪽; 옥성득, 「개신교 식민지 근대성의 한 사례」, 『한국기독교역사연구소소식』 112, 한국기독교역사연구소, 2015.

64 나카지마 요시미치, 김희은 역, 『차별감정의 철학』, 바다출판사, 2018, 93~102쪽.

걸핏하면 일본의 신문은 선인鮮人이라고 쓸 때에 반드시 '불령'이라는 글자를 넣는 것을 잊지 않는다. 우리가 행동하는 모는 것에 대해 '불령'이라는 고마운 말을 넣음으로써 우리 조선인이 어떠한 감정을 갖는지를 살피기를 바란다. 인류애를 주창하고 정의인도를 부르짖는 사람들을 불령이라고 칭하는 사람들이야말로 도리어 불령인이 아닌가. 죄인이 죄인을 판단할 자격을 누가 주었는가.[65]

「우리는 언제까지 불령선인인가」라는 제목은 당대의 현실을 거울처럼 담아낸다. 3·1운동을 기점으로 일본 언론에서 '불령선인'이라는 단어의 사용은 현저히 증가했다. '불령'은 마치 조선인에게 필수적인 수식어처럼 동반되었다. '불령'의 사전적 의미는 '원한, 불만, 불평 따위를 품고서 어떠한 구속도 받지 아니하고 제 마음대로 행동함. 또는 그런 사람'[66]이다. '불령선인'이라는 단어에 담긴 통제 불능의 이미지는 조선인을 경제적, 법적 질서를 위협하는 존재이자 잠재적 범죄자로서 표상화했다. 불만에 휩싸인 채 체제 전복을 꾀하고 범법을 일삼는 조선인의 이미지는 곳곳에 편재했으며 지속적으로 등장했다. 이러한 표상화의 결과 조선인에 대한 차별과 혐오는 강화되었고 감시와 처벌이 정당화되었다.[67]

이 시기 도쿄에 거주하던 박열은 이러한 현실을 비웃기라도 하듯 『후토이센진』이라는 잡지를 발간한다. '불령不逞'의 일본어 발음인 '후테이ふてい'와 '뻔뻔하다'의 일본어 발음인 '후토이太い'가 비슷하다는 점을 겨냥한 제호였다.[68] 『후토이센진』은 일본인들의 차별의식을 정면에

---

65 「평론일속－우리는 언제까지 불령선인인가」, 『아세아공론』 2, 1922.6.

66 국립국어원 표준국어대사전 참고.

67 Joel Matthews, "Historicizing "Korean Criminality"", *International Journal of Korean History* 22(1), 2017, p.19.

68 박열이 당초 염두에 둔 제호는 '후테이센진(ふてぃ鮮人)', 즉 '불령선인(不逞鮮人)'

서 응수하고 있었다. '불령선인'이라는 지칭과 그 단어의 의도를 직접적으로 비판하는 「우리는 언제까지 불령선인인가」도 『후토이센진』의 정신을 일정 부분 공유한다. 이 글은 제목부터 '우리'와 '저들', 곧 일본인을 구분하며 시작한다. '우리는 일본인에 의한 불령선인이다'라는 논법은 '일본인이 우리를 불령선인이라 칭한다'로 바꿔 읽을 수 있는데, 여기서 '우리'의 요구와 '일본인'의 행위가 재조명되면서 '불령'의 의미가 조정된다. 이 글은 독립운동에 가담한 사람들은 "인류애를 주창하며, 정의인도를 부르짖"는 인물들로 정의한다. 이 행위에 대해서 '불령'이라는 수식을 붙일 수는 없다. 그럼에도 불구하고 이 행위를 '불령'으로 부르는 무리가 있다면 도리어 그 무리가 불령하다는 것이다. 『아세아공론』은 '불령'이라는 말을 지우고 조선인들의 행동을 서술한 후, 이 행위에 불령이라는 단어가 적합한지를 묻는 방식으로 '불령'을 재의미화한다.

「소위 친일파와 배일파」도 이와 비슷한 전개방식을 취한다. 발매금지의 원인으로 지목되었던 이 글은 당국을 자극하는 발언으로 점철되어 있다.[69] 실제로 검열주체의 불편한 심기를 증명하는 듯 페이지 일부는 파손된 채 유통되었다. 이 글은 「우리는 언제까지 불령선인인가」처럼 '친일파'와 '배일파'를 새롭게 정의하고 있다. 친일파란 "민족을 고통스럽게 하는 철면피를 쓴 파렴치한"이며 배일파는 "정의인도를 외치며 인류평등을 고창"하는 이들이라는 것이다. 이어서 이 글은 "배일이란 일본인이 붙인 이름"이라는 근본적인 문제까지 짚어낸다. 배일이란 공연히

이었다. 그러나 경시청이 이를 끝내 불허하자 차선책으로 '후토이센진'을 제호로 삼았다. 가네코 후미코(金子文子)·박열, 「찢어진 장지(障子)로부터」, 『후토이센진』 1, 1922.11.
69   「『아세아공론』 다시 한번 발매금지」, 『아세아공론』 4, 1922.8.

일본을 싫어하는 것이 아니다. 깊이 따져보면 그것은 결국 일본을 위하는 주장이고, 따라서 "진정한 친일"이라고 결론짓는다. 이러한 논리 속에서 친일과 배일의 의미는 전도된다. 같은 논리로, "소위 친일파"는 "진정한 의미에서는 배일, 즉 일본을 해하는 비인류적" 무리로 설명된다.

『아세아공론』은 이런 글들을 통해 언어의 의미를 둘러싼 싸움에 가담했다. 사실 '불령선인'이나 '배일파'와 같이 불온한 주체를 이르는 수사는 유동적이고 관계적이기 때문에 그 개념이나 함의는 결코 고정적이지 않았다.[70] 『아세아공론』의 단형시평은 불온한 주체를 칭하는 수사의 약점을 파고든다. '불령'이라는 단어 자체에 의문을 던지며 의미의 확산과 재생산을 저지하고자 하는 것이다. '불령선인', '친일', '배일' 등 당대를 풍미하던 보편적 수사와 함의는 단형시평에서 재정의되고 해체된다. 이처럼 『아세아공론』은 그 표상정치에 제동을 걸며 제국의 논리에 저항하는 의미투쟁에 가담한다.

3) 전략으로서의 풍자와 냉소

앞서 살펴본 것처럼 단형시평은 '일시동인' 같은 미사여구의 허탄함과 '불령선인'이라는 단어에 내재된 제국주의적 욕망을 짚어낸다. 『아세아공론』은 언어 차원에 머물지 않고 현실에서 벌어지는 '일선융화'의 시도에도 비판을 가한다. 대표적인 예로 「동광회는 무엇을 하는가」를 들 수 있다.

동광회同光會는 일본 우익의 원류인 흑룡회 계열의 주도로 1921년 2

---

70 임유경, 「1960년대 '불온'의 문화 정치와 문학의 불화」, 연세대 박사논문, 2014, 28~
    32쪽. 식민지 시기 '불온'의 의미에 대해서는 임유경, 「'불온'과 통치성―식민지 시기
    '불온'의 문화정치」, 『대동문화연구』 90, 성균관대 동아시아학술원, 2015 참조.

월 '내선융화'를 목적으로 조직되었다. 여기에는 한일병합에 적극적으로 가담했던 대한제국 때의 일진회 회원들도 주요 구성원으로 참여했다. 동광회는 '합방의 진정한 정신'을 회복하여 조선인과 일본인이 대등하게 결합해야 한다고 주장했다. 나아가 '조선소요' 사건이 동화의 본의를 져버린 총독부의 실정에 대한 증거라고 주장하면서 총독부를 공격하는 한편, 한일병합 당시 공을 세웠던 친일파의 권위 복권을 약속하며 조선 내 친일파들과 연합을 꾀했다. 동광회는 이른바 '문화통치' 이후에도 충족되지 않았던 정치적 권리에 대한 조선인들의 욕구를 전면화하여 '내정독립운동'을 전개하기도 하였다. 기실 친일세력과 일본 우익세력들에 의해 전개된 이 '내정독립운동'은 궁극적으로는 조선의 독립을 저지하려는 움직임으로 귀결되고 말았다고 평가받는다. 그러나 총독부로서는 '독립'이 텅 빈 기표에 불과하다 할지라도 무심히 넘길 수 없었던 데다, '조선소요'를 야기한 실정의 주체로 지목되었기 때문에 동광회를 마뜩치않게 여겼다. 그 결과 총독부는 1922년 10월 동광회의 해산을 명령하고, 이후 동광회는 점차 세력을 잃고 소멸하게 된다.[71] 이러한 맥락을 고려하여 다음의 글을 살펴보자.

다이쇼 10년 2월 직업적 낭인 한 무리가 동광同匡하기 시작하여 동광회同光會라는 성질과 취지가 모두 무척이나 이상하고 묘한 단체를 조직했다. (…중략…) 그 동광회同匡會의 취지서를 보면 실로 훌륭하다. "지금의 정치는 일한합병의 정신에 반한다", "일시동인을 철저히 하라", "사업으로서는 주권평등의 교육진흥, 종교, 확청廓淸, 효자열부의 표창, 유학생의 보호 등"을 말하며 인간다운

71   동선희, 「동광회의 조직과 성격에 관한 연구」, 『역사와 현실』 50, 한국역사연구회, 2003; 이태훈, 「일제하 친일정치운동 연구」, 연세대 박사논문, 2010, 129~142쪽.

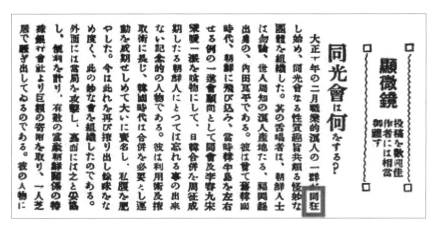

〈그림 11〉 「동광회는 무엇을 하는가」 시작면. '동광(同狂)'과 '동광(同光)'을 혼용하고 있다.

항목은 대충 갖추어져 있지만, 그들 일파의 방식을 알아보면 그것은 모두 꿈
에서나 볼 일로, 즉 근세유행의 이용술 간판인 것이다.[72]

필자는 동광회의 설립취지를 두고 '실로 훌륭하다'고 평하고 있으
나 이것이 반어적 표현이라는 것은 글의 곳곳에서 드러난다. "다이쇼 10
년 2월 직업적 낭인 한 무리가 동광(同狂)하기 시작하여 동광회(同光會)라는
성질 취지 모두 무척 이상하고 묘한 단체를 조직했다"는 이 글의 첫 문
장도 그 증좌이다. 즉, 동광회란 결국 '동광(同狂)', 즉 '함께 미쳐서' 만들어
진 단체라는 것이다. 이것이 '도코(どうこう, 同光)'과 '도쿄(どうきょう, 同狂)'의 유
사힌 발음에 착안한 표현임은 의심의 여지가 없다.〈그림 11〉 이 글은 계속
해서 同光會와 同狂會를 의도적으로 혼용하며 동광회의 취지와 "일시
동인"의 허명을 비꼰다.

이는 풍자적 글쓰기의 단편을 보여준다. 주로 추악한 내면을 감추

---

72 「현미경—동광회는 무엇을 하는가」, 『아세아공론』 7, 1922.11.

고 고결한 가치를 내세우는 위선자들이 풍자의 대상이 된다는 점을 상기한다면 동광회는 풍자의 대상으로 더없이 적합하다. 이들은 총독부의 정책을 비판하며 일본인과 조선인의 평등을 주장하고 조선인의 정치적 권리 신장과 인권 향상을 요구하는 듯 보이지만, 기실 동광회는 일본 정부, 구 일진회, 총독부 사이의 복잡한 이해관계망 속에 존재하면서 식민권력 간의 알력관계를 악용하여 사적 이익을 취했다. 말하자면 동광회는 그릇된 식민정책에 기생하는 존재였던 셈이다. 인용문은 동광회의 이러한 폐단을 꿰뚫고 있다.

풍자가 지닌 또 다른 특징 중 하나는 독자의 공감을 구하는 설득의 메커니즘을 내장하고 있다는 점이다. 풍자적인 글의 독자는 판단의 주체로서 적극적인 역할을 요구받는다. 풍자는 이상과 현실, 진실과 허위를 첨예하게 대립시키고 이 양자의 차이를 뚜렷하게 보이면서 독자에게 진실과 허위를 구별하고 허위를 깨닫기를 요청하기 때문이다.[73] 동광회를 대표하는 인물인 우치다 료헤이內田良平에 대한 평가에는 이러한 풍자적 특징이 잘 드러나 있다.

그우치다 료헤이─인용자는 일찍이 구한국시대에 조선으로 건너가 당시 한반도를 좌우하던 예의 일진회 고문으로서 그 단체 및 이용구, 송병준 일파를 먹이로 삼아 일한합병을 성사시킨, 조선인으로서는 잊을 수 없는 기념적인 인물이다. 그는 이용술과 착취술에 능하며 한국시대에는 합병을 필요로 삼아 운동을 일으키고 크게 이름을 날려 자기 배를 채웠다. 이제 이를 다시금 들추어 음미하고 싶어 이 묘한 단체를 조직한 것이다. 외면으로는 당국을 공격하고, 이면으

---

73 안혜련, 「'풍자'의 수사학」, 전성기 외, 『텍스트 분석방법으로서의 수사학』, 유로서적, 2004, 359쪽.

로는 이와 타협하며 이익을 꾀하고, 유수의 부호, 조선 관계의 특수은행회사로부터 거액의 기부를 취해 일인극으로 소동을 떨고 있는 것이다. (…중략…) 천상천하 유아독존이라는 마음의 소유자이다. 으스대기, 경멸하고 회욕侮辱하기를 목숨같이 여기며 (…중략…) 실로 말로 다 할 수 없는 남자이다.[74]

　　이 글은 동광회의 주창자인 우치다를 "이용술"과 "착취술"로 조선과 일본 모두를 이용하여 사리사욕을 채우는 파렴치한이라 설명한다. 식민지민으로 전락한 조선인에게는 결코 잊을 수 없는 "기념비적 인물"이기도 하다. 『아세아공론』은 우치다뿐 아니라 그가 관여하는 동광회라는 조직까지 무능한 단체로 그리고 있다. 『아세아공론』 8호에 실린 「동광회의 단정치 못함」은 동광회가 경성의 한 식당에서 "접시 던지기 경쟁"에 열을 올리며 난투를 벌였다는 소식도 전한다.[75]

　　이 글뿐 아니라 단형시평의 여러 글들은 냉소를 공통요소로 지닌다. 『아세아공론』이 보여주는 짤막한 냉소적 표현은 검열망을 빠져나가면서 문제를 비판하는 수단으로써 유효했다. 아울러, 냉소 자체가 저항적이고 전복적인 특징을 지닌다는 점도 상기할 필요가 있다. 페터 슬로터다이크Peter Sloterdijk 는 냉소주의를 대표하는 인물인 디오게네스가 플라톤식의 이성적이고 논리적인 대화 논증을 거부하고, 전복적 성격을 띤 비플라돈적 내화를 개신함으로써 새로운 절학의 계보를 썼다고 본다. 알렉산더왕을 향해 '태양을 가리지 말고 비켜 달라'고 말한 유명한 일화는 그가 말이 아니라 삶으로써 상대를 반박했음을 보여주는 실례이며, 그가 야망이나 인정욕구 등 사회에서 통용되는 지배적 가치를 내면화하지 않

74　「현미경－동광회는 무엇을 하는가」, 『아세아공론』 7, 1922.11.
75　「조선근사－동광회의 단정치 못함」, 『아세아공론』 8, 1922.12.

았음을 보여준다. 이는 냉소주의가 담지한 저항성이라 할 수 있다.[76]

　이러한 논의에 기대어 본다면 단형시평에 나타난 냉소의 저항성을 읽어낼 수 있다. 단형시평의 냉소적 어법은 제국주의의 가치를 내면화하지 않고 끝까지 비판의 대상으로서 남겨두면서, 제국주의적 이데올로기를 반박하고 그에 저항하기 위한 수사적 기법이다. 그렇기에 냉소에서 비판대상과의 긴장감이 필수적으로 동반되고 이러한 긴장감에서 특유의 흥미가 발생한다. 이와 같은 냉소의 효과는 필자와 독자가 공통적으로 인식하고 있었던 것으로 보인다. 일본의 한 독자는 유태경의 기발한 단상을 무척 좋아하므로 계속해 달라는 요청의 글을 보낸다. 이에 대해 유태경은 다음과 같이 대답한다. "쓰고 싶은 것은 무척 많지만 기발하게 쓰면 언론의 자유가 없는 우리로서는 위의 눈치가 문제입니다."[77] 유태경은 '기발함' 때문에 '눈치'를 볼 수밖에 없다고 말한다. 여기서의 '기발함'이라는 표현은 풍자와 냉소적 필치로 바꾸어 읽을 수 있다. 그의 글쓰기 스타일이자 독자들의 흥미를 자극했던 풍자와 냉소는 검열주체의 불쾌감을 자아내는 요소가 되었던 것이다.

　「조선 귀족 및 부호의 반성을 구한다」[78]는 한일병합에 적극 가담한 '조선 귀족부호'들을 두고 '한국망국사상에 특필명기할 만한 산물'이라 평하며, 이들이 '우리 민족으로 하여금 오늘날의 영광스러운 지위榮位'를 누리게 했다면서 비아냥댄다. 식민지민이라는 조선인들의 처지가 결코 '영광스러운 지위'일 수는 없다. 사실을 말하자면 도리어 치욕적인 자리

76　페터 슬로터다이크, 이진우 역, 『냉소적 이성 비판』 1, 에코리브르, 2005, 205~211·298~301쪽.

77　「독자와 기자」, 『아세아공론』 6, 1922.10.

78　「평론일속」, 『아세아공론』 창간호, 1922.5.

라 해야 옳다. 조선인을 이런 수치스러운 지위로 강등시킨 조선의 귀족과 부호들은 "이천만 민족의 고혈을 짜서 귀족의 지극한 사치 영화를 자랑"하고 "아무것도 모른 체 하기로 작정하고, 편안하고 한가롭게 여생"을 보낸다. 이와 같이 『아세아공론』의 냉소는 제국, 혹은 제국주의에 영합하는 이들을 향한 정치적 비판을 내장하고 있다.

다음으로 살펴볼 글은 무척 짧지만, 단형시평에서 발견되는 수사적 특징을 집약적으로 보여준다는 점에서 눈길을 끈다.

□ 낙서의 사회상社會想

나는 일본의 여러 곳을 유랑할 때 자주 공동변소 등의 벽에 낙서를 보았는데, 그 제목은 전부 외설적이고 (그 내용을 여기에 가지고 오면 2만부 정도를 내는 이 잡지가 풍속괴란으로 또 헛일이 될 우려가 있으므로 생략하지만) 요컨대 주로 춘화 등 입에 담기조차 비야鄙野한 것뿐이다. 조금 나은 것이라면 "낙서하는 사람은 머리를 자른다", "네 놈 머리부터 자르자" … 이런 것. 이번 나는 고국의 어느 작은 역에서 역시 공동변소의 낙서를 조금 보았는데, 그 문구는 일단 다음과 같았다. [삭제] 등 정치적 의미가 있는 것으로 비속한 말은 하나도 없었다. 조금 상등의 것으로도 "恭, 寬, 信 敏, 惠"가 있다. 어쨌든 재미있는 대조가 아닌가.[79]

화장실 낙서는 언론의 자유가 허락되지 않는 현실 속에서 익명성에 의존하여 자신의 생각을 표현하고, 이를 타인에게 인정받고자 하는 욕구를 담고 있다.[80] 일본 당국은 낙서가 사회의 저변을 관류하는 사상의

---

79 「주마등—낙서의 사회상(社會想)」, 『대동공론』 1, 1923.7.

표현이며, 사상범죄의 동향을 살피는 데 상당히 중요한 역할을 하므로 가볍게 여길 수 없다고 판단해 취체 대상으로 삼았다. 억압의 수위를 최고조로 올렸던 전시체제기에는 전국적 규모의 낙서 조사를 실시할 정도였다.[81] 불온한 낙서를 했다는 이유로 처벌을 받은 사례는 1920년대에도 발견된다.[82]

「낙서의 사회상」은 일본과 조선의 화장실 낙서를 대조하고 있다. 일본 화장실의 낙서는 극히 외설적이고 "비야한" 것뿐이라 이를 옮겼다가는 자칫 "2만 부 정도를 내는 이 잡지가 풍속괴란"으로 인한 발금처분을 면하지 못할 정도라는 것이다. 『아세아공론』이 "2만 부 정도의 잡지"라는 서술은 분명 과장이었을 것이다. 또한 이 잡지가 두 차례 발금 처분을 받았던 이유는 풍속괴란이 아니라 안녕질서 괴란이라는 기준에 위배되었기 때문이었을 것이다. 하지만 수치상의 시비나 검열 기준의 규명보다 더 중요한 것은 "동양 유일의 문명국"임을 자랑하는 일본의 국민들이 이런 비야한 낙서를 즐긴다는 사실이다.

반면, 조선의 낙서에는 "정치적 의미가 있는 것으로 비속한 말은 하나도 없었다"고 말한다. 필자는 "정치적 의미"의 낙서를 옮겨 적음으로써 독자들에게 전달하려 하지만 이것은 검열주체에 의해 삭제됨으로써 결국 전달되지 못한다. 그러나 이 공백은 의외의 효과를 발생시킨다. 이 시기의 검열은 여백이나 뭉개진 자국 등 흔적을 남기는 방식으로 진행

---

80   변은진, 「일제 전시파시즘기(1937~1945) 조선민중의 '불온낙서' 연구」, 『한국문화』 55, 서울대 규장각 한국학연구원, 2011, 315쪽.

81   전시체제기 낙서 통제에 관해서는 朝鮮總督府 高等法院 檢事局 思想部, 「落書とビラに關する調査」, 『思想彙報』 第15號, 1938.7; 「유언비어 취체 변소에 낙서하면 엄벌」, 『매일신보』, 1939.8.27 참고.

82   「松山師範學校 및 그곳의 學校에 不敬落書, 사회주의자 직공 네 명 검거」, 『동아일보』, 1921.11.11.

되었는데,[83] 의미 파악에 장해물로 놓인 이 공백은 역설적이게도 삭제의 흔적을 드러냄으로써 삭제된 것을 강력하게 존재하게 하며, 나아가 독해를 촉진하는 효과를 발휘한다.[84] 독자는 복자나 공백을 무의미한 기호로 남겨두지 않고 오히려 적합한 의미를 부여하려는 노력을 기울이면서 독서행위를 지속한다. 그 결과 무의미한 기호를 해독하는 능력은 독자들에게 자연스럽게 체득된다.[85] 비단 필자뿐 아니라 독자 역시 검열주체의 힘을 의식하며 독서에 임하기 때문이다. 따라서 독자들은 검열주체가 개입하기 이전, 발화자가 발신했던 온전한 메시지를 끝없이 상상하게 된다. 검열주체가 지운 불온한 서술은 독자의 상상력을 통해 각양각색으로 복원되고 만다. 불온한 메시지가 존재했다가 지워진 텅 빈 자리는 그 무엇보다 강력하게 독자의 불온한 상상력을 자극하는 원천이 되는 것이다.

---

83 1930년 전후 검열제도가 변경되면서 검열은 그 흔적을 남기지 않는 방식으로 변경되었다. 이에 관해서는 정근식, 「식민지 검열과 '검열표준' — 일본 및 대만과의 비교를 통하여」, 『대동문화연구』 79, 성균관대 대동문화연구원, 2012; 이민주, 「검열의 '흔적 지우기'를 통해 살펴본 1930년대 식민지 신문검열의 작동양상」, 『한국언론학보』 61, 한국언론학회, 2017 참고.

84 鈴木登美 外, 앞의 책, 13쪽; 牧義之, 앞의 책, 17쪽.

85 이와 관련하여 다음의 서술을 참고할 수 있다. "나는 종합잡지나 사회과학 서적도 읽기 시작했다. 그것들은 종종 발매금지가 되어 전에는 부분적으로 삭제되고, 혹은 글 중에 다수의 글자가 어쩔 수 없이 복자 처리가 되었는데, 복자에 대해서는 그것을 추정하면서 읽는 훈련이 자연스럽게 몸에 배게 되었다." 小田切秀雄・福岡井吉 編, 『昭和書籍新聞雜誌發禁年表』, 明治文獻, 1965, 3쪽.

4. 일본어 내부의 (비)일본어

1) 일본 내 비일본어 매체 발간과 검열시스템

출판법과 신문지법에 강제한 검열의 전반에 대해서는 3장 1부의 첫머리에서 간략히 살펴본 바 있다. 여기서는 검열주체에 초점을 맞추어 일련의 검열이 어떻게 진행되었는지 톺아보도록 하자.

내무성 도서과로 제출된 인쇄물은 일반적으로 하급검열관과 상급검열관의 검열을 차례로 통과하게 된다. 상급검열관은 문관고등시험을 통과한 공무원으로서, 과장과 사무관이 여기에 해당된다. 그 외 속관屬官, 촉탁囑託, 고원雇員 등은 하급검열관에 속했다. 속관은 시험을 통하지 않은 공무원, 촉탁은 어학 능력을 갖춘 비상근 전문직, 고원은 비상근 보조직이었다. 검열의 실무를 담당하는 것은 주로 이 하급검열관이었다. 하급검열관은 납본된 출판물이 검열 기준에 저촉되지 않는지 확인하고, 문제가 발견되면 이를 정리하여 사무관에 제출한다. 하급검열관의 문제 제기에 사무관이 동의하면 적절한 수준의 처분이 가해진다. 도서과라는 조직에서 가장 높은 지위를 점하고 있는 도서과장은 결재만 할 뿐, 실무에는 거의 관여하지 않았다.[86] 실무에 투입되는 인력은 유동적으로 배치하고 상급 직원에게는 직위에 걸맞은 결정권을 부여함으로써 업무의 효율을 꾀하고 있었음을 알 수 있다.

이렇듯 검열시스템은 상당히 매끄럽게 조직되어 있었지만 그 과정은 대단히 숨가쁘게 이루어졌다. 업무량에 비해 도서과에 배당된 인원이 턱없이 적었기 때문이다. 내무성 도서과에 속한 인원은 1927년 말

---

86 辻田真佐憲, 앞의 책, 23~24쪽.

소속							직급	인원	
도서과장							서기관	1	상급검열관
검열계			서무계	접수계	보관계	조사계	사무관	2	
제1부 안녕	제2부 풍속	외국어 출판물							
1			1						
7	8	0	1			4	속관	24	하급검열관
			2	1	1				
0	0	2	1	0	0	4	촉탁	7	
3			5	11	2	2	고원	23	

현재 총 24명뿐이었고, 좌익 집중단속을 위해 예산이 크게 증가되었던 1928년 말에도 61명에 불과했다. 당시의 『요미우리신문』 기사에 따르면 한 사람이 매일 읽어야 하는 출판물은 200종을 상회했다.[88] 이에 더해 도서과는 검열의 최종결정권자로서 검열 업무에 협조하는 지방 도청, 시역소 등의 문의사항에도 답해야 했다. 이 때문에 도서과의 업무 과중은 정평이 나 있을 정도였다.[89]

여기에 일본어가 아닌 언어라는 변수가 개입된다면 어떨까. 즉, 이 책이 주목하는 『기독청년』과 『현대』, 그리고 『아세아공론』은 어떠한 검열을 거쳤을 것인가. 『기독청년』과 『현대』의 검열에는 조선어에 능통한 촉탁이나 고원이 필수로 투입되었을 것이고, 다국어로 편집된 『아세아공론』은 조선어 능통자 족탁에 더해 중국어 능통자까지 동원되어야 했

---

87 『公文類聚』第五十七編·昭和八年·第二卷. 일본 국립공문서관 디지털 아카이브 참고(https://www.digital.archives.go.jp/img/1684580 (접속일 : 2023.9.15)).

88 「열람지옥에서 검열계의 비명－1인 1일 200여 종의 검열에 도서과 직원 모두 신경병(閲覧地獄に検閲係の悲鳴－一人一日二百餘種の検閲に圖書課員何れも神経病)」, 『読売新聞』, 1928.4.16.

89 辻田真佐憲, 앞의 책, 29~30쪽.

을 것이다. 이러한 사정을 고려하여 『아세아공론』 창간호의 검열과정을 일본어 매체의 경우와 비교해 보면 투입되는 인력과 업무 처리 속도에서 현저한 차이가 있었으리라 짐작할 수 있다. 일본어 매체는 일본인 하급검열관의 1차 검열-사무관의 검토-도서과장의 최종결재로 검열 절차가 마무리된다. 반면, 『아세아공론』 창간호는 한국어 능통 촉탁, 중국어 능통 촉탁, 그 외 일본인 하급검열관의 1차 검열-사무관의 검토-도서과장 최종결재의 절차를 거쳐야 한다. 일본어 매체를 대상으로 한 검열에 비해 실무에 투입되는 인원수가 증가하고 보고 라인도 복잡해지는 것이다. 순일본어 매체에 비해 비일본어 매체의 검열 및 보고체계는 금전적, 시간적 손실이 클 수밖에 없었다. 이는 제국의 검열 시스템에 부담을 가하고, 부하를 거는 행위가 된다.

이와 함께 고려해야 할 점은 비일본어 잡지의 검열과정에서 도서과의 위계 전도 가능성이 증대된다는 사실이다. 하급검열관은 가장 먼저 문서 전체를 읽고 문제를 추려내는 업무를 담당하며, 상급검열관에 속하는 사무관은 통상 하급검열관이 제기한 문제를 점검한 후 처분의 수위를 결정한다. 일본어 매체라면 최종결정을 내리는 사무관이 문제의 소지가 되는 부분을 직접 읽고 판단을 내릴 수 있다. 그러나 비일본어 매체일 경우 상급검열관의 결정은 1차 독해자인 하급검열관의 판단에 종속될 여지가 크다. 촉탁의 조선어, 중국어 능력에 전적으로 의지할 수밖에 없기 때문이다.

비일본어 매체의 발간은 제국이 고안한 검열제의 비균질성과 모순을 극명하게 노출하는 효과도 있었다. 「대만에서의 언론압박을 내지 조야朝野 애독자들에게 호소함」에 소개된 사례가 대표적이다.[90] '대만청년臺灣靑年'이라는 필명으로 기고된 이 글은 대만 유학생들의 사상과 주장을 보급할 목적으로 발간되었던 『대만청년臺灣靑年』에 관여했던 인물에 의해 작성되었던 것으로 보인다.[91] 이 글의 필자는 먼저 대만에 가해지는 언론 통제를 다각적으로 고발하고, 이러한 통제를 피해 도쿄에서 잡지를 발간하게 된 사정을 상세하게 설명한다. 그런데 불법적인 감시와 통제, 영업방해는 도쿄에서도 이어진다. 하급관리들이 구독자들을 감시하거나 이들에게 구독정지를 권고하는 등 잡지의 발전을 가로막는 행위를 서슴지 않았다는 것이다.

필자는 검열과정의 불합리함을 특히 공들여 서술한다. 『대만청년』은 도쿄는 물론 대만 등지로도 유통되었기 때문에 『대만청년』은 내무성 검열에 더해 대만총독부의 검열까지, 더 엄격하고 "귀찮은 수속"을 통과해야 했다. 내무성 검열은 내지에서의 유통, 대만총독부의 검열은 대만에서의 유통을 위해 요구되었던 것이다. 이 글에 따르면 대만총독부는 '동경 출장소'와 대만에 위치한 '총독부'로 분류되는데 이 과정에서 제국과 식민지 사이의 이법성과 비균질성이 뚜렷하게 드러난다. 다소 길지만 도쿄에서 발간된 외국어 출판물의 검열절차를 파악하는 데 요긴한 시사점이 되므로 중략 없이 인용하도록 하겠다.

---

90 이 글은 정태신이 발간한 『청년조선(靑年朝鮮)』 창간호(1922년 2월)에 실린 「대만청년의 분기(臺灣靑年の憤起)」과 거의 동일하다. 지쉬펑(紀旭峰)은 「대만 청년의 분기」를 『대민청년』의 발행인이었던 차이베이휘의 글로 보고 있다. 紀旭峰, 앞의 책, 322쪽. 덧붙여 『아세아공론』 창간호에는 차이베이휘(蔡培火)의 기명 기사 「극동의 평화 과연 어떠한가」도 실려 있는데, 이 글에서 차이베이휘는 '대만청년 잡지 주간'으로 소개된다.

91 『대만청년(臺灣靑年)』은 린셴탕(林獻堂) 등의 후원을 얻어 1920년 7월 창간되었다. 『대만청년』은 재경 대만인 유학생뿐 아니라 대만 본도의 청년들에게도 영향을 미치며 계몽적 기능을 수행했다. 언어는 일본어와 한문을 혼용하는 것을 방침으로 했는데, 한문으로 번역된 글까지 포함하면 일본어와 한문은 5대 5의 비율을 보인다. 1922년 4월 『臺灣』으로 게재된다. 위의 책, 245~247쪽.

작년1921년-인용자 9월 15일 발행된 잡지 『대만청년』이 내무성으로부터 한 마디의 주의도 받지 않고 동경에서 발행할 것을 허가받았음에도 불구하고 대만에서는 잡지 전체가 불가하다는 판정으로 발매금지 명령을 받았다. 그 후 잡지사는 성의를 피력하여 대만에서 문제를 일으키지 않도록 동경 대만총독부 출장소의 당국자와 협력했다. 그 결과, 매월 발행할 잡지를 동경 대만총독부 출장소에서 검열을 받고, 그 권고주의를 듣고 교정을 가한 다음에 대만으로 송부하기로 결정했다. 10월호 잡지부터 즉시 이 약속을 이행했고 내무성에서는 아무런 지적도 없었다. 그런데 총독부 출장소는 10월호에 대해 2~3 부분의 교정 삭제를 요구했고, 잡지사는 그에 응하여 [해당 부분을] 정정 삭제한 후에 제본하여 대만에 발송했다. 하지만 대만총독부에서는 검열 결과, 「대만문화협회에 대해 논함」이라는 논문의 절취를 명한 것이다. 그 글은 이미 발행금지를 당한 9월호에 게재한 것인데, 대만 당국으로부터 이 글이 금지의 범위에 속하지 않는다는 것을 확인했기 때문에 10월호에 다시 게재하기로 했던 것이다. 이 처치를 바탕으로 스스로 앞뒤가 맞지 않는 것이 사람을 얼마나 혼란스럽게 하는지 살피기를 바란다.

더구나 해석하기 어려운 것은, 이 「대만문화협회에 대해 논함」의 전문을 대만에서 내지인 경영으로 간행되는 『대만신문臺灣新聞』과 『대남신보臺南新報』에 그대로 투고한 자가 있었는데, 이상하게도 『대남신보』에서는 11월 17일에, 『대남신문』sic. '대만신문'의 오식으로 보임-인용자은 같은 달 27일에 전문 그대로 제출된 것을 본 나는 실로 크게 놀라지 않을 수 없었다. 이 정도로 대남sic. '대만'의 오식으로 보임-인용자 당국은 색안경으로, 편파의 감정으로 우리의 사업을 대하고 있다는 것을 증명할 수 있는 것이다.

이후 발행된 11월호는 전월호와 같이 가인쇄를 해서 동경 대만총독부 출장소 검열에 응하고, 그 요구에 따라 「권두사」 중간 부분을 말살했으며 「대만경제계의 위기와 그 구제」라는 논문의 제1장 전부를 삭제하였다. 마침내 제본을 마치고 대만으로 발송하여 대만 당국의 검열을 받은바,「권두사」와「대만경제계의 위기와 그 구제」및「한족의 영웅호걸」, 이상 3편의 글 전체, 합쳐서 13여쪽의 절취를 명령받았다. 이처럼『대만청년』잡지사가 동경 대만총독부 출장소에서 검열을 받는 성의는 조금도 인정받지 못하니, 대만 당국의 검열은 내무성과 비교하면 얼마나 가혹한가. 그리고 대만총독부 자체의 내부에 있어서도 얼마나 피차 모순인가를 이 사실을 통해 짐작할 수 있으리라고 생각한다.[92]

이 글에 따르면『대만청년』은 내무성 도서과의 검열, 도쿄 대만총독부 출장소, 대만 내 대만총독부의 검열을 거쳤다.『대만청년』9월호는 아무런 문제없이 내무성의 검열을 통과하였다. 그러나 대만 내 대만총독부로부터 발금 처분을 받아 대만 내 유통이 불허된다. 이에 발금을 피하기 위해『대만청년』10월호는 동경에 설치된 대만총독부 출장소의 검열을 거치기로 결정한다.『대만청년』은 대만총독부 출장소의 의견을 충실히 반영하여 문제시된 대목을 삭제, 교정하여 발간한다. 그러나 대만 내 대만총독부의 결정은 또 달랐다. 한 편의 논문 전체 삭제를 명령한 것이다. 이와 비슷한 일은 11월호에서도 반복된다. 11월호는 동경 출장소의 지시에 따라 두 편의 글 일부를 삭제하여 발간하였는데 대만 내 총독부는 최종직으로 수정한 두 편의 글에 한 편을 더하여 종 세 편의 글 전체 삭제를 명령한다. 쪽수로 치면 13장이 넘는 적지 않은 분량이다. 당국의 명령을 성실히 이행했음에도 예기치 않은 삭제가 반복되자『대만청년』은 출장소 검열이 무의미하다고 판단하여 12월호에서는 사전검열

---

92 대만청년(臺灣靑年),「대만에서의 언론압박을 내지 조야(朝野) 애독자들에게 호소함」,『아세아공론』창간호, 1922.5.

절차를 생략하기로 결정한다. 즉, 교정쇄 검열을 거부하고 법률이 정한 최소한의 검열만을 거치기로 한 것이다.

　인용문이 지적하고 있는 문제점을 하나씩 짚어보도록 하겠다. 필자는 검열주체들이 제각기 다른 결정을 내리고 있다는 점을 문제 삼는다. 먼저 내무성과 대만 총독부의 의견 불일치이다. 이러한 사례는 내지에 비해 외지에서 검열의 기준이 더 엄격히 적용되고 있었음을 잘 보여준다. 이는 식민지의 문화적, 정치적 특수성을 반영한 제국의 통치술로 볼 수 있다. 그러나 이 교묘한 통치술은 결국 일시동인의 무의미함을 노정한다. 비일본어 잡지 발간에 가해지는 압박은 허울에 불과한 일시동인, 내지연장주의를 명백하게 가시화했다. 이 글의 필자는 이 사건을 통해 "대만 당국의 검열은 내무성과 비교하면 얼마나 가혹"한지, 그리고 "대만총독부 자체의 내부에 있어서도 얼마나 피차 모순"인지를 지적하고 있다.

　이어서 이 글은 "동경 대만총독부 출장소"와 "대만총독부"의 상이한 판단을 거론한다. 필자는 도쿄에 설치된 대만총독부 출장소에서 사전검열을 받는 것을 "성의"라 표현하고 있다. 피검열주체로서 검열주체에게 행하는 협조인 셈이다. 이 협조는 피치자와 통치자 간의 타협을 내포한다. 『대만청년』의 "성의"는 통치에 순응하는 행위처럼 보이지만 이는 한편으로 더 이상의 삭제를 원치 않는 피검열주체가 구사하는 전략이기도 했다. 『대만청년』이 출장소의 지시에 따라 잡지를 수정하는 행위는, 수정본이 그대로 발행된다는 검열주체와 피검열주체 사이의 합의를 전제로 한다. 그런데도 예기치 않은 처분이 반복되자 『대만청년』은 이 협조와 타협을 거부한다.

　마지막으로 이 글은 "대만총독부"조차 일관된 기준을 갖지 못하고 있다는 점을 지적한다. 대만총독부는 『대만청년』에 실린 「대만문화협회에 대해 논함」라는 글에 두 차례나 제동을 걸었는데, 동일한 글이 내지인이 경영하는 신문에는 아무런 어려움 없이 온전히 게재되었다는 것이다. 이 사실을 통해 필자는 『대만청년』에 대한 당국의 "색안경" 낀 "편파적 감정"을 "증명"하고 있다.

이러한 사건은 검열기준의 자의성이라는 문제를 제기한다. 검열의 자의성은 검열제도가 가진 본질적 결함이었다. 안녕질서문란과 풍속괴란이라는 기준은 대체의 강령에 불과했고 강령하의 세부에는 빈틈이 허다했다. 이는 검열이 처한 존재론적 난국에서 기인한다. 기실 검열이라는 제도는 '대일본제국헌법' 제29조가 보장하는 언론, 출판의 자유와 배치되는 구석이 있었다. 물론 언론, 출판의 자유는 "법률의 범위 내에"라는 단서가 붙어 있었으며 이때의 "법률"이란 앞서 살펴본 출판법과 신문지법을 이르는 것이었다. 검열과 표현의 자유가 모두 법으로 보장되어 있는 모순적인 상황 속에서 검열의 소관부처인 내무성 관계자마저 검열제도를 명쾌하게 인정하지 못하는 희비극적 장면을 연출하기도 했다.[93] 검열의 실무 차원에서 보자면 다종다양하게 생산, 변이되는 표현을 취체하기 위해서도 검열의 법령은 포괄적이고 추상적으로 작성될 수밖에 없었다.

이처럼 모호한 검열기준은 양날의 검으로 작용했다. 몇몇 논자들의

---

93 1920년대에 이르러 검열제도 개정의 요구가 높아지자 1920년대 후반 내무성은 독자적으로 '출판물법안'을 정리하여 발의한다. 그러나 언론과 야당은 '출판물 법안'에 대해 비판적인 입장을 취했다. 이에 대해 이 법안의 책임자는 '출판물에 대해서는 결코 검열주의를 취하고 있지 않'으며, '검열강화가 아니라 종래의 법률을 완화하고 출판업자 등의 규제를 느슨하게 하기 위한 보호의 의미가 강한 법안'이라고 말하며 '출판물 법안'이 지닌 검열의 성격을 축소하려 노력하고 있다. 紅野謙介, 『検閲と文学』, 河出ブックス, 2009, 18~19쪽.

지적처럼 이 모호함은 금지의 대상을 확장하는 데에 활용되는가 하면, 피검열주체로 하여금 각종 규제를 내면화하고 자기검열을 강화하는 측면도 있었다. 그러나 불분명하고 때로는 상충되기까지 하는 지시는 통치의 불완전함을 스스로 증명하는 것과 다르지 않았다. 검열이 자의적으로 비춰지지 않도록 각별히 유의했다는 점, 검열이 '표준'의 꼴을 갖추는 쪽으로 변화했다는 점은 역설적으로 검열주체 스스로 검열제도의 미비함을 십분 인식하고 있었으며, 이를 극복하기 위해 부단히 경주했음을 방증한다.[94]

검열의 테크놀로지는 날로 정교해졌지만 완벽할 수는 없었다. 일본어를 기반으로 하여 구축된 검열제도의 허점과 모순은 비일본어 매체를 통해 폭로되기 쉬웠다. 주류 언어의 바깥에서 매끈해 보이는 제도의 균열에 확대경을 들이대고 그 틈을 비집고 들어가 말할 방법을 찾아내는 것, 그것이 내지에서 생산되는 비일본어 매체에게 주어진 과제였다.

2) 『아세아공론』의 언어운용

일본어, 중국어, 조선어 편집 원칙을 실현한 『아세아공론』 창간호는 비일본어를 매개로 한 전복적 상상력을 최대치로 구현해 내고 있다. 비중으로 보자면 일본어 글이 압도적으로 많았지만 히라가나, 한자, 한글이 한 잡지 안에 배치되는 이례적인 모습은 그 자체로 눈길을 끌기에 충분했다. 황석우, 백남훈 외 몇몇의 익명 필자들이 조선어 필자로 등장했고, 일부 대만, 중국인 필자들은 중국어로 글을 실었다.

혼종적인 언어운용은 『아세아공론』의 정체성이라 해도 과언이 아

---

94 검열관 개인의 '감'에 의존한 자의적 검열은 점차 '표준'의 형태를 획득해갔다. 이에 대해서는 정근식, 「식민지검열과 '검열표준'」, 『검열의 제국』, 푸른역사, 89~115쪽.

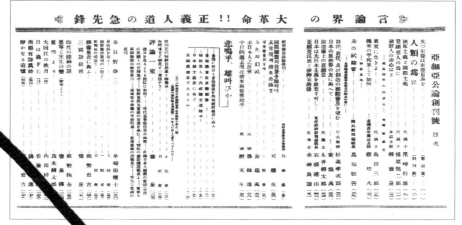

〈그림 12〉『아세아공론』 창간호 목차

니다. "아시아 각국인의 여론기관"으로 자임하며 "아시아 각국 및 세계 주요지에 이르기까지 독자를 가지고 있"다는 『아세아공론』의 자부심은 "중국문, 조선문, 일문 기타 어떤 국문으로"[95] 된 글도 환영한다는 「투고안내」와 같이 읽혀야 한다. 이는 중국인, 조선인, 그 외 어떤 언어를 모어로 삼는 화자이든 '말할 수 있는 주체'로서 지면 위에 표상하겠다는 의지를 표명한 것이었다.

한자문화를 공유한다는 이점은 분명히 있었지만 조선과 중국의 유학생들에게 일본어는 여전히 편치 않은 외국어였다. 1910~1920년대에 도쿄에서 유학했던 최승만, 백남훈, 김준연 등의 자서전과 회고록에 일본어를 학습하면서 느꼈던 어려움이나 미숙한 일본어로 빚어진 에피소드가 빠지지 않고 등장하는 것도 이 때문일 것이나. 특히, 언어를 매개로 하는 논쟁의 장은 이들에게 더욱 가혹했고, 일본어로 수행되는 발화의 현장에서 조선인들은 자연스럽게 주변인의 자리로 내몰렸다.[96] 해당 언어를

---

95 「투고환영」, 『아세아공론』 창간호, 19

96 신지영, 『不／在의 시대-근대계몽기 및 식민지기 조선의 연설 좌담회』, 소명출판, 2012, 271~272쪽.

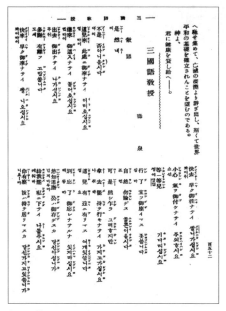

〈그림 13〉「삼국어교수」

어려움 없이 구사하는 발화자가 더 많은 발화 기회를 누리고, 청중을 설득할 가능성이 높다는 데에는 이론이 여지가 없을 것이다. 제국의 언어를 얼마나 유창하게 구사하는가 하는 질문은 피식민자가 결코 벗어날 수 없는 평가 기준이었다.[97] 더구나 언어 민감도가 높고 언어를 무기로 활용해야 하는 '문과' 학생들에게 일본어의 부담은 더욱 크게 다가왔을 것이다.

반면 '어떤 국문으로 글을 써도 무방하다'는 『아세아공론』의 투고조건은 필자의 발화가능성을 비약적으로 증대시킨다. 이러한 조건 속에서 필자는 외국어, 다시 말해 일본어로 글을 써야 한다는 부담에서 자유로울 수 있으며, 일본어를 구사하지 않음으로써 일본인 되기의 정도를 평가하는 시선에서 벗어난다. 필자는 어디까지나 모어 화자로 존재할 수 있는 것이다.

시사 문제에 상당 지면을 할애하는 『아세아공론』은 필자의 모어 사용을 보증함으로써 정치적으로 민감한 사안에 대해 다양한 의견을 폭넓게 수용하는 담론장으로 기능하고자 했다. 이 구상이 실현되기만 한다면 『아세아공론』은 여러 종류의 언어가 공존하는 잡지가 될 터였다. 이는

---

97   프란츠 파농, 이석호 역, 『검은 피부, 하얀 가면』, 인간사랑, 2003, 24쪽.

『아세아공론』의 지면 위에 아시아, 나아가 세계를 구현하는 일이기도 했다. 그런 맥락에서 창간호의 「삼국어교수」는 특히 눈길을 끈다. 중국어와 일본어에 능통했던 유태경이 직접 담당한 이 지면은 '네, 아니오'에서 시작하여 '가지고 가십시오, 잊지 마십시오' 등 초보적인 수준의 문장을 소개하고, 중국어와 조선어 옆에는 가타카나로 음가를 표기하고 있다. 한중일 언어가 한 페이지에 거의 동등한 비중으로 동시에 노출된 이 지면은 『아세아공론』의 이상이 섬광처럼 실현된 공간으로 보인다.(그림 13) 참고

　다국어 편집이 주요 독자층인 일본인 독자에게 가하는 충격 또한 고려할 필요가 있다. 하나의 잡지 안에 중국어와 조선어가 배치된 이채로운 모습은 매력적인 동시에 공포를 유발할 수 있다. 이 공포는 일본인 독자들에게 조선어와 중국어가 완전히 불가해한 언어가 아니라는 사실에서 기인한다. 일본인 독자들은 '외지인'의 글이 혼재된 『아세아공론』을 제국의 축소판처럼 느끼며, '외지'를 감상하는 '내지인'의 시선으로 잡지를 훑어볼 수도 있을 것이다. 그러나 이들이 마주한 외지는 결단코 평화로운 감상의 대상이 아니다. 이들은 '외지'가 평화롭지 못하다는 것을 막연하게나마 느끼게 된다. 조선인, 중국인 필자의 글에서 주요 어휘는 모두 한자로 표기되기 때문이다. 알 수 없는 문자들 사이에 박힌 익숙한 단어들은 더욱 또렷하게 감각되기 마련이다. 불가해한 외국어 속에 존재하는 '幻滅',[98] '不平',[99] '排日'[100] 등의 익숙한 난어는 즉각 일본어 독자의 눈길을 사로잡는다. 이러한 단어는 익숙하지만 낯선, 불쾌하지만 응시하게 되는 언캐니uncanny한 존재라 할 수 있다. 중국어와 조선어로

98　황석우, 「영원의 환멸」, 『아세아공론』 창간호, 1922.5.
99　民國了人, 「不平之夢」, 『아세아공론』 2, 1922.6.
100　湯鶴逸, 「排日」, 『아세아공론』 5, 1922.9.

작성된 글들은 곳곳에 그런 불온하고 불길한 기운을 풍기는 단어들, 공포를 유발하는 단어들을 심어놓는다. 이러한 글들은 제국의 균열을 웅변한다.

그러나 결론부터 말하자면 지면 위에 아시아, 세계를 구현하겠다는 구상은 너무 빨리 좌절되고 만다. 『아세아공론』은 삼개국어로 편집한다는 점을 "독자 제군에게 자랑으로서 고할 수 있는 일"[101]로 여기고 있었지만 그것은 그만큼의 부담이 따르는 작업이었다. 창간호부터 3호까지 『아세아공론』 인쇄소가 계속 바뀌었다는 사실은 잡지 생산 과정의 불안정함을 암시한다. 특히 조선어 활자는 이 구상에 가장 큰 걸림돌이 되었다. 삼개국어를 모두 포함하면서 『아세아공론』의 언어 이상을 유일하게 구현하고 있는 창간호는 복음인쇄소福音印刷所에서 인쇄되었다. 요코하마에 위치했던 복음인쇄소는 『아세아공론』이 창간될 당시 일본에서 조선어 활자를 갖추고 있었던 몇 안 되는 인쇄소 중 하나였다.[102] 『학지광』과 『기독청년』을 비롯한 조선인 주재의 잡지가 거의 예외 없이 복음인쇄소에서 인쇄되었던 이유도 여기에 있었다. 삼개국어 편집을 고수한다면 『아세아공론』에게 주어진 선택지는 극히 제한적일 수밖에 없었다. 이러한 상황 속에서 한글이 제일 먼저 포기된 사정은 충분히 짐작할 수 있다. 일본어와 중국어는 공유할 수 있는 활자의 비중이 컸지만, 한글은 별도로 마련해야만 하는 활자였기 때문이다. 이러한 제약으로 인해 2호부터는 조선어가 제외되고 일본어와 중국어로 편집된다. 창간호는 2호에 2편의 한글 기사와 「삼국어교수」가 실릴 것을 예고하고 있으나, 실상 2호

101 「편집여언」, 『아세아공론』 창간호, 1922.5.
102 복음인쇄소에서 출판된 조선어출판물은 小野容照, 『朝鮮独立運動と東アジア-1910~1925』, 思文閣出版, 2013, 81~85쪽 참고.

에 한글 기사는 물론이거니와 한글을 일부 포함한 기사도 실리지 않았
다. 결과적으로 「삼국어교수」는 창간호에 단 한 차례 게재된 단발성 기
획물로 남게 된다. 그러나 「삼국어교수」는 독자들에게 강한 인상을 남겼
던 것 같다. 다음은 『아세아공론』 6호에 게재된 「독자와 기자」 중 일부
이다.

> 질문 : 기자님 저는 귀지의 애독자입니다만 (…중략…) 귀지 창간호에 기재되
> 었던 수천 선생의 「삼국어」를 계속해서 실어줄 수 없습니까?후쿠오카 YM생
> 답변 : 그것은 지금부터 매호 신고 싶지만 인쇄소에 조선 활자의 설비가 없기
> 때문에 당분간 중지했습니다.[103]

스스로를 『아세아공론』의 "애독자"라고 밝힌 후쿠오카의 한 독자는
이미 반 년 전에 단 한 차례 게재되었던 「삼국어교수」를 다시 볼 수 없는
지 문의한다. 이 요청에 사측은 매호 신고 싶지만 현실적인 여건 때문에
어쩔 수 없이 "당분간 중지"했다고 답한다. 독자에게는 강렬한 존재감으
로, 사측에는 아쉬움으로 남은 이 기획은 『아세아공론』의 미완의 꿈이자
숙원사업이었다.

조선어 활자는 2호부터 자취를 감추게 되지만 『아세아공론』 내에
서 조선의 자리가 소기된 것은 아니었다. 『아세아공론』은 "조선 문세"에
"주안을 두고 공평한 비판을 내리는"[104] 유일한 잡지라는 자부심을 가지
고 있었던 만큼, 조선인 필자의 글과 조선에 관한 논설을 통해 조선의 존
재를 매호 빠짐없이 호출한다.[105]

---

103 「독자와 기자」, 『아세아공론』 6, 1922.10.
104 「본지 발간의 의미」, 『아세아공론』 8, 1922.12.

조선어 활자의 소멸이 곧바로 언어의 균질성이나 일본어의 순혈성을 보장하지도 않았다. 도리어 다양한 외국인들이 일본어 글쓰기를 수행함으로써 일본어의 순혈성은 위협받는다.[106] 조선어 활자가 없어진 상태에서 조선인 필자들은 부득이하게 일본어 필자가 된다. 이때, 조선인 필자의 일본어와 일본어 화자의 일본어를 동일한 것으로 볼 수 있을까. 중국어 화자의 일본어는 어떠한가. 이들의 일본어는 또 다른 크리올 Creole 로 보아야 하지 않을까.

물론 이것은 이들의 일본어 능숙도를 따져 묻기 위한 질문이 아니다. 『아세아공론』의 필자로 등장한 비일본인 필자들은 대체로 수준 높은 일본어 글쓰기 능력을 보여준다. 그러나 여기서의 논점이 이들의 언어능력에 놓여서는 안 될 것이다. "일본어" 능력을 판단하는 것은 결국 일본어를 기준언어로 설정하고 이를 강요하는 것과 다르지 않기 때문이다. 진정 주목되어야 할 것은, 비일본인 필자들이 일본어 글쓰기를 수행하는 과정이다. 1920년대 초 필자로 활동한 이들의 출생시기는 주로 19세기 말, 즉 한일병합 이전이다. 이들의 모어는 조선어, 혹은 중국어로 확립된 상태였으므로 이들은 자신의 모어로 글을 작성한 후에 일본어로 번역하는 과정을 거치거나, 모어로 사고한 후 일본어로 쓰는 과정을 거쳐야 했다. 양자 모두 모어라는 출발어를 도착어인 일본어로 고치는 번

---

105 『아세아공론』에서 발견되는 조선에 관한 논의와 조선인 필자의 글쓰기는 5장 4절 「아시아 연대와 조선이라는 아포리아」에서 다룬다.

106 이와 비슷한 현상은 중일전쟁 이후의 문인 좌담회의 현장과 관련 기사에서도 발견된다. 김사량의 연설, 통역, 대화는 "제국주의적 언어의 권력관계가 소수 언어 행위에 내면화되어 분열과 갈등을 불러일으키면서도, 갈등관계를 내포한 다양한 언어행위들이 미묘한 차이들을 끊임없이 생산하며 제국의 언어를 변형"하는 장면을 보여준다. 이에 관한 자세한 논의는 신지영, 「쓰여진 것과 말해진 것―'이중(異重)' 언어 글쓰기에 나타난 통역, 대화, 고유명」, 『민족문학사연구』 59, 민족문학사연구소, 2015 참고.

역과정이라 할 수 있다. 일본어로 글을 완성한 후에는 일본어 화자에게 감수를 받았을 가능성도 배제할 수 없다. 이처럼 외국어인 일본어로 글을 쓰는 과정에서 언어는 몇 번의 굴절과 비틀림을 통과하게 된다. 모든 글쓰기 과정은 일정 부분의 굴절을 동반하기 마련이지만, 모어 필자가 이 일련의 과정을 매끄럽게 통과한다면 비일본인 필자들은 각 단계의 굴절을 보다 생생하게 감각할 수밖에 없다. 일본어가 능숙한 일부 필자는 번역과정을 간소화하거나 생략할 수도 있고, 일본인의 감수를 거치지 않는 등 그 굴절을 다소 완화된 형태로 경험했을 가능성도 있다. 그럼에도 불구하고 이들의 의식과 무의식 속에서 모어와 일본어의 비대칭적 관계가 소멸되었다고 보기는 어렵다.

앞서 확인했듯이 비일본인 필자들의 민족성은 일본어 글쓰기 속에서도 불현듯 그 형체를 드러낸다. 이들의 글에서 필자의 개인적 특성, 민족성은 여러 층위에서 나타나는 것이다. '조선 최웅봉朝鮮 崔雄峰'처럼 명시적으로 표명되는 경우가 있는가 하면, "우리 조선인",[107] "우리 조선"[108]과 같이 문맥을 통해 드러나는 경우도 있다.

그러나 "조선 활자의 설비"가 미비한 현실로 인해 '말할 수 있는 주체'의 재현이 제한되었음은 부인할 수 없는 사실이었다. 조선어 활자의 희소함은 경제 논리에 따른 것이었다. 일본 내 조선인 발간 매체는 일반적인 일본인 매체에 비하면 극소수였다. 시장성이 떨어지고 수지타산이 맞지 않는 활자를 별도로 구비하는 것은 인쇄소로서 적지 않은 부담이었을 것이다. 그 결과 조선어 활자를 갖춘 인쇄소는 독과점 상태에 이르고, 조선인 발간 매체는 더 어려운 상황에 처해진다. 형편에 이러하다면 잡지 판매가는 높게 책정되고, 가격 경쟁력은 떨어지게 된다. 『현대』편집진은 이 어려움을 애써 감추지 않는다. 비싼 가격을 유지할 수밖에 없는 이유가 "여기서 지내는 우리의 사정 — 특별히 인쇄 같은 것"임을 솔직하게 밝히는 것이다.[109] 결국 이러한 경제 논리는 결국 조선인을 말할 수 없는 존재로 끌어내리는 정치적 효과를 발휘하고, 조선인 발간 매체의 담론 공동체가 확장되는 것을 가로막는다. 『아세아공론』과 조선인 독자 사이에서 오간 다음의 대화를 보자.

질문 : 수천 선생님, 귀 잡지의 제호를 『아세아공론』이라 명명하고 선생님이 사장이고, 발행인이 김광현金光炫 씨인데 집필인 중에 우리 동포는 사장님 외에 한두 명에 불과합니다. 이는 어떠한 사정입니까?忠北 閔生
답변 : 별로 이상하지 않습니다. 문체가 일본문이기 때문에 기고 등에 불편이 많기 때문으로 알고 있습니다. 또 하나는 본지는 정치 및 사상잡지인데 따라서 일류대가 외에는 게재를 사절謝絶합니다.[110]

조선의 충청북도에 거주한다고 밝힌 독자의 질문은 발행인과 사장이 "우리 동포", 즉 조선인인데 조선인 필자가 적은 이유는 무엇인가 하는 것이다. 그러나 『아세아공론』의 일원인 답변자는 이러한 현상에 대해

---

107 황석우, 「일본의 사상계의 친구에게—병욕(病褥)의 이와사(岩佐)씨에게」, 『아세아공론』 2, 1922.5; 황석우, 「조선인의 독립운동 및 사회운동」, 위의 책; 수천, 「평론일속」, 위의 책; 내언생, 「대동풍운(大東風雲)」, 『대동공론』 2, 1924.2 등.
108 속리산인, 「일본은 과연 조선을 살리는가」, 『대동공론』 1, 1923.7.
109 "본지 대금 30전에 대하여 좀 비싸다는 말이 있는 줄 압니다. 또 우리도 그런 줄로 압니다. 그러나 여기서 지내는 우리의 사정 — 특별히 인쇄 같은 것 — 이 본국에서 지내는 우리의 그것과는 판이한 것을 생각하여 주시기 바라나이다. 그런데 이번 호부터 본지 대금 30전을 40전으로 하게 되었습니다. 대단 미안하올시다. 그러나 여러 가지 사정으로 말미암아 사세부득이하여 그같이 되었사오니 천만 서량하시기 바라나이다." 「고(告)」, 『현대』 9, 1921.2, 66쪽.
110 「독자와 기자」, 『아세아공론』 8, 1922.12.

"별로 이상하지 않"다고 대답한다. 일본어로 글을 써야 하므로 조선인에게는 기고가 불편하기 때문이라는 것이다. 조선어 활자가 포기된 상태에서 조선인들은 거의 선택의 여지 없이 일본어를 사용할 수밖에 없었다. 이는 조선어 활자의 소멸이 조선어 화자의 발화 가능성을 얼마나 저해하고 있는지를 잘 보여주는 대목이다. 조선어를 포기하게 된 결과 담론의 폭과 깊이가 눈에 띄게 축소된 것이다. 이것은 모든 국가의 언어를 제한 없이 받고자 했던 『아세아공론』의 지향이 얼마나 중요한 것인지를 역으로 보여준다.

한 가지 덧붙이자면 사측의 이 답변은 『아세아공론』이 어느 정도 안정적인 궤도에 올라섰음을 방증한다. 답변자는 조선어 글이 적은 또 다른 원인으로 『아세아공론』이 "일류대가 외에는 게재를 사절"하기 때문이라고 답한다. 이는 창간호가 보여주었던 원고 모집 태도와는 사뭇 상반된다. 『아세아공론』의 창간호는 "열성 있는 무명의 글 한 편은 마지못해 쓴 명사의 글을 이긴다"[111]며 명성의 고하를 막론하고 "기탄없이 의견을 발표해 줄 것을 부탁"[112]한 바 있다. 어느덧 『아세아공론』은 "일류대가"의 글을 추려 받을 수 있을 정도로 안정적인 필진 관리를 해나가고 있었다.

실제로 『아세아공론』은 창간호를 내는 시점부터 양적 측면이나 질적 측면에서 안정적인 모습을 유지했다. 평론과 문예를 두 축으로 삼는 잡지의 기본 체제는 흔들림이 없었고, 100페이지 넘는 정도의 충실한 볼륨감을 꾸준히 선보였다. 일부 청탁 중에는 몇 차례 미뤄지거나 끝내 실리지 않는 경우도 있기는 했지만 몇몇 경우를 제외하고는 거의 모든

---

111 「투고환영」, 『아세아공론』 창간호, 1922.5.
112 「사고」, 『아세아공론』 창간호, 1922.5.

필자들이 투고의 약속을 지켰다.

> 세말호를 내며
>
> 본지가 다른 잡지와 비교하여 창간 당시부터 특히 위험과 어려움이 많았음에도 불구하고 이렇다 할 파탄을 보이지 않고 다음호부터 제2권을 묶기에 이른 것, 또한, 호를 거듭하여 내외 모두 발전하고 일본 내지 뿐 아니라 조선, 지나, 인도, 대만, 그 외 지역에서도 본지 존립의 의미를 충분히 인정받고, 또한 제반의 동정을 얻어 동양에서 정치적, 산업적, 문화적 필수로 인정되기에 이른 것은 특히 이 순간 편집자의 기쁨이다.[113]

8호까지 결호 없이 발간하고 새로운 해를 맞이하는 『아세아공론』의 기쁨을 엿볼 수 있는 글이다. 『아세아공론』은 호를 거듭할수록 "내외 모두 발전"하고 있으며 일본, 조선, 지나, 인도, 대만 등지에서 "존립의 의미"를 인정받고 "동정"을 얻었다고 자평하고 있다. 이에 대한 구체적인 근거를 확인할 수는 없지만 이듬해의 신년호가 '만선지사' 설립 소식을 전하는 것으로 보아 사세의 확장을 짐작할 수 있다. 서대문 아현리에 만선총지사를 설치하고 남만주와 북만주, 그리고 조선 전역에 분포한 독자들의 잡지 청구, 영업 관련 문의 등을 총지사가 담당하도록 한 것이다. 『아세아공론』은 이어서 2~3개월 내에 일본에 3~4개소, 대만과 중국에 각 1개소가 추가로 설립될 것이라고 전하고 있다.[114] 이를 통해 조선, 만주 지역의 독자들이 확보된 상태였거나 적어도 증가하고 있었음을 알 수 있다. 혹은 『아세아공론』이 이 지역에서 공격적인 마케팅을 펼칠 계

---

113 『아세아공론』 8, 1922.12.
114 「편집후기」, 『아세아공론』 9, 1923.1.

획을 가지고 있었는지도 모른다. 비록 이 소식을 전한 1923년 1월호가
『아세아공론』의 마지막호가 되면서 차후의 계획은 실현되지 못했지만
적어도 『아세아공론』이 호를 거듭하면서 점차 안정적인 잡지 발간을 이
어갔다고 평가할 수 있는 대목일 것이다.

　　마지막으로 『아세아공론』의 독자층에 대해 간략히 언급하며 이 장
을 마무리하고자 한다. 발간지와 유통경로, 사용언어 등을 고려했을 때
『아세아공론』의 대상독자는 주로 일본인이었을 것으로 보인다. 제한적
근거이기는 하지만 「독자와 기자」를 통해 확인되는 독자의 지역분포도
이를 뒷받침한다.[115] 그렇다면 조선에서 『아세아공론』은 어떻게 수용되
었을까. 『아세아공론』 9호의 광고는 단편적이나마 하나의 예로 검토할
만하다. 1923년 새해를 맞아 특별호로 발간된 『아세아공론』 9호는 9페
이지의 개인 광고를 포함하고 있다. 여기에 자신의 이름을 올린 이들은
『아세아공론』을 구독하는 데에서 만족하지 않았던 적극적 독자라 할 수
있을 것이다. 개인광고를 실은 사람들 중에서는 3명의 조선인이 확인된

---

115 「독자와 기자」의 독자들은 보통 '지역 + 필명' 형식의 익명투고를 하고 있기 때문에 이
　　게재란을 통해 『아세아공론』 독자들의 지역적 분포를 엿볼 수 있다. 참고로 「독자와
　　기자」에 질문을 보낸 독자들을 정리하면 아래와 같다.

〈표 9〉 『아세아공론』 호별 「독자와 기자」 참여 독자

지역(인원)	호	투고 독자	
일본 (8명)	6호	후쿠오카 YM생(福岡YM生)	치바 분개생(千葉憤慨生)
		도쿄 산즈이생(東京三水生)	고이시카와 애독자(小石川一愛讀者)
		에도 지사(江戸志士)	
	7호	혼고 다나카생(本郷 田中生)	가마쿠라 교원(鎌倉一教員)
	8호	시부야 남자(澁谷の男)	
조선 (3명)	7호	평양 불령(平壤不逞)	
	8호	평남 호위생(平南 湖僞生)	충북 민생(忠北 閔生)
기타 (3명)	7호	봉천 모생(奉天 某生)	상해 홍엽생(上海 紅葉生)
	8호	하얼빈 K생(哈爾賓 K生)	

다. 경성부京城府 장주동長洲洞 79 이진호李軫鎬, 월간『나고야 가제트名古屋ガ
ゼット』사장, 일간「아세아통신」사장 한세복韓世福, 대구청년회장 서상일
徐相日이 그들이다. 이들은 과연 어떤 인물들일까.

이진호는 한일병합 직후부터 요직을 차지했던 친일인사이다. 이 광
고가 실릴 무렵인 1920년대 초에는 동양척식 경성지점 촉탁, 조선총독
부 조선중앙위생회 위원으로 활동하며 일선융화단체인 대정친목회大正
親睦會 감사를 지냈고, 1924년 12월에는 한국인 최초로 조선총독부 국장
급에 올랐다.[116] 다음으로, 한세복이 맡았던 "월간「나고야 가제트」"나
"일간「아세아통신」"은 확인되지 않은 자료이므로 글을 통해 그의 정치
적 입장을 파악하기는 어렵다.[117] 대신 간토대지진 이후 조선인 학살사
건 조사를 위해 임시정부의 파견기사로 활동했던 그의 이력은 확인된
다.[118] 이후에는 1929년 변호사 시험에 합격하여 1930년 5월부터 함흥
에서 변호사 활동을 시작했으며, 신간회 나고야 지회를 담당하기도 했
다.[119] 이 정도의 정보로 한세복이라는 인물의 전모를 파악할 수는 없겠

---

116 한민족문화대백과사전(http://encykorea.aks.ac.kr/Contents/Item/E0046135). 단,
    『아세아공론』의 광고에는 이진호의 주소가 '京城府 長洲洞 79'로 기입되어 있는데, 이
    는 '長沙洞'의 오식으로 보인다. 국사편찬위원회 한국사데이터베이스에서 제공하는
    『한국근현대인물자료』는 이진호의 주소를 '京城府 長沙洞 79'로 기록하고 있다. 『한
    국근현대인물자료』, 국사편찬위원회 한국사데이터베이스(http://db.history.go.kr/id/
    im_108_04042(접속일 : 2023.8.20)).

117 경무성 경보국이 작성한 자료에 따르면,『나고야가제트(名古屋ガゼット)』는 1922년
    3월 1일 창간된 부정기 월간지이다. 일본어로 발행되었으며, 가격은 5전, 발행부수는
    약 1,000부였다. 『나고야가제트』 본사가 위치했던 아이치(愛知)를 비롯해 인근의 미
    에(三重), 기후(岐阜), 시즈오카(静岡), 그리고 조선에 배포되었으며, 주로 '정치, 학술,
    기타 화류 기사 등'을 다루었다고 기록되어 있다. 内務省警保局,「在留朝鮮人ノ運動
    狀況」(1929), 재일조선인관계자료집성 2(1)권, 92쪽.

118 김광열,「1923년 일본 관동대지진 시 학살된 한인과 중국인에 대한 사후조치」,『동북
    아역사논총』48, 동북아역사재단, 2015, 126~140쪽.

지만 적어도 그가 이진호와는 다른 행보를 보였던 인물이라는 것은 확인할 수 있을 것이다. 마지막으로 '대구청년회장'으로 소개된 서상일은 현재 독립유공자 명단에 올라 있는 인물이다. 그는 보성전문학교 법과를 졸업하고 중국, 일본, 만주, 러시아 등지를 시찰한 후 귀국하여 교육계에 종사하였다. 3·1운동에 가담했다는 이유로 1년간 복역한 후 대구광복단을 조직하여 해외에서 무기를 밀수입하는 등 무력운동을 전개하기도 했다.[120]

이 세 인물의 행보를 거칠게나마 정리하자면 공교롭게도 적극적 협력, 온건한 방식의 저항, 급진적 저항으로 각기 다르게 분류된다. 『아세아공론』의 필자들이 제각기 논리의 아시아연대론, 반제국주의론, 식민통치론을 펼쳐보인 것처럼, 『아세아공론』의 독자들 역시 『아세아공론』을 읽으며 각자의 방식으로 아시아의 연대를 구상했을 것이다.

---

119 「변호사시험 합격자 금년엔 9명」, 『매일신보』, 1929.9.12;『한국근현대인물자료』, 국사편찬위원회 한국사데이터베이스(http://db.history.go.kr/id/im_114_20119(접속일 : 2023.8.20));『독립운동사자료집 13 – 학생독립운동사자료집』, 공훈전자사료관.

120 공훈전자사료관;『한국근현대인물자료』, 국사편찬위원회 한국사데이터베이스(http://db.history.go.kr/id/im_107_00146(접속일 : 2023.8.20)).

제 4 장
기 독 교 와
사 회 의
교 차 점

앞서 제2장에서는 YMCA 네트워크를 발판으로 삼았던 조선인 유학생들의 연대와 활동에 대해 알아보았다. YMCA 네트워크는 실천적인 면뿐만 아니라 내면적으로도 적지 않은 영향을 미쳤다. YMCA에 의해 조성된 정체성은 조선인 유학생들에게 세계 청년으로서의 정체성을 부여하는 동시에 부형세대와 스스로를 구별짓는 효과를 수반했다. 부형세대를 대상으로 삼아 진행된 이들의 구별짓기는 세대론적 측면에서, 그리고 신앙적 측면에서 진행되었다. YMCA 정신을 기독교 정신에 입각한 청년운동으로 요약할 수 있다면, YMCA에 기반한 정체성은 신앙적 구별짓기를 필히 동반해야 했던 것이다. 이번 장에서는 재동경YMCA를 이끌던 인물들의 회고록과 전기적 사실, 『기독청년』 및 『현대』의 게재물을 중점적으로 살피면서 기독교에 대한 유학생들의 인식이 어떻게 변화했는지, 또한 그 변화의 도정 위에서 어떠한 방식으로 사회주의와의 접점을 만들어내고 있는지 살펴볼 것이다.

1. 자유주의 신학의 수용과 기독교 신앙의 질적 변화

1) 조선의 기독교, '독실'과 '무지' 사이에서

재동경YMCA에서 활발하게 활동했던 인물로는 전영택田榮澤, 1894~1968, 백남훈白南薰, 1885~1967, 최승만崔承萬, 1897~1984, 김준연金俊淵, 1895~1971, 김도연金度演, 1894~1967 등을 꼽을 수 있다. 이중 백남훈, 전영택, 최승만은 조선에서 이미 기독교를 받아들인 후 유학길에 올랐다. 전영택과 백남훈은 기독교 신앙을 지속적으로 유지했던 인물들이며, 최승만은 근대적 지식을 흡수하면서 교회를 떠났다가 신앙을 회복한 케이스이다. 반면, 김준연과 김도연은 유학 이전에는 기독교와 전혀 무관한 삶을 살다가 유학 중에 신자가 되었다. 이처럼 이들의 입교 시기와 계기는 각기 달랐지만 조선 기독교에 개혁이 필요하다는 문제의식만큼은 공유하고 있었다. 이들은 근대적 지식과 기독교 신앙을 병립시키고 당대의 사회적 요구에 부응하는 기독교의 상을 제시하기 위해 힘썼다.

범박하게 보자면 한국 기독교의 역사에서 19세기 말~20세기 초의 시대적 특징은 근본주의 신학으로 요약될 수 있고, 이 근본주의 신학은 성서의 무오성無誤性, infallibility으로 압축된다.[1] 성서의 무오성이란 성서에 기록된 내용에 오류가 없다는 믿음이다. 성서의 무오성을 어떻게 해석할 것인가 하는 문제는 그 자체로 중요한 신학적 쟁점이지만, 적어도 이 시기 조선에서 성서의 무오성은 성서를 축자적으로 수용하고 성서에 대한 비평을 지양하는 경직된 양태로 나타났다. 한국의 기독교가 근본주의적 성향을 띠게 된 데에는 초기 선교사들의 영향이 컸다. 예컨대, 주류 교파인 장로교의 언더우드H. G. Underwood와 감리교의 아펜젤러H. G. Appenzeller는 공히 미국의 근본주의 신학에 결정적인 역할을 했던 무디Dwight L. Moody 선교사의 영향을 받았으며, 근본주의적 색채가 강한 신학교에서 신학 교육을 받으면서 선교사로서 양성되었다. 초기 내한 선교사의 압

---

1 미국 북장로교회 1910년 총회에서는 근본주의자들의 주도하에 5개조 교리와 1917년 미국에서 발행된 기독교 근본주의의 5대 강령은 '성서의 무오성'을 가장 첫 번째로 들고 있다(배덕만, 『한국 개신교 근본주의』, 대장간, 2010, 23쪽). 나머지는 예수의 동정녀 탄생, 기적, 육체적 부활, 재림 등이다. 이는 모두 성서에 기록된 내용이므로 성서의 무오성을 받아들인다면 자연히 인정되는 사항들이다. 따라서 근본주의의 핵심은 성서의 무오성에 있다고 할 수 있다.

도적 다수가 근본주의 신학의 사상적 세례를 받았으니 이는 비단 언더우드와 아펜젤러에 국한된 특징이 아니었다. 이들의 신학적 입장은 초기 한국의 목회자들과 신자들에게 깊이 각인되고 전파되었다. 절대적인 권위와 영향력을 지니고 있었던 선교사들의 성향이 초창기 신앙적 정체성의 핵심을 구성한 것이다.[2] 이러한 근본주의적 성향은 타 종교에 대한 배타성과 철저한 교리 엄수 등으로 나타났다.

그중에서도 제사 거부와 주일성수主日聖守, 즉 일요일 예배에 참석하는 행위는 특히 민감한 사안으로 논의되었다. 가시적이고 반복적인 방식으로 이루어지는 종교적 의례는 어느 종교에서나 중시되곤 하지만, 조선의 경우에는 기독교의 근본주의적 경향성과 전통적인 유교 문화가 충돌하면서 특히 뜨거운 논쟁의 대상이 되었다. 제사를 거부하는 것, 그리고 농경사회에서 가장 중요한 시기인 추수기에도 예외 없이 주일 예배에 참석하는 것은 기독교인으로서의 생활을 입증하는 증거이자 입교의식인 세례에 필수적으로 요구되는 조건으로 여겨졌고, 입교 이후에도 이를 어긴 사람에게는 책벌이 가해질 정도로 중시되었다.[3]

전영택의 회고는 초기 기독교 수용 과정에서 제사 문제를 둘러싸고 불거졌던 갈등 상황을 잘 드러내고 있다. 전영택을 교회로 이끈 그의 형은 한국 초기 기독교 신자의 한 전형을 보여준다. 형에 관한 일화를 담은 전영택의 회고록에 따르면, 그의 형이 예수를 믿기로 결심한 후 집안에는 일대 "사건"이 일어난다. 어머니의 만류에도 불구하고 형은 돌아가신

---

2   민경배, 『한국기독교회사 – 한국 민족교회 형성 과정사』, 연세대 출판부, 2007; 류대영, 『초기 미국 선교사 연구 – 1884~1910 : 선교사들의 중산층적 성격을 중심으로』, 한국기독교역사연구소, 2001; 배덕만, 위의 책, 31~35쪽.

3   옥성득, 『다시 쓰는 초대 한국교회사』. 새물결플러스, 2016, 21쪽.

〈그림 14〉전영택(1894~1968)

아버지의 혼상魂床을 불살라버린 것이다. 이 단호하고도 극단적인 행동은 "유교적인 관념을 이겨내고 청산하기 위한 결단의 행동"으로 설명된다. 당시의 여느 기독교 신자들이 그러했듯이 전영택의 형 역시 유교적 사상과 관습을 기독교와 양립 불가능한 것으로 인식하고 있었던 것이다.

그런데 이것은 "첫 번째 사건"에 불과했다. 이어서 일어난 사건은 현실에 보다 강력한 타격을 가한다. 당시 식산은행에서 근무하던 전영택의 형은 아버지의 부재 속에서 실질적인 가장의 역할을 담당하고 있었다. 그런데 직장 생활과 종교 생활의 충돌이 종종 발생했다. 은행에서는 "일요일에도 나오기를 요구하는 경우"가 있었는데 그럴 때마다 그는 그 요구를 "절대로 거절"한 것이다. 이런 일이 반복되던 어느 날 상사가 "야소耶蘇를 그만두든지 은행을 그만두든지 둘 중 하나를 마음대로 택하"라며 몰아붙인다. 이에 그는 주저 없이 사직서를 제출한다.[4] 여기서 흥미로운 점은 전영택의 회고 속에서 형의 사직 장면이 기독교적 신앙뿐 아니라 민족성의 수호처럼 그려지고 있다는 사실이다. 전영택은 형의 상사가 "물론 일본 사람이었다"고 밝혀 적은 후, "일본 지배인은 우리 집 식구가 내 형 한 사람의 몇 원 월급에 달려 있는 줄을 잘 알고 있었기 때문에 예수를 버리면 버렸지 직업을 버리지 못할 줄 알았던 모양이었다"고 쓴다. 식산은행은 제국이 식민자본을 축적하

---

4   전영택, 「불이 붙던 시절의 교회 ─지난날의 교회를 생각하면서」, 『기독교사상』 통권 46, 1961.

는 데 기여한 대표적인 기관이다. 이를 상기할 때, 전영택의 형이 사직을 감행한 것은 제국 자본의 피고용인이 되는 것을 거부한 것으로 읽히기도 한다. 기독교가 민족의식과 결부되어 교세를 확장했던 당시의 상황도 무시할 수는 없다. 전영택이 이 글에서 밝히고 있듯이, 교회에서 이루어진 여러 집회는 "나라를 빼앗긴" 울분을 표출하는 하나의 수단이기도 했으므로 "신앙심과 애국심이 어울러진 것도 사실"이었기 때문이다.

이어서 살펴볼 백남훈의 회고에서도 주일성수에 관련된 에피소드가 발견된다. 그는 각별한 관계의 친지가 사망했다는 부고를 듣고도 문상을 미룬다. 그날이 마침 "주일"이었기 때문이다. 백남훈은 당시의 자신이 기독교적 교리를 최우선 기준으로 삼았었노라 회고한다. 때문에 그는 친지의 장례식 참석보다 "주일에는 외출하지 않는다는 신앙심", "독실한 신자"로서의 신념을 택한다.[5] 앞질러 말하자면 이 결정은 훗날 반성의 대상이 된다.

아울러서 유념해야 할 사실은 백남훈에게 있어서 기독교도가 된다는 것이 이상적인 근대인으로서의 재생으로 의미화되었다는 점이다. 그는 결혼 이후에도 술을 즐기며 방탕한 생활을 이어가다가 "자네도 예수를 믿어 참된 사람이 안돼 보려는가"[6]라는 친지의 권유에 이끌려 입교하게 되었다고 고백한다. 여기서 백남훈은 "참된 사람"의 의미를 상술하지 않는다. 다만 분명한 사실은 기독교 신자가 된 이후로 그의 생활이 판이하게 변화했다는 점이다. 그는 이전과 달리 교리에 대한 문답과 토론, 전도로 시간을 보냈고 교회 설립에 진력하고 예배당 관리 일을 맡아보는 독실한 기독교 신자가 되었다.

---

5   백남훈, 앞의 책, 85쪽.
6   위의 책.

〈그림 15〉 백남훈(1885~1967)

이에 더해 그는 기독교 신자의 표징으로서 단발을 감행한다. 그는 단발을 "예수를 믿기로 한 것을 외적으로 증거하기 위"한 표식으로 받아들인다. 당시 백남훈이 살던 황해도 장연에서 단발한 사람은 극히 드물었기 때문에 단발은 "일종의 정신이상자" 취급을 받을 각오가 없이는 행하기 어려운 일이었다. 물론, 기독교 신자가 되기 위해서 단발을 해야 한다는 규정이 있었던 것은 아니다. 그럼에도 불구하고 '기독교 신자 되기'의 경험은 과거와의 완전한 결별을 의미하는 것으로 상상되었고, 따라서 단발이라는 가시적 실천이 동반되어야 했던 것이다. 이는 전영택의 회고에서 아버지의 혼상을 불살라버리는 극단적인 장면이 연출된 것과도 상통한다. 요컨대 기독교 입교는 사상적 전향에 비견할 만한 주체의 재구성이라 할 수 있다.

기독교가 선사하는 근대적 체험이 단순히 외형의 변화에 그쳤던 것은 아니다. 한국에서 기독교는 계몽과 밀접하게 연동된 형태로 수용되며 청년들의 내면에 적지 않은 충격을 가했다. 기독교는 신앙뿐 아니라 지식에 결부되어 있었다. 앞서 살펴본 것처럼 백남훈은 그 누구보다 철저하게 종교적 교리를 신봉했지만 동시에 기독교를 학습하는 데에도 최선을 다했다.

한편 당시 교회에서는 일반 교인에게 성경을 가르치는 동시에 더욱 신앙을 북돋기 위한 사경공부查經工夫가 있었는데 기간은 보통 1주일로서 쌀이나 돈을 가지고 갔다. 한 번 다녀오면 성경 주석도 늘거니와 교회에 대한 지식이 풍부해져서 어느 교회서 사경회가 있다면 서로들 가려는 것이 일종의 유행처럼 되어 있었다. 그러나 나는 역시 경비 관계로 뜻을 못 내던 중 이번엔 평양 숭실학교에서 특히 교육에 뜻을 둔 젊은이들을 위하여 사경회를 연다는 소식이 들려 왔다.

당시 평양이라고 하면 예수교의 한국 총본영으로 교인이면 누구나 동경하는 곳인데 바로 거기서 사경회를 연다니 나로 하여금 가만히 앉아 있을 수 없게 하였다.[7]

이 글에서 언급된 "사경공부"란 한국 초대교회에서 이루어진 성경 공부 집회인 사경회查經會를 뜻한다. 사경회는 초기 기독교 전파를 촉진하는 한편 성경의 절대적인 권위를 강조함으로써 조선 기독교계의 보수화에도 일조했던 주요 행사였다.[8] 위의 인용문은 기독교라는 종교가 이 시기의 청년들에게 어떤 의미였는지를 단적으로 보여준다. 기독교는 믿음일 뿐 아니라 "공부"를 동반하는 것이었고, 이것은 청년들에게 "지식"으로 다가왔다. 때문에 "사경회"가 "일종의 유행"처럼 번지고 있었던 것이다. 숭실학교처럼 상징성이 큰 곳에서 열리는 사경회라면 더욱 그리했다. 백남훈 역시 이 사경회에 참여하기 위해 빚까지 냈다고 적고 있다. 이러한 서술은 초기의 기독교가 계몽 담론과 접합되었던 맥락을 잘 보여준다.

---

7   위의 책, 77쪽.
8   민경배, 『한국 기독교회사』, 기독교출판사, 1992, 173~174쪽.

백남훈이 사경회에 이 정도의 열의를 보인 데에는 그가 기독교세가 강했던 서북 지역 출신이었다는 사실과도 무관하지 않을 것이다. 그가 활동했던 황해도 장연은 한국 최초의 개신교 교회인 소래교회가 설립된 곳으로, 한국 기독교사에서 특히 중시되는 지역이다. 그러나 기독교적 지식이 근대적 지식의 일부로 수용되는 현상이 서북 지역에 국한되었던 것은 아니었다. 일례로, 서울과 경기 지역에서 성장했던 최승만 역시 기독교를 계몽적 관점에서 받아들였다. 그는 종로YMCA에서 열렸던 이승만의 마태복음 강의가 자신에게 어떤 의미였는지를 생생하게 기록한다. 이 강의는 중학생을 대상으로 하는 강의였지만 그는 "국민학교 생도"라는 신분을 감추고 이 강의에 참석할 만큼의 열의를 보였다. "마태복음 해석보다는 미국의 얘기, 미국에서 지내시던 얘기로 시작하여 청년들의 할 일을" 논하는 이승만의 강의가 "퍽 재미가 있어서 한번도 빠지지 않았다"는 것이다.[9]

이렇게 보면 기독교와 계몽성이 동체를 이루고 있었던 듯 보이나 기실 사정은 좀 더 복잡했다. 근본주의적 성향이 강했던 조선의 기독교는 홍수처럼 밀려오는 근대적 지식에 적절히 대응하지 못했던 것이다. 이러한 문제는 지적 능력이 비약적으로 발달하는 청년층에게 더욱 심각하게 인식되었다. 지적 욕구에 목마른 청년들은 최신의 근대적 지식과 조화를 이루지 못하는 기독교로부터 등을 돌렸다. 성경 무오설을 금과옥조로 여기며 성경과 교리에 대한 어떠한 비판도 금기시하는 조선의 기독교의 보수성은 지식인 청년들을 교회로부터 밀어내고 있었다.

최승만과 김준연은 근대적 지식과 기독교 교리의 충돌 속에서 지식

---

9   최승만, 앞의 책, 24~25쪽.

〈그림 16〉최승만(1897~1984)　　　　〈그림 17〉김준연(1895~1971)

인 청년이 직면했던 혼란을 기록한다. 먼저 최승만의 경우를 살펴보자. 그는 열 살 남짓한 무렵부터 정동예배당에 출석하기 시작하여 몇 년간 신앙생활을 지속한다. 그러나 중학교 입학 이후 "사상적 방황"을 경험하면서 교회로부터 멀어진다.

> 기독교에 대한 열의도 없었고 신앙에 대한 회의심도 갖게 되어 예배당에 나간 일이 전혀 없었다. 과학에 대한 공부도 하게 되니 자연 그렇게 되는 것 같기도 하였다. 특히 다윈의 진화론을 퍽 흥미있게 읽은 후로는 교회에서 말하는 천당이니 지옥이니 하고 떠드는 것도 일종의 미신이라고만 생각이 되었다. 기적에 대해서도 사실 같이 말하고 조금도 의심할 여지가 없다고 말하지마는 나로서는 믿어지지 않았다.[10]

찬미가를 즐겨 부르던 소년 최승만은 독서량이 방대해지고 과학적

10　위의 책, 37쪽.

지식이 깊어지면서 교회에서 하는 말을 "미신"으로 여기게 되었노라 고백한다. 그런가 하면, 김준연은 비기독교인이자 지식인 청년으로서 조선 기독교를 보며 느낄 수밖에 없었던 당혹스러움을 고스란히 드러내고 있다.

> 과학의 신공기는 내의 몸을 깨끗하게 하고 나의 정신을 상쾌하게 하였다, 서양의 학술은 참 실지實地적이오 경험적이다. (…중략…) 그러하므로 서양인은 미신이라 하는 것은 도무지 없고 실지實地 일만 하고 생각하는 줄로 알았었다. 그러하다가 예수교의 전도하는 소리를 듣고 나는 망연자실하였었노라. 예수를 믿으면 천당에 간다는 말은 아무렇게 하여도 곧이 들리지 아니하고 빵 두 개와 다섯 개를 가지고 오천여 사람을 먹이고 남았다는 것과 예수가 바다 위로 걸어다녔다는 것과 같은 기적은 도저히 치신置信할 수 없었다.[11]

서양의 "실지적" 학술과 "과학의 신공기"에 매료되었던 김준연은 서양문화의 정수라 믿었던 기독교를 접하고 "망연자실"했다고 말한다. 성경에 기록된 기적을 "황당무계"한 이야기로 다가왔고, 그러한 "황당무계"한 일을 무조건 믿으라고 강요하는 교회 앞에서 크게 실망했던 것이다. 이것이 그가 조선에서 접했던 기독교의 모습이었다. 지식인 청년들은 "확실한 이유"와 "설명"을 원했지만 당시 조선 교회에서는 이들이 만족할 만한 해답을 제공해주지 못했다.

2) 일본 자유주의 신학과의 조우와 개방적 신앙의 구축

그렇다면 김준연은 어떻게 스스로를 "기독신자로 명언明言"하고 "우

---

11   김준연, 「기독신자 되기까지에(1)」, 『기독청년』 11, 1918.11.

리 하나님을 찬미하며 우리 주 예수를 신앙"하게 되었는가. 성경과 진화론이라는 양자택일의 갈림길에서 결국 진화론을 택했던 최승만은 어떻게 재동경YMCA에 핵심 인물로 자리매김했는가. 백남훈은 어째서 한때는 "독실한 신자"로서 고수했던 주일 성수라는 신념에 대해 "무지한 신앙이요, 광신도적 믿음이요, 몰인정한 예수교인"[12]이라는 후회 섞인 자평을 내리게 되었는가.

이러한 변화에는 일본 기독교계의 자유주의적 신학관이 영향을 주었던 것으로 보인다. 조선인 유학생들이 마주한 일본 기독교계의 분위기는 조선과 상당히 대조적이었다. 초기부터 근본주의적 신학관이 지배적이었던 조선과는 달리 일본에서는 서구의 자유주의 신학이 일찍부터 거의 시차 없이 소개되었으며 그 영향력도 컸다. 자유주의 신학은 역사적, 비평적 방법을 성서 독해에 수용하고, 기독교를 윤리적으로 해석하면서 당대의 문화적 의식과 조화시킨다는 특징이 있다. 특히 성서를 일종의 역사적, 사회적 텍스트로서 바라본다는 점에서 자유주의 신학의 시각은 근본주의 신학과 큰 차이를 보인다.[13] 그 결과 일본의 기독교는 조선에 비해 지적이고 자유로운 분위기가 조성되었다.[14]

이와 관련하여 미국 북장로교회 해외 선교부의 총무로서 동아시아 선교 업무의 중책을 맡았던 아서 브라운Arthur J. Brown의 평가를 참고할 만하다. 그는 당시 일본의 기독교계에 대해 일본의 교회 지도자 중 다수가 서구의 지적인 방법론을 취하고 있다고 평한다.[15] 우치무라 간조內村鑑三

---

12 백남훈, 앞의 책, 85쪽.

13 김균진, 『현대신학사상』, 새물결플러스, 2014, 25~26쪽; 로저 E. 올슨, 김주한·김학도 역, 『이야기로 읽는 기독교 신학』, 대한기독교서회, 2009.

14 사와 마사히코, 대한기독교서회 역, 『일본 기독교사』, 대한기독교서회, 1995; 도히 아키오, 앞의 책, 23쪽.

의 무교회주의 역시 이러한 신학적 흐름과 닿아 있다고 볼 수 있다. 물론, 우치무라 자신은 무교회주의가 자유주의 신학의 한 분파로 인식되는 것을 경계했다는 사실도 간과할 수는 없을 것이다. 그러나 서구의 기독교를 적극적으로 변용, 전유함으로써 독창적인 기독교관을 구축했던 우치무라의 신학관은 지적인 측면을 중시하던 일본 기독교계의 분위기 속에서 배태될 수 있었다고 하겠다.

재동경YMCA의 주요 인물들은 개방적이고 지적인 기독교계를 만드는 데 앞장섰던 일본의 기독교계 인사들과 활발히 교류했다. 예컨대, 조선인 유학생들과 긴밀히 교류하던 요시노 사쿠조吉野作造나 기독교 사회주의의 선구자로 알려진 아베 이소安部磯雄는 재동경YMCA와 학우회의 주관 행사에 참여하면서 이들에게 지적인 자극을 주었다.[16] 그밖의 강연회에 초청되었던 일본인 명사들이 교파는 다르지만 모두 기독교인이었다는 사실도 이러한 사실을 뒷받침한다.[17]

이에 더해 『기독청년』과 『현대』에 꾸준히 실리는 라이온 치약과 난코인南湖院 병원 광고에 주목할 필요가 있다. 이 광고는 재동경YMCA와 일본 기독교의 주류를 점했던 자유주의 신학의 교류를 방증하는 중요한 단서가 된다. 당시 『기독청년』과 『현대』에 실렸던 라이온 치약과 난코인 병원 광고는 『신인新人』1900.7~1926.1이라는 잡지에도 동일하게 실린다. 『신인』은 기독교 사상의 전파를 목적으로 창간된 월간지로, 일본 기독교계

---

15   아더 브라운, 김인수 역, 『한중일 선교사』, 쿰란출판사, 2003, 461~462쪽.

16   물론 일본의 민본주의 지식인들과 조선인 유학생이 전적으로 우호적인 관계를 유지했던 것은 아니다. 예컨대, 요시노 사쿠조와 조선인 유학생들은 미묘한 긴장 관계를 연출하기도 했다. 이에 관해서는 이경훈, 「『학지광』의 매체적 특성과 일본의 영향 1─『학지광』의 주변」, 『대동문화연구』 48, 성균관대 대동문화연구원, 2004 참고.

17   小野容照, 『朝鮮独立運動と東アジア─1910~1925』, 思文閣出版, 2013, 103쪽.

의 원로로 추앙받던 에비나 단조海老名彈正가 발행을 맡았고,[18] 일본 청년들은 물론 조선 청년들에게까지 영향력을 두루 영향을 미치던 요시노 사쿠조가 편집을 맡았다. 『신인』을 책임졌던 에비나 단조와 요시노 사쿠조, 『신인』과 『기독청년』 및 『현대』에 꾸준히 광고를 의뢰했던 고바야시 도미지로小林富次郎와 다카타 고안高田畊安는 혼고교회 교인이라는 공통점이 있다.[19] 즉, 『기독청년』과 『현대』는 당대 자유주의 신학의 진원지에 비견될 만한 에비나 단조와 혼고교회의 물적 자원 및 네트워크에 직간접적으로 얽힌 채 생산되었던 것이다.

이를 염두에 둘 때, 김준연의 입교 과정 또한 깊이 독해될 여지가 있다. 그는 기적을 강조하는 기독교도의 전도를 "황당무계"한 것으로 여기면서도 서양문명과 서양 사람을 이해하기 위해 기독교를 "연구"해야 한다고 생각했던 인물이다. 그런 인식이 있었음에도 불구하고 "기적에 대한 불만"과 "존공심尊孔心" 때문에 "방관적 태도"를 벗어나지 못한다.[20] 기독교도에게서 발견되는 비합리적 맹신과 김준연의 유교적 인식체계가 기독교로의 귀의를 가로막고 있었던 것이다.

---

18 유념해야 할 사실은 신학사적으로 진보적 위치에 서는 자유주의 신학이 정치적 진보성을 담보하지는 않는다는 점이다. 자유주의 신학관을 가진 기독교인이라도 일본의 침략주의를 옹호할 수 있었다. 본문에서 언급된 에비나 단조가 그 대표적인 예이다. 독일 지유주의 신학을 선구적으로 받아들여 일본 내 사유주의 신학의 기틀을 닦은 그는 기독교계는 물론 청년과 지식인층에 큰 영향을 미쳤다. 그러나 그는 자신의 신학관과 일본의 신도(神道)를 결합함으로써 식민통치를 정당화하는 주장을 펼치기도 했다. 이 시기 조선의 기독교가 민족운동과 자연스럽게 결합했던 것처럼 그의 기독교 신앙은 국가의 요체인 신도와 배타적이지 않았던 것이다. 에비나 단조의 신학관과 국가주의적 성향에 대해서는 홍이표, 「에비나 단조(海老名彈正)의 자유주의 신학 수용과 신도(神道) 이해」, 『한국기독교와 역사』 45, 한국기독교역사연구소, 2016 참고.

19 小野容照, 앞의 책, 95~96쪽.

20 김준연, 앞의 글.

'너희들은 먼저 천국과 그 의義를 구하라. 그리하고 염려하지 말라'한 말씀은 나로 하여금 맹자의 '군자君子는 유종신지우有終身之憂로 무일조지환無一朝之患이라' 하는 말을 회상케 하였다. (…중략…) 맹자의 말과 예수의 말이 그 취지가 동일한 줄로 안다. 그러므로 유교로부터 예수교에 들어오려 한 나에게는 제일 이말이 먼저 나의 가슴에 공명共鳴되고 또한 나의 경우가 그렇게 시킨 것이다. 그러하나 나는 다만 진리도 아닌 것을 경우境遇의 노예가 되어 의식없이 비판없이 수입輸入하였느냐하면 그렇지 않다.[21]

그는 "너희들은 먼저 천국과 그 의를 구하라. 그리하고 염려하지 말라"는 예수의 말을 '군자에게 평생의 번민은 있을지언정 하루아침에 생기는 마음의 동요란 없다'는 맹자의 가르침으로 치환하면서 내면의 변화를 경험한다. 그는 "맹자의 말과 예수의 말이 취지가 동일"하다고 이해함으로써 기독교를 완전히 받아들이게 된다. 김준연은 철저한 "의식"과 "비판" 위에서 기독교의 "진리"를 수용했다고 말한다. 자신의 신앙은 무비판적 맹신의 결과가 아니라는 것이다. 요컨대 그는 기독교적 회심의 걸림돌이었던 합리성과 유교적 사유를 배신하는 것이 아니라, 완전히 끌어안으면서 기독신자가 된 것이다. 흥미로운 것은 기독교와 유교를 유비 관계로 설정하고 유교 사상을 좌표축으로 하여 기독교를 수용하는 사고의 궤적은 에비나 단조 신학의 주요한 특징이라는 사실이다.[22] 즉, 김준연이 기독교를 수용하기까지의 과정은 서구의 기독교를 일본의 사상사적 맥락 속에 재배치하려 했던 일본 자유주의 신학의 움직임과 이를 선도했던 에비나 단조의 사상적 자장 안에 있었음을 알 수 있다. 이

21 김준연,「기독신자가 되기까지에(2)」,『기독청년』12, 1918.12.
22 도히 아키오, 앞의 책, 165~170쪽.

러한 사실을 고려한다면 1920년대 말 제3차 공산당 사건의 핵심 인물로 지목되어 옥고를 치렀던 김준연의 사회주의 사상을 유교, 기독교와의 관계망 속에서 입체적으로 조망할 가능성이 열린다.

『기독청년』과 『현대』의 필진들은 일본의 기독교와 접촉하면서 자유주의 신학 사상을 바탕으로 하는 종교 담론을 전개해 나간다. 특히 눈에 띄는 사실은 이들이 자유주의 신학관을 수용함으로써 조선의 기독교를 상대화하고 타자화하게 된다는 것이다. 이들은 공통적으로 조선의 기독교가 지닌 보수성과 폐쇄성, 무지함을 신랄하게 비판한다. 바로 이 점에서 『기독청년』의 종교 담론은 필진과 주제의 다양함에도 불구하고 일관성을 확보한다. 결국 『기독청년』의 종교 담론은 보수주의 신학에 대한 비판과 극복으로 요약된다고 해도 과언이 아닌 것이다.

『기독청년』의 조선 기독교 비판은 크게 두 가지 방향에서 이루어진다. 첫째, 목사를 비롯한 교역자들의 무지함이다. 이들은 근대적 지식에 무관심하며, 근대적 지식 자체를 터부시한다는 점에서 문제적이다.

여보시오, 어찌하여 무엇을 가지고 그리스도의 말을 하려면 세상 지식이 불필요함을 말하여 교역자는 과학이 무소용하다 합니까? 이런 말을 하는 그네들에 무식함은 여기에 표현되지 아니합니까? (⋯중략⋯) 기자가 일찍 우리 반도에서 교회를 치리治理한다는 소위 유명하고 고상하다는 목사들을 역방歷訪하였으나 그들의 책상에서 다른 서책을 보지 못하였고 다만 신구약성경 한 질씩과 동주석同註釋한 책, 붉은 덮개 한 찬송가 한 책 식式 외에는 더 있는 것이 없고 심지어 어떤 목사는 책상조차 비치한 것이 없이 책포冊褒에 이상의 책을 싸두었으니 외출할 시는 아주 편리하게 가지고 나갈 것이외다.[23]

이 글의 필자는 자못 냉소적인 필치로 조선 교역자의 지적 태만을 비판한다. 교역자들은 신앙적 지도력과 "과학", 즉 근대적 지식은 무관하다 주장하지만 이는 결국 자신들의 무식함을 자백하는 행위에 불과하다는 것이다. 신구약 성경 한 질과 성경 주석 한 권, 그리고 찬송가 한 권에 불과한 "소위 유명하고 고상하다는 목사"들의 도서 목록은 이들의 지적 빈약함을 투명하게 드러낸다. 필자는 이에 대해 "참으로 한심하고 가탄可歎"할 일이라고 말한다. 지금까지는 "세상이 유치"해서 교역자의 지적 태만이 문제되지 않았지만, 결국 "교회가 쇠패衰敗함에 이르"게 된 책임은 이들에게 있다는 것이 필자의 판단이다.

둘째, 기독교의 폐쇄성이다. 조선의 기독교는 오로지 기독교 신앙만을 강조할 뿐, 다른 영역에 무관심하고 배타적인 태도를 취한다는 것이다. 기실 근대적 지식에 무관심한 경향 역시 이 폐쇄성에서 기인한다. 사회주의자로서 활약한 정노식은 폐쇄성과 배타성이라는 조선 기독교의 문제를 발본적으로 비판한다. 그는 교회의 지도자들에게 "그대는 해외 유학 수년에 세상 학문을 많이 배웠으니 금후로는 신학공부를 하여서 천국 일을 힘쓰는 것이 어떠한가"라는 권고를 받은 적이 있었다고 말한다. 그는 이 발언에 "타 과학을 많이 학득學得하였다 할지라도 신학을 연구치 아니하면 소용이 없다"는 전제가 내포되어 있다고 분석한다. "세상 학문과 천국 학문", "천국 사업과 세상 사업"을 양분하고 "세상 학문, 즉 현대과학과 예술은 악마의 기술奇術같이 생각하는" 사고방식의 심각성을 짚어내고 있는 것이다. 이어서 정노식은 과일은 제사에서 쓰일 수 있으므로 기독교인은 과일 판매를 해서는 안 된다는 "해석"을 소개한다.

23 『기독청년』 5, 1918. 3.

정노식은 이에 대해 "편협고루"하고 "한심"한 논쟁이라 일갈한다.

> 내가 전년에 어떤 교회당에 갔더니 교우 한 사람이 생활 곤란으로 과실 장사
> 를 시작하였다 하여 직원들이 그 사람 시험 들렸다고 걱정하는 것을 보았다.
> 그네들의 해석은 과실은 마귀를 제祭하는 제물이라 하여 그와 같이 의논이 분
> 분한 모양인 것이다. 과실이 어찌 제에만 쓰는 것인가. 그렇게 말하게 되면 쌀
> 도 마귀의 제물이요 물도 마귀의 제물일지라. 어찌도 그렇게 편협고루한지.
> 한심치 않을 수 없도다.[24]

　이렇듯 타자화된 조선의 기독교는 부형세대의 것으로 배치되면서
기독교계 내부의 세대 담론이 전개된다. 『기독청년』의 여러 논자들은
무지하고 폐쇄적인 기독교를 신봉하는 부형세대와 근대적 지식과 개방
적인 기독교를 수호하는 자신들 사이에 명확한 선을 긋는다. 이는 조선
의 기독교 청년운동과 크게 대조를 이루는 부분이다. 조선반도 내의 기
독교 청년운동은 기성세대와의 변별점을 확보하는 데 실패했고, 그 결
과 새로운 세대로서의 자기인식이 박약한 상태에 머무는 한계를 노정했
다고 평가받는다.[25] 반면, 『기독청년』은 기독교를 담론자원으로 적극 활
용하면서도 기성세대에 대한 다각적인 비판을 감행한다. 이는 자유주의
신학과의 접족을 통해 가능해졌다 하겠다. 보수적인 조선의 기독교와는
다른 일본의 기독교계를 접하면서 이들은 다양한 형태의 기독교를 상상
할 수 있게 되었고, 이러한 인식 전환을 바탕으로 조선 기독교계에 대한
비판을 전개한 것이다.[26]

24　정노식, 「조선인의 생활과 예수교와의 관계(3)」, 『기독청년』 9, 1918.9.
25　이기훈, 『청년아, 청년아, 우리 청년아』, 돌베개, 2014, 96~97쪽.

『기독청년』은 자유주의 신학과의 만남을 통해 근대적 지식과 종교라는 딜레마에 대한 해답을 얻을 수 있었고, 기독교의 새로운 가능성과 의미를 발견한다. 이들은 "현대사상은 기독교와 양립"할 수 있음을 주장했으며, 기독교에서 "신사상을 일으키는 용기와 가능성"[27]을 발견해 낸다. 뿐만 아니라, "동경으로 유학하면 신앙이 타락한다"는 통념에 대해 도쿄 유학을 통한 사고의 전환은 "타락"이 아니라 "개방"이라는 논리를 구축하고, 나아가 "세상 학문을 많이 힘쓰면 사람을 버린다"[28]는 말을 개탄하며 지식을 겸비한 목회자의 필요성을 주장하기에 이른다. 이처럼 자유주의 신학의 영향을 받은 『기독청년』의 필자들은 조선의 기독교를 상대화하고 비판의 대상으로 삼는 동시에 자신들의 신앙을 옹호했다. 그렇다면 『기독청년』이 지향하는 기독교의 상은 어떠한 것인가. 그 답은 다음의 인용문에서 제시된다.

---

26 조선 기독교계를 향한 비판은 『기독청년』 이전에도 존재했다. 조선 기독교에 대한 비판 담론을 선구적으로 이끈 인물은 이광수이다. 주지하듯 그는 「야소교의 조선에 준 은혜」(『청춘』, 9, 1917.7), 「금일 조선야소교회의 결점」(『청춘』 11, 1917.11), 「신생활론」(『매일신보』 1918.9.6.~10.19) 등을 통해 기독교 비판 논리의 큰 틀을 제공했다. 기실 『기독청년』에 실린 박승철, 전영택, 정노식의 기독교 비판에는 이광수의 영향이 역력하다. 교역자의 무지함, 교회와 신앙에 대한 맹종, 교회 내 계급적 위계질서 등 이광수가 거론한 문제점을 상당 부분 흡수하여 논의를 전개하고 있는 것이다. 그렇다면 이광수와 『기독청년』의 기독교 비판 담론의 차별점은 어디에 있을까. 이 문제에 대해서는 좀 더 깊이 있는 검토가 필요하겠지만, 이광수의 기독교 독해가 문명론적 관점에서 이루어졌다는 지적은 참고가 된다(신광철, 「이광수의 기독교 비평에 대한 연구」, 『한국기독교와 역사』, 17, 한국기독교역사연구소, 2002). 또한, 천도교, 기독교, 불교로 이어지는 그의 종교편력을 통해서도 드러나듯 그에게 기독교는 애초에 종교로서 특권적인 지위를 점하지 않았던 것으로 보인다. 반면, 『기독청년』에 게재된 다수의 글들은 여전히 기독교에 특수한 지위를 부여하며 기독교의 고유한 가능성을 신뢰한다.

27 이일, 「조선청년등의 신앙상 이동은 개방? 타락?」, 『기독청년』 5, 1918.3.

28 정노식, 「조선인의 생활과 예수교와의 관계(3)」, 『기독청년』 9, 1918.9.

언어의 의의라는 것은 시대인의 실험을 쫓아서 변화하는 것이니 예컨대 종교
라 하는 말은 동일하지만은, 그 말의 내용 되는 뜻은 시대의 추이를 따라 변하
는 것이라. 20세기 금일로서도 '종교라 하는 것이 무엇인고?' 함에 대하여는
복잡한 문제가 층생첩출層生疊出할지나, 근대적 종교 의의라 하면 민주적 됨과
과학적 됨을 요하나니 갱언更言하면 민주적 정신과 과학적 태도와 연쇄된 보
편된 사상과 자유스러운 신앙을 용인치 아니치 못할지라.[29]

이동식은 "종교라 하는 것이 무엇인고"라는 물음에 대한 답이 시대
에 따라 변할 수밖에 없다고 말하며 기독교의 가변성을 주장한다. 그는
여기서 한 걸음 나아가 기독교는 "민주적 정신과 과학적 태도"를 수용해
야 한다고 말한다. "민주적 정신과 과학적 태도"는 자유로운 토론과 근
대적 지식을 의미한다. 이는 각각 조선 기독교의 권위주의와 배타성, 무
지함에 대한 비판이라고 할 수 있다. 그는 "민주적 정신과 과학적 태도"
가 전제될 때 "자유스러운 신앙"을 용인하게 된다고 말한다. 여기서 명
백히 언표되고 있는 "자유스러운 신앙"이 자유주의 신학의 다른 표현임
은 의심할 바 없을 것이다.

이제 기독교는 맹목적 믿음을 강요하는 절대적 종교의 자리에서 적
극적으로 논의되고 평가되어야 할 대상이자, 시대적 흐름에 따라 갱신
되고 혁신되어야 할 가변적인 존재로 변모한다. 다음 장에서는 세 잡지
에서 기독교와 종교의 이상적 모습을 어떻게 그리고 있는지 살펴보도록
하겠다.

---

29 이동식, 「기독교회의 현대적 사명」, 『기독청년』 6, 1918. 4.

2. 기독교 담론의 사회적 전환

1) '기독교의 사회화'라는 테제

전영택의 「사상 통일의 종교로 기독교를 논하여 교회의 각성에 대한 청년의 사명에 급及함」[30]는 기독교의 효용을 논증하는 데 주력한다. 그는 각 민족에는 고유한 문화가 있고 그 문화가 민족의 진퇴와 흥망을 결정하는데, "문화의 중심"에는 "종교사상"이 있다고 주장한다. 민족의 전도前途는 정치도, 경제산업도 아니고, "종교(사상)"에 달려 있다는 것이다. 그는 "종교사상"처럼 '종교'와 '사상'을 한 단어로 묶어 합성어처럼 쓰기도 하고 "종교(사상)"처럼 괄호를 활용하여 양자를 동격으로 쓰기도 한다. 이는 '종교'와 '사상'의 불가분성을 전제로 한 언어 운용이라 할 수 있다. 기독교는 이렇게 운위됨으로써 종교 바깥으로의 확장성을 담지한 것으로 그려진다.

이어서 전영택은 여러 종교 중 사상 통일에 적합한 종교가 무엇인지 모색하는 단계로 나아간다. 이때 가장 먼저 언급되는 것은 유교이다. 그러나 그는 유교의 해악을 지적했던 이광수의 글을 인용하면서 유교로는 사상통일이 불가능하다고 결론짓는다. 그렇다면 불교는 어떠한가. 불교는 본래 염세적인 종교이기 때문에 생존경쟁이 격렬한 현대에는 적합하지 않다. 무엇보다 유교와 불교는 현재 조선인이 참혹한 현실에 처하게 된 데 책임이 있으므로 민족의 사상 통일을 위한 종교에서 배제되어야 한다. 다음으로 고려 대상이 되는 종교는 조선에서 "무슨 정치적 단체나 회사 모양으로" 새롭게 일어난 종교이다. 그러나 이 종교는 "영

---

30 추호(秋湖), 「사상 통일의 종교로 기독교를 논하여 교회의 각성에 대한 청년의 사명에 급(及)함」, 『기독청년』 7, 1918.5.

적신비적 기초가 있어 인생의 생명ᵉᵐ에 접촉하여야 하고" 자연발생적으로 탄생하여 장구한 역사를 거쳐야 한다는 종교의 본질과 어긋나므로 사상 통일의 사명을 감당할 수 없다. "모모교某某敎"로 표현된 이 신흥종교는 천도교를 지칭할 것이다. 이처럼 전영택은 일단 유교, 불교, 천도교를 종교로 인정하고 가능한 선택지에 올려둔 다음, 나름의 근거를 들어 이 종교들이 사상 통일에 부합되지 않음을 논증하며 선택지에서 지워나간다.

충분히 예측할 수 있는 결론이지만 전영택은 기독교에 사상 통일의 사명을 부여한다. 여기서 중요한 것은 기독교가 그 자격을 얻게 되는 이유이다. 전영택은 기독교의 여러 특징 중에서도 실천적 측면을 강점으로 꼽는다. "현세에 천국을 건설함"을 주지로 하는 기독교는 교육과 병원설립, 사회구제에 힘쓰며, 이러한 노력으로 결국 "생의 낙樂"을 구현한다는 것이다. 또한 기독교는 개인의 생명을 중시하고 진취성을 잃지 않는 종교라는 점에서 현대 생활에 적합하다. 그는 유교와 불교에 침윤되어 "개인의 가치와 능력이라는 관념이 없는 조선인"에게 각성을 줄 수 있는 힘은 기독교에 있으며, 전국 각지에 '삼십 만의 교인과 이천 명의 교역자, 삼천 개의 교회'가 확산되어 있으므로 대중적 감화력도 무시할 수 없다고 말한다. "요컨대 기독교는 가장 현세적 종교요 실제적이요 문명적인 고로 현재의 조선사람을 구하기에 제일 적합한 종교"이기 때문에 사상 통일에 적합하다는 것이다. 전영택은 기독교의 교리적 우월성이 아니라 효용적 측면에 방점을 찍으며 공리적 관점으로 기독교에 접근하는 태도를 보여준다.

다음으로 전영택의 또 다른 글 「조선 기독교의 각성」을 보자. 김민섭은 1910년대 후반 유학생 사회에서 기독 담론의 화두는 '기독교의 사회화 논쟁'이었다고 논한 바 있는데,[31] 다소 추상적으로 보이는 '기독교의 사회화'라는 표현은 다름 아닌 「조선 기독교의 각성」에 등장하는 어구이다.

> 나는 조선 기독교의 각성에 한 가지를 더 추가하여 사회적 각성을 말하고자 합니다. (…중략…) 실상 지금껏은 교회는 개인의 영혼만 알았지, 사회의 구제는 몰간섭이었고, 생각도 못하였습니다. 그것은 기독교의 할 일이 아니로 여겼습니다. 이는 조선서뿐 아니라 구미에서도 기왕에는 그랬습니다. 그러나 현대의 종교는 사회구제에 힘을 다하지 아니하면 안 되겠다, 하는 것은 브라운 박사가 크게 주창하는 바요, 실로 현대사회가 종교에 대한 절실한 요구요 진보한 시대의 종교의 큰 사명이외다. 현대에 있어서는 가장 실제적 종교를 요구하며 실제적 종교라야 사회를 구할 수 있습니다. (…중략…)
> 기독교의 사회화는 지금 세계의 대문제가 되었고 이를 위하여 크게 활동하는 가운데 있습니다. 온갖 방면으로 사회를 구제하고 각 사회, 각 계급을 고루고루 깊이깊이 기독교로 화化하는 것이 기독교의 중대한 사명이외다. 더군다나 조선 기독교는 이것이 막중막대한 사명이요 급무인가 합니다.[32]

'기독교의 사회화'는 기독교계 전반의 방향전환을 의미한다. 교회, 교역자, 교인이 종교에 대한 현대사회의 요구에 응답해야 한다는 것이다. 이러한 주장은 앞서 언급했던 자유주의 신학의 사상적 요체를 흡수한 결과라 할 수 있다. 시대의 변화에 따른 교리의 갱신과 성서의 재독을 강조하는 것이 자유주의 신학의 요체이기 때문이다.

더불어 '기독교의 사회화'라는 제안이 최신 사조에 힘입은 것임을

31　김민섭, 「1910년대 후반 기독교 담론의 형성과 『기독청년』의 탄생」, 185쪽.
32　추호, 「조선기독교의 각성」, 『기독청년』 5, 1918.3.

필자 스스로 강조하고 있다는 점도 중요하다. 전영택은 이 글에서 '기독교의 사회화'란 서구에서도 최근에 들어서야 비로소 그 중요성이 인식되었다고 설명한다. 자유주의 신학이 계몽주의의 확산에 힘입어 19세기부터 대두되었음을 상기한다면, 전영택의 지적은 적실하다 하겠다. 전영택의 논리와 주장에는 그가 감리교 신자였다는 사실도 영향을 미쳤을 것으로 보인다. 감리교는 조선의 기독교계 내에서는 이례적으로 성서의 비평적 독해를 시도하며 진보적인 태도를 취했던 교파였으며,[33] 또한 전영택은 감리교 계열의 아오야마대학靑山大學에서 학문으로서 신학을 전공하는 학생이기도 했다. 환언하면, '기독교의 사회화'는 조선 기독교가 나아갈 수 있는 지적인 기독교의 첨단에 서 있던 한 감리교 신자가 근대적 학문으로서 기독교를 연구하면서 제출한 제안이었던 것이다.

그렇다면 '기독교의 사회화'를 실현하기 위해 기독교계의 지도자는 어떤 능력을 갖추어야 하는가. 다음 글은 이 질문에 대한 답을 구체적으로 제시한다.

교역자의 자격을 간단히 말하면 지적 자격, 능력적 자격, 영적 자격을 구비하여만 할지니, 지적 자격이라 함은 정확한 지식과 진진津津한 취미로 교도敎導됨되는 자격의 자신력이 있으며 영단英斷한 비평과 풍부한 상상력으로 모호한 학설과 이취泥醉한 의식을 타파하는 결단성이 민속敏速하여만 하지요. 능력적 자격이라 함은 지리, 역사, 연대표, 고고학, 정치법률, 자연과학, 성서언어학,

33   내한 선교사들에 의해 발간되었던 *Korea Mission Field*는 1917년부터 자유주의 신학의 영향을 받은 비평적 성서 독해에 대한 강력한 비판을 전개하는데, 이는 주로 감리교와 일본 조합교회를 의식한 대응이었다. 옥성득, 「개신교 식민지 근대성의 한 사례」, 『한국기독교역사연구소소식』 112, 한국기독교역사연구소, 2015, 46쪽.

비교어철학, 일반의 문학, 철학, 심리학 등 지식을 이름이요, 영적 자격이라 함은 일체의 도덕적 윤리적 종교적 향상심을 이름이니[34]

위의 인용문은 교역자의 자질 개선을 요구하며 교역자가 갖추어야 할 자격으로 "지적 자격, 능력적 자격, 영적 자격", 이상 세 가지를 제시한다. 이 세 가지 능력 중 가장 우선시되는 것은 "지적 자격"이고 그 다음으로 "능력적 자격", 마지막으로 "영적 자격"이 제시된다. "지적 자격"과 "능력적 자격"는 무엇을 의미하는가. 가장 먼저 언급된 "지적 자격"은 지성과 교양, 비판적 사고력, 상상력 등을 아우르는 지적 통찰력에 가깝다. 그런가 하면 근대에 재편된 지식의 영역을 구체적으로 열거하는 "능력적 자격"은 근대적 지식의 체득을 의미한다. 일견 과도한 듯 보이는 이러한 요구는 필자가 조선 기독교계의 질적 비약이 시급하다고 느끼고 있음을 암시한다.

마지막으로 제시된 "영적 능력"의 의미망에 대해서는 보다 섬세한 독해가 요구된다. 일반적으로 근대 초기 텍스트에 등장하는 "영靈"이나 "영"에서 파생된 어휘는 보통 구체적 생활이나 현실 세계와는 동떨어진 영역, 혹은 사적 영역으로 상상되었다. 전영택의 「조선 기독교의 각성」에서 "개인의 영혼"과 "사회의 구제"가 대립항으로 설정되었던 것에서도 이러한 사고를 확인할 수 있다. 그런데 인용된 글의 "영적 능력"은 그 함의를 조금 달리한다. "영적 능력"으로 중시된 것이 "도덕적, 윤리적" 측면이기 때문이다. 이 조건은 "종교적 향상심"보다 앞선다. 여기서 영적인 부분을 논할 때조차 실제적이고 사회적 종교로서의 기독교에 대한 지향

---

34 이동식, 「기독교회의 현대적 사명」, 『기독청년』 6, 1918.4.

을 포기하지 않으려는 필자의 의지를
엿볼 수 있다.

2) YMCA의 의미와 '덕'의 재발견

기독교에 사회적 역할을 부과하
려는 『기독청년』의 노력은 YMCA 설
립 정신의 연장선상에 놓인다. 산업혁
명 이후 표면화된 각종 사회 문제에
대한 반작용으로서 출발한 YMCA는 종교단체이면서도 사회운동의 벡
터를 포기하지 않았다. 이와 함께 YMCA가 개인 수양의 기본 원리로 지
육智育, 덕육德育, 체육體育, 즉 삼육三育을 강조한다는 사실을 지적해둘 필
요가 있다. YMCA의 상징인 붉은 역삼각형의 각 변은 지덕체mind, spirit,
body의 고른 발달을 의미하는바, 이는 성서에 기초한 삼육의 전인적全人的
인격 발달이라는 목표를 시각적으로 형상화한다.[35] 익히 알려져 있듯이
지덕체의 발전과 조화는 고대 그리스시대부터 계몽주의시대에 이르기
까지 서구에서 인간을 이해하는 기본틀이자 교육의 목표로 자리매김했
다.[36] 지덕체의 가치를 성서적으로 해석하는 YMCA의 독법은 협의의 종
교적 가치를 극복하려는 시도로 읽을 수 있다.

　YMCA의 이러한 특징은 기독교 청년운동이 정치, 사회적 국면에
서 운동의 세력을 선도했던 한국의 사례를 통해서도 재확인된다.[37] 여기

35　YMCA 로고는 1891년 처음으로 제출된 후, 몇 차례의 수정을 거쳐 지금까지도 전 세
　　계에서 폭넓게 사용된다. 'The History and Meaning of the YMCA LOGO, What the
　　Triangle Means'(http://www.usmissionnetworkresources.org/mission-history/).

36　김석완, 「지, 덕, 체의 개념사 연구―고대 그리스를 중심으로」, 『한국교육사학』 35-4,
　　한국교육사학회, 2013, 34쪽.

서 본서의 관심사와 관련하여 주목해야 할 것은 한국 YMCA가 말하는 지덕체가 'mind, spirit, and body'의 번역어였다는 점이고, 보다 세밀하게는 'spirit'이 '덕'으로 옮겨졌다는 사실이다.[38] 당시의 이중어 사전을 참고하면 'spirit'은 대개 "영靈"이나 "혼魂"으로 번역되었으며, '덕'에 대응하는 단어로는 virtue, moral, excellence 등이 제시되었다.[39] 이로써 'spirit'이나 '덕'이 오늘날과 큰 차이 없이 번역되고 있었다는 점, 따라서 'spirit'이 '덕'으로 번역되는 사례는 매우 드물었다는 점이 확인된다.

이와 같은 예외성을 살피기 위해『기독청년』에 나타난 '영'과 '도덕'의 용례, 'spirit'의 번역 양상과 이를 둘러싼 언어상황을 다면적으로 점검할 필요가 있다. 먼저『기독청년』이 기독교와 사회의 연결성을 강조했던 점을 고려하여, 이 지면에서 현실과 유리된 것으로 상상되는 "영" 및 관련 파생 어휘에 관한 논의가 지양되었을 가능성을 상정해 볼 수 있다. 이러한 이유로 spirit의 번역어로 '영'이 아닌 '덕'이 선택되었던 것은 아닐까. 그러나 이런 가설은 설득력이 없어 보인다. "영"이나 "영적"과 같은 단어는『기독청년』에서 비근하게 발견되므로 "영" 및 "영"의 파생어가 『기독청년』 지면에서 특별히 기피되지 않았음을 알 수 있다.

『기독청년』의 언어 운용을 종합해보면 '영'과 '덕'은 "spirit"의 번역

---

37 YMCA학생운동의 주축세력이 민족운동과 사회운동을 견인하는 주체로 성장하는 과정에 대해서는 장규식,「YMCA학생운동과 3·1운동의 초기 조직화」,『한국근현대사연구』20, 한국근현대사학회, 2002 참고.

38 참고로, 일본 YMCA 설립 초기에는 'spirit, mind, body'를 '靈魂, 智識, 肉體'로 번역했다(「基督教新聞」, 明治19年2月26日. 奈良常五郎,『日本YMCA史』, 東京, 1959, 29쪽에서 재인용). 그런가 하면, 오늘날 한국의 YMCA는 삼육을 '영지체(靈智體)', 일본의 YMCA는 心, 知性, 体로 제시하고 있다.

39 황호덕, 이상현 편,『한국어의 근대와 이중어사전 영인편─존스, 영한ㅈ뎐』(4),『게일, 한영ㅈ뎐』(5),『게일, 한영ㅈ뎐』(6), 박문사, 2012 참고.

어로 동시에 고려되었으나 대부분의 경우에는 "영"이 선택되었다고 정리된다. 연재물 「조지 윌리엄스전」에 드러나는 'spirit'의 번역 양상은 이러한 사정을 간명하게 보여준다. 이 글의 원텍스트에 등장하는 'spirit'은 대개의 경우 '영'으로 번역된다. 예를 들면, 'The Spiritual Homeland'는 '영적 고향'으로, 'the spiritual life'는 '영적 생애'로 옮겨지는 것이다. 다만, spirit이 mind 및 body와 나란히 등장할 때만큼은 이러한 일관성이 깨진다. 예컨대, 백남훈은 아래 제시된 윌리엄스의 기도 중 일부를 다음과 같이 번역한다.

The Life of Sir George Williams	「윌리엄스전」
Without blood, there is no-nothing effectual in work of body, mind or spirit, certainly no effectual prayer.[40]	혈(血)이 무(無)하면 육체적 정신적 또는 도덕적 사업에 아모 능력이 무합니다.[41]

이처럼 백남훈은 spirit, mind and body의 spirit, 즉 mind 및 body와 공고하게 연결된 spirit에 한해 '영'이 아니라 '도덕'으로 번역한다. 번역어와 도착어의 이러한 매칭은 사실 『기독청년』이나 번역을 맡았던 백남훈의 독단적인 판단에 의한 것은 아니었다. 아래의 인용을 통해 확인할 수 있듯이, 이는 spirit, mind and body를 '덕지체'로 옮긴 조선중앙 YMCA의 결정을 따른 것으로 보아야 할 것이다.[42] 백남훈은 spirit, mind

---

40 John Ernest Hodder Williams, *The Life of Sir George Williams : founder of the Young Men's Christian Association*, Hodder and Stoughton, 1918, p.96.

41 해온제, 「조지 윌리엄스전(4)-성 폴 사원의 2층(1)」, 『기독청년』 13, 1919. 1.

42 YMCA가 강조하는 'mind, spirit, body'가 '지덕체'로 번역된 데에는 시대적인 맥락도 관여하고 있었다. 지덕체 양성에 대한 논의는 근대계몽기에 폭증했던 계몽 담론 속에서 비근하게 제시되었던 개인적 수양의 방도였고 고종의 교육입국조서(1895)가 공표된 이래 당대를 지배한 시대정신이었다. 이에 대한 자세한 논의는 노춘기, 「근대문학 형성기의 시가와 정육론(情育論) 연구」, 고려대 박사논문, 2011, 26~107쪽 참고.

and body를 YMCA의 삼육으로 파악하고 spirit을 "도덕적"으로 옮긴 것이다. 따라서 '덕지체 삼육'을 강조하는 점이나, spirit을 '덕'으로 번역했다는 사실만으로 재동경YMCA의 특징을 논하기는 어렵다.

그러나 조선중앙YMCA 헌장 및 『중앙청년회보』등의 자료와 재동경YMCA의 『기독청년』을 나란히 놓고 살필 때, 재동경YMCA의 지향점은 서서히 부상한다. 곧 재동경YMCA이 지육, 덕육, 체육의 균형을 중시하는 YMCA의 지향을 공유하면서도 '덕육'에 좀 더 비중을 두었다는 점이다. 참고로 다음은 조선중앙YMCA의 헌장 중의 일부분이다.

> 4. 하례下例한 사업을 증진케 함.
> ① 기독교를 청년들에게 전파하며 또한 그들을 인도하여 예수 그리스도를 구주로 믿게 함
> ② 청년의 지덕체 및 사교적 행복을 발달케 함
> ③ 청년을 인도하여 성부와 성자와 성신 삼위일체 하나님 안에서 기독교를 성경에 의해 믿게 하며 또한 예수 그리스도의 신실한 제자로 생활케 함.[43]

재동경YMCA의 『기독청년』과 조선중앙YMCA의 『중앙청년회보』는 YMCA의 사업과 목적을 규정하는 데 미묘한 차이를 보인다. 『기독청년』은 주요 사업 중 에서도 덕지체 삼육을 특히 강조한다. '그리스도의 뜻을 받들어 청년들의 덕유지유체유德有智有體有 을 발달케 하며, 친의親誼를 돈목敦睦 케 하여 완전한 인격을 양성'하는 데 YMCA의 목적이 있음을 기회가 닿을 때마다 강조하는 것이다. 반면, 『중앙청년회보』에서는 이러

---

43   전택부, 앞의 책.

한 서술이 그다지 빈번히 이루어지지 않는다.『중앙청년회보』창간호는 조지 윌리엄스의 초상과 함께「청년회의 기원」을 실어 YMCA의 역사와 사회적 의의를 약술하고 있지만 YMCA라는 조직의 특수성에 방점을 찍으려는 노력은 그리 두드러지지 않는다.[44] 다만 기독교청년회의 주지가 "기도와 사경査經으로 청년의 영적 형편을 개선함"[45]에 있다고 설명될 뿐이다.『중앙청년회보』의 관심은 무엇보다 "영적 형편 개선"에 집중되어 있으며 지덕체 삼육에 대한 관심은『기독청년』에 비해 현저히 적다.

이에 더해『중앙청년회보』과『기독청년』에서 삼육이 각각 어떤 순서로 배치되는지도 주의 깊게 살펴볼 필요가 있다.『중앙청년회보』에서는 '지덕체'와 '덕지체'가 고루 발견되지만 '지덕체'가 다소간 우위를 점한다. 즉, 필자와 논조에 따라 '지'와 '덕'이 경합하는 가운데 '지'의 선호가 발견된다고 정리할 수 있다. 위의 인용문에서도 확인되듯이 조선중앙YMCA 헌장에서 가장 먼저 등장하는 것은 '지'이다. 이는 계몽 담론을 주도하며 지智의 가치를 강조하던 독립협회의 인사들이 조선중앙 YMCA에 대거 참여했던 역사적 사실과도 무관하지 않다.

반면『기독청년』에서 '덕'은 삼육를 논할 때 부동의 앞자리를 지킨다.[46]『기독청년』에서 특히 덕육이 강조되었던 이유는 기독교와 사회를 연결시키는 고리로 덕의 효용성이 컸기 때문이다. 기실 근대계몽기 계몽 담론에서 덕은 삼육의 가치 중 하나로 빠지지 않고 거론되면서도, 근

---

44 조선중앙기독교청년회,『중앙청년회보』1, 1914.9.

45 「청년회견습과정 제3과 주지」,『중앙청년회보』34, 1917.10.

46 『기독청년』에서는 체육의 중요성을 강조한 한 편의 글("체육 지육 덕육의 완전한 발달을 기성(期成)키로 목적하는 아(我) 동경조선기독교청년회가 크게 이점에 주의하야" 지바(千葉) 이규남,「오인(吾人)의 주장」,『기독청년』13, 1919.1)을 제외하면 언제나 덕육이 다른 것보다 우선시된다.

대적 가치로 새롭게 부상했던 지와 체에 비해 경시되었으며 경우에 따라서는 유교적 구습을 연상시킨다는 이유로 비판의 대상이 되기도 했다.[47] 그러나 『기독청년』은 덕을 종교의 맥락에서 재배치함으로써 그 가치를 새롭게 발견한다. '영'과 생활을 매개하고 기독교와 사회윤리를 절합하는 데 있어서 '덕'의 가치가 핵심적인 지위를 점했던 것이다.

『기독청년』에서 이루어진 기독교의 실천적 가치에 대한 논의는 『현대』로의 천이를 예비하고 있었다. 1910년대 중반 『학지광』에서 눈에 띄게 대두되었던 기독교 담론은 『기독청년』의 발간과 함께 『기독청년』으로 자리를 옮겨 전개되었다.[48] 그러나 이후 『기독청년』의 후신으로 등장한 『현대』에서는 사회에 관한 논의가 비약적으로 증가한다. 이러한 변화는 세속화라는 관점에서 추적해볼 수 있다. 여기서 세속화란 세속적 가치의 위세에 밀려 종교의 위상이 축소되거나 종교가 세속적 가치 추구에 골몰하는 현상을 의미하지 않는다. 정신분석학의 방법론을 역사학에 원용한 도미니크 라카프라Dominick LaCapra는 종교적인 것에서 세속적인 것으로의 이동이 단선적이거나, 양자의 급진적이고도 전면적인 단절로 진행되지 않는다고 주장한다. 세속화의 문제는 어떤 시점, 또는 다양한 양상을 보이는 시간의 흐름 속에서 종교적인 것과 세속적인 것 사이에서 일어나는 복잡한 전치displacement의 과정으로 해석해야 한다는 것이다.[49] 전치란 특정 대상에 대한 욕구나 충동을 무의식적으로 다른 대상에게 돌리는 것을 의미하는 정신분석학적 용어이다. 즉, 세속적 욕망이 종교

---

47   윤영실, 「최남선의 수신 담론과 근대 위인전기의 탄생」, 『한국문화』 42, 서울대 규장각 한국학연구원, 2008, 116쪽.

48   김민섭, 앞의 글, 185쪽.

49   도미니크 라카프라, 육영수 역, 「전환기의 새로운 지성사」, 『치유의 역사학으로』, 푸른 역사, 2008, 284쪽.

의 영역에 투영되기도 하고, 반대로 종교적 열망이 세속적인 것으로 인식되기도 하면서 세속화는 이루어진다. 세속화란 종교적인 것과 세속적인 것이 끊임없이 상호작용하고 길항하는 가운데 진전되어 간다.

3) 사회참여의 전거로서의 기독교

이러한 관점은 『현대』와 『아세아공론』의 논설을 독해하는 하나의 실마리가 된다. 『현대』와 『아세아공론』에서 기독교적 가치는 사회주의, 민주주의, 민본주의, 자유와 평등에 대한 논의 속에 습합되고 삼투되는 방식으로 존재하고 있다. 『아세아공론』에 실린 「종교 문제의 귀추와 아시아」는 당대 기독교가 지녔던 위력을 단적으로 보여준다. 일본에 영미 철학을 소개하는 데 힘썼던 호아시 리이치로帆足理一郎가 쓴 아래의 글은 기독교가 일종의 사조처럼 수용되고 있었던 당대의 상황을 잘 드러내고 있다.

현재 일본에 새롭게 수입된 기독교도 교회에서보다는 일반의 사상계에서 커다란 세력을 가지고, 또한 강한 감화를 미치고 있다. 사상계, 정치계, 교육계에서 유명한 사람들 중에는 현재 기독교 신자이거나 또는 과거에 신자였거나 그렇지 않으면 기독교의 감화를 강하게 받은 자가 적지 않다. 예컨대, 정치가로 말하면 요시노 사쿠조 씨, 오야마 이쿠오 씨, 또 노동운동의 방면에 있어서는 스즈키 분지 씨, 가가와 도요히코賀川豊彦 씨, 그밖에, 아베安部 씨, 우치가사키內ヶ崎 씨 등이 있다. 또한 기독교와 불교의 절충자로는 니시다西田 씨, 구라타倉田 씨가 있다. 기타 사상계 예술계에서 대가라고 불리는 사람들 중에는 종교적 색채가 풍부한 사람이 무척 많다.[50]

기독교의 영향력에 대해 설명하는 이 글은 직간접적으로 기독교의 영향하에 있던 인물들의 이름을 하나씩 거론한다. 이중에는 요시노 사쿠조, 오야마 이쿠오처럼 조선 유학생과 긴밀히 교류했던 인물들도 포함되어 있다. 이어서 일본 사상사에서 큰 족적을 남긴 인물들이 연이어 언급된다. 스즈키 분지鈴木文治는 노동자, 빈민 문제에 관심을 가지고 1912년 노동단체인 우애회友愛會를 창설한 인물이고, 가가와 도요히코賀川豊彦는 빈민굴 전도활동에 앞장섰던 목사이자 노동운동가로 그 역시 우애회에서 활동했다. 우치가사키 사쿠사부로內ヶ崎作三郎는 여명회에서 활동한 경력이 있는 민본주의 계열의 정치가로,『아세아공론』에 글을 싣기도 했다. 이 글의 필자인 호아시 리이치로 역시 시카고대학에서 신학 전공한 기독교 신자이므로 기독교로부터 직접적인 영향을 받은 인물 중 한 사람으로 꼽힐 수 있다. 이밖에도 간접적으로 기독교로부터 사상적 영향을 받아 자신의 사상을 세우거나 예술 활동을 펼쳐나가는 사람은 일일이 거론하기 어려울 정도로 "무척 많다".

여기서 언급된 인물들의 사상적 스펙트럼은 실로 광범위하다. 1920년대를 민본주의, 마르크스·사회주의, 국수주의가 정립鼎立한 시대로 본 나리타 류이치成田龍一의 분류에 따르면 오야마 이쿠오는 사회주의적 성향의 인물이고, 요시노 사쿠조는 민본주의 계열에 속한다. 가가와 도요히코는 세 사조의 교집합 영역에 위치한다.[51] 이것을 절대적이고 정확한 분류라 할 수는 없지만 즉, 기독교는 민본주의, 마르크스·사회주의, 국수주의와 모두 결합되는 상당한 수준의 범용성과 영향력을 자랑하고 있었던 것이다.

---

50   호아시 리이치로(帆足理一郎),「종교 문제의 귀추와 아시아」,『아세아공론』8, 1922.12.
51   나리타 류이치, 이규수 역,『다이쇼 데모크라시』, 어문학사, 2012, 287쪽.

이러한 현상에 대해 이 글은 기독교가 교회에서보다도 "일반 사상 계에서 커다란 세력을 가지고" "강한 감화를 미치고 있다"고 평가한다. 이는 이 시기 자유주의 신학이 기독교의 안과 밖에 가한 충격을 잘 보여 준다. 과학적이고 합리적 지식에 대한 욕구와 자유주의 신학 사상의 대 두로 기독교의 절대성은 회의에 부쳐졌고 그 결과 성경과 신에 드리워 져 있던 신화는 의문과 탐구의 대상이 되었다. 신성에 대한 질문과 탐구 는 다른 한편으로 기독교의 바깥, 즉 사회와 과학 등 여러 근대적 인식체 계들과 조응하며 화학작용을 일으킨다. 이처럼 기독교는 배타적이라기 보다 하나의 사조처럼 다른 사상, 혹은 이데올로기와 유연하게 접합하 는 양상을 보였다.

특히 일본에서는 기독교와 사회주의와 결합 양상이 두드러졌다. 아 베 이소를 위시한 기독교 사회주의자들은 1905년 『신기원新紀元』을 창간 하여 기독교 사회주의 담론의 거점으로 삼았다. 『신기원』이 주창한 사회 주의는 '유물주의'와 '폭력혁명'에 반대하며 기독교적 동포주의의 시각 을 견지했다는 특징이 있다.[52] '동포상애同胞想愛'[53]로 표현되는 기독교적 인류애는 사회주의와 기독교를 절합하는 단단한 매듭이 되었다. 이러한 관점에서 기독교 사회주의자들은 급진적인 혁명을 배격하고 의회주의 에 근거한 온건한 사회개혁을 주장했다. 이들은 메이지유신 이후 자본 주의의 폐단으로 불거진 각종 사회 문제에 깊숙이 개입하면서 그 방향 성을 분명히 해 나간다. 예컨대 이들은 일본 최초의 공해 문제로 꼽히는 아시오足尾 광독 사건의 해결을 위해 적극적인 실천에 나섰으며, 노동조

---

52 이에나가 사부로, 연구공간 수유너머 일본근대사상 역, 『근대일본사상사』, 소명출판, 2006, 153쪽.
53 石川三四郎, 「新紀元の新題目」, 『新紀元』, 1905.11(위의 책, 153쪽에서 재인용).

합기성회[1897]을 조직하여 노동 문제의 중요성을 역설했다.[54] 이 시기 기독교 사회주의자들에게 기독교 신앙은 교회 바깥으로 눈을 돌리고 사회 참여를 추동하는 내면의 요청이었다 하겠다.

이러한 사회적, 사상적 맥락을 고려할 때 아시오 광독 사건과 노동조합기성회에 참여했던 아베 이소, 시마다 사부로, 후세 다쓰지 등이 『아세아공론』의 필자로 등장하는 것은 우연이라 보기 어렵다. 인류애의 기치하에 아시아, 나아가 세계의 수평적 연대를 주장하는 『아세아공론』은 이들의 지향에 잘 부합했다. 이들의 기독교 신앙은 『기독청년』의 표현을 빌자면 '사회화'된 기독교였다. 이처럼 기독교는 특정 지점에서 종교 외부로 확장성을 발휘했고 그 확장성은 초국적 연대의 발판이 되기도 하였다. 일례로, 대만 유학생들이 발간한 『대만청년』에는 일본인 기독교 신자들의 글이 다수 실려 있는데, 이러한 현상을 지쉬펑紀旭峰은 '계기로서의 기독교'라는 표현으로 포착해낸다.[55] 즉, 기독교가 대면적 만남과 담론의 교류, 나아가 실천적 연대의 촉매로서 기능하고 있다는 것이다. 이러한 관점은 『아세아공론』에도 적용될 수 있다.

이제 기독교는 교회 안이 아니라 사회 속에서 그 의미를 찾기를 요청받는다. 이러한 움직임은 『현대』에서 두드러진다. 『기독청년』의 지면을 통해 기독교가 '사회화'된 결과, 『현대』의 기독교는 사회 문제에 대한 일종의 문제틀이자 해결책으로서 제시된다. 이제 기독교는 사회에 개입하는 방식 중 하나로 변화한다. 기독교는 응당 사회 문제와 거리를 두어야 한다는 일각의 견해가 있기는 하지만, 다수의 논자는 사회를 진단하고 바람직한 방향을 제시하는 데 기독교적 가치관을 원용하고 있다.

---

54 도히 아키오, 앞의 책, 186~193쪽.
55 紀旭峰, 앞의 책, 271쪽.

세계 각국의 근상近狀을 들건대 장래의 위기가 심히 절박한 것이며 우리에게
도 멀지 않게 사회 계급적 분쟁이 있을 듯 한즉 일정한 해석을 시여施與치 아
니하면 불가하올시다. 나는 이 문제를 해석함에 예수교의 정신으로 하는 외
에는 별 수가 없음을 확신하는 바올시다. (…중략…) 예수교의 박애적 신념이
완전히 보급되면 나의 소유는 곧 하나님의 은사물이니 이것으로 사회 공동을
위해 선하게 사용하리라는 사상이 절로 나서 사회 문제는 원만하게 종료되리
다. (…중략…) 고로 사회공동의 큰 정신을 발달시킴은 금일 우리의 큰 급무
요 이 발달을 이루는 방법을 학문에 있지 아니하고 종교에 있습니다. 종교 중
에도 그리스도교는 사회의 귀천이나 빈부를 막론하고 서로 붕우적 관념을 깊
게 하고 힘을 다해 동포를 위하는 종교올시다.[56]

　　김낙영은 "예수교"가 로마시대부터 사회에 영향을 미치는 실질적
인 세력이었다고 말하며 기독교와 사회의 관계를 적극적으로 해명한다.
그리고 머지않아 현실화될 계급 분쟁의 해답은 과격한 진보를 주장하는
사회주의가 아니라 인류 박애를 사상으로 삼고 있는 기독교에 있다고
주장한다.

　　그밖에 '초해椒海'라는 이름으로 게재된 글도 김낙영의 것으로 추정
되는데, 이 글들에서도 분명한 기독교적 신념이 감지된다.[57] 기독교적
신앙을 통해 가난에 대한 불안을 극복해야 한다는 내용의 「가난 중에 슬
거움」[58]이 특히 그러하다. 이 글들은 『현대』에서는 이례적으로 기독교적

56　김낙영(金洛泳), 「사회와 예수교」, 『현대』 3, 1920.3.
57　김낙영은 대한제국 시기 서북지방 출신의 도쿄 유학생들이 결성한 친목단체인 태극학
　　회의 부회장을 지낸 바 있는데, 태극학회의 기관지인 『태극학보』의 11호~15호에는 '椒
　　海 金洛泳'로 명기된 기사가 실려 있다. 『태극학보』 16호부터 22호에 걸쳐 역재된 「世
　　界文明史」의 필자는 '金洛泳 譯述'과 '椒海生 譯述', '椒海 譯述'의 필명이 혼재한다.

신앙을 전면에 내세우지만 칸트, 칼라일, 나폴레옹, 위고 등을 인용하여 논리를 구축해 간다. 성경을 전거로 활용하는 폐쇄적인 종교 담론이 아니라, 근대적 지식과 최신 사조에 자신의 주장을 접속시킴으로써 종교 담론의 지평을 확장하고 있는 것이다.

이러한 경향은 『아세아공론』에서도 일관된다. 기독교 사회주의자로서 조선인 유학생과 친밀한 관계를 유지했던 아베 이소가 그 대표적 예이다. 「현대 사조와 종교」에서 그는 종교가 가진 화합의 능력을 강조한다. 그는 제1차 세계대전 이후 국가주의가 강화된 현상에 우려를 표하며, 국가 간의 분쟁과 충돌을 야기하는 국가주의를 극복하고 국제주의로 나아갈 것, 나아가 국제주의에서 인류주의로 진일보할 것을 주장하면서 종교의 중요성을 강조한다. 종교는 국가를 초월한 인류애를 기본 원리로 삼고 있다는 점에서 국제 문제와 인류 문제의 해결 원리로 기능할 수 있다는 것이다. 그는 기독교인으로서의 정체성을 평생 포기하지 않았으나 기독교만이 산적한 문제를 해결할 수 있다고 주장하지는 않았다. 이 글에서 기독교는 불교, 마호메트교와 함께 세계 3대 종교 중 하나로 언급될 뿐이고, 이들 종교는 모두 인류애에 근거하고 있다는 점에서 동등하게 그 가치를 인정받는다.[59] 인류애를 기본정신으로 하는 종교를 통해 국제 문제와 인류 문제를 해결해야 한다는 아베 이소의 주장은 사회 문제와 빈곤 문제의 해결책으로 기독교를 동원하는 김낙영의 논지와도 상통한다.

한편, 사회적 소수자를 대하는 바람직한 태도로서 기독교가 호출되는 경우도 있다. 『아세아공론』 2호에 실린 야마무로 군페이山室軍平의 글

---

58 초해, 「가난 중에 즐거움」, 『현대』 5, 1920. 5.
59 아베 이소, 「현대사조와 종교」, 『아세아공론』 9, 1923. 1.

이 그러하다. 일본 구세군의 상징인 그는 폐창운동과 빈민 구제에 진력을 다했던 "민중의 사도"였다.[60] 야마무로 군페이는 「약자의 친구로서의 그리스도」를 통해 사회가 약자를 대하는 태도를 비판하고 그리스도에게서 교훈을 발견해야 한다고 주장한다. 사회적 약자가 처한 상황이 서술되었을 것으로 것으로 추정되는 앞부분은 검열로 삭제되어 있다. 그의 진단에 따르면, 오늘날 세상 사람들은 약자를 무시하거나 경멸하거나 이용한다. 그러나 "약자의 친구"인 그리스도가 약자를 대하는 방법은 이와 완전히 다르다.

첫째, 그는 모든 사람들을 존경하고 어떠한 약자라 할지라도 이를 하나님의 아이들로 여기며 존중해 주셨다. "사람은 모두 하나님의 자녀"라고 말하는데, [이는] 그의 근본진리 중 하나였다.

둘째, 그는 모든 약자에게 동정을 주셨다. 사람의 몸이 되어 그들을 생각해 주셨다. 흉악한 범죄인 같은 자라고 해도 그 사람의 몸이 되어 보면 그들이 그렇게까지 된 것은 형언할 수 없는 경로를 거친 것이므로, 동정할 만한 점이 많은 것이다. (…중략…)

다섯째, 그는 약자를 들어 쓰셨다. 어떻게든 제각기 하나님과 사람 앞에 삶의 보람이 있는 생활을 영위하게 해주셨다. 말하자면 "도구를 탓하지 않는다"고, 예수는 모든 중생이 모두 어떠한 봉임奉任을 얻도록, 이를 성결케 하여 사용하신 것이다. 소위 "무학의 범인凡人"이었던 제자들을 들어 쓰시고, 그의 사도로 삼으신 것은 가장 명확한 실례이다. 예수 그리스도만큼 약자에 있어서 진실한 친구는 일찍이 없었다.[61]

---

60   장형일 편, 『민중의 사도 山室軍平』, 구세군대한본영, 1981 참고.
61   야마무로 군페이(山室軍平), 「약자의 친구로서의 그리스도」, 『아세아공론』 2, 1922.6.

야마무로는 예수를 통해 배워야 할 자세로 약자를 향한 존중과 동정의 정신 등을 꼽는다. 그가 예수에게서 발견하는 가치는 사회적 공동체의 일원으로서 갖추어야 할 미덕이다. 그의 글에서 성경의 다양한 일화는 사회윤리적 관점에서 독해되기 때문에 예수는 신격화되기보다는 바람직한 인간상으로 표상된다.

그런가 하면 후세 다쓰지布施辰治는 자신이 펼치는 사회적 실천의 근저에 기독교적 신념이 자리잡고 있음을 공개적으로 밝힌 인물이다. 그의 글을 살피기에 앞서, 2004년 일본인 최초로 건국훈장 애족장에 추서된 후세의 삶을 간단히 짚어보자. 1902년, 메이지법률학교明治法律学校를 졸업한 후세 다쓰지는 판검사등용시험에 합격하여 검사 대리로 임명받았지만 불과 6개월 만에 사표를 낸다. 생활고에 시달리다 어린 자녀들과 동반자살을 시도한 여인을 살인미수로 기소해야 했던 사건이 사직의 결정적 계기였다. 이 사건을 통해 그는 사상운동이나 노동운동과 같이 민감한 사건을 전문으로 하는 인권변호사로 거듭난다.[62] 이후 그는 '살아야 한다면 민중과 함께, 죽어야 한다면 민중을 위해'라는 좌우명으로 법조인의 삶을 산다. 특히, 조선인에게 후세 다쓰지의 존재는 각별했다. 일본 제국에 저항했다는 이유로 법정에 선, 소위 '불령선인'을 위한 변론을 도맡았기 때문이다. 그는 2·8독립선언으로 구속된 최팔용과 송계백 등을 위해, 황궁을 향해 폭탄 투척을 기획했던 의열단원 김지섭을 위해, 일본 황태자 암살을 모의했다는 혐의로 기소된 박열과 가네코 후미코金子文子를 위해 변호인석을 지켰다.

『아세아공론』에 실린 후세 다쓰지의 글들은 그의 생애에 대한 주석

---

62 후세 간지, 황선희 역, 『나는 양심을 믿는다』, 현암사, 2011.

같은 역할을 한다. 「진리를 구하는 자」에서 그는 치부나 명예욕에 사로 잡힌 "현대식의 성공"을 단호히 배격하고 사회운동의 제일선에서 진리 실증의 사명을 다하겠다는 자신의 신념을 밝힌다. 그리고 이 신념이 "평생 잊을 수 없는 청년기의 감격"으로 형성되었노라 고백한다. 당시 그는 매일같이 영국인 목사의 집을 방문해 성서 강의를 들었다. 이 강의에는 스무 명 가량이 참석했는데, 어느 날은 악천후 때문에 모두 결석하고 후세 다쓰지 홀로 출석했다. 참석자가 단 한 명에 불과했는데도 목사는 평소와 전혀 다르지 않은 태도로 열심히 강의에 임했다. 이 모습을 인상적으로 바라본 후세는 목사와 다음과 같은 대화를 나누고 큰 깨달음을 얻는다.

나는 하나님을 위해, 하나님의 앞에서 내가 사명으로 삼은 성서를 강의하는 것이므로 청자의 많고 적음은 내가 신경쓸 것이 아니"라고. 나아가 그때 내가 극히 순진한 청년기 특유의 영웅론을 내보이자, "그것은 나무랄 데 없는 생각 인데, 모든 사람의 싸움은 사람 앞에서 영웅이 되려고 하는 데에서 일어나는 것이므로 사람 앞에 영웅이 되는 일에 유혹되지 말고 하나님 앞의 영웅이 되 어라"고. 나는 그때의 감격을 지금까지도 잊을 수 없다. 그렇다. 하나님 앞에 서의 영웅, 여기에 진리를 구하는 자의 강한 신념과 거룩한 심사가 있는 것이 리라. 이와 같이 저들 사회운동자는 최후의 승리를 믿어 의심치 않는다. 세계 의 평화와 인류의 행복을 동경하는 진리 실증을 위해 가능한 한 노력을 격려 할 것이다. 그리고 용감한 희생의 신념에 (…중략…) 이것이 실로 진리를 구 하는 자의 굳은 신념이며, 거룩한 심사이다.[63]

---

63   후세 다쓰지(布施辰治), 「진리를 구하는 자」, 『아세아공론』 5, 1922. 9.

후세 다쓰지는 사회운동가를 "진리를 구하는 자"로 여기며 온갖 역경에도 불구하고 사회운동에 투신하는 삶을 곧 "하나님 앞에서 영웅이 되는 일"로 여긴다.[64] 그에게 있어서 신은 일종의 초자아적 존재로 자신의 생활과 가치관을 통어하는 실체이다. 이 글은 종교적 신념이 사회적 정의 실현의 형태로 발현될 때, 어떠한 실천을 행할 수 있는지를 보여주는 예라 할 수 있다. 경제적 어려움, 국적과 민족, 세속적 성공을 불고하는 가치관의 동기가 신앙에 있음을 보여주는 것이다. 이러한 생각은 그가 "성직聖職"으로 여기는 변호사로서의 직업관과 결합되며 더욱 사회참여적인 성격을 띤다.

　　적어도 변호사의 직책을 적극적으로 다하려는 자는 오늘날 사회제도 상에 존재하는 결함이 어떤 것인지를 일반적으로 알아보는 동시에 여기에 빠지지 않기 위해 경계해야 하기 때문이다. (…중략…) 변호사의 성직을 맡은 내가 이에 그 [사회운동의] 전선을 확장하고 사회운동의 투졸鬪卒에 임하는 것은 이전처럼 주로 법정의 전사戰士 혹은 개개의 구제에 힘쓰는 동시에 사회제도의 결

64　이 일화는 조금 다르게 전해지기도 한다. 후세 다쓰지의 장남인 후세 간지가 쓴 평전에서 이 에피소드는 다음과 같이 기록된다. "교회에서도 많은 것을 배웠다. 한번은 몇년 만에 뇌우가 쏟아지던 8월 어느 날 오후, 비를 뚫고 시간에 맞춰 쓰키지의 성 폴 교회로 뛰어 들어갔다. 예배에 참석한 사람은 F(후세 다쓰지─인용자)씨 혼자였다. 영국 전도협회에서 온 선교사는 무척 기뻐하며 F 씨에게 "당신은 신 앞에서 영웅입니다"라고 했다. 여기에 F 씨는 "종교와 진화론을 종합한 사상으로 신과 인류 앞에서 영웅이 되겠습니다"라고 대답했다."(후세 간지, 앞의 책, 47쪽) 『아세아공론』의 글에서는 목사의 행동에 감동을 받은 후세 다쓰지가 "하나님 앞의 영웅"이 되겠다는 다짐을 한 것으로 기술되어 있다면, 이 글에서는 폭우를 무릅쓰고 예배에 참석한 후세 다쓰지가 목사로부터 "신 앞의 영웅"이라는 칭찬을 받는 것으로 그려져 있다. 다소간의 차이는 있지만, 변호사로서 그의 평생을 좌우할 에피소드에 목사와의 대화가 중요하게 등장했다는 것, 그 대화를 통해 "신 앞의 영웅"이라는 삶의 신조를 얻게 되었다는 것은 공통적이다. 덧붙이자면 후세 다쓰지는 결혼 이후 불교로 개종했다.

함을 개선하는 사회구제에 힘쓰는 것이다.[65]

이 글은 「변호사의 신사명 – 김형두金炯斗, 한근조韓根祖 양 군에 부쳐」라는 제목의 글이다. 이제 막 변호사의 길을 걷기 시작한 두 명의 조선인 청년에게 선배 변호사로서 건네는 당부의 글이다. 김형두와 한근조는 모두 메이지대학 법학과메이지법률학교의 후신에서 공부하고 변호사가 된 조선인 청년들이다. 김형두의 졸업연도는 불분명하지만 한근조가 대학을 졸업한 것은 1921년으로 알려져 있다.[66] 후세 다쓰지가 1902년에 메이지법률학교를 졸업했으니 그는 약 20년 후배에게 이런 글을 남긴 셈이다. 후세 다쓰지와 이 두 조선인 청년들이 어떠한 계기로 친분을 쌓게 되었는지는 알 수 없다. 그러나 후세 다쓰지가 별도로 글을 띄운 것을 보면 적어도 이들이 후세가 말하는 "현대식의 성공"에 혈안이었던 인물은 아니었으리라. 실제로 평안도 출신의 한근조는 해방이 될 때까지 평양에서 변호사로 활동하면서 사회주의운동 및 노동운동에 연루된 피고인들을 변호하는 데 힘썼으며, 때로는 무보수 변호도 마다하지 않았다.[67] 김형두는 사회주의 단체인 북성회北星會와 혜성사彗星社에 참여하는 한편 좌우 합작운동인 신간회에서 활동하다가 1928년 2월 제3차 공산당 사건에 연루되어 일본 경찰의 검거를 피해 국외로 피신했다.[68] 이들의 삶에

---

65 후세 다쓰지(布施辰治), 「변호사의 신사명 – 김형두(金炯斗), 한근조(韓根祖) 양 군에 부쳐」, 『아세아공론』 8, 1922.12.

66 한근조, 한국한민족문화대백과사전. (http://encykorea.aks.ac.kr/Contents/Item/E0061507(접속일 : 2023.8.23)).

67 김상태, 「평안도 기독교 세력과 친미 엘리트의 형성」, 『역사비평』 45, 역사비평사, 1998, 174쪽. 조선노동회 간부를 변호사는 사건에서 한근조는 무보수로 변호에 임했다. 「예심에서 유죄로 결정된 조선노동회 간부, 평양지방 법원 검사국에서 불일내로 공판에 붙일 예정」, 『매일신보』, 1923.11.13.

『아세아공론』에 실린 후세의 당부가 얼마나 영향을 미쳤는지 규명하기란 불가능하지만 후세 다쓰지와 김형두, 한근조가 걸었던 법조인의 길이 유사한 풍경을 연출했음은 분명해 보인다.

후세 다쓰지는 기독교의 정신을 삶에 적용함으로써 사회제도의 결함에 주의를 기울이고, 이를 개선하고자 사회운동에 투신했다. 사회제도의 결함으로 인해 희생양이 되는 소수자를 변호하고 제도적 결함을 개선하는 것이 변호사라는 "성직"을 제대로 수행하는 길이며, 그것이 곧 "신 앞의 영웅"이 되는 길이라 믿었던 것이다. 그는 『아세아공론』이라는 공론장을 통해 이러한 삶의 신조를 표명하고 보다 많은 사람들이 이 신조에 함께해 줄 것을 기대한다.

『기독청년』과 『현대』, 『아세아공론』이 기독교를 논하는 방식은 미묘하지만 분명한 차이를 보인다. 『기독청년』에서 조선의 기독교는 상대화되고 타자화되면서 비판과 갱신의 대상으로 인식되기 시작한다. 비판의 근거와 갱신의 원리는 기독교의 사회화로 요약되는데, 기독교의 사회화라는 과제 앞에서 삼육 중 '덕'의 가치가 재발견되었다. 그런가 하면, 『현대』와 『아세아공론』에서 기독교는 특권적 종교가 아니라 제도화된 여러 종교 중 하나로 다루어지며, 역사적이고 가변적인 존재로 치환된다. 그 결과 『현대』와 『아세아공론』에서 기독교적 신앙은 사회윤리적 차원에서 논의되는 양상을 보인다.

---

68 디지털창원문화대전 김형두(http://changwon.grandculture.net/changwon/toc/GC02 205184(접속일 : 2023.8.23)).

3. '기독청년'의 형상과 주체형성

「조지 윌리엄스전」을 중심으로

1) 「조지 윌리엄스전」의 주변과 경로

이번 절에서는 『기독청년』과 『현대』에 연재되었던 「조지 윌리엄스전」^{이하「윌리엄스전」}을 살핀다. 「윌리엄스전」은 재동경YMCA의 총무^{1917~1923}로서 『기독청년』의 출간, 2·8독립운동 이후의 혼란 수습 등의 역할을 맡았던 백남훈이 '해온제^{鮮慍齋}'라는 필명으로 연재한 번역전기물이다. 「윌리엄스전」은 『기독청년』과 『현대』를 관통하며 가장 장기간 연재되었던 텍스트였다는 점도 눈길을 끈다. 이는 비단 연재 기간이 길었다는 점만을 의미하지 않는다. 『기독청년』에서 『현대』로 개편되면서 매체의 주요 담론이 변화했음에도 불구하고 「윌리엄스전」의 연재가 지속되었다는 사실은 「윌리엄스전」의 의의를 더욱 강화하는 측면이 있다.

번역된 텍스트는 원본의 변종이 아니며, 번역 공간의 사회, 문화적 맥락에서 생성된 또 하나의 원본으로서 독해되어야 한다는 데에는 큰 이견이 없을 것이다.[69] 이에 본 절에서는 첫째, 「윌리엄스전」의 저본을 확정하는 동시에 「윌리엄스전」이 생산되기까지의 경로를 추적하고, 둘째, 저본과 번역본의 거리를 염두에 두되 「윌리엄스전」을 하나의 독립적인 텍스트로 바라보면서 여기에 삼투되어 있는 번역자와 독자의 욕망을 재구하고자 한다.

「윌리엄스전」의 독해에 앞서 먼저 조지 윌리엄스^{George Williams}에 대해 알아보도록 하겠다. YMCA의 설립자인 그는 영국 남서부에의 농촌

---

69   로렌스 베누티, 임호경 역, 『번역의 윤리』, 열린책들, 2006, 81~86쪽.

마을 덜버튼Dulverton에서 출생했다. 그는 13세부터 인근 도시 브리지워터Bridgwater에서 포목상 사환으로 일을 시작했고, 1841년 20대 청년 무렵에는 런던으로 상경하여 옷가게 견습생이 되었다. 그는 대도시의 청년 노동자로서 산업혁명이 야기한 각종 사회 문제를 생생하게 목도했다. 당시 런던은 일자리를 찾아 유입된 지방 청년들로 인해 과밀화되어 있었으나, 이들을 수용할 제반 시설은 미비한 상태였다. 이러한 상황 속에서 청년노동자들의 생활과 정신은 열악한 환경에 그대로 노출되었다. 조지 윌리엄스는 이 문제를 기독교적 방법으로 해결해야 한다고 생각하고, 여기에 뜻을 함께하는 동료들과 기도모임을 시작한다. 이것이 오늘날까지 이어지는 범세계적 조직인 YMCA의 시초이다. 조지 윌리엄스는 YMCA 설립의 사회적 공헌을 인정받아 기사 작위를 수여했으며 사망 후에는 영국의 국가적 영웅들과 함께 세인트 폴 대성당에 안치되었다.

이상의 사실을 바탕으로 우리가 살펴볼 「윌리엄스전」으로 돌아가도록 하자. 「윌리엄스전」의 소제목과 내용을 살펴보면 그 저본은 *The Life of Sir George Williams*New York : A. C. Armstrong & son, 1906 로 추정된다.[70] *The Life of Sir George Williams*의 개정판인 *The Father of the Red Triangle : the Life of Sir George Williams*London : Hodder and Stoughton 가 1918년 출판되었지만 「윌리엄스전」의 연재가 1918년 5월부터 시작되었다는 점을 고려하면 백남훈이 개정판을 저본으로 삼았을 가능성은 매우 희박하다. 따라서 「윌리엄스전」은 1906년 출판된 *The Life of Sir George Williams*를 저본으로 삼았음은 거의 확실해 보인다.

*The Life of Sir George Williams*가 출간된 지 얼마 지나지 않아 일본

---

70   본 절에서 이 책을 인용할 때에는 서명과 인용 면수만을 표기한다.

기독교청년회동맹^{이하 일본YMCA}의 기관지인 『개척자^{開拓者}』에 이 책에 대한 짧은 서평이 게재되었다는 사실도 저본 확정의 주요한 근거가 된다.[71] 재동경YMCA의 총무였던 백남훈이 인접 YMCA와 교류하는 가운데 이 책을 접했을 가능성도 상정해 볼 수 있는 것이다. 그러나 「윌리엄스전」이 『개척자』가 소개한 조지 윌리엄스를 그대로 답습하지는 않았다. 이에 대해서는 잠시 후 상론할 것이다.

〈그림 19〉 조지 윌리엄스(1821~1905)

그렇다면 「윌리엄스전」이 원텍스트인 *The Life of Sir George Williams*를 어떻게 수용하고 있는지부터 검토하도록 하겠다. *The Life of Sir George Williams*와 「윌리엄스전」의 장별 소제목을 비교하면 〈표 10〉과 같다.

*The Life of Sir George Williams*는 윌리엄스의 개인사를 정밀하게 복원하되, 이를 영국 사회, 기독교 역사, 세계사적 흐름과 연동시키고 있

---

71 Galen Fisher, "Sir George Williams, Christian", 『開拓者』 2-2, 1907. 2. 참고로, 『開拓者』(1906. 2~1956. 11)는 일본어 지면과 영어 지면을 분리하여 편집, 출간했다. *The Life of Sir George Williams*의 서평은 일본의 대학연합기독교청년회 총무(secretary)직을 맡았던 미국인 선교사 Galen Fisher에 의해 영어로 작성되었다. 일본YMCA와 Galen Fisher의 관계에 대해서는 Davidann, J, "The American YMCA in Meiji Japan: God's Work Gone Awry", *Journal of World History* 6(1), 1995 참고.

<표 10> *The Life of Sir George Williams* 와 「윌리엄스전」의 소제목 비교

장	원텍스트 장 제목	연재회차	「윌리엄스전」 소제목	게재호
1	"The Soil And The City"	1	그의 출생지	『기독청년』 7호
2	"The Spiritual Homeland and the Fathers in Christ"	2	영적 고향과 그 주위	『기독청년』 8호
3	"A Young Man from the Country"	3	하향(下鄕)의 일(一) 청년	『기독청년』 9호
4	"The World and A Young Man"	3(sic)[72]	세계와 청년	『기독청년』 12호
5	"The Upper Room in St. Paul's Churchyard"	4	성 폴 사원의 2층(1)	『기독청년』 13호
6	"The Early Days of the Young Men's Christian Association"		『기독청년』 14~16호[73]	
7	"The World-wide Growth of the Young Men's Christian Association"	9	기독교청년회의 세계적 확장(1)	『현대』 3호
8	"The Critical Years of The Yong Men's Christian Association"			
9	"The Years of Progress"			
10	"The Religion of a Successful Merchant"			
11	"The years of Triumph"			
12	"From Jubilee to Jubilee"			
13	"Rest"			
14	"The Master Builder"			

다. 표의 장별 제목을 통해 알 수 있듯이 이 책은 낙후한 시골 마을에서 성장했던 윌리엄스의 유년기부터 YMCA의 비약적인 성장을 이끌었던 청장년기, 그리고 늙지 않는 청년의 모습으로 생을 마감한 노년기의 모습을 촘촘히 그려낸다. 그러면서도 그의 여러 활동과 신앙적 궤적이 영국 사회의 변화 및 신학사적 맥락 속에서 어떠한 의미를 갖는지 공들여 서술한다. 조지 윌리엄스 유족의 요청에 의해 집필에 착수한 이 책은 YMCA 창립 초기 멤버들과 YMCA의 적극적인 지원에 힘입어 조지 윌리엄스가 숨을 거둔 바로 이듬해인 1906년 출간되었다.[74] 조지 윌리엄

스라는 인물의 전 생애를 거시적 관점에서 텍스트화하는 작업이 무척 신속하게 진행되었음을 알 수 있다.

한편, 「윌리엄스전」은 9회 가량 연재된 후 갑작스럽게 중단된다. YMCA가 세계적으로 확장된 시점까지 서술된 것이다. 이것이 번역자인 백남훈의 자발적 결정에 따른 것이었는지, 아니면 불가피한 상황 때문이었는지는 확인할 수 없다. 다만 마지막 연재분의 소제목이 '기독교청년회의 세계적 확장(1)'인 것으로 미루어 보건대 백남훈이 '기독교청년회의 세계적 확장(2)'라는 제목의 연재분을 준비하고 있었으리라고 추측할 수 있다. 아울러, 연재를 시작하는 시점에서는 직접 쓴 '서언'까지 덧붙이며 연재의 의의를 밝혔던 데 반해, 마지막 연재분에는 종결을 암시하는 어떠한 표지도 없다는 사실 또한 추가 연재가 계획되었을 가능성에 무게를 더한다. 그러나 「윌리엄스전」의 돌연한 연재 종결은 의외의 효과를 발휘한다. 원텍스트가 유년기부터 노년기까지, 출생부터 임종까지 그의 전 생애를 다루고 있는 데 반해, 「윌리엄스전」은 공교롭게도 YMCA가 세계적인 단체로 발돋움하게 된 시점에서 마무리된다. 그 결과 윌리엄스는 이 텍스트 속에서 영원히 젊고 도전적인 청년으로 박재된다.

「윌리엄스전」의 장기 연재로 증명되는 조지 윌리엄스에 대한 관심은 재동경YMCA의 입지와 활동, 좀 더 구체적으로 말하자면 도쿄 내 여

---

72 『기독청년』 12, 1918.12의 연재분 「세계와 청년」은 4회차 연재인데 「3. 세계와 청년」 와 같이 3회차로 잘못 표기되어 있다. 이 오기는 다음 연재분 회차에도 영향을 미쳐 5회차 연재분인 「성 폴 사원의 2층(1)」이 4회차로 표기된다.

73 『기독청년』 14~15호 게재는 『창조』 2, 1919.3의 『기독청년』 14호 광고, 『창조』 3, 1919.12의 『기독청년』 15호 광고를 참고로 추정할 수 있다. 연재 회차를 볼 때 미발굴 상태인 『기독청년』 16호에도 연재되었을 가능성이 있다.

74 "Prefatory Note", *The Life of Sir George Williams*.

타 YMCA와의 교류를 통해 유발되었던 것으로 보인다. 동시기 조선의 대표적인 기독교계 신문『기독신보』는 물론 조선중앙YMCA의 기관지인『청년』에서도 조지 윌리엄스는 비중 있게 다루어지지 않았다. 반면, 일본YMCA 기관지인『개척자開拓者』는 윌리엄스 관련 글을 일찍부터 게재하고 있다. 창간 이후부터「윌리엄스전」이 연재되던 1920년대까지『개척자』에 게재된 조지 윌리엄스 관련 게재글을 목록화하면 〈표 9〉과 같다.

「윌리엄스전」과 관련하여 특히 주목해야 할 것은『개척자』9권 5호의「조지 윌리엄스의 생애 만국기독교청년회의 발달사」이다.「윌리엄스전」과 동일한 저본을 참고했던 것으로 보이는 이 글은 그의 생애를 장장 22쪽에 걸쳐 서술하고 있다.[75]『개척자』가 재동경YMCA에 기증되었다는 기록으로 미루어 볼 때,[76] 재동경YMCA의 회원들이 이 잡지를 읽었을 가능성은 충분해 보인다. 이를 감안하면「윌리엄스전」의 집필 배경에 일본측 YMCA의 영향이 일정 부분 작용했을 것이라 추정할 수 있다.

---

75 참고로, 이 기사에서 프롤로그 역할을 하는 부분은 조지 윌리엄스를 다음과 같이 소개한다. "일찍이 조야한 갈릴리 어부 사이에, 또는 소아시아의 유대회당 중에 나타난 그리스도 시대의 추이와 함께 어느 때는 로마 천주당 중에, 어느 때는 살벌한 십자군 가운데, 혹은 한우충동(汗牛充棟) 이상의 서적 중에 그 귀한 모습을 나타낸 것이다. 언제, 어느 곳에도 그리스도는 그 귀한 모습을 나타냈다. 그러나 언제, 어느 때라고 해도, 그리스도가 반드시 그 시대에서 가장 원동력이 풍부한 계급에서 가장 강하게 나타난다는 사실은 부정할 수 없는 것이다. (…중략…) 19세기 중반의 기록을 보면, 누구라도 세계의 원동력을 영국의 상업계급에서 발견할 것이다. 그리고 영국을 대표하는 것은 런던시였다. 또한 런던시를 담당했던 것은 그 상업계급에 다름 아니었다. 이처럼 당시의 런던의 상업계급은 세계적 문명의 원동력이었다. 그렇다면 그곳에 있어서야말로 가장 강한 그리스도의 출현은 발견될 것이 분명하다. 그렇다, 과연 우리는 그 그리스도의 가장 선명한 출현을, 런던의 한 오복점 가운데서 발견한 것이다. 이에 우리 기독교청년회에 의해 일어난 소이이며, 그 개척자는 평범한 위인 서(Sir) 조지 윌리엄스이다."
76 「기증받은 잡지(3월 이후)」,『현대』5, 1920. 5, 10쪽.

권(호)	발행연월	제목	필자	비고
1(1)	1906.2	〈靑年家〉서(Sir) 조지 윌리엄스 기념회		
2(2)	1907.2	Sir George Williams, Christian −A Review	G.M.F.	전기서평
9(5)	1914.5	조지 윌리엄스의 생애 만국기독교청년회의 발달사	記者	전기요약
16(10)	1921.10	윌리엄스시대와 일본의 現狀	筧光顯	'조지 윌리엄스 탄생 100년 기념' 기획
		윌리엄스의 소년시대와 청년회의 사명	增田健三	
		조지 윌리엄스와 청년회	山本邦之助	
		청년 조지 윌리엄스	丹羽淸次郎	
		신앙의 사람 조지 윌리엄스	福山順一	
		기도의 사람 조지 윌리엄스	露無文治	
		사업의 사람 조지 윌리엄스	聖山生	
22(7)	1927.7	조지 윌리엄스로 돌아가라	瀧浦文彌	

그러나 텍스트를 면밀히 독해하면 「윌리엄스전」이 『개척자』의 일방적인 영향 하에 놓여있다고 결론짓기는 어렵다. 『개척자』가 단발적으로 윌리엄스 관련 글을 게재한 데 반해, 『기독청년』과 『현대』는 「윌리엄스전」을 통해 매호 긴 호흡으로 그의 삶을 추적한다. 「조지 윌리엄스의 생애 만국기독교청년회의 발달사」와 「윌리엄스전」의 분량만을 단순 비교하더라도 「윌리엄스전」의 분량이 더 많다. 미발굴호의 게재분, 연재 중단에 따른 미연재분까지 고려하면 그 차이는 훨씬 커질 것이다.

「윌리엄스전」이라는 텍스트가 지닌 독자성을 궁구하기 위해서는 번역자 백남훈을 출발점으로 삼아야 한다. 전술한 것처럼 그는 극적인 회심을 통해 기독교에 입교해 기독교적 신앙을 바탕으로 근대적 지식을 흡수한 독실한 신앙인이자, 기관지 창간, 2·8독립선언의 뒷수습 등 재동경YMCA의 크고 작은 일을 도맡았던 핵심 인물이다. 그는 「윌리엄스전」의 「서언」에서 현재 YMCA가 거둔 성취에는 설립자인 윌리엄스의 공이 적지 않다고 평가하면서 윌리엄스의 "아름답고 장한 주의"를 기억

하기 위해 「윌리엄스전」을 "개술概述"한다고 밝힌다.[77] 조지 윌리엄스가
어떤 의의를 지닌 인물인지, 이 전기의 집필 목적이 무엇인지를 번역자
인 백남훈이 직접 밝히고 있는 것이다. 그가 텍스트 선정 단계에서부터
재동경YMCA의 기관지인 『기독청년』의 매체적 특성과 독자들의 관심
사를 민감하게 고려했음을 알 수 있다. 식민지 조선에서 생산된 기독교
계 인물전기와 「윌리엄스전」의 차별점은 바로 이러한 대목에서 드러난
다. 조선에서 기독교계 인물전기를 발간할 때, 주도적인 역할을 한 것은
내한 선교사들이었다. 이들은 어떤 인물의 생애를 서술할 것인가, 어떤
텍스트를 저본으로 삼아 번역할 것인가와 같은, 텍스트 생산의 가장 원
초적인 단계에 개입하고 있었다.[78] 반면 「윌리엄스전」에서 두드러지는
것은 번역자 백남훈의 주체적인 판단과 중층적인 욕망이다.

　　앞질러 말하자면 「윌리엄스전」은 '기독청년'의 구체적인 형상이자
지향해야 할 모델을 독자들에게 제시하기 위해 배치된 텍스트라 할 수
있다. 선행 연구의 지적대로 『기독청년』은 단순한 잡지의 제호 그 이상
의 의미를 품고 있었다. 『기독청년』은 기독교 신앙을 바탕으로 근대적
지식을 체화한 신체 건강한 청년의 이상형 '기독청년'을 의미할 뿐 아니
라, 동시에 이들을 호출하기 위해 고안된 제호였던 것이다.[79] 『기독청년』
의 여러 논설이 조선의 기독교계를 비판하고 '기독청년'이 가져야 할 덕
목을 거론하며 '기독청년'이라는 주체 구성에 복무하고 있다면, 「윌리엄
스전」은 '기독청년'의 삶을 생동감 있게 제시하는 역할을 한다. 윌리엄

77　해온제, 「조지 윌리암스전 서언」, 『기독청년』 6, 1918.4.

78　식민지기 내한 선교사들의 주도로 출간된 번역 전기물에 관해서는 김성연, 「기독교,
　　전기를 번역하다―식민지 시기 조선예수교서회의 번역 전기 출판」, 『민족문학사연
　　구』 58, 민족문학사학회, 2015 참고.

79　김민섭, 「1910년대 후반 기독교 담론의 형성과 '기독청년'의 탄생」, 195쪽.

스는 '기독청년'과 닮아 있어야 했다. 「윌리엄스전」의 문면과 행간에 투사된 번역자와 독자의 욕망을 독해하기 위해서는 이 사실을 기억할 필요가 있다.

2) 윌리엄스와 기독청년 사이의 낙차 지우기

「서언」에서 백남훈은 「윌리엄스전」이 "개술槪述", 즉 줄거리의 대강만을 담은 텍스트라고 밝힌 바 있다. 애초에 지면이 제한적인 잡지의 연재물로 계획되었으니 350쪽 이상의 방대한 원텍스트를 전역全譯하기란 불가능했던 것이다. 엄밀히 말하자면 「윌리엄스전」은 초역抄譯된 전기물이라 할 수 있다. 번역자인 백남훈이 줄거리를 간추려 서술한 것이 아니라, 원텍스트의 일부를 발췌해 그대로 번역했다는 것이다.[80] 이러한 번역 방식은 번역자의 욕망과 의도를 엿볼 수 있는 틈을 제공한다. 어떤 부분을 번역할 것인가, 혹은 번역하지 않을 것인가를 결정하는 과정에는 번역자의 의지가 필연적으로 개입하기 때문이다.

「윌리엄스전」은 '어떤 부분을 번역할 것인가'라는 질문 앞에서 독자들, 즉 '기독청년'의 공감을 최우선 기준으로 놓는다. 윌리엄스와 '기독청년'의 공통점을 표상화하는 것이 번역자의 주요 과제였던 것이다. 그러나 이는 그리 간단치 않은 문제였다. 1820년대 영국의 한 시골 마을에서 태어나 런던이라는 대도시에서 노동자로 일했던 윌리엄스와 1920년

---

80 단 「윌리엄스전」은 번역 부분만큼은 자의적 변용 없이 원텍스트를 충실히 번역한다. 사소한 오역이 있을 뿐, 의도적인 수정은 발견되지 않는 정도이다. 번역자의 임의적 개변이 빈번히 이루어졌던 1900년대 초의 역사전기물이나 1910년대의 번안소설과는 차이를 보이는 지점이다. 20세기 초의 역사전기물 및 번안소설의 번역과 번안 양상에 대해서는 손성준, 『중역한 영웅―근대전환기 한국의 서구영웅전 수용』, 소명출판, 2023 및 박진영, 『번역과 번안의 시대』, 소명출판, 2011 참고.

무렵 도쿄에서 유학하는 식민지 지식인 청년 사이의 거리는 어떻게 메워질 수 있을까.

이를 확인하기 위해 원텍스트와 「윌리엄스전」을 비교하여 번역되지 않은 부분이 무엇인지 점검해볼 필요가 있다. 번역자의 의도와 욕망은 번역된 부분, 즉 번역자가 번역하기로 선택한 부분뿐 아니라 번역되지 않은 부분을 통해서도 감지된다. 번역자가 원텍스트의 특정 부분을 취하지 않는 행위에는 번역자 개인의 고도의 판단이 수반되기 때문이다. 「윌리엄스전」의 경우, 윌리엄스라는 인물이 지닌 여러 요소 중 윌리엄스에 대한 '기독청년'의 동일시를 저해하는 것들은 대부분 번역되지 않았다. 예컨대, 백남훈은 윌리엄스의 영혼의 고향이 상점shop이었다거나,[81] 윌리엄스가 근대적 지식에 무지했고 교리를 비판적으로 사고하는 데 무관심했다는 사실은 옮기지 않는다.[82] 백남훈이 이런 내용을 배제한 이유는 무엇일까. 줄여 말하면 이는 '기독청년'의 이상적 형상에 부합하지 않았기 때문이다. 백남훈은 이 내용을 삭제하는 대신, "그는 여유만 있으면 상품에 대한, 판매에 대한 여러 가지를 연구하였으며, 또 그의 포켓에는 상업에 관한 지편으로 충만"[83]했다고 서술하면서 윌리엄스가 나름의 "연구"와 읽기를 지속했음을 강조한다.

---

81 "George Williams's spiritual homeland was a shop. The silent, mighty power of the Christian life lived under the ordinary commonplace circumstances of business, that was the memory of his homeland which he carried with him through changing scenes and years." *The life of Sir George Williams*, p. 29.

82 "George Williams was not a student, not a great reader; matters of criticism and details of doctrine always failed to excite his interest. He knew nothing and cared nothing about the results of linguistic or historical enquiry into the authenticity of the Scriptures." Ibid., p. 31.

한편, 드물기는 하지만 번역자인 백남훈이 임의로 첨가한 부분을 함께 살펴볼 필요가 있다. 아래의 인용문 중 강조된 부분은 원텍스트에는 없지만 백남훈이 추가한 부분이다.

윌리암스는 팀레트 부인의 경영하는 둘배로돈 소학교^{구식}에 통학하였는데, 이 학교는 애쉬웨이에서 15리가량이나 되는 고로, 소년은 농마農馬를 승乘하고 왕래하였으며, 기후其後에는 티배로돈글로인 학교에 통학하였소. 당시 학교에서 일종의 철퇴로 타두打頭하였음은, 우리 구식 서당에서 **타두함과 흡사하지오. 혹 기其 이상이었소이다.** 연고然故로 소년의 유시幼時에 학교생활은 극히 신산하고 곤란하였소.[84]

당시 영국 농부가 자기 농촌을 리離하고, 성시城市에 왕往하여 생활의 방도가 유有하다고는 몽중夢中에도 생각지 못하였거니와, 당시當時에만 연然하였을 뿐 아니라. 지금도 역시 그렇다 하니, **우리 농부의 상태와 흡사하외다.**[85]

---

83 해온제, 「윌리엄스전(2) ─ 영적 고향과 그 주위」, 『기독청년』 8, 1918. 6.

84 해온제, 「윌리엄스전(1) ─ 그의 출생지」, 『기독청년』 7, 1918. 5. 참고로, 원텍스트의 서술은 다음과 같다. "School life was hard and harsh everywhere then, and Tiverton had a reputation for roughness — it was Archbishop Temple who told hot at Blundell's he uesed to chastise Blackmore by striking him on the head with a brass-headed hammar — so that it is no wonder that George Williams's recollection of those days were for the most part of privation and suffering." *The Life of Sir George Williams*, p.12.

85 위의 글. 원텍스트의 서술은 다음과 같다. "The desire for the larger life — a feeling almost inexplicable to the true British farmer who, to this day, in spite of all his grumblings, is unable to conceive how any sensible creature can choose the town when he might live on the land, and who even now, as I myself have heard, wonders what a man can find to do with himself all day long in London — was beginning to stir his fancy and dominate his dreams." *Ibid.*, p.15.

「윌리엄스전」은 자의적 개변을 지양하고 원텍스트에 충실한 번역을 수행했다. 그러나 서구 제국의 최선봉에 선 영국이라는 타자 속에서 조선의 형상을 발견할 때, 백남훈은 첨언의 욕망을 억누르지 못한다. 추가된 내용을 살펴보면 영국과 조선의 유사성에 대한 번역자의 논평임을 알 수 있다. 먼저 (가)를 보자. 원텍스트의 해당 부분은 과거 영국의 학교에서는 체벌이 흔하게 이루어졌다는 내용이다. 그러나 백남훈은 이것이 과거라는 점을 강조하기보다는 이 상황이 "우리"의 상황과 흡사하다는 언급을 덧붙인다. (나)는 고향을 떠나 도시에서 생활하기로 결심하는 것이 궁벽한 농촌 출신에게 얼마나 큰 도전이었는지를 서술하는 대목인데, 이 부분 역시 비슷한 양상을 보인다.

역사의 진보를 믿는 직선적 시간관을 토대로 하여 서구를 선진적으로, 조선을 후진적으로 파악하는 관점은 당시 유학생 잡지에서 일반적이었다. 조선의 후진성은 언제나 극복과 비판의 대상이었다. 이러한 논리는 서구와 조선을 비교 대상으로 삼아 양자 간의 격차가 얼마나 극심한지를 강조하며 조선의 후진성을 부각시키는 데 주력했다. 그런데 「윌리엄스전」에서 강조되는 것은 차이점이 아니라 공통점이다. 백남훈은 이 공통점에 방점을 찍으며 식민지 조선과 영국을 동위선에 놓는다.

이러한 맥락에서 「윌리엄스전」에서 조선어와 영어 원문이 병치되는 현상이 종종 나타나는 것도 다시 한번 살펴볼 필요가 있다. 이러한 경향은 특히 윌리엄스의 직접 발화에서 두드러진다. 다음에서 보듯, 백남훈은 조선어 번역에 이어, 괄호 안에 영어 원문을 밝혀 적는다.[86]

---

86 그밖에 지명이나 인명과 같은 고유명사류에 대해서도 단어 제시 수준의 원문의 병기가 이루어진다.

네 모든 죄를 회개하고 그리스도를 받으라. 그를 믿고 네 마음과 뜻을 구주께 바치라. ― Confess your sins, accept Christ, trust Him, yield your heart to the Saviour. (…중략…)

오인人은 그의 간단한 기도를 소개코자 합니다. (…중략…) "하나님이여 나를 도와주시사 나의 심신을 온전히 당신께 바치게 하옵소서. 내가 처음으로 우리 예수께서 내 죄를 대신하여 죽으사 (용서)함을 각지覺知하였을 시에, 내 영혼의 기쁨과 평안은 어떻다고 말할 수 없었습니다.(God help me to yield my-self wholly to Him, I can describe to you the joy and peace which flowed into my soul when I first saw that the Lord Jesus had died for my sins, and that they are all forgiven)." (…중략…)

기其 다소多少한 여부는 물론 하고 오인人은 타인을 위하여 일할 수 있다.(It is not how little but now much we can do for others.)[87]

월리엄스의 삶에서 "우리" 조선의 모습을 발견해 낼 때, 영국과 조선은 동일한 차원의 비교항으로 놓이는 동시에 일본이라는 매개항이 사라진다. 조선과 서구의 매개항으로서 일본이 점하는 위치는 상당히 공고했다. 서구발 근대적 지식과 문화가 일본을 경유하여 조선으로 유입된 것은 부인할 수 없는 사실이다. 그러나 「월리엄스전」에서 일본의 자리는 완전히 소멸된 상태에 가깝다. 백남훈은 월리엄스의 기도를 조선어와 영어로 나란히 제시한다. 이는 바꾸어 말하면 한글과 알파벳을 병치함으로써 히라가나의 틈입을 막는 행위이며, '기독청년'이 피식민 조

---

87 해온제, 「조지 월리엄스전(2) ― 영적 고향과 그 주위」, 『기독청년』 8, 1918.6 참고로, 괄호 안의 한글은 판독이 불가능한 글자를 문맥을 통해 추측하여 인용자가 기입한 것이다. 인용문의 형식은 원문을 최대한 그대로 유지했음을 밝힌다.

선인 청년이라는 정체성에서 벗어나 세계청년으로서의 정체성을 장착케 하는 언어적, 서사적 장치였다 하겠다.

원텍스트에서 번역할 부분을 취사하는 기준이 윌리엄스와 기독청년의 상동성에 있었다면, 「윌리엄스전」은 고난을 극복하고 이상을 선취한 '기독청년' 윌리엄스를 묘출해내는 데 주력한다. 이를 좀 더 세밀하게 살피기 위해 윌리엄스의 유년 시절에 대해 서술하는 1회 연재분의 일부를 보자.

당시 그 농촌에 거주하는 인민 등은 고래의 전설적 보수주의에 물들었고, 따라서 그들의 일상생활은 고담古談 전설과 떠날 수 없는 관계에 있었소. 그런 고로 그들은 서부西部 고담 중에서 양육을 받았고, 미신迷信 중에서 장성長成하였소. (…중략…)

윌리엄스의 종교적 성품은 유시幼時부터 촌村 농부들에게 모범적이었고, (…중략…) 그러나 교회에는 이따금 출석하여, 우리 속담에 소위 '띄엄 예수' 혹은 '조금 예수'이었소. 당시 교회는 극히 타락하였고, 목사는 유희자遊戲者이었으매 신자의 심령을 청결케 하는 것 같은 책임은 추호만치도 생각지 않았지요. 과연 종교의 공각空殼시대오, 실로 유희 목사의 시대이었소. (…중략…) 하브너 게일은 속인俗人이 유희하는 처소와 수렵하는 처소를 경시함과 같이, 자기의 직책과 교구를 경시한 목사의 일인一人이오. 그는 파리치기, 닭싸움 붙이기, 권투, 씨름, 사이더 혹은 맥주 먹는 날, 등을 좋아하였고, 아무 학식이 없으므로 고전이나 신학상 연구를 위하여 시간을 소비하였다고는 상상키 어렵소. 그는 과연 이러한 취미가 없었소.[88]

---

88   해온제, 「조지 윌리엄스전(1)-그의 출생지」, 앞의 책.

위의 인용문은 낙후된 농촌 마을에서 성장했던 윌리엄스의 유년 시절을 묘사한다. 윌리엄스는 예민한 상업적 감각과 민첩함, 남을 돕는 성품 등 긍정적 면모를 갖춘 소년이었으나 그의 신앙심은 그리 돈독하지 않았다. 주일 성수조차 게을리했던 윌리엄스의 모습에 대해 번역자 백남훈은 "떠엄 예수", "조금 예수"라는 췌언을 더한다. 서사적 관점에서 보았을 때 이러한 윌리엄스의 부정적인 면모는 극적인 회심과 성장의 발판으로 기능한다. 요컨대 「윌리엄스전」은 성장소설의 기본 문법을 따르는 가운데, 윌리엄스의 부정적 측면까지 묘사함으로써 인물을 입체적으로 설정하고 서사에 흥미를 부여한다.

그런데 글을 조금만 더 읽어보면 윌리엄스의 신앙생활이 불성실했던 원인이 교회의 타락에 있었음을 알 수 있다. 고향 마을 덜버튼 교회의 목사는 지적 호기심도 없었고 오로지 유희에만 골몰했으며, 교회는 타락한 상태였다는 것이다. 타락한 교회와 무지하고 태만한 목사. 이는 기묘한 기시감을 안겨준다. 『기독청년』의 논설이 비판했던 조선의 기독교와 목사들을 즉각 연상시키기 때문이다. 그 결과 위의 인용문은 『기독청년』의 독자들과 조지 윌리엄스의 친연성을 강조하는 효과를 발휘한다. 부패한 기독교와 교회는 종교에 냉담했던 윌리엄스를 질책할 수 없도록 하는 알리바이가 된다. 이는 다방면의 근대적 지식을 쌓으면서 "자연 그렇게" 교회에서 멀어진 최승만이나,[89] 무지한 설교 앞에서 "망연자실"함을 느끼고 성서의 기적을 도무지 "치신"[90]할 수 없었다고 고백하는 김준연을 변호하는 대목이기도 하다. 이를 종합할 때 윌리엄스의 고향마을과 윌리엄스는 조선과 '기독청년'의 상동관계로 설정되어 있음을 알 수 있다.

---

89 최승만, 앞의 책, 37쪽.
90 김준연, 「기독신자 되기까지에(1)」, 『기독청년』 11, 1918.11.

윌리엄스가 담지한 장점과 그 장점을 부각하는 여러 에피소드는 '기독청년'들의 실천을 촉구하는 역할을 한다. 윌리엄스의 성격적 장점 중에서도 특히 강조되었던 것은 결단력과 동정심이었다. 전술한 것처럼 '기독청년'은 조선의 기독교계의 보수성과 폐쇄성을 타파해야 한다는 책무를 짊어졌다. 그러나 비기독교적이라고 여겨지는 요소들을 기독교의 내부로 끌어들임으로써 기독교의 활동 영역을 확장하고 기독교를 쇄신하려 했던 '기독청년'들의 노력은 왕왕 신앙의 타락으로 비추어지곤 했다. 윌리엄스의 결단력 있는 행동은 이러한 곤란에 직면한 '기독청년'에게 일종의 행동지침으로 제시된다. YMCA 사업이 자리를 잡은 후에도 조지 윌리엄스는 진취적인 태도로 다양한 사업을 전개했는데, 그의 구상은 때로 당대의 기독교계와 YMCA 조직 내부의 반발을 샀다. 「윌리엄스전」이 전하는 충돌의 한 사례를 확인해보자.

　　후일 청년회 간사가 어떤 기자에게 말하기를 "우리는 이렇게 말하기에 주저치 아니합니다. 즉 신자 청년은 헤엄치기, 경장, 아니 여하한 종류의 경쟁이든지 하지 않는 것이 좋다고. 구별을 세우고자 하는 희망, 다시 말하면 이기고자 하는 생각 이것이 일종의 덫이외다. 만일 그 경쟁에 승리를 얻는다 하면 적수에게 실망의 감정 또는 시기 질투를 일으키기 쉽습니다." (…중략…) 그윌리엄스—인용자는 결코 이런 변론에 참여치도 아니하였거니와 청년회 사업의 확장을 염려하는 사람들의 편협한 의견에 귀를 기울이지도 아니한 것이오.[91]

　　위의 인용문은 YMCA에서 지덕체 삼육 중 체육의 가치가 정착되까

91　해온제, 「윌리엄스전(9)—기독교청년회의 세계적 확장(1)」, 『현대』 3, 1920.3.

지 윌리엄스가 겪었던 우여곡절을 스케치한다. 윌리엄스는 YMCA 사업을 스포츠 영역으로 확장하려 했으나 조직 내부의 반대에 부딪힌다. 모든 종류의 경쟁은 실망, 시기, 질투 등 부정적인 감정을 유발하는 덫이 된다는 것이 반대의 이유였다. 그러나 윌리엄스는 이러한 "편협한 의견"에 휩쓸리지 않고 체육 사업을 개진해 나간다. 보수적이고 폐쇄적인 의견에 굴하지 않고 자신의 신념을 끈기 있게 밀고 나가는 윌리엄스의 태도는 비단 기독교와 체육을 결합하는 움직임뿐 아니라, 기독교와 사회를, 기독교와 근대적 지식을 연결하는 '기독청년'의 다양한 시도에 공히 요청되는 것으로 읽힌다.

윌리엄스가 보여주는 이와 같은 과단성의 뿌리에는 동정이라는 감정이 자리한다. 동정은 그가 YMCA를 설립하고 성장시킨 원동력이며, YMCA가 보여준 개방성과 실천성의 토대가 된다. 그는 자신과 같은 상점에서 일하는 청년들의 행복을 위해 시간과 금전을 헌신했고, "시내 각 상점 사환에게 많은 동정"을 바탕으로 YMCA를 체계화했으며,[92] 나아가 YMCA 비회원의 영적 수양을 위해 이들에게도 야학과 종람소를 개방한다.[93] 여기서 윌리엄스의 동정심은 비기독교인 노동자와 활발히 교류하며 기독교 바깥으로 운신의 폭을 넓히고 그들을 위해 기도 모임을 시작하는 계기로 그려진다. 그의 동정심은 자신의 눈앞에 있는 주변인에서 시작하여 "우리 동포",[94] 나아가 세계로 확장되는데, 이는 곧 YMCA가 확장되어가는 궤적이기도 하다. 이는 개인의 내면에서 발견된 동정이라는 감정을 전체의 감정으로 확대하고, 동정을 계몽의 기획과 결합시키면서

---

92 해온제, 「윌리엄스전(4)―성 폴 사원의 2층 其(1)」, 『기독청년』 13, 1919.1.
93 해온제, 「윌리엄스전(9)―기독교청년회의 세계적 확장(1)」.
94 위의 글.

동정의 실천적이고 물질적 가치를 강조했던 동정 담론과 상통하는 부분이다.[95]

흥미로운 점은 윌리엄스의 동정이 사회적 실천으로 전환되는 결정적인 순간에 기도가 배치된다는 것이다. 「윌리엄스전」은 윌리엄스의 광범위한 이동과 행적을 다채롭게 그려낼 뿐 아니라, YMCA의 설립과 전개에 조력했던 인물들도 다수 등장하는, 사건성이 풍부한 서사물이라 할 수 있다. 그러나 그의 기도가 진행되는 동안 서술상의 시간은 완전히 정지하고 사건의 발생도 중지된다. 윌리엄스의 기도는 그의 내면을 엿볼 수 있는 유일한 통로로 기능하면서 강한 흡인력을 발휘한다.

> 하나님 당신은 이때까지 나를 보호하시고 또 여기까지 나를 인도引導하셨습니다. 지금 당신의 지도하심을 비옵나니 (…중략…) 나의 원하는 것은 명예, 재산 혹은 행복이 아니옵고 다만 당신을 영화榮華롭게 하고자 할 뿐이올시다. 하나님이여, 나의 부르짖는 것이 당신께 달達하게 하옵소서. 주여, 예수의 이름으로 구求하옵나니 나로 하여금 '이가 그 길이니 그리로 가라'는 당신의 말씀을 듣게 하여 주옵소서. (…중략…) 거룩하신 아버지여, 당신의 뜻에 합당치 않거든 그의 마음을 감동시키사 정지停止되게 하시고 만일 합당하거든 그대로 되게 하시사 나로 하여금 당신의 지도하신 길에 행하는 줄 알게 하시옵소서.[96]

윌리엄스의 기도는 두 측면에서 눈길을 끈다. 첫째, 윌리엄스의 기도는 내면이라는 사적 영역에서 사회라는 공적 영역으로 나아가는 계기

---

95   김성연, 「한국 근대문학과 동정(同情)의 계보－이광수에서 『창조』로」, 연세대 석사논문, 2002, 28~34쪽.

96   해온제, 「윌리엄스전(3)－세계와 청년」, 『기독청년』 12, 1918.12.

로 기능한다. 구제 활동, 전도 활동, YMCA 사업 등 윌리엄스의 주요 활동에는 반드시 기도가 선행된다. 사적 영역에서 행해진 그의 기도는 그의 동정심을 더욱 강화하고, 그 동정심은 공적 영역에서의 그의 실천을 촉진한다.

첫 번째 특징이 텍스트 내부에서 발견된다면, 두 번째 특징은 텍스트 읽기의 효과로서 발생된다. 기도는 신과의 단독 대면의 형태를 띠는 담론양식이라 할 수 있다.[97] 모든 사건이 멈추고 윌리엄스가 신과 독대하는 순간, 「윌리엄스전」의 독자들은 단순히 그의 기도를 '읽는' 것이 아니라 그의 독백 속으로 빨려 들어가 마치 자신이 기도하는 것처럼 느낀다. 그 진솔한 고백의 문장들은 독자와 윌리엄스의 경계를 무화하고 독자를 윌리엄스의 내면으로 초대한다. 백남훈이 조지 윌리엄스의 기도를 "모범"으로서 반복적으로 제시하는 이유도 이와 무관하지 않다.[98] 즉, 윌리엄스의 기도는 윌리엄스와 독자 사이를 직접적으로 연결하는 통로가 되는 동시에 이상적인 기도와 내면에 대한 일종의 교본 역할을 하고 있는 것이다.

윌리엄스는 신의 은혜에 감사하고, 개인적 영달보다는 신의 영광을 우선순위에 놓는 기도를 반복한다. 윌리엄스의 기도는 이처럼 기도의 보편 문법을 따르기 때문에 『기독청년』의 독자들에게 익숙함을 선사한다. 짐작건대, 윌리엄스의 기도와 '기독청년'의 기도는 상당한 유사성

---

[97] 이와 관련하여 한 유대인의 일기가 점차 기도라는 독백으로 바뀌어간다는 점에 주목한 울리히 벡의 논의를 참고할 수 있다. 울리히 벡, 홍찬숙 역, 『자기만의 신』, 도서출판길, 2013, 23쪽.

[98] "이때 그의 기도는 우리의 좋은 모범이 되리라 합니다 '이 직분(職分)이 나의 자만심 혹은 허영심을 일으키지 아니하고 다만 겸손한 마음을 품어 하나님을 영화롭게 하도록 하시옵소서'" 해온제, 「윌리엄스전(3) – 세계와 청년」.

을 보였을 것이다. 기도란 지극히 내밀한 고백이되, 독특한 문법과 수사를 특징으로 하기 때문에 타인의 기도에서도 익숙한 대목을 발견하기란 그리 어려운 일이 아니다. 더구나 '기독청년'들은 YMCA 구성원이라는 정체성을 가지고 있었으므로 윌리엄스에 자신의 형상을 대입시키기가 더 쉬웠다. 「윌리엄스전」의 독자들은 윌리엄스의 기도에 자신의 기도를 포갬으로써 식민지 조선의 청년이 아니라 신 앞의 단독자이자 보편자의 모습으로 변화한다. 기도하는 윌리엄스처럼 신 앞에 개인으로 설 때, '기독청년'들은 언어와 민족의 구애로부터 자유로워질 수 있다. 나아가 이 기도에 동참함으로써 독자들은 피식민지 청년에서 YMCA의 전망을 위해 기도하는 세계 청년으로 자연스럽게 비약한다. 이와 관련하여 기도는, 비유컨대 상상적인 방식으로 세계에 입적하는 통로로서, 피식민의 조선인 청년들이 동시성의 감각을 회복하는 주요한 수단이었다는 지적을 상기해 볼 필요가 있다.[99] 「윌리엄스전」의 기도 역시 그러했다. 절대자에게로 접속하는 길인 윌리엄스의 기도에 동참함으로써 독자들은 후진의 불안에서 벗어나 초월적 세계로 비약할 수 있었다.

　「윌리엄스전」은 '기독청년'의 출현을 간절히 요청하는 다른 글들과 함께 놓일 때 그 의미가 분명해진다. 조선반도의 미래를 짊어져야 할 인물은 다름 아닌 '기독청년'이어야 한다는 외침은 간절하기는 하지만 모호하고 추상적이다. 조지 윌리엄스라는 실존 인물의 삶은 이 모호함과 추상성을 보완할 하나의 모델이 되었다.

99　김동식, 「진화(進化), 후진성(後進性), 제1차 세계대전」, 『한국학연구』 37, 인하대 한국학연구소, 2015, 186쪽.

4. 기독교와 사회주의의 접합과 분기 변희용의 사례를 통해

1) 한 사회주의자의 전사前史

조선인 청년들은 도쿄에서 또 다른 기독교와 조우한다. 이들은 자유주의 신학에 기울어져 있었던 요시노 사쿠조, 혼고교회 등과 교류하면서 조선의 기독교를 상대화할 수 있었다. 이 과정에서 조선 기독교의 배타성과 폐쇄성을 비판하는 논리를 구축하고 기독교는 윤리적 문제해결 틀이자 사유방식으로 전유되면서 담론자원으로서 영향력을 배가하게 된다. 그러나 1920년대초반을 경과하면서 담론의 무게중심은 서서히 사회주의로 이동한다. 이 변화의 궤적을 변희용을 하나의 사례로 삼아 살펴보도록 하겠다.

『기독청년』이 『현대』로 개편되면서 종교색이 희박해지고 사회평론이 증대되었다는 점은 선행 연구가 공통적으로 지적하고 있는 대목이다. 특히 김민섭은 『현대』의 사회주의 담론 수용에 주목한 바 있다.[100] 이러한 변화의 중심에는 변희용이 있다. 『기독청년』에서는 두드러지지 않던 그의 이름이 『현대』에 들어서는 거의 매호 빠지지 않고 등장하는 것이다. 그의 글에는 사회에 대한 관심이 한결같이 표명되어 있는바, 『기독청년』에서 『현대』로의 변화에 변희용이 미친 영향은 적지 않다 하겠다.

우리에게 익숙한 1920년대 변희용의 모습은 사회주의자로 기록되기에 충분하다. 게이오대학慶應大學 이재과理財科 출신의 변희용은 김약수, 송봉우宋奉瑀, 이여성李如星 등과 함께 사회주의 사상단체인 북성회北星會를

---

100 이에 대한 상세한 논의는 김민섭, 「1920년대 초 동경 유학생의 "사회", 사회주의 담론 수용연구—동경조선기독교청년회 기관지 『현대』를 중심으로」, 『한민족문화연구』 47, 한민족문화학회, 2014 참고.

조직하는 데 앞장섰으며, 조선으로 귀국한 후에는 조선청년총동맹 결성에 참여하고 중앙집행위원회로 선출되었다.[101]

시기적으로 보았을 때 『현대』에서 보여준 그의 문필활동은 사회주의자로서의 행보를 본격화하는 기점에 놓인다. 1921년 변희용은 사회주의 계열의 김약수, 정태신, 아나키즘 계열의 원종린, 황석우와 함께 『대중시보』 발행에 착수했다. 『대중시보』는 "인류사회의 모든 불평등의 주인ᆂ因되는" 자본주의적 경제조직을 근본적으로 개혁"[102]하기 위한 "계급전의 포고문"[103]으로 자임했던바, 사회주의적 색채를 애써 감추지 않았던 잡지라 할 수 있다. 변희용은 여기서 편집 겸 발행인이라는 중책을 맡아 계급, 여성, 교육 등 다양한 사회 문제에 대한 관심을 표명했다. 그러나 곧 그는 "저술에 전무專務"[104]하기 위해 편집 겸 발행인의 자리를 내려놓는다. 이 "저술"이란 당시 변희용이 기획 중이던 『전진前進』의 창간 준비 작업을 의미하는 것으로 보인다. 현재 『전진』은 2호1922.5와 4호1922.11만이 확인된다. 게재물을 일별하면 『전진』은 마르크스주의와 유물사관에 집중했다고 정리할 수 있다.

훗날 변희용은 "3・1운동 이후 민족운동의 방향전환에 관하여 사색"하는 가운데 "민족운동을 성공의 방향으로 발전시키기 위하여서는 사회주의운동을 수단으로 행하는 것이 최선의 길"이라는 결론을 얻기에 이르렀다고 회고한다. 이 사색의 과정에서 사회 문제, 노동 문제, 사회주의에 관한 서적을 접하였고, 『현대』, 『대중시보』, 『전진』 등에 글을 썼으며

---

101 강만길, 『한국 사회주의운동 인명사전』, 창작과비평사, 1996.
102 「광고」, 『대중시보』, 『동아일보』, 1921.11.12.
103 「광고」, 『대중시보』 4, 『동아일보』, 1922.6.10.
104 「사고」, 『대중시보』 3, 1921.9, 45쪽.

실제 운동에 가담하기도 했다는 것이다.[105] 회고의 내용과 이 시기 그의 행보를 염두에 둔다면, 『현대』에 게재된 변희용의 글들은 이 '민족운동의 방향전환에 관한 사색'의 첫머리에 놓인다 할 수 있다. 『현대』 창간호에 실린 「노동 문제에 대한 여余의 견문(2)」는 현재 확인되는 변희용의 글 중 데뷔작에 속하는데,[106] 이후 이어지는 글들 또한 본격적인 사회주의자의 행보를 시작하기 전 사상적 모색의 과정을 보여주고 있다.

이 글들이 눈길을 끄는 또 다른 이유는 기독교인인 변희용이 사회주의 담론으로 기울어가는 과정을 엿볼 수 있다는 데 있다. 당시 그가 기독교에 대해 어떤 태도를 취하고 있었는지는 알 수 없다. 그러나 분명한 사실은 그가 가입 승인 조건으로 기독교 신자일 것을 내세웠던 재동경 YMCA에서 임원의 역할까지 맡았다는 것이다.[107] 그가 최소한 기독교 신앙을 정체성의 일부로 인정하고 있었음을 의미한다. 이처럼 그는 『현대』의 간판 필자인 동시에 재동경YMCA의 핵심 인사이기도 했다. 여기서는 변희용의 1920년대 초 저작들을 바탕으로 그가 참조했던 사상과 인물을 살펴보고, 이를 통해 기독교와 사회주의를 교섭, 결합시키는 그의 사상적 모색과정을 재구해보려 한다.

1920년은 변희용이 다양한 지면에 필자로 등장하여 정력적으로 글을 발표한 시기다. 변희용은 『현대』 창간호부터 9호에 이르기까지, 단 한 차례도 빠짐없이 매호 글을 기고했다. 『현대』 외에 『학지광』이나 조

---

105 일파 변희용 선생 유고간행 위원회, 『일파 변희용 선생 유고』, 성균관대 출판부, 1977, 298쪽.
106 「노동 문제에 대한 余의 견문(1)」은 현재 미발굴 상태인 『기독청년』 16호 혹은 17호에 실렸을 것으로 추정된다.
107 재동경YMCA는 기독교 신자에 한해 가입을 승인했다. 변희용은 1920년 11월 27일의 선거총회에서 이사와 서기로 발탁되었다. 유동식, 앞의 책, 197쪽.

선에서 발간되던 『공제共濟』에 기고한 흔적도 발견되며 그가 직접 관여했던 『대중시보』에도 여러 편의 글을 발표했다. 글의 말미에 기재된 집필일을 기준으로 하면 변희용은 1919년 11월부터 1920년 5월까지 매달 한 편 꼴로 논설을 집필했던 것이다. 그런데 1년 남짓이라는, 그리 길지 않은 기간 동안 그의 글에서는 사상적 변화가 감지된다.

〈표 11〉 변희용 집필 기사 목록(1919~1921)[108]

기사명	게재잡지	게재일	집필일	비고
「노동 문제에 대한 余의 견문(2)」	『현대』 1호	1920.1.31	1919.11.22	
「사회와 경제」	『현대』 2호	1920.3.2	1920.1.31	
「신인의 성(聲)」	『현대』 3호	1920.3.20	1920.2.25	
「민본주의의 정신적 의의」	『현대』 5호	1920.5.10	1920.3.12	초역
「노동자 문제의 정신적 방면」	『공제』 1호	1920.9	1920.5.6	
「랏셀의 이상의 일절」	『현대』 6호	1920.6.18	1920.5.28	초역
「노동운동의 정신」	『학지광』 22호	1921.6.21	1920.11.7	초역
「칼 마룩쓰 약전」	『현대』 8호	1920.10.30		
「칼 마룩쓰 약전 2」	『현대』 9호	1921.2.5		
「신사회의 이상」	『대중시보』 임시호	1921.5	1920.5.12	
「(대화) 부인의 경제적 평등」	『대중시보』 임시호	1921.5		초역
「사회 문제 급(及) 계급의 의의」	『대중시보』 3호	1921.9		
「교육호(敎育乎)?」 「혁명호(革命乎)?」	『대중시보』 3호	1921.9	1921.5.15	
「(대화) 부인의 경제적 평등」	『대중시보』 3호	1921.9		초역

오노 야스테루는 1920년 전후 변희용의 관심사를 노동 문제, 민본주의, 러셀로 분류한 바 있는데,[109] 『현대』에는 이 세 부류의 글이 고루 게재된다. 이 세 주제를 관통하는 변희용의 문제의식이 있다면 그것은

---

108 小野容照가 작성한 「변희용 집필 기사 일람(1919~1921년)」을 참고, 보완하였다. 小野容照, 『朝鮮独立運動と東アジア－1910~1925』, 229쪽.

109 위의 책.

불평등이라는 화두이다. 불평등에 관한 문제의식은 경제적 측면에서는 사회 내 분배의 불균형과 노동 문제로, 정치적 측면에서는 속박과 억압의 비판으로 나아간다.

사회주의자로서의 행보를 본격화하기 이전에 집필된 이 무렵의 글들은 그의 사회주의적 사상이 주조되던 시기의 내면을 엿볼 수 있는 통로가 된다. 이 시기 그는 각종 사회 문제에 대해 비교적 온건한 논조를 유지했다. 이는 노동 문제에 있어서도 마찬가지였다. 예컨대 「신인의 성」에서 그는 자본가의 사회적 책무에 관해 논하며 금전을 가진 자라면 교육, 언론기관, 문화시설 확충과 같은 "사회적 공공사업"에 투자해야 한다고 주장한다. 자본가의 사회적 역할을 강조하는 이러한 주장은 프롤레타리아 계급혁명을 최종적 목적으로 두는 역사관과 다른 방향을 향하고 있다. 그런가 하면 「노동자 문제의 정신적 방면」은 노동 문제의 해결에 자본가의 동정이 필요하고 자본가의 동정을 얻기 위해서는 노동자가 사회적 헌신의 관념을 기를 필요가 있으므로 노동자를 대상으로 하는 훈련과 시설이 긴요하다고 주장한다. 노동자와 자본가의 협조로 노동 문제가 해결될 수 있다는 이러한 논리는 자본가 계급에 대한 기대를 내포한다.[110]

온건한 사회주의, 또는 점진적 개혁주의에 가까운 그의 사유에는 미국 사회복음운동의 사조가 일정 부분 영향을 미친 것으로 보인다. 「노동 문제에 대한 여余의 견문(2)」는 이러한 추정을 강하게 뒷받침하는 글이다. 변희용은 사회주의를 "일언一言으로 폐지蔽之하면 사회활동의 주의"이며 "금일의 경쟁 제도를 폐지하고 사회를 공력주의共力主義 상에서 개조

---

110 小野容照, 앞의 책.

하려는 주의"라 설명한다. 이러한 "단순한" 설명을 보완하기 위해 그는 "가장 권위 있는 사회주의 정의라고 신용할 만한" 리처드 일리^{Richard T. Ely,} _{1854~1943}의 말을 아래와 같이 옮겨 적는다.

제일, 생산기관의 공유. 이미 철도, 우편, 대산림 같은 것은 공유로 하는 나라가 많도다. 사회주의는 다만 공유의 범위를 더 확장하려 할 뿐이라. 수공용의 기구와 하물 같은 것 외의 생산기관을 공유로 하려 할 뿐이로다. 차此에 대하야 주의할 것은 생산기관의 공유와 부의 공유를 혼동하는 것이 불가하도다. 사회주의는 소비로 목적하는 부의 사유를 결코 진절拒絶치 아니하노라.

제이, 공찬公撰된 인민의 대표자로 생산의 관리인을 삼을 것. 설령 생산기관을 공유로 한다더라도 이것을 일一 사인私人의 손으로서 관리하고 수요에 관한 주의 없이 생산한다 하면 사회주의의 목적을 달하기 불능할지라. 그럼으로 공찬된 인민의 대표자로 생산의 관리인을 정하는 것이 가하도다.

제삼, 수입의 분배. 수입 중으로부터 먼저 기술의 보존, 수선 및 기타의 비용을 제하고 다음에 각인에게 생활의 필요비를 주며 그 남은 것을 노동에 비례하여 분배하는 것이 가하도다.

제사, 사유재산. 사회주의는 사유재산을 거절하는 것이 아니고 도로혀 개인의 발달을 위해 필요한 것으로써 보호하는 것이라. 다만 생산에 용用하는 것을 금하는 이유는 이 결과로 말미암아 각인이 사유재산을 못 가지게 되는 까닭이라 하노라.[111]

변희용이 설명하는 사회주의를 요약하면 다음과 같다. 사회주의는

---

111 변희용, 「노동 문제에 대한 여(余)의 견문(2)」, 『현대』 1, 1920.1.

첫째, 생산기관은 공유하되 사유재산을 부정하지는 않는다. 사유재산은 도리어 "개인의 발달을 위해" 적극적으로 보호해야 한다. 둘째, "인민"의 의사결정권을 중시한다. 인민의 결정에 따라 "생산의 관리인"을 정해야 "사회주의의 목적"을 달성할 수 있다. 셋째, 분배에 유념한다. 수입^{이윤}은 지속적인 생산에 필요한 부분을 제외하고, 각 사람에게 최소한의 생활비를 지급한 후 그 이상은 노동량에 따라 차등 지급한다. 이 사회주의의 목적을 최종적으로 달성하기 위해서는 "노동자로 하여금 노동조합 혹은 경제적 단체를 조직하게 만들고 다시 이러한 노동조합과 경제단체를 크게 연합하여 정치운동을" 전개해야 한다. 그러려면 노동 문제의 해결이 선결되어야 하는데, 노동 문제의 해결을 위해서는 첫째, 노동자를 대상으로 하는 교육이 무엇보다 우선되어야 하며, 둘째, 자손과 국가를 위한다는 희생의 정신을 가져야 하며, 셋째, 다른 노동자에 대한 "동정의 넘"을 고취해야 한다.

변희용은 '사회주의'라는 용어를 핵심어로 삼아 이 글을 전개하고 있지만 이때의 '사회주의'에서 계급투쟁이나 프롤레타리아 계급혁명의 표지는 찾아보기 어렵다. 사유재산은 "거절하는 것이 아니"라 도리어 "개인의 발달을 위해 필요한 것으로써 보호"되어야 하며, 교육, 희생, 동정을 강조하는 노동 문제의 해결방안은 궁극적으로 노동자와 자본가의 조화와 통합을 지향하고 있다. 마르크스주의라기보다는 페이비언 사회주의, 내지는 박애주의적 사회주의에 근접한 주장이다.[112]

사회주의에 대한 이러한 이해는 변희용이 참고하고 있는 리처드 일리의 정치적 입장과 상통한다. 리처드 일리는 고전학파의 자유방임주

---

112 김민섭, 「1920년대 초 동경 유학생의 '사회', 사회주의 담론 수용 연구」, 65쪽.

의와 마르크스주의의 사회혁명론을 모두를 배격하는 위치에서 자신의 이론을 구축했던 경제학자이다. 경제적 방임주의로 야기된 독점자본주의의 폐해와 노동 문제를 문제시하되, 이에 대한 해결책으로 국가 주도의 제도개혁과 협동조합운동을 제안했다는 사실은 그의 학문적 입지를 잘 보여준다. 일리는 경제학, 농업경제학 분야에서 진보주의 개혁운동의 이론적 기반을 제공하고 정책 입안에 밀접히 관여하기도 했다. 그는 사회개혁을 주창하는 위스콘신 학파를 이끌며 많은 제자들을 배출했고, 이들은 뉴딜 정책의 주요 입안자로 활약하며 미국 혁신주의의 중추적인 역할을 맡았다.[113]

혁신주의는 남북전쟁 이후 독점적 산업자본주의에 대한 반성으로 일어난 개혁운동이다. 시기적으로는 20세기 초반, 시어도어 루즈벨트

---

113 방기중, 「일제하 미국 유학 지식인의 경제인식」, 연세대 국학연구원, 『미주 한인의 민족운동』, 혜안, 2003. 다만, 방기중은 리처드 일리를 "기독교 사회주의자"로 설명하고 있는데 본고에서는 이 서술을 조심스럽게 취하고자 한다. 후술하겠지만 리처드 일리의 신학관은 기독교 사회주의와 공명하는 부분이 많다. 그러나 기독교 사회주의(Christian socialism)와 사회복음주의(Social Gospel) 사이에는 미묘한 차이가 있다. 다소 도식적이기는 하지만, 기독교 사회주의가 영국과 유럽에 기원을 둔 용어라면, 미국에서는 주로 사회복음주의라는 용어가 두루 사용되었다는 사실을 고려할 필요가 있는 것이다. 물론 넓게 보았을 때 자유주의 신학의 자장 안에 있는 기독교 사회주의나 사회복음주의는 내용적인 면에서 공유하는 부분이 많다. 또한 독일 하이델베르그 대학에서의 수학 경험이 일리의 사상에 적지 않은 영향을 미쳤다는 점을 감안하여 그를 '기독교 사회주의자'로 지칭할 수도 있을 것이다. 그러나, 본문에서 후술되듯이, 리처드 일리의 사상이 사회복음주의와 긴밀히 연결되어 있었다는 점을 감안한다면, 그를 "기독교 사회주의자"로 칭하기는 다소 주저되는 것이 사실이다. 일련의 상황을 종합할 때, "사회적 기독교(social Christianity)"라는 용어가 이런 곤란을 피하기에 적합해 보인다. 20세기 초기 미국에서 일어난 근본적이고 보수적인 기독교를 극복하려는 움직임을 일컫는 사회적 기독교는 기독교 사회주의와 사회복음주의, 그리고 보수적 복음주의 기독교 안에서 사회적 실천을 강조했던 입장을 포괄한다. 이에 관해서는 Robert T. Handy, *Undermined Establishment : Church-State Relations in America, 1880~1920*, Princeton, NJ : Princeton University Press, 1991, pp.105~106 참고.

Theodore Roosevelt 대통령부터 우드로 윌슨Woodrow Wilson 대통령 시기에 해당된다. 평등의 요구에서 시작된 혁신주의는 "민주주의의 테두리 안에서의 정치·사회개혁운동이며, 자본주의의 성숙에 수반하여 나타난 여러 모순을 급진적인 수단에 의하지 않고 해결하려는 운동"이라 할 수 있다.[114] 혁신주의운동은 경제, 정치, 사회 등 전방위에서 이루어졌는데, 특히 경제적 방면에서는 대기업의 횡포를 막고 빈곤의 문제를 해결하고자 하였다. 앞서 살펴본 일리의 경제론은 혁신주의에 입각한 경제 분야에서 큰 힘을 발휘했다.

여기서 눈여겨 볼 것은 리처드 일리의 학술적 성취가 그의 종교적 신념과 맞닿아 있었다는 점이다. 기독교인이었던 그는 사회복음운동 Social Gospel과도 밀접한 관련을 맺고 있었다. 북미에서 전개된 사회복음운동은 고등비평과 진화이론, 철학적 관념론을 수용하고, 기독교의 윤리적 원리를 사회 문제의 해결에 적용하고자 했던 '신 신학New Theology'을 바탕으로 사회구제와 사회개혁활동을 특히 강조했다.[115] 신 신학과 사회복음운동은 종교의 사회적 역할을 강조하는 자유주의적 신학관의 한 분파로 분류된다. 리처드 일리는 사회복음운동을 이끌었던 월터 라우쉔부시Walter Rauschenbusch, 1861~1918와 긴밀히 교류하면서 그와 함께 사회복음운

---

114 두산백과 '프로그레시비즘(progressivism)' 항목 참고.

115 영국에서는 이보다 조금 앞선 1840년대 무렵 기독교 사회주의(Christian Socialism) 운동이 대두된다. 신학자 프레데릭 모리스(Frederick D. Maurice)는 차티스트운동을 지켜보면서 노동 문제, 사회 문제에 눈떴고, 이후 기독교 사회주의운동의 선구적 인물이 된다. 기독교 사회주의 역시 종교의 사회, 윤리적 가치를 중시하고 종교와 사회의 상호작용을 강조한다는 점에서 자유주의 신학의 한 분파로 분류된다. 백용기, 「F. D. Maurice의 영국 기독교 사회주의와 그 의미」, 『신학사상』 121, 한신대 신학사상연구소, 2003; 박우룡, 「19세기 영국의 기독교 사회주의운동의 사상적 기반−창시자 모리스(F. D. Maurice)의 사회개혁론」, 『영국연구』 22, 영국사학회, 2009 참고.

동의 사상적 기반을 다져나갔다. 일리는 모든 사회제도가 상호관련성을 가진다는 사회의 역동성이라는 관점을 신과 인간의 관계에 적용하여 종교의 사회적 역능을 설명한다. 그는 다수의 저작을 통해 사회적 제도들이 인간의 신에 대한 인간의 사랑과 인간 상호간의 대한 사랑을 제대로 표현될 수 있도록 개혁되어야 한다고 주장하고, 특히 사회가 천국을 구현하지 못하도록 가로막고 있는 요인인 경제적 불균형을 제거해야 한다고 역설했다.[116]

요컨대 리처드 일리는 제도가 허용하는 범위 안에서 당대의 보수적인 경제이론과 기독교를 쇄신하고자 노력했던 인물이라 할 수 있다. 그의 학문적 관심은 자본주의의 폐단을 교정하는 데 있었을 뿐, 자본주의 자체를 부정하는 것은 아니었다. 종교적 측면에서도 마찬가지였다. 그가 주장한 사회복음운동 역시 자유주의신학의 영향을 받은 진보적 신학관에 속했지만 기존의 기독교를 전면적으로 부인하는 급진적 종교운동은 아니었다.

2) 기독교, 사회주의, 민족주의의 교차점과 갈림길

그런데 일본과 조선에서 리처드 일리는 다소 의외의 맥락에서 수용되었다. 리처드 일리는 메이지기 사회주의자들이 이론적 초석을 세우는 데 가장 크게 의존한 인물 중 하나였으며, 이러한 흐름이 초기 조선 사회주의자들에게로 이어진 것이다. 예컨대, 고토쿠 슈스이幸德秋水는 사회주의를 소개할 목적으로 집필한 『사회주의신수社會主義神髓』에서 여덟 권의 주요 참고저서를 소개한 바 있는데, 그 중 한 권이 리처드 일리의 『사회

116　박우룡, 「20세기 초 미국 진보주의 전통의 종교적 토대―사회복음운동이 혁신주의의 발생에 끼친 영향」, 『역사문화연구』 69, 한국외대 역사문화연구소, 2019, 255쪽.

주의와 사회개혁*Socialism and Social Reform*』이다.[117] 고토쿠 슈스이라고 하면 노동자의 직접행동론을 주장한 인물, 대역사건의 주범으로 몰릴 만큼 당국에 위협적이었던 급진파라 생각하기 쉽지만, 『사회주의신수』를 집필할 당시의 고토쿠는 차라리 온건 개혁 쪽에 가깝게 위치해 있었다. 정치적으로는 "입헌 정치의 틀을 활용하면서 의회를 통한 정치 활동으로 평화적 혁명을 실현"하고자 했으며 경제적으로는 "공공적 사회제도를 유지하기 위해서는 사유재산을 적극적으로 용인해야 한다고 보는 점에서 마르크스보다 일리의 사회개량론에 더 많은 영향을" 받고 있었던 것이다.[118]

일리의 『사회주의와 사회개혁』은 일본 최초의 사회주의정당인 사회민주당의 「선언서」에 지대한 영향을 주었다.[119] 아베 이소는 이 「선언서」[1901]에서 완전한 군비 철폐, 계급제도의 완전 철폐, 토지 및 자본의 공유, 교통기관의 공유, 재산의 공평 분배, 인민의 평등한 참정권, 국가의 교육비용 부담 등 8개 항목의 이상적 강령을 비롯하여 특권의 폐지와 보통선거, 노동자와 소작인 보호, 언론, 집회, 결사의 자유 등 28개의 실질적 운동의 강령을 제시하였다. 이러한 내용은 리처드 일리가 *Socialism*

---

117 박종린, 「1910년대 재일유학생의 사회주의사상 수용과 '김철수그룹'」, 『사림』 30, 2008, 163쪽. 고토쿠 슈스이가 사회주의 이해에 도움이 될 만한 참고서적으로 제시한 책들은 다음과 같다.
① Marx, K & Engles, F. *Manifesto of the Communist Party* ② Marx, K. *Capital : A Critial Analysis of Capitalist Production* ③ Engles, F. *Socialism, Utopian and Scientific* ④ Kirkup, T. *An Inquiray Socialism* ⑤ Ely, R. *Socialism and Social Reform* ⑥ Bliss, W. *A Handbook of Socialism* ⑦ Morris, W. & Bax, E. B. *Socialism : Its Growth and Outcome* ⑧ Bliss, W. *The Encyclopedia of Social Reforms*.

118 고토쿠 슈스이, 임경화 편역, 『나는 사회주의자다』, 교양인, 2011, 244쪽.

119 木村毅, 「日米社会運動交流史」, 開国百年記念文化事業会 編, 『日米文化交渉史 第4卷』, 洋々社, 1955, 515쪽(박종린, 앞의 글, 164쪽에서 재인용).

*and Social Reform*에서 주장했던 내용들을 참조한 결과였다.

　기독교와 사회주의는 바로 이 지점에서 교차하고 있다. 아베 이소는 "기독교 사회주의"라는 정체성을 평생 고수한 인물이었다. 리처드 일리, 고토쿠 슈스이, 아베 이소로 이어지는 사상적 연쇄 속에서 변희용은 보수적인 기독교와 자본주의의 폐단을 동시에 극복할 실마리를 얻고자 한 것으로 보인다.

　그런데 당시 변희용에게 사회주의에 비견될 만한, 아니 어쩌면 그보다 중대한 목표로 설정되어 있었던 것은 민족운동이었다.[120] 이 시기 변희용이 천착했던 노동 문제, 민본주의, 러셀이라는 세 가지 주제 중에서도 민본주의는 민족운동에 특히 밀접하게 닿아 있었다. 「민본주의의 정신적 의의」는 이 시기 변희용이 민본주의를 수용했던 통로와 방식을 잘 보여준다.

　「민본주의의 정신적 의의」는 변희용이 서두에서 밝히고 있듯, 라이먼 애벗Lyman Abbott의 "The spritual meaning of Democracy"을 초역한 것이다.[121] 원문이 수록된 *The Outlook*[1893~1928]은 *The Christian Union*[1870~1893]의 후신이다.[122] 제호를 통해 알 수 있는 것처럼 *The Christian Union*은 종교적, 윤리적 주제에 초점을 두고 창간되었지만 *The Outlook*으로 변화를 시도하면서 사회, 정치적 관심사로 눈을 돌리게 되었다.[123] 공교롭게

120　"민족운동을 성공의 방향으로 발전시키기 위하여는 사회주의운동을 수단으로 행하는 것이 최선의 길이란 결론을 얻기에 이르렀던 것이다." 일파 변희용선생 유고간행 위원회, 『일파 변희용 선생 유고』, 성균관대 출판부, 1977, 298쪽

121　이 글의 저본인 "The Spiritual Meaning of Democracy"는 *The Outlook* 1918년 4월 17일자에 게재되어 있다. http://www.unz.com/print/Outlook-1918apr17-00615/(접속일 : 2023.8.24)

122　*The Outlook*은 이후 *The Outlook and Independent*(1928~1932), *The New Outlook*(1932~1935)로 제호를 바꾸어 1935년까지 출간된다.

도 *The Christian Union*에서 *The Outlook*으로의 변화는 『기독청년』에서 『현대』의 변화와 닮아 있다.

"The spritual meaning of Democracy"의 필자이자 *The Outlook*의 편집자인 라이먼 애벗 역시 미국 혁신주의에 기여한 대표적인 인물 중 하나이다. 그는 제1차 세계대전 이전 미국의 사회복음주의자들이 사상적으로 혁신주의를 지향했음을 명징하게 보여준다. 사회복음운동을 이끌었던 그는 진보적 신학자로서 진보적 정치개혁을 주장하였으며, 루즈벨트 대통령과 친밀한 관계를 유지하며 정책적 조언도 아끼지 않았다고 전해진다. 루즈벨트 대통령이 보수 정신을 유지하면서도 개혁적인 정책을 실시했던 데에는 애벗의 영향이 있었다는 주장이 있을 정도로,[124] 그의 영향력은 막대했다.

변희용은 democracy의 역어로서의 '민본주의'를 종교, 산업, 교육, 정치 분야로 나누어 설명한다. 먼저, 종교상의 민본주의는 "자기의 발로 확립하여 두려움 없이 하나님을 정면하는 것이 사람의 근본적 권리"이자 "의무"임을 인정하여 개인과 하나님 사이의 매개물, 이를테면 승려, 교회, 성경 등을 부정하고 각 개인의 정신적 자유를 보장하는 것을 의미한다. 다음으로 산업상의 민본주의는 "부의 분배를 보다 더 우량한 상태에 개선"하여 "빈부의 악폐"를 교정하는 것이다. 교육상의 민본주의는 미완으로 태어난 인간이 "최상의 인격자로 조성하는" "의무"를 다하고 "교육의 기회를 향수하는 모든 개인의 권리"를 보장하는 데 있다고 본다. 마지막

---

123   Hazel Dicken Garcia, *Journalistic Standards in Nineteenth-Century America*, Madison, Wisconsin : University of Wisconsin Press, 1989, p.253.

124   특히 대기업의 독과점과 횡포를 막기 위한 한 방편인 트러스트 파괴 정책에는 애벗의 영향이 지대했다고 한다. 박우룡, 앞의 글, 265~267쪽.

으로 "자기가 자신을 통치하는 것은 모든 사람의 권리인 동시에 의무"이므로 "자기를 지도하는 판단과 자신을 통치하는 양심"에 근거하여 "그 자신을 통치하도록 노력"하도록 하는 것이 정치상의 민본주의이다.[125]

애벗의 데모크라시론에 대한 번역자 변희용의 판단은 어떠할까. 그는 글을 열며 "애벗 씨의 해석은 너무도 평범하고 상식적임으로 담수와 같이 무미한 것 같으나 그 무미한 중에 진리가 포함되어 있는 것을 알 것 같으면 그이에게 다대한 경의를 표하고 싶은 마음이 간절할 것"이라는 번역자의 논평을 덧붙인다. "너무도 평범하고 상식적"이고 "담수와 같이 무미한 것 같"다는 평가는 애벗의 데모크라시론이 보편적 인권의 요구 그 이상을 넘어서지 못하기 때문이다. 이 시기 숨 가쁜 문필활동을 지속하며 사상적 모색을 전개하던 변희용이 보기에 애벗의 주장은 "평범"과 "상식"에 머물러 있었던 것이다. 그러나 이 글에 "진리가 포함되어 있"다고 인정할 수밖에 없고 "경의를 표하고 싶은 마음이 간절하"게 드는 이유도 바로 그 이유 때문이다.

보편적 가치의 고수는 이 글의 결정적 단점인 동시에 특장이었다. 그러나 역시 변희용은 애벗의 논의에서 미진한 구석을 발견한다. 바로 '정치상의 민본주의'를 논하는 대목이 문제였다. 이에 그는 해당 부분에 적극적인 개변을 가한다.

이와 같은 것각 개인에게는 판단력과 양심이 있다는 것—인용자이 민본주의의 가정이며, 이 가정 하에 있어서 민본주의는 모든 정당한 정치의 목적은 피치자로 하여금 그 자신을 통치하도록 노력하는 데 있다고 주장합니다. 그럼으로 민본주의는 가

---

125   변희용, 「민본주의의 정신적 의의」, 『현대』 5, 1920.5.

족의 간에서나 학교의 간에서 생장하는 아동에게 자기를 통치할 기능을 발휘하는 것이외다. 민본주의는 국내에 있어서는 미숙한 시민에게 책임의 관념을 수여하는 것이외다. **국제간에 있어서 민본주의는 약소한 국민에게도 자유자율의 권리와 의무를 가지게 만듭니다.** 설혹 어떤 시민이 또는 어떤 약소한 국민이 과실을 범하고 실책을 당하야 그 과실과 실책이 간혹 심한 경우에 있을지라도 민본주의는 결코 실망낙담을 하는 일이 없습니다. 이것은 미숙한 시민과 약소한 국민일지라도, 그이들의 과실과 실책으로부터 점점 배우는 것이 있을 것을 확신하고 의심 아니하는 까닭이외다. 민본주의는 미숙한 시민의 과실과 약소한 국민의 일시적 실책을 이용하여 사기적 수단으로, 그 시민권을 침해하고 약소한 국가를 병탄하거나 약소한 국민에게 책임의 관념과 자주자율의 정신을 약탈하는 일은 결코 없을 것이외다. 한마디로 하면 가족의 간에서나 학교 내에서는 생장하는 아동에게 자기를 통치할 기능을 발휘하게 만들고, 국내에서는 미숙한 시민에게 책임의 관념을 수여하고, 국제간에서는 약소한 국민에게 자주자율의 정신을 배양하는 것이 정치상의 민본주의외다.

위의 인용문 중 강조된 대목은 원문에는 없지만 변희용이 추가한 부분이다. 애벗의 설명에 따르면 민본주의란 각 개인의 자기 통치 기술의 능력을 신뢰하여 "미숙한 시민"에게도 책임의 관념을 심어주는 것이다. 변희용은 이 원리를 "국제간"에 적용하여 약소한 국민에게도 자유자율의 권리와 의무가 있다고 주장한다. 이 대목은 실로 번역이 아니라 변희용의 '주장'이다. "미숙한 시민의 과실과 약소한 국민의 일시적 실책을 이용하여 사기적 수단으로, 그 시민권을 침해하고 약소한 국가를 병탄하거나 약소한 국민에게 책임의 관념과 자주자율의 정신을 약탈하는 일"이 한일병합과 그에 따른 일본의 조선 지배를 가리키고 있음은 의심의 여지가 없다. 변희용은 애벗의 democracy 논의에 부족한 부분을 이런 방식으로 보충하여 독해, 발전시키고 있다.

약소한 국민의 일시적 실책을 틈타 국익을 취하지 않고, 약소한 국민의 책임의 관념과 자주자율의 정신을 전적으로 보장하는 것. 이것이 애벗의 논의를 발전시켜 변희용이 스스로 완성해낸 정치적 민본주의론이다. 사실 이것은 애벗의 글을 일부 취하고 일부 번역자인 변희용의 생각을 가미한 결과이지만, 그는 "이상에 논술한 것이 라이먼 애봇 씨의 민본주의에 대한 해석의 요지올시다"라고 하면서 가필한 부분이 있음을 의도적으로 은폐한다. 이 역시 검열을 의식한 글쓰기의 한 형태로 보아야 할 것이다. 이러한 은폐를 통해 이 주장은 "미국조간잡지" 기자가 쓴 "너무도 평범하고 상식적임으로 담수와 같이 무미한 것 같으나 그 무미한 중에 진리가 포함되어 있"어 "다대한 경의를 표하고 싶은 마음이 간절한" 글이 된다. 또한 그는 자신의 주장을 애벗이라는 외피로 두른 채 "오늘날 민본주의를 절규하는 나라 사람들의 실행이 애벗 씨의 해석과 동일한 의미의 민본주의적 정신을 관철하려는 노력인지, 아닌지는 유감이나마 의문 중에 있습니다"라는 은근한 질문을 던지며 일본의 제국주의를 공격한다.

변희용이 "민본주의의 근거가 사해동포주의인 것을 확신합니다"라는 개인적 생각을 밝히며 글을 닫는 것도 자신의 확고한 생각을 밝히기 위함이었다. 이 "사해동포주의"는 『기독청년』, 『현대』, 『아세아공론』을 관류하는 이데올로기이자, 1920년대 초반의 시대정신이라고 할 수 있다. 『기독청년』은 "하나님의 자녀"이자 "세계청년"이라는 경로를 통해, 『현대』는 새로운 역사철학을 통해, 『아세아공론』은 인류라는 단어를 통해 보편에 접속했고, 보편적 인간의 자리를 점함으로써 자유와 평등이라는 천부인권을 주장하고자 했다. 그러나 사해평등주의가 민족 독립의 담론자원으로서 파급력이 강하지 않았던 점은 지적될 필요가 있다.『기독청년』이 시도한 종교를 경유한 보편 담론은 동화의 논리로 역이용되기 쉬웠고,『현대』의 여러 필자들은 새로운 정치철학에 입각하여 미래를 낙관적으로 전망하려 했으나 그에 관한 구체적 비전을 제시하지 못했다.『아세아공론』은 인종이나 민족을 초월하는 최상위 개념으로서 인류의 함의를 적극적으로 구성하고 있지만 자유와 평등에 이르는 길을 명확히 언술해 내는 데 실패했다.[126] 이처럼 사해평등주의에 입각한 자유와 평등은 공소한 슬로건을 탈피하기 어려웠다.

이러한 난국 속에서 변희용에게 사회주의는 보편에 접속하면서도 사해동포주의의 한계를 뛰어넘을 수 있는 길로 다가왔을 것이다.『학지광』에 실린 「노동운동의 정신」은 변희용의 사상사적 변곡점에 위치한 글이라 할 수 있다.『勞動運動』第一次에 게재된 오스기 사카에大杉榮의 동명의 논문을 초역한 이 글은 사회주의로의 그의 사상적 선회를 시사한다. 이 글은 노동운동의 핵심이 임금의 증가와 노동시간의 단축이라는 두 가지 문제에 있지만 이것은 "생물적 요구"에 불과하며, 이를 넘어서는 "인류적 요구"가 있다고 말한다. 그렇다면 "인류적 요구"란 무엇인가. 그것은 "노동자의 궁핍과 같은 반비례 되는 자본가의 호사豪奢에 대한 분만憤懣" 혹은 "자본가들의 무지와 몽매와 횡포에 대한 격노"이며, 보다 근본적으로는 이 분만과 격노를 일으키는 원동력이라 할 만한, 가장 깊고, 가장 큰, 노동자의 심중에 움직이는 "어떠한 것"이다. 변희용은 여기서 "분만", "격노", "어떠한 것"을 특별히 강조하여 굵은 글씨로 적고 있는데,

---

126 이에 대해서는 5장 2절 「아시아라는 동상과 연대의 이몽」에서 다룬다.

이 "어떠한 것"이 무엇인지는 명백히 밝히지 않는다. 다만 이어지는 글을 통해 어느 정도 짐작의 여지를 둔다.

> 이미 말한 노동자 생활의 직접결정조건인 임은賃銀과 노동시간의 다과多寡는 전혀 자본가가 결정한다. 공장 내의 위생설비도 역시 그러하다. 기타 직공소개와 해고의 권력, 직공에 대한 상벌의 권력, 원료와 기계에 관한 생산기술상의 권력, 생산물 즉 상품의 가격을 결정하는 권력, 공장 경영상의 권력 ― 이 모든 것을 일일이 자본가가 쥐고 있다.
>
> 노동자는 이 전제군주인 자본가에 대한 절대복종적 생활, 노예적 생활, 금수적 생활에서 노동자 자신을 해방하여야 할 것이다. 노동자는 자기자신의 생활, 자주자율의 생활을 할 것이다. 자기가 자기의 생활을 통어하고, 자기가 자기의 운명을 지배하고, 결정하여야 할 것이다. 적다 하더라도 그리하기로 노력하여야 할 것이다.[127]

앞서 살펴보았던 것처럼 변희용은 자본가의 사회적 책임, 노동자와 자본가의 협력을 주장하기도 했다. 그러나 이 글에 나타난 노동가와 자본가의 관계는 이전의 그것과 뚜렷하게 구분된다. 자본가에 대한 노예적 생활로부터 노동자를 해방시키고 노동자의 인격을 확립시키는 것을 노동운동으로 규정함으로써 자본가를 향한 기대를 불식하고, 자본가와 노동자 사이의 전선을 분명하게 구축한 것이다.[128]

이후 변희용은 『현대』에 「칼 마르크스 약전」의 연재를 시작한다. 그

---

127 「노동운동의 정신」, 『학지광』 22, 1921.6. 『학지광』 22호의 발간은 1921년 6월이지만 변희용이 글의 말미에 기입한 집필일을 보면 1920년 11월 7일이다. 이로써 『현대』에 다수의 글을 기고하던 시기에 이 글의 번역도 진행되었음을 알 수 있다.

는 연재에 앞서 마르크스를 모르고서는 현대를 이해하는 것이 불가능하다고 말하며 "현대적 생활을 하면서도 현대를 이해할 수 없을 것 같으면 우리는 기형적 인물이 되고 말 것"이라고 주장한다. 현대인으로서 마르크스를 이해하지 못하는 것이 "기형"으로 인식되고 있을 만큼, 마르크스는 이제 그에게 그 무엇보다 강력한 준거로 자리매김한다.

요컨대, 이 시기 변희용은 스스로를 기독교와 사회주의의 공존이냐, 양자택일이냐의 기로에 세워 두고 정력적인 문필활동을 펼쳤다.[129] 이때 무엇보다 중요한 것은 "민족운동의 방향전환"을 어떻게 이루어낼 것인가 하는 문제였다. 변희용은 리처드 일리와 라이먼 애봇을 위시한 사회복음운동을 참조하여 양자간의 공존을 모색했지만 머지않아 사회주의로 기울게 된다. 그러나 훗날 그는 "『조선지광』을 경영하고 제1차 조선공산당 조직 등 실제 운동에 관여"했던 시절의 자신에 대해 "그 이면상裏面相이란 형언할 수 없을 정도로 복잡"하였고 "심각한 사색에 빠"져있었노라고 회고한다.[130] 사상적 모색 끝에 사회주의를 택했지만 "민족운동의 방향전환"에 관한 "사색"은 그때까지도 지속되고 있었던 것이다. 그 "사색"은 "해방 직후 좌우익 투쟁이 전개되고 있을 때 제3자의 예측과는 반대로 우익 진영에 투족投足"하였던 순간까지도 이어졌던 것은 아닐까. 변희용의 사상적 모색은 다양한 '주의'를 경유한 듯 보이지만 결국 민족의 주위를 맴돌고 있었던 것이다.

---

128 小野容照, 앞의 책, 230쪽.

129 이는 기독교와 사회주의의 공존이나 양립이 불가능했다는 의미는 아니다. 기독교인들이 사회주의를 수용하는 방식은 다양했다. 이에 대해서는 최영근, 「1920년대 일제강점기 한국 사회에서 사회주의와 기독교 관계에 관한 연구」, 『신학사상』 181, 한신대 신학사상연구소, 2018, 304~323쪽 참고.

130 일파 변희용선생 유고간행 위원회, 『일파 변희용 선생 유고』, 성균관대 출판부, 1977.

제 5 장

‘아 시 아’ 혹 은

‘세 계’의

연 대 (불) 가 능 성

1. 초국적 연대의 모색과 경로

『기독청년』과 『현대』를 독해하기 위해서는 이 두 잡지가 공히 재동 경YMCA 기관지였다는 점을 염두에 두어야 한다. YMCA의 이념적 지향이 기독교와 세계 청년이라는 두 축으로 구성된다고 할 때, 『기독청년』과 『현대』는 이 두 개의 축을 지지대 삼아 세계와 보편을 향한 지향을 뚜렷하게 드러낸다. 이번 절에서는 『기독청년』과 『현대』에서 초국적 연대가 타진된 다양한 방식과 그 과정에서 동원되는 수사와 담론자원을 검토하도록 한다.

1) 『기독청년』 '세계청년'의 정체성과 천국에 대한 상상

『기독청년』은 "그리스도의 종지宗旨를 봉奉하야 청년으로 하여금 덕유지유체유德有智有體有을 발달케 하며, 친의親誼를 돈목敦睦케 하여 완전한 인격을 양성"[1]한다는 YMCA의 정신을 거의 매호 빠지지 않고 언급한다. 이처럼 『기독청년』은 YMCA의 의미를 강조함으로써 범세계적 청년 단체인 YMCA의 존재를 지속적으로 환기하고 초국적인 청년 연대에 대한 상상을 촉진했다. 필자와 독자를 아우르는 『기독청년』 공동체는 자신들이 YMCA의 일원이라는 사실에 방점을 찍으며 세계 청년과의 연대를 상상하는 동시에 스스로를 세계 청년의 일원으로 기입했다.

이러한 담론전략은 다른 한편으로 민족적 특질에 괄호를 치는 효과가 있었다. 바꿔 말해, 이들은 스스로의 위치를 조선에 있는 "부형父兄"보다 "현재 지구 위에서 공기를 호흡하는 수수만만 청년",[2] "지구의 극과 극

---

1   「함흥시 청년회의 창립을 축(祝)함」, 『기독청년』 9, 1918. 9.
2   이일, 「조선청년 등의 신앙상 이동은 개방? 타락?」, 『기독청년』 5, 1918. 3.

에서 약진하는 청년들"[3]에 더 가깝게 설정한 것이다. 이를 가능케 한 것은 기독교가 구성해내는 평등이라는 원리, 또 YMCA가 제공하는 청년이라는 세대 구획이었다. 기독교라는 보편성과 YMCA라는 조직에 기반하여 『기독청년』의 담론은 코스모폴리탄이기를 희구했다.

천국天國은 이들이 부형세대의 기독교와 절연하고 쇄신된 기독교를 구축해나가는 과정에서 특히 중요하게 다루어진 어휘였다. 『기독청년』은 부형세대와 서양 선교사의 천국이 내세적이고 영적인 공간으로 설정되었다는 점을 비판하면서 천국은 어디까지나 현세적이고 현실적인 공간이어야 한다고 주장한다.

> 부형의 뇌수에 이식한 신앙은 10년이 1일과 같이 조금도 진화가 없고, 10년, 20년 전에 듣던 서양선교사의 강도講道가 금일 또 들어도 역시 고맙지만은, 청년들은 비대鼻大 선교사의 천국이 곧 온다는 절규가 귀에 잘 아니 들어옵니다.[4]

> 현세를 탈해脫解하고 천국에 입ㅅ하는 것이 기독교 신자의 사명이 아니오[5]

『기독청년』의 논설은 천국이 곧 온다는 설교를 거부하고, 현실 세계와 유리된 천국은 기독교의 사명과 무관하다고 못박는다.[6] 이들은 그 자

---

3   「추계육상운동스케치」, 『기독청년』 11, 1918.12.
4   이일, 「조선청년등의 신앙상 이동은 개방? 타락?」, 『기독청년』 5, 1918.3.
5   하푸섬머, 「종교와 생활」, 『기독청년』 8, 1918.6. 이 글의 필자는 '明治學院 敎授 하푸섬머'로 소개되어 있는데, 이는 미국 출신 선교사 월터 호프서머(Walter Edward Hoffsommer)로 추정된다. 그는 『기독청년』의 편집 겸 발행인을 맡았던 백남훈과 매우 가까운 사이였다.
6   그다지 빈번히 사용되지는 않으나 '천국'의 인접어인 '천당(天堂)'의 쓰임도 함께 검토

체로 완성되어 있거나 수동적으로 받아들여지는 데 머무는 천국을 거부하고 천국에 대한 새로운 상상을 촉발한다.

연이然而 성서에서 교시敎示한 교회라는 의의는 주 예수를 중심으로 한 **천국의 이상을 실현코자함**에 재在한 것이니[7]

기독교는 현세에 **천국을 건설함**이 그 주지요, 할 수 있는대로 노력하여 생의 낙樂을 향유享有하라 함이 그 교훈이오[8]

사후천당이 인생의 유일목적이 아니요 **지상에 천국건설**이 우리들 인류의 이상이다. 예수 교리의 근본 의義도 이것이요 구주 예수의 사세斯世에 강림하신 그 목적도 **지상에 천국건설**이다.[9]

해볼 여지가 있다.
"조선인의 종교해석은 미신에 있고 우리의 그리스도 신앙심은 사후천당에 독락고향(獨樂孤享)에만 있음이외다." 필자 및 제목 미상, 『기독청년』 5, 1918. 3.
"사후천당이 인생의 유일목적이 아니요" 정노식, 「조선인의 생활과 예수교와의 관계(3)」, 『기독청년』 9, 1918. 9.
"우리가 아무리 하나님을 믿고 장래는 천당을 간다 할지라도 세상에 살아 있는 동안에는 땅을 떠나지 못할 것이니" 추호(秋湖), 「조선 기독교의 각성」, 『기독청년』 5, 1918. 3.
이상의 용례에서 확인되듯이 '천당'은 주로 내세를 의미하는 부정적인 의미로 쓰였다. 여기에는 '천당'이 불교와 도교에서 비근하게 쓰이던 기존 용어였다는 사실도 영향을 미쳤을 것이다. 그러나 동시에 '천국'이 근대적 국가에 대한 상상과 무의식적으로 결부되어 있는 데 반해 '천당'이라는 단어는 그러한 상상과 좀처럼 연동되지 않았던 사정을 고려할 수도 있다. '천국'과 국가의 관련성에 대해서는 본문에서 다루기로 한다.
7   이동식, 「기독교회의 현대적 사명」, 『기독청년』 6, 1918. 4.
8   추호, 「사상 통일의 종교로 기독교를 논하야 교회의 각성에 대한 청년의 사명에 급(及)함」, 『기독청년』 7, 1918. 5.
9   정노식, 「조선인의 생활과 예수교와의 관계(3)」, 『기독청년』 9, 1918. 9.

이상의 예문에서 보듯 천국은 '실현하다', '건설하다' 등의 술어와 병치되며 적극적으로 구성되어야 할 구체적 대상으로 자리매김한다. 천국은 그 자체로 완결된 완성태가 아니라 주체의 의지와 실천에 의해 변화하는 존재로 상상되는 것이다. 뿐만 아니라 천국은 '사업', '일', '여행' 등의 단어와 맞붙으며 다양한 의미의 조어를 생성해낸다. 이러한 어휘 운용은 천국에 내포된 종교적 색채를 약화하는 동시에, 기독교의 교리를 전유하여 사회에 개입하려는 의지를 내비친다. "기독교는 천국과 이 세상에 걸쳐 있는 종교"이며 "기독교 신자의 신앙생활은 철두철미 현세와 미래의 양 세계생활을 기본으로 삼는 것"[10]이라는 주장은 기독교를 통해 현실에 개입하려는 『기독청년』의 의지를 선명히 드러낸다.

> 예수교리의 근본 의義도 이것이요 구주 예수의 사세斯世에 강림하신 그 목적도 지상에 천국건설이다. 다만 문제는 지상천국의 해석 여하如何로다.
> 이 세상의 인류사회는 부자유, 불평등으로 인하여 자애가 없고 시기와 싸움으로 가득한 것을 근본적으로 교정하려는 첫걸음 첫 희생이 십자가형이다. 그이예수—인용자의 최고이상은 모든 사람이 반드시 평등해야 할 것, 그리하여 전쟁과 투기심을 없애고 투기심을 뺏어버리고 사해동포 만인형제로 온전히 평화로운 세계에 즐거운 생활을 누리게 하고자 함이다. 지상천국이 이것이다.[11]

인용문에 나타난 "천국"은 "사해동포 만인형제"의 온전한 평등과 평화가 보장되는 공간으로, 부자유와 불평등, 전쟁과 투기심이 팽배한 "이 세상의 인류사회"와 극명한 대조를 이루고 있다. 추상적인 어휘의 나열

---

10   하푸섬머, 「종교와 생활」, 『기독청년』 8, 1918.6.
11   정노식, 「조선인의 생활과 예수교와의 관계(3)」, 『기독청년』 9, 1918.9.

속에서도 이 글 속에서 자유와 평등을 향한 필자의 열망은 어렵지 않게 감지된다.

천국에 대한 상상은 자유와 평등에 관한 상상과 직접적으로 연동되어 있었다. 아울러 이 글의 필자가 정노식이라는 사실 역시 가벼이 여길 수 없다. 이 글을 쓰던 1918년 무렵 정노식은 독립운동의 연락책 및 자금책 역할을 맡아 일본과 조선을 오가며 2·8독립선언과 3·1운동에 깊이 관여하고 있었다.[12] 이러한 사실을 감안한다면 정노식이 주장하는 "지상천국의 건설"이 내포하는 바는 명백해 보인다. 그는 기독교적 수사를 원용하여 식민지민에게 강제된 "불평등"과 "부자유"를 문제삼고 있는 것이다. 이런 점에서 본다면 천국에 대한 상상은 정치적 색채가 농후한 것이기도 했다.

아울러 신아동맹당과 고려공산당의 일원으로 활동하면서 사회주의운동에 앞장섰던 1910~1920년대 정노식의 이력 또한 기억할 필요가 있다. 『기독청년』에 실린 정노식의 글과 그의 생애를 겹쳐 볼 때, 이 시기 그의 인식 속에서 사회주의와 기독교가 각기 떨어져 존재했다고 보기는 어렵다. 천국은 여러 면에서 사회주의자의 정치적 상상력이 투영되기에 적합했다. 기실 천국은 개방성을 특징으로 하는 어휘였기에 사회주의뿐 아니라 민주주의적 지향과도, 나아가 무정부주의적 지향과도 친연성을 지닐 수 있었다. 이처럼 천국은 이 무렵 분기하기 시작한 다양한 사상의 공통 거처로서 기능하며 정치적 상상을 촉진하는 역할을 했다.

---

12 강만길·성대경 편, 『한국사회주의운동 인명사전』, 창작과비평, 1996; 이진오, 「정노식의 행적과 『조선창극사』의 저술 경위 검토」, 『판소리학회지』 28, 판소리학회, 2009, 362~363쪽; 이진오, 「정노식의 생애 연구」, 『한국학연구』 53, 고려대 한국학연구소, 2015년, 7~8쪽.

한편, '天國'이 영어 'the Kingdom of heaven'의 번역어라는 점도 짚어볼 필요가 있다. 문제의 초점은 kingdom이 '나라', 또는 '국國'으로 번역되고 있다는 것이다. 이것은 주기도문의 한 구절인 'Thy Kingdom Come'이 '국國이 임하옵시며' 혹은 '나라이 임하옵시며'로 옮겨진 것을 통해서도 드러난다.[13] 영단어 'the Kingdom of heaven'이나 그리스어 원어 'η Βασιλεία των Ουρανών'가 '천국' 또는 '하늘나라'로 치환되기 어려운 측면이 있음에도 불구하고 '천국'의 번역에서 '나라', '國'을 위협하거나 대체하는 어휘는 없었다.[14] 물론 한국어 '천국'은 'the Kingdom of heaven'의 번역어라기보다 중국어 성경에서 이미 번역어로 채택되었던 '天國'을 수용한 결과라고 보는 것이 합당할 것이다.[15] 그러나 손님언어와 주인언어가 상호적으로 접촉, 충돌하는 과정에서 주인언어 내부에 새로운 단어, 의미, 담론, 재현양식이 생성되고 유포되며 정통성이 획득된다는 점을 상기한다면,[16] 무엇보다 우선적으로 검토되어야 할 것은 한국어, 더 좁게는 『기독청년』 내에서의 '천국'의 쓰임과 그에 따른 효과일 것이다.

한국어를 모어로 하는 화자에게 '國', '나라'라는 기표는 자연스럽게 네이션nation에 대한 상상력을 자극한다. 1910년대 네이션-사회-개인에 관한 유학생의 담론 정치에서 네이션이 괄호로 처리되는 대신 '사회'

---

13 이동식, 「종교와 생활」, 『기독청년』 8, 1918.6 및 「종합기도」, 『기독청년』 11, 1918.11 참고. 예외적으로 "천국은 'kingdom of kings'(왕(王)들의 왕국(王國))이라"(김준연, 「기독신자 되기까지에(2)」, 『기독청년』 12, 1918.12)처럼 'kingdom'을 '왕국'으로 옮긴 사례가 있다.

14 '천국'의 번역에 관한 신학적 고찰은 오성종, 「신약 용어 "천국"−개념정의와 번역 문제」, 『신약연구』 3, 한국복음주의신약학회, 2004 참고.

15 鈴木範久, 『聖書の日本語−飜譯の歴史』, 岩波書店, 2006.

16 리디아 리우, 민정기 역, 『언어횡단적 실천』, 소명출판, 2005, 60쪽.

와 개인이 주체화되었다는 점을 고려했을 때,[17] 천국이 땅 위에 건설되어야 한다는 주장은 극도로 위축된 네이션에 대한 상상에 전기轉機를 마련하기 위한 시도로 볼 수 있다. 천국에 관한 논의는 네이션에 대한 상상을 촉발했지만 이들에게 '나라'란 상실된 그 무엇이었으며, 비어 있는 자리였다. 이들이 포기하지 않았던 천국에 대한 상상, 나아가 '지상천국' 건설을 향한 열망은 괄호 안으로 사라져버린 네이션의 흔적을 복원하기 위한 담론적 실천이었던 것이다.

그러나 천국에 대한 상상은 폐쇄적인 네이션이 아니라 세계 공동체의 구상으로 전개된다. 이들의 천국은 자유와 평등이라는 기독교의 보편원리가 실현된 장소로 그려지기 때문이다. 이와 관련하여 「심야섬어深夜譫語」의 한 구절은 천국에 대한 흥미로운 상상을 드러낸다.

천국여행을 상상한다. 기차표를 어떻게 살꼬. (…중략…) 조선말 모르면 영어로 할까? 독일어로, 불란서 말로 아니, ■대代말로, 옳지 희백래어希伯來語로, 희랍어希臘語로, 라전어羅甸語로, 오냐 최근 발명된 에스페란토로. 천국에 그것을 쓰겠는지. 그 다음에는 여관에 들어갈 심心이다. (…중략…) 아마 기와집이 지질편편하게 많으렷다. 조선식 가옥제도일까? (…중략…) 일본식 목조? (…중략…) 서양식? 오라 다 — 아니야 천국은 여러 각국 모든 민족이 다 사니까 제각기 바람대로 집도 짓고 살으렷다. 그러면 조선 동네도 있겠지. 나는 그리로 가렷다.[18]

이 글은 '한밤중의 헛소리'라는 제목이 암시하듯 정연하게 구성된

---

17 김현주, 『사회의 발견』, 소명출판, 2013, 258~271쪽.
18 설오자(雪汚子), 「심야섬어(深夜譫語)」, 『기독청년』 8, 1918.6.

글은 아니다. 그러나 바로 그런 이유로 인해 천국에 대한 필자의 상상은 그 어느 때보다 자유롭게 펼쳐진다. 인용문의 천국은 다양한 민족성이 혼재하되 각 민족의 표지가 온존되는 공간이다. 천국에서는 조선식 가옥, 서양식 가옥, 일본식 가옥이 모두 공존할 수 있다. 천국은 "여러 각국 모든 민족이 다 사"는 공간이며 "제각기 바람"이 예외 없이 실현되는 공간이기 때문이다. 동시에 천국은 민족이라는 구획이 보전되는 공간이기도 하다. 따라서 필자는 조선식 가옥이 밀집한 "조선 동네"를 가겠다고 마음먹을 수 있는 것이다.

이철호는 재동경YMCA와 그 기관지인 『기독청년』에 민족주의, 사회주의, 무정부주의 등 다양한 이데올로기가 동숙했음을 적실히 지적한 바 있는데,[19] 이는 기독교를 대표하는 성서 텍스트가 담지한 폭넓은 해석의 가능성과 무관하지 않다. 기독교는 평등이나 자유와 같은 보편적인 가치를 옹호하는 데 유리한 담론적 자원이었으며, 이 개방성과 보편성은 분명 기독교 담론이 지닌 강점이었다. 민족주의, 사회주의, 무정부주의는 기독교를 가림막 삼아 『기독청년』 지면 위에 병존할 수 있었던 것이다.

그러나 이와 같은 기독교의 범용성은 양날의 검으로 작용했다. 모든 이데올로기를 수용할 수 있는 폭넓은 해석 가능성은 담론자원으로서 기독교가 지닌 한계이기도 했던 것이다. 기독교를 기반으로 전개된 『기독청년』의 담론은 어디까지나 추상적이었고, 전방위로 열린 해석의 방향은 기독교가 완벽히 『기독청년』의 것으로 전유되는 것을 가로막았다. 무엇보다 곤혹스러운 사실은 기독교가 일본의 식민지배를 정당화하는

---

19   이철호, 앞의 글.

담론적 자원으로도 기능할 수 있었다는 점이다. 조선 전도에 나선 일본 조합기독교는 "천국"의 백성이 되는 데 민족의 차이란 무의미하다는 주장을 펼쳤다. 천국의 백성이 되는 것이 무엇보다 중요하므로 조선인의 민족성을 고수할 필요가 없다는 논리였다.[20] 강력한 기시감을 선사하는 이 논법은 일선융화의 논리를 공유한다. 이처럼 일본조합기독교의 조선 전도는 조선의 기독교를 일본의 지배하에 두려는 정치적 목적과 긴밀히 연동되었으며, 나아가 일본 제국의 동화정책을 정당화하는 데 동원되었다.[21] 『기독청년』의 주요한 담론자원이었던 기독교는 이제 『기독청년』의 핵심 주장을 와해시키는 논리로 되돌아온다. 『기독청년』은 일선융화의 문법 속에 무리 없이 배치되는 "천국"의 용법을 공박하거나 돌파할 길을 마련하지 못했다. 은유를 넘어서지 못한 "천국"의 약점이 그대로 노정되는 순간이었다.

2) 『현대』 '역사'가 선사한 낙관과 현실에서 발견한 회의

앞서 살펴본 것처럼 『현대』와 『기독청년』의 결절은 기독교에 대한 온도차에서 분명하게 감지된다. 『현대』는 조선의 정치적 현실을 논함에 있어 기독교를 경유하는 대신 보편 역사를 논리적 거점으로 삼는다. 이와 관련하여 『현대』의 사회평론 중 특히 국제정세를 다룬 글이 많다는 사실에 착목할 필요가 있다.[22] 이 글들은 공통적으로 역사를 참조하여 현재의 국제정세를 설명한다. 『현대』의 필자들이 보기에 '현재' 눈앞에

---

20   川瀬貴也, 『植民地朝鮮の宗教と学知ー帝国日本の眼差しの構築』, 青弓社, 2009, 69쪽.

21   류대영, 『새로 쓴 한국 기독교의 역사』, 한국기독교역사연구소, 2023, 177~178쪽.

22   서은경, 「1920년대 유학생 잡지 『현대』 연구ー『기독청년』에서 『현대』로 재발간되는 과정과 매체 성격의 변모를 중심으로」, 『우리어문연구』 54, 우리어문학회, 2016 참고.

펼쳐진 상황은 결코 우연이 아니라 '과거'의 연속적인 사건들에 의한 필연적 결과이다. 현재가 역사적 필연이라면 미래 역시 그 필연의 법칙에 근거하여 전망할 수 있다. 『현대』의 글들은 이러한 인식을 바탕으로 세계 속에서 조선의 현재를 분석하고 미래를 도출한다.

그렇게 전망된 조선의 미래는 대체로 희망적이다. 당대의 국제정세와 사조는 이 낙관의 근거가 된다. 제1차 세계대전, 러시아혁명, 3·1운동을 통과하면서 재일본 조선인 청년들의 지적 풍경은 적지 않은 변화를 보였다. 인종이나 문화, 지리적 근접성을 기축으로 삼아 연대를 구상하던 기존의 방식과는 달리, 이성과 인도, 정의를 기조로 하는 보편주의적 사고방식 속에 아시아를 정초하려는 시도가 활발해졌다. 바꾸어 말하면 보편주의에 기초를 둔 역사철학이 새로운 연대론으로 부상한 것이다. "'구주대전 이후', '제국주의, 침략주의의 종말 이후'라는 시간적 상상력과 함께 세계^{공간, 지역}가 모두 그러하다 ^{그러하리라}는 '세계대세'로 지칭된 '보편주의'적 요구"가 대두했고, 이 보편주의적 요구하에 아시아의 여러 민족들은 주권 회복을 위한 공통의 역사철학의 논리로써 연대하게 되는 것이다. 이제 이들이 요구하는 자유와 평등은 보편의 언어이자 시간적 진리로 상상되기 시작한다.[23]

각 민족의 정치적 운명은 민족 스스로가 결정해야 한다는 민족자결주의는 이러한 사상적 풍경의 중핵에 위치하고 있었다. 주지하듯 민족

---

23 차혜영, 「3post 시기 식민지 조선인의 유럽항로 여행기와 피식민지 아시아연대론」, 『서강인문논총』 47, 서강대 인문과학연구소, 2016, 15~21쪽. 이 논문에서 차혜영은 '제1차 세계대전, 러시아혁명, 3·1운동 이후'의 유럽 기행 텍스트를 '3post'라는 용어로 독해하면서 이 시기의 보편주의를 "제1차 세계대전 이전 '경제적 자유주의의 보편성'과 '주권적 보편성'이라는 '유럽내부용 보편 이데올로기'가 제1차 세계대전 후 전세계로 퍼져나가면서 만들어내는 이데올로기의 에너지"로 본다.

자결주의는 피식민 주체들의 정치적 요구를 뒷받침하는 사상적 근거가 되었다. 이는 민족자결주의에 대한 논의가 조선이 민족자결주의의 대상에 포함되는가, 민족자결을 위해 어떤 저항을 했는가 하는 표면적인 질문을 넘어서서 진행되었음을 의미한다. 민족자결주의의 진정한 의의는 피식민 조선인들이 '민족'의 이름하에 자결self-determination의 권리를 주장하는 정치적 주체로 스스로를 구성하는 결정적 계기가 되었다는 데 있었다.[24]

이러한 대체의 인식을 바탕으로 『현대』의 글들을 자세히 살펴보도록 하겠다. 김종필의 「신시대의 요구에 응하라」[25]는 제1차 세계대전을 기점으로 "개인주의"가 쇠퇴하는 한편 "단체주의"가 발흥했다고 판단하고, 이 "단체주의" 사상을 통해 민족의 해방과 인류의 자유가 도래할 것으로 보고 있다. 그의 분석에 따르면, "18~19세기의 산물, 즉 칸트, 로크, 밀, 스펜서 등의 사상"으로 대표되는 "개별을 중심으로 한 자유, 즉 개인주의적 자유"를 중시하는 "개인주의"는 사회와 국가의 통합에 기여하지 못했다. 이에 "인류의 사회와 국가적 생활"을 원활히 유지하기 위해 "단체주의"가 발현했다. 개인적 자유는 물론 사회적 자유까지 요구하는 "단체주의"는 "개인주의보다 자유의 영원한 생명을 견출見出하고자 하는 이즘"이며 "사회적 해방을 요구하며 또한 민족적 해방을 요구한다." 이 글은 세계적 보편원리로 대두한 "단체주의"를 근거로 개인직 자유와 사회적 해방, 궁극적으로는 민족적 해방을 주장한다.

---

24 이에 대한 자세한 논의는 윤영실, 「식민지의 민족자결과 세계민주주의」, 『한국현대문학연구』 51, 한국현대문학회, 2017; 「우드로우 윌슨의 self-determination과 nation 개념 재고—National self-determination을 둘러싼 한미일의 해석 갈등과 보편사적 의미 (1)」, 『인문과학』 115, 연세대 인문학연구원, 2019 참고.

25 김종필(金鍾弼), 「신시대의 요구에 응하라」, 『현대』 6, 1920.6.

한편 김우평은 서구 문명의 발달과정과 현 상황에 대한 비판적인 견해를 피력하면서도 "조선청년"의 정체성에 긍정적인 의미와 역사적 사명을 부여한다. 유사 이전에는 공동체 의식에 기반한 공존의 정신이 생의 도덕으로 기능했기 때문에 모두가 자유와 평등, 정으로 연결되어 있었다. 그러나 문명의 발달과 함께 생존경쟁, 우승열패, 약육강식의 사조가 득세하고 그 결과 경제적으로는 자본주의, 정치적으로는 제국주의에 도달했다는 것이다.

　　이 불공평인 사회, 이 허위인 문명을 누구에게 파괴시키어 누구에게 건설시키시렵니까. 현재의 권력 지위가 박탈될까 하여 공포로 세월을 보내는 자에게 부탁하겠습니까. 조선청년아, 적어도 조선 문제 동양 문제를 해결하려는 꿋꿋한 결심과 자부심이 있지요? 우리는 우리 선조의 썩어진 백골을 위해 한다는 것보다 장래로 올 우리의 자손을 위해 창조적 활동을 하지 않으면 현대에 처한 조선청년이라고 할 수 없습니다. 이 의미에 있어 우리는 조선의 독자獨子요 세계의 독자獨子이외다. 조선청년의 결심과 자부심이 파산을 당하는 일은 다만 조선인에게 기대한 바가 수포에 돌아갈 뿐만 아니라 따라서 전 세계의 불행이외다.

　　그럼으로 우리는 조선청년된 것을 자랑하여야겠습니다. 그리하여 현대의 문명을 이해하고 그 허위를 알았으면 사람다운 사람이 되어야 하며 생활다운 생활을 하려 하는, 다시 읽기 쉽게 말하면 대의미하에서 현대 불철저한 문명을 장사葬事하고 참문명의 옷을 입고 살려면 우리는 우리답게 되어야겠습니다. 발발潑潑한 생의 앞에는 어떠히 견고한 무장이라도 해제됨은 우주의 진리외다.강조는 원문26

필자가 "조선청년된 것을 자랑하여야겠"다고 말하는 까닭은 무엇일까. "빈자의 고혈을 고갈시켜 일시에 아사하더라도 수백천만의 부명을 얻으려는 무서운 자본주의", "타민족은 전부 자기네에게 정복되며 구제만 받을 간단한 재료에 불과하다"고 믿는 제국주의와 조선청년은 전혀 관계가 없기 때문이다. 이 글은 자본주의와 제국주의의 근원지를 서구로 제한함으로써 조선청년을 "악랄한" 세계를 만든 죄과로부터 해방시킨다. 조선청년은 현대문명의 암흑면을 초래한 혐의에서 자유로울 뿐 아니라 "현대의 문명을 이해하고 그 허위를" 통찰했기 때문에 문명을 재건하고 미래를 열 자격을 가진 유일한 존재, 즉 "독자獨子"가 된다. 그런 의미에서 조선청년은 "창조적 활동"을 의무로 짊어지게 되며, "이 의미에 있어서 우리는 조선의 독자요 세계의 독자"가 되는 것이다.

박승철의 「세계문명의 이동」[27]에서 조선에 대한 낙관적 전망은 극대화되어 나타난다. 박승철은 이 글이 일본에서 간행된 빅토르 위고 전집에 실린 「역사단편」을 번역한 것이라 밝히고 있다. 위고에 따르면 역사가 발전함에 따라 문명은 점차 이동하면서 전 세계 곳곳으로 전파되는 과정을 거쳤다. 문명은 아시아에서 시작된 후, "아시아를 떠나서 아프리카에 가고 아프리카를 떠나서 유럽에 옮겨" 갔다가, "이제 아메리카에 옮기려고 하는 것 같"다는 것이다. "인류의 법칙"인 "해방, 자유, 진보"가 아메리카 대륙에서는 이렇다 할 장해물 없이 광범위하게, 내규모로 시험되고 있다는 점으로 볼 때 다음 문명의 무대는 아메리카가 유력하다. 여기까지가 위고의 글을 번역한 내용이다. 눈길을 끄는 것은 글의 말미에 있는 번역자 박승철의 부기이다. 그 내용은 다음과 같다. "역자 왈 이

---

26 김우평(金佑枰), 「현대문명과 우리」, 『현대』 6, 1920.6.
27 박승철(朴勝喆), 「세계문명의 이동」, 『현대』 1, 1920.1.

세계극의 제4막을 과연 미국이 연출한다 하면 순서상 세계를 일주한 문명은 아시아 동편대륙에 올 것이요, 조선은 당연히 제5막을 연출할 것이며 또 그 준비가 있어야 할 것이다." 어떠한 반론도 상정하지 않는 듯한 박승철의 전망은 선언적 서술에 가깝다. 이는 『현대』를 관류하는 낙관적 미래관 속에서 가능한 사고이자 발화였다.

미래에 대한 『현대』의 낙관론은 1910년대 『학지광』, 『기독청년』과의 차별점이라 할 수 있다. 1910년대 후반 『학지광』의 글들은 역사의 발달단계에서 뒤처진 식민지 조선의 후진성에 대한 비판, 세계에 기입되지 않은 비존재성이 야기하는 불안과 공포의 정조가 지배적이었다.[28] 그런가 하면 『기독청년』은 세계청년으로서의 권리를 향유하기 위해 보편 종교로서 기독교를 경유하고자 했다. 반면, 『현대』에서는 자유와 평등이라는 보편적 권리를 논함에 있어 보편 종교가 아니라 보편 역사를 경유하고, 거기서 발견한 이상을 바탕으로 미래를 낙관한다. 역사의 숱한 부침 끝에 마침내 그들이 마주한 세계는 우승열패, 약육강식의 논리가 종언을 맞이하고 상부상조의 정신이 도래한 세계, 민족자결의 목소리가 높아지는 세계였던 것이다.[29]

그러나 이와 같은 낙관성의 이면에는 좀 더 복잡한 감정이 자리 잡고 있었다. 일례로, 조선청년들에게 "세계의 독자獨子"라는 막중한 사명을 부여했던 김우평의 현실 인식을 보자. 그는 세계평화 실현을 위해 "국제연맹이라든지 노동 문제라든지 민족자결 문제라든지 여러 가지 문

---

28 김동식, 「진화, 후진성, 제1차 세계대전」, 『한국학연구』 37, 인하대 한국학연구소, 2015.

29 진화론적 문명론에서 인류애에 기반한 보편주의로의 인식적 전환은 3·1운동 이후 조선과 일본에서 공통적으로 감지된다. 이에 대해서는 권보드래, 『3월 1일의 밤』, 돌베개, 2019, 193~220쪽 참고.

제, 즉 이상향에^{Utopia} 가는 근본 문제"를 얻었지만 전도는 "아직 오리무중"이라 말하며 낙관적인 전망에서 한 걸음 물러난다. 제1차 세계대전 이후 국제관계를 확정한 베르사유 조약에 대해서는 "벨사이유^{Versailles} 궁전의 추태"라 비판하며 "이것이 문명일까"라는 질문을 던진 후, "이것이 문명이라 하면 이 문명이야말로 인류의 무기력 무용기를 완전히 형용"하는 것이라 자답한다.[30] 한편, 고영환은 "전 세계 인류에게 대갈채^{大喝采}로 환영받은 월손 씨의 소위 강화조건인 13개조나, 팔을 들치고 권위있게 주장하던 로이드 조지 씨의 소위 정의·인도주의나, 도도한 열변으로 미명하에 과장하던 모씨의 소위 동양평화론이나, 다 같이 말뿐이오 형식뿐"[31]이었다고 일갈한다. 어쩌면 『현대』의 문면을 장식하고 있는 낙관적 언설은 깊은 불안과 회의의 외피였는지도 모른다.

그렇다면 『현대』의 담론이 낙관적 외피를 필요로 했던 이유는 무엇일까. 이 낙관성에는 잡지 글쓰기에 영향을 미치는 외부의 요소들, 이를테면 검열이나 독자에 대한 고려가 관여하고 있었던 것으로 보인다. 전술한 것처럼 『현대』는 교정쇄 검열을 통과해야 했고, 동인지적 성격이 강하기는 했지만 불특정 독자들에게 읽힐 가능성이 얼마든지 열려 있는 잡지였다. 이러한 요인들이 낙관적인 마무리를 강제했을 가능성이 있다.

단적인 예로 김종필의 글과 연설의 낙차를 살펴보자. 그는 「신시대의 요구에 응하라」에서 국제정세에 유보적인 입장을 보이면서도 "사회적 또한 민족적 해방의 전제하에 인류 세계는 참 자유가 있을 것"이라 전망했다. 그러나 강연회의 연사로 나섰던 그는 한층 부정적인 현실 인식을 내비쳤다. 김종필은 1920년 2월 7일 재동경YMCA 회관에서 열린

30 　김우평, 「현대문명과 우리」, 『현대』 6, 1920.6.
31 　고영환(高永煥), 「천재와 시험」, 『현대』 5, 1920.5.

강연회에서 「현대 세계의 평화」라는 제목으로 강연을 한 바 있다.[32] 총독부 자료에 따르면, 이 강연에서 그는 전쟁은 종국을 고하였으나 진정한 평화는 아직 오지 않았고, 각국의 정치가들은 군국주의와 이기주의를 주창하면서 '평화전쟁'을 벌이고 있다며 국제정세를 냉소적으로 바라본다. 이어지는 내용은 더욱 직접적이다. 파리 강화조약은 유야무야의 결과로 돌아가고 국제연맹은 세계의 인류를 도리어 고통으로 몰아넣었으며, 5대국은 국제조약의 비준을 마쳤으나 하등의 효과를 얻지 못할 것이라고 강도 높게 비판한다. 또한 세계 인류는 정의·인도·자유·평등을 주창하는데 우리는 어떠한 처지에 놓여 있는지를 묻고, 진정한 평화를 바란다면 군국주의와 이기주의를 타파해야 한다고 역설하며 조선인 유학생들의 행동을 촉구했다.[33] 자료 작성자의 개인적 판단이 개입되었을 가능성은 배제할 수 없지만 이 강연은 「신시대의 요구에 응하라」와 비교 불가능한 수준의 강도 높은 비판과 비관적 현실 인식을 보여준다. 물론 연설의 특성상 화자와 청자가 즉각적이고 역동적으로 교호하는 가운데 수행되는 강연회 특유의 논변 기술이 구사되었으리라는 가능성을 상정할 필요가 있다. 잡지 글쓰기에 텍스트를 둘러싼 여러 요인들이 개입하여[34] 글의 방향을 결정하는 것처럼, 연설이라는 미디어에도 다층적 요

---

32 이 강연회는 2·8독립선언 기념강연의 성격이 짙었다. 이 행사에 대해서는 『현대』 3호의 「경과보고」와 총독부 자료 「일본재주 조선인(日本在住朝鮮人)의 정황(情況)」에서 언급되고 있다. 먼저, 「경과보고」는 연사 고지영, 변희용, 김종필과 강연의 제목만을 간략히 소개하고 "취미진진하게 강연하여 청중이 크게 환영"했다고 간략히 서술한다. 그러나 총독부는 이 강연에 대한 상세한 기록을 남겼다. 총독부는 약 80명이 참여한 이 강연회가 김종필(查鍾弼)·변희용(卞熙鎔)·최승만(崔承萬)·박승철(朴勝喆)·박일병(朴一秉)·유영준(劉英俊) 등의 주도로 개최되었다고 기록한 후, 고지영과 김종필의 강연을 초록하였다. 공훈전자사료관 제공 『독립운동사 제9권—학생독립운동사』, 145~146쪽.

33 위의 글.

소들이 개입하는 것이다.

　이상의 논의를 종합해 볼 때, 국제연맹이나 민족자결주의에 대한 조선인 청년들의 인식은 양가적이었다고 보는 것이 합당할 것이다. 이러한 태도는 전영택의 소설 「피」에서도 엿보인다. 전영택의 초기 작품에 해당되는 「피」는 기독교 사상과 인도주의 정신이 담긴 텍스트라 할 수 있다.[35] 이 소설의 주인공인 안중호는 독실한 기독교 신자로 상당한 수완과 인격을 겸비한 인물이지만 세속적 성공에는 무관심한 인물로 그려진다. "문화운동"인 "신문경영"을 유일한 목표로 삼은 그는 『동양공보』라는 신문을 발행하기 위해 동분서주한다. 발행일이 임박해오자 그는 몸을 돌보지 않고 신문 발간 업무에 매진하다가 결국 그는 피를 토하여 세브란스에 입원을 하게 된다. 그는 병상에서도 문병을 온 친구와 "신문, 문명, 돈, 사람, 전쟁, 평화, 개조, 해방" 등에 대해 격렬하게 토론하며 문화운동의 의지를 불태운다. 이로 인해 충분한 휴식을 취하지 못한 중호의 상태는 더욱 악화된다. 이러한 상황에서 그는 옅은 잠에 들었다가 "매우 재미있는 꿈"을 꾸게 된다. "혼자서 빙글빙글 웃으면서 그 꿈을 다시 한 번 생각"할 정도로 이 꿈은 병상에 있는 중호의 감정을 고양시킨다. 중호는 그 감정을 끝내 "참지 못하고" 간호부 은실에게 그 꿈을 이야기한다.

　이제 꿈을 꾸었는데 내 이야기하리다. 네, 이야기하리다. 우리 『동양공보』의

34　강연회에서는 종종 계몽의 주체와 대상이 서로 얽히기도 하고, 청중의 반응이 화자의 발언에 압력으로 작용하기도 한다. 이에 관해서는 신지영, 앞의 책, 82~84·142~145쪽 참고.

35　김영민, 『1910년대 일본 유학생 잡지 연구』, 401쪽.

창간호가 참 굉장하게 난 것을 보았어요. 나는 그 창간호를 받아가지고 너무 기뻐서 그 듬석한 신문을 손에 쥐고 한참 춤을 추었지요. 그리고 나는 기쁨의 떨림으로 손을 떨면서 제1면을 보았구려. 꼭대기에는 좌우에 봉황 한 쌍이 날개를 벌리고 있는데 그 가운데『동양공보』창간호라는 글자가 있고 그 밑에는 '주지선명'이라는 논설이 있고 그 밑에는 윌슨 씨의 큰 사진이 있고 그리고는 영문으로 그의 축하가 있습니다. 그담에는 제2면을 보았지요. 초호 활자로 「국제연맹의 신결의」라는 큰 제목이 얼른 눈에 띄어요. 무슨 말인가 하고 보니까 미국 워싱턴에 열린 이번 국제연맹에서는 세계의 영원의 평화를 보장하기 위해 세계 각국의 무장과 군비를 무조건으로 해제하기로 결의하였다더라 한 것이 있어요.[36]

이 꿈은 중호의 최종적 목표의 무의식적 욕망과 한계를 드러낸다. 중호는 꿈속에서 노력의 결실인『동양공보』창간호를 마침내 손에 쥐게 된다. 1면에는『동양공보』의 창간을 축하하는 윌슨의 축전이, 2면에는 "세계 각국의 무장과 군비를 무조건으로 해제하기로 결의"하여 "세계의 영원의 평화를 보장"하기로 했다는 국제연맹의 결의가 실려 있다.[37] 1면과 2면을 나란히 장식하고 있는 윌슨과 국제연맹은 제1차 세계대전 이후 등장한 세계평화의 상징과도 같다. 이 꿈에서 깨어난 중호는 자신이 오랫동안 기획한 "문화운동"의 성공과 "세계의 영원한 평화"를 예감하는

---

36 늘봄, 「피」, 『현대』 6, 1920.6.18.
37 중호가 묘사하는『동양공보』창간호 1면의 모습은『동아일보』창간호 1면에서 착안된 것으로 보인다.『동아일보』창간호 1면은 상단 중앙의 가로 박스 안에 예서체의 제호를 배치하고, 웅비하는 용을 형상화한 이미지가 액자처럼 사면을 둘러싸고 있다. 창간호의 디자인은 최초의 서양화가 고희동(高羲東, 1886~1965)에 의한 것으로, 고구려 고분 벽화에서 발견된 용을 이미지화했다고 전해진다(동아미디어그룹 공식블로그 '17. 창간기자 고희동(高羲東)(접속일 : 2022.8.24)' 참고).

듯 기쁨에 가득 찬 모습이다.

중호의 이 꿈은 과연 길몽일까. 그렇게 보기는 어려울 것 같다. "중호는 이 말을 채 마치기 전에 갑자기 정신이 아득해져서 엎드"리고 심한 기침을 한 뒤에 "붉은 핏덩어리를 입으로 토"하기 때문이다. 중호는 그 원인을 은실에게 묻지만 은실은 아무런 대답도 하지 않는다. 다만 "각혈한 환자의 간호를 절차대로 다 하였"을 뿐이다.

바로 이 지점에서 중호를 바라보는 은실의 시선은 급변한다. 은실은 중호와 친구의 토론이 길어지자 "연해 시계를 보면서 이야기가 너무 길어지는 것을 근심"하는 등 중호에 대해 특별한 감정을 품고 있는 것으로 묘사된다. 그런데 각혈 이후 은실의 연애 감정은 전혀 묘사되지 않는다. 대신 은실의 감정은 그 내용을 알 수 없는 "기도" 속에 응축된다. "그날 밤에 다른 간호사가 다 잘 때에 은실은 혼자 깨어서 피 묻은 손수건을 앞에 놓고 울면서 기도를 그치지 아니하는데, 먼 데서 닭 우는 소리가 두 번 들리더라." 소설의 마지막 문장으로 놓인 이 문장은 중호의 각혈이 밤을 꼬박 새워 간절히 기도해야 할 만큼 위중한 것임을 의미한다. 동시에 이는 중호에게 큰 기쁨을 주었던 꿈이 끝내 실현되지 않을 것임을 암시한다.

이때의 "먼 데서 닭 우는 소리"는 독실한 기독교 신자인 전영택이 성경에서 차용한 문학적 장치라 할 수 있다. 널리 알려져 있듯이 예수의 애제자였던 베드로는 예수가 체포되던 때에 예수를 거듭 부인하다가 닭 울음 소리를 듣는다. 그 순간 베드로는 "닭 울기 전에 네가 세 번 나를 부인"하리라는 예수의 예언을 상기하게 된다. 이 에피소드에서 닭 울음소리는 베드로의 과오나 미몽을 자각하게 하는 역할을 한다. 이렇게 볼 때 「피」의 "닭 울음소리"는 세계의 평화라는 이상화된 꿈으로부터 그 평화가 요원한 현실 세계로의 복귀를 재촉하는 역할을 하는 것으로 볼 수 있다.

요컨대, 『기독청년』은 기독교 교리와 YMCA 정신, 『현대』는 보편적 역사 발전에 기대어 조선과 조선 청년을 보편에 기입하고자 했다. 그러나 기독교의 범용성이 침략의 논리와도 조화될 수 있음을 마주하는 순간, 담론자원으로서 기독교의 효용성은 위기를 맞았다. 한편, 역사적 탐구의 결과로 얻어진 근대적 지식은 의식의 차원에서 미래를 낙관하는 데 유용했지만 목전의 비정한 현실을 설명하는 데에는 무력했다.

2. 아시아라는 동상同床과 연대의 이몽異夢

1) 아시아의 재구와 인류라는 이상理想

『아세아공론』은 "아시아 각국인의 여론기관"[38]을 자임하며 "아시아 인류의 이상의 실현"[39]을 목표로 탄생했다. '아시아'를 사상의 원점으로 삼아 세계의 연대와 인류애를 실현하는 것을 궁극적 목표로 설정한 것이다. 그러나 현실에서 아시아의 의미망은 그리 간단치 않았다. 이 절에서는 『아세아공론』의 지향과 실천을 살펴보고, 그 한계는 무엇이었는지 검토하도록 한다.

『아세아공론』은 아시아를 정체성으로 내세운 잡지이다. "직접 아시아 문제의 해결을 보고자 하는 자는 읽으라"[40]라는 광고 문구를 통해 알 수 있는 것처럼 아시아에 입각한 관점은 『아세아공론』의 본질이자 홍보

---

38 「사고」, 『아세아공론』 창간호, 1922.5.
39 「동아 문제의 해결?」, 『아세아공론』 8, 1922.12.
40 『동아일보』, 1922.10.16. 참고로 이 광고는 일본어로 게재되었다.

의 핵심어였다.

아시아는 특정 국가가 아니며, 특정 국가의 전유물이 될 수도 없다. 『아세아공론』은 곳곳에서 이러한 초국적 지향을 표명한다. 『아세아공론』의 표지는 이를 이채롭게 시각화한다. 호에 따라 약간의 차이는 있지만 『아세아공론』의 표지에는 '亞細亞公論', 'THE ASIA KUNGLUN나 THE ASIA REVIEW', '아시아공론', '아세아공론' 중 반드시 두 개 이상의 언어가 병치된다. 언제나 복수의 언어로 제호를 표기하고 있는 것이다. 이와 같은 표지 디자인은 그 자체로 『아세아공론』의 지향을 뚜렷하게 표명한다. 서로 다른 언어를 한 지면 안에 공존케 함으로써 『아세아공론』이 특정 국가에 귀속된 잡지가 아님을 나타내는 것이다.

아시아 연대의 지향은 국가주의의 극복이라는 과제를 내포했다. 일국적 관점을 배격하는 『아세아공론』의 입장은 「독자와 기자」에 실린 다음 글을 통해 확인할 수 있다.

질문 : 사장 각하, 저는 『아세아공론』이 세계적으로 그 웅장한 모습을 나타내기를 바라는 한 사람입니다. 그런 의미에서 우리 잡지에 각국 애국적 의견교환란이 없음을 안타깝게 생각합니다. 부디 조만간 설치해주기를 희망합니다.시부야 남자

답변 : 사장 입원 중이라 책임 있는 답변은 할 수 없지만 특별히 애국적 의견교환란은 불필요하다고 생각합니다.[41]

"애국적 의견교환란"을 요청하는 독자에게 보내는 사측의 답은 단

---

41 「독자와 기자」, 『아세아공론』 8, 1912.12.

〈그림 20〉『아세아공론』 창간호 표지   〈그림 21〉『아세아공론』 8호 표지

호하고도 분명하다. "특별히 애국적 의견교환란은 불필요"하다는 것이
다. 「독자와 기자」는 아세아공론사의 사장인 유태경이 직접 답하는 경우
가 많았는데 이때에는 불가피하게 자리를 비운 사장을 대신하여 동인이
답변을 작성했다. 답변자는 사장의 의견이 아니라는 점을 먼저 밝히면
서 다소 조심스러운 태도를 취하고 있지만 이후에도 '애국적 의견교환
란'은 설치되지 않았다.

　　그렇다면 『아세아공론』이 "애국적 의견교환"을 위한 별도의 지면이
불필요하다고 판단한 이유는 무엇일까. 『아세아공론』이 보여준 초국적
지향의 근저에는 일국적 사고에 대한 경계가 자리잡고 있다. 이른바 "애
국"은 침략의 논리로 전화되기 쉬웠다. 국가는 경계 없이 성립되지 않는

다. 국가를 사랑하는 "애국"의 이데올로기가 경계를 고수한다면, 아시아, 나아가 세계와 인류를 강조하는 『아세아공론』의 이데올로기는 그 경계를 초월하는 데 있었다.

『아세아공론』은 아시아라는 공간적 범주와 함께 "인류"라는 주체를 기치로 내걸었다. 이때의 "인류"는 아시아의 범주를 초월하기 위해 동원된 용어이다. 창간호에 실린 발간사 「인류를 위하여」를 보자.

물질문명의 진보가 정신문화의 퇴보라고 하는 모순당착에 가득 찬 조류는 누가 만들고 있는가. 특히 동아 유일의 일등국 일본의 현상은 과연 어떠한가. 아무리 인류를 고창하기 위함이라 한들, 이 혼돈의 아시아를 버리고 어느 곳에서 인류를 구할 것인가. (…중략…) 과연 그들에게 '인간성휴머니티'의 불길이 있을까. (…중략…)

먼저 우리의 발판을 생각할 때, 우리는 아시아 제 민족의 긴급하고 간절한 자각을 바라마지 않을 수 없다. 아시아 민족의 확고한 한 걸음!! 그 한 걸음이 인류평화의 알파요 오메가가 되어야 한다는 사실은 아마도 뜻 있는 자가 일찍부터 깨닫고 있는 일이므로 이제 와 재차 말하지 않겠다. (…중략…)

우리는 오직 평화와 인류애의 희구자의 진지한 찬성을 얻음으로써, 본사의 사업이 착실히 한 걸음 한 걸음 실현될 것임을 뇌기牢記한다. (…중략…)

한 사람 한 사람 늘어가는 동지! 그것은 이윽고 아시아 민족의 확실한 생의 눈뜸으로 귀착하는 것이며, 세계평화의 관문의 요체임을 믿어 의심치 않는다.[42]

---

42 「인류를 위하여」, 『아세아공론』 창간호, 1922.5.

창간에 임하는 『아세아공론』의 이상을 담은 이 글은 『아세아공론』의 "본령"과 "커다란 포부", "사명"이 다름 아닌 "인류"에 있으며, "세계평화의 관문"이 아시아의 "동지"들에게 달려있다고 주장한다. 여기서 아시아는 서구의 대타적 개념이라기보다는 세계의 평화가 정초되어야 할 거점에 가깝다. 따라서 아시아 민족의 자각은 "인류평화"의 "알파"와 "오메가"로 설정된다. 그런데 세계평화에서 아시아라는 장소는 문제적이다. 아시아는 "일등국 일본"에 의한 인간성과 평화의 훼손이 자행되는 현장이기 때문이다.

『아세아공론』이 인간, 또는 "인류"를 특히 강조하는 이유는 인종, 민족 등 다른 개념어와 겹쳐볼 때 분명해지며, 그 함의도 비로소 돋울하게 떠오른다. 먼저, '민족'과 '인류'의 쓰임을 보자. 인용된 부분은 "아시아 제 민족"이 반목하고 있으므로 "아시아 민족"의 자각이 필요하다고 주장한다. 여기서 "민족"은 서로 반목하고 증오하는 집단, 따라서 "자각"이 필요한 집단으로 묘사된다. 반면, "인류"는 애초에 반목이 불가능한 존재로 설정된다. "인류"는 그 외부를 상상할 수 없는 최상위 개념으로 상정되어 있으므로 반목의 대상이 존재하지 않는 것이다. 민족은 현 상태에 대한 "자각"을 통해 비로소 "인류"로 승화되어야 한다. 이와 같이 "인류"는 "인류평화"나 "인류애"와 같이 긍정적인 추상명사와 결합하면서 이상적인 비전을 제시하거나, 이상에 반하는 현실을 고발하는 데 동원되며 『아세아공론』의 핵심어로 활약한다.[43]

그러나 인류로의 비약을 촉구하는 『아세아공론』의 요청이 민족의

---

43 "현재 인류 세계에서 가장 큰 죄악은 개인이 개인을 학대하고 국가가 국가를 지배하고 민족이 민족을 괴롭히는 것이다. 인류의 세계는 이것이 있기 때문에 영원히 불안하며 항상 암흑일 것이다." 「인류의 죄악」, 『아세아공론』 3, 1922. 7.

부정을 동반하지는 않았다. 오히려 민족을 포함한 모든 정체성을 긍정하기 위해서 인류애의 회복은 필수불가결한 조건이 된다. 아래의 인용문은 인간을 인간으로 되돌리는 일, 환언하면 인간성의 회복이 이루어질 때, 차별과 위계가 사라지고 "인류로서의 생존권"이 보장될 수 있다고 주장한다.

> 오늘날 세계에서 가장 중요한, 그리고 긴급히 요구되는 문제는 인간을 인간으로 되돌리는 것이다. 인종의 차별을 철폐하는 것이다. 인간을 인간 이하로 보거나, 인간을 인간 이상으로 보는 것을 멈추는 일이다. 같은 지구 위에, 같은 인류로서 생존권을 가지고 있는 것을 이유 없이 압박하고, 박해하고, 학살하고, 강탈하는 것을 멈추지 않는 한, 세계는 항상 암흑이다. 지옥이다.[44]

이처럼 『아세아공론』은 세계의 평화라는 대업이 아시아에서의 인류애 회복에 달려 있다고 보고, 아시아 민족의 수평적 연대를 주장했다. 그러나 아시아주의는 침략적 제국주의와 쉽게 결합했으며 연대의 기축이 되는 다양한 어휘 역시 차별과 침략의 근거로 전유되곤 했다.

2) 아시아라는 기표와 아시아 담론의 두 얼굴

『아세아공론』이 마주했던 이 딜레마는 시대적 한계를 고스란히 반영하고 있었다. 『아세아공론』이 등장한 1920년대 초반은 자유와 평등, 인류애를 중시하는 '다이쇼 정신'에 기반하여 군비축소를 주장하는 목소리가 커지고 있었으나 동시에 이를 반대하는 세력도 결집하는 시기였

---

44 「인간을 인간으로 되돌리라」, 『아세아공론』 6, 1922.10.

다. 메이지기부터 이어진 일본 맹주론은 제1차 세계대전 이후 더욱 강화되는 경향을 보였다. 전쟁으로 서구 역사와 문화는 실패는 증명되었고 그 실패의 해답이 동양에 있으며, 일본은 동양 유일의 '문명국'으로서 소임을 다해야 한다는 것이 그 주장의 핵심이었다.

이처럼 아시아주의는 이웃 국가들에 대한 일본의 약탈과 침입을 정당화하는 이데올로기가 되기도 했다. 사정이 이러한 만큼 『아세아공론』이 내건 '아시아'라는 테제는 자칫 군국주의적, 팽창적 아시아주의로 오인되기 쉬웠다. 『아세아공론』도 이러한 오해의 가능성을 잘 알고 있었던 듯 보인다. 아래의 인용문은 「잡지 제목 현상공모」의 일부이다.

때때로 '아세아공론'은 '딱딱한 군국주의자나 말할 법한 제목이다'라는 비난이 있다. (…중략…) '아세아공론'은 아시아 민족의 단결이나 통일, 그런 초라한 생각의 것은 절대 아니다.

인류주의의 표징의 다짐으로 이 제목을 선정한 것이다.

인류의 행복은 각 사람의 행복의 확충이다. 세계평화의 필요한 것을 위해서 어떻게든 우리는 부패한 아시아 스스로 구미인에게 손색없는 인격자가 되어야 한다. 현상現狀을 생각건대 첫걸음으로서 아시아인의 각성을 필요로 한다. 그리하여 어식어魚食魚의 근성에서 벗어나야 한다. 이러한 의미에서 '아세아공론'이라 한 것이다.[45]

『아세아공론』은 이 글을 창간호와 제2호에 연속해 실으며 제호의 의미를 재차 상술한다. 사측은 『아세아공론』이라는 제호가 완고한 군국

---

45 「현상모집」, 『아세아공론』 창간호, 1922. 5.

주의자의 주장이나, 또는 "아시아 민족의 단결이나 통일"을 연상케 한다는 비난이 있지만, 자신들의 지향은 결코 "초라한 생각"에 있지 않다고 단언한다. '아세아공론'이라는 제호에서 '인류의 행복'이나 '세계평화'보다 '군국주의'를 즉각 연상하는 세간의 통념은 『아세아공론』이 처한 곤경이었다. '아시아'라는 기표는 운용 주체에 따라 다른 기의와 결합하고 있었던 것이다.

사실 '아시아'라는 기표가 야기하는 혼란은 『아세아공론』을 이끌었던 유태경 역시 피할 수 없는 것이었다. 유태경은 '아시아의 연대'라는 슬로건에 이끌려 '아세아협회'라는 단체에 가담했다가 자신의 이상과 부합하지 않음을 깨닫고 이 단체에서 탈퇴한다. 이후 자신은 아세아협회와 무관하다는 것을 밝힐 목적으로 다음의 글을 썼다.

아세아협회亞細亞協會와 나

아세아협회라는 것이 있다. 그러나 내가 몇 해 전부터 주장한 본회는 결코 황색인종의 결합, 그리고 아리아 민족에게 길항하는 주의가 아니다. 특히 약자 중 일부인 조선 민족은 그렇게 참월僭越하여 대단한 걱정을 하기보다도, 보다 큰, 그리고 당면한 문제를 안고 있다. 자기 자신의 문제가 있는 것이다. (…중략…) 그러나 영웅 도량跳梁 시대는 지났다. 무엇도 길항할 필요는 없다. 자각만 하면 된다. 문화인이 될 수 있으면 된다. 그리하여 지상에서 민족과 민족이 서로 으르렁대는 구획적 국가 대신 횡으로 통하는 길드 소셜이 생기는 것이다. 지나 낭인이나 군국주의자가 주장하는 것은 안 된다. 수년간, 고심에 고심을 거듭한 결과 태어난 아세아협회는 나의 이 주장과 부합되지 않는다. [46]

46 「평론일속─아시아협회과 나」, 『아세아공론』 2, 1922.6.

'아세아협회'라는 단체의 성격을 정확히 파악할 수는 없지만 이 단체가 낸 소책자의 목차를 확인해 보면 투라니즘을 위시한 범아시아주의에 동조한 단체였음을 짐작할 수 있다.[47] 유태경은 아세아협회의 가입과 탈퇴 경험을 통해 연대를 표방하면서 일본의 우월적 위치를 당연시하고, 또 그 과정에서 '아시아'라는 단어가 동상이몽의 발원지가 되기 쉽다는 점을 그 누구보다 절감하게 되었던 것이다.

여기서 유태경이 가장 먼저 지적하고 있는 것은 연대의 방식이다. 즉, 자신이 생각하는 연대는 "황색인종의 결합"도, "아리아 민족에 길항"하는 것도 아니라는 것이다. 그는 그 무엇과도 길항하지 않는 방식으로, "구획"을 넘어선 "횡적" 연대를 주장한다.

야마무로 신이치는 아시아를 구성하는 네 개의 사상기축으로 문명, 인종, 민족, 문화를 들고 있는데, 이중에서도 인종은 특히 아시아의 통합에 결부된 사상기축으로 기능한다고 본다. '아시아 인종'이라는 유적 친연성을 강조함으로써 민족의 상이성을 극복하고 아시아의 유대가 주창될 수 있었다는 것이다. 인종을 기축으로 한 아시아 인식은 사회진화론

---

47 대아시아협회에서 발행한 『대아세아(大亞細亞)』의 필자와 게재물을 일별하면 다음과 같다. 山下淸一, 「대아시아협회 창립을 축하하여(大亞細亞協會の創立を祝ひて)」; 小林勝民, 「대아시아협회, 투란회 창립 목적(大亞細亞協會, ツラン會創立趣旨)」; 버라토시, 「사랑하는 형제들에게 고함(親愛なる兄弟に告ぐ)」; 田中弘之, 「먼 친척보다 가까운 이웃(遠い親類よりも近い隣人)」; サワルバル, 「세계 문명의 시작은 아시아다(世界の文明の始まりは亞細亞である)」; 岡元甚五, 「대아시아협회의 현재와 미래(大亞細亞協會の現在及將來)」 등(일본 국립국회도서관 참고).
이 소책자의 발간에 대해서는 본문에 인용된 「평론일속－아시아협회와 나」의 말미에서도 언급된다("지난 2월 11일에 작년 10월 개회식 당시의 테이블 스피치를 편집하여 岡元某의 이름으로 「대아세아」라는 소책자와 선언서를 명사들에게 배포했다. 처음부터 나와 뜻을 같이하고 있는 사람들은 자신의 이름이 그 평의원 중에 들어가 있는 것을 보고 크게 분개한 모양으로 나를 꾸짖었다"). 이 단체와 1933년 일본의 국제연맹 탈퇴를 계기로 발족된 대아세아협회와의 연관성은 현 단계에서 확언하기 어렵다.

과 절합되면서 다양한 연대론과 침략론으로 전화되었다. 백색인종보다 한발 빨리 아시아를 침략해야만 아시아 인종으로서 자존할 수 있다는 논리가 그 대표적인 예이다. 이처럼 인종을 기축으로 한 아시아 인식은 "근친증오적이고 양가적 양상"을 보이기 시작한다.[48]

보다 큰 문제는 아시아를 인종이라는 범주로 규합할 때, 일본의 침략행위가 시야 밖으로 쉽게 벗어난다는 점에 있다. 유태경은 이 문제, 즉, 백인, 혹은 "아리아 민족"을 "황색인종"의 공통의 적으로 상정함으로써 발생하는 맹점을 간파하고 있는 듯 보인다. 이러한 논리가 발동될 때 "조선 민족"은 인종적 연대의 논리 속에서 "자기 자신의 문제"를 포기하거나, 적어도 유예할 것을 강요받기 때문이다. 아시아의 인종적 유사성을 강조하는 인종 담론은 식민자와 피식민자 간의 폭력을 무마하는 역할을 하기 쉬웠다. 이 글은 인종이라는 화두가 약자인 조선에게 딜레마로 작용하고 있었음을 감추지 않고 드러내면서 인종의 덫에 걸리지 않아야 함을 강조한다.

투란민족 담론을 향한 비판은 이러한 인식 위에 놓인다. 투란민족이란, 지역적으로는 알타이산맥과 카스피해 사이에 위치한 투란고원에 기원을 둔 민족들을 포괄하며, 언어적으로는 서쪽의 핀-우고르어족부터 퉁구스어족에 이르는, 우랄-알타이어계 언어를 사용하는 민족들을 광범위하게 지칭한다. 투란민족에 속하는 투르크계, 헝가리인뿐 아니라, 핀인, 퉁구스인, 몽골인, 일본인 등이 연대하여 구미인에 대항할 것을 주장한 것이 범투란주의, 투란주의운동이다. 오늘날에는 이 투란민족으로 통칭되었던 민족들을 동일한 민족군으로 분류할 수 있는 기준이 거의

48　야마무로 신이치, 정선태·윤대석 역, 『사상과제로서의 아시아』, 소명출판, 2018, 87~
101쪽.

존재하지 않는 것으로 알려져 있지만, 당시 투란주의운동은 만몽滿蒙과 신장新疆, 나아가 중앙아시아 등지로 뻗어나가는 일본의 침략을 정당화 하는 데 큰 공을 세웠다.[49] 유태경은 투란민족이 연대해야 한다는 일각 의 주장에 대해 다음과 같이 논한다.

소위 투란연맹이란

자칭 부다페스트 고등여학교장 투란연맹 전권위원, 비서관장, 인류학자, 박 사, 교수 등 다양한 직함을 가지고 작년 방문한 헝가리 버라토시 바로 베네데 크 씨는 일찍이 다년 일본 각지를 떠돌며 대단한 일본통으로 주목받고 있다. 만약 일본에 공사관이라도 설치된다면 공사 자리는 걱정 없이 그에게 돌아갈 것이다. 내가 씨를 알게 된 것은 작년 9월경이다. (…중략…) 그러나 총명치 못한 나는 그들에게 배신당했다. 나의 주의주장에 공명한 인물이라는 자는 전 부 모두 나와 정반대의 사상이었다. 즉 바로 씨는 자국의 동포 및 황색계통의 민족이 다수의 아리안 민족의 노예가 되고 학살당해 도무지 견딜 수 없다고 말하면서 소위 투란연맹을 만들어 아시아 먼로주의를 선전하고 결속하여 백 인종에 대항하려 하는 것이다. (…중략…) 오늘날 아시아 민족이 단결하여 백 인종에 저항 운운하는 것은 시대착오적으로 취할 만한 것이 아니다. 군국주의 에 중독된 일본의 낭인, 일부 학자, 정치가나 대찬성할 것이다. 그리하여 일본 이 하나의 아시아의 맹주라도 되어 크게 대동단결하여 아시아를 통일하고 백 인종에 대항하려고 하는 것이다. (…중략…) 이런 기색을 일찌감치 알아차린 나는 무척 난처하므로 그만 손을 떼게 된 것이다. 먼저 투란연맹이란 이러한 성질의 것으로 아직 모습도 간판도 없는 모양이다. 아니 만약 있다면 인류를 위해 큰일이다.[50]

이 글에서 언급된 헝가리인 버라토시 베네데크Baráthosi Balogh Benedek, 1870~1945는 러일전쟁 이후 일본을 찾아와 투란주의운동의 진흥을 호소한 인물로 알려져 있다.[51] 그런데 유태경은 "황색계통의 민족"과 "백인종"을 대결시키는 베네데크의 논리에 반대한다는 뜻을 분명히 한다. 이 글에서 눈길을 끄는 대목은 아시아 먼로주의의 선전에 대한 비판적 인식이다. 아시아 먼로주의는 영국으로부터 독립성을 주장한 미국의 먼로주의를 아시아에 적용한 것으로, 서구의 간섭이 배제된 아시아의 주체적인 결정권을 주장한다. 그러나 아시아를 주체적으로 사고한다는 논리 또한 일본의 침략을 미화하는 수단으로 동원될 수 있었다. "조선이라는 국가를 멸망시키고 중국의 주권을 침탈한 난폭함"을 인정하면서도 "침략에는 왜곡된 모습으로나마 연대감의 표현이라는 측면도 존재"하며 "무관심하거나 남에게 맡기는 것보다 어떤 의미에서는 건전"[52]하다는 논리에서도 아시아 먼로주의의 음험함을 재확인할 수 있다. 투란연맹과의 절연을 선언하는 이 글은 투란연맹과 아시아 먼로주의가 결국 "군국주의에 중독된 일본의 낭인 일부 학자 정치가"들의 의견임을 폭로한다. "투란연맹"이라는 허구의 연대에서 실체로 존재하는 것은 "아시아의 맹주" 일본의 자리뿐이다. 투란연맹에 대한 이러한 비판은 훗날의 대동아전쟁에 대한 경고처럼 들리기도 한다.

---

49   이형식, 「'조선군인' 가네코 데이이치(金子定一)와 대아시아주의운동」, 『역사와 담론』 84, 호서사학회, 2017; 야마무로 신이치, 앞의 책, 197~206쪽.

50   「평론일속-소위 투란연맹이란」, 『아세아공론』 2, 1922.6.

51   버라토시 베네데크의 생애와 사상에 대해서는 이영미, 「헝가리 투란주의자의 한국 인식-버라토시의 『새벽의 나라 한국』(1929)을 중심으로」, 『한국학연구』 65, 인하대 한국학연구소, 2022 참고.

52   다케우치 요시미, 윤여일 역, 「일본의 아시아주의」, 『다케우치 요시미 선집 2-내재하는 아시아』, 휴머니스트, 2011.

이처럼 『아세아공론』은 아시아의 외피를 편의적으로 이용하려는 세력과 대결하며 새로운 아시아상을 구축하고자 했다. 그러나 더 큰 문제는 『아세아공론』의 아시아주의가 내재한 균열의 조짐이었다. 지금부터 평화와 인류라는 어휘로 쉽게 봉합되지 않는 균열의 골을 따라가도록 한다.

3. 조선이라는 접촉지대와 분열의 모멘텀
노세 이와키치[能勢岩吉]의 문예물을 중심으로

『조선급만주[朝鮮及滿洲]』의 주필 샤쿠오 슌조[釋尾春芿]는 우연한 기회에 『동아일보』 사장 송진우와 대화를 나눈 후 다음과 같은 소회를 남긴다. '상당한 과격분자인 줄 알았는데 학문과 사려를 갖춘 온건한 인물이다.'[53] 우치다 준은 이 사례가 조선인 모두를 식민통치에 저항하는 완강한 적으로 뭉뚱그려 보는 일본인의 경향성을 보여준다고 지적한다.[54] 샤쿠오 슌조는 조선인이 일본에 대해 취할 수 있는 조밀한 정치적 스펙트럼을 상상하지 못했던 것이다.

이 절은 이 문제의식을 역으로 적용해 보는 데에서 출발한다. 우리는 일본인이 조선에 대해 취했던 다층적이고도 분열적인 내면을 충분히 분별해 독해하고 있는가. 또, 일본인이 취할 수 있었던 온건함은 어떤 형태였으며, 그 온건함이 발현되는 계기와 장소를 탐색할 수 있을까.

노세 이와키치[能勢岩吉]라는 인물은 이러한 질문을 탐색하는 데 적합

---

53 東邦生, 「東亞日報社長宋鎭禹君と語る」, 『朝鮮及滿洲』, 1928. 2. 35쪽.
54 우치다 준, 한승동 역, 『제국의 브로커들』, 도서출판 길, 2020, 307쪽.

한 인물로 보인다.[55] 노세 이와키치는 『아세아공론』이 총 9호를 내는 동안 총 10편의 글을 게재한 주요 필자이다. 『아세아공론』에 실린 그의 글을 정리하면 아래와 같다.

〈표 12〉『아세아공론』 소재 노세 이와키치 게재물

제목	게재호	글의 종류
「유수천 군에게 주다(柳壽泉君に興ふ)」	1922.5	편지글
「고요한 추억(静なる追憶)」	1922.5	문예물
「동아를 중심으로 하는 세계의 파란(東亞を中心とせる世界の波瀾)」	1922.6	사회평론
「대동강야화(大同江夜話)」	1922.7	문예물
「조선독립운동의 진상(朝鮮獨立運動の眞相)」	1922.8	사회평론
「국경의 하룻밤(國境の一夜)」	1922.8	문예물
「지나 민족의 문명과 그 국민성(支那民族の文明と其國民性)」	1922.9	사회평론
「오마키 찻집(お牧の茶屋)」	1922.10	문예물
「지나의 부인 문제(支那に於ける婦人問題)」	1922.11	사회평론
「경성에서 만난 여인의 이야기(京城で逢った女の話)」	1923.1	문예물

노세 이와키치가 『아세아공론』에서 이다지도 활발히 활동했다는 것은, 그가 반제국주의와 피압박 민족의 연대라는 『아세아공론』의 지향에 동조하고 있었음을 방증한다. 그러나 그의 글에서는 『아세아공론』이 내건 기치에 대치되는 전형적인 제국주의의 문법이 발견되기도 한다. 이처럼 혼종적이고 분열적인 내면은 문예물에서 특히 잘 드러난다. 이

---

55 제한적인 기록으로 미루어 볼 때 노세 이와키치는 1920~1930년대 조선 및 중국 관련 언론계에 몸담았던 인물이었다고 정리할 할 수 있다. 그는 『아세아공론』에서 정력적인 문필활동을 펼쳐 보인 후 『조선공론』으로 활동의 장을 옮긴다. 『조선공론』의 도쿄 지국장 역할을 맡고 1925년부터 1930년까지 『조선공론』에 거의 매호 글을 게재한 것이다. 한국역사정보통합시스템을 참고하면, 1920년대 말에는 『척식일보(拓植日報)』의 발행인으로, 1930년대 말에는 『조선행정(朝鮮行政)』의 필자로 활동했으며, 그밖에 조선과 중국 관련 저서를 다수 집필하기도 했다. 일본 국회도서관의 검색 결과, 노세 이와키치가 집필, 공저한 단행권은 총 15권이다. 그중 1945년 이전에 발간된 것은 10권이고, 이 중 조선이나 중국에 관한 내용을 포함하고 있는 책이 7권이다.

에 이 절에서는 그의 문예물 「대동강야화」, 「국경의 하룻밤」, 「오마키 찻집」, 「경성에서 만난 여인의 이야기」에 집중하고자 한다. 제국 남성 '나'가 조선 방문 중 겪은 일을 담고 있는 이 텍스트들은 등장인물과 시점, 공간적 배경 등에서 뚜렷한 일관성을 보여 마치 연작처럼 보일 정도이다. 그러나 동시에 제국 남성의 일방적인 시선으로 피식민 조선과 조선인 여성을 대상화하는 전형적 서사와는 다른 결과 요소를 또렷하게 노출한다. 그렇다면 이 텍스트에서 제국주의적 논리의 (무)의식적 수용과 거부가 어떻게 재현되고 있는가, 제국 남성의 불안과 공포, 차별의 욕망은 어떻게 드러나는가 질문할 필요가 있다. 지금부터 이 질문들에 답해 보도록 하자.

1) 제국 남성의 회의와 자기 응시 「오마키 찻집」

「오마키 찻집」은 평양을 처음으로 방문하는 '나'가 평양 유수의 의사인 이시카와石川와 평양을 속속들이 알고 있는 이노우에井上의 안내로 오마키 찻집을 찾아가는 장면에서 시작된다. 목적지에 가까워지자 친구들은 다음과 같은 대화를 나눈다. "보잘것없는 찻집이지만 유명하지. 평양에 와서 오마키 찻집을 모른다고 하면 웃음거리가 된다고."

보잘것없지만 유명하고, 평양을 여행한다면 반드시 방문해야 하는 곳. 이 오마키 찻집은 실제로 존재했던 장소이다. 모란봉에 위치한 자그마한 이 찻집은 다카하마 교시高浜虚子의 『조선』에 등장하면서 필수 방문지로 부상했다. 교시는 단정하면서도 강단 있는 찻집의 주인 오마키 여사와 대화를 나눈 후 그녀의 이름을 따 이곳을 "오마키 찻집"이라 명명한다. "일본에서 볼 수 없는 웅대한 강산 속에" 자리한 "일본풍의 찻집"[56]으로 묘사된 이곳은 이국취향의 욕망exoticism을 충족시키는 평양이라는 도시에서 제국의 익숙함과 안락함을 선사하는 특별한 장소로 인식되었다. 노세의 「오마키 찻집」 역시 이 공간에 대한 일본인들의 전형적인 상상에서 출발한다.

이러한 상상에는 여행지로서 평양이 획득하고 있었던 의미도 영향을 미치고 있다. 조선을 여행하는 일본인들 대개 경성보다도 평양에 더 큰 매력을 느꼈다. 경성이 근대적 도시로서 통치의 정당성을 과시하는 증거였다면, 평양은 조선의 문화를 보존한 관광지로서의 조선의 매력을 강조하는 역할을 했다.[57] 동시에 평양은 제국 일본의 역사를 향수할 수 있는 공간이기도 했다. 대개의 여행 안내서에서 대동문, 을밀대, 모란봉 등 평양의 주요 명소는 청일전쟁과 러일전쟁의 승리라는 역사적 기억을 증거하는 실체이자, 그 기억을 만끽할 수 있는 장소로 그려졌다.[58] 여행자들은 해당 장소를 조선의 역사적 맥락에서 탈각시켜 제국 일본의 역사 속에서 기념했다. 결국 이들의 평양 여행은 전황 기사를 통해 생산된 지식과 이미지를 재확인하는 데 그쳤다.[59]

이렇게 정형화된 평양 여행의 기원에 놓이는 것이 바로 다카하마 교시의 『조선』이다. 교시와 그의 일행이 둘러보는 평양의 풍광과 명소는 청일전쟁의 서사 속에서 채색된다.

눈앞에 널리 펼쳐진 경치는 마치 파노라마를 보는 것 같아, 단지 그곳과 이

---

56 다카하마 교시, 김영식 역, 『조선』, 소명출판, 2015, 208쪽.

57 당시의 여행안내서는 경성과 평양에 각기 다른 의미를 부여했다. 정치영, 「여행안내서 『旅程と費用槪算』으로 본 식민지조선의 관광공간」, 『대한지리학회지』 53(5), 대한지리학회, 2018, 740쪽.

58 서기재, 『조선 여행에 떠도는 제국』, 소명출판, 2011, 214쪽.

59 아리야마 테루오, 조성운 외역, 『시선의 확장 ─ 일본 근대 해외관광여행의 탄생』, 선인, 2014, 77~78쪽.

곳에 백마대청군의 친위 기병대—인용자나 다치미 지대立見枝隊, 일본군—인용자가 그려져 있지 않을 뿐의 차이였다. (…중략…)

"실로 멋진 옛 전장입니다."

과거 세키가하라関ヶ原나 오케하자마桶狭間 등이 생각 외로 소규모였던 것에 실망한 적이 있는 나는, 이 웅대한 광경에 압도되어 불현듯 감탄했다.[60]

교시 일행의 눈앞에 펼쳐진 웅대한 평양의 풍광은 청일전쟁의 승리를 연상시키는 동시에, 교시가 본국의 "소규모" 전장을 보며 느꼈던 내심의 실망을 털어내는 역할을 한다. 여기서 평양은 단순히 향락의 대상에 머문다. 그러나 「오마키 찻집」의 '나'는 이 일대를 전혀 다른 방식으로 묘사한다.

"저 왼쪽에 사람이 많이 있는 곳이 보이지. 거기가 모란대야. 그리고 오른쪽으로 잡목이 무성한 봉우리는 을밀대고."

이곳에 몇 번이나 온 적이 있는 이노우에는 이곳저곳을 가리키며 설명했다.

"일청전쟁 때 꽤나 커다란 전쟁이 있었던 곳인 줄 알았는데, 이렇게 와서 보니 그런 커다란 전쟁 따위 가능한 곳 같지도 않군. (…중략…) 하여튼 신문이나 잡지, 아니 역사의 기사 같은 건 믿을 수 없다니까."

"못 믿을 것도 없을 게야. 어쨌든 당시의 전쟁으로서 대단했던 건 틀림없어. 봐, 자네 보이나. 저기야. 저 강이 향하는 넓은 평지에 포플러나무가 늘어서 있고, 그 늘어선 그늘에 오도카니 집이 서 있지. 자네 저곳을 알고 있나."

"몰라. 나는 아직 가 본 적도 없는 걸."

---

60   다카하마 교시, 앞의 책, 202쪽.

"가 본 적이 없다고 해도, 너무나 유명한 곳이지. 선교리船橋里라는 곳 말이야. 잘은 몰라도 거기서 일본 병대 일 개 여대 정도가 전멸했다고 하네. 그러니까 지금도 전사자의 영혼이 나온다고 하더군. 이건 조선인의 이야기야."

"어쨌든 죽은 사람은 안되었네. 결국 포플러 비료가 되고 말았으니."[61]

이노우에는 평양의 명소를 청일전쟁의 서사와 결부시켜 열정적으로 설명하지만 이를 듣는 '나'의 태도는 시종 냉소적이다. 교시가 감탄했던 "웅장한 경치"를 두고 '나'는 "그런 커다란 전쟁 따위 가능한 곳 같지도 않"다고 말한다. 나아가 '나'는 신문이나 잡지, 역사의 기사 같은 것을 모두 못 미더운 것이라 말하며 제국의 미디어에 의한 서술을 정면으로 부정한다. 교시의 평양 여행이 제국의 미디어가 생산, 유포한 청일전쟁의 승리의 기억을 복기하는 데 충실했다면, 노세는 이를 그대로 수용하기를 거부한다. 이는 조선 여행의 정전으로 자리 잡은 교시의 『조선』을 다시쓰기 하는 효과를 발휘한다.

그러나 이내 '나'는 성심성의껏 안내해주는 이노우에의 호의를 무시했다는 데에 미안함을 느끼고 다시 한번 눈앞의 풍경을 둘러보며 "천하의 절경"이라고 말한다. "평원을 띠처럼 흘러가는 대동강의 물길과, 그 연안에 발달한 대평양의 거리, 지평선의 먼 곳에서 늘어선 공장의 굴뚝, 눈 아래 가득한 평양 수도의 저수지, 그 저수지를 둘러싼 포플러 행렬, 이 정도만 보아도 한 폭의 그림이고, 탁월한 시"라는 것이다. 정비된 도시의 풍경과 공장의 굴뚝을 바라보며 감탄하는 '나'의 모습은 조선의 근대화와 산업화를 자찬하며 식민지배를 정당화하는 식민지배의 논리를

---

61   노세 이와키치, 「오마키 찻집」, 『아세아공론』 6, 1922.10, 71쪽.

〈그림 22〉오마키 찻집 전경. 오마키찻집 앞에 기모노 차림의 여성이 서 있다. 오마키찻집은 평양명소를 소개하는 그림엽서에 단골로 등장했다.

그대로 답습한다.

　이처럼 조선 반도를 여행하는 일본인 남성은 대개 확고부동한 시선의 주체로서 조선을 관찰했다. 그러나 「오마키 찻집」은 이 전형적인 관찰의 구도에 변형을 꾀한다. 「오마키 찻집」에서 특히 주목해야 할 부분은 관찰의 주체와 객체가 모두 일본인 남성으로 설정되어 있다는 점이다. 「오마키 찻집」에 등장하는 다섯 명의 일본인 남성은 두 무리로 나뉜다. 먼저, '나'를 포함한 일행 세 명은 어느 정도의 교양을 갖춘 인물들로 그려진다. 한편, 이들이 오마키 찻집에서 만난 옆방의 남성들, 즉 "마흔줄의, 식민지에서 볼 수 있는 고만고만한 졸부小金持ち"와 엉터리 변호사 행색의 남자는 그 대척에 있다. 이들은 술자리에서 소란을 피우며 주변 사람들의 눈살을 찌푸리게 한다.

　식민지에서 볼 수 있는 고만고만한 졸부 남자가 상석에 앉았고, 오른쪽으로는 요릿집 여주인이 담배를 피우며 앉아 있었다. 동기童妓가 두 명에 기생이 한 명 있다. 그리고 이곳의 주인공인 그 졸부에게서 떨어지지 않으려는 듯, 영락없이 엉터리 변호사처럼 생긴 남자가 기생과 동기 사이에 앉아 있었다. 졸부의 얼굴도 여주인의 얼굴도 새빨갛게 된 것이 술을 꽤나 마신 것처럼 보였다.

　"빙幇양."

　졸부가 말했다. 기생이 흘깃 졸부의 얼굴을 보았다. 여주인이 다 마신 술잔을 졸부에게 돌렸다. 하얀 손이 스윽 나와 검은 맥주병을 쥐었다.

　"방양 자, 자네에게 따라주지."

검은 맥주병을 졸부의 검붉은 손이 쥐었다. 그리고 검은 손과 하얀 손이 맥주병을 서로 밀어냈다.

"방양 — . 내가 싫은가." (…중략…)

"어머, 미운 아저씨, 호호."

동기의 웃는 소리가 한층 높이 울렸다. (…중략…)

여주인이 가지고 온 요릿상을 바라보며 이노우에가 말했다.

"그럼, 우리도 질 수 없으니 한번 불러볼까."

여기서 일본인 남성들은 관찰의 대상이 되는 집단과 관찰의 주체가 되는 집단으로 분리된다. 관찰의 주체인 '나'의 일행은 옆방의 두 남자, 그중에서도 특히 재조일본인 졸부에 집중한다. 관찰은 관찰 주체와 관찰 대상 사이에서의 시선의 뒤엉킴을 동반하기 마련이지만,[62] 이 관찰에서 양자의 시선은 교차되지 않는다. 술자리의 재미에 푹 빠진 졸부는 자신을 향한 타인의 시선을 전혀 인식하지 못하기 때문이다.

이처럼 '나'의 일행은 일방적인 관찰의 주체가 되나 이들이 옆방의 술자리를 보는 시선은 매우 복잡해 보인다. 옆방의 흥이 고조되자 '나'의 일행은 이들에게 지지 않으려 여자를 부르고 춤을 권하는 등 옆방의 재미를 적극적으로 모방한다. 이처럼 '나'의 일행은 옆방의 술자리를 또렷하게 의식하면서도 동시에 짐짓 모른 체 말을 아낀다.

그 이유는 무엇인가. 관찰의 주체인 '나'의 일행이 옆방 남자들의 추태에서 자신의 모습을 발견하기 때문이다. 식민지의 졸부를 관찰함으로써 은폐하거나 외면하고자 했던 자기 내면과 대면하게 되는 것이다. "헌

---

62 존 버거는 관찰의 주체가 대상을 응시할 때 관찰의 대상 역시 관찰의 주체를 되받아 응시하는 현상에 주목한 바 있다. 존 버거, 박범수 역, 『본다는 것의 의미』, 동문선, 2000, 254쪽.

데 인간이라는 것은 참 이상하지. 자기가 그렇게 여자와 시시덕거리고 난리를 피울 때에는 다른 사람들이 어떻게 느끼는지, 그런 건 조금도 신경 쓰지 않고 즐거워하면서 다른 사람이 소란을 피우는 걸 보면 기분 나빠 한다니까"라는 자조적인 논평은 자기 성찰을 기반으로 한다. 이러한 자각은 옆방의 무리가 만취 상태로 술집을 떠나는 모습을 바라보면서 더욱 강하게 드러난다.

> "칠칠치 못한 녀석들이로군."
> 이노우에가 비웃었다.
> "자네도 마찬가지 아닌가."
> 이시카와가 기회를 놓치지 않고 칼끝을 겨누었다. 이노우에는 입을 다물고 있었다.[63]

'나'의 일행은 옆방의 무리와 자신을 완벽하게 분리하여 타자화하지 않거나, 또는 타자화하지 못한다. 이시카와는 불편한 관찰의 대상이었던 옆방의 무리가 자신들과 다르지 않음을 언명하고, 이노우에는 이를 무언으로 긍정한다. 일본의 통치를 정당화하는 구실로 조선의 낮은 '민도民度'가 종종 소환되었다는 사실을 상기한다면, 옆방의 손님들이 보여준 행태는 지배의 정당성을 약화하는 실증이기도 하다. 결국 '나'의 일행은 관찰의 시선은 결국 자기 자신에게로 회귀하고, 내면의 치부를 인정하면서 이야기는 마무리된다.

2) 조선인 여성 주체의 부상과 환기되는 정치 현실 「대동강야화」

「대동강야화」는 평양에 놀러 온 일본인 남성 '나'와 조선인 여성 정죽엽鄭竹葉과의 만남을 그린다. 이 글의 '나'는 화류계에 익숙하지 않은 신중한 남성으로, 목적 없는 산보 중 대동강변에 밀집한 홍등가에 당도한다. 그는 본능적인 호기심과 결벽증적인 불안감 사이에서 갈등하다가 "이민족에 대한 호기심"에 이끌려 조심스럽게 홍등가로 진입한다.

> 나는 일본인 창기에는 별로 동경을 가지고 있지 않았다. 그곳은 그냥 지나치고 조선인들의 유곽이 있는 쪽으로 걸어갔다.
>
> 이민족에 대한 호기심이 묘하게 나의 마음을 유혹했다. 나는 그 제어하기 어려운 유혹에 이끌리면서 조선인 홍등가로 진입했다.
>
> 집은 일본인의 것과 비교하면 말할 수 없을 정도로 작고 불결한 모습이었다. 그래도 물론 보통의 조선인이 사는 곳에 비하면 형태도 일본인의 집 모양에 가까웠고, 현격한 차이가 있을 정도로 아름다웠다.[64]

'나'의 시선 속에서 조선 여성을 향한 이국취향의 욕망과 조선의 미개함을 재확인하려는 욕망은 동시적으로 작동하고 있다. '나'는 일본인 홍등가와 조선인 홍등가로 구분하고 '나'의 "동경"이 조선인 쪽에게 있음을 분명히 한다. 그러나 직접 마주한 조선인 홍등가는 불결하기 그지없다. 일본인 창기 구역이 우월한 문명의 공간으로 인식되고 있다면, 이와 반대로 조선인 홍등가는 "말할 수 없을 정도로 작고, 불결한 것"으로 묘사된다. 그런데 조선의 "일반" 집은 이보다도 훨씬 더 형편없음을 '나'는 잘 알고 있다. 그의 인식 속에서 대동강변 바깥의 일반 조선집-대동강변의 조선인 홍등가-대동강변의 일본인 홍등가라는 위계는 뚜렷하고

---

63   노세 이와키치, 「오마키 찻집」, 『아세아공론』 6, 1922.10, 78쪽.
64   노세 이와키치, 「대동강야화」, 『아세아공론』 3, 1922.7, 74쪽.

도 확고하다.

　조선인 홍등가의 조선인 창기들은 '나'의 부정적 감정을 총체적으로 유발한다. 여인들은 "서툰 일본어"로 제국 남성을 유혹하고, 때로는 거친 행동의 호객행위도 서슴지 않는다. 그런 그들을 보며 '나'는 일순 경멸과 혐오, 공포의 감정에 휩싸인다. "나는 그렇게 말하는 자에 대해서는 여자를 본다기보다도 가난 때문에 망가진 짐승의 몸 같은 것을 보는 듯한 마음이었다. 따라서 그곳의 여자가 예쁘다든가, 사랑스럽다든가 하는 마음은 생기지 않았다. 이곳의 여자들 무리가 두려웠다." 여기서 조선인 창기들은 섹슈얼리티를 전면에 내세우는 존재임에도 불구하고 "여자"가 아니라 "짐승"으로 비춰진다. 결국 이들은 조선의 야만성을 집약하고 있는 "두려"운 존재들이다. 이들을 향해 '나'가 느끼는 혐오의 감정은 불꽃같이 끓어오르는 "이민족 여자에 대한 호기심"보다 한층 강력하다. 절대적으로 타자화된 조선인 창기와 '나'는 일말의 접점도 형성하지 않는다. 이에 '나'는 조선인 창기와의 만남을 포기하고 일본인 유곽 쪽으로 향한다.

　'나'는 바로 이 시점에 정죽엽鄭竹葉을 만난다. 그녀는 "조선인이지만 먼저 유곽에서 본 여자와는 완전히 다른 사람"으로 그려진다. 부드러운 목소리로 "묘한 일본어"를 구사하는 정죽엽은 "정원까지 딸린 상당히 예쁜 집"에 거주한다. 이처럼 '나'는 그녀에게서 조선인답지 않은 면을 강박적으로 찾아내 묘사한다. '나'는 여기서 그치지 않고 일반적 창기와 정죽엽을 구분하는 데에도 상당히 공을 들인다. '나'는 어딘지 모르게 "처녀의 순진함"까지 풍기는 그녀를 보며 이런 화류계와는 도무지 어울리지 않는다고 재차 강조한다. 이와 같이 정죽엽을 향한 '나'의 긍정적 감정은 창기가 지닌 성적인 속성과 조선의 민족적 속성을 소거하는 과정을 통해 점차 고조된다. 이상의 과정에서 '나'는 줄곧 상대를 분석 및 평가하고 선별하는 주체의 역할을 수행한다.

정죽엽은 '나'의 내면에서 진행되는 엄격한 선별과정을 거쳐 '나'와 시간을 보낼 대상으로 선정된다. 그러나 '나'의 선택을 받은 순간부터 정죽엽은 완벽히 통제되지 않는 하나의 주체로 부상한다. 이로써 '나'가 점유했던 강고했던 주체의 자리는 동요하기 시작한다.

"저, 한 시간이라고 하지 말고…… 두 시간, 오늘 밤 머물러도 괜찮으시죠."

"안 돼. 무슨 말을 해도 안 돼. 어쨌든 한 시간만 놀다가 가겠어. 그렇게 하면 얼마인가."

"한 시간에 2원인데요, 그럼 두 시간에 3원으로 깎아 드릴 테니, 부디 두 시간 놀고 가세요. 손님이 없어서 어려운 참이니까요……."

"한 시간에 2원이라…… 그건 좀 비싸군."

"그러니까 두 시간에 3원이면 괜찮죠."

여자는 그렇게 말하면 자기 혼자 정해버린 듯, "자…… 두 시간"이라고 말하며 일어서서 방을 나섰다.[65]

여기서 정죽엽은 적극적이고도 전략적인 호객의 주체로 그려진다. '나'가 정죽엽과 본격적인 대화를 시작하기까지의 과정은 곧 팽팽한 흥정의 줄다리기로 그려진다. 바로 이 대목에서 「대동강야화」는 평양을 배경으로 하는 여느 일본어 문예물과 결을 달리하기 시작한다. 이미 충분히 문명에 근접한 경성이나 부산과 달리 평양은 조선 고유의 아름다

---

65   위의 글, 78쪽.

움을 간직한 도시로 상상되었고, 이러한 상상은 평양기생, 대동강 뱃놀이 같은 심미화된 표상으로 구축되었다.[66] 극도로 신비화된 이러한 표상에서 낭만성을 저해하는 현실적 요소들은 대개 은폐된다. 피식민을 향한 심미주의적 태도는 아름다움을 위협하는 여타 요소들에 괄호를 침으로써 유지되기 때문이다.[67] 그러나 「대동강야화」의 '나'와 정죽엽은 서로 손해 보지 않기 위해 각자의 시간과 돈을 치밀하게 저울질하고 긴 실랑이도 마다하지 않는 현실적인 모습을 보인다. 이 협상 과정에서 정죽엽은 자신의 의지를 관철하는 데 성공하기도 한다. 정죽엽이 "자기 혼자 정해버린 듯" 행동하면 '나'는 어느새 "여자가 말하는 대로" 따라가버리는 모습이 연출되는 것이다.

정죽엽이 수동적 객체에서 '나'와 대결하는 주체로 변모함으로써 조선 여성을 향한 '나'의 판타지가 지연된다면, 식민통치의 정치적 현실은 그 판타지를 위협한다. '나'는 정죽엽의 방에 홀로 남아 조선의 민족적 현실을 곱씹어보다가 극도의 공포감을 느낀다.

'혹시 아사쿠사의 매음굴 같은 곳에서 보는 것처럼 도무지 감당할 수 없는 무뢰한을 숨겨 두었다가, 적당한 때를 보아서 협박이라도 하려는 걸까. 만약 그런 일이 생기면 어떻게 하나. 더구나 상대는 조선인이다. 그렇지 않아도 망국을 분개하고 있는 참이 아닌가. 감정이 틀어지지 않으리라는 법도 없다. 그

---

66 식민지를 여성화하고 조선인 여성의 섹슈얼리티를 부각하는 제국 남성의 시선과 서사의 양태는 일본의 대중잡지 『모던일본』이 기획한 『모던일본』(조선판)과 다수의 사진엽서에서 명징하게 드러난다. 윤소영 외역, 『일본잡지 모던일본과 조선 1939-완역 〈모던일본〉 조선판 1939년』, 어문학사, 2007; 홍선영 외역, 『일본잡지 모던일본과 조선 1940-완역 〈모던일본〉 조선판 1940년』, 어문학사, 2009; 최현식, 『일제 사진엽서, 시와 이미지 문화정치학』, 성균관대 출판부, 2022 참고.

67 가라타니 고진, 조영일 역, 『네이션과 미학』, 도서출판 b, 2009, 153~164쪽.

때 나 한 사람으로는 아무것도 할 수 없다. 또 이런 곳에서 어떤 위해를 받지 않으리라는 법도 없다.'

나는 그렇게 생각하자 쏜살같이 달아나고 싶어졌다.[68]

'나'의 공포는 상대가 '망국을 분개하고 있는 조선인'이라는 사실을 상기함으로써 증폭된다. 피식민의 정치적 현실은 피식민 타자의 아름다움을 향유하기 위해 마지막까지 괄호쳐져야 하는 항목이다. 정치적 현실이 육박해 올 때 조선은 아름다운 존재에서 두려운 존재로 일변할 수 있음을, '나'의 감정 변화는 여실히 보여주고 있다.

그러나 식민지를 타자화하는 제국의 감정은 양가적이다. 혐오감과 호기심을 동시에 유발하고, 연민을 느끼지만 쉽사리 손내밀 수 없는 그 무엇, 그것이 문명의 눈에 비친 야만의 모습이다. 매음굴에서 일어날 수 있는 공포스러운 상상에서 벗어난 '나'는 보다 교묘하고 복합적인 감정의 변화를 보인다. 먼저 '나'는 그녀에게 이름, 나이, 고향 등, 사적인 질문을 던지기 시작한다. 그런데 정죽엽은 다른 질문에는 선선히 답하면서도 고향인 경성에 대해서는 더 이상 이야기하고 싶지 않다고 잘라 말한다. 경성을 생각하면 슬퍼지기 때문이다. 그러나 '나'는 여기서 단념하지 않는다. "여자가 그렇게 나올수록 여자의 신상에 대한 호기심이 커"지므로, 서서히 입을 열게 해서 "마침내 여자의 지금의 슬픈 비밀을 알아내겠다"고 다짐하는 것이다. '나'의 추궁은 실로 권모술수에 가깝다. '나'는 정죽엽의 입을 열기 위해 집요하게 질문을 던지고, "나는 동정을 가진 당신의 친구"라는 말로 정죽엽을 회유하며 기만적인 모습을 보인다.

---

68 노세 이와키치, 「대동강야화」, 77쪽.

끈질긴 추궁 끝에 '나'는 정죽엽의 입을 여는 데 성공한다. 그녀가 들려준 가족사에는 피식민의 현실이 압축적으로 각인되어 있다. 제국에 의해 구축된 경제 및 정치 시스템이 정죽엽의 가족을 파탄내고 그녀를 유곽으로 몰아넣은 것이다.

"제 어머니는 제가 겨우 예닐곱 살 때 돌아가셨어요. 그리고 아버지는 평소 술을 좋아해서 변변히 일도 하지 않고 술만 마셨어요. 그런데 생활이 생각처럼 되질 않으니 마침 4년 전에 내지에서 광산 인부를 모집하러 왔을 때 어쨌든 조선의 임금에 비하면 훨씬 좋으니까 그 모집에 응해서 내지로 가셨습니다. 그리고 어찌 되었는지 몰라요. 아버지가 가시고 난 뒤로는 딱 하나 있는 오빠와 둘이서 생활했어요. 그런데 그 오빠는 작년 봄에 저 조선소요사건에 가담한 것 때문에 경성에 있을 수가 없어서 지나인지, 시베리아인지, 여하튼 그쪽으로 도망을 가서 죽었는지 살았는지도 모르는 상태입니다. 그리고 외톨이가 된 저는 작년 봄부터 이런 곳에 들어오고 말았습니다." (…중략…)

'그렇다, 이 여자의 아버지는 일본의 광산인부로 지옥과 같은 노동자 기숙사에 있고, 엄청난 노동에 시달리고 있다. 그리고 이 여자의 오빠는 독립운동자로서 해외로 망명한 것이다. 그 후에 남은 이 여자는…… 이 여자는 이러한 음락淫樂한 곳에서 몸을 팔며 생활하고 있는 것이다.'

이러한 삼인삼색의 생활이 머릿속에 거듭 떠오르자 갑자기 여자를 상대로 놀거나 할 마음이 사라졌다.[69]

정죽엽의 과거를 확인한 '나'는 정죽엽과 함께 "놀거나 할 마음이 사라"진다. 이 급격한 감정적 변화는 정죽엽의 가족들이 처한 "삼인삼색의 생활"에 피식민 조선의 정치적 현실이 직간접적으로 각인되어 있다는 깨달음에서 기인한다. 아버지는 광산노동자가 되기 위해 내지로 건너갔고, 믿었던 오빠는 "독립운동"라는 이유로 도망자 신세가 되었다. '나'는 정죽엽의 아버지에 관한 짤막한 설명을 듣고 곧바로 "지옥 같은 노동자 기숙사"를 연상한다. 「대동강야화」가 발표된 1922년 7월은 공교롭게도 니가타현 조선인 노동자 학살사건이 외부로 알려져 경찰조사가 시작된 시기이기도 하다. 여기서 '나'와 정죽엽의 관계는 일본인 남성 손님과 조선인 여성 창기에서 식민자와 피식민자로 전화한다. 이때 '나'의 사유가 민족과 개인을 연결하는 지점으로까지 발전하는 것은 아니다. 다만, '나'는 내면을 가득 채웠던 혐오, 공포, 성적 욕망, 호기심, 동정을 모두 말끔히 지운 비주체의 얼굴로 그곳을 떠날 뿐이다.

3) 재확인되는 경계와 위계 「국경의 하룻밤」, 「경성에서 만난 여자 이야기」

「국경의 하룻밤」은 일본인 남성 '나'가 안동현의 한 술집에서 술자리를 즐기는 장면으로 시작된다. '나'는 일본인 지인 서넛과 일본인 게이샤들에 둘러싸여 일본어로 대화를 나누며 일본 전통악기인 샤미센 연주를 감상한다. 따라서 '나'는 현재 자신이 외지外地, 그중에서도 국경지대에 있다는 사실을 실감하지 못한다. 국경이라는 특수한 공간을 눈에 띄게 강조하는 제목과 달리, 이 술자리에서 이질적인 민족과 언어, 문화가 혼효되는 접촉지대로서 국경의 특징은 묘사되지 않는다. 그런 점에서 이 술자리는 외지의 요소가 틈입되지 않는 내지의 공간이라 할 수 있다.

그러나 '나'는 세 번의 계기를 통해 국경을 점진적으로 실감한다. 그 첫 번째 계기는 친구의 노랫소리이다. 나는 '조선과 지나의 국경의…'로

---

69   위의 글, 82~83쪽.

시작되는 가사를 들으며 비로소 "아, 여기는 정말 조선과 지나의 국경이 로군, 생각"한다. 이 노래는 1920~1930년대에 일본 내지는 물론 조선 및 만주 전역에서 크게 인기를 끌었던 유행가 압록강절鴨綠江節이다. 백두산에서 벌목한 목재를 압록강 하류의 신의주와 안동까지 운반하는 내용을 담은 이 노래는 당대에도 "조선과 만주에 큰 포부를 가진 일본사람의 마음을 그린 노래"[70]로 설명되었다. 이러한 사정을 염두에 둔다면, 압록 강절은 일제의 위대함을 칭송하고 번영을 기원하는 한편 조선과 만주의 후진성을 대조적으로 드러내는, 식민주의적 (무)의식을 표출한 대중가 요였다고 할 수 있다.[71] 그렇다면 압록강절은 '나'의 술자리에 썩 잘 어울리는 선곡이 아닐 수 없다. 식민지의 자연을 자원화하는 압록강절의 가사와 외지에 내지를 구축한 이 술자리에서 제국주의적 정복욕은 공통적으로 감지된다. '나'는 압록강절을 들으며 국경의 존재를 어렴풋하게, 감상적으로 감각한다.

'나'가 국경을 감지하는 두 번째 계기는 시간이다. 외부와 철저하게 분리된 내지의 공간에 시간이 개입될 때, '나'는 지금 — 이곳이 내지가 아님을 비로소 실감하게 된다. '나'는 밤이 늦었으므로 숙소가 있는 신의주로 돌아가겠다고 말하지만 게이샤는 시차를 이유로 하룻밤 묵고 갈 것을 권한다.

"벌써 열두 시잖아요. 그쪽에 도착하면 한 시 반이 된다고요."

---

70 「보는 대로, 듣는 대로, 생각나는 대로」, 『동아일보』, 1926.8.8.
71 1920~1930년대 압록강절이 매체와 민족을 넘나들며 향유된 양상과 그 의미에 대해 서는 최현식, 「압록강절・제국 노동요・식민지 유행가 — 그림엽서와 유행가 「압록강 절」을 중심으로」, 『현대문학의 연구』 65, 한국문학연구학회, 2018 참고.

"한 시간 반이나 걸린다고? 삼십 분이면 되지. 차가 올 테니까."

"그러니까 시간은 삼십 분밖에 걸리지 않지만, 여기와 거긴 한 시간 시차가 있어요. 여기서 열두 시는 저기서 한 시입니다. 여기는 지나인데 저쪽은 일본 이니까 시계마저 다른 거죠."

나는 이때 처음으로 지나와 일본의 시계에 한 시간의 차이가 있다는 것을 알았다.[72]

'나'는 이 대화를 통해 이쪽 지나와 저쪽 일본 사이에 놓인 경계를 실감한다. 양국의 시차는 비단 시간의 차이뿐 아니라, 시간에 결박된 공간의 차이, 나아가 각기 다른 시공간에 속에서 재정비될 개인의 생활을 감각적으로 묘출해낸다. 하지만 이 단계에서 '나'는 이쪽 지나와 저쪽 일본의 차이를 실감할 뿐, 이 차이에 대한 가치판단을 내리지는 않는다.

마지막으로 '나'가 국경을 실감하는 세 번째 계기는 '나'가 직접 국경을 통과하며 관찰한 풍경이다. '나'가 신의주로 돌아가는 길에 목도한 심야의 풍경은 지나의 열등함과 일본의 우월성을 가시화한다.

차는 지나인 거리를 달리고 있었다. 낮에 보았던 커다란 상점은 이미 모두 문을 굳게 닫았고 지나다니는 사람도 거의 없었다. 지나의 관아官衙 같은 곳을 지나자, 그 앞에 커다란 덩치의 지나병이 야간당번은 내팽개치고 졸고 있었다.

"저래서야 전쟁에서 이길 수 없지 않나."

"그런대로 조는 것쯤은 괜찮은 정도입니다. 술을 마시거나, 과자를 먹거나 하는 경우도 있어요. 저쪽으로 가면 일본인 병대는 대단하죠. 아무리 한밤중

72   노세 이와키치, 「국경의 하룻밤」, 『아세아공론』 4, 1922.8, 71~72쪽.

에 다리를 건너도 반드시 엄중한 태세로 지켜보고 있거든요."

라고 말하며 한숨을 쉬었다. (…중략…)

이윽고 작고 완만한 언덕을 오르자 눈앞이 확 밝아졌다. 드디어 압록강 다리에 다다랐다. 과연 보건대, 방금 차부가 말한 대로 카키색 외투를 입고 총검을 찬 보초가 다리의 가운데 서 있었다. 물론 조금 전의 지나 보초와는 다르게 엄정한 자세로 엄하게 눈을 부릅뜨고 있었다.[73]

여기서 '나'가 차량으로 국경을 넘는다는 점은 특기할 필요가 있다. 자동차는 정해진 시간표와 경로에 따라 운행하는 기차에 비해 유동성과 자율성이 큰 이동수단이다. '나'는 아마도 1911년 준공된 압록강철교를 건너며 위의 대화를 나누었을 것이다. 압록강철교라 하면 기차를 떠올리기 쉬우나 기실 국경을 넘나드는 방법은 도보, 자동차, 선편, 철도 등으로 다양했고 그중에서도 도보나 자동차를 이용하는 사람들이 가장 많았다.[74] 야심한 시각에 이동해야 했던 「국경의 하룻밤」의 '나' 역시 자동차를 이용한다. 기차가 제국을 상징하는 교통수단이라면, '나'는 제국이 통제하는 속도와 시간, 경로에서 약간 벗어난 방식으로 국경을 넘고 있는 것이다.

그러나 이러한 '나'의 국경 넘기가 반제국주의적인 통찰을 담보하는 것은 아니다. 도리어 '나'는 자동차의 완만한 속도 덕분에 일본의 우

---

73 위의 글, 72~73쪽.

74 다소 시차가 있지만 1931년 기준 국경 이동 방법에 따른 인원수는 기차 여객 수 37만 명, 철교 통행자 821만 명, 도선(渡船) 왕래자 29만 명이다(「신의주 국경 통과자 천이백 여 만 명－만주사변 전에 비하면 대격증(大激增)」, 『매일신보』, 1936.4.4). 철교 통행자는 도보와 자동차 이동을 합친 것으로 보이는데, 이는 기차를 이용한 여행자의 22배가 넘는 수치이다.

월함을 세밀하게 재확인한다. 기차 내부의 여행자들은 대개 빠른 속도로 밀려나는 풍경을 파노라마적인 시선으로 감상하는데, 이 과정에서 지각되는 대상과 지각 주체의 공간은 단절된다.[75] 반면, 「국경의 하룻밤」에서 '나'는 기차보다는 완만하게 이동하는 자동차 안에서 외부의 풍경과 인물을 최대한 면밀히 관찰한다. 따라서 '나'는 흐트러진 복장으로 졸고 있는 지나 보초들의 모습을 똑똑히 목도할 수 있게 되는 것이다. 이와 대조적으로 일본 보초들은 흐트러짐 없는 복장과 태도로 근무를 서는 중이다. "저래서야 전쟁에서 이길 수 없지 않나"라는 '나'의 말에 지나인 운전수조차 동조함으로써 일본의 우월성은 자명한 사실로 자리매김 한다. 지나 보초와 일본 보초의 대조적인 모습은 한 시간의 시차보다 국경의 경계를 더욱 강렬하게 현시한다. 근대적 시간관이 직선적 사고에 기초해 있음을 상기한다면, 압록강을 경계로 하는 한 시간의 시차는 은유적 표현으로 읽히기도 한다. 이 장면은 지나가 일본보다 역사적으로 후진적인 존재임을 암시하고 있는 것이다.

한편, 「만선인상—경성에서 만난 여자 이야기」는 아시아 내부의 인종적 위계와 구별짓기의 양상을 적나라하게 드러낸다. 이 글은 '나'가 경성의 한 술집에서 도쿄 출신의 일본 기생 토미富美를 만난 이야기를 담고 있다. '미짱'으로 불리는 토미는 혼고本郷 인근에서 보냈던 어린 시절을 회상하며 도쿄를 향한 그리움을 감추지 못한다. 이에 '나'는 그녀에게 고향에 돌아갈 것을 권유하지만 그녀는 그럴 수 없다고 말한다.

"저, 도쿄로 돌아가고 싶지 않아요. 돌아갈 곳이 없어요. 이런 곳에 몸담게

---

75 볼프강 쉬벨부쉬, 박진희 역, 『철도여행의 역사』, 궁리, 1999, 86쪽.

된 저를 친구들조차 상대해주지 않겠죠. 저는 아무래도 조선에 있을 수밖에 없어요. (…중략…) 힘든 일이나 괴로운 일이 없는 날은 하루도 없어요. 조선인도 오죠. 아아, 저의 몸에는 이민족의 피가 섞여버렸어요. 저는 역시 일본으로 돌아갈 수 없어요."

미짱의 뺨은 갑자기 파래졌다. 이국인에게 몸을 팔기란 여자에게는 아무래도 참을 수 없는 일이었다. 슬픔과 괴로움의 밑바닥으로 여자는 곤두박질쳤다.

"참으로 불쌍한 신세로군. 그래도 그렇게 슬퍼할 건 없어. 일본인이든 조선인이든, 인간은 다를 게 없으니까. 같은 인간이잖나. 아무렴 어떤가. 무엇보다 자네에게 친절하게 대해 주는 사람에게 자네의 몸을 맡기지 않겠나. 조선인이라고 나쁘다고 할 수는 없지 않나."

미짱은 나의 말에 갑자기 자기편을 얻은 듯 슬픔의 바다에서 힘을 얻었다.

"하지만……"

"남양에 가서 검둥이를 상대로 장사를 하는 사람도 있지 않나. 특히 그중에는 검둥이와 깊은 연인이 닿아 결국에는 부부와 같이 생활을 하는 자마저 있다고 하질 않나. 아무래도 좋으니 자네는 자네를 가장 사랑해주는 자를 자네는 사랑하면 되는 것이야. 조선인이든 지나인이든, 인도인이든, 누구라도 좋질 않나."

"네, 그렇긴 하지만, 그럼 역시 저는 평생 내지에는 돌아갈 수 없죠."

여자는 어느 결엔가 나의 무릎을 베고 엎드려 있었다. 자신이 태어난 땅에서 살고 있다는 내가 반가웠던 것이다.[76]

이 대화에서 혼혈은 명백한 죄로 자리매김한다. 미짱이 느끼는 슬

---

76 노세 이와키치, 「만선인상(滿鮮印象)—경성에서 만난 여자 이야기」, 『아세아공론』 9, 1923.1, 120~121쪽.

품과 괴로움의 원인은 몸을 판다는 사실 그 자체보다 "이국인에게" 몸을 팔고 있다는 점에 있다. 그것은 여자에게 "참을 수 없는 일"이다. 결국 미짱이 도쿄로 돌아갈 수 없는 이유는 그녀의 몸에 "이민족의 피가 섞여버렸"기 때문이다. 그녀는 이러한 이유로 고향으로 돌아갈 수 없는 고립된 존재가 된다. 미짱은 귀향하지 못함으로써, 혹은 귀향하지 않음으로써 그 죗값을 치러야 한다. 그런 그녀가 할 수 있는 일은 겨우 "자신이 태어난 땅에서 살고 있는" 제국 남성의 무릎을 베고 엎드리는 것뿐이다. 순혈이 깨진 미짱의 몸은 제국의 남성에 의해 "불쌍한 신세"로 동정받는다.

여기서 제국 남성 '나'는 미짱에게 면죄부를 부여하고 그녀의 슬픔을 위무하는 역할을 맡는다. "일본인이든 조선인이든 인간은 다를 게 없"고, "같은 인간"일 뿐이라는 '나'의 말은 기실 무의미하다. 이는 도리어 일본인과 조선인 사이의 무화될 수 없는 경계를 공고히 하는 발언이다. '나'는 미짱을 위로하는 마지막 한 마디로 미짱을 사랑해주는 남자라면 "조선인이든, 지나인이든, 인도인이든 누구든 좋다"고 말하는데, 여기서 제시된 세 국가, 혹은 민족은 공교롭게도 일본 '내지'로부터 근접한 순서대로 제시되고 있다. 이는 제국 남성의 내면에 위계화된 아시아의 심상지리와 인종 체계가 자리잡고 있음을 여실히 드러내는 대목이다. 그의 인식 속에서 일본인과의 인종적 유사성은 조선-지나-인도의 순으로 섬차 떨어진다. 그런 점에서 "남양으로 가서 검둥이를 상대"하다가 "검둥이와 깊은 인연이 닿아 결국에는 부부와 같이 생활을 하는 자"의 사례는 미짱을 위안하기에 적합한, 바꿔 말하면 최악의 상황으로 상정된다. 이로써 내지를 중심으로 동심원을 그렸을 때 가장 먼 곳에 위치한 지역, 환언하면 일본 제국의 가장 변방 출신인 "검둥이"와 혼혈의 죄를 범하는 것은 그 무엇보다 끔찍한 일로 규정된다.

여자는 무엇 때문에 울기 시작한 것일까. 나는 그것도 알 수 없었다. 그러자 여자는 한 장의 사진을 꺼내 내 앞에 건넸다. 보아하니 그것은 의심할 바 없는 조선의 청년이었다.

"아, 알았다. 문제는 이것이다." 나는 여자에게 말했다.

"미짱, 자네는 이 청년을 사랑하고 있군. 그리고 이 남자는 조선인이로군."

"네, 정말로 부끄러운 일이죠."

"무엇이 부끄러운가. 이 청년은 너를 사랑해줄 테지."

"네, 거의 매일 같이 저를 찾아와줍니다. 처음에는 아무 생각이 없었지만, 한 달 전 즈음에 저는 이 사람에게 모든 것을 허락하고 말았어요. 그리고 사진을 교환하고 부부의 약속까지 하고 말았답니다.

그 사람은 머지않아 저를 낙적落籍시켜 준다고 해요. 그러니까 저는 곤란한 거죠. 도쿄에 돌아가고 싶은데, 조선인의 아내가 되어, 그래요, 저 조선인의 아내가 되어 도쿄에 돌아갈 수 없어요. 아아, 저는 역시 평생 온돌 속에서 살아야만 해요. 제가 태어난 그리운 땅을 다시 한번 밟을 수 없겠죠."

"미짱, 자네는 그 조선 청년을 행복하게 해주게. 그것으로 됐어. 그것만으로 자네의 사명은 충분해. 자네가 조선의 청년을 사랑한다는 것이 얼마나 훌륭한 일인지. 사랑에 국경이 있겠는가."

여자는 묵묵히 고개를 끄덕였다. 그리고 나는 이 이상 깊게 이야기할 수는 없었다.

"손님, 도쿄에 돌아가셔도 언제까지고 저의 편이 되어주세요. 나에게는 아버지도 없고 어머니도 없고, 이제는 정말 외톨이 떠돌이니까요.

"그럼, 걱정하지 말게."

나의 대답을 듣자 여자는 갑자기 나의 곁으로 다가와 나의 손을 꽉 잡았다. 그리고 여자는 그 손을 언제까지고 놓으려 하지 않았다.[77]

주지하듯 조선인과 일본인의 인종적 유사성은 일시동인을 뒷받침하는 강력한 근거 중 하나였다. 그럼에도 불구하고 '나'는 미짱이 내민 사진을 보자마자 "의심할 바 없는 조선의 청년"임을 확신한다. 사진 속에 조선인임을 알리는 명확한 표지라도 있었던 것일까. 이 서사만으로는 그런 가능성을 상정하기 어렵다. '나'는 구체적 근거에 바탕을 둔 합리적 추론보다 거의 직감적으로 미짱이 사랑하는 "이 남자"가 조선인임을 알아차린다.

미짱은 조선인 청년을 사랑하는 "부끄러운 일"을 고백하고, "조선인의 아내가 되어" "평생 온돌 속에서 살아야만" 한다는 사실을 떠올리며 슬픔에서 헤어나지 못한다. 비탄에 빠진 여자는 "온돌"을 마치 수형의 공간처럼 받아들이고 있다. 그 슬픔과 부끄러움은 제국 남성의 승인으로 비로소 완화된다.

「경성에서 만난 여인」은 조선인 청년과 일본인 여인의 관계 속에 일본인 남성이 개입하는 일종의 삼각관계 같은 구조를 취하고 있다. 미짱은 마지막으로 "나"에게 "영원히 내 편이 되어줄 것"을 약속받는다. 그리고 '나'의 손을 언제까지고 놓으려 하지 않는다. 미짱에게 조선 청년은 낙적이라는 현실적인 이익을 보장해주는 인물이라면, '나'는 심정적 조력자라 할 수 있는 것이다. 그러나 미짱의 깊은 슬픔을 위로하고 죄를 사하는 막중한 역할은 제국 남성인 '나'에게 돌아간다. 이는 미짱이 느끼는 죄책감의 기원인 조선 청년에게는 결코 주워질 수 없는 역할이다.

노세 이와키치의 문예물은 제국 남성이 식민지 조선에서 경험하는 감정과 현실 공간으로서의 아시아에서 타자와 조우하면서 마주치는 균

77　위의 글, 121~122쪽.

열을 다층적으로 드러낸다. '나'는 폭력적이거나 차별적이지 않은, 점잖은 신사로 설정되어 있지만 동시에 외지와 외지인을 타자화하는 무의식적 욕망과 정면 대결하지 못하는 인물이다.

동포, 민족, 젠더, 인종 등의 다양한 경계 속에서 타자를 가르는 선은 혼란스럽게 얽히고설켰다. 수평적이고 횡적인 아시아 연대를 실현하기 위해서는 미로와 같은 이 경계를 요령껏 넘어서야 했다. 아시아 연대의 표어는 당위적이고 막강했지만 현실 속에서 그 표어는 구체적인 방향을 찾지 못했고 추진력을 잃었다. 수평적 연대를 위협하는 제국주의적인 발상은 그 주춤거림을 놓치지 않고 틈입하여 연대의 지향에 균열을 가했다.

4. 아시아 연대와 조선이라는 아포리아

아시아주의를 사상적으로 접근한 다케우치 요시미는 아시아를 대하는 일본의 자세를 '흥아興亞'와 '탈아脫亞'라는 두 가지 계기로 구분한 바 있다.[78] 그러나 이 둘을 별개로 생각해서는 여러 아시아론자들의 사상을 조망하기 난망한 것이 사실이다. 흥아와 탈아는 근본적으로 공통된 문제를 품고 있으며, 식민주의를 둘러싼 문제는 '탈아론'보다 '흥아론'에서 기인하는 측면이 크기 때문이다. 요네타니 마사후미는 근린 아시아 국가를 열등한 존재로 바라보고 일본이 이들을 지도하여 아시아의 융성을 이룩해야 한다는 사상, 즉 근대화를 목적으로 아시아에 적극적으로 개

---

78 다케우치 요시미, 윤여일 역, 「일본의 아시아주의」, 『다케우치 요시미 선집 2─내재하는 아시아』, 휴머니스트, 2011.

입하면서 근대화를 위한 연대관계를 수립하고자 했던 흥아론에 오리엔탈리즘과 식민지주의의 계기가 뚜렷하게 각인되어 있다고 지적한다. 예컨대, 후쿠자와 유키치福澤諭吉는 문명개화에 실패한 조선과 중국을 "악우惡友"로 칭하며, 가까이에 있는 "악우"를 사절하고 서구와 친분을 유지해야 한다는 주장의 탈아론을 정초한 것으로 알려져 있다. 그러나 그는 갑신정변 당시 조선의 개화를 위해 김옥균을 후원하며 흥아론의 입장에 선 이력도 있었다. 그렇다면 후쿠자와 유치키는 탈아론자인가, 흥아론자인가. 아니면 흥아론자에서 탈아론자로 변모한 것인가. 이것은 그처럼 단순한 질문으로 해결될 문제가 아니다. 탈아론과 흥아론은 모두 조선에 대한 일본의 우월성을 전제로 한다는 점에서 사상적 뿌리를 공유한다.[79] '흥아'와 '탈아'를 구분한 다케우치 요시미조차 흥아와 탈아는 분리 불가능하게 착종되어 있음을 지적한 바 있다.[80]

『아세아공론』은 인류애의 관점에서 아시아 각국의 평등한 연대와 세계 평화의 실현을 슬로건으로 내세웠다. 『아세아공론』은 이러한 당위적 가치를 최우선으로 내세우면서 논의의 정당성을 확보하고자 했다. 그러나 이 당위성은 추상성과 표리를 이룬다. 평등한 연대와 평화를 어떠한 방식으로 실현할 것인가, 무엇을 선순위로, 무엇을 후순위로 둘 것인가 등, 슬로건에 결부된 세부 방안은 저마다 다를 수밖에 없었다.[81]

이번 절에서는 『아세아공론』에서 전개되는 다양한 연대론을 면밀히 독해하고자 한다. 다이쇼기의 성취이자 한계라 할 수 있는 일본인 필

---

79 요네타니 마사후미, 조은미 역, 『아시아 / 일본 사이에서 근대의 폭력을 생각한다』, 그린비, 2010, 31~33쪽.
80 다케우치 요시미, 윤여일 역, 앞의 책.
81 여러 논자들의 아시아 연대론에 대해서는 김경일, 『제국의 시대와 동아시아 연대』, 창비, 2011의 제1~2장 참고.

자들의 인도주의적 연대론 및 조선론의 편차를 살피고,[82] 대만인 유학생 차이베이휘와 인도인 보스 라스비하리의 글을 검토함으로써 피식민 연대의 임계점을 가늠해 보려 한다. 마지막으로 조선인이 발화의 주체가 되었을 때, 일본의 조선 통치가 어떻게 논의되는지를 집중적으로 조망하면서 이 글들의 수용 방식과 효과를 재구해 보도록 하겠다.

1) 다이쇼 데모크라트들의 조선론

(1) '동정'의 맹점 ─ 시마다 사부로, 우치가사키 사쿠사부로

〈그림 23〉 시마다 사부로(1852~1923)

『아세아공론』은 '다이쇼 데모크라트'로 지칭되는 당대의 오피니언 리더들의 글을 집중 포진시키고 있다. 이들은 대부분 다이쇼 데모크라시, 환언하면 민본주의와 인도주의적 관점에서 자신의 논리를 구성했지만 각론에서는 적지 않은 차이를 보인다. 먼저 정치인 시마다 사부로, 학자 우치가사키 사쿠사부로, 언론인 이시바시 단잔과 미우라 데쓰타로의 글을 실마리로 삼아 이들의 연대론의 지향과 모순을 짚어보도록 하겠다.

---

82   온우준는 『아세아공론』의 필자였던 오자키 유키오(尾崎行雄), 시마다 사부로(島田三郎), 스기모리 고지로(杉森孝次郎), 미우라 데쓰타로(三浦鐵太郎), 이시바시 단잔(石橋湛山), 바바 쓰네고(馬場恒吾), 『아세아공론』과의 대담에 응했던 다가와 다이키치로(田川大吉郎)가 공히 군비축소동지회(軍備縮小同志會, 1921년 결성)의 일원이었다는 점을 밝히고, 이를 근거로 『아세아공론』의 주요 필진이 군비축소론자로 구성되었다고 분석한다. 온우준, 「다이쇼 시기 多國人잡지 『亞細亞公論』의 일본인 필자의 구성과 정론」, 서울대 석사논문, 2021, 19쪽.

시마다 사부로島田三郎는 제국의회 개설[1890] 당시 제1회 총선거에서 중의원 의원에 당선된 이래 연속 14회 당선이라는 대기록을 달성한 정계의 중진이다. 그는 언론인으로 활동하던 시절부터 폐창운동과 아시오 광독사건해결운동에 동참하며 사회 문제와 관심을 보였다. 정계에 입문한 이후에는 군벌정치를 비판하며 군축론을 주장했고, 선거권 확장 운동을 위해 힘썼다. 다이쇼 데모크라시를 특징짓는 주요 운동에 빠짐없이 이름을 올렸던 그의 이력은 이 시대 민본주의 지식인의 한 전형을 보여준다고 해도 과언이 아니다.

〈표13〉『아세아공론』소재 시마다 사부로 게재물

제목	게재호수	비고
「진실히 살자」	창간호(1922.5)	
「일한상호의 참된 이익」	2호(1922.6)	
「산동성 환부 문제에 관한 나의 관점」	9호(1923.1)	전문삭제

그의 민본주의적 관심은 조선을 향하기도 했다. 그는 한일병합 이전부터 혼고교회를 매개로 요시노 사쿠조와 긴밀히 교류하며 조선 문제 연구회를 창설하는 등 조선에 대해 각별한 관심을 드러냈다. 그 관심은 1920년대까지도 이어진 듯 보인다. 시마다는『아세아공론』에 모두 세 편의 글을 게재하는데, 전문이 삭제되어 그 내용을 확인할 수 없는「산동성 환부 문제에 관한 나의 관점」을 제외한 나머지 두 편은 모두 조선 문제를 집중적으로 다루고 있다. 조선통치 문제에 대한 시마다의 입장은 무엇이며, 그 논리 속에서 조선은 어떻게 위치지어지고 있을까.

시마다의 조선론은 일본 선정善政 하의 조선 자치로 간략히 요약될 수 있다. 이러한 논의 중 비판의 화살이 일본을 향하는 경우도 왕왕 발견된다. 그러나 그 비판은 성공적인 조선 통치에 장해물이 되는 행위를 일삼는 일부 일본인들에게 한정된다.「진실히 살자」에서 그는 현시점에서 가장 긴요한 일로 "명분을 바르게 하는 것"과 "허위를 제거하는 것"을 꼽는다. "허위"란 재조 일본인들의 권위의식과 우월감을 의미한다. 교만함과 타인을 경멸하는 "일본 민족 고유의" "습벽" 때문에 조선인들의 "불복의 마음"이 강화되므로 이 허위를 제거하지 않으면 원활한 조선 통치가 불가능하다는 것이다.

좀 더 자세히 볼 것은 첫 번째로 제시된 "명분을 바르게 하는 것"의 의미이다. 여기에는 합병, 자치, 동화에 관한 시마다의 생각이 집약되어 있다. 시다마의 주장에 따르면, "명분"은 한일병합의 본의에 충실함으로써 비로소 바르게 세워질 수 있다. 양국은 일본 천황과 한국 황제의 "합의"에 따라 "합병"되었으므로 일본과 조선은 지배-피지배의 관계가 아니다. 그럼에도 불구하고 "일본이 정복자의 위치를 취하고 조선을 피지배자의 위치에 두며 조선민족의 의지를 존중하지 않는 것"이 문제라는 것이다. "대對 한국방침의 과오 중 첫걸음"인 총독정치는 이를 단적으로 보여주는 사례이며, 조선과 일본 사이에 분규를 일으키는 원인이다. 규율과 물질만을 중시하는 군인이 통치자의 자리에 앉은 결과, 감정을 살피지 못하는 실정을 저지르고 말았다는 것이다. 다음으로 지적하는 것은 총독정치의 기조하에 이루어지는 "합화정책合和政策"이다.

동일한 민족이 아니라 [각각] 일본이라고 하고, 조선이라고 하니, 이름이 다르면 내실도 같지 않다. 그런데 인위법으로 호령 지휘하여 동일민족처럼 지배하려는 것은 지극히 부자연스럽다. 소위 합화정책은 이러한 유사 민족을 통치하는 좋은 법이 아니라 무척 부자연스러운 정책이라고 말하지 않을 수 없다.[83]

시마다는 "합화정책"을 논하기에 앞서 조선의 독자적인 민족성을 인정한다. 한반도의 남쪽 지방과 일본은 신라 백제시대부터 교류관계에 있었고 "잡혼"이 이루어졌던 만큼 "유사한 민족"이기는 하지만 양자가 동일하지 않음은 "조선"과 "일본"이라는 서로 다른 명칭이 증명한다. 이 명백한 차이를 무시하고 조선을 강제적으로 지배하려는 것은 "지극히 부자연스럽다"는 것이다. 이어서 그는 독일을 하나의 전범으로 삼는 일본의 통치정책에 문제를 제기한다. 보불전쟁 이후 알자스-로렌스 지방을 할양받은 독일이 이 지방을 동화하려고 공을 들였지만 끝내 "독일화하지 못하고" 제1차 세계대전이 끝나자 이 지역의 여러 민족은 "흡사 수인囚人이 감옥으로부터 벗어나 자유를 얻은 것처럼" 독립하거나 프랑스로 돌아갔다는 것이다. 이처럼 그는 점령 지역의 프랑스인을 "독일화"하지 못한, 즉 민족 동화에 실패한 독일의 전철을 밟아서는 안 된다고 경고한다. 이러한 논의를 바탕으로 시마다는 "자치정"이라는 결론에 이른다.

특기해야 할 사실은 시마다의 논리 속에서 민족의 독자성과 정치적 독립성이 별개의 문제로 다루어진다는 점이다. 시마다는 조선의 독자적인 민족성은 인정하면서도 독립성은 인정하지 않는다. 그는 「일한상호의 참된 이익」에서 참된 의미의 독립은 조선의 역사상 존재한 적이 없다고 단언한다. 이 주장에서 조공은 조선이 지나의 "속국", "조공국", "보호국"임을 증명하는 역사적 근거로 제시된다.

시마다는 조선의 독립 불가능성을 역사 속에서 증명한 후, 이를 현재에 적용하여 긴 시간 "이조李朝 하에 반半 노예적 정복을 강요"당한 다수의 조선인은 자치독립의 능력을 갖추지 못했다는 결론을 도출한다.

83　시마다 사부로, 「진실히 살자」, 『아세아공론』 창간호, 1922.5.

그는 독립의 과업을 완수하고 바야흐로 세계 강국의 반열에 오른 미국을 조선의 비교 대상으로 삼는다.

> 미국의 독립전쟁은 프랑스의 조력을 얻었기 때문에 신속히 그 목적을 달성했지만 프랑스의 원조가 없었더라도 독립의 효效를 거두었을 것이 틀림없다. 영국을 떠나 그 땅에 식민殖民을 시작했을 때부터 자치독립의 습관으로 살았기에 영국의 압제를 구축驅逐하고 독립을 얻은 것이다. 다행히 프랑스의 원조를 얻어 목적을 수행하는 데 그 기운을 촉진했지만, 조선의 독립은 완전히 이에 반하고 있다. 국민 사이에는 독립자치의 힘이 조금도 양성되어 있지 않다. 항상 외국의 힘에 기대어 독립의 목적을 이루려 하고 있다. 결국 타력본원주의他力本願主義이다. 헤이그 평화회의에 청원문을 제출하거나, 파리회의에 청원을 구하거나, 윌슨 씨의 조력을 얻고자 하거나, 모두 타력본원에 의한다. 자치독립을 바라는 것은 자연의 세勢라도, 그것으로 반드시 행복한 결과를 얻을 수 있는 것은 아니다.[84]

조선의 독립운동에 대한 시마다의 평가는 매우 박하다. 이 주장의 시비를 따지는 것은 그리 의미 있는 작업이 아닐 것이다. 다만 「일한상호의 참된 이익」에 나타난 논리가 「진실히 살자」의 요지라 할 수 있는 선정에 기반한 조선 자치론과 배치되는 것처럼 보인다는 것만은 지적할 필요가 있다. 앞서 살펴본 「진실히 살자」와 「일한상호의 참된 이익」은 불과 한 달 차이를 두고 발표된 글로, 같은 시기의 사고를 보여준다고 해도 과언이 아니다. 그렇다면 시마다의 글에서 발견되는 이러한 논리적

---

84   시마다 사부로, 「일한상호의 참된 이익」, 『아세아공론』 2, 1922.6.

충돌은 어떻게 이해해야 하는가.

　시마다는 일찍부터 조선 문제에 관심을 가졌던 만큼 조선 문제를 다룬글도 적지 않게 남겼다. 그런데 그의 조선관은 일견 종잡을 수 없는 것처럼 보인다. 1905년 혼고교회에서 개최된 강연회에서 그는 조선은 구제할 수 없다는 통설을 반박하는 강연을 한 바 있다. 당시 그는 조선의 자주독립심을 강조하고, 일본이 조선을 개도하는 역할을 담당해야 한다고 주장하며 이를 위해 "내정간섭에 의한 정치개혁"이 필요하다고 결론 내린다.[85] 그런가 하면, 1919년 3·1운동 직후에는 3·1운동이 천도교나 외국 선교사들의 선동에 의해 일어난 것이 아니라 민족자결의 원칙으로 촉발된 것이라고 분석하면서 총독부의 학정과 일본 국내의 침묵을 동시에 공격했다.[86] 반면, 『동아일보』 창간호에 실린 대담에서는 일본인 중에도 사해동포주의를 신봉하는 자가 있다면서 "일본인은 결코 상화相和 상친相親키 불능한 민족이 아니라 함을 양해키 절망切望"한다고 한껏 완화된 어조로 말한다.[87] 그리고 1922년의 시점에 그는 선정에 기반한 자치론과 조선의 자치독립 불능론을 주장하고 있는 것이다.

　제각기 다른 이 주장을 관통하는 것은 일관된 논리가 아니라 동정이라는 감정이다. 그는 지리적, 역사적 측면에서 조선의 불행한 운명을 발견해 낸다. 중국이라는 강대국에 인접해 있다는 것, 무능한 "이조李朝" 아래 있었던 것, 병합 이후 언론의 자유를 박탈당한 것, 이 모두가 조선

85　「조선에 대한 일본인의 직분」, 松尾尊兌, 『民本主義と帝國主義』에서 재인용.

86　「조선소요문제를 논하다」, 『廓淸』1919.6·7 합병호. (片野眞佐子, 『孤憤のひと柏木義円－天皇制とキリスト教』, 新教出版社, 1993, 221쪽에서 재인용).

87　「동양의 백이의(白耳義)가 되라」, 『동아일보』, 1920년 4월 1일 참고로 "島田三郎氏談"으로 표기된 이 글은 『동아일보』 정치부 기자였던 염상섭이 시마다와 대담을 가진 후에 그 내용을 정리한 것이다(동아일보사, 『동아일보사사 권1 1920~1945』, 동아일보사, 1975, 105~106쪽).

의 불행을 증거한다. 조선의 불행을 생각할 때 "동정의 눈물을 금할 수 없다"[88]고 말하는 그는 "불민한 조선인"을 향한 "동정"을 요청한다. 이 동정의[89] 감정은 조선의 비참한 상태가 존속됨으로써 유지, 강화된다. 비참한 상태가 종결되는 순간 동정은 설 자리를 잃는다. 바꾸어 말하면 동정이라는 감정은 비참한 이들을 통해 강력한 힘을 얻는 것이다.[90] 조선을 동정의 대상으로 고정할 때 동정의 주체로서 일본의 역할 역시 확고해진다. 이제 무엇보다 중요한 것은 "오늘날 일본이 통치자가 되어 어떻게 조선을 행복의 길로 이끄는가"[91]라는 문제이다. 동정은 공감의 감정이기도 하지만 침략의 알리바이가 될 수도 있었다.

　　이와 함께 일본과 조선의 관계에 대한 그의 구상도 언급할 필요가 있다. 한반도에 대한 일본의 정치적 영향력을 명문화한 한일의정서가 체결되고 난 바로 이듬해인 1905년, 그는 양국이 잉글랜드와 아일랜드 같은 관계를 수립하기 바란다고 표명한 바 있다.[92] 그러나 3·1운동 이후 그는 이 생각을 완전히 수정하여 아일랜드에서 벌어지는 잉글랜드의 실정을 비판하고, 일본은 잉글랜드를 반면교사 삼아야 한다고 역설한다.[93] 주지하듯 잉글랜드인과 아일랜드인은 인종적으로 유사하다는 인식이 일반적이었고, 그러한 이유로 일본과 조선의 관계를 설정하는 데 있어서 잉글랜드와 아일랜드의 관계를 참조항으로 삼으려는 시도가 비근했

88　시마다 사부로, 「진실히 살자」, 앞의 책;「일한상호의 참된 이익」, 앞의 책.

89　「동양의 백이의(白耳義)가 되라」,『동아일보』, 1920.4.1.

90　손유경,『고통과 동정』, 역사비평사, 2008, 104쪽.

91　시마다 사부로, 「일한상호의 참된 이익」,『아세아공론』2, 1922.6.

92　시마다 사부로, 「조선에 대한 일본의 직분」,『신인(新人)』, 1905.3.(片野眞佐子, 앞의 책에서 재인용).

93　시마다 사부로, 「조선소요문제를 논하다」,『廓淸』1919.6·7 합병호. (片野眞佐子, 앞의 책, 221쪽에서 재인용).

다. 그러나 1920년대 초, 이러한 시도는 재고될 수밖에 없었다. 아일랜드는 1910년대 중반부터 무장투쟁을 불사하며 독립에 대한 강한 열망을 표출했고, 그 결과 1922년 자치권을 획득하여 자유국의 지위를 얻게 된다. 때마침 소위 문화통치기를 맞아 제한적으로 발행되기 시작한 조선인 매체는 '애란愛蘭'의 혼란한 정국을 실시간으로 타전했다. 『동아일보』 사설은 마침내 "신자유국"으로 성립된 아일랜드를 향해 축하와 "경의"를 함께 표하기도 했다.[94] 조선병합을 목표로 한 시점의 일본이 잉글랜드의 자리에 스스로를 대입하고자 했다면, 1920년 전후 식민지 조선은 아일랜드를 응원의 대상이자 하나의 모델로 인식했던 것이다.

이러한 변화 속에서 시마다는 잉글랜드-아일랜드라는 참조항을 파기한다. 그렇다면 이를 대체할 새로운 제안은 무엇일까. 이 질문에 대한 다음 문장에서 간명하게 드러난다. "조선의 장래에 대한 이상은 물론 독립할 능력은 완전히 구비하여 독립하면 잉글랜드와 웨일즈, 혹은 잉글랜드와 스코틀랜드와의 관계와 같이 양 민족이 정의투합하게 되면 더욱 경하할 바라 하노라."[95] 그가 그리는 양국의 관계는 뜻밖에도 잉글랜드와 웨일즈, 잉글랜드와 스코틀랜드의 관계이다. 일단 '독립의 능력을 완비하여 장래에 조선이 독립하게 된다면'이라는 단서로 미루어 보건대 그가 조선의 독립을 먼 미래, 혹은 도래하지 않거나, 도래하지 않아야 할 미래로 설정하고 있다는 혐의를 지우기 어렵다. 그런데 이 전제를 바탕으로 그려내는 미래상은 더욱 기묘하다. 웨일스는 14세기 초 잉글랜드에 편입된 후 일부 지역에 한해 제한적으로 독립된 권한이 행사되었으나, 헨리 8세가 집권하던 16세기 중반에 이르러 전 지역이 잉글랜드에

---

94   「애란(愛蘭) 신자유국의 성립을 축(祝)함」, 『동아일보』, 1922.12.11.
95   시마다 사부로, 「동양의 백이의(白耳義)가 되라」, 『동아일보』, 1920.4.1.

완전히 병합되었고 사법체계까지 잉글랜드 중앙정부의 치하에 놓이게 된다. 스코틀랜드는 이보다 늦은 18세기 초에 잉글랜드와 연합하여 그레이트브리튼왕국Kingdom of Great Britain의 일부가 된다. 시마다의 글이 발표된 1920년 현재, 웨일즈, 스코틀랜드가 대영제국과 동등한 정치적 주권을 발휘하고 있었다고 보기는 어렵다. 이 주장대로라면 시마다는 조선의 독립과 일본과 조선의 합병을 동시에 제안하고 있는 셈이다.

이렇듯 다이쇼 데모크라트로 알려진 인물들의 조선론 속에서 '자치'나 '독립'이라는 단어는 그 의미가 명료치 않은 수사처럼 읽힌다. 민본주의 지식인들의 조선론을 섬세하게 읽어야 할 이유는 여기에 있다. 독립이나 자치가 조선인들에게는 도달해야 할 확고부동의 목표였다면, 이들에게는 선정의 한 방편에 불과했던 것이다. 바꿔 말해, 조선에 대한 선정을 펼칠 수 있는 다른 방도가 강구된다면 독립이나 자치라는 길은 얼마든지 폐기될 수 있었다.

1920년대에 들어 이들의 조선론이 일전하는 이유는 이러한 맥락에서 해명된다. 무단정치에서 이른바 문화통치로의 전환을, 이들은 선정의 실현으로 받아들인 것이다. 시마다의 조선론이 1920년대에 접어들면 이전보다 후퇴한 것처럼 보이는 이유도 여기에 있다. 1910년대에 전개된 조선자치론은 군벌 비판과 군비축소의 연장선상에서 이루어진 식민지 무단통치 비판론과 궤를 같이 한다. 이들은 '인도적인' 다이쇼 데모크라시의 정신에 기반하여 비인도적인 통치방침을 비판한 것이지, '합의에 의해 이루어진 한일병합'이나 조선에 대한 일본의 통치 그 자체를 비판한 것은 아니었다.

'안으로는 입헌주의, 밖으로는 제국주의'라는 다이쇼 데모크라시기 일본의 모순과 이율배반은 민본주의 지식인들의 내면에도 스며있었다. 조선은 그 모순과 이율배반의 중핵에 위치한다. 시마다가 시기에 따라, 또 매체에 따라 상이한 결론에 도달하는 모습은 조선이라는 난제 앞에 선 그의 난망함을 방증한다. 해결되지 않은 모순을 품고 조선이라는 타자를 마주할 때, 논리의 빈약함은 여지없이 노정된다. 따라서 조선인 독자를 대상으로 하는 지면에서 그는 일본과 독립된 조선이 잉글랜드와 웨일즈, 혹은 잉글랜드와 스코틀랜드의 관계가 되기를 희망한다는, 선뜻 이해하기 어려운 주장을 펼치게 되는 것이다.

이와 비슷한 양상은 우치가사키 사쿠사부로內ケ崎作三郞의 글에서도 발견된다. 당시 와세다대 교수로서 여명회에서 활동한 이력도 있는 우치가사키 역시 민본주의를 대표하는 인물 중 한 사람이다. 그는 영국의 사례를 참조하면서 성공적인 조선 통치를 위해서는 무엇보다 문화 발달의 통로인 교육이 중요하다고 역설한다. "문화의 힘"과 "인도의 힘"을 통해 "일선융합의 대문제를 해결"할 수 있다는 믿음을 피력하는 것이다.[96] 이 글에서 조선은 철저하게 융합의 대상으로 존재한다. 독립은커녕 자치에 대한 언급도 찾아볼 수 없다.

그런데 조선인을 청자로 발화할 때 그의 논조는 크게 달라진다. 그는 1919년 6월 3·1운동 이후 조선 문제를 주제로 열린 여명회 주최의 강연회에 연사로 나선 바 있다. 강연록에 따르면, 그는 우수한 인재를 보유한 조선은 언젠가 필시 독립을 맞이하리라 선망하면서도 현시점에서 조선이 당장 독립할 수 있을지 질문한다. 독립을 외치는 조선인들이 많기는 하지만 현명한 조선인들은 당장 독립할 수 없음을 잘 알고 있다는 것이다. 이제 정치가 원만하게 이루어지고 있으므로 조선인도 "서서히

---

96   우치가사키 사쿠사부로, 「영국의 사회교육운동을 논하여 조선 문제의 연구에 이바지함」, 『아세아공론』 5, 1922.9.

〈그림 24〉 우치가사키 사쿠사부로(1877~1947)

문관총독이 되고, 혹은 장관이 되고, 혹은 지방자치를 허용하는 절차로 나아"[97] 갈 것이다. 따라서 조선인은 일단 인내해야 한다는 것이다. 반면, 이 강연회 현장을 담은 한 기사는 이 대목을 조금 달리 전하고 있다. 우치가사키 사쿠사부로가 "몇 년을 기하여 위로 장관을, 아래로 자치제, 대의제를 펴고, 서서히 마침내 독립의 승인을 부여해야 한다"고 끝맺자, 자리를 차지하고 있던 상당수의 조선인이 박수로 호응했다는 것이다. 기사에 기록된 연설 내용이 "독립"으로까지 진전된 데 반해, 강연록은 "지방자치제"에서 마침표를 찍는다. 마쓰오 다카요시는 이 차이에 대해 "『문화운동』의 기자가 잘못 들은 것일까, 우치가사키 혹은 『여명강연집』의 편집자가 관헌의 눈을 경계하여 "독립의 승인"을 삭제한 것일까. 후자의 가능성이 높다"[98]고 해석하고 있다.

이 무렵 모든 발화의 상수값이었던 검열을 고려한 이러한 추정은 일리가 있다. 그런데 기자가 잘못 듣고 옮기거나 관헌의 눈을 경계한 편집자가 '독립'이라는 단어를 자발적으로 삭제한 것, 이 두 가지 외에 다른 가능성은 없는 것일까. 즉, 강연회 당일의 고조된 분위기와 조선인 청

---

97   内ヶ崎作三郎, 「朝鮮問題の背景としての形式主義」, 内山秀夫 編, 『黎明講演集』 第1
     卷, 龍渓書舍, 1990, 603쪽.
98   松尾尊兌, 「吉野作造と朝鮮」, 『民本主義と帝國主義』.

중의 현존이 그로 하여금 "독립"을 언급하도록 강제한 것은 아닐까. 일선 융화를 강조한 『아세아공론』의 글을 떠올려 보면 그의 연설에서 "독립"이 청중을 의식한 단순한 수사에 불과했을 가능성도 배제하기는 어려워 보인다. 그러나 무엇보다 중요한 것은 시마다 사부로나 우치가사키 사쿠사부로의 진심이 무엇인지를 밝히는 것이 아니라, 평등과 자유를 주창하는 민본주의자들이 조선이라는 아포리아를 근본적으로 해결하지 못한 채 상황에 따라 달라지는 분열적인 주장을 반복했다는 사실이다.

(2) 식민지 방기론과 '독립'의 거리 — 미우라 데쓰타로, 이시바시 단잔

다음으로 식민지 방기론을 주장했던 알려진 미우라 데쓰타로三浦鐵太郎, 1874~1972와 이시바시 단잔石橋湛山의 글을 살펴보겠다. 미우라 데쓰타로는 1편, 이시바시 단잔은 2편의 글을 『아세아공론』에 게재했다. 이들은 국책으로서 제국주의를 부정하고, 제국주의적 정책을 통해 획득한 대만, 조선, 중국 일부 지역을 완전히 포기해야 한다는 주장을 펼쳤다. 이 식민지 방기론은 미우라 데쓰타로와 이시바시 단잔이 함께 몸담고 있었던 『동양경제신보』를 거점으로 하여 전개되었다. 1897년 창간된 『동양경제신보』는 소규모 매체였으나 경제적 자유주의에서 정치적 자유주의로 담론을 확장시킴으로써 다이쇼 초기에 가장 급진적인 논의를 꽃피웠던 공론장으로 평가된다.[99]

이러한 맥락에서 미우라 데쓰타로와 이시바시 단잔이 『아세아공론』의 필자로 등장한다는 사실은 그 자체로 주목될 만하다. 기실 『아세아공론』 창간호에 실린 이시바시 단잔의 글은 기왕의 논의를 반복하는

---

99   마쓰오 다카요시, 『다이쇼 데모크라시』, 소명출판, 77~104 · 311~318쪽.

〈그림 25〉 이시바시 단잔(1884~1973)

수준에 머물러 있으며, 필자 스스로도 이 사실을 감추지 않았다는 점에서 사소하게 취급될 여지가 있다.[100] 그러나 이보다 더 중요한 것은 이들이 당대 담론장에서 점하고 있었던 좌표이다. 대아시아주의, 영토 확장적 제국주의, 팽창적 아시아주의의 대척에 섰던 미우라 데쓰타로와 이시바시 단잔의 논의는 『아세아공론』의 지향과 조화를 이룰 수 있었다.

미우라 데쓰타로의 「조선에 자치를 부여할 것」은 『아세아공론』 2호가 발매금지 처분을 당했던 원인 중 하나로 지목된다.[101] 이 글은 상당 부분 삭제되어 독해가 쉽지 않지만 확인되는 부분만을 살펴보도록 하겠다.[102] 먼저, 미우라는 조선이 자립의 힘을 갖추지 못했기 때문에 독립국의 지위를 상실했다고 지적한다. 그러나 이어서 현재 조선이 처한 정치적 곤란를 전적으로 조선의 탓만으로 돌릴 수는 없다고 분석한다. 일본

---

100 "모처럼 의촉(依囑)인데도, 여러 사고로 인해 충분히 생각을 다듬어 붓을 내려놓지 못했습니다. 해서 부득이하게 진작부터 주장하던 바를 반복하여 일단 책임을 면하도록 하겠습니다." 이시바시 단잔, 「일본은 대일본주의를 방기할 것」, 『아세아공론』 창간호, 1922.5.

101 後藤乾一, 「日本近現代史研究と『亜細亜公論』-「アジアの中の日本」を考える素材として」, 앞의 책, 6쪽.

102 제본 후 삭제처분을 받았기 때문에 페이지 일부가 잘린 형태로 검열의 흔적이 남아 있다(〈그림 26〉 참조). 다양한 양태로 나타난 검열의 흔적에 대해서는 가와하라 이사오(河原功), 「일본통치기 대만의 '검열' 실태」, 검열연구회, 『식민지 검열, 제도. 텍스트. 실천』, 소명출판, 2011, 662~667쪽; 이민주, 「검열의 '흔적지우기'를 통해 살펴본 1930년대 식민지 신문검열의 작동양상」, 『한국언론학보』 61(2), 2017, 43~47쪽 참고.

〈그림 26〉미우라 데쓰타로, 「조선에 자치를 부여할 것」 시작면.
필자명, 기사 제목, 기사 일부가 삭제되었다.

과 러시아가 제국주의, 군국주의에 함몰되지 않았더라면 조선이 양국의
무력적 충돌의 장소가 되지 않았을 것이고, 그렇다면 망국의 비운에 이
르는 일도 없었으리라는 것이다.

　　그들조선인-인용자의 대다수는 실로 일본과 합병을 원하지 않는다. 처음부터
　　총독정치를 반기지 않았고 독립과 자치를 요구한 것이다. 만약 우리 국민이
　　실로 제국주의를 부정하고 민족자결주의를 옳은 것으로 본다면 조선에서 우
　　리 총독정치를 지속하는 것은, 바꿔 말하면 바람직한 것으로 판단되는 민족자
　　결주의를 유린하고 그르다고 여기는 제국주의를 강행하는 것이므로, 시시각
　　각 과오와 죄악을 가중하고 있다고 말할 수밖에 없다. 나는 첫째로 우리 일본
　　으로 하여금 과오와 죄악에서 벗어나기 위해 조선에서 우리 총독정치를 하루
　　빨리 철폐할 것을 주장한다.
　　　나는 둘째로 자기존중 또는 자유사상존중의 입장에서 하루 빨리 조선민족

에게 자치를 주어야 함을 특히 강력히 주장한다. (…중략…) 이는 단지 조선 민족을 위해서 기꺼이 받아들일 일이 아니라, 실로 세계인류를 위해 기꺼이 받아들일 일이다. 왜냐하면 좋은 정치는 다른 것에서 주어지는 것이 아니라 스스로 건설하는 것, 즉 자유사상의 산물에 다름 아니기 때문이다. 그리고 만약 조선 민족이 그 자유사상을 따라 진보적인 하나의 정치단체를 조직한다면, 이는 바꿔 말해 세계의 문화에 새로운 공헌을 하게 되는 것이기 때문이다. 즉 나는 다년간 학대당한 조선민족이 스스로 떨치고 일어나 자치요구의 목소리를 높이고 그 실현의 운동을 일으킨 것이야말로 다행한 일이라 생각한다. 우리나라는 그 손을 잘 이끌어 그 운동의 성숙을 도와야 한다.[103]

미우라의 논의에서 눈에 띄는 것은 한일병합 자체를 논의의 대상으로 삼는다는 점, 합병에 대한 조선인의 부정적인 감정을 인정한다는 점이다. 시마다 사부로, 우치카사키 사쿠사부로를 포함한 다수의 논자들은 병합의 합법성을 자명한 것으로 받아들이고 병합 그 자체에 대해서는 일말의 의문도 표하지 않았다. 따라서 미우라는 당대 지배적이었던 조선 담론과는 근본적으로 다른 출발점을 설정하고 논리를 전개해 나갔다고 할 수 있다.

그는 일단 민족자결주의를 수용하고 제국주의를 배격해야 한다는 대원칙을 제시한다. 그리고 일본의 "과오와 죄악을 가중"시키는 "총독정치"를 조속히 철폐할 것, "자기존중 또는 자유사상존중의 입장"에서 조선에 자치를 부여할 것을 역설한다. 조선에 자유사상에 입각한 정치가 구현된다면 이는 "세계의 문화에 새로운 공헌을 하는 것"이므로 "세계

---

103   미우라 데쓰타로, 「조선에 자치를 줄 것」, 『아세아공론』 2, 1922.6.

인류를 위해"서라도 조선 자치를 기꺼이 받아들여야 한다는 것이다. '일본이 조선을 지도해야 한다'는 입장은 고수되고 있지만 적어도 시마다의 글에서 보였던 논리적 착종은 발견되지 않는다.

다음으로 이시바시 단잔의 글을 살펴보도록 하자. 창간호에 실린 「일본은 대일본주의를 방기할 것」은 "연내 조선, 대만, 사할린도 버릴 각오를 하자. 지나나 시베리아에 대한 간섭도 그만두자. 이것이 실로 일본의 대외정책의 근본이라고 주장하는 바"라는, 다분히 파격적인 주장으로 시작된다. 이시바시 단잔은 이에 대해 예상되는 반박을 두 가지로 정리한다. 첫째, 일본이 이 영토를 확보하지 않으면 경제적, 국방적으로 자립할 수 없거나, 적어도 위협당할 가능성이 있다는 견해, 둘째, 해외 열강들은 식민지를 스스럼없이 소유하고 있는데, 일본만이 세력 범위를 포기하는 것은 불공평하다는 입장이 그것이다. 첫 번째 주장이 국가로서 일본이 지닌 취약점에 초점을 맞춘 논리라면, 두 번째 주장은 국제정세와 국가간 경쟁을 고려한 논리라 할 수 있다. 그는 첫 번째 주장에 대해서는 "환상"이라고 일갈하고, 두 번째 주장에 대해서는 소탐대실의 우를 범하는 것이라고 비판한다.

이시바시 단잔은 예상되는 반론을 다음과 같이 재반박한다. 먼저 식민지가 없이는 일본의 경제적, 국방적 자립이 어렵다는 주장은 조선을 비롯한 대만, 중국의 일부 지역을 점유하는 것이 도리어 경제적 손실을 야기한다는 논리로 반박한다. 이를 뒷받침하기 위해 그는 미국, 인도, 조선, 대만, 관동주와의 무역액 및 무역 물품을 비교한다. 그의 분석에 따르면, 무역액을 놓고 보았을 때 조선, 대만, 관동주보다 경제적 이익이 되는 것은 미국과 인도이며, 현실적으로 일본의 산업과 일본인의 생활에 필요한 물품은 조선, 대만, 관동주에서 수입되지 않는다. 따라서 조선, 대만, 관동주에서 거둘 수 있는 경제적 이익보다 통치비용이 훨씬 크다. 이어서 일본에 토지가 필요하다는 세간의 주장에 대해서도 비슷한 논의를 펼친다. 지나나 시베리아는 열강이 호시탐탐 노리는 지역이므로 이곳을 지키는 데 과도한 군비를 지출하는 것보다 이곳을 자유롭게 하여 전쟁의 위험을 제거하고 불필요한 군비의 지출을 막는 것이 더 이득이라는 것이다. 여기서 이시바시는 상세한 수치를 바탕으로 논리를 전개해 나간다.

그런데 두 번째 주장, 즉 국제정세를 고려했을 때 식민지 확보는 불가피하다는 주장을 반박하는 논리는 다소 다른 방식으로 구성된다. 구체적인 수치나 근거를 제시하기보다는 상당 부분 이상주의에 기대 주장을 펼치는 것이다.

이미 내가 서술한 바로 독자는 추측할 것이라 믿지만, 내가 일본에게 대일본주의를 버리라고 권하는 것은 결코 소일본의 국토에 국척跼蹐하라는 의미는 아니다. 반대로 일본 국민이 세계를 우리 국토로 삼고 활약하기 위해서는 즉 대일본주의를 버려야 한다는 것이다. 그것은 결코 국토를 작게 삼자는 주장이 아니라, 도리어 이를 세계로 크게 넓히는 방책이다. (…중략…) 조선, 대만, 사할린, 만주와 같은 좁은 토지를 포기함으로써 광대한 지나 땅 전체를 친구로 삼고, 나아가 동양 전체, 아니 세계의 약소국 전체를 일본의 도덕적 지지자로 삼는다면 이것이 얼마나 이익일지 헤아릴 수 없다.[104]

그는 영토 확장에 집착하는 대일본주의를 버림으로써 "광대한 지

---

104 이시바시 단잔, 「정치적 독립과 경제적 독립의 상호관계─동양 제(諸) 국민에게 바란다」, 『아세아공론』 9, 1923.1.

나" 전체, 동양, 세계 약소국 전체의 지지를 받을 수 있다고 주장한다. 그는 "세계 약소국 전체의 지지"를 최종적 목적으로 설정하면서 서구 열강의 자리를 욕망하는 대아시아주의와 탈아론 등을 비판하고, 약소국 간의 연대를 도모하고자 한다.

이 부분에 이르러 이시바시 단잔의 논의가 인도주의적이고 이상주의적 경향을 보인다는 점은 눈길을 끈다. 식민지를 포기함으로써 얻을 수 있는 이익이 더 크다는 주장은 철저하게 경제적인 논리에 입각하여 구체적인 수치로 지탱되었다. 이에 비해 식민지를 포기함으로써 더 많은 친구와 지지자를 얻을 수 있다는 주장은 지나치게 순진해 보이기도 한다. 약소국과의 연대가 경제적 이득으로 연결된다는 주장을 논리적으로 구축하기란 애초에 무리한 일이었기 때문일까. 그는 이 사안을 치밀하게 논증하는 대신 지나와 동양, 세계의 약소국과 연대할 수 있다는 이상적인 전망을 제시한다.

그런데 『아세아공론』 9호의 「정치적 독립과 경제적 독립의 상호관계─동양 제국민에게 바란다」는 「일본은 대일본주의를 방기할 것」과 배치되는 주장을 펼치고 있는 것처럼 보여 눈길을 끈다. 이 글에서 그는 현재 동양에는 경제적으로나 정치적으로 독립의 지위를 잃은 나라가 있는가 하면, 명목상 정치적 독립은 있지만 경제적 독립을 이루지 못한 나라도 있다고 설명하면서 경제적 자립능력의 중요성을 역설한다. 일본의 메이지유신의 사례를 통해서 알 수 있는 것처럼 정치적 기획이 성공을 거두기 위해서는 경제적 내실이 반드시 뒷받침되어야 한다는 것이다. 이시바시는 메이지유신 당시 일본을 둘러싼 국제정세가 지극히 혼란스러웠음에도 불구하고 시의적절한 경제정책을 바탕으로 경제적 독립을 이룩할 수 있었고, 그 덕분에 정치적 독립까지 달성할 수 있었다고 논평한다. 그는 여기서 그치지 않고 경제적 의존이 결국 정치적 독립의 상실로 이어진다고 경고한다. 한 국가가 경제적으로 의존적인 상황을 맞이했다면 그 책임은 관과 민, 모두에게 있다. "빚을 지고 정치적 독립을 잃는다는 것은 일면으로는 위정자의 죄"처럼 보이나, "그것은 또한 일반 국민이 생산에 힘쓰지 않았던" 탓이기도 하기 때문이다. 그리고 다음과 같이 글을 마무리한다.

> 나는 이상에서 논한 바를 우리 동양의 동포들이 음미했으면 한다. 국제회의에서 무리하게 정치적 독립의 이름을 얻어도 안으로 경제적 독립을 할 각오가 없다면 그것은 아무런 도움이 되지 않는다. 마치 무능한 탕아가 몹시 으스대며 부모의 집을 뛰쳐나가 보았자 먹을 것이 없어 머리를 숙이고 귀가할 수밖에 없는 것처럼, 나라도 경제적 독립이 없으면 결국 외국에 머리를 숙이는 결과를 맞을 수밖에 없다. 독립이라고 하면 무작정 외국물품을 배척하고 모두 자국내에서 만든 [물품만을 고수하는] 것으로 생각하는 자가 있지만, 결코 그런 것이 아니다. 경제적 독립이란 자신의 힘으로 만든 상품을 타국의 상품과 교환하고 독립된 경영을 운영하는 것을 말한다. 국제간의 분업을 충분히 이용하여 진정한 경제적 독립을 얻을 수 있을 것이다.[105]

요컨대 그는 정치적 독립의 선행과제로 경제적 독립을 두어야 한다고 충고한다. 그런데 이러한 결론은 이시바시 단잔 경제에 대한 이해, 그리고 경제적 사고에 입각해 구축된 식민지 방기론에 의문을 품게 한다. 생산에 힘쓰라는 것은 식민지를 향한 제국의 요구이기도 했다. 식민지

---

105 이시바시 단잔, 「정치적 독립과 경제적 독립의 상호 관계」, 『아세아공론』 9, 1923. 1.

에 대한 제국의 착취구조가 이미 고착된 상황에서 생산에 힘을 쏟는 것이 경제적 독립을 보장할 수는 없다. 무역과 국제간 분업의 중요성을 역설하고 이를 바탕으로 한 "경제적 독립"과 "정치적 독립"의 수립을 역설하는 그의 글에서 제국과 식민지 사이의 기울어진 경제적 지위에 대한 언급은 발견되지 않는다.

그렇다면 이시바시의 핵심 주장으로 알려진 식민지 방기론도 이 글과 함께 재독될 필요가 있다. 이 글에서 명시적으로 표현되지는 않았지만 "몹시 으스대며 부모의 집을 뛰쳐나가는 무능한 탕아"는 일본의 식민지인 조선과 대만을 의미하는 것으로 보인다. 이렇게 본다면 "부모의 집"이 일본의 비유임은 의심할 여지없는 사실이다.

그의 식민지 방기론은 과연 문면 그대로 받아들여도 좋은 것일까. 이는 쉽지 않은 질문일 것이다. 단, 그가 철저하게 경제적 논리에 기대어 식민지 방기론을 주장할 때, 경제적 손익의 가르는 기준으로 국익이 고수된다는 점은 언급해 둘 필요가 있다. 그의 식민지 방기론은 국익을 최우선으로 하는 전제하에 조직된다. 주지하듯, 국익 최우선론은 식민통치를 긍정하는 논법에도 얼마든지 적용될 수 있다. 결국 이시바시 단잔의 식민지 방기론은 "조선에는 이용할 만한 면적이 상당히 있고, 면적에 비해 장대한 해안선이 있고, 굴곡도 많고, 항만도 적지 않"으므로 조선 개발이 반드시 필요하다는 식의 주장[106]과 논리적 상동성을 띠고 있는 것이다.

이러한 맥락에서 이시바시 단잔의 경제주의가 반드시 식민지정책에 대한 근본적인 비판과 궤를 같이 한다고 보기 어렵다는 지적은 시사하는 바가 크다. 이시바시의 논의 속에서 아시아 연대론과 아시아 침략

106　澤田天峰, 「조선의 개발과 그 경제력」, 『아세아공론』 9, 1923.1.

론, 소일본주의와 대일본주의는 아시아주의라는 관점 안에서 큰 무리 없이 상호전환될 수 있었다.[107] 국익은 이 전환을 가능케 하는 결정적 계기였다. 소일본주의와 대일본주의는 모두 국익을 논의의 소실점이자 최종 심급으로써 공유한다. 애국을 경계하고 국가간의 수평적 연대를 표어로 삼았던『아세아공론』의 필자들은 그 표어에 공감하면서도 자국과 자민족에게 득이 되는 셈법이 무엇인지 분주하게 타산하고 있었던 것이다. 이는『아세아공론』에 참여했던 피식민지의 필자들 역시 마찬가지였다.

2) 피식민 연대 구상의 난맥상

(1) '조선은 행복하다' ─ 라스 비하리 보스의 조선관

필진의 다양성은『아세아공론』이 내세우는 자랑 중 하나였다. 동시에 이 자랑은『아세아공론』의 담론적 균열을 야기하는 가장 큰 원인이었다. 지금부터는 인도인 보스 라스비하리와 대만인 차이베이휘의 글을 독해하면서 조선인이 아닌 또 다른 피식민자의 제국주의 비판 속에서 조선이 어떻게 운위되는지 살펴보고자 한다.

먼저『아세아공론』4호부터 꾸준히 등장하는 인도인 라스 비하리 보스Rash Behari Bose를 보자. 그는 1912년 델리에서 찰스 하딩Charles Hardinge 총독에게 폭탄을 던지고 도피생활을 하다가 1915년 일본으로 망명한 무장투쟁계열의 독립운동가이다. 인도를 떠난 후에도 보스는 자국의 청년들에게 적지 않은 영향력을 발휘했고, 인도 정부는 이러한 현상을 경계하여 인도 청년들의 일본 유학 장벽을 높이기도 했다.[108] 일본 망명 이

---

107 이예안,「근대 일본의 소국주의·소일본주의 ─ 아시아주의와의 길항과 교착」,『일본학연구』41, 단국대 일본연구소, 2014, 79쪽.

108 Joseph Mcquade, "The New Asia of Rash Behari Bose : India, Japan, and the Limits of the

후 그는 아시아주의를 주창했던 우익 정치가 도야마 미쓰루頭山満의 주선으로 도쿄 신주쿠의 양과자점 나카무라야中村屋에 은거하며 여러 인사들과 교류한다.[109] 보스는 나카무라야의 주인인 소마相馬 부부의 비호 아래 신변의 안전을 기할 수 있었다. 1918년 그는 소마 부부의 딸 도시코俊子와 결혼하여 1923년에는 마침내 일본인으로 귀화한다.

〈그림 27〉라스 비하리 보스(1886~1945)

　　이러한 삶의 행적으로 인해 그는 제국에 저항한 피식민인이자 행동하는 아시아주의자의 상징으로 자리매김했다. 보스가 『아세아공론』의 주요 필진으로 활약한 데에는 그 상징성이 작용했을 것이다. 『아세아공론』 4호부터 글을 쓰기 시작한 그는 『대동공론』에 이르기까지 총 여섯 편의 글을 싣는다. 여타 평론 필진들과 비교했을 때 이 수치는 상당히 높은 수준이다. 필진으로서 등장한 이후 그는 거의 매 호, 적어도 한 호 걸러 한 번은 『아세아공론』에 이름을 올렸다. 『아세아공론』에 게재된 보스의 글을 목록화하면 〈표 14〉와 같다.

　　이상의 게재물들은 아시아주의에 관한 보스의 인식을 살필 수 있다는 점에서 의미가 크다. 또한, 그의 아시아주의가 자국인 인도의 독립론

International, 1912~1945", *Journal of World History* 27(4), 2016, p.653.

〈표 14〉 『아세아공론』 및 『대동공론』 소재 라스 비하리 보스의 게재물

제목	게재호	비고
「인도의 현상과 그 비폭행적 독립운동에 대하여」	『아세아공론』 4(1922.8)	
「신문명의 탄생」	『아세아공론』 6(1922.10)	
「세계대전의 책임자」	『아세아공론』 8(1922.12)	부분 삭제
「아프가니스탄에 대하여」	『아세아공론』 9(1923.1)	전문 삭제
「인도의 현상과 사명」	『대동공론』 1(1923.7)	
「간디 씨 투옥 후 인도 독립운동의 경과」	『대동공론』 2(1924.2)	

과 어떻게 연동, 분기되는지도 엿볼 수 있다. 앞질러 말하자면, 『아세아
공론』에서 그는 영국의 식민주의를 강하게 비판하면서 인도 독립의 의
의와 필요성을 전달하는 데 주력했다.

보스가 『아세아공론』에 처음으로 실은 「인도의 현상과 그 비폭행
적 독립운동에 대하여」는 무려 12페이지에 달하는 장문의 글이다. 12개
의 소장으로 구성된 이 글은 서두에서 국토, 인구, 산업, 종교 등 인도에
대한 기초적 사실을 간략하게 기술한 후, 영국의 학정과 그로 인한 인도
인의 고통, 영국에 저항하는 인도의 정치운동에 나머지 지면을 할애한
다.[110] 이렇듯 가치중립적으로 보이는 초반의 백과사전식 정보와 이어지
는 민족주의적 언설은 은밀하게 연결되어 있는 것처럼 읽힌다. 보스는
인도가 "세계 인류의 약 1/5"에 달하는 인구수를 거느린 광활한 "대국"이
라는 점을 잘 알지 못하는 일본인 독자를 위해 인도에 대한 기초 정보를

---

109 나카무라야에는 민족과 이념을 초월한 다양한 사람들이 출입했다. 이들의 사상적 면
면은 매우 혼종적이라 종잡을 수가 없을 정도이다. 그중에는 진학문을 비롯한 조선인
청년들도 있었다. 박진영, 「번역가 진학문과 식민지 번역의 기억」, 『배달말』 53, 배달
말학회, 2013 참고.

110 각 장의 소제목은 다음과 같다. ① 오류를 풀기 위해 ② 잘못된 인도의 면적 ③ 인도
의 인구와 그 종교적 구분 ④ 英印전쟁과 영국의 공업 ⑤ 영국의 압박과 인도의 산업
⑥ 조선은 행복하다 ⑦ 인도의 기근 ⑧ 인도의 교육 ⑨ 방대한 군사비용 ⑩ 인도인의
사회적 지위 ⑪ 인도의 정치운동 ⑫ 인도 독립의 세계적 사명.

제공한다고 설명하지만, 이는 영국의 인도 통치를 비판하기 위한 전거로 보이기도 한다. 인도가 지닌 풍부한 자연적, 인적, 문화적 자원이 영국에 의해 착취, 파괴되는 것으로 보이게끔 글이 구성되었기 때문이다.

실제로 보스는 이 글에서 영국이 인도를 착취하는 매커니즘을 적확하게 간취해낸다. 그는 영국이 인도를 식민지화한 역사를 설명하면서 현재 매우 발달한 영국 공업은 인도에서 수탈한 자본으로 그 기초를 닦았으므로 "영국의 공업은 인도의 자본에 의해 태어나고, 또 발달한 것"이라고 주장한다. 여기서 그치지 않고 그는 현시점까지도 지속되고 있는 영국과 인도간의 제도적 비대칭성을 꼬집는다. 방적업과 조선업, 광산업 등 인도의 주요 산업 전반이 영국의 손아귀로 넘어간 상태이고 법률 또한 불공정하기 때문에 인도의 발전을 기대하기는 어려운 상황이라고 진단하는 것이다.

이어서 그는 비인도적인 영국의 학정과 이에 저항하는 인도의 "정치운동"을 상세히 서술한다. 이를 통해 그가 전달하고자 하는 것은 마지막 장의 제목이기도 한 "인도 독립의 세계적 사명"이다.

⑫ 인도 독립의 세계적 사명

인도는 어떻게든 조만간 독립할 운명이다. 즉 그 기운이 움직이고 있다는 것을 알았으리라 생각한다. 실제 우리는 인도를 어떻게든 독립시켜야만 한다. 그것은 단지 인도만을 위해서가 아니라 세계를 진정한 독립국으로 만들기 위함이다. 생각건대 현재 세계는 아직 독립의 영역, 즉 세계로서의 독립의 영역에 도달하지 못했다. 그리고 이 세계에서 침략이나 전쟁 따위를 절멸하기 위해서는 세계가 진정으로 독립되어야 한다. 그리고 이 세상을 진정한 독립자로 만들기 위해서는 우리가 주장하는 비폭행적 혁명, 즉 정신적 혁명운동 외에 다

른 길은 없다. 이를^{인도를-인용자} 독립시킴으로써 실로 세계를 독립시키는 원동력

이 되고, 적어도 세계 인류에 일대 경고와 일대 모범을 보여주려는 것이다.[111]

인도는 반드시 독립해야 하고, 독립할 것이다. 그것이 비폭력 혁명
의 방식으로 침략과 전쟁 없는 세계를 만드는 길이고 인류에 모범을 보
이는 일이다. 인도 독립의 당위성과 정당성을 말하는 보스의 어조에서
는 확신과 절박함이 동시에 느껴진다. 그는 인도의 독립이 단지 인도만
의 문제가 아니라 전 세계, 전 인류의 문제라고 주장한다. 일국적 사고를
넘어 보다 거시적 맥락에서 인도의 독립을 주장하는 그의 관점은 다른
글에서도 반복적으로 나타난다. 예컨대, 그는 인도의 독립운동을 "국가
로서의 인도의 독립을 주장할 뿐 아니라, 그와 동시에 동물 본위의 구라
파의 문명에서 세계를 감히 되돌리고 진정 평화롭고 행복한 세계를 건
설하려는 사명"[112]으로 의미화하고, "오늘날 행해지는 인도의 독립운동
은 단지 인도를 위한 것이 아니다. 그것은 세계를 위한 것"[113]이라 설명
한다.

그런데 제국과 식민지의 위계를 꿰뚫어 보는 통찰력, 역사적이고
국제적 맥락 속에서 피식민국가의 독립 문제를 다루는 안목은 또 다른
식민지인 조선 문제 앞에서 자취를 감춘다. 이와 관련하여 특별히 살펴
보아야 할 부분은 영국과 인도의 관계를 일본과 조선의 관계와 비교하
는 이 글의 6장이다.

---

111 보스 라스비하리, 「인도의 현상과 그 비폭행적 독립운동에 대하여」, 『아세아공론』 4,
      1922.8.
112 보스 라스비하리, 「신문명의 탄생」, 『아세아공론』 6, 1922.10.
113 보스 라스비하리, 「인도의 현재 상황과 사명」, 『대동공론』 1, 1923.7.

⑥ 조선은 행복하다

이상의 압박은 아직 참을 수 있다고 하지만, 이익이란 이익은 모두 영국의 손으로 들어가 버리고 인도인에게 남겨진 이익은 아무것도 없는데, 압박에 압박을 더하여 영국은 오히려 인도로부터 매년 3억씩의 돈을 가지고 간다. 이를 조선에 대한 일본과 비교하여 보면, 조선은 매년 일천만 원이든 이천만 원이든 일본으로부터 돈을 받고 있으므로, 우리가 보기에는 조선은 도리어 행복하다.

조선의 경우 도지사 중에는 조선인도 임용되고, 그밖에 은행이나 회사 등의 사장, 중역이 된 자도 많다고 하지만 인도에서 그런 일은 전혀 볼 수 없다. 관리도 실업가도 상부의 사람들은 전부 영국인이며, 따라서 그들의 손에 들어간 봉급과 은급은 모두 영국으로 가지고 돌아가 버리는 것이다. 그러면 인도에 남는 것이 무엇인가. 결국에는 아무것도 남지 않을 것이다.[114]

보스가 인도에 비해 조선이 행복하다고 단언하는 이유는 두 가지이다. 인도는 영국으로부터 일방적인 착취의 대상이 될 뿐이지만 조선은 일본으로부터 일정 부분 경제적 원조를 받고 있다는 것이 그 첫 번째 이유이다. 다음은 인사 문제이다. 식민지 조선에서는 조선인이 "도지사", "사장", "중역" 등 의사결정권자의 지위에 오를 수 있지만 "인도에서 그런 일은 전혀 볼 수 없다"는 것이다. 기실 인용된 '조선은 행복하다'의 내용은 이 글의 10장 '인도인의 사회적 지위'와 짝을 이룬다. 이 대목은 인도인들이 모국의 공공시설에서도 일상적으로 차별을 당하고 있으며 사회의 상류층에 진입할 수 없는, 사회적으로 "굉장한 학대"를 감내하고 있는 현실을 고발한다. 일본이 조선을 점령하고 있다는 사실만을 두고 보

---

114   보스 라스비하리, 「인도의 현상과 그 비폭행적 독립운동에 대하여」, 『아세아공론』 4, 1922.8.

면 영국-인도의 관계와 일본-조선의 관계가 유사한 듯 보이나, 영국과 달리 일본은 조선에서 선정을 펼치고 있으므로 인도와 조선의 상황은 전혀 다르다는 것이다. 그의 논리에서 진정 문제적인 대목은 제국의 통치방식을 기준으로 식민지의 불행을 서열화하는 지점이다.

아이러니하게도, 보스가 조선의 행복을 확신하던 이 무렵, 조선은 인도를 향해 지극한 동정의 염을 표하고 있었다. 스와라지 운동이나 간디 관련 기사가 빈번히, 그리고 비중 있게 다루어지기 시작한 1920년대 초부터 조선의 공론장에서 인도의 독립운동을 향한 관심과 지지는 꾸준히 지속되었다.[115] 인도의 시성詩聖 타고르를 향한 애정은 창작에 가까운 오역을 불사할 정도였다. 공교롭게도 오역을 감행하면서까지 조선에 타고르를 소개하는 데 진력했던 진학문은 나카무라야를 출입하며 보스와 친분을 쌓은 조선인 중 하나였다.[116] 물론 몇몇 조선인들과의 접촉으로 조선에 대한 보스의 인식이 심화되었다고 주장하거나, 보스의 조선관을 인도인 전체의 관점으로 확대해석할 수는 없다. 그러나 「인도의 현상과 그 비폭행적 독립운동에 대하여」에서 조선의 행복을 의심치 않는 그의 태도는 조선이 인도를 향해 보였던 애정과 상당한 온도차를 보이는 것이 사실이다.

'조선은 행복하다'는 보스의 확신은 좀 더 곱씹어 볼 필요가 있다. 제국 영국의 착취 매커니즘을 상세하고도 예리하게 간파해 내는 그가 제국 일본의 통치에 대해서 유화적인 태도를 취하는 이유는 무엇인가.

---

115 Michael Robinson, *Korea's Twentieth-Century Odyssey*, University of Hawaii Press, 2007, pp.63~64; 이옥순, 『식민지 조선의 희망과 절망, 인도』, 푸른역사, 2006, 20~36쪽.

116 박진영, 「번역가 진학문과 식민지 번역의 기억」, 301~305쪽; 「망명을 꿈꾼 식민지 번역가 진학문의 초상」, 『근대서지』 15, 근대서지학회, 2017 참고.

이율배반이라 해도 좋을 이러한 표면에는 당시 보스와 일본의 관계가 복잡하게 얽혀 있었던 것으로 보인다. 『아세아공론』에 정력적으로 글을 싣던 1922~1923년은 보스가 귀화를 목전에 두고 있었던 시기였다. 이를 의식하여 일본에 대한 노골적인 비판을 자제했을 가능성이 있다.[117] 아울러 그의 삶에서 일본, 일본인이 어떤 의미였을지도 깊이 고려해야 한다. 정치범 신분의 피식민 인도 청년 보스는 영국의 동맹국이었던 일본으로 도주해 사회적 명사로 거듭나고 마침내 일본인이 되는 극적인 삶을 살았다. 이 불가능에 가까운 시나리오는 도야마 미쓰루를 비롯한 몇몇 인물들의 실질적인 도움, 일본 내 언론의 관심과 동정적인 여론 등을 바탕으로 현실화되었다.[118] 이렇듯 보스에게 일본은 비유적인 의미에서가 아니라 말 그대로 생존의 필요조건이었다. 이와 같은 현실적 조건들이 일본 제국주의를 향한 비판이나 식민지 조선에 대한 동정적인 발언을 가로막았을 가능성이 있다.

그러나 그의 이율배반은 의식의 훨씬 더 깊은 곳에 뿌리를 두고 있었던 것으로 보인다. '조선은 행복하다'는 판단은 인종 중심의 아시아 연대론과 자국 중심주의가 결합되면서 도출된 결론이라 할 수 있다. 보스에게 식민주의는 영국 '백인'의 지배에 한해 적용되는 용어였고, 따라서 '백인'이 아닌 일본인의 조선통치는 식민주의 비판에서 제외되었다. 뿐만 아니라 그는 조선을 백인 지배의 잠재적 희생자로 간주하면서 현실의 통치자인 일본을 조선의 '보호자'로 위치짓는다. 조선은 일본에 협력

---

117 고토 겐이치(後藤乾一)는 보스가 귀화에 성공한 이후 일본의 아시아 침략 비판을 강화하는 쪽으로 논조를 바꾸었다는 점에 주목한다. 後藤乾一, 「大正デモクラシーと雑誌『亜細亜公論』－その史的意味と時代背景」, 앞의 책.

118 古屋哲夫, 「アジア主義とその周辺」, 古屋哲夫 編, 『近代日本のアジア認識』, 緑蔭書房, 1996, 84~85쪽.

함으로써 백인의 식민주의에 대항하는 반식민주의의 주체가 될 수 있다고 보았던 것이다.[119]

백인과 아시아인을 맞세우고, 범아시아의 연대를 역설하는 보스의 논리는 강고한 민족주의적 열망에 의해 가동된다. 미즈타니 사토시水谷智는 보스를 영국과 일본이라는 두 개의 제국 사이에 존재한 채, 식민주의에 저항하면서도 모순을 드러낸 인물로 파악한다. 보스는 인도 독립에 긍정적인 영향을 미칠 것으로 예상되는 사안에는 고평을 아끼지 않았으나, 반대로 인도 독립에 걸림돌이 될 만한 일에 대해서는 반대의 뜻을 표했다. 그는 인도의 독립을 위해 제국 일본의 성장과 정치적 안녕을 염원했다.

문제는 인도 민족을 위해 구성된 그의 연대론에 다른 피식민인이 개입하는 순간, 논리적 착종을 피할 수 없다는 점에 있다. 앞서 살펴본 것처럼, 인도 독립의 필요성을 역설하는 논리 속에서 조선의 피식민 현실은 미화되거나 외면되었고, 조선의 독립운동은 일본제국을 내부에서 동요하게 함으로써 인도 독립에 악영향을 미치는 장애물로 인식되었다.[120] 아래의 글은 보스의 인식지평과 그 한계를 간명하게 보여준다.

인도인으로서 인도를 위해 애쓰는 일은 영국의 법률에 의해 무거운 범죄로 간주된다. 그렇지 않다면 인류에 대한 사랑을 가지고 비폭력에 무게를 두고 인류를 위해 진력하려 결심한 간디 씨까지 감옥에 들어갈 이유가 없는 것이다.

---

119 미즈타니 사토시(水谷智), 심희찬 역, 「인도 독립운동가 R. B. 보스와 조선 – '간(間)- 제국'적 시점에서 반식민지주의를 다시 생각한다」, 『인문논총』76(2), 서울대 인문학연구원, 2019, 98쪽.

120 미즈타니 사토시, 앞의 글, 91쪽 참고로 이 논문은 1934년 5월 보스의 조선 방문에 주목한다. 만주국 방문과 함께 이루어졌던 이 일정에서 보스는 경성에 일주일간 체류하면서 주로 최린, 윤치호 등 친일인사와 회합을 가졌고, 여러 자리에서 일본 중심의 반영적(反英的) 범아시아주의의 메시지를 전달했다. 이때 보스는 일본을 대표하는 아

역사에 따르면 인간은 인간에 대해 이렇게 참혹하게 한 예가 없다. 인간은 그 속에 신성神性과 수성獸性, 이 두 가지가 있다. 신성이 많은 자는 진정한 인간이다. 이에 반해 수성을 많이 가진 자는 모습만은 인간이어도 실제로는 짐승에 가까운 자이다. 수성의 인간이 아니라면 인간을 대함에 있어서 이렇게 학대를 행할 수 없다. 인도만이 아니라, 영국의 다른 속국에서도 역시 같은 정책은 적용되고 있다. 아일랜드 및 이집트에서도 역시 같은 학정이 행해지고 있는 것이다. 이는 한결같이 영국의 대부분의 사람들이 신성에서 한참 멀어져버린 탓이다.[121]

이 글에서 보스는 영국의 인도통치가 역사상 유례없는 참혹함을 보여준다고 힘주어 말한 후, 영국의 학정이 인도만이 아니라 아일랜드

시아주의자인 야스오카 마사히로(安岡正篤, 1898~1983)와 총독부의 필터를 거친 조선인들과 교류했기 때문에 그의 언동은 "구조적으로 규정"될 수밖에 없었다(미즈타니 사토시, 「인도 독립운동가 R. B. 보스와 조선 – '간(間) – 제국'적 시점에서 반식민지주의를 다시 생각한다」, 『인문논총』 76(2), 2019, 95쪽). 그런데 당시 자발적으로 보스의 수행 및 안내를 맡았던 최승만의 회고록은 이 논문에서 언급되지 않은 흥미로운 사실을 전하고 있다. 그가 최승만에게 "배일파의 거두들을 한번 만나게 해달라"는 요청을 했고, 최승만은 이를 수락하여 "송진우, 안재홍, 김성수, 여운형, 윤치호 씨"를 불렀다는 것이다. 이들은 필운동에 위치한 최승만의 자택에서 조촐한 식사모임을 가졌다. 이 자리에서 보스는 "우리나라 문제에 대하여 퍽 동정적이었으며 독립운동에 대해서도 찬성의 의견을 피력"했다고 한다(최승만, 앞의 책, 284쪽).

물론, 이 자리에 참석한 인물들을 "배일파의 거두"로 볼 수 있는가 하는 것은 별문제이다. 다만 환영회나 연회 등 공식적 행사에서는 범아시아운동의 의의와 인도 독립의 필요성을 역설하고, "배일파의 거두"들과 만난 비공식적 자리에서는 조선의 "독립운동에 대해서도 찬성의 의견을 피력"했던 보스의 양면성은 보다 깊이 탐구될 여지가 있다.

앞서 살펴본 일본의 다이쇼 데모크라트들이 그러했듯, 보스 역시 조선이라는 난제를 해결하는 데 실패한 인물 중 하나일지도 모른다. 혹은 인도의 독립을 위해 조선은 의도적으로 시야 바깥에 두었을 가능성도 있다. 어느 쪽이든 그의 조선관은 반식민운동가로서 그의 한계가 여지없이 드러나는 지점이라 하겠다.

121 보스 라스비하리, 「인도의 현재 상황과 사명」, 『대동공론』 1, 1923.7.

와 이집트에서도 자행되고 있음을 고발한다. 이러한 서술은 영국에 의해 억압당하는 피식민 주체의 다양한 형상으로 논의를 확장하려는 것처럼 보인다. 그러나 그는 인도 바깥, 즉 아일랜드와 이집트에서의 학정에 대해서는 더 이상 서술하지 않는다. 요컨대 아일랜드와 이집트의 사례는 영국의 '수성'을 드러내기 위한 근거로 소비되는 것이다. 결국 이 글은 반영反英 의식을 고취하고 인도 독립의 정당성을 설파하는 데 집중할 뿐, 기타 식민국가의 고통에는 이렇다 할 관심을 두지 않는다. 편재한 피식민인의 고통에 주목하고 더 많은 피식민 주체를 발견함으로써 인도인의 외연을 넓혀가는 방법도 있었을 것이다. 보다 구체적으로 말하자면, "인도인으로서 인도를 위해 애쓰는 일은 영국의 법률에 의해 무거운 범죄로 간주된다"는 문장은 "아일랜드인으로서 아일랜드를 위해 애쓰는 일은 영국의 법률에 의해 무거운 범죄로 간주된다", "이집트인으로서 이집트를 위해 애쓰는 일은 영국의 법률에 의해 무거운 범죄로 간주된다"로 변주되고, 나아가 "조선인으로서 조선을 위해 애쓰는 일은 일본의 법률에 의해 무거운 범죄로 간주된다"로 확장될 수 있었다. 그러나 보스는 이와 같은 경로를 택하지 않는다.

식민지 본국과 식민지 사이의 위계가 엄연한 현실 속에서, 보스는 지배력과 통치권을 쥔 식민지 본국이 시혜의 주체로서 무엇을 행하는가, 또는 행하지 않는가를 쟁점으로 삼는다. 식민지 본국과 식민지를 단선적으로 대응하는 매트릭스 안에서 가능한 저항의 논법은 자국중심주의를 벗어나기 어려웠던 것이다.

(2) 제국-식민지의 다중연결과 그 의미─차이베이훠의 조선관

다음으로 『대만청년』의 주간으로 활동했던 대만인 유학생 차이베이휘蔡培火의 글을 보자.[122] 그는 『아세아공론』 창간호에 「극동의 평화, 과연 어떠한가」라는 제목의 글을 일본어로 실었다. 이 글에서 차이베이휘는 "극동은 극동인의 극동"이라는 주장을 거듭 역설한다. 즉, "극동의 평화를 건설"해야 할 주체는 다름 아닌 "극동인"이라고 말하면서 극동의 평화를 해치는 일본의 침략주의를 규탄하고 있다. 아래의 인용은 글의 결론부이다. 다소 길지만 일본과 조선, 일본과 대만의 관계에 대한 필자의 인식을 살펴보기 위해 중략 없이 그대로 인용하도록 하겠다. 이 글을 최대한 원문 그대로 옮겨놓는 데에는 차이베이휘의 아시아관과 보스의 아시아관을 대조하기 위한 목적도 있다.

일선日鮮은 합방이다. 나라와 나라를 합의적 형식으로 병합한 것으로 그 이상理想은 양국인의 공존공립에 있었다. 대만과 일본의 관계는 이와 달리 합의적 결합은 아니었지만, 아무래도 그 땅은 해양의 고도孤島이고 인구는 많지 않다. 또한 대만인의 몸에는 작은 무기도 없으며, 그 성정은 원래 평화를 좋아하고 인종적 증오의 감정을 품지 않는다. 만청滿淸 조정에 지배당하든, 일본 정부에 통치당하든, 대만인에게는 아무런 차이가 없다. 이와 같이 선만鮮灣 양 민족이 일본에 대해 인종적 차별 관념을 처음부터 품지 않았다는 것은 우리가 확인할 수 있다. 그럼에도 불구하고 오늘날 같이 시기와 반일을 야기하고 분규에 분규를 거듭해 온 것은, 순전히 선만에서 행해지는 폭군적 자기주의 통치정책의 소업所業이라고 할 수밖에 없다. 교육을 실시하지 않고 활동의 길을 막아 복

---

122 차이베이휘는 대만의 민족운동과 사회운동을 이끌었던 린셴탕(林獻堂)의 원조를 받아 도쿄 고등사범학교 이과에서 공부하면서 일본의 지식인들은 물론 조선인, 중국인 유학생과도 친밀히 교류했으며, 대만의회 설치운동에 앞장섰다. 야마무로 신이치, 앞의 책, 548쪽; 고마고메 다케시, 오성철 외역, 『식민지제국 일본의 문화통합』, 역사비평사, 2008, 349쪽; 紀旭峰, 앞의 책, 320~322쪽.

〈그림 28〉 차이베이훠(1889~1983)

종만을 강요하며 조금의 법적 자유도 허락하지 않는다. 일체의 이권을 취해 뭇사람의 노동력을 거리낌 없이 탕비蕩費하는 등 선만 양 민족은 마치 한 집안의 노비와 같은 지위에 서게 되었다. 그러면서 감히 선만의 평정平靜을 바란다. 이는 연목구어가 아니겠는가. 극동은 극동인의 극동이다. 극동인은 극동의 평화를 건설해야 한다. 그리하여 극동의 평화를 건설하는 제일 착수로서 극동 제민족 사이에 전면纏綿한 증오의 염을 먼저 일소하지 않으면 안 된다. 우리는 이에 일본이 성의 있는 대對 중국정책을 확립하고, 특히 조선, 대만에 실시할 정치방침을 근본에서부터 혁신하여 진개眞個한 공존공립의 대정신을 발휘해야함을 제창한다. 즉, 우리는 극동의 현상을 구조해야 할 응급한 방책으로서 폭군적 자주주의의 방기를 속히 단행할 것을 가장 간요肝要하다고 인정하며 감히 이를 절규하는 것이다. 이렇게 한다면 절박한 극동의 현상은 어느 정도 완화되고, 민족 간의 분쟁은 그 해결의 단서를 얻으리라 믿는다.[123]

차이베이훠의 글은 조선과 대만 양 민족의 공통된 적으로 일본을 설정하면서도 조선보다는 대만이 정치적, 도덕적으로 우위에 있음을 은근한 방식으로 강조한다. 그는 일본-조선의 관계와 일본-대만의 관계가 근본적으로 다르다고 본다. 대만과 일본의 관계는 "합의적 결합"이

---

123 차이베이훠, 「극동의 평화 과연 어떠한가」, 『아세아공론』 창간호, 1922.5.

아니었던 반면, 일본과 조선은 "양국인의 공존공립"을 위해 "나라와 나라를 합의적 형식으로 병합"한 결과라는 것이다. 한일병합에 관한 한 차이베이휘는 그 합법성을 확신하는 지배논리를 그대로 답습하고 있다. 또한, 대만인을 "평화를 좋아하고 인종적 증오의 감정을 품지 않는" 평화로운 민족이라고 강조하고 있는 점도 눈여겨 볼 필요가 있다. 대만인의 민족성을 이와 같이 전제할 때, 대만인들의 "반일"은 더욱 당위성을 획득하게 되기 때문이다. 일본과 조선, 일본과 대만의 관계를 논하는 대목에서 차이베이휘의 필봉은 대만 쪽으로 확실히 기울어져 있음을 확인할 수 있다.

다만 일본의 학정을 비판하는 대목에 이르면 그는 조선과 대만을 동일선상에 두고 논의를 전개한다. 일본의 "폭군적 자기주의의 통치정책"이 야기한 조선과 대만의 고통은 동등한 위치에서 서술된다. 그는 우민화 정책으로 고등교육을 실시하지 않는 점, 이권을 장악해 자국의 산업 발전을 저해하는 점 등을 거론하며 "한 집안의 노비"와 같은 지위로 전락한 조선인과 대만인의 현실을 폭로한다. 아시아 내부의 피식민 상황이 이러할진대 일본이 조선과 대만의 평정, 나아가 극동의 평화를 바란다면 그것은 "연목구어"라는 것이다. 이처럼 차이베이휘의 글은 아시아 각지에서 발견되는 유사한 억압의 양상에 주목한다. 일본에 대응하는 식민지로 대만과 조선을 동시에 거론함으로써 연대의 가능성을 확장하는 것이다. 이는 피식민인의 고통을 분류하고 서열화하는 보스의 논의와 분명히 차별된다.

지금까지 살펴본 것처럼 『아세아공론』에서 조선의 존재는 분명한 아포리아였다. 일본 중심의 아시아 연대론에 공명하는 필자들에게는 특히 그러했다. 일본 제국주의에 의한 조선인의 고통은 그 어떤 미사여구로도 완전히 포장되지 않는 현실이었다. 이러한 현실 속에서 핍박의 주체인 일본을 구심점으로 하여 평화적 연대를 구축하자는 주장은 맹점을 동반할 수밖에 없었다. 『아세아공론』의 여러 필자들이 조선에 대해 모순적인 태도를 보이거나, 또는 조선 문제를 깊이 있게 다루지 않았던, 혹은 다루지 못했던 것은 이 때문이다.

이와 같은 피식민 연대의 난맥상 속에서 이상수李相壽의 「일지교섭을 논하며 현대강국의 정책을 탄핵한다」는 연대의 새로운 경로를 상상케 한다. 글을 살펴보기에 앞서 이상수라는 인물에 대해 먼저 언급할 필요가 있을 것 같다. 이상수는 1920년대 초반 조선에 세계문학을 소개하는 데 뚜렷한 족적을 남겼던 번역가이다. 그는 김억, 홍난파와 어깨를 견주는 번역가로 활동하다가 직접 장편소설을 집필하며 창작자로의 변신을 시도하기도 했다.[124] 아마도 이 글을 투고하던 시절의 이상수는 와세다대학에 적을 둔 학생 신분이었을 것이다. 이상수에 대한 정보가 그리 많지 않은 상황에서 그가 『아세아공론』에 글을 투고했다는 사실은 적지 않은 흥미를 불러일으킨다.

이상수는 일본의 대중국 정책 비판에서 시작하여 식민지를 소유한 제국 전체에 대한 비판으로 나아간다. 대중국 정책에 대한 그의 비판은 꽤 날카롭고 직설적이다. 그는 일본이 제1차 세계대전의 승전국으로서 중국에 내건 '대중국 21개조'을 두고 "모두 자아의 욕망을 만족시키기 위해 멋대로 조건을 들이밀며 생각한 대로 들어주지 않을 때에는 무력으로 압박을 더해 강제적으로 승인시킨 것"에 불과하다며 통렬히 비판한다. 이러한 일본의 태도는 부당하다는 말로도 모자랄 지경이지만,

---

124 이상수의 번역 및 창작활동에 대해서는 박진영, 「문학청년으로서 번역가 이상수와 번역의 운명」, 『돈암어문학』 24, 돈암어문학회, 2011 참고.

이는 모두 "우승군이 열소군을 살육약탈 하는 유전성"이 인간에게 내재되어 있기 때문이며, 더구나 "군국주의나 침략주의에 인습되어 있는 현대의 강국민은 약육강식, 우승열패를 생존경쟁의 근본원칙으로 여"기기 때문에 발생하는 것이라고 덧붙인다. 이제 그의 붓끝은 "강국 위정자의 심리해부"로 옮겨간다.

> 이처럼 강자가 약자를 대하는 수단 방법은 단순히 일본이 지나를 대하는 방법뿐 아니라, 현대의 강국 일반이 통용하는 전형적 방법이다. 예컨대 영국이 아일랜드나 인도 등에 대해, 또는 프랑스가 베트남프랑스령 인도지나에 대해서도 마찬가지 방법이었다. (…중략…) 최근에 정의나 인도를 한층 표방하는 아메리카합중국도 멕시코나 필리핀에 대한 정책은 역시 변함없이 그 전형적인 강국의 본색을 버리지 않는 상황이다. 이로 보건대 병력이 강한 국가와 완력이 강한 개인의 행색이 서로 유사하고, 또한 재정이 풍부한 국가와 부호인 개인이 흡사한 모습이니 그 모든 행권行動 sic. '행동'의 오기-인용자도 잘 합치되는 부분이 있다. 그리고 강국이 약국에 대해서 무리한 조건을 내서 강박하는 것도 특수계급이나 유산계급이 노동계급이나 빈민계급에 대해 피를 착취하는 수단방법과 닮아 있다.[125]

이상수는 중국을 대하는 일본의 태도, 아일랜드와 인도를 대하는 영국의 태도, 필리핀을 대하는 프랑스의 태도 등을 언급하며 현존하는 복수의 제국을 동일선상에 올려둔다. 정의나 인도를 표방하는 미국 역시 예외가 아니다. 그는 인종과 지역에 결박된 "'강국'=서구열강'이라

---

125 이상수, 「일지교섭을 논하며 현대강국의 정책을 탄핵한다」, 『아세아공론』 2, 1922. 6.

는 등식을 깸으로써 일본의 착취를 포착해 내고, 미국을 비판의 도마에 올린다.

특히 이 글에서 방점이 찍혀야 할 대목은 문면에 드러나지 않은 채 음각화된 요소들이다. 그 첫 번째 요소는 피식민연대의 구상이다. 이 글에서 피식민 연대의 상상이 전면화된다고 보기는 어렵다. 그러나 식민지 대 제국이라는 대립구도를 설정하고 제국의 착취 본능을 강하게 비판함으로써 피식민연대의 구상은 완곡하게, 그러나 지속적으로 환기된다. 두 번째 요소는 피식민 조선이다. 이 글에서 조선에 대한 언급은 극히 제한되어 있다. 그러나 역설적으로 이 글은 조선을 드러내지 않음으로써 보다 많은 피식민 주체를 발견해낸다. 중국, 아일랜드, 인도, 베트남, 멕시코, 필리핀의 존재는 또렷하게 양각되지만 조선의 존재는 그 이면에 암시적으로 새겨질 뿐이다. 조선인 필자 이상수의 이 글은 조선을 괄호에 넣음으로써 자민족의 관점을 넘어서 복수의 제국과 복수의 식민지로 논의를 확장할 수 있었다.

3) 조선인 필자의 조선 담론과 가시화되는 제국의 불화

그러나 『아세아공론』에 등장하는 조선인 필자들이 모두 이상수와 같은 방식으로 조선 문제를 후경화했던 것은 아니다. 『아세아공론』에 등장했던 23명의 조선인 필자, 이들이 쓴 48편의 글 중에는 조선의 현실을 직접적으로 거론하고 일본 제국주의를 정조준하는 내용도 적지 않았다. 지금부터는 조선인들이 발화의 주체가 되었을 때 피식민 조선의 문제는 어떻게 논의되는지 살펴보는 데 집중하고자 한다.

본격적인 독해에 앞서 『아세아공론』 및 『대동공론』의 조선인 필자와 게재물을 정리하고, 주요 필진의 특징을 간단히 살펴보도록 하겠다.

가장 많은 글을 발표한 조선인 필자는 『아세아공론』을 이끌었던 유태경이다. 그는 『아세아공론』에 몸 담는 기간 내내 수천壽泉, 유수천柳壽泉 등의 필명으로 매호 적게는 1편, 많게는 3편의 글을 발표했다. 글의 장르도 사회평론, 문예물 번역, 대담 등으로 다양했다. 유태경 다음으로는 각각 6편의 글을 게재한 김희명金熙明과 김금호金琴湖가 눈길을 끈다. 김희명은 청소년기에 일본으로 건너가 제사공장에서 노동자로 생활하다가 고학으로 니혼대학日本大學 전문부 사회과를 졸업한 것으로 알려져 있다. 그의 문필활동은 대학생활을 전후로 한 1920년대에 집중되었다. 『아세아공론』과 『대동공론』에는 사회주의적 색채가 감지되는 사회평론과 자작시를 발표하는 한편, 조선의 시조나 가사를 일본어로 번역하여 싣기도 했다. 또한 그는 『아세아공론』과 『대동공론』 외에 『문예전선文藝戰線』, 『문예투쟁文藝鬪爭』, 『전위前衛』, 『전진進め』과 같은 일본 프로문예운동지에서도 활동했다. 작품의 수는 적지만 조선어 창작도 남겼다. 1925년 『조선문단』에 「침묵의 야夜」라는 제목의 시를 발표했으며, 이후 『신민』과 『조선일보』에 시와 평론을 실었다.[126] 다음으로 김금호라는 인물의 학력과 경력에 대해서는 알려진 바가 거의 없는데, 『아세아공론』과 『대동공론』에는 사상과 언론통제를 강도 높게 비판하는 글을 주로 발표했다. 김희명은 『아세아공론』 6호, 김금호는 『아세아공론』 5호에 처음으로 등장하여 『대동공론』으로 게재된 이후에도 꾸준히 글을 실었다.

그밖에 관심을 둘 만한 필자로는 황석우, 이상수, 백남훈, 소해笑海를

---

126 김희명의 생애와 문학활동에 대해서는 박경수, 「일제하 재일문학인 김희명(金熙明)의 반제국주의 문학운동 연구―그의 시와 문학평론을 중심으로」, 『일본어문학』 37, 일본어문학회, 2007; 이수경, 「재일 디아스포라 작가 김희명(金熙明)」, 『재외한인연구』 45, 재외한인학회, 2018 참고.

필자	제목	게재호
유태경 (柳泰慶, 壽泉, 柳壽泉)	「평론일속」	『아세아공론』 1(1922.5)
	「삼국어교수(三国語教授)」	『아세아공론』 1(1922.5)
	「요재지이-영녕과 왕생의 사랑」	『아세아공론』 1(1922.5)
	「천직을 잃은 현대의 신문과 기자」	『아세아공론』 2(1922.6)
	「평론일속」	『아세아공론』 2(1922.6)
	「요재지이-아섬」	『아세아공론』 2(1922.6)
	「요재지이-봉선(鳳仙)」	『아세아공론』 3(1922.7)
	「주마등」	『아세아공론』 4(1922.8)
	「린창민(林長民) 씨를 만나다」	『아세아공론』 5(1922.9)
	「사이토 조선 총독과 만나다」	『아세아공론』 6(1922.10)
	「조선 유학생의 과거와 현재」	『아세아공론』 7(1922.11)
	「요재지이-봉양의 사인」	『아세아공론』 8(1922.12)
	「요재지이-백간옥」	『아세아공론』 9(1923.1)
김희명 (金熙明)	「시조」	『아세아공론』 6(1922.10)
	「평양감별곡」	『아세아공론』 9(1923.1)
	「계급타파운동 해결의 급무」	『대동공론』 1(1923.7)
	「죽음을 바라보며」	『대동공론』 1(1923.7)
	「그들의 생존을 보장하라」	『대동공론』 2(1924.2)
	「자유의 나라로」	『대동공론』 2(1924.2)
김금호 (金琴湖)	「사상압박의 러시아의 금석을 보며 그 효화(効禍)를 생각함」	『아세아공론』 5(1922.9)
	「사회진화의 원칙인 사상언론의 압박에 대하여」	『아세아공론』 6(1922.10)
	「조선인의 본성을 돌아보며 융화의 가부를 생각함」	『아세아공론』 8(1922.12)
	「매수된 신문을 매장하라」	『아세아공론』 9(1923.1)
	「노자 문제에 대한 자유평등 사견」	『아세아공론』 9(1923.1)
	「이를 위해 우리는 외친다」	『대동공론』 1(1923.7)
황석우 (黃錫禹)	「일본 사상계의 벗에게 부쳐-병상의 이와사(岩佐) 씨에게」	『아세아공론』 1(1922.5)
	「영구(永久)의 환멸(幻滅)」	『아세아공론』 1(1922.5)
	「조선인의 독립운동 및 사회운동」	『아세아공론』 2(1922.6)
가은생 (可隱生)	「국제연맹의 배경을 논하여 기(其) 실현과 장래 조론(造論)함」	『아세아공론』 1(1922.5)
	「한시」	『아세아공론』 2(1922.6)
백남훈(白南薰)	「축 아세아공론 창간」	『아세아공론』 1(1922.5)
일기자(一記者)	「갈돕회를 위하여」	『아세아공론』 1(1922.5)
이상수(李相壽)	「일지(日支) 교섭을 논하여 현대 약국의 정책을 탄핵함」	『아세아공론』 2(1922.6)
가은학인 (可隱學人)	「고 김옥균에 대하여」	『아세아공론』 2(1922.6)

필자	제목	게재호
소해(笑海)	「평화박람회 조선시찰단에 대하여」	『아세아공론』3(1922.7)
이회광(李晦光)	「조선 불교계의 현상 타파」	『아세아공론』3(1922.7)
최웅봉(崔雄峰)	「동아의 새벽」	『아세아공론』4(1922.8)
김형린(金瀅璘)	「재미(在美)의 친구로부터」	『아세아공론』4(1922.8)
최몽제(崔夢齋)	「조선 기독교의 금석(今昔)」	『아세아공론』8(1922.12)
박눌원(朴訥園)	「피로 피를 씻은 만주 보민회(保民會)의 실상」	『아세아공론』9(1923.1)
박시규(朴時奎)	「한시 6수」	『아세아공론』9(1923.1)
신필균(申弼均)	「조선경제 부진의 이유」	『대동공론』1(1923.7)
김춘해(金春海)	「농부의 노래」	『대동공론』1(1923.7)
박한수(朴漢洙)	「노동 문제와 농촌」	『대동공론』1(1923.7)
신원철(申元徹)	「자유결혼론」	『대동공론』2(1924.2)
채홍석(蔡鴻錫)	「가정의 혁명을 먼저」	『대동공론』1(1923.7)
임병억(林炳億)	「대동공론의 사명」	『대동공론』1(1923.7)
속리산인 (俗離山人)	「일본은 과연 조선을 살리는가」	『대동공론』2(1924.2)

들 수 있다. 『폐허』와 『장미촌』의 동인으로 잘 알려진 황석우는 『아세아공론』 창간호와 2호에 총 3편의 글을 발표했다. 이 글들은 황석우의 문필활동에서 공백으로 남아 있었던 1922년을 복원하는 동시에 사상적 고뇌와 인적 네트워크를 추적하는 데 실마리가 된다는 점에 의의가 있다.[127] 김억, 홍난파와 함께 세계문학 번역에 앞장서면서 1920년대 문학장에서 활동했던 이상수의 이름도 주목된다.[128] 그가 『아세아공론』에 발표한 글은 단 한 편뿐이지만, 이는 일본어 글쓰기라는 그의 새로운 면모를 발견케 한다는 점에서 특기할 만하다. 백남훈은 재동경기독교청년회의 총무 자격으로 조선어 축전을 보냄으로써 『아세아공론』을 향한 기대와 격려를 짤막하게 표했다. 소해笑海는 니혼대학 예술과에서 공부하고

127　이에 대한 자세한 논의는 권정희, 「『아세아공론』 소재 황석우의 글쓰기」, 『한국문화연구』 26, 이화여대 한국문화연구원, 2014 참고.

128　김병철, 『한국근대 번역문학사 연구』, 을유문화사, 1988(중판), 690~691쪽.

영화계에서 활동한 우소해禹笑海로 추정되며,[129] '친일승려'로 알려진 이회광도 한 차례 글을 실었다.[130]

이상의 조사 및 정리에도 불구하고 조선인에 의한 조선 담론을 분석하기에는 아쉬움이 남는 것이 사실이다. 일본인 필자에 비해 조선인 필자의 수효가 적기도 하거니와, 그나마 얼마 되지 않는 조선인 필자 중에는 '가은생可隱生', '일기자一記者' 등 익명의 형태로 글을 남긴 이들도 적지 않다. 무엇보다『아세아공론』에서 당대 유학생 사회에서 활약했던 인물들의 이름은 좀처럼 눈에 띄지 않는다. 황석우를 제외하면 한국문학사 및 사상사에 이렇다 할 족적을 남긴 인물은 전무하다고 해도 과언이 아니다. 일본의 언론계, 정치계, 학계의 유명인사를 대거 섭외하여 전진 배치했던『아세아공론』임을 떠올려본다면 이러한 불균형은 기이하게 보이는 것이 사실이다.

이러한 현상은『아세아공론』을 둘러싼 몇 가지 조건과 연관지어 생각해볼 수 있다. 먼저『아세아공론』의 언어 문제이다.『아세아공론』은 다개국어 잡지로 창간호를 냈지만 현실의 벽에 부딪혀 곧장 일본어 위주의 편집으로 변경되었다. 조선인 필자들이『아세아공론』의 필자가 되려면 외국어 글쓰기라는 어려움을 감수해야 했다. "문체가 일본문이기 때문에" 조선인들의 기고에 불편함이 적지 않고, 그 결과 조선인 필자가 감소한다는 것은『아세아공론』스스로도 인정하는 바였다.[131]

그러나 보다 근본적 문제는 조선인이 발행하는 매체에서 일본어 글

---

129 裵姶美, 앞의 글, 97쪽.

130 그 외 요시찰조선인명부, 총독부 직원록, 대한제국관원이력서 등을 통해 확인되는 인물로는 채홍석, 박한수, 신필균 등이 있다. 그러나 이상의 자료들로 인물에 대한 파편적인 정보 이상을 얻을 수는 없었다.

131 「독자와 기자」,『아세아공론』8, 1922.12.

쓰기를 수행함으로써 동반되는 압박에 있었다. 앞서 김우영의 사례를 통해 짐작할 수 있는 것처럼, 일본어 매체에 글을 기고하지 않는 것은 유학생 사회에서 민족의식을 실천하는 최소한의 묵계로 자리 잡고 있었다. 이러한 상황 속에서 『아세아공론』에 일본어로 글을 남기는 행위는 개인의 자발적 선택에 의해서든, 유학생 사회 내부의 시선을 의식한 결과이든 기피되었을 가능성이 크다. 동시에 민족의식과 대척에 서 있는 또 다른 힘, 즉 일본 제국주의의 압력도 고려할 필요가 있다. 당국은 『아세아공론』을 배일적 언설을 일삼는 잡지로 보고 예의주시했다. 『아세아공론』이 총 9개 호를 내는 동안 조선과 일본 양쪽에서 발매금지 처분을 받은 횟수는 4회에 달하며, 삭제분이 없는 호는 찾아보기 힘들 정도이다. 조선인으로서 불온 잡지라는 낙인이 찍힌 『아세아공론』을 문필활동의 장으로 삼는 것은 '불령선인'이라는 낙인을 감수하는 행위였을 것이다. 이처럼 『아세아공론』 내 조선인의 글쓰기는 관점에 따라 친일적으로 보일 수도, 배일적으로 보일 수도 있었다.

(1) 인간 조선인의 좌표 찾기

『아세아공론』은 인류애를 전면에 내세우며 인간다운 삶, 인간으로서의 권리에 방점을 찍었다. 인간으로서 누릴 수 있는 최소한의 권리는 『아세아공론』의 주필이었던 유태경이 일본의 조선통치를 비판하는 논의의 원점이었다. 이는 그가 일본의 정치인과 진행했던 두 차례의 대담에서 뚜렷하게 드러난다. 먼저, 언론인 출신의 정치인 다가와 다이키치로田川大吉郞, 1869~1947와의 대담에서 유태경은 조선 문제에 대해 다음과 같이 말한다.

다가와	총독부의 현정現政에 대한 조선인의 불만은?
유	하나하나 지적할 수 없지만, 인류로서 향유해야 할 당연한 요구에 있습니다.
다가와	불만은 어떠한 방면에서 가장 심한지.
유	인간으로서의 생존권이 없다, 즉 출판, 언론, 집회, 여행 등에 있어서 특히.[132]

인용된 부분은 대담의 초반부에 해당한다. 다가와의 가장 큰 궁금증은 "총독부의 현정에 대한 조선인의 불만"이 무엇인가 하는 것이다. 이에 대해 유태경은 현재 조선인들의 불만이 "인류로서 향유해야 할 당연한 요구"이며 "인간으로서의 생존권"이 지켜지지 않았기 때문에 발생했다고 답한다. 그가 문제 삼는 "출판, 언론, 집회, 여행 등"은 이른바 메이지 헌법이 보장하는 기본권 중 자유권에 해당된다.[133] 유태경은 인간을 초점화하여 조선인의 불만을 조망해냄으로써 총독부가 인간으로서 누려야 마땅한 기본권을 박탈했다고 비판하는 것이다. 이어서 두 사람의 대화는 세제, 물가, 산업 등 여러 현안으로 옮겨가지만 유태경은 대화를 마무리하는 시점에 이르러 제도와 이념을 초월한 '인간'으로 다시금 회귀한다. 그는 "일한합병의 주지"와 같은 대의보다 "인격자로서의 태도"가 우선되어야 한다고 말하며 "입이 있어도 말하지 못하고, 다리가 있어도 서지 못하고, 배가 고파도 먹을 것을 찾을 수 없"는, "인간의 표

---

132 기자, 「다가와 씨의 조선자치안과 유수천」, 『아세아공론』 창간호, 1922.5.

133 식민지 조선에 메이지 헌법을 적용할 것인가 하는 문제에 대해서는 시행설 또는 적극설, 비시행설 또는 소극설, 일부시행설로 의견이 나뉘었으며, 이러한 이견차는 식민통치가 종결될 때까지 조율되지 못했다. 윤해동, 「식민지에 드리워진 그물─조선에서의 '법에 의한 지배'의 구축」, 『사회와 역사』 128, 한국사회사학회, 2020, 16~17쪽.

준"에 미치지 못하는 삶이 현재 조선인의 삶이라는 의견을 피력한다.

　유태경의 이러한 논리는 3·1운동 이후 제3대 조선 총독으로 부임한 사이토 마코토齋藤實 총독과의 대담에서도 일관된다. 그는 "불행히도 조선인으로 태어나 평범한 인간의 천부의 직분도 충분히 누리지 못"하고 있으며, 따라서 "인간으로서" 전혀 만족감을 느끼지 못하고 있음을 다시 한번 토로한다.[134] 전술한 것처럼 아시아연대론 속에서 조선의 존재는 안정적인 좌표를 점하지 못한 채 부유하거나 애초에 기입조차 되지 않는 경우가 많았다. 이러한 상황 속에서 인종과 지역을 넘어선 '인간'에 대한 상상은 조선인의 고통을 담론적으로 포착해내는 거의 유일한 통로였던 것이다.

　'인간'이라는 사유틀은 일본이 병합 시점부터 내세웠던 동화정책을 비판하는 데에도 효과적이었다. 여기서 말하는 '인간'에 대한 이해는 근대적 개인이 담지한 주체성에 대한 인식과 불가분의 관계에 있으며, 생존 및 생존권의 요구는 1910년대를 통과하면서 축적된 '인간다운 삶이란 무엇인가'라는 논의를 딛고 서 있다.[135] 그렇다면 동화정책은 조선인의 개성과 주체성, 나아가 조선민족의 독자적인 문화를 인정하지 않는다는 점에서 비인도적인 것으로 비판될 수 있었다.

　김금호의 「조선인의 본성을 돌아보며 융화의 가부를 생각함」은 이러한 사유를 드러낸다. 김금호는 조선인이 과연 일본 민족에 잘 동화될 것인가 하는 문제를 학술적 견지에서 살피고 판단하기 위해서는 고려해야 할 요소가 상당히 많다고 조심스러워하면서도 아래와 같이 단언한다.

134　특파기자 통신, 「사이토 조선총독과 대화하다(수천생)」, 『아세아공론』 6, 1922.10.

135　山室信一, 「民生—生存権·生活権への出発」, 鷲田清一 編著, 『大正 = 歴史の踊り場とは何か—現代の起點を探る』, 講談社, 2018, 41쪽.

일본인은 언제나 옛날의 신화나 또는 고대의 동원론同原論을 가지고 이러한 의
문을 해결하려고 하지만, 그러한 것은 물론 아전인수의 객관성이 결핍된 단정
임은 말할 것도 없다. 만약 시대적으로 일본민족이 조선인을 쉽게 동화할 수
있었다는 기록이 있다고 해도 그것은 의미가 전혀 다른 것으로 금후의 문제
를 해결할 힘이 되지는 않는다.[136]

널리 알려져 있듯이 고대사나 인류학을 동원하여 조선과 일본 사이
의 동질성을 강조하고 이를 통해 일본의 조선통치를 정당화하는 논리는
식민지기 내내 지속되었다. 이 글에서 김금호는 동화정책을 떠받치는
각종 근거의 객관성과 실효성에 질문을 던진다. 일본인들은 고대의 신
화나 동원론을 근거로 동화가 쉽게 이루어질 수 있다고 주장하지만 이
것은 "객관성이 결핍"된 "아전인수"의 해석에 불과하며, 설령 그런 과거
의 기록이 실제로 존재한다고 해도 그것이 현안을 해결하는 데에는 하
등의 도움을 주지 못한다는 것이다.

그러나 적어도 이 글에서 '융화의 가부'에 대한 김금호의 판단은 표
면적으로 드러나지 않는다. 그가 조선인과 일본인의 융화가 가능하다
고 생각하는지, 불가능한 것으로 여기는지 결론내리지 않는 것이다. 이
는 이 글의 결론이 담겨 있을 것으로 추정되는 글의 마지막 16행 가량이
완전히 삭제된 사정과도 무관하지 않다. 즉, 그가 동화의 불가능성을 명
쾌하게 갈파했다 하더라도 그러한 서술은 검열의 문턱을 끝내 넘지 못
했을 가능성이 크다. 대신 이 글에서 반복적으로 강조되는 것은 조선 민
족의 독자성이다. 역사적으로 보았을 때 조선인은 "자주적 관념이 강한"

---

136   김금호, 「조선인의 본성을 돌아보며 융화의 가부를 생각함」, 『아세아공론』 8, 1922.12.

"민족성"을 지니고 있으며 고유한 문화와 언어를 가지고 있다는 것이다. 이는 삭제된 결론부를 메워주는 역할을 한다. 요컨대 이 글은 '융화가 불가하다'는 최종결론 대신, 그 최종결론을 도출하는 논거로만 구성된다.

이렇듯 완곡하지만 명백하게 '융화불가론'을 피력하는 그가 주장하는 바는 "대등을 주안으로 하는 무차별"이다. 그는 이렇게 말한다. "무차별이라는 결과에 있어서는 동일하다고 해도 동화와 대등은 전혀 그 출발점이 다르다." 여기서 그는 "무차별"의 상태를 궁극적 목표로 제시하되, 이 목표에 다다르는 두 가지 길을 제시한다. 동화를 통한 무차별과 대등을 주안으로 하는 무차별이 그것이다. 김금호는 이 중 후자를 지지한다. 단순히 평등한 대우를 원하는 것이 아니라 조선의 문화와 언어, 민족성을 침해하지 않는 평등을 주장한 것이다.

그러나 그는 목전의 현실이 동화를 통한 무차별도, 대등을 주안으로 하는 무차별도 아니라고 본다. 조선인에 대한 "정치상 군사상 혹은 법률상 경제상 사회상 차별적 대우"가 만연해 있기 때문이다. 이렇듯 「조선인의 본성을 돌아보며 융화의 가부를 생각함」은 표면으로 동화를 말하고 이면에서 차별을 지속하는 일제의 표리부동을 고발한다.

김금호의 글에서 추상적으로 표현된 "차별적 대우"는 조선인 필자의 다른 글들을 통해 개별적이고 생생한 사례로 제시된다. 여행 중 조선인이라는 이유로 "무법난폭"한 심문을 당한 유태경의 경험,[137] 무시하는 어조로 말하는 경관에게 예의를 갖추어 줄 것을 요구했다가 폭행을 당하고 주재소로 연행된 유태경 부인의 경험,[138] 조선총독부의 기관지인

---

137 「현미경—세리 겸행의 경관과 여행 방해의 경관」, 『아세아공론』 6, 1922. 10.
138 N生, 「경찰관의 폭행과 조선의 정치—이 사실을 어떻게 볼까?」, 『아세아공론』 3, 1922. 7.

『매일신보』의 영업방해로 인해 『동아일보』가 처한 곤란한 상황 등.[139] 이 차별의 경험은 식민지 조선 도처에서 벌어지며, 이 일화 속의 지명이나 인명 등 고유명사, 인물들 간의 대화는 더없이 구체적이고 사실적이다. 이것이 조선인 필자가 일본어로 재현해낸 일시동인의 속살이었다.

(2) 말단에서 드러나는 제국의 균열

조선과 일본의 평등과 평화, 문화정치, 식산흥업 등 식민통치의 슬로건은 일상 속에서 시시각각 배신되었다. 그리고 그 배신의 양상과 결과는 중앙보다는 지방, 도시보다는 농촌에서 극명하게 드러났다. 『아세아공론』과 『대동공론』이 농촌의 상황에 큰 관심을 표한 이유는 바로 이 때문이다.

다가와   아, 그 이야기는 별도로 하고, 일본이 조선에 들어간 후 경제상의 조선 내지인이 어려워진 이유는 [무엇인지].

유   그것은 우승열패상 당연한 일입니다. 원래 조선인은 농업에 종사해 왔습니다. 물론 조선은 농업국가니까요. 그런데 일본은 일한합병 후에 끊임없이 정복자 행세를 하면서 조선의 경제계를 지배했습니다. 동양척식회사의 비열한 척식 방침이나 다종다양한 은행의 계획이 그 예입니다. 그런데 점차 문화가 진보하여 생활이 고난이 되었습니다. 생산비가 높은 것을 사고 싼 것을 파는 꼴입니다.[140]

유태경은 다가와와의 대담에서 조선인들이 식민통치의 구조적, 정

---

139 수천(壽泉), 「평론일속」, 『아세아공론』 창간호, 1922.5.
140 기자, 「다가와 씨의 조선 자치안과 유수천」, 『아세아공론』 창간호, 1922.5.

책적 문제 때문에 경제적 어려움에 허덕인다고 분석한다. "농업국가" 조선의 경제구조를 고려하지 않고 "동양척식회사의 비열한 척식방침이나 다종다양한 은행의 계획"을 무분별하게 실시했다는 것이다.

주지하듯 동양척식주식회사東洋拓殖株式會社, 이하 '동척'는 한일병합 이전인 1908년에 설립된 국책기업이다. 러일전쟁의 승리로 한반도에서의 주도권을 쥔 일본은 국내의 경제적 난국을 타개하기 위해 조선으로 눈을 돌렸다. 인구팽창과 그에 따른 식량 문제, 실업 및 주거지 문제 등을 해결할 목적으로 국책기업인 동척을 설립하고 경제적 침탈을 본격화한 것이다.[141] 당초 동척은 '만한이민집중론滿韓移民集中論'에 기초하여 소위 '자작형 농업 이민자' 24만 명을 10년 동안 한반도에 정착시키는 것을 목표로 했다.[142] 그러나 이민사업에서 예상했던 만큼의 성과를 거두지 못하자 동척은 소작제 농업 경영으로 사업계획을 수정했다.[143] 무리한 사업 확장과 경영 계획의 실패로 인한 손실을 조선인 소작농에 대한 착취로 만회하려 한 것이다. 동척은 대규모의 토지를 매수하여 거대 지주로 거듭났고, 소작농으로부터 높은 소작료를 징수하는 방식으로 이윤을 창출했다.

동척과 함께 식민지 경제수탈의 두 축을 이루고 있었던 식산은행도 검토해볼 필요가 있다. 식산은행은 동척의 토지조사사업이 마무리되는

---

141 최원규, 「동양척식주식회사의 이민사업과 동척이민 반대운동」, 『한국민족문화』 16, 부산대 한국민족문화연구소, 2000, 3쪽

142 이규수, 「식민지 지배의 첨병, 동양척식주식회사」, 『내일을 여는 역사』 34, 2008, 211쪽.

143 동척의 이민사업은 1926년 제17회 이민을 마지막으로 막을 내린다. 이민사업은 초기부터 조선 농민들의 격렬한 반대에 부딪혔고, 1920년대에 들어서는 이민반대운동이 거세게 일어나면서 더 이상 진행될 수 없었다. 이에 관해서는 최원규, 앞의 글; 문춘미, 「20세기초 한국의 일본농업이민연구−동양척식회사를 중심으로」, 『한림일본학』 23, 한림대 일본학연구소, 2013 참조.

시점인 1918년, 한성농공은행을 비롯한 6개 농공은행의 합병으로 설립된다. 모든 금융기관의 업무를 단독으로 취급하는 특권은행으로 탄생한 식산은행은 조선총독부의 후원을 등에 업고 총독부의 시정방침을 수행하는 역할을 했다.[144] 특히 주목할 점은 1920년대 식산은행이 대부분의 자금을 농업대출에 운용했다는 사실이다. 일반적으로 산업 방면에서 실시되는 대출은 용도별로 농업자금, 상업자금, 공업자금, 그외 잡자금으로 분류되었는데 그중에서도 식산은행은 농업자금의 비율이 유독 높았다. 농업자금의 편중현상은 1920년부터 시작된 산미증식계획의 실시와 함께 점차 심화되어 산미증식계획이 강화되는 1920년대 후반에 이르면 전체 대출의 50% 이상을 점하게 된다.[145] 식산은행의 이와 같은 기형적인 운영은 조선의 소작농들을 희생양 삼아 지속되었다.

이상의 흐름을 간략히 정리하면, 조선의 소작농들은 동척 소유의 농지에서 농사를 짓고, 식산은행에서 농업대출을 받아 동척에 소작료를 납부하는 식이었다. 그 결과 식은과 동척은 소작제와 대출이라는 합법적인 금융제도로 조선의 농촌사회를 장악하는 데 성공한다. 아래의 글은 동척과 식은이 긴밀히 연동해 작동하는 농촌 착취 메커니즘을 구체적인 사례를 들어 설명한다.

지방민의 대공황

근래 곡식가격 폭락으로 인한 지방농민의 공황은 일본에서도 상당히 논구되고 있는데, 조선의 지방농민은 피폐가 극에 달해 만약 이대로 방치된다면 소생할 수 없는 위기에 떨어질 것이다. 그 일례로 동척, 식은쪽의 권업대출勸業貸

---

144 김호범, 「일제하 식민지금융의 구조와 성격에 관한 연구」, 부산대 박사논문, 1991, 75
      ~79쪽.

^付은 주로 소비자본이고, 생산자본으로서의 대출은 거의 없다. 그런데 [곡식-인용자] 값은 폭락해서 전년의 반값 정도이다. 아무리 해도 빚을 반환할 여지는 없다. 어느 지방의 소작인의 이야기를 듣자니 그는 내년부터는 토지를 반환하고 도회 노동에 종사하겠다고 한다. 그는 1가구 5인 가족의 세대로, 노동자 두 사람이 1정보의 소작을 한다고 한다. 수확 벼 32석 중 소작 벼 16석, 비료대 4석, 지세_{조선은 소작인의 지세 부담이 4석} 합계 24석을 빼면, 나머지 8석의 벼가 두 사람의 1년 간의 수입이다. 식량의 가불 등을 지불하고 나면 겨울에 먹을 쌀은 한 톨도 없다고 한다. '설마 계산이 그렇게 되겠는가'라고 하는 사람들은 어디든 좋으니 지방민에게 한번 들어보기를 바란다.[146]

이 글은 크게 두 가지 사실을 전달하고 있다. 첫째, 동척이나 식은에서 조선의 지방 농민에게 실시하는 대출이 "생산자본"이 아니라 "소비자본"이라는 점이다. 대출금이 농업을 지속시키는 제반 활동에 투자되지 않고, 소작농들의 생존에 투여되는 현실을 지적하고 있는 것이다. 둘째, 생활고를 이기지 못하고 농업을 포기한 한 소작농의 이야기이다. 이 소작농은 일 년 내내 농사를 지어도 소작벼, 지세, 가불한 식량값 등을 제하면 "겨울에 먹을 쌀은 한 톨도 없"는 삶을 살고 있다. "'설마 계산이 이렇게 되겠는가'라고 하는 사람들"은 아마도 일본인 독자들을 염두에 둔 대목일 터이다. 필자는 이러한 이야기에 의심이 간다면 지방민의 이야기를 직접 들어보면 된다고 말한다. 이러한 권유가 실현될 가능성은 매우 희박하겠지만, 적어도 이러한 글을 통해 일본의 독자들은 조선 경제

145   오두환, 「식민지시대 조선의 경제개발과 금융」, 『경상논집』 10(1), 인하대 산업경제연구소, 1996, 183~185쪽.
146   내언생(內言生), 「주마등」, 『대동공론』 1, 1923.7.

의 부흥을 선전하는 일본 국내의 언론보도와 정부의 발표에 의구심을 가질 수 있다.

다음으로 살펴볼 「조선 경제계 부진의 이유」는 동척이 지주가 되는 '합법적' 절차를 상세히 설명하고 그 결과를 수치를 들어 증명하고 있다. 필자인 신필균은 대한제국 시절부터 관료로 활동하여 한일병합 이후에는 총독부 측지과와 조선총독부 직속기관인 임시토지조사국 측량과에서 근무했던 인물로 추정된다.[147] 1910년부터 1916년까지 『조선총독부 및소속관서직원록』에서 그의 이름을 발견할 수 있지만 1916년 이후의 행적은 확인되지 않는다. 이러한 이력으로 미루어 보건대 「조선 경제계 부진의 이유」는 그가 6년 동안 동척의 사업을 위해 일했던 경험을 바탕으로 작성된 글임을 알 수 있다.

신필균은 "조선은 문화의 정도가 더욱 높아지고 따라서 경제상으로도 우세해졌으며, 일본 내지와 비교하여 큰 차이가 없다"는 총독부의 주장을 정면 공격하며 글을 시작한다. 조선인들의 생활난은 날이 갈수록 극심해져 50~60년 전보다도 공황의 정도가 심각하고, 그 결과 "곳곳에 파산의 슬픈 절규가 실로 놀라울 정도"라는 것이다. 필자는 이것이 "일본주의", "배타주의"로 일관하는 일본의 정책 때문이라 지적한다. 일본주의와 배타주의에 대한 상세한 논의는 검열로 삭제되었다. 전후 내용으

---

147 1881년 평산(平山) 출생. 신필균은 1906년 6월 측량견습생으로 이름을 올린 후 같은 해 12월 22일 '측량술 수업증명서'를 받는다. 이듬해인 1907년 2월부터 任度支部技手 敍判任官九級의 자리에 앉게 된다(한국사데이터베이스 『대한제국관원이력서』 참고). 한일병합 이후 총독부가 들어선 이후에도 행정적 공백을 방지하기 위해 병합 이전의 관료들은 자리를 유지하는 경우가 많았는데, 신필균 역시 마찬가지였던 것으로 보인다. 선행 연구에 따르면 1909년 『한국직원록』에 수록된 관료 3,424명 중 『조선총독부직원록』에서 이름이 확인되는 이는 모두 2,499명이었다. 이를 백분율로 계산하면 73%에 육박하는 수치이다(박은경, 『일제하 조선인 관료연구』 학민사, 1999, 46쪽).

로 미루어 일본이 조선을 수단화하여 착취하고 있음을 비판하는 대목이라 추정될 따름이다.

필자인 신필균은 "일본주의, 배타주의"의 첫 번째 근거로 관세철폐를 든다. 일본은 조선의 "경제생산 내지 풍속관습", 바꾸어 말하면 조선의 경제적 특수성을 고려하지 않고 조선의 경제발달이라는 미명하에 관세를 철폐하여 조선의 산업을 말살시키려 하고 있다는 것이다. 그 다음으로 거론되는 것은 동척의 "부당한 투자방법"이다.

××이 투자하는 방식은 이러하다. 만약 부동산을 가진 자가 급하게 자금의 필요를 느끼고 이 회사에 그 부동산거의 토지 임야을 담보로 하여 대부를 신청하면, 상환기한은 그 금액에 대한 다소간 사업의 성취를 기약하여 정당하게 정하는 것이 마땅한 대부 방법이다. 그러나 상환기한이 길어야 하는 경우에도 매우 짧은 기한을 강제하면 시골의 백성은 일시의 자금결핍을 견디지 못하고 상환해야할 시간이 얼마나 짧은지, 이자는 얼마나 높은지, 나중을 생각하지 않고 부득이하게 그 주장에 응하여 계약을 체결하는 것이다. 그리고 기일이 도래하여 이 회사로부터 상환이 청구되면 필시 지불 불능이 되는 것은 당연지사이다. 이렇게 해서 결국 [백성의 땅은] 이 회사의 소유물로 전환되는 것이다.

(…약 3행 삭제…)

1919년 말에 ××의 소유지가 조선 내에 75,175정町 남짓이었지만 현재는 상당히 증가한 것이 사실이고, 이 넓은 ××의 소유지는 일부분을 제외하고는 거의 이러한 수단을 거친 것이다. 이 수법에 걸려든 다수의 조선인의 슬픔은 실로 커다란 것이라고 하지 않을 수 없다.[148]

---

148 신필균(申弼均), 「조선경제계 부진의 이유」, 『대동공론』 1, 1923. 7.

추정하건대 "××××"는 필자, 또는 편집진에서 자발적으로 처리한 복자로 보이지만, "××××"가 "동양척식"이라는 것은 어렵지 않게 알 수 있다. 그러나 기실 이 쉬운 암호는 해독되지 못해도 무방하다. 이 글에서 중요한 것은 특정 회사명이라기보다 이 회사가 조선에서 행하는 수탈의 방식이기 때문이다. 회사명은 복자처리 하면서도 동척이 소유지를 증가시키는 절차만큼은 상세하게 설명하다가 삭제 처분을 당한 것도 이를 방증한다.

아울러 이 글은 동척의 대부사업이 농민을 파탄에 몰아넣고 있다는 점도 지적한다. 실제로 동척은 이민사업과 소작제 농업 경영 외에 금융 업무에도 관여하고 있었다. 1917년부터 동척은 관련 법령을 전면 개정하여 금융업무에 착수하였다. 식민통치를 보다 원활히 수행하고 만주, 남양군도 등지로 확장되는 제국의 각종 사업에 필요한 자금을 용이하게 조달하기 위함이었다. 동척은 사업과 금융을 동시에 수행하는 유일한 회사로 금융 지배력을 강화해갔다.[149] 동척의 대부사업은 철저히 일본인에게 우호적인 설계를 유지했다. 일본인의 대출 양상을 살펴보면 대출건수는 상대적으로 적지만 그 액수는 거액이며, 장기간에 걸쳐 상환하도록 계약된 경우가 많다. 극단적 예로, 1915년의 통계는 전체 농가 호수의 0.4%에 불과한 일본인이 전체 동척 자금의 절반 이상을 장기자금으로 대출받았다고 기록하고 있다. 이러한 사례는 동척이 식민지 금융기관으로서 일본인의 식민지 정착을 적극 지원하고 있었음을 단적으로 보여준다.[150] 이에 반해 조선인의 대출 건수는 일본인보다 압도적으로

149 방지현, 「1910년대 동양척식주식회사법 개정안 변천 과정과 그 의미」, 고려대 석사논문, 2016.
150 김호범, 앞의 글, 143쪽.

많지만 개별 대출액은 적고, 상환기간은 짧다. 이와 같은 차이는 조선인 대출이 주로 농업분야에서 이루어졌음을 의미한다. 결국 다수의 농민들이 생활고 해결을 위해 동척으로부터 대출을 받았고, 그 결과 높은 이자에 파산을 면치 못했던 것이다.

이렇게 대출 이자에 허덕였던 이들은 대부분 동척에 높은 소작료를 납부해야 하는 소작농들이었다. 그런 맥락에서 신필균의 글은 앞서 제시되었던 「지방민의 대공황」과 포개어 읽혀야 한다. 고리의 이자를 납부하지 못해서 동척에 땅을 빼앗긴 농민은 지주인 동척의 소작농으로 계약하게 된다. 그러나 3,000평에 달하는 농지를 경작해도 결국에는 겨우 내 먹을 쌀 한 톨을 얻지 못하게 되는 악순환에서 벗어나지 못한다. 이 글들은 부조리한 "계산"에서 벗어나지 못하는 조선 농민들의 현실을 생생하게 재현하고 있다.

다음으로 '속리산인俗離山人'이라는 필명으로 쓰인 「일본은 과연 조선을 살리는가」라는 글을 살펴보자. 이 글 역시 "전 국민의 원성의 표적이 되고 있"는 동척을 문제삼는다. 이 글은 동척의 토지증식과 산업자금 운용 방식을 설명한 후, 이것이 곧 '총독부가 동척으로 하여금 우리 조선인을 괴롭히는 방식'이라고 비판한다. 동척의 배후에 총독부가 있다는 것을 분명히 지적하고 있는 것이다. "조선에서 첫 번째 대지주"인 동척은 소작인의 이해는 전혀 고려하지 않은 채, "나쁜 지주의 모범이 될 법한 일만" 일삼는다. 또한, 앞서 인용된 「지방민의 대공황」에서 언급된 바와 같이 동척은 주로 "소비자본으로 대부"를 하는데, 그나마도 "고리대적 방식"을 고수한다. "사업의 성질 등이 어떠한지는 안중에 없다. 단지 담보품의 많고 적음만을 표준으로 삼는다. 그렇기 때문에 상환기일이 도래하면 반드시 지불불능이 되어 (이것은 조선식산은행도 다분히 벗어나지 않지만) 결국 담보품으로 처분하게 되고 만다"는 설명이다. 요컨대 이 글은 총독부와 동척, 조선식산은행의 유착관계를 유루없이 짚어내고 있다. 동척을 "산간벽지"까지 "잠입"한 "우리 조선인의 흡혈귀"에 비유한 이 글은 다음과 같이 마무리된다.

어떤 조선의 산간벽지 땅에 이르러도 반드시 일본인의 고리대가 잠입하고 있다. 저들은 우리 조선인의 흡혈귀이다. 저들은 모든 수단을 다하여 우리 국인 國人을 괴롭히고, 또한 착취한다. 그런데 저 동척의 방법은 이 고리대와 조금도 다르지 않은 방법이다. 1910년의 동척 소유는 불과 1만3천 정보에 지나지 않았는데 오늘날에는 약 7배에 달했다. 이것은 무엇이라 말하지 않아도 알 것이다. 자세한 것은 훗날 따로 서술하겠지만 그 소작인에 대한 시설이나, 농사에 대해서의 업적은 10년 전과 조금도 다를 점은 없다. 그리고 쌀 한 톨이라도 더 착취하려고 한다. 과연 그러하다, 우리 국인國人의 원망이 되는 까닭은 실로 여기에 있는 것이다.[151]

동척과 식은의 수탈을 고발하는 이 일련의 글들이 일본 독자들을 대상으로, 일본어 쓰였다는 점은 특기할 만하다.[152] 이 글들은 조선 지방의 생생한 사례를 전함으로써 내지를 향한 제국의 선전이 환상에 불과함을 폭로한다. 문화통치, 식산흥업, 일시동인과 같은 이상화된 표어는

---

151 속리산인(俗離山人),「일본은 과연 조선을 살리는가」,『대동공론』2, 1924. 2.
152 흥미로운 점은 동척과 식은이『아세아공론』과『대동공론』의 안정적인 광고주였다는 사실이다. 동척과 식은의 광고는 주로 표지와 목차 사이, 혹은 목차와 권두언 사이처럼 잡지의 앞부분에 여러 차례 실렸다. 동척에 대한 강도 높은 비판을 본격화한『대동공론』창간호에서도 동척의 광고는 발견되는데 다만 그 위치가 잡지의 뒷부분으로 옮겨가 있다.

끼니를 걱정하는 조선 지방민들의 삶에 어떠한 힘도 발휘하지 못한다.

이러한 측면에서 보건대 『아세아공론』과 그 후신인 『대동공론』은 일본 국내에서 일종의 외신과 같이 기능했다고도 볼 수 있다. 실제로 속리산인의 「일본은 과연 조선을 살리는가」는 『동아일보』 기사의 일부를 일본어로 번역하여 전재했다. 인쇄매체는 상상된 공동체를 다양한 방식으로 표상화한다. 독자는 지면 위에 재현된 네이션의 편린들을 바탕으로 네이션의 전체상을 구축하고 네이션의 내부를 공고히 한다. 이것이 곧 인쇄민족주의의 작동방식이다. 그러나 일국적 관점을 배격하고 조선 문제에 특별한 관심을 표명했던 『아세아공론』은 끊임없이 일본 내지에 외지를 끌어오고, 일본 내부의 바깥과 그 너머를 환기시킨다.

네이션의 경계를 흐리고 위협하는 이 행위는 불안함과 불길함을 야기한다. 불길함은 사실 『아세아공론』과 『대동공론』 곳곳에 스며있는 정조라 해도 과언이 아니다. 작지만 이 공간만큼은 포기할 수 없다는 듯 단단하게 자리 잡은 단신들은 위태로운 제국의 모습을 충실하게 재현한다. 그 대표적인 예로 「재일본감옥 조선인 소식」을 들 수 있다. 「조선사정」의 일부로 배치된 이 짧은 기사는 무언가 기이하고, 어딘가 불길하다. 이 기이함과 불길함은 어디서 유래하는가. 『현대』의 소식란과 비교할 때 「재일본감옥 조선인 소식」의 특이성은 한층 쉽게 감지된다. (가)는 『이세아공론』에 실린 「재일본감옥 조선인 소식」 전문이며, (나)는 『현대』가 전하는 조선인 유학생의 출소 소식이다.

(가) 『아세아공론』의 예

• 재일본 감옥 조선인 소식

- 서상한徐相漢 씨 - 1920년 폭탄사건으로 세인의 이목을 끈 씨는 4년간의 선

고를 받고 목하 동경 감옥 복역중.

- 전민철全敏轍 씨 - 1921년 화성돈 회의 당시 일본조선유학생을 대표하여 독
  립선언을 한 건으로 1년의 선고를 받고 목하 복역중.
- 양근환梁槿煥 씨 - 1921년 동경역 호텔에서 국민협회의 두목 민원식을 찌른
  씨는 제2번 무기징역의 선고를 받고 목하 홋카이도 감옥에서 복역중.[153]

(나) 『현대』의 예
- 9일 동경 감옥에 재감하였던 이종근 김상덕 양씨는 만기되어 출옥하다.[154]
- 3월 26일. 동경 감옥에 재감하던 김도연, 김철수, 백관수, 서춘, 윤창석, 최
  팔용, 제씨는 만기되어 출옥하다.[155]

　『현대』는 조선인들의 '만기 출옥' 소식을 시차 없이 전달한다. 조선
인들이 복역 기간을 마치고 출소했다는 『현대』의 뉴스는 독자들에게 기
쁨과 안도감을 선사한다. 그러나 『아세아공론』이 전달하는 정보와 환기
하는 감정은 이와 매우 다르다. (가)의 「재일본감옥 조선인 소식」은 서
상한, 전민철, 양근환이 '불온한' 행동으로 사법 처분을 받아 "목하 복역
중"이라는 소식을 전한다. 「재일본감옥 조선인 소식」이 기이한 이유는,
여기에 '새로운 소식'이 없기 때문이다. 이 사건들은 모두 「재일본감옥
조선인 소식」 게재 시점으로부터 1~2년 전에 일어난 일들이다. 그렇다
면 이 글은 도리어 세인의 관심에서 멀어질 법한 사건과 인물을 다시금
거론하고 있는 셈이다. 「재일본감옥 조선인 소식」은 기억의 저편으로 멀

---

153 「조선사정」, 『아세아공론』 7, 1922. 11.
154 「경과상황」, 『현대』 3, 1920. 3. 20.
155 「경과상황」, 『현대』 5, 1920. 5. 10.

어져가던 이 불온한 사건과 사건의 주체를 다시금 환기시킨다. 여전히 살아 있는 불온한 피식민인의 형상, 이 글이 풍기는 불길함은 바로 여기서 비롯된다.

한편에서는 아시아의 횡적인 연대를 이상으로서 주장하고, 다른 한편에는 범람하는 균열상을 전시하듯 늘어놓는 것이 『아세아공론』의 특징이 아닐까. 제국의 균열과 불안, 달리 말해 식민통치의 실패를 전시하는 것이, 확고한 비전이나 운동의 구체적 방법론을 제시하지 못했던 『아세아공론』으로서는 가장 멀리 도달할 수 있었던 지점이었는지도 모른다.

6

나 가 며
도 쿄   이 후 ,
단 속斷續 과
명 멸 의   연 대 들

이 책은 재일본 조선인 발간 매체인 『기독청년』, 『현대』, 『아세아공론』을 중심으로 반제국주의적 발화전략과 기독교가 담론자원으로서 전유되는 양상, 초국적 연대의 실천 및 구상과 그 한계에 대해 살펴보았다. 그 내용을 간략히 요약하면 아래와 같다.

1920년을 전후한 시점에서 도쿄는 아시아 청년들의 초국적 연대의 가능성이 극대화된 공간이었다. 당시 도쿄는 조선, 중국, 대만 청년들의 유학지이자 인도인의 망명지로서 인근 국가의 청년들을 집결시켰다. 그 결과 도쿄는 피식민 청년들간의 마주침과 교류를 가능케 하는 장이 되었다. 제국의 심장인 도쿄는 피식민인들의 민족적 자각과 민족을 초월한 연대의 가능성이 강력히 충전된 공간이었던 것이다. 이들은 도쿄를 거점으로 반제국주의적 연대를 실천한다. 신아동맹당, YMCA 네트워크, 코스모구락부 등은 그 구체적인 예이다. 1910년대 중반에 출현한 신아동맹당에서 1920년대 초반의 코스모구락부에 이르기까지의 과정은 단속적으로 이어졌다고 할 수 있다. 이 세 단체의 활동 속에서 조선인, 중국인, 대만인, 일본인들은 다양한 방식으로 연대하며 제국주의에 저항했다.

『기독청년』, 『현대』, 『아세아공론』^{이후 『대동공론』}은 도쿄에서 조선인에 의해 발간된 잡지라는 공통점 외에, 담론적 실천을 통한 초국적 연대의 양상을 보여준다는 점에서도 함께 읽힐 필요가 있다. 재동경YMCA의 기관지인 『기독청년』과 『현대』는 기독교와 청년이라는 통로를 통해 보편과 세계에 접속한다. 아시아의 언론기관이 될 것을 천명한 『아세아공론』은 필진과 언어, 담론 등 여러 측면에서 아시아, 나아가 세계 인류의 연대를 주창했다.

　이들 잡지는 검열의 압력이 상존하는 매체환경 속에서 다양한 발화 전략을 구사하여 제국의 권력을 비판했다. 식민지에 비해 '내지' 일본의 검열은 분명 느슨한 측면이 있었다. 이 점에 착안하여 일부 사회주의 매체는 전략적으로 도쿄를 발간지로 삼기도 했다. 그러나 조선인 발간 매체라는 특수성으로 인해 이들 잡지에는 법으로 규정된 그 이상의 검열이 강제되었다. 이러한 악조건 속에서도 이들은 비일본어 매체 발간을 통해 발화자의 정체성을 분명히 하는 동시에 단일한 것으로 상정되는 일본어에 균열을 가했다. 이들이 모어, 혹은 다국어로 발화하는 것은 그 자체로 동화의 불가능성을 증명하는 행위였다. 또한 비일본어 매체 발간은 제국의 검열제도에 압박을 가하는 측면이 있었다. 아울러 다양한 우회 전략을 통해 발화의 임계를 타진하고 '말하는 주체'로서의 지위를 유지하고자 노력한 흔적을 곳곳에서 엿볼 수 있다.

　『기독청년』과 『현대』에서 기독교라는 보편종교는 정치적 담론자원으로서 적극 전유되는데, 여기에 결정적인 영향을 미친 것이 자유주의 신학의 수용이었다. 조선인 유학생들은 지적 성향이 강한 일본의 기도교인들과 교류하며 기독교적 가치를 사회, 정치 담론과 절합했다. 이들은 동시에 근본주의 성향이 지배적이었던 조선의 기독교를 타자화하고 기독교의 쇄신을 촉구하며 기독교의 내면을 새롭게 구축해 나갔다. 그 과정에서 '지덕체' 삼육 중 '덕'은 종교적 가치와 실천적이고 윤리적 가치의 연결고리로서 재평가되었다. 이제 기독교는 사회윤리적으로 독해됨으로써 그 가치를 인정받아야 하는 제도화된 하나의 종교로 논의되었다. YMCA의 창립자인 조지 윌리엄스의 생애를 담은 「조지 윌리엄스전」은 '기독청년'의 구체적 형상이자 이상향을 제시하기 위해 역재된 전기물이다. 윌리엄스는 기독교의 폐쇄성과 보수성, 무지함을 극복하고 개인적 신앙을 사회적 가치로 승화한 인물의 모범으로 그려졌다.

한편, 1920년을 전후하여 조선인 잡지에 나타난 연대 담론의 기반은 기독교에서 사회주의로 이동하는 모습을 보이는데, 변희용은 그 변곡점에 서 있는 인물이다. 변희용은 다수의 사회주의 매체와 단체에 관여했던 선 굵은 사회주의자로 알려져 있으나, 『현대』의 주요 필자로 활약하던 이 시기의 그는 비교적 온건한 논조의 글을 발표했다. 이 시기 변희용의 논리에서 미국의 사회복음운동을 경유하여 일본의 메이지사회주의로 이어지는 사상적 계보를 발견할 수 있다. 이 사상적 흐름 속에서 변희용은 보수적인 기독교와 자본주의의 폐단을 극복할 실마리를 얻고자 한 것으로 보인다. 그런데 당시 변희용에게 무엇보다 중요한 목표로 설정되어 있는 것은 민족운동이었다. 그는 기독교적 가치로 충전된 사해동포주의로는 민족운동의 돌파구를 찾기 어렵다는 결론에 도달했고, 이후 사회주의로 기울게 된다.

마지막으로 『기독청년』, 『현대』, 『아세아공론』에 나타나는 연대의 수사학과 분열의 모멘텀을 살펴보았다. '세계청년'으로서의 정체성을 강조하는 『기독청년』은 천국이라는 기독교적 상징을 동원함으로써 경계와 위계가 무화되면서도 민족성이 보전되는 '천국'이라는 공간을 상상해냈고, 자유와 평등이라는 정치적 요구를 제출하기에 이르렀다. 또한 『현대』는 세계의 역사를 반추하는 가운데 자유와 평등, 인권의 확대를 확신하며 조선의 미래를 낙관하면서도 현실 앞에서 불안과 회의를 드러내는 양가적인 모습을 보인다. 한편, 『아세아공론』은 '인류'에 방점을 찍으며 인종과 민족을 초월하는 수평적 연대를 구상해냈다. 그러나 역설적으로 개별 필진들의 글 속에서 '동포', '인종', '민족' 등 다양한 어휘는 분열의 계기로 기능했다. 『아세아공론』 내에서 펼쳐진 조선 관련 논의는 반제국주의 담론의 한계와 피식민 연대의 균열을 단적으로 드러낸다. 『아세아공론』과 『대동공론』은 일본 독자들에게 외지를 환기하고 불길함을 가시화함으로써 제국의 선전을 의심스러운 것으로 만들고, 제국의 균열을 노정시키는 데 기여한다.

다음으로 이 책에서 충분히 해명하지 못한 부분을 짚어보도록 하겠다. 첫째, '도쿄 이후'에 관한 후속연구가 진척될 필요가 있다. 도쿄는 1900년대부터 1920년대 초반까지 초국적 연대의 거점으로 기능했으나 그 이후 연대의 중심은 중국 대륙으로 옮겨간다. 그 원인으로는 유학생들의 귀국과 일본 내 사상 압박의 심화 등을 꼽을 수 있다. 이광수와 주요한, 신아동맹당에 가담했던 몇몇 인물들은 도쿄에서 상하이로 넘어가 각자의 운동을 지속한다. 초국적 연대공간으로서의 상하이에 대한 연구는 적지 않지만 도쿄와의 연관성 속에서 그 의미를 규명해볼 필요가 있는 것이다.

둘째, 내지와 외지를 포함한 제국 내 다국어 잡지의 발간에 대해 알아볼 필요가 있다. 본문에서 간략히 언급된 『대만청년臺灣靑年』은 중국어와 일본어로 발간되었다. 본고에서는 『아세아공론』을 중점적으로 다루었지만 현재 당국의 자료에 따르면 일본 내에서 발간된 조선인 발간의 일본어 매체가 적지 않다. 일본 내에서 식민지 청년들이 발간한 매체는 어떻게 의미화할 수 있을 것인가. 또한, 발간주체가 제국, 혹은 일본인인 경우는 없을까. 자료발굴의 어려움이 있지만 이를 극복할 수 있다면 매체의 언어운용에 관한 흥미로운 논의를 진전시킬 수 있을 것이다.

마지막으로 대만과 중국에 관한 논의가 결여되어 있다. 『아세아공론』에 게재된 중국어 게재물을 분석하고, 대만과 중국 쪽의 반제국주의 민족주의운동이나 이들을 중심으로 전개된 초국적 연대에 대한 연구를 보완한다면 아시아연대의 역동적인 지형을 보다 흥미롭게 독해할 수 있을 것이다. 이 책에서 미처 해결하지 못한 이상의 질문들은 후속연구로 해결해 나갈 것을 기약하도록 하겠다.

일러두기

• 『기독청년』과 『현대』의 서지사항은 김영민, 『1910년대 일본 유학생 잡지 연구』, 소명출판, 2019, 330쪽의 내용이다.

『기독청년』

호수	발행일	편집 겸 발행인	정가	비고
1	1917.11.17	백남훈	8전	미발굴 『학지광』, 『여자계』 광고로 정가 추정
2	1917.12.16	백남훈	8전	미발굴
3	1918.1.16	백남훈	8전	미발굴
4	1918.2.16	백남훈	8전	미발굴
5	1918.3.16	백남훈	8전	부분 낙장
6	1918.4.16	백남훈	8전	
7	1918.5.16	백남훈	8전	
8	1918.6.16	백남훈	8전	부분 낙장
9	1918.9.16	백남훈	8전	
10	1918.10.16	백남훈	8전	
11	1918.11.16	백남훈	8전	
12	1918.12.16	백남훈	8전	표지에는 발행월이 11월(Nov.)로 표기됨
13	1919.1.16	백남훈	15전	
14	1919.2.16	백남훈	15전	미발굴 『창조』 2호의 광고로 목차, 발행일 추정
15	1919.11.16	백남훈	15전	미발굴 『창조』 3호의 광고로 목차, 발행일 추정
16	1919.12.16(?)	백남훈		발행 가능성 추정

『현대』

호수	발행일	편집 겸 발행인	정가	비고
1	1920.1.31	백남훈	30전	
2	1920.3.2	백남훈	30전	
3	1920.3.20	백남훈	30전	
4	1920.4.23	백남훈	30전	미발굴. 발매 반포 금지 처분
5	1920.5.10	백남훈	30전	

호수	발행일	편집 겸 발행인	정가	비고
6	1920.6.18	백남훈	30전	
7	미상	백남훈	30전	미발굴. 권두언과 기사 1편이 『극웅필경』에 수록되어 있음
8	1920.10.30	백남훈	30전	
9	1921.2.5	백남훈	40전	

『아세아공론』

호수	발행월	편집 겸 발행인	인쇄소	발행소	정가	
1	1922.5		福音印刷合資會社	東京府 下中目黑 463	60전	
2	1922.6		中正社		50전	
3	1922.7	김광현 (金光鉉)	八洲舍		50전	
4	1922.8				50전	
5	1922.9			東京府 下日黑字中目黑 463	50전	
6	1922.10				50전	
7	1922.11			東京 牛込區 早稻田鶴卷町 214	50전	
8	1922.12				50전	
9	1923.1				50전	

『대동공론』

호수	발행월	편집인	발행인	인쇄인	인쇄소	발행소	정가
1	1923.7	權无爲[1]	林韓洙		敬文社	東京四谷區 信宿 2-75	50전
2	1924.2		金熙明		文友堂印刷所	東京府 下■ 布町 下布田 1005	50전

---

1 권희국(權熙國)의 이명이다.

부록 2_『현대』 목차

일러두기
• 『기독청년』의 목차는 김민섭의 「『기독청년』 연구」(연세대 석사논문, 2010)에서 확인할 수 있다.

『현대』 1호(1920.1)

제목	필자	비고
「머리말」	편집인	
「현대의 사명」	김준연(金俊淵)	
「진화론상으로 본 영혼의 불멸(1)」	백남훈(白南薰)	
「식자(識者)의 연구를 요하는 실제 문제(4)」	추봉(秋奉)	박승철
「현대청년」	최승만(崔承萬)	
「노동 문제에 대한 여(余)의 견문(2)」	변희용(卞熙鎔)	
「세계 문명의 이동」	박승철(朴勝喆)	
「문화와 종교」	서상현(徐相賢)	
「두 길」(산문)	가민(可民)	
「사귐의 어려움 (교우난)」	고영환(高永煥)	
「성탄과 세모(歲暮)」	이정로(李鼎魯)	
「크리스마스 스케치」	극웅(極熊)	최승만
「단시(短詩)」 3편	하이네	
「자연의 자각」(소설)	백악(白岳)	김환
「경과상황」		

『현대』 2호(1920.2)

제목	필자	비고
「진리를 위하여」	최승만(崔承萬)	
「진화론상으로 본 영혼의 불멸(2)」	백남훈(白南薰)	
「생존의 의의와 요구에 대하여」	최원순(崔元淳)	
「식자의 연구를 요하는 실제 문제(5)」	박승철(朴勝喆)	본문의 필자는 '추봉(秋奉)'
「사회와 경제」	변희용(卞熙鎔)	
「시국의 변천과 세계 금융시장」	김규호(金達浩)	
「성공의 삼대 요소」	차문균(車文均)	
「파우스트(1)」	극웅(極熊)	최승만
「백악 씨의 「자연의 자각」을 보고서」	제월(霽月)	염상섭
「경과상황」		

『현대』 3호(1920.3)

제목	필자	비고
「머리말」	편집인	
「인생과 애(愛)」	최승만(崔承萬)	
「예수교와 사회」	김낙영(金洛泳)	본문 제목은 '사회와 예수교'
「식자의 연구를 요하는 실제 문제(6)」	추봉(秋奉)	박승철
「신인의 성」	변희용(卞熙鎔)	
「최승만 군의 「현대청년」을 독(讀)함」	고영환(高永煥)	
「윌리암스전(續)」	해온제(解慍齊)	백남훈
「파우스트(2)」	극웅(極熊)	최승만
「번뇌의 일야(一夜)」	홍난파(洪蘭坡)	
「어린 소크라테스」	추호(秋湖)	전영택
「경과상황」		

『현대』 5호(1920.5)

제목	필자	비고
「참살음」	편집인	
「개조의 근거」	최원순(崔元淳)	
「기독교의 전래와 인심의 동요」	박승철(朴勝喆)	
「민본주의의 정신적 의의」	변희용(卞熙鎔)	
「천재와 시험」	고영환(高永煥)	
「봄맞이」(시)	유정(柳井)	
「아- 적은 산」(시)	류형기(柳瀅基) 역	Wilfred Owen, Laurence Binyon 시 번역
「고 군(君)의 비평을 읽음」	최승만(崔承萬)	
「가난 중에 즐거움」	초해(椒海) 述	
「니코(日光) 스케치」	홍영후(洪永厚)	홍난파
「처음으로 본 동경관(東京觀)을 농촌 친지에게」	성해(星海)	
「경과상황」		

『현대』 6호 (1920.6)

제목	필자	비고
「애매에서 철저에」	편집인	
「뿌락만 씨의 연설」	류형기(柳瀅基)	브로크만 연설 번역
「신시대의 요구에 응하라」	김종필(金鍾弼)	
「러셀의 이상의 일절」	변희용(卞熙鎔)	
「현대문명과 우리」	김우평(金佑枰)	
「자각하라」	김항복(金恒福)	
「음악의 기원과 및 발달」	홍영후(洪永厚)	홍난파
「시 2편(막달라의 마리아 / 나는 자런다)」(시)	변영로(卞榮魯)	
「생각나는 대로」	오산인(五山人)	
「고독의 비애」	신동기(申東起)	
「피」(소설)	늘봄	전영택
「경과사항」		

『현대』 8호 (1920.10)

제목	필자	비고
「생명의 창조」	일해(一海)	
「향상의 의욕과 생활의 변천」	최원순(崔元淳)	
「신도(新渡) 학생 제군에게」	서춘(徐椿)	
「종교에 대한 여(余)의 관견」	김항복(金恒福)	
「종교와 인생」	김진목(金鎭穆)	
「염처증(厭妻症)의 신유행과 여자교육」	민태원(閔泰瑗)	
「한산도의 야항(夜航)」(시)	김우평(金佑枰)	
「추란(雛蘭)」(시)	계암 이훈(溪庵 李薰)	
「십오일」(소설)	달천(達泉)	
「칼 마르크스 약전(略傳) (1)」	변희용(卞熙鎔)	
「소위 지식자의 미망(톨스토이)」	초해(椒海)	
「세계 일요학교대회의 유래」		
「야구원정통신」	용주생(龍洲生)	박석윤
「경과상황」		

『현대』 9호 (1921.2)

제목	필자	비고
「신년을 당하야(인생의 행로)」	최승만	
「告」		

제목	필자	비고
「향상적 의욕」	서춘(徐椿)	
「자유와 타유」	김항복(金恒福)	
「이상적 사람」	초해(椒海)	
「그리스도의 강탄은 완전한 인생의 실현이라」	C생	
「'소셜리즘'에 대하여」	박정식(朴正植)	
「현대 사조와 우리의 할 일」	윤상철(尹相喆)	
「조선민족미술관의 설립과 야나기(柳)씨」	민태원(閔泰瑗)	
「오류된 사회교육의 이삼(二三)」	김진목(金鎭穆)	
「민족혼은 무엇이냐」	배성용(裵成龍)	
「최근 문단 및 사상계의 비평」	황석우(黃錫禹)	
「첫 아침(1921)」(시)	설원(雪園)	
「고향분묘의 애가」(시)	이훈(李薰)	토머스 그레이 시 번역
「애락곡(哀樂曲)」	초성(焦星)	
「Xmas Sketchi」	도래미 생	홍난파
「칼 마르크스 약전(2)」	변희용(卞熙鎔)	
「회개」(소설)	홍영후(洪永厚)	홍난파
「고(告)」		
「경과상황」		

부록 3_『아세아공론』목차

일러두기
- 원문 제목은 괄호 안에 병기했다.
- 제목과 필자는 잡지에 제시된 목차를 기준으로 작성했다. 본문과 차이가 있는 경우에는 비고란에 기재했다.

『아세아공론』창간호(1922.5) 목차

제목	필자	비고
「먼저 동아는 동아 자신을(先づ東亞民東亞自身)」		권두언
「인류를 위하여(人類の爲に)」		창간사
「국가주의와 국제주의('國家主義'と'國際主義')」	尾崎行雄	
「아시아인을 위하여(亞細亞人の爲に)」	植原悦二郎	
「조선인의 진심은!!—시마다 사부로 著 일본 개조론을 읽다 (朝鮮人の赤心は!!—島田三朗氏著日本改造論を読む)」	柳壽泉	조선인
「아세아공론 발간 축전(祝 亞細亞公論 發刊)」	林獻堂	대만인
「진실히 살라(眞實に生きよ)」	島田三郎	
「극동의 평화 과연 어떠한가(極東の平和果して如何)」	蔡培火	대만인
「잡지 제호 현상공모(誌題懸賞募集)」		
「붉은 시험관(赤の試驗管)」	馬場恒吾	
「유태경 씨에게 보내는 요코하마 총영사 長福씨 축전 (民國橫賓總領事長福氏の柳氏の爲に)」	長福	
「자치, 책임 및 창조의 국제보급을 바란다 (自治, 責任及び創造の國際普及を望む)」	杉森孝次郎	
「일본 사상계의 친구에게—병석의 이와사 씨에게 (日本の思想界の友に與へて—病褥の岩佐氏の手を通じて)」	黃錫禹	조선인
「『청년조선』의 정우영에게(『靑年朝鮮』の鄭又影へ)」	黃錫禹	조선인
「개조 도상의 아시아(改造途上の亞細亞)」	永井柳太郎	
「일본은 대일본주의를 방기할 것(日本は大日本主義を放棄す可し)」	石橋湛山	
「아시아 민족과 피착취 계급(亞細亞民族と被搾取階級)」	赤神良讓	
「투고환영(投稿歡迎)」		
「『아세아공론』의 발간을 축(祝)홈」	白南薰	조선인, 조선어
「국제연맹의 배경을 술(述)하야 기(其) 실현과 장래를 논(論)홈 (1)」	可隱生	조선인, 조선어
「갈돕회을 위호야」	一記者	조선인, 조선어
「영구(永久)의 환멸—포(泡)와 연기의 인형」	黃錫禹	조선인, 조선어

제목	필자	비고
「축 아세아공론 탄생」	黃錫禹	조선인
「일본인의 반성을 구한다(求日本人之反省)」	湯鶴逸	중국인, 중국어
「중국과 일본의 과거, 현재, 장래와 세계평화 (中日的過去現在將來與世界平和)」	醉天生	중국인, 중국어
「대만에서의 언론 압박을 내지 조야 제현에게 호소한다 (臺灣に於ける言論壓迫をを內地朝野諸賢に訴ふ)」	臺灣靑年	대만인
「대만의회설치 청원서(의회 제출) (臺灣議會設置 請願書(議會提出))」		
「조선 낭인의 내정독립운동인가(의회 제출) (朝鮮浪人の內政獨立運動乎(議會提出))」		조선인 서명 (鄭薰謨 외 42명)
「일본의 신사 제언에게 고한다(日本の紳士諸彦に告ぐとは)」	Baráthosi Balogh Benedek	헝가리인
「민국처리안이란(民國處理案とは)」		
「1922년도 재일본 조선 유학생 각 학교 졸업생 일람 (一九二二年度 在日本朝鮮留學生 各學校 卒業生 一覽)」		
「다가와 씨의 조선자치론과 유수천(田川氏の朝鮮自治案と柳壽泉)」	A記者	
「요시노 박사와 유태경 씨의 대화를 듣다 (吉野博士と柳 氏との會話をきく)」	H記者	
「평론일속(評論一束)」	壽泉	조선인
「다목철학(1)(茶目哲学(1))」	早稻田隱士	
「오자키 씨 댁을 방문하다(尾崎邸を訪ふ)」	記者	
「조선사정(朝鮮事情)」	一記者	조선인
「노국민의 참상!!(露國民の慘狀!!)」	H記者	
「유수천 군에게 주다(柳壽泉君に與ふ)」	能勢岩吉	
「삼국어 교수(三國語敎授)」	壽泉	조선인
「인도의 음신 이야기(印度の淫神の話)」	能勢把春	
「러시아의 수수께끼 같은 종교(露西亞の謎の如き宗敎)」		
「요재지이－영녕과 왕생의 사랑(嬰寧と王生の戀(聊齋より))」	壽泉 譯	조선인
「옛 작품(舊作より)」	茂木麟太郎	
「대동강의 가을달(大同江の秋月)」	內田せいこ	
「날은 지났다(日は過ぎた)」	佐藤義知 譯	
「서호잡시(西湖雜詩)」	湯鶴逸	중국인
「고요한 추억(静かなる追憶)」	能勢岩吉	
「편집여언(編輯餘言)」		

『아세아공론』 2호(1922.6) 목차

제목	필자	비고
「국제 신원칙의 감상(國際新原則の感想)」	杉森孝次郎	권두언 부분삭제
「조선에 자치를 부여할 것(朝鮮に自治を與ふべし)」	三浦鐵太郎	부분삭제
「약자의 친구 예수(弱者の友としての基督)」	山室軍平	부분삭제
「아시아 혁명과 세계 혁명(亞細亞革命と世界革命)」	赤神良讓	
「일한 상호의 참된 이익(日韓相互の眞利益)」	島田三郎	
「보통선거와 동양 문제(普通選擧と東洋問題)」	尾崎行雄	
「시암에서 돌아와서(暹羅より帰りて)」	石丸祐正	
「동아를 중심으로 하는 세계의 파란(東亞を中心とする世界の波瀾)」	能勢岩吉	
「조선인의 독립운동 및 사회운동(朝鮮人の獨立運動及社會運動)」	黃錫禹	조선인 부분삭제
「국가의 행향-조선의 미지의 친구에게 (國家の行向-朝鮮の未知の友へ)」	ABC	일본
「일지교섭을 논하며 현대 강국의 정책을 탄핵한다 (日支交涉を論じて現代强國の政策を彈劾す)」	李相壽	조선인 부분삭제
「천직을 잃은 현대의 신문과 기자-사회교육을 위해 (天職を失へる現代の新聞と記者-社會敎育の 爲めに)」	壽泉	조선인
「워싱턴회의 참가의 여러 나라 국민에게 주는 흑인의 진정서 (華府會議參加列國民に與へたる黑人の陳情書)」		
「일본인의 가장 반성할 만한 중화민국의 애국가 (日本人の最も反省す可き中華民國の愛国歌)」		
「불평의 꿈(不平之夢)」	民國了人	중국인 중국어 부분삭제
「고 김옥균에 대하여(故金玉均に就て)」	可隱學人	한문 부분삭제
「제호 현상모집(誌題懸賞募集)」		
「평론일속(評論一束)」	壽泉	조선인 부분삭제
「1922년도 중화민국 유학생 졸업생 일람표 (一九二二年度中華及民國留學生卒業生一覽表)」		
「1922년도 대만 유학생 졸업생 일람표 (一九二二年度臺灣留學生卒業生一覽表)」		

제목	필자	비고
「히비야 철쭉을 보며(賞日比谷躑躅)」	可隱生	본문의 필자는 '不隱生' 한시
「문 앞에서(扉の前にて)」	高辻秀宣	
「벚꽃의 노래(桜のうた)」	八木さわ子	
「아미엘 일기의 한 대목(アミエル日記の一節)」	佐藤義知	
「요재지이―아섬(阿纖(聊齋より))」	壽泉	조선인
「천악사(泉岳寺)」	Pierre Loti 高橋邦太郎 譯	
「파리의 동양 미술(巴利に於ける東洋美術)」	村田美津子	
「편집국에서(編輯局より)」		

『아세아공론』 제3호(1922.7) 목차

제목	필자	비고
「인류의 죄악(人類の罪惡)」		권두언
「영국의 죄악과 아일랜드 문제(英國の罪惡とアイルランド問題)」	安部磯雄	부분삭제
「프루동의 사회사상(1)(ブルウドウンの社會思想(1))」	宮崎龍介	부분삭제
「경찰관의 폭행과 조선의 정치―이 사실을 어떻게 볼까?(警察官の 暴行と朝鮮の政治―此の事實を如何に觀る?)」	N生	
「대만의 경제적 위기(臺灣の經濟的危機)」	黃呈聰	대만인
「평화박람회 조선시찰단에 대하여―무법한 일본인 지휘자를 비판한다 (平和博覽會朝鮮視察團に就いて―無法な日本人指揮者を難ず)」	笑海	조선인
「기막힌 대괴(呆れた大槐)」		萬朝報 기사 전재
「최근 지나의 언론계(最近支那の言論界)」*		
「백일 도상에서 읊다 외 5편(시)(白日途上吟他五篇(詩))」	秀宣	
「로마시대의 재산 결혼(羅馬時代の財産結婚)」	ウキリヤム デ٣ス	
「조선 불교계의 현상 타파(朝鮮佛敎界の現狀打破)」	李晦光	조선인
「새로운 재상은 62세 히로시마 출신 (新宰相は―六十二歲で廣島出)」		萬朝報 기사 전재
「체홉의 작품과 사람(1)(チエエホフの作と人(1))」	高辻秀宣	
「요재지이―봉선(鳳仙(聊齋より))」	壽泉生	조선인
「대동강야화(大同江夜話)」	能勢岩吉	

제목	필자	비고
「일본에서 내는 조선인 최초의 잡지 (日本で出す朝鮮人最初の雜誌)」		東京朝日新聞 기사 전재
「주마등(走馬燈)」		
「사명(使命)」	故 土方元	
「본지 발매금지에 대하여(本誌發賣禁止に就いて)」		
「편집후기(編輯後記)」		

*「최근 지나의 언론계」는 『上海經齊』, 『廣東報』, 『支那新民報』, 『國民日報』 기사를 전재한 것이다.

『아세아공론』 제4호(1922.8) 목차

제목	필자	비고
「무제(無題)」		권두언
「지배계급 몰락의 의의(支配階級沒落の意義)」	大山郁夫	
「인도의 현재 상황과 그 비폭력 독립운동에 대하여 (印度の現狀とその非暴行的獨立運動に就いて)」	Rash Behari Bose	인도인
「쉬스창 미신으로 창피를 당하다(徐世昌迷信で恥をかく)」		
「조선독립운동의 진상(朝鮮獨立運動の眞相)」	能勢岩吉	부분삭제
「현대사회사상과 산아 제한론(現代社會思想と産兒制限論)」	安部磯雄	
「최근 지나의 혁명사상(最近支那の革命思潮)」	戴季陶	중국인
「프루동의 사회사상(2)(プルウドゥンの社會思想)」	宮崎龍介	부분삭제
「전쟁과 인간성(戰爭と人間性)」	新田一郎	
「동아의 새벽(東亞の曙)」	崔雄峰	조선인 부분삭제
「반항할 수 없는 민족자결 정신(不可反抗的民族自決精神)」	王了人	중국인 중국어 부분삭제
「편견만화(偏見漫語)」		
「미국에 있는 친구에게서 온 편지(在米の友より(通信))」	金瀅璘	조선인
「영웅의 본색-장쭤린의 아름다운 반면 (英雄の本色-張作霖の美しい半面)」 「몽상가 쑨원(夢想家の遜文)」 「우페이푸의 사람이 되니(吳佩孚の人となり)」		
「체홉의 작품과 인물(2)(チエエホフの作と人(2))」	高辻秀宣	
「죽어가는 기독교인이 그의 영혼에게* (靈をのぞみて死にゆくクリスチアンの詩)」	Alexander Pope 作 朝倉都太郎 譯	
「국경의 하룻밤(國境の一夜)」	能勢岩吉	

제목	필자	비고
「주변인 동정(近人動靜)」		박스 기사
「지나의 음약 정치−지나 국법의 파괴자 (支那の淫藥政治−支那國法の破壞者)」		본문 제목은 '지나의 음양(陰陽) 정치'
「토이사설(兎耳蛇舌)」	珍嗜漢	
「나는 돌아간다(일기에서)自分は歸る(日記から)」	秀宣	
「사명(使命)」	故　土方元	부분삭제
「편집후기(編輯後記)」		
「『아세아공론』 또다시 발매금지(『亞細亞公論』再度發賣禁止)」		『國民新聞』 기사 전재

* 제목은 알렉산더 포프, 김옥수 역, 『포프 시선』, 지식을 만드는 지식, 2020을 따랐다.

『아세아공론』 제5호(1922.9) 목차

제목	필자	비고
「무명을 바라는 자에게(無明を望む者へ)」		권두언
「영국의 사회교육 운동을 논하여 조선 문제의 연구에 이바지함 (英國の社會敎育運動を論じて朝鮮問題の硏究に資す)」	內ヶ崎作三郎	
「새로운 정치조직이란 무엇인가(新しい政治組織とは何ぞ)」	大山郁夫	
「진리를 구하는 자(眞理を求める者)」	布施辰治	
「지나 민족의 문명과 그 국민성(支那民族の文明とその國民性)」	能勢岩吉	
「배일론(排日論)」	湯鶴逸	중국어 부분삭제
「사상 압박의 러시아의 어제와 오늘을 보며 그 효화를 생각함 (思想壓迫の露西亞の今昔を見てその效禍を惟ふ)」	金琴湖	조선인
「주마등(走馬燈)」		
「민선사정(民鮮事情)」	特派記者	
「린창민 씨를 방문하다(林長民氏を訪ふ)」	壽泉生	조선인 부분삭제
「인생찬앙(人生讚仰)」	宮崎龍介	
「인간시(人間詩)」	梅原北明	
「사랑의 동산(愛の園)」 「장미를 보낸다(薔薇を贈る)」	須見岩礁	
「고독(孤獨)」	高辻秀宣	
「체홉의 작품과 사람(3)(チエホフの作と人(3))」	高辻秀宣	
「밴더립(Frank A. Vanderlip)의 러시아관(ヴアンダーウリップの露國觀)」	新井誠夫	
「주변인 동정−8월 15일까지의 소식(近人動靜−八月十五日迄の消息)」		
「쓰보우치 쇼요 박사의 모리 오가이 관(逍遙博士の鷗外觀)」		

제목	필자	비고
「가난(貧)」	長瀨守男	
「붉은 꽃과 두꺼비(赤い花と蟇)」	坂本哲郎	
「사명(완결)(使命一承前完結)」	故 土方元	연재소설
「편집후기(編輯後記)」		

『아세아공론』 제6호(1922.10) 목차

제목	필자	비고
「인간을 인간으로 되돌리라(人間を人間に還せ)」		권두언 부분삭제
「거짓말(噓)」	朝倉都太郎	시
「신문명의 탄생(新文明の誕生)」	Rash Behari Bose	인도인
「사회진화의 원칙인 사상언론의 압박에 대하여 (社會進化の原則たる思想言論の壓迫について)」	金琴湖	조선인 본문 제목은 「사상 진화의 원칙인 사 상언론의 자유에 대하여」
「본지 조선에서 발매금지(本誌朝鮮に於て發賣禁止)」		박스 기사
「토지와 인류―토지 경제의 일 연구(1) (土地と人類―土地經濟の一硏究(1))」	宮崎龍介	
「재일본 조선학생 통계표―동경 및 각 지방(재학지 재학 학교 출신 도별) 인원 다이쇼 10년 현재(在日本朝鮮學生統計表東京及各地方 (在學地在學學校出身道別)人員大正十日年現在)」		
「국제노동회의와 지나의 노동자(國際勞動會議と支那の勞働者)」	戴天仇	중국인
「신천 전기공사 중의 괴소문에 관련한 포회를 쓰다 (信川電化公事中の怪聞に因んで抱懷を述ふ)」	新居格	
「지옥 골짜기 사건에 대하여(地獄谷事件について)」	同人	
「신천 전기공사 중의 괴소문 조선인 학살에 대한 비판 (信川電化工事中の怪聞朝鮮人虐殺に對する批判)」	堺利彦 外*	부분삭제
「사이토 조선 총독과 이야기하다(齊藤朝鮮總督と語る)」	壽泉生	조선인
「일본 정부 당국의 지나 노동자 추방에 대해 일본 관민 제사에게 충고한 다(日本政府當局の支那勞働者追放に就て日本官民諸士に忠告す)」	張昌言	중국인
「현미경(顯微鏡)」		
「독자와 기자(讀者と記者)」		
「안드레프 시선의 서문을 보고 번역가 宮原晃一郎의 양심에 묻다 (「アンドレェフ選集」の序を見て翻譯家宮原晃一郎の良心に問ふ)」	朝倉都太郎	

제목	필자	비고
「오마키 찻집(お牧の茶屋)」	能勢岩吉	
「시조(時調)」**	金熙明	조선인

* 「신천 전기공사 중의 괴소문 조선인 학살에 대한 비판」 기고자(게재순)
新居格, 堺利彦, 山崎今朝弥, 堀内信水, 井上角五郎, 坂谷芳郎, 望月桂, 逸名氏, 松本君平, 高木正年, 山室軍平, 山口正憲, 西原龜三, 田川大吉郎, 赤神良讓, 中野正剛, 崔南善,民友會總監 韓世復, 大邱朝鮮民報社 久納重吉, 井坂孝, 末永節, 野依雜誌編輯 種田清, YS生, 八代留守宅, 德富留守宅, 朝鮮日報社 南宮薰, 鈴木梅四郎(留守宅), 京城日報社 大垣丈夫, 阿部無佛, 石本惠吉, 三浦鐵太郎, 宮田修, 内ヶ崎作三郎, 加藤武雄, 近藤憲二, 北京 淸水安三, 朝鮮京城府義 舊二二, 勞農會本部, 平壤基督教靑年會 曹晩植, 北京 布施知足, 荒川五郎, 金宅鉉
** 「청산리 벽계수야」 등 조선 시조 3편을 일역한 것이다.

『아세아공론』 제7호(1922.11) 목차

제목	필자	비고
「세계의 유신에 대한 증거(世界の維新へのおかし)」	杉森孝次郎	권두언
「무의미한 정치 운동(無意味なる政治運動)」	大山郁夫	
「장춘회의와 신구사상의 충돌(長春會議と新舊思想の衝突)」	永井柳太郎	
「지나의 부인 문제(支那の婦人問題)」	能勢岩吉	
「중국 여자구국회의 선언(中國女子救國會の宣言)」		
「신간 소개(新刊 紹介)」		
「산아제한과 우생학(産兒制限と優生學)」	安部磯雄	
「토지와 인류ー토지경제의 일 연구(2) (土地と人類ー土地經濟の一硏究(その二))」	宮崎龍介	
「일어나자 노동자여(起きよ勞働者よ)」	坂本哲郎	부분삭제
「철도노동 문제와 현업위원회에 대하여(상) (鐵道勞動問題と現業委員會に就いて(上))」	記者 坂本哲郎	
「동양문명 선전의 필요(東洋文明宣傳の必要)」	傳立魚	중국어 중국인
「부흥 도상의 아시아에게 주다(復興途上の亞細亞に與ふ)」	須見岩礁	
「장자의 철학에 대하여ー어느 독서인의 메모에서 (壯者の哲學についてー或讀書人の覺え書きより)」	武藤直治	
「나의 일지 친선관(私の日支親善觀)」	楊棗吾	중국인
「노농 러시아의 근황(勞農露國の近況)」		부분삭제
「신천 전기공사 중의 괴이한 일 조선인 학살에 대한 비판(2) (信川電化工事中の怪事 朝鮮人虐殺に對する批判(2))」	武田豊四郎 外*	
「조선유학생의 과거와 현재(朝鮮留學生の過去と現在)」	柳泰慶	조선인 부분삭제
「신간 소개(新刊紹介)」		
「현미경ー동광회는 무엇을 하는가?(顯微鏡ー同光會は何をする?)」		

제목	필자	비고
「조선사정(朝鮮事情)」		
「독자와 기자(讀者と記者)」		부분삭제
「편견만화(偏見漫話)」		부분삭제
「시 두 편－입맞춤, 어느 아침(詩二篇(舊作より)－接吻, ある朝)」	高辻秀宣	
「펜 노동자와 쥐(ペン勞働者と鼠)」	坂本義雄	
「규삼(圭三)」(완결)	高辻秀宣	
「편집후기(編輯後記)」		

* 「신천 전기공사 중의 괴이한 일 조선인 학살에 대한 비판(2)」 기고자(게재순)
　武田豊四郎, 長谷川誠也, 安部磯雄, 牛山充, 白石實三, 中西伊之助

『아세아공론』 제8호(1922.12) 목차

제목	필자	비고
■■■■■		권두언 전문삭제
「세계대전의 책임자(世界大戰の責任者)」	Rash Behari Bose	인도인 부분삭제
「인도의 자치운동과 종교(印度に於ける自治運動と宗敎)」	武田豊四郎	
「종교 문제의 귀추와 아시아(宗敎問題の歸趨と亞細亞)」	帆足理一郎	
「현금의 종교 문제와 조선의 불교(現今の宗敎問題と朝鮮の佛敎)」	鷲尾順敬	
「조선 기독교의 어제와 오늘(朝鮮基督敎の今昔)」	崔夢齊	조선인
「비에루이의 말(ビエールイの言葉)」		박스 기사
「변호사의 신사명－김형두, 한근조 양 군에 부쳐 (辯護士の新使命－金烱斗, 韓根祖兩君に宛てゝ)」	布施辰治	
「크로포트킨과 러시아혁명(クロポトキンと露西亞革命)」	朝倉都太郎	
「철도노동 문제와 현업위원회에 대하여(중) (鐵道勞動問題と現業委員會に就いて(中))」	坂本太郎	
「조선인의 본성을 돌아보며 융화의 가부를 생각함 (朝鮮人の本性を省みて融和の可否を惟ふ)」	金琴湖	조선인 부분삭제
「도래할 환희를 위하여(來るべき歡喜を爲に)」	須見岩礁	
「노자의 철학과 사회사상(老子の哲學と社會思想)」	武藤直治	
■■■■	水谷數郎	부분삭제 박스 기사
「재일본 민국 학생 인원(다이쇼 11년 5월 15일 현재) (在日本 民國學生 人員(大正十日年五月 十五日現在))」		

제목	필자	비고
「신간 소개-조선문 월간지 「조선지광」 출간!!(新刊紹介-朝鮮文月 刊誌「朝鮮之光」出づ!!)」		
「주마등(走馬燈)」		
「조선근사(朝鮮近事)」	특파기자	
「무기 문제의 原沙佐兄宅을 만나다(武器問題の原沙佐兄宅を訪ふ)」	KK生	
「주변인 동정(11월 15일까지의 소식) (近人動靜(十一月十五日迄の消息))」		
「한성은행 총재 이윤용 취인정지 처분을 받다 (漢城銀行の頭取李允用取引停止處分を受く)」	一記者	
「부인문화연구회편 장춘회의(婦人文化硏究會編 長春會議)」		박스 기사
「호사행수기(胡沙行手記)」	島東吉	
「민족의식(民族意識)」	秀宣	
「봉양의 사인(鳳陽の士人)」	柳壽泉 譯	조선인
「지주와 소작인 외 1편(地主と小作人他一篇歸)」	坂本哲郎	부분삭제
「어떤 살인(或る殺人)」	長瀨守男	
「죽음에 대한 수기-어느 날의 일기에서 (死に對する手記-或日の日記より)」	秀宣	
「독자와 기자(讀者と記者)」		
「편집후기(編輯後記)」		

『아세아공론』 제9호 신년호(1923.1) 목차

제목	필자	비고
「피의 법칙에 대한 나의 한 생각(血の法則に對する私一個の考え)」	秀宣	권두언 부분삭제
「동양평화와 세계평화-워싱턴회의의 결의는 부화뇌동인가? 불철저한 인 류주의를 긍정하는 자에게(東洋平和と世界平和-ワシントン會議の決議 は雷動か? 不徹底なる人類主義の肯定者に)」	社同人	부분삭제
「산동성 환부 문제에 관한 나의 관점(山東省還付問題私觀)」	島田三郎	전문삭제
「인도 독립의 필요와 인류의 목적(印度獨立の必要と人類の目的)」	サバルワル	인도인 부분삭제
「현명한 정치가의 출현을 희망하며(希望賢明政治家之出現)」	王敏川	중국어 대만인
「현대 사조와 종교(現代思潮と宗敎)」	安部磯雄	
「간디 별견(ガンチイ瞥見)」	朴園曳	박스 기사

제목	필자	비고
「현대 사조와 친란 문제(現代思潮と親鸞問題)」	鷲尾順敬	
「공자의 성묘와 조선 문화(孔子の成廟と朝鮮文化)」	桑木嚴翼	
「매수된 신문을 매장하라(買收されたる新聞を葬れ)」	金琴湖	조선인 부분삭제
「피로 피를 씻는 만주 보민회의 실상(血で血を洗ふ滿洲保民會の實狀)」	朴訥園	조선인 부분삭제
「만선 문제를 논하는 사람들에게(滿鮮問題を論ずる人達へ)」	今川宇一郎	
「조선 총독의 변태적 문화정책(朝鮮總督の變態的文化政策)」	遠藤武	
「일선동계론(日鮮同系論)」	西村眞次	
■■■■	미상	전문삭제
(제목 없음)	長谷川萬次郎	박스 기사
「호사행 수기(2, 완결)(胡沙行手記(2, 完結))」	島東吉	
「한시 여섯 수(漢詩六韻)」	朴時奎	조선인 부분삭제
「아프가니스탄에 대하여(アフガニスタンに就いて)」	Rash Behari Bose	인도인 전문삭제
「정치적 독립과 경제적 독립의 상호 관계－동양 여러 국가의 국민들에게(政治的獨立と經濟的獨立の相互關係－東洋諸國民に臨む)」	石橋湛山	부분삭제
■■■■	미상	전문삭제
(제목 없음)	長谷川萬次郎	박스 기사
「철도노동 문제 및 현업위원회에 대하여(하)(鐵道勞動問題－及現業委員會に就いて(下))」	坂本哲郎	
(제목 없음)	宮島新三郎	박스 기사
「조선의 개발과 그 경제력(朝鮮の開發と其經濟力)」	澤田天峰	
「중화민국과 고려의 관계를 논하다(論中華民國與高麗之關係)」	湯鶴逸	중국인 중국어 부분삭제
「금후 국가목적의 연구(今後國家目的之研究)」	民國 胡中和	중국인 중국어 부분삭제
「아시아인 배척 주장(亞細亞人排斥主張)」		
「맹가(孟軻)의 국가사회주의에 대한 일별(孟軻の國家社會主義への一瞥)」	武藤直治	부분삭제
「사찰 참배(お寺まゐり)」	鐵道省發行定價不詳	

제목	필자	비고
「골드 스미스의 제왕옹호설(ゴールドスミスの帝王擁護説)」	市橋善之助	
「천도교의 교육사업과 천도교 청년회의 조직 (天道教の教育事業と天道教靑年會の組織)」		
「노자 문제에 대한 자유평등 사견(勞資問題に對する自由平等私見)」	朝鮮 金琴湖	조선인
「약소민족의 착취와 자본주의(弱小民族の搾取と資本主義)」	佐野學	
「싸움의 사회학적 연구(喧嘩の社會學的研究)」	赤神良讓	
「요재지이-백간옥(白干玉 (聊齋より))」	柳壽泉	조선인
「만선인상-경성에서 만난 여자 이야기(滿鮮印象 京城で逢つた女の話)」	能勢岩吉	
「평양감별곡 (조선시가)(平壤感別曲 (朝鮮詩歌))」	金熙明	조선인
「전원에서 일하는 여자(田園で働く 女)」	二宮伊平	
「초겨울 찬 바람(凩)」	下村千秋	
「유수(留守)」	川崎長太郎	
「풍년춤(豊年踊)」	坂本哲郎	부분삭제
「죽음을 마주하기 전(死に面する前)」	高辻秀宣	
「편집후기(編輯後記)」		

『대동공론』 창간호(1923.7) 목차

제목	필자	비고
「참된 인류 행복을 위하여(眞の人類幸福のために)」		권두언 전문삭제
「대동공론의 사명(大東公論の使命)」	林炳億	조선인
「구주 문명의 비애와 우리 동양의 사명 (歐洲文明の悲哀と我が東洋の使命)」	長瀬鳳輔	
「간디의 사상(ガンヂの思想)」	鹿子木員信	
「민중의 의지행동에 따른 조직(民衆の意志行動による組織)」	加藤一夫	
「법의 난용인가(法の亂用か)」	坂本哲郎	
「사회주의자의 검거 비판(社會主義者檢擧の批判)」	新居格	
「신문기사를 보며 생각하다(新聞記事を見て考える)」	武藤直治	
「연극의 결과(芝居の結果)」	秋田雨雀	
「당국의 교묘한 극적 표현(當局の巧妙な劇的表現)」	布施辰治	
「계급타파운동 해결의 급무-수평사 운동을 평하며 조선의 형평운동에 대해 언급하다(階級打破運動解決の急務-水平社問題を評して朝鮮に於ける衡平運動に及ぶ)」	金熙明	조선인

제목	필자	비고
「가정의 혁명을 먼저(家庭の革命をより先に)」	古峰 蔡鴻錫	조선인 부분삭제
「현대사회운동과 교육(現代社會運動と敎育)」	明東純	부분삭제
「고(告)」		박스 기사
「민국교육회의 현 상태－영국, 미국, 일본의 잠재력 (民國敎育會の現狀－英美日國の之に於ける潛勢力)」	大久保隱士	부분삭제
「노동 문제와 농촌(勞動問題と農村)」	朴漢洙	조선인 부분삭제
「인부 숙사 노무취체령 비판(監獄部屋勞務取締令の批判)」	繩野喜助	부분삭제
「표창의 의의(表彰の意義)」		讀賣新聞 전재 박스 기사
「부인 참정권에 대하여(婦人參政權に就いて)」	山田わか	
「인도의 현상과 사명(印度の現狀と使命)」	Rash Behari Bose	인도인
「지나로부터도 항의(支那よりも抗議)」		박스 기사 부분삭제
「이를 위해 우리는 외친다－약자의 힘 과연 어떠한가 (此が爲めに我等は叫ぶ－弱者の力果して如何)」	金琴湖	조선인 부분삭제
「주마등(走馬燈)」	內言生	부분삭제
「조선경제계 부진의 이유(朝鮮經濟界不振の理由)」	申弼均	조선인 부분삭제
「농부의 노래－조선민요 의역(農夫の歌－朝鮮民謠意譯)」	金春海	조선인
「죽음을 바라보며(死を見つめて)」	金熙明	조선인 부분삭제
「문예평론－사회문예의 본질적 사명 (文藝評論－社會文藝の本質的 使命)」	福田正夫	
「저주받은 청년의 죽음(呪はれた靑年の死)」		
「무산부인의 집단(無産婦人の集團)」		박스 기사
「새벽녘(朝あけ)」	高辻秀宣	
「젊은 철학자여(若き哲學者よ)」	山田邦子	
「심지에 속삭인다(燈心に囁く)」	高梨直郎	부분삭제
「공포(恐怖)」	濱田葭生	
「편집후기(編輯後記)」		

『대동공론』 2호(1924.2) 목차

참고문헌

1. 기본자료

『기독청년』,『현대』

後藤乾一 外 編·解題,『亜細亜公論·大東公論』(復刻版) 第1~3卷, 龍溪書舍, 2008.

『개벽』,『공제』,『동아일보』,『매일신보』,『신한민보』,『조선일보』

『중앙청년회보』,『청춘』,『학지광』,『思想彙報』,『朝鮮總督府官報』

한국정신문화연구원 현대사연구소 편,『遲耘 金錣洙』, 한국정신문화연구원 현대사연구소, 1999.

강만길·성대경 편,『한국사회주의운동 인명사전』, 창작과비평, 1996.

김도연,『나의 인생백서』, 강우출판사, 1965.

김우영,『회고』, 신생공론사, 1954.

다카하마 교시, 김영식 역,『조선』, 소명출판, 2015.

도산안창호선생전집편찬위원회,『도산안창호전집』 10, 도산안창호선생기념사업회, 2000.

백남훈,『나의 일생』, 신현실사, 1973.

유봉영 외,『언론비화 50편 ─ 원로기자들의 직필수기』, 한국신문연구소, 1978.

윤소영 외역,『일본잡지 모던일본과 조선 1939 ─ 완역 〈모던일본〉 조선판 1939』, 어문학사, 2007.

일파 변희용 선생 유고간행 위원회,『일파 변희용 선생 유고』, 성균관대 출판부, 1977,

전영택,「불이 붙던 시절의 교회 ─ 지난날의 교회를 생각하면서」,『기독교사상』 통권 제46호, 1961.

최승만,『나의 회고록』, 인하대 출판부, 1985.

한국정신문화연구원 현대사연구소 편,『遲耘 金錣洙』, 한국정신문화연구원 현대사연구소, 1999.

홍선영 외역,『일본잡지 모던일본과 조선 1940 ─ 완역 〈모던일본〉 조선판 1940』, 어문학사, 2009

황호덕·이상현 편,『한국어의 근대와 이중어사전(영인편)』 4~6권, 박문사, 2012.

『開拓者』,『公文類聚』,『読売新聞』,『東京朝日新聞』

『朝鮮公論』,『朝鮮及滿洲』,『靑年朝鮮』,『太い鮮人』

近代日本社會運動史人物大事典編集委員会 編,『近代日本社會運動史人物大事典』 4, 日外アソシエーツ, 1997.

內山秀夫 編,『黎明講演集 第1卷』,龍渓書舍, 1990.

朴慶植 編,『在日朝鮮人関係資料集成』,不二出版, 2000.

_____,『在日朝鮮人關係資料集成』,三一書房, 1975.

小田切秀雄・福岡井吉 編,『昭和書籍新聞雜誌發禁年表』,明治文獻, 1965.

再審準備会,金子文子・朴烈裁判記録,黒色戰線社, 1977.

荻野富士夫 編,『特高警察関係資料集成. 第32卷〈水平運動・在日朝鮮人運動〉〈国家主義運動〉』,不二出版, 2004.

『東京名所写真帖』,尚美堂, 1910.

『東京風景』,小川一真出版部, 1911.

Korea Mission Field, The New Outlook, The Outlook

Hodder J. Williams, *The Father of the Red Triangle : The Life of Sir George Williams Founder of the Y.M.C.A*, Hodder and Stoughton, 1918.

John Ernest Hodder Williams, *The life of Sir George Williams : founder of the Young Men's Christian Association*, Hodder and Stoughton, 1918.

2. 2차 자료

(1) 국내 논저

강도현,「『학지광』논설에 나타난 기독교 인식의 변화과정」,『한국기독교역사연구소소식』 75, 한국기독교역사연구소, 2006.

강동호,「한국 근대문학과 세속화」,연세대 박사논문, 2016.

검열연구회,『식민지 검열, 제도. 텍스트. 실천』,소명출판, 2011.

구인모,「『학지광』문학론의 미학주의」,동국대 석사논문, 1999.

국토연구원 편,『현대 공간이론의 사상가들』,한울, 2005.

권보드래,『3월 1일의 밤』,돌베개, 2019.

권은,「제국-식민지의 역학과 박태원의 '동경(東京) 텍스트'」,『서강인문논총』41, 서강대 인문과학연구소, 2014.

____,「한국 근대소설에 나타난 동경(東京)의 공간적 특성과 재현 양상 연구−동경의 동부지역과 재동경(在東京) 조선인 노동자를 중심으로」,『우리어문연구』57, 우리어문학회, 2017.

____,「한국 근대소설에 나타난 동경의 공간적 특성과 재현 양상 연구(2)−동경의 서부지역과 동경 유학생을 중심으로」,『구보학보』23, 구보학회, 2019.

권정희, 「『아세아공론』 소재 황석우의 글쓰기」, 『한국문화연구』 26, 이화여자대 한국문화연구원, 2014.

紀旭峰, 「雜誌『亞細亞公論』にみる大正期東アジア知識人の連携―在京台湾人と朝鮮人青年の交流を中心に」, 『아시아문화연구』 17, 가천대 아시아문화연구소, 2009.

김경남, 「1910년대 재일 한·중 유학생의 비밀결사활동과 '민족혁명' 기획―신아동맹당을 중심으로」, 『지역과 역사』 45, 부경역사연구소, 2019.

김경일, 『제국의 시대와 동아시아 연대』, 창비, 2011.

김광열, 「1923년 일본 관동대지진 시 학살된 한인과 중국인에 대한 사후조치」, 『동북아역사논총』 48, 동북아역사재단, 2015.

김균진, 『현대신학사상』, 새물결플러스, 2014.

김동식, 「진화, 후진성, 제1차 세계대전」, 『한국학연구』 37, 인하대 한국학연구소, 2015.

김명구, 「1910년대 도일 유학생의 사회사상」, 『사학연구』 64, 한국사학회, 2001.

_____, 「한말 일제강점기 민족운동론과 민족주의 사상」, 부산대 박사논문, 2002.

김민섭, 「『기독청년』 연구」, 연세대 석사논문, 2010.

_____, 「1910년대 후반 기독교 담론의 형성과 『기독청년』의 탄생―동경기독교청년회를 중심으로」, 『한국기독교와 역사』 38, 한국기독교역사연구소, 2013.

_____, 「1920년대 초 동경 유학생의 "사회", 사회주의 담론 수용 연구―동경조선기독교청년회 기관지 『현대』를 중심으로」, 『한민족문화연구』 47, 한민족문화학회, 2014.

김병철, 『한국근대 번역문학사 연구』(중판), 을유문화사, 1988.

김보림, 「청말 중국인의 일본 유학 연구」, 『전북사학』 51, 전북사학회, 2017.

김상태, 「평안도 기독교 세력과 친미 엘리트의 형성」, 『역사비평』 45, 역사비평사, 1998.

김석완, 「지, 덕, 체의 개념사 연구―고대 그리스를 중심으로」, 『한국교육사학』 35-4, 한국교육사학회, 2013.

김선아, 「동경조선기독교청년회의 『기독청년』 발간과 『현대』로의 개편」, 『역사연구』 34, 역사학연구소, 2018.

김성연, 「한국 근대문학과 동정(同情)의 계보―이광수에서 『창조』로」, 연세대 석사논문, 2002.

_____, 「기독교, 전기를 번역하다―식민지 시기 조선예수교서회의 번역 전기 출판」, 『민족문학사연구』 58, 민족문학사학회, 2015.

김성연, 『서사의 요철―기독교와 과학이라는 근대의 지식-담론』, 소명출판, 2017.

김승, 「2018년 4월의 독립운동가 윤현진 선생 약전」, 국가보훈처 독립운동가 자료실, 2018.

김영모, 『한말 지배층 연구』, 한국문화연구소, 1972.

김영민, 『1910년대 일본 유학생 잡지 연구』, 소명출판, 2019.

_____ 외편, 『근대계몽기 단형 서사문학 자료전집 상·하』, 소명출판, 2003.

김예림·김성연 편, 『한국의 근대성과 기독교의 문화정치』, 혜안, 2016.

김인덕, 「학우회의 조직과 활동」, 『국사관논총』 66, 국사편찬위원회, 1995.

김재영, 「이광수 초기문학론의 구조와 와세다 미사학(美辭學)」, 『한국문학연구』 35, 동국대 한국문학연구소, 2008.

김진웅, 「1920년대 초 재일본 조선인 유학생의 사회주의 활동과 코스모구락부」, 『한일민족문제연구』 37, 한일민족문제학회, 2019.

김창록, 「일제강점기 언론·출판법제」, 『한국문학연구』 30, 동국대 한국문학연구소, 2006.

김현주, 『사회의 발견-식민지기 사회에 대한 이론과 상상 그리고 실천(1910~1925)』, 소명출판, 2013.

김호범, 「일제하 식민지금융의 구조와 성격에 관한 연구」, 부산대 박사논문, 1991.

김흥수 외, 『일제하 한국기독교와 사회주의』, 한국기독교역사연구소, 1992.

노춘기, 「근대문학형성기의 시가와 정육론(情育論) 연구」, 고려대 박사논문, 2011.

동북아역사재단 편, 『동아시아의 지식교류와 역사기억』, 동북아역사재단, 2009.

동선희, 「동광회의 조직과 성격에 관한 연구」, 『역사와 현실』 50, 한국역사연구회, 2003.

류대영, 『초기 미국 선교사 연구-1884~1910 : 선교사들의 중산층적 성격을 중심으로』, 한국기독교역사연구소, 2001.

_____, 『새로 쓴 한국 기독교의 역사』, 한국기독교역사연구소, 2023.

리둥메이(李冬梅), 『이광수와 저우쭤런의 근대문학론-민족, 문학, 진화』, 소명출판, 2020.

문춘미, 「20세기초 한국의 일본 농업이민연구-동양척식회사를 중심으로」, 『한림일본학』 23, 한림대 일본학연구소, 2013.

민경배, 『한국기독교회사-한국 민족교회 형성 과정사』, 연세대 출판부, 2007.

박경수, 「일제하 재일문학인 김희명(金熙明)의 반제국주의 문학운동 연구-그의 시와 문학평론을 중심으로」, 『일본어문학』 37, 일본어문학회, 2007.

박우룡, 「19세기 영국의 기독교 사회주의운동의 사상적 기반-창시자 모리스(F. D. Maurice)의 사회개혁론」, 『영국연구』 22, 영국사학회, 2009.

_____, 「20세기 초 미국 진보주의 전통의 종교적 토대-사회복음운동이 혁신주의의 발생에 끼친 영향」, 『역사문화연구』 69, 한국외국어대 역사문화연구소, 2019.

박은경, 『일제하 조선인 관료연구』 학민사, 1999.

박종린, 「1910년대 재일유학생의 사회주의사상 수용과 '김철수 그룹'」, 『사림』 30, 수선사학회, 2008.

박종암, 「광복전 한국과 일본간 디자인 관련 분야의 교류에 관한 연구-주요 활동 기관 및 인물을 중심으로」, 『디자인학연구』 22, 한국디자인학회, 1997.

박진영, 「망명을 꿈꾼 식민지 번역가 진학문의 초상」, 『근대서지』 15, 근대서지학회, 2017.

_____, 「문학청년으로서 번역가 이상수와 번역의 운명」, 『돈암어문학』 24, 돈암어문학회, 2011.

_____, 「번역가 진학문과 식민지 번역의 기억」, 『배달말』 53, 배달말학회, 2013.

_____, 『번역과 번안의 시대』, 소명출판, 2011.

박찬승, 『한국근대정치사상사연구』, 역사비평사, 1992.

_____, 「1910년대 도일 유학과 유학 생활」, 『역사와 담론』 34, 호서사학회, 2003.

_____, 「1920년대 도일 유학생의 사상적 동향」, 『한국근현대사연구』 30, 한국근현대사학회, 2004.

방지현, 「1910년대 동양척식주식회사법 개정안 변천 과정과 그 의미」, 고려대 석사논문, 2016.

배덕만, 『한국 개신교 근본주의』, 대장간, 2010.

백용기, 「F. D. Maurice의 영국 기독교 사회주의와 그 의미」, 『신학사상』 121, 한신대 신학사상연구소, 2003.

변은진, 「일제 전시파시즘기(1937~45) 조선 민중의 '불온낙서' 연구」, 『한국문화』 55, 서울대 규장각 한국학연구원, 2011.

서기재, 『조선 여행에 떠도는 제국』, 소명출판, 2011.

서승희, 「도쿄라는 거울-이광수의 『동경잡신(東京雜信)』(1916)에 나타난 도쿄 표상과 자기인식」, 『이화어문논집』 38, 이화어문학회, 2016.

서울시립대 서울학연구소 편, 『서울, 베이징, 상하이, 도쿄의 대도시로의 성장과정 비교연구』 1, 서울시립대 서울학연구소, 2006.

서은경, 「1920년대 유학생잡지 『현대』 연구-『기독청년』에서 『현대』로 재발간되는 과정과 매체 성격의 변모를 중심으로」, 『우리어문연구』 54, 우리어문학회, 2016.

_____, 『근대 초기 잡지의 발간과 근대적 문학관의 형성』, 소명출판, 2017.

소영현, 「젠더 정체성의 정치학과 '근대 / 여성' 담론의 기원-『여자계』지를 중심으로」, 『여성문학연구』 16, 한국여성문학학회, 2006.

손성준, 「번역문학의 재생과 반(反)검열의 앤솔로지-『태서명작단편집』(1924) 연구」, 『현대문학의 연구』 66, 한국문학연구학회, 2018.

_____, 『중역한 영웅-근대전환기 한국의 서구영웅전 수용』, 소명출판, 2023.

손유경, 『고통과 동정』, 역사비평사, 2008.

송민호, 「일제강점기 미디어로서의 강연회의 형성과 불온한 지식의 탄생」, 『한국학연구』 32, 인하대 한국학연구소, 2014.

신광철, 「이광수의 기독교 비평에 대한 연구」, 『한국기독교와 역사』 17, 한국기독교역사연구소, 2002.

신지연, 「『학지광』에 나타난 심미적 문장의 형성 과정」, 『민족문화연구』 40, 고려대 민족문화연구원, 2004.

신지영, 『부/재의 시대-근대계몽기 및 식민지기 조선의 연설 좌담회』, 소명출판, 2012.

_____, 「쓰여진 것과 말해진 것-'이중(異重)' 언어 글쓰기에 나타난 통역, 대화, 고유명」, 『민족문학사연구』 59, 민족문학사연구소, 2015.

심원섭, 『일본 유학생 문인들의 대정(大正) 소화(昭和) 체험』, 소명출판, 2009.

안남일, 「재일본 한국 유학생 잡지 〈창간사, 발간사〉 연구」, 『한국학연구』 64, 고려대 세종캠퍼스 한국학연구소, 2018.

양문규, 「1910년대 유학생 잡지와 한국 근대소설의 형성-『학지광』의 담론을 중심으로」, 『현대문학의 연구』 34, 한국문학연구학회, 2008.

연세대 국학연구원 편, 『미주 한인의 민족운동』, 혜안, 2003.

오두환, 「식민지시대 조선의 경제개발과 금융」, 『경상논집』 10(1), 인하대 산업경제연구소, 1996.

오성종, 「신약 용어 "천국"-개념 정의와 번역 문제」, 『신약연구』 3, 한국복음주의신약학회, 2004.

옥성득, 「개신교 식민지 근대성의 한 사례」, 『한국기독교역사연구소소식』 112, 한국기독교역사연구소, 2015.

_____, 『다시 쓰는 초대 한국교회사』. 새물결플러스, 2016.

온우준, 「다이쇼기 다국인 잡지 『아세아공론』의 일본인 필자의 구성과 정론」, 서울대 석사논문, 2021.

와세다대학우리동창회(早稲田大學우리同窓會) 편, 『한국유학생운동사-와세다대학 우리 동창회 70년사』, 早稲田大學우리同窓會, 1976.

우미영, 「동도(東度)의 욕망과 동경(東京)이라는 장소(Topos)」, 『한국학』 30(4), 한국학중앙연구원, 2007.

_____, 「조선 유학생과 1930~31년, 동경(東京)의 수치-박태원의 「반년간」을 중심으로」, 『한국문학이론과 비평』 21(4), 한국문학이론과비평학회, 2017.

유동식, 『소금 유동식 전집 제6권-교회사 II 재일본한국기독교청년회사』, 한들출판사, 2009.

윤영실, 「최남선의 수신 담론과 근대 위인전기의 탄생」, 『한국문화』 42, 서울대 규장각한국학연구원, 2008.

_____, 「식민지의 민족자결과 세계민주주의」, 『한국현대문학연구』 51, 한국현대문학회, 2017.

_____, 「우드로우 윌슨의 self-determination과 nation 개념 재고-National self-determina tion을 둘러싼 한미일의 해석 갈등과 보편사적 의미(1)」,『인문과학』 115, 연세대 인문학연구원, 2019.

윤춘병,『한국기독교 신문·잡지 백년사』, 대한기독교출판사, 1984.

윤해동, 「식민지에 드리워진 그물−조선에서의 '법에 의한 지배'의 구축」,『사회와 역사』 128, 한국사회사학회, 2020.

이경훈, 「청년과 민족−『학지광』을 중심으로」,『대동문화연구』 44, 성균관대 대동문화연구원, 2003.

_____,「『학지광』의 매체적 특성과 일본의 영향(1)−『학지광』의 주변」,『대동문화연구』 48, 성균관대 대동문화연구원, 2004.

이규수, 「식민지 지배의 첨병, 동양척식주식회사」,『내일을 여는 역사』 34, 2008.

이기훈,『청년아, 청년아, 우리 청년아』, 돌베개, 2014.

이민주, 「검열의 '흔적지우기'를 통해 살펴본 1930년대 식민지 신문검열의 작동양상」,『한국언론학보』 61, 한국언론학회, 2017.

_____,『제국과 검열』, 소명출판, 2020.

이수경, 「재일 디아스포라 작가 김희명(金熙明)」,『재외한인연구』 45, 재외한인학회, 2018.

이영미, 「헝가리 투란주의자의 한국 인식−버라토시의『새벽의 나라 한국』(1929)을 중심으로」,『한국학연구』 65, 인하대 한국학연구소, 2022.

이예안, 「근대 일본의 소국주의·소일본주의−아시아주의와의 길항과 교착」,『일본학연구』 41, 단국대 일본연구소, 2014,

이옥순,『식민지 조선의 희망과 절망, 인도』, 푸른역사, 2006.

이종호, 「'청춘(靑春)'이 끝난 자리, 계몽과 개조의 사이에서−잡지『삼광』을 중심으로」,『현대문학의 연구』 66, 한국문학연구학회, 2018.

_____,「『장미촌』의 사상적 맥락과 정치적 함의−『대중시보』와 겹쳐 읽기」,『반교어문연구』 51, 반교어문학회, 2019.

이종호, 「1910년대 황석우의 일본 유학과 문학 활동−새롭게 발굴한 일본 동인지『リズム[리듬]』을 중심으로」,『민족문학사연구』 81, 민족문학사연구소, 2023.

이진오, 「정노식의 생애 연구」,『한국학연구』 53, 고려대 한국학연구소, 2015.

이진오, 「정노식의 행적과『조선창극사』의 저술 경위 검토」,『판소리학회지』 28, 판소리학회, 2009.

이철호, 「1910년대 후반 도쿄 유학생의 문화인식과 실천−『기독청년』을 중심으로」,『한국문학연구』 35, 동국대 한국문학연구소, 2008.

이철호,『영혼의 계보−20세기 한국문학사와 생명 담론』, 창비, 2013.

이태훈, 「일제하 친일정치운동 연구」, 연세대 박사논문, 2010.

이한결,『학지광 연구』, 연세대 석사논문, 2013.

이현주,『한국 사회주의 세력의 형성−1919~1923』, 일조각, 2003.

이형식,「'조선군인' 가네코 데이이치(金子定一)와 대아시아주의운동」,『역사와 담론』 84, 호서사학회, 2017.

이혜령,「지배와 언어−식민지 검열의 케이스」,『반교어문연구』 44, 반교어문학회, 2016.

이혜진,「『여자계』연구」, 연세대 석사논문, 2008.

임유경,「'불온'과 통치성−식민지 시기 '불온'의 문화정치」,『대동문화연구』 90, 성균관대 동아시아학술원, 2015.

임유경,「1960년대 '불온'의 문화정치와 문학의 불화」, 연세대 박사논문, 2014.

_____,『불온의 시대−1960년대 한국의 문학과 정치』, 소명출판, 2017.

장규식,『일제하 한국 기독교 민족주의 연구』, 혜안, 2001.

_____,「YMCA학생운동과 3·1운동의 초기 조직화」,『한국근현대사연구』 20, 한국근현대사학회, 2002.

장형일 편,『민중의 사도 야마무로 군페이(山室軍平)』, 구세군대한본영, 1981.

재일대한기독교동경교회 편,『동경교회 72년사』, 혜선문화사, 1980.

전성규·김병준,「디지털인문학 방법론을 통한『서북학회월보』와『태극학보』의 담론적 상관관계 연구」,『개념과 소통』 23, 한림대 한림과학원, 2019.

전성기 외,「근대 계몽기 지식인 단체 네트워크 분석−학회보 및 협회보(1906~1910)를 중심으로」,『상허학보』 65, 상허학회, 2022.

전성규,「근대 지식인 단체 네트워크(2)−『동인학보』,『태극학보』,『공수학보』,『낙동친목회학보』,『대한학회월보』,『대한흥학보』,『학계보』,『학지광』등 재일조선인유학생 단체회보(1906~1919)를 중심으로」,『한국근대문학연구』 23-2, 한국근대문학회, 2022.

전성규 외,『텍스트 분석방법으로서의 수사학』, 유로서적, 2004.

전택부,『한국 기독교청년회 운동사』, 범우사, 1994.

정근식,「식민지 검열과 '검열표준'−일본 및 대만과의 비교를 통하여」,『대동문화연구』 79, 성균관대 대동문화연구원, 2012.

정근식·한기형 외편,『검열의 제국』, 푸른역사, 2016,

정미량,『1920년대 재일조선유학생의 문화운동』, 지식산업사, 2012.

정병호,『동아시아의 일본어잡지 유통과 식민지문학』, 역락, 2014.

정주아,『서북문학과 로컬리티−이상주의와 공동체의 언어』, 소명출판, 2013.

정종현,「경도(京都)의 조선유학생 잡지 연구−『학우(學友)』,『학조(學潮)』,『경도제국대학조선인 유학생동창회보(京都帝國大學朝鮮人 留學生同窓會報)』를 중심으로」,『민족문화연구』59, 고려대 민족문화연구원, 2013.

정치영, 「여행안내서 『旅程と費用槪算』으로 본 식민지조선의 관광공간」, 『대한지리학회지』 53(5), 대한지리학회, 2018.

정한나, 「재동경조선YMCA의 토포스와 『기독청년』의 기독교 담론」, 『인문사회과학연구』 17-2, 부경대 인문사회과학연구소, 2016.

_____, 「어떤 '아시아주의'의 상상과 저항의 수사학 — 잡지 『아세아공론』을 중심으로」, 『현대문학의 연구』69, 한국문학연구학회, 2019.

_____, 「'무명'과 '무자격'에 접근하기 위하여 — 기록되지 않은 피식민 여성(들)의 이름(들)에 관한 시론」, 『동방학지』191, 연세대 국학연구원, 2020.

_____, 「조선이라는 접촉지대와 제국(주의)의 경계에서 — 『아세아공론』 소재 노세 이와키치의 문예물을 중심으로」, 『비교일본학』53, 한양대 일본학국제비교연구소, 2021.

조덕천, 「1920년대 중한호조사의 결성과 한중연대」, 단국대 박사논문, 2021.

조항제, 「언론 통제와 자기 검열」, 『언론정보연구』54(3), 서울대 언론정보연구소, 2017.

차배근, 『개화기 일본 유학생들의 언론출판활동연구(1)』, 서울대 출판부, 2000.

차혜영, 「3post 시기 식민지 조선인의 유럽항로 여행기와 피식민지 아시아연대론」, 『서강인문논총』47, 서강대 인문과학연구소, 2016.

최선웅, 「1910년대 재일유학단체 신아동맹당의 반일운동과 근대적 구상」, 『역사와 현실』 60, 한국역사연구회, 2006.

최영근, 「1920년대 일제강점기 한국 사회에서 사회주의와 기독교 관계에 관한 연구」, 『신학사상』181, 한신대 신학사상연구소, 2018.

최원규, 「동양척식주식회사의 이민사업과 동척이민 반대운동」, 『한국민족문화』16, 부산대 한국민족문화연구소, 2000.

최현식, 「압록강절 · 제국 노동요 · 식민지 유행가 — 그림엽서와 유행가 「압록강절」을 중심으로」, 『현대문학의 연구』65, 한국문학연구학회, 2018.

한기형, 『식민지 문역 — 검열, 이중출판시장, 피식민자의 문장』, 성균관대 출판부, 2019.

한림대 아시아문화연구소 편, 『아시아의 근대화와 대학의 역할』, 한림대 출판부, 2000.

한만수, 『허용된 불온 — 식민지시기 검열과 한국문학』, 소명출판, 2015.

허병식, 「장소로서의 동경(東京) — 1930년대 식민지 조선 작가의 동경 표상」, 『한국문학연구』38, 동국대 한국문학연구소, 2010.

홍이표, 「에비나 단조(海老名彈正)의 자유주의 신학 수용과 신도(神道) 이해」, 『한국기독교와 역사』45, 한국기독교역사연구소, 2016.

황동연, 『새로운 과거 만들기 — 권역시각과 동부아시아 역사 재구성』, 혜안, 2013.

(2) 번역 논저

가라타니 고진, 조영일 역, 『네이션과 미학』, 도서출판b, 2009.

고마고메 다케시, 오성철, 이명실, 권경희 역, 『식민지제국 일본의 문화통합』, 역사비평사, 2008.

고토쿠 슈스이, 임경화 편역, 『나는 사회주의자다』, 교양인, 2011.

구라하시 마사나오, 박강 역, 『아편제국 일본』, 지식산업사, 1999,

나리타 류이치, 이규수 역, 『다이쇼 데모크라시』, 어문학사, 2012.

_____, 서민교 역, 『근대 도시공간의 문화경험』, 뿌리와 이파리, 2011.

나카지마 요시미치, 김희은 역, 『차별감정의 철학』, 바다출판사, 2018.

다케우치 요시미, 윤여일 역, 『다케우치 요시미 선집 2 - 내재하는 아시아』, 휴머니스트, 2011.

도히 아키오, 김수진 역, 『일본 기독교사』, 기독교문사, 1991.

마쓰오 다카요시, 오석철 역, 『다이쇼 데모크라시』, 소명출판, 2011.

미즈타니 사토시(水谷智), 심희찬 역, 「인도 독립운동가 R. B. 보스와 조선 - '간(間)-제국'적 시점에서 반식민지주의를 다시 생각한다」, 『인문논총』 76(2), 서울대 인문학연구원, 2019.

사노 마사토, 「이상(李箱)의 동경 체험 고찰」, 『한국현대문학연구』 7, 한국현대문학연구, 1999.

사와 마사히코, 대한기독교서회 역, 『일본 기독교사』, 대한기독교서회, 1995.

사이토 준이치, 윤대석 외역, 『민주적 공공성』, 이음, 2009.

아리야마 테루오, 조성운 외역, 『시선의 확장 - 일본 근대 해외관광여행의 탄생』, 선인, 2014.

야마무로 신이치, 정선태·윤대석 역, 『사상과제로서의 아시아』, 소명출판, 2018.

요네타니 마사후미, 조은미 역, 『아시아/일본 사이에서 근대의 폭력을 생각한다』, 그린비, 2010.

우치다 준, 한승동 역, 『제국의 브로커들』, 도서출판 길, 2020.

이에나가 사부로, 연구공간 수유너머 일본근대사상 역, 『근대일본사상사』, 소명출판, 2006.

조던 샌드, 박삼헌 외역, 『제국 일본의 생활공간』, 소명출판, 2017.

하타노 세츠코, 최주한 역, 『일본 유학생 작가 연구』, 소명출판, 2011.

후세 간지 지음, 황선희 역, 『나는 양심을 믿는다』, 현암사, 2011.

도미니크 라카프라, 육영수 역, 『치유의 역사학으로』, 푸른역사, 2008.

로렌스 베누티, 임호경 역, 『번역의 윤리』, 열린책들, 2006.

로저 E. 올슨, 김주한·김학도 역, 『이야기로 읽는 기독교 신학』, 대한기독교서회, 2009.

루스 아모시, 장인봉 외역, 『담화 속의 논증』, 동문선, 2003.

리디아 리우, 민정기 역, 『언어횡단적 실천』, 소명출판, 2005.

미셸 푸코, 이광래 역,『말과 사물』, 민음사, 1994.

미셸 푸코, 이상길 역,『헤테로토피아』, 문학과지성사, 2016.

미셸 메이에르, 전성기 역,『수사 문제』, 고려대학교출판부, 2012.

볼프강 쉬벨부쉬, 박진희 역,『철도여행의 역사』, 궁리, 1999.

브루스 커밍스, 김동노 역,『브루스 커밍스의 한국 현대사』, 창비, 2001.

스튜어트 홀, 임영호 편역,『문화, 이데올로기, 정체성―스튜어트 홀 선집』, 컬처룩, 2015.

아더 브라운, 김인수 역,『한중일 선교사』, 쿰란출판사, 2003.

에드워드 렐프, 김덕현 외역,『장소와 장소상실』, 논형, 2005.

올리비에 르불, 박인철 역,『수사학』, 한길사, 1999.

외르크 되링·트리스탄 틸만 외편, 이기숙 역,『공간적 전회』, 심산, 2015.

울리히 벡, 홍찬숙 역,『자기만의 신』, 도서출판 길, 2013.

이-푸 투안, 구동회·심승희 역,『공간과 장소』, 대윤, 2007.

존 버거, 박범수 역,『본다는 것의 의미』, 동문선, 2000.

콰메 앤터니 애피아, 실천철학연구회 역,『세계 시민주의』, 바이북스, 2008.

페터 슬로터다이크, 이진우 역,『냉소적 이성 비판』 1, 에코리브르, 2005.

프란츠 파농, 이석호 역,『검은 피부, 하얀 가면』, 인간사랑, 2003.

(3) 국외 논저

江口圭一,『日中アヘン戦争』, 岩波書店, 1988.

古屋哲夫,「アジア主義とその周辺」, 古屋哲夫 編,『近代日本のアジア認識』, 緑蔭書房, 1996.

高田幸男,「中華留日基督教青年会について―同会『会務報告』を中心に」,『明大アジア史論集第』23, 明治大学東洋史談話会, 2019.

紀旭峰,「「半植民地中国」・「植民地台湾」知識人でから見たアジア」, 後藤乾一・紀旭峰・羅京洙 編輯・解題,『亜細亜公論・大東公論』(復刻版) 第1~3巻, 龍溪書舎, 2008.

紀旭峰,『大正期臺湾人の「日本留学」研究』, 龍溪書舎, 2012.

奈良常五郎,『日本YMCA史』, 日本YMCA同盟, 1959.

渡辺祐子,「もうひとつの中国人留学生史―中国人日本留学史における中華留日基督教青年会の位置」,『明治学院大学教養教育センター紀要』5(1), 明治学院大学教養研究センター, 2011.

羅京洙,「朝鮮知識人柳泰慶と『亜細亜公論』―移動・交流・思想」, 後藤乾一・紀旭峰・羅京洙 編輯・解題,『亜細亜公論・大東公論』(復刻版) 1~3, 龍溪書舎, 2008.

欒殿武,「大正時代における中国人留学生の生活誌－下宿屋生活を中心に」,『Global Communication』3, 武蔵野大学グローバル教育研究センター, 2014.

鈴木範久,『聖書の日本語－飜譯の歴史』, 岩波書店, 2006.

牧義之,『伏字の文化史－検閲・文学・出版』, 森話社, 2014.

裵姎美,「雑誌『亜細亜公論』と朝鮮」,『コリア研究』(4), 立命館大学コリア研究センター, 2013.

小野容照,『朝鮮独立運動と東アジア－1910~1925』, 思文閣出版, 2013.

松尾尊兊,『大正デモクラシー期の政治と社会』, みすず書房, 2014.

_____,『民本主義と帝國主義』, みすず書房, 1998.

辻田真佐憲,『空気の検閲－大日本帝国の表現規制』, 光文社, 2018.

阿部洋,『中國の近代教育と明治日本』, 龍溪書舍, 2002.

鈴木登美 外 編,『檢閲・メディア・文學－江戸から江戸から戦後まで』, 新曜社, 2012.

雨宮史樹,「「大正デモクラシー」期における知識人の社会的視野－新人会と宮崎龍介の東アジア観を中心として」,『駿台史学』第162号, 2018.

日本植民地研究会 編,『日本植民地研究の論點』, 岩波書店, 2018.

川瀬貴也,『植民地朝鮮の宗教と学知－帝国日本の眼差しの構築』, 青弓社, 2009.

鷲田淸一 編著,『大正=歴史の踊り場とは何か－現代の起點を探る』, 講談社, 2018.

片野眞佐子,『孤憤のひと柏木義円－天皇制とキリスト教』, 新教出版社, 1993.

紅野謙介,『検閲と文学』, 河出ブックス, 2009.

後藤乾一,「大正デモクラシーと雑誌『亜細亜公論』－その史的意味と時代背景」, アジア太平洋討究 / 早稲田大学アジア太平洋研究センター出版・編集委員会編 (12) 2009.

後藤乾一,「日本近現代史研究と『亜細亜公論』－「アジアの中の日本」を考える素材として」, 後藤乾一・紀旭峰・羅京洙 編輯・解題,『亜細亜公論・大東公論』(復刻版) 第1~3巻, 龍溪書舍, 2008.

Davidann, J, "The American YMCA in Meiji Japan: God's Work Gone Awry", *Journal of World History* 6(1), 1995.

Dominick LaCapra, *Representing the Holocaust : history, theory, trauma*, Cornell University Press, 1994.

Hazel Dicken Garcia, *Journalistic Standards in Nineteenth-Century America*, Madison, Wisconsin: University of Wisconsin Press, 1989.

Henry DeWitt Smith, *Japan's First Student Radicals*, Cambridge, Mass. : Harvard University Press, 1972.

Jay David Bolter, *Writing space : The computer, hypertext and the history of writing*, Hillsdale, N.J.: Lawrence Erlbaum Associates, 1991.

Jenny Cook-Gumperz, edited by Jenny Cook-Gumperz, *The Social Construction of Literacy* 2nd edition, New York : Cambridge University Press, 2006.

Joel Matthews, "Historicizing "Korean Criminality"", *International Journal of Korean History* 22-1, 2017.

Joseph Mcquade, "The New Asia of Rash Behari Bose : India, Japan, and the Limits of the International, 1912~1945.", *Journal of World History* 27-4, 2016.

Kwame Anthony Appiah, *The Ethics of Identity*, Princeton University Press, 2005.

Michael Robinson, *Korea's Twentieth-Century Odyssey*, University of Hawaii Press, 2007.

Richard H. Mitchell, *Thought Control in Prewar Japan*, Cornell University Press, 1976.

Robert T. Handy, *Undermined Establishment : Church-State Relations in America, 1880~1920*, Princeton, NJ : Princeton University Press, 1991.

Selçuk Esenbel, "Japan's global claim to Asia and the world of Islam : Transnational Nationalism and World Power, 1900~1945", *The American historical review* 109-4, 2004.

Sherwood Eddy, *A century with youth : a history of the Y.M.C.A. from 1844 to 1944*, New York : Association Press, 1944.

Victor Leontovitsch, *The History of Liberalism in Russia, translated by Parmen Leontovitsch*, Pittsburgh, Pa. : University of Pittsburgh Press, 2012.

3. 기타 자료

공훈전자사료관(https://e-gonghun.mpva.go.kr)

국가보훈부 홈페이지(https://www.mpva.go.kr)

국립국어원 표준국어대사전(https://stdict.korean.go.kr)

국립중앙도서관(https://www.nl.go.kr/)

국사편찬위원회 한국사데이터베이스(http://db.history.go.kr/)

국외독립운동사적지(http://oversea.i815.or.kr/)

국회도서관(https://www.nanet.go.kr)

네이버 뉴스 라이브러리(https://newslibrary.naver.com)

대한민국 신문 아카이브(https://www.nl.go.krnewspaper)

독립기념관 한국독립운동정보시스템(https://search.i815.or.kr/)

동아미디어그룹 공식블로그(http://dongne.donga.com/)

동아일보 디지털 아카이브(https://www.donga.com/archive/newslibrary)

두산백과 두피디아(https://www.doopedia.co.kr/)

디지털창원문화대전(http://changwon.grandculture.net/changwon)

연세대학술문화처 연세디지털 기독교 고잡지(https://library.yonsei.ac.kr/digicol/list/3)

한국사데이터베이스(https://db.history.go.kr/)

한국역사정보통합시스템(https://www.koreanhistory.or.kr)

한국한민족문화대백과사전(https://encykorea.aks.ac.kr/)

현담문고(http://www.hyundammungo.org/)

DB 조선(https://archive.chosun.com/)

도쿄YMCA 홈페이지(https://tokyo.ymca.or.jp/)

아사히신문 데이터베이스(朝日新聞クロスサーチ)(https://xsearch.asahi.com/)

요미우리신문 데이터베이스(ヨミダス歴史館)(https://database.yomiuri.co.jp)

일본 국립공문서관 디지털 아카이브(https://www.digital.archives.go.jp/)

일본 국립국회도서관 근대 일본인의 초상(https://www.ndl.go.jp/portrait/)

일본 국립국회도서관(https://www.ndl.go.jp/)

재일본한국YMCA(http://www.ayc0208.org/kr/intro.php)

인터넷 아카이브(https://archive.org/)

웹 아카이브(https://web.archive.org/)

US Mission Network Resource Hub(http://www.usmissionnetworkresources.org/)

위키피디아 한국(https://ko.wikipedia.org/)

위키피디아 일본(https://ja.wikipedia.org/)

위키피디아 중국(https://zh.wikipedia.org/)

위키피디아 영어(https://en.wikipedia.org/)

새 천 년이 시작된 지도 벌써 몇 해가 지났다. 식민지와 분단국가로 지낸 20세기 한국 역사의 와중에서 근대 민족국가 수립과 민족 문화 정립에 애써온 우리 한국학계는 세계사 속의 근대 한국을 학술적으로 미처 정리하지 못한 채 세계화와 지방화라는 또 다른 과제를 안게 되었다. 국가보다 개인, 지방, 동아시아가 새로운 한국학의 주요 대상이 된 작금의 현실에서 우리가 겪어온 근대성을 다시 한번 정리하고 21세기에 맞는 새로운 모습으로 탈바꿈시키는 것은 어느 과제보다 앞서 우리 학계가 정리해야 할 숙제이다. 20세기 초 전근대 한국학을 재구성하지 못한 채 맞은 지난 세기 조선학·한국학이 겪은 어려움을 상기해 보면, 새로운 세기를 맞아 한국 역사의 근대성을 정리하는 일의 시급성은 아무리 강조해도 지나치지 않다.

우리 근대한국학연구소는 오랜 전통이 있는 연세대학교 조선학·한국학 연구 전통을 원주에서 창조적으로 계승하고자 하는 목표에서 설립되었다. 1928년 위당·동암·용재가 조선 유학과 마르크스주의, 그리고 서학이라는 상이한 학문적 기반에도 불구하고 조선학·한국학 정립을 목표로 힘을 합친 전통은 매우 중요한 경험이었다. 이에 외솔과 한결이 힘을 더함으로써 그 내포가 풍부해졌음은 두말할 나위가 없다. 연세대학교 미래캠퍼스에서 20년의 역사를 지닌 매지학술연구소를 모체로 삼아, 여러 학자들이 힘을 합쳐 근대한국학연구소를 탄생시킨 것은 이러한 선배학자들의 노력을 교훈으로 삼은 것이다.

이에 우리 연구소는 한국의 근대성을 밝히는 것을 주 과제로 삼고자 한다. 문학 부문에서는 개항을 전후로 한 근대계몽기 문학의 특성을 밝히는 데 주력할 것이다. 역사 부문에서는 새로운 사회경제사를 재확립하고 지역학 활성화를 위한 원주학 연구에 경진할 것이다. 철학 부문에서는 근대 학문의 체계화를 이끌고 사회과학 분야에서는 학제 간 연구를 활성화시키며 근대성 연구에 역량을 축적해 온 국내외 학자들과 학술 교류를 추진할 것이다. 이러한 연구들은 일방성보다는 상호 이해와 소통을 중시하는 통합적인 결과물의 산출로 이어질 것이다.

근대한국학총서는 이런 연구 결과물을 집약적으로 정리하기 위해 마련한 총서이다. 여러 한국학 연구 분야 가운데 우리 연구소가 맡아야 할 특성화된 분야의 기초 자료를 수집·출판하고 연구성과를 기획·발간할 수 있다면, 우리 시대 연구자들뿐만 아니라 학문 후속세대들에게도 편리함과 유용함을 줄 수 있을 것이다. 새롭게 시작한 근대한국학총서가 맡은 바 역할을 충분히 할 수 있도록 주변의 관심과 협조를 기대하는 바이다.

2003년 12월 3일
연세대학교 미래캠퍼스 근대한국학연구소